अक्षयवट

(उपन्यास)

अक्षयवट

नासिरा शर्मा

वाणी प्रकाशन ग्रुप | भारतीय ज्ञानपीठ

वाणी प्रकाशन : भारतीय ज्ञानपीठ की पुस्तकों के एकमात्र प्रकाशक एवं वितरक

सजिल्द पहला संस्करण : 2003
सजिल्द दूसरा संस्करण : 2006
सजिल्द तीसरा संस्करण : 2009
सजिल्द चौथा संस्करण : 2016
सजिल्द पाँचवाँ संस्करण : 2023
सजिल्द छठा संस्करण : 2026

लोकोदय ग्रन्थमाला : ग्रन्थांक 702

वाणी प्रकाशन ग्रुप

4695, 21-ए, दरियागंज, नयी दिल्ली-110 002
फ़ोन : 011-23273167, 23275710
ईमेल : sales@vaniprakashan.in

अक्षयवट
(उपन्यास)
नासिरा शर्मा

ISBN : 978-93-5775-912-0

मूल्य : **695**

मुद्रक : *सिटी प्रेस, दिल्ली-110 095 में मुद्रित*

AKSHAYVAT
(Novel)
***by* Nasira Sharma**

श्री श्रीपतराय जी को

अक्षयवट

इलाहाबाद में दशहरा मनाने की तैयारियाँ शुरू हो गयी थीं। उत्सव से पहले उत्सव का माहौल बनाने के लिए सबसे पहले गुब्बारे वाले शहर की सड़कों और गलियों में बिखर गये थे। रंग-बिरंगे गुब्बारों से बनी गुड़िया, साँप, बिल्ली के अतिरिक्त बड़े-बड़े गैस के गुब्बारे दिल की शक्ल में उनके सर पर फरफराते हुए बच्चों को मचलने के लिए मजबूर कर देते। ऊपर से लाल नीला चश्मा, सीटी, घड़ी, चर्खी, पिपिहरी और जाने क्या-क्या उनके कन्धे पर रखे बाँस के खाँचे पर चलती-फिरती दुकान की तरह लटक रहा होता। खास किस्म के बाजे इसी जमाने में आते जिसको खरीदकर बच्चे सारे दिन गली-मोहल्ले में मुँह में दबाये बजाते इधर से उधर भागते और बुजुर्गों की डाँट-फटकार खाते।

मौसम ने करवट बदली थी। बारिश से भीगे दिन और उमस से भरी रातों की जगह अब गुलाबी जाड़े की सुहावनी परत शहर के गली-कूचों में अपनी विशेष सुगन्ध के साथ फैल चुकी थी। गुजरी बरसात में जी भरकर नहाये नीम, पीपल, बरगद, इमली के पेड़ सर उठाये चमकीली नर्म धूप में यहाँ-वहाँ रक्षक के समान तने खड़े थे। बागीचों में मालियों ने बढ़ी घास को काट-छाँटकर क्यारियाँ बनाना शुरू कर दी थीं ताकि जाड़े के खुशरंग फूलों के बीज रोप दिये जाएँ। बारामासा की गन्ध से भरे बक्स धूप लगाने के लिए खोले जाने लगे थे। बरसात ने जो हुड़दंग मचा जगह-जगह तोड़फोड़ की थी उसकी मरम्मत चल रही थी। इस सारी व्यस्तता के साथ उत्सव मनाने की उमंग में अतरसुइया और मुट्ठीगंज की रामलीला कमेटियों की मीटिंगें शुरू हो गयी थीं। दुर्गा-पूजा की तैयारी में बंगाली वेलफेयर एसोसिएशन ने नयी-नयी प्रतियोगिताओं की खोज शुरू कर दी थी। गृहिणियों ने साल भर की बचत की छुपी पोटली खरीदारी के लिए निकाल ली थी।

कोतवाली के पीछे बच्चा जी की कोठी के सामने वाले हिस्से में रखे सिंहासनों

की झाड़पोंछ शुरू हो गयी थी। चौकी पर से उखड़े सोने-चाँदी के पत्तरों को सँभालने हर वर्ष की तरह कारीगर पहुँच गये। गयी रात तक ठोंका-पीटी चलती रहती। पजावा वालों की शृंगार चौकी की शान में इससे कोई फर्क नहीं पड़ा था कि उनकी संस्था टूटकर दो भाग हो मुकदमेबाजी में लिप्त हो चुकी थी, लेकिन चौकी पर उनकी आपसी रंजिश की कोई छाप श्रद्धा रखने वालों को नजर नहीं आती थी। सौन्दर्यबोध के पैमाने पर कसी यह चौकियाँ एक तरफ कला का उत्कृष्ट नमूना होतीं तो दूसरी ओर परम्परा को निभाने में स्थानीय हुनरमन्दों के धैर्य और निष्ठा की कसौटी होतीं। एक दिन सोने, दूसरे दिन चाँदी तो तीसरे दिन मोती तो चौथे दिन मोरपंखों और पाँचवें दिन फूलों से सजी इन चौकियों को देखने न केवल इलाहाबादी बल्कि आसपास के नगर-गाँव से लोग उमड़ पड़ते थे।

शृंगार चौकी पर सीता-हरण के दिनों में राम-लक्ष्मण भ्राता-प्रेम के रूपक बने बैठे होते मगर बाद में सीता-राम-लक्ष्मण तीनों त्याग, धैर्य और मर्यादा की मूर्ति बन शाम से सुबह तक बैठे दर्शन देते। कोतवाली के बायें तरफ चर्च के सामने इकलौते बचे नीम के पेड़ के नीचे खड़ी यह चौकी रिश्तों की एक अलग अभिव्यंजना रचती देखने वालों का मन मोहती थी। पिछले कई वर्षों से धर्म ने नगरवासियों को इतना उद्वेलित किया था कि प्रत्येक मोहल्ले ने अपना-अपना दल और रामलीला का जुगाड़ कर लिया था। इस सबके बावजूद वर्षों से निकल रहे दलों की अपनी सत्ता भी थी और अपनी शान भी थी।

हर मोहल्ले में दुर्गापूजा के उपलक्ष्य में सड़क या गली किनारे 'लकी ड्रा' के छोटे-छोटे पण्डाल लगे हुए थे जिसमें एक रुपये के ड्रा में मोटर साइकिल, पंखा, टी. वी. आदि मिलने वाली वस्तुएँ ऊपर पण्डाल की छत पर सजी होतीं। हर आने-जानेवाले का ध्यान लाउडस्पीकर द्वारा लगातार अपनी ओर खींचा जा रहा था। कुछ उत्साहित हलवाइयों ने मिठाई की दुकानों को अभी से सड़क तक खींचकर विभिन्न मिठाइयों से सजा लिया था। मन्दिरों के सामने फूलमालावाले और भिखमंगे जमा होने लगे थे। शहर ने बाजार के जरिये अपनी छब बदलनी शुरू कर दी थी।

इन सारी तैयारियों से दूर पोलोग्राउण्ड में सुबह से पतंगबाजी के शौकीनों का जमघट लगने लगा था। आज पेंच लड़नी थी। लखनऊ का मशहूर पतंगबाज आगा भय्यू, टोनी मिश्रा से पेंच लड़ाने आनेवाला था। रहमान, शेखू, अप्पू, कमर तारिक, गुल्लू, मसूद, रंजन—सारे इलाहाबादी पतंगबाज वहाँ जमा होनेवाले थे। कार, मोटर साइकिलें, स्कूटर आदि पेड़ों के नीचे सुबह से खड़े होने लगे थे। लटाई, मंझा, पतंग उठाये जगह-जगह जवान खड़े थे। देखने वालों में वकील, अध्यापक, इंजीनियर और

वह सब लोग जो अब गम्भीर नौकरियों में जुटे थे, किसी तमाशबीन की तरह खड़े थे। दूसरे शहरों में बसे इलाहाबादी आज भी पतंग उड़ाने साल-दो साल में एक बार पुरानी यादें को ताजा करने यहाँ जरूर आते हैं। यह जगह उन पतंगबाजों के लिए है जो उम्र में बड़े और इलाहाबाद के खुशहाल घरानों से ताल्लुक रखते हैं। मगर इसका मतलब यह हरगिज़ नहीं था कि आम आदमी के यहाँ आने पर रोक-टोक थी।

आसमान पर दो पतंगें बाकी पतंगों के बीच से लहराती किसी शाहीन की तरह अपना सफर तय कर रही थीं। आगा भय्यू और टोनी के चाहनेवालों का झुण्ड दायें-बायें बैठा था। कुछ लोग थरमस से चाय-कॉफी उँड़ेलकर उसका सेवन कर रहे थे। कुछ ठण्डे पानी के घूँटों से अपनी उत्सुकता को शान्त कर रहे थे। कुछ दरी-चादर बिछाये बड़े आराम से लेटे धूप के चश्मे से चमकीली धूप में नाचती पतंगों का नजारा कर रहे थे। पतंगबाजी के इन शौकीन मुकाबलाबाजों से दूर कुछ और लड़के पेंच लड़ाने में व्यस्त थे। शहर के गुंजान इलाकों से अपनी-अपनी साइकिलों पर आये थे। उनके दर्शक उनके साथ ही आये थे जो अब आलथी-पालथी मारे बैठे या खड़े-खड़े आसमान पर टकटकी लगाये थे।

"भई?" एक आवाज उभरी।

"भई!" दूसरी ने जवाब दिया

"कितने की?" पहली ने पूछा।

"एक पेंच सत्तर की पड़ती है।" दूसरा बोला।

"दो सौ" तीसरी आवाज ने फैसला सुनाया। शर्त लग गयी थी। पतंगें अपनी रफ्तार से हवा के डोले पर सवार ऊपर ही ऊपर उड़तो जा रही थीं।

पोलो ग्राउण्ड के सामने सड़क के उस पार क्रिकेट चल रहा था जिसको देखने के लिए कॉलेज के लड़के जमा थे। दोपहर का सूरज अब आसमान के ठीक बीचोंबीच आ गया था। गर्मी बढ़ गयी थी। हरे सायेदार दरख्त अपनी टहनियों को कभी-कभार हिला देते थे। अक्तूबर का महीना इतना गर्म भी हो सकता है, यह किसी ने सोचा नहीं था। दूर से दिखने वाली काली सड़क इस समय खामोश पड़ी थी जैसे कल रात कुछ घटा ही न हो, मगर कुछ लोग जानते हैं कि कल रात इनकाउण्टर में अतरसुइया थाना के इंस्पेक्टर ने अपने दो मुखबिरों में से एक का काम तमाम किया है। जिसका प्रेम उसकी बेटी से चल पड़ा था, उसके घर में यह दोनों लड़के इंस्पेक्टर का दायाँ-बायाँ हाथ बनकर रहते थे। कोई उन पर हमला न करे इसलिए इंस्पेक्टर उनकी सुरक्षा का पूरा ध्यान रखता था मगर एक रात जब क्षेत्र के गश्त से लौटा तो उसने जो देखा, वह सहन नहीं कर पाया।

टोनी ने आगा भय्यू को काट गिराया। बेसहारा मंझा हवा में डोलता हुआ बिना पतंग के शाम ढले जब नीचे गिरा तो एक तेज दौड़ती मोटरसाइकिल-सवार

की गर्दन को घायल कर गया। जब तक वह रफ्तार कम करता, मंझे को हटाता, तब तक त्वचा ने कटकर उसकी सफेद शर्ट पर लाल खून की पिचकारी चला दी। इस दुर्घटना का पता पतंगबाजों को जब चला तो उनके हार और जीत के भाव अब चिन्ता में बदल गये। उस सवार ने जाकर पुलिस में रिपोर्ट दर्ज करा दी। जब तक पुलिस आती, तब तक पोलो ग्राउण्ड पतंगबाजों और तमाशबीनों से खाली हो चुका था, अगले इतवार को दोबारा मिलने तक के लिए।

बाज़ार ने पिछले कई दशकों से धर्म को गोद ले रखा है। ऐसे अवसरों पर साड़ी, जेवर, खाने-पीने की नयी से नयी चीजों का प्रचार धार्मिक भावनाओं के मिश्रण से किसी जाल की तरह फैला हुआ था। धर्म का मूल भाव तो कहीं खो चुका था। किन्तु निष्ठा अलबत्ता शोख रंगों में अपने को अभिव्यक्त करने के लिए व्याकुल नजर आ रही थी। रामलीला कमेटी के प्रबन्धक समाज की बदलती रुचियों को नजर में रखते हुए इस बार की सजावट के लिए चिन्तित थे। रोज बाजार में नयी-नयी चीजें आती हैं जिनको सभी अपने घर-मोहल्ले में सजाना चाहते हैं। इसमें कोई शक नहीं था कि परम्परा निभाने के लिए छोटे-बड़े व्यापारी, हिन्दू हों या मुसलमान दुकानदार, अपने हिसाब से अपने-अपने इलाकों को सजाने के लिए आतुर थे। मगर अपना बजट और चन्दा वसूली को देखकर। आखिर दीपावली भी तो सर पर खड़ी थी। इस सारी दूरंदेशी के बावजूद जब दोआबा के पण्डित महाराज के सुपुत्र चन्दा वसूली के लिए खुद निकल आएँ तो हजार-दो हजार रुपये से कम देने की कौन सोच सकता है? आखिर पुराने सम्बन्धों का भी लिहाज करना पड़ता है।

शहर के उन मोहल्लों में, जहाँ से दल को गुजरना था, कूड़े के साल भर पुराने ढेर गली-सड़क से उठाये जा रहे थे। मुँह पर ढाटा बाँधे जमादारों द्वारा जमकर नालियों क़ी सफाई हो रही थी ताकि दुर्गन्ध जाती रहे। रास्तों पर लगे पेड़ों की बढ़ी शाखाएँ छाँटी जाने लगीं ताकि दल निकलने में परेशानी न हो। गली-कूचे के बड़े-बड़े गड्ढों को मिट्टी से पाटा जाने लगा। जिन इलाकों में कभी भूल से झाड़ू नहीं पड़ी थी वहाँ रोज भंगिनें झाड़ू लगाने लगी थीं। अद्धे-मलबे के ढेर हटाये जा रहे थे। यही सिलसिला घरों के अन्दर भी जारी था। बंगाली परिवार तो साल भर इस पूजा की प्रतीक्षा करते हैं सो उनका उत्साह चौगुना था।

कल से नवरात्र लगने वाला था। पजावा और पथरचट्टी की रामलीला कमेटियाँ स्टेज सजाने और पण्डाल लगवाने में व्यस्त थीं। कल रात से रामलीला शुरू होनी है। रौनक तो आज से ही लग गयी थी। लाल, हरी, पीली, नीली झण्डियों और सफेद कागज से बने फूलों की चादर के छत्तर के बीच में रंग-बिरंगी पन्नियों से बनी कन्दीलें

सूरज की रोशनी से चमकती हवा में डोल रही थीं। जिनके नीचे बच्चे खुशी से दौड़-भाग रहे थे। लाउडस्पीकर द्वारा भजन और फिल्मी गानों का मजा सामूहिक रूप से पूरा मोहल्ला लूट रहा था। आम शहरी दशहरे की आमद से जितना उल्लसित था, पुलिस सुरक्षा को लेकर उतना ही चिन्तित थी।

नये एस. पी. सिटी ने पिछले माह ही चार्ज सँभाला था। वह इलाहाबाद पहली बार ट्रांसफर होकर आये हैं मगर अपने महकमे वालों के मुँह से इस शहर के किस्से-कहानी काफी सुन चुके हैं, सो चिन्तित भी हैं और सचेत भी। इस समय सुरक्षा को लेकर उन्होंने एक विशेष मीटिंग शाहगंज थाने में बुला रखी है जिसमें सभी थाने के प्रभारी विशेष रूप से उपस्थित होने वाले थे। सामने की दीवार पर शहर के उन रास्तों का नक्शा दूधिया शीशे पर लगा है जहाँ से दल को गुजरना है। ये सारी जगहें बड़ी संवेदनशील थीं। जिनका पुराना इतिहास है, जो बताता है कि ये मोहल्ले जितने पुराने हैं, उतने ही घने बसे हैं, जिनमें हर तरह के लोग रहते हैं। हिन्दू-मुसलमान, छोटी जात-बड़ी जात वाले, नौकरीपेशा, गुण्डे, लोफर, पेशेवर बदमाश। इसी के साथ घरों में छोटे-मोटे उद्योग-धन्धे भी खुले हैं। असामाजिक तत्त्व अपना घर समझ मोहल्ले-दर-मोहल्ले बड़े आराम से टहलते हैं। शान्त दिखने वाले ये मोहल्ले, जो मधुमक्खी के छत्ते की तरह हैं, जरा-सी बात पर देखते-देखते सुलग उठते हैं और एक बड़े दंगे की घटना में बदल जाते हैं। खास कर अपराध की दुनिया में बम संस्कृति ने जो अमानवीय योगदान दिया है उससे पुलिस नगर सुरक्षा को लेकर अकसर बेहाल हो उठती है कि कब कौन-सी घटना घट जाए।

"सर, ये सारे संवेदनशील क्षेत्र हैं। जिन पर लाल स्टार बना है।"

"पहला काम यह करें कि जो हिस्ट्रीशीटर बदमाश हैं इन इलाकों के या तो उन्हें चन्द दिनों के लिए कोई फर्जी केस लगाकर अन्दर कर दें। अथवा, यदि यह व्यावहारिक रूप से सम्भव न हो तो हमको उनके ठिकानों पर गहरी नजर रखनी पड़ेगी और अन्य छोटे-मोटे अपराधियों के कानों तक यह बात पहुँचवानी है कि किसी भी तरह की अप्रिय घटना घटती है तो इस बार पुलिस उन्हें बख्शेगी नहीं। दिन को भी गश्त शुरू करा दें और रात को अपने-अपने इलाके में जबरदस्त पेट्रोलिंग का इन्तजाम करें ताकि इनको पता चल सके कि पुलिस मुस्तैद है और ज़रा भी सन्देह किसी पर होने से उसको सीधा अन्दर करना है।"

"जी सर!"

"शहर में कितने दल निकलते हैं?"

"कुल छः!"

"कौन-कौन से...।"

"छठी को सिविल लाइंस से, सप्तमी को दारागंज से, अष्टमी को कटरा

से...पजावा वाला दल दो बार निकलता है सर!—नवमी और दशमी को...नवमी को यह खुलदाबाद शिवाले से निकल कोतवाली के सामने से गुजरता हुआ बहादुरगंज, मुट्ठीगंज, हटिया से होता चौक के चौराहे से रानीमण्डी होकर लोकनाथ पर खत्म होता है। दूसरा दशमी को घास की सट्टी से कोतवाली, जानसेनगंज, हिवेट रोड, इलाहाबाद डिग्री कॉलेज, एस. सी. बासुरोड फिर बताशावाली मण्डी की ओर मुड़ कोतवाली तक आता है और चौक पर जाकर समाप्त होता है।''

''ये सारे मोहल्ले हिन्दू आबादी के हैं या फिर...''

''मिले-जुले हैं। कहीं कोई कम, कहीं कोई ज्यादा हैं सर!''

''पथरचट्टी दल कहाँ से चलता है?''

''दशमी को दूसरा दल पथरचट्टी वाला है जो मुट्ठीगंज, आर्यकन्या कॉलेज, बहादुरगंज, चौक घण्टाघर, जानसेनगंज, हिवेट रोड पर जो अब विवेकानन्द मार्ग हो गयी है, लगभग भोर के समय आकर बिखरता है। यह रास्ता पहले वाले के देखते बहुत ज्यादा खतरनाक नहीं है।''

''शहर में आस-पास के गाँव के लोग दशहरा देखने और शहर से सगे-सम्बन्धी भी आते होंगे। इसका मतलब है कि शहर की आबादी इन इलाकों में दुगुनी तो हो ही जाती होगी।'' एस. पी. सिटी ने सोचते हुए कहा।

''जी सर...बाहर वाले तुरन्त पहचान में आ जाते हैं। वह तो हमारी चिन्ता का इतना बड़ा विषय नहीं है। आज जो हमारे सामने सबसे बड़ी कठिनाई है वह है इस शहर में रोज-रोज बनते नये-नये बदमाश। जो न अभी पूरी तरह पके हैं न पूरी तरह पहचान में आये हैं। लेकिन उनकी खबर लेने के हमारे पास कई और तरीके हैं!''

''अभी पुलिस के पास छः दिन हैं। अपने-अपने इलाके को खँगाल डालें। मैं किसी किस्म की कोई वारदात इस मौके पर नहीं चाहता हूँ।''

एस. पी. की मुस्तैदी देखकर छोटे-बड़े पुलिसकर्मी होशियार की मुद्रा में आ गये थे। अपराध की दुनिया में भी यह सन्देश पहुँच चुका था कि नया कप्तान बड़ा कड़क आदमी है। इसलिए इस बार दशहरे और दुर्गा पूजा को शान्ति से गुजरने देने में ही भलाई है। वरना उन्हें पनाह देने वाले पुलिस वाले भी अपने अफसर के चलते लाल-पीली आँखें दिखाएँगे! सारे अपराधी राम नाम लेने में ही सुख की तलाश करने लगे।

पथरचट्टी वालों ने इस बार रामलीला के खेल के लिए बम्बई से कलाकार बुलाये थे। नृत्य, संगीत, लाइट ऐण्ड साउण्ड के भव्य कार्यक्रम का प्रचार-प्रसार भी जोरों

पर हो रहा था। उधर अतरसुइया वाली रामलीला वही रामचरितमानस की चौपाइयों के संग अपनी खाँटी परम्परा के साथ उसी सादगी के साथ खेली जाने वाली थी जिसके देखने वाले कम थे। आखिर बदलते समय के बीच ऐसी परम्पराओं से अपने परिवेश की पहचान बनाये रखने का आग्रह भी कम लोगों में रह गया था। जबकि परिवेश अपने परिप्रेक्ष्य में स्वयं बदल चुका था। इसलिए दोस्तों और रिश्तेदारों की मण्डलियाँ अपनी-अपनी रुचि के साथ अपने-अपने मोहल्ले में बँट चुकी थीं।

इस हिसाब से पिछले वर्षों की तरह जहीर, बसन्त और जगन्नाथ मिश्रा अतरसुइया में अपनी बैठक जमाते और मुट्ठीगंज में मुरली, सलमान और रमेश रामलीला देखने का मजा लूटते। अक्सर भोर के समय जब सारे दोस्त एक जगह मिलकर चाय की चुस्की लेते तो रात को देखे खण्ड पर बातें होतीं और पुराने सन्दर्भ से नयी समस्याओं की विवेचना करने में उलझ जाते थे। जुगनू की आवाज पाटदार थी। जब वह चौपाइयाँ पढ़ता तो समा बाँध देता था मगर उसको रामलीला खेलना पसन्द न था, सो वह दोस्तों के बीच मगन होकर कभी-कभार उनको बड़े मन से रामायण की चौपाई सुनाता था।

दीनदयाल विरिदु सम्भारी, हरहु नाथ मम संकट भारी।।
मंगल भवन अमंगलहारी, द्रवहु सो दसरथ अजिर बिहारी।।

संगम-तट पर नगर व बाहर से आये श्रद्धालु अपने पितरों के श्राद्ध करने में तल्लीन थे। श्राद्ध में ब्राह्मणों को भोजन कराने की भी परम्परा है। इस क्रिया के द्वारा अपने पूर्वजों के प्रति सम्मान प्रकट किया जाता है। शास्त्रों में मनुष्य के लिए देवऋण, ऋषिऋण और पितृऋण बताये गये हैं। तीनों में से पितृऋण को श्राद्ध द्वारा उतारना आवश्यक माना गया है इसलिए अपने सुख और सौभाग्य आदि की वृद्धि के लिए जिन माता-पिता ने अपना जीवन निछावर किया है, उनके प्रति सम्मान तो व्यक्त करना ही चाहिए। पंक्तिबद्ध बैठे नाइयों से बाल उतरवाते और नाखून कटवाते लोग स्नान कर दान-दक्षिणा देने में व्यस्त थे। गंगा के विभिन्न तट संस्कारों को सम्पन्न करनेवाले लोगों से अँटे हुए थे। अपने-अपने कामों से निबटकर लोग अक्षयवट और बड़े हनुमान जी के दर्शन करना नहीं भूलते। दर्शक असली अक्षयवट को न देख पाने के कारण कह उठते कि असली वट तो किला में बन्द कर दीन हैं, अब मनई देखे तो का देखे? दूसरा सुनकर बोल उठता कि उनके बन्द करे से का? वह देखो दीवार पार कर बट झाँकत है, ओहि के दर्शन कर लेव और चलो। घरों को लौटते हुए यादगार के तौर पर पुस्तिका, माला, चित्र इत्यादि भी जमीन पर लगी दुकानों से खरीदना नहीं भूलते हैं ताकि वर्ष भर उनके घरों को यह चीजें सम्पन्न बनाये

रखें। ऐसे अवसरों पर दुकानदारों, पण्डों की बन आती है।

शहर में एक तरफ शहीद भगतसिंह का जन्म-दिवस-समारोह बलिदान-दिवस के रूप में मनाया जा रहा था तो दूसरी ओर गाँधी जयन्ती पर जगह-जगह भाषण और समारोह आयोजित हो रहे थे। दशहरे की गहमागहमी तो थी ही। मन्त्रोच्चार के बीच पथरचट्टी रामलीला कमेटी व महन्त बाबा हाथीराम पजावा रामलीला कमेटी का मुकुट पूजन समारोह राममन्दिर हिवेट रोड और शाहगंज राममन्दिर में बड़ी धूमधाम से मनाया जा रहा था। श्री राम, लक्ष्मण, भरत, शत्रुघ्न व माता सीता के मुकुटों पर पुष्पादि चढ़ाकर पूजा-अर्चना और आरती की गयी और इस तरह दशहरा पर्व मुकुट-पूजन से शुरू हुआ। इन्हीं सब के बीच इलाहाबाद विश्वविद्यालय छात्रसंघ भवन पर छात्रों की एक बैठक चल रही थी। सभा में दारागंज पुलिस द्वारा छात्र नेता एवं साथियों पर मुख्यमन्त्री का पुतला फूँकने के मामले में दर्ज मुकदमे को वापस लेने की माँग दोहरायी जा रही थी। जोरदार भाषणों के बीच नेता-छाप छात्रों ने खुलकर कहा कि लोकतान्त्रिक आन्दोलन को कुचलने की साजिश की जितनी भी निन्दा की जाए, कम है। यदि फर्जी मुकदमा वापस नहीं किया जाता है तो छात्र पुलिस-प्रशासन से आर-पार की लड़ाई लड़ने के लिए तैयार हैं क्योंकि पुलिस-प्रशासन अपराधियों से साठ-गाँठ करके धन-उगाही कर रहा है। यदि एस. एस. पी. द्वारा अड़तालीस घण्टे के भीतर छात्र नेताओं पर दर्ज हुआ मुकदमा वापस नहीं होता तो वरिष्ठ अधीक्षक के बँगले के आगे छात्रों द्वारा एक हजार पुतले जलाये जाएँगे।

एक ही शहर में कई तरह के कार्यक्रम एक साथ चल रहे थे। उसी में बलुवा घाट के चौराहे पर स्थित शाह बाबा के मजार पर उर्स का भी ताम-झाम फैला था। हरे रंग के नन्हे-नन्हे बल्ब टिमटिमा रहे थे। मुरीदों की भीड़ पीर साहब की दहलीज को चूमने के लिए बेचैन थी। ठेलेवाले तरह-तरह का सामान लिये खड़े थे जिसमें चाट-पकौड़ीवाले और पीले चित्तीदार केलों से सजे ठेले सीधे आँखों में घुस रहे थे। एक ओर नातशरीफ के कैसेट का शोर था तो दूसरी ओर कीर्तन का मजीरा बज रहा था। एक गहमागहमी पूरे शहर को अपनी लपेट में ले चुकी थी। इस सारे हंगामों से दूर गली में गोली खेलते लड़के अपनी हार-जीत में मगन थे।

"डीपा इधर बनाओ बे।" काले लम्बे लड़के ने कहा।

"फड्डा तुम हो, मीर हम हैं।" नाटे कद वाला बोला।

"फड्डा कहाँ है?" तीसरा उछलता हुआ अपने घर से निकला।

"तब की भी और अब की भी मीर हम हैं।" नाटे कद वाला गोलियों को हाथ में मलते हुए बोला।

“खस्सा!” तमाशाई लड़कों में एक चीखा।

“बच गयी...बच गयी बे।” दूसरा उससे तेज चीखा।

“ओ तेरे की!” गोरे लड़के ने जाँघिया कमर पर जमायी।

“नाली में न जाए देव।” काला लम्बा लड़का बोला।

“पकड़ लिया!” कोई चीखा।

“नापो।” एक और आवाज आयी।

“फड्डा नहीं पासा।” नाटा लड़का बोल पड़ा।

“तुम पक्के हम कच्चे।”

“अण्टो छोड़-छाड़...।”

“तुम दोहल रहेगा।”

“क्यों रोका बे?”

“चीट दिया...चीट दिया।” नाटा चीखा।

“बेइमानी काहे करेव?”

“अन्धा है का?” नाटे ने घुड़का।

“न खेलबै। तुम हमार गोली बेइमानी से जीत लिये, हमार गोली देव वापस न!” काला लम्बा लड़का बोला।

“हम जीत लिया हम न देबय।” नाटा बोला।

“तो लेव कस के कण्टाप...एका भी रख लेव।” इतना कहकर काले ने उसे चाँटा मारा और दोनों लड़के गुत्थमगुत्था हो गये। बाकी चीख-चीखकर उन्हें छुड़ाने की कोशिश में लग गये। लड़कों ने दोनों को अलग किया, पहले वे चन्द मिनट हाँफते एक-दूसरे को घूरते रहे फिर एक ने पहल की...

“काहे मारे बे?” नाटा तड़पा।

“हमार गोली काहे लिये रहे?” काला चीखा।

“चलो मेल कर लेव।” गोरा बोला।

“हम न खेलबै।” नाटा बोला।

“अगर न खेलबे तो अउर मरबै साले।” काला फिर चीखा।

“हम न खेलबै”—नाटा मनघुने अन्दाज से बोला।

“काहे न खेलबे।” गोरे ने बीच-बचाव करना चाहा।

“हमार मर्जी, तुमसे चाहे खेली या न खेली।” नाटा अब लड़कों के घेरे से आजाद हो अपनी कमीज के बटन लगाते हुए बोला।

“हमार दाँव दे के जाव।” काला अड़ा रहा।

“दाँव न देबै।” नाटा चलने को मुड़ा।

“ठहर तो साले तेरी...” काला झुँझलाया।

"हम जाय रहे हैं दूसर से खेलै, कौनो रोक सकत है तो रोकै।" नाटा तन कर गली के नुक्कड़ पर खड़ा हो गया। बाकी लड़के कुछ देर उसको देखते रहे फिर मुड़कर छोड़े खेल में दोबारा व्यस्त हो गये।

2

शहर में एक तरफ रामलीला खेली जा रही थी तो दूसरी ओर दलित सेना जैसी संस्थाएँ जमादारों की हड़ताल को लेकर चिन्तित थीं। पिछले एक सप्ताह से कुछ इलाकों में नाली कीचड़ से भर गयी थीं और कूड़े के ढेर टीले बन गये थे। सीवर की सफाई और जगह-जगह बिजली के लटकते तार दलों के निकलने में कई तरह की अड़चनें पैदा कर सकते थे। नगर निगम, जल संस्थान, बिजली विभाग की उदासीनता को लेकर कार्यकर्ता चिन्तित थे। उनका आक्रोश इस बात पर अधिक था कि चौड़ी सड़कें और बड़े मोहल्ले साफ हो जाते हैं मगर गलियों का बुरा हाल रहता है। बिजली कटौती का सारा खमियाजा चन्द मोहल्लों को भुगतना पड़ता है जहाँ पर नाम मात्र को एक या दो घण्टे बिजली आती है। बिजली के न रहने से जल की कमी भी नागरिकों को कष्ट पहुँचाती है।

मीरापुर के पार्क में रामलीला का आयोजन चल रहा था। दर्शकों को इकट्ठा करने के लिए चमन हिजड़ा नारंजी साड़ी पहने तेज संगीत पर कूल्हे मटकाकर अपनी आँखें नचा रहा था। साथ ही साथ आरती भी चल रही थी। जमीन पर बिछी दरी पर धोबी, नाई, मजदूर आकर अपनी-अपनी जगह ले चुके थे। पुलिस की जीप बाहर खड़ी थी। अन्दर पार्क में दो-तीन सिपाही टाँगें चौड़ी किये हाथ बाँधे खड़े थे। पान की दुकान पर खड़े लोग पान बनवाते हुए सजे स्टेज की तरफ देख रहे थे। मूँगफली, लाईदाना और मकई का दाना लिये ठेलेवाले खड़े थे। रामलीला का शुभारम्भ साढ़े नौ बजे से होने वाला था। चमन हिजड़े के उठा-पटक जैसे नृत्य पर जो गीत बज रहा था, उसके बोल समझ में नहीं आ रहे थे।

साढ़े नौ बजे जब भीड़ बढ़ गयी तो पाँच मिनट की खामोशी के बाद स्टेज का पर्दा हटा और राजा दशरथ सिंहासन पर विराजमान दिखाये गये। एक जोकर

जो सूत्रधार का काम कर रहा था, उसने श्रोतागण को सम्बोधित करते हुए बताया कि राजा को पुत्रधन प्राप्त हुआ है जिसकी खुशी में नृत्य एवं संगीत की महफिल जमेगी। उसी के साथ चमन दूसरे रंग की साड़ी पहन स्टेज पर चढ़ा। उसका स्वागत करते हुए जोकर बोला—

"महाराज को पुत्ररत्न प्राप्त हुआ है। तुम ऐसा नाचो, जिसको देखकर महाराज मूली-गाजर की तरह खुशी से फूल के कुप्पा हो जाएँ।" जोकर को पूरी उम्मीद थी कि लोग हँसेंगे मगर कोई हँसा नहीं। चमन ने नाचना शुरू कर दिया। अकेले सिंहासन पर बैठे महाराज राजनर्तकी को मटकते देखते रहे।

मीरापुर से लगा मोहल्ला रसूलपुर है जहाँ पर सफेद कनात और शामियाना लगा हुआ है। अण्डे और चायवाले अपना ठेला लगाये हैं। जालीदार टोपी लगाये सफेद मसनदों के सहारे ओलमा बैठे हैं। सामने कुर्सियों पर बैठी जनता बड़े ध्यान से मौलाना का भाषण सुन रही है जो मौजूदा हालात में वतन की मोहब्बत और किरदार की बुलन्दी पर दिया जा रहा है। अगली गली में पीपल के पेड़ को रोशनी से सजाकर किसी ने भजन का कैसेट चला दिया है। लाल कालोनी के पासवाला हनुमान मन्दिर सूना है मगर उसको भी पीले-लाल बल्बों से सजाया गया है। उसी के सामने वाली सड़क के किनारे लम्बा-चौड़ा घूरा है जिस पर आठ-दस सूअर अपने बच्चों के संग कूड़ा खबोड़ रहे हैं। आगे पतली गली, जो करेली को जाती है, में चार-पाँच कारीगर लम्बे अड्डे पर चढ़ी हल्की बैंगनी साड़ी पर जरदोजी का काम कर रहे हैं और पास की दुकान पर नीम के पेड़ के नीचे बैठे लोग शतरंज का खेल देख रहे हैं जिसकी बाजी चलने वाले एक बड़ी उम्र के दाढ़ी वाले महाशय हैं और दूसरा जवान लड़का!

इन्हीं दिनों शहर के दूसरे मोहल्लों में सीता-विवाह, अशोक वाटिका, लक्ष्मण-मूर्छा, शबरी आदि प्रसंग का निरूपण अपने-अपने स्तर के अनुसार होता रहा। असत्य पर सत्य की विजय की कहानी दोहराना सबको अच्छा लगता है। खासकर दारागंज से निकलने वाला हनुमानदल अपना विशेष आकर्षण स्वाँग दल के कारण रखता है जिसमें हनुमान और जामवन्त के साथ उनकी सेना जो मुखौटा लगाकर चलती, उसको देखने वालों में सबसे अधिक बच्चे खुश होते हैं। विशेषकर लाइटों की चकाचौंध और ध्वनि विस्तारक यन्त्रों की भरमार जिसके कारण बुजुर्ग इस शोर-शराबे से घबरा उठते हैं और जवान लड़के मस्त हो उठते हैं। रामचरित मानस के विद्वान वक्ताओं को भाषण देने की जगह अब राजनेताओं और फिल्मी कलाकारों को निमन्त्रण दिया जाता है क्योंकि उनके नाम के कारण भीड़ अधिक और चन्दे की

उगाही ज्यादा हो जाती है। इसी कारण प्रख्यात अभिनेत्री की नृत्य नाटिका के प्रदर्शन के लिए इस बार स्वरूपरानी पार्क की जगह संगीत समिति के प्रांगण को चुना गया था।

विजयदशमी का पर्व पूरे भारत में मनाया जाता है मगर जो एकता इलाहाबाद में नजर आती है वह कहीं और नहीं। इसी एकता को तोड़ने और हिन्दू-मुसलमान को दो धर्मों के खाँचों में बाँटने की अंग्रेजों ने बड़ी कोशिश की थी। उनकी नीति कुछ वर्षों तक दशहरा बन्द करवाने में सफल जरूर हुई, मगर शहर की सांस्कृतिक एकता को तोड़ नहीं पायी।

शहर के इस शोर-शराबे से दूर कुछ पढ़ाकू लड़के बगल में किताब दबा खुसरू बाग की अमराई के नीचे पनाह ले चुके थे। कुछ ऊपर मकबरे पर ठण्डी हवा के सेवन के साथ पाठ रट रहे थे। कुछ मर्द बड़े सलीके से दरी बिछा साइकिल खड़ी कर इस सुहावने माहौल में लेटे उपन्यास पढ़ रहे थे। अमरूद के बाग काट दिये गये थे और अब वहाँ फिर से नयी पौध जमायी जा रही थी। बाटल पाम के दरख्त उसी ताजगी और कद्दावरपन से सीधे खड़े बाग की चारदीवारी के बाहर झाँकने का प्रयत्न कर रहे थे। पतली पगडण्डी पर एक लड़का बनियान-पैण्ट पहने इतिहास को रट रहा था—''इलाहाबाद में राजकुमार नूरउद्दीन जहाँगीर ने अपने पिता मुगल सम्राट अकबर के खिलाफ पहली बार विद्रोह किया था और अबुल फजल, जो कि अकबर का सन्देश लेकर जा रहे थे, उन्हें रास्ते में रोककर कत्ल कर दिया था।........खिलजी वंश के संस्थापक जलालउद्दीन खिलजी को उसके भतीजे अलाउद्दीन खिलजी ने बड़ी बेरहमी से गर्दन काट के अपने आपको सुल्तान घोषित किया था।..........नान कॉपरेशन ऐण्ड खिलाफत मूवमेण्ट महात्मा गाँधी द्वारा 1920 में इलाहाबाद से शुरू हुआ।...........इलाहाबाद में ही पहली बार 1931 के मुस्लिम लीग अधिवेशन में अल्लामा इकबाल ने पाकिस्तान का तजकिरा दिया था।..........चन्द्रशेखर आजाद को कम्पनी बाग में सन् 1931 में गोली मारी गयी थी।........1853 में यूनाइटेड प्राविन्सेज बाई ब्रिटिश की राजधानी आगरा की जगह इलाहाबाद बनायी गयी थी।........ अमृत-मन्थन, जो कि केवल चार स्थानों पर हुआ था, उनमें से एक इलाहाबाद है। बाकी उज्जैन, नासिक एवं हरिद्वार हैं; और इसी कारण से यहाँ हर बारह वर्षों बाद महाकुम्भ मेला आयोजित किया जाता है।''

उस लड़के की रट्टाफिकेशन को बड़ी देर से बेंच पर बैठे लड़के सुन रहे थे। उनके अन्दर कुलबुलाहट हो रही थी कि कैसे इस लड़के को छेड़ें। आखिर उनमें से एक लड़का बोल ही पड़ा।

"इलाहाबाद में पहली बार शहंशाह जहाँगीर का बेटा खुसरू और उसकी माँ रौशनआरा बेगम इसी खुसरू बाग में दफन हुए। जिनके मकबरे लाल पत्थर से बड़ी सादगी से बनाये गये।" एक लड़के ने गम्भीर स्वर में कहा मगर टहलने वाला लड़का अनसुना कर अपना पाठ याद करता रहा।

"पहली बार इलाहाबाद में लार्ड मिण्टो ने रानी विक्टोरिया का ऐलान पढ़ा था जिसमें कहा गया था कि नाव इण्डिया इज़ अ पार्ट ऑव ब्रिटिश एम्पायर..." दूसरे ने कहा जिस पर वह लड़का टहलते-टहलते रुक गया। उसने घूरकर तीनों को देखा, फिर टहलने लगा।

"पहली बार पण्डित नेहरू मीरगंज के एक घर में पैदा हुए और..." वह लड़का इतना ही कह पाया कि टहलता लड़का ठहरकर चीखा।

"आप लोग मुझे डिस्टर्ब क्यों कर रहे हैं?"

"आप हमको डिस्टर्ब कर रहे हैं पिछले एक घण्टे से...एक ही बात रटे जा रहे हैं। यह भी कोई याद करने की बातें हैं?" एक लड़का कह उठा।

"अरे-अरे?" टहलता लड़का अवाक्-सा खड़ा उन्हें देखता रहा फिर चुपचाप आगे बढ़कर अमराई के अन्दर चला गया, जहाँ उसका बैग रखा था।

तीनों लड़के खिलखिलाकर हँस पड़े। वे उठकर अमराई की तरफ बढ़े और उस लड़के के पास जाकर खड़े हो गये। फिर उनमें से एक बोला, "यार! बुरा मान गये क्या? कभी-कभार हँसी-मजाक सेहत के लिए अच्छा होता है।"

"हम बैठ सकते हैं?" दूसरा बोला। इस प्रश्न पर भी पढ़ाकू लड़का रूठा रहा।

"बैठो यार पूछना क्या है।" तीसरे ने बैठते हुए कहा।

कुछ पल बाद चारों के कहकहे गूँजने लगे। एक-से-एक चुटकुले बयान हो रहे थे। शाम घिरने लगी तो तीनों उठे और उस लड़के को वहीं छोड़कर वे अमराई से बाहर निकले और पैदल ही दरवाजे की तरफ यह कहते बढ़ गये कि अब पाठ जल्दी याद होगा।

जगह-जगह दुर्गा माँ के पण्डाल सज गये थे। कई जगह बड़े-बड़े गेट भी बन गये थे। दुर्गा की मूर्ति बड़ा भव्य रूप धारण कर चुकी थी, जिसको देखने लड़कियों की टोली हँसती, शरमाती, सोलह-सिंगार कर निकलती। गली के नुक्कड़ पर खड़ा लड़कों का झुण्ड उन्हें देखकर तरह-तरह की फब्तियाँ कसता हँस रहा था।

"यह पराँठा सब्जी वाली है।"

"यह लोग क्या-क्या पहनतीं और चेहरे पर सुर्खी पाउडर पोतती हैं?"

"माल अच्छा है।"

"सामान ठीक है।"

"उसने सर पर बालों की तितली बना कितनी बड़ी क्लिप लगा रखी है!"

"वह देख उधर...कैसी चौचक है।"

इन सारी बातों से बाखबर और बेखबर लड़कियाँ भी मन ही मन उलझ रही थीं। जो लड़के उनको पसन्द आते थे, वे उनकी पहुँच से दूर थे मगर जो आसपास थे, उनके पड़ोसी और क्लासमेट थे, वे उनको प्रभावित नहीं कर पाते थे। पढ़ने में फिसड्डी और देखने-सुनने में भी चूँ-चूँ का मुरब्बा लगते थे। किसी लड़के की अपनी कोई पहचान नहीं थी बल्कि किसी न किसी हीरो की नकल करता नजर आता था। इसलिए और भी बुरा लगता था।

पण्डाल में काफी चहल-पहल थी। सारी औरतें और लड़कियाँ एक-दूसरे के शृंगार और वेशभूषा को गौर से देख रही थीं। कुछ औरतों ने सीरियल की हीरोइनों का हुलिया बना रखा था। कान में तो एक से ज्यादा झुमके, कर्णफूल पहन नहीं सकती थीं मगर गर्दन में मनचाहे हार लटका रखे थे। मेहँदी हथेलियों से बढ़कर कोहनी तक पहुँच गयी थी। चूड़ियाँ इतनी पहन रखी थीं कि वे खनक ही नहीं सकती थीं। माथे की बिन्दी माँग तक पहुँच गयी थी और बनावटी पलकें आँखों को छुपा रही थीं। वे खुश थीं क्योंकि वे बाजार में आयी नवीनतम और आधुनिक वस्तुओं का उपभोग कर सकी थीं।

हर मोहल्ले में पण्डाल लगाकर आयोजन चल रहा था। सप्तमी, अष्टमी और नवमी को खूब चहल-पहल होती। दशमी को सरस्वती घाट जमना जी पर दुर्गामूर्ति विसर्जन होता। इधर दो दल पथरचट्टी और पजावावाले निकलते। पजावावाला सादा होता, उसमें उतनी तड़क-भड़क वाली चौकियाँ न होतीं; मगर पथरचट्टीवाला दल एक नमूना होता और होता भी क्यों न, आखिर धन्नासेठों और गल्ले के आढ़तियों का दल था। जहाँ पैसा वहाँ चमक। बहरहाल दोनों तरह का रसास्वादन करने के लिए इलाहाबादियों को खुली छूट थी। जिधर मर्जी हो जाएँ और श्रद्धा के फूल निछावर करें।

आज दशमी थी। एस. सी. बासुरोड पर कल से सफाई अभियान चल रहा था। कूड़ा भरी नालियाँ साफ होकर बड़ी इतराहट के साथ बह रही थीं। सड़क के किनारे घूरों की जगह चूना पड़ा था। घरों के सामने रखा गैर-जरूरी कबाड़ हटा दिया गया था। दुकानें भी सिमटकर अपने दरवाजे तक सीमित हो गयी थीं ताकि चबूतरे और फुटपाथ पर दर्शन करनेवाले खड़े हो सकें। घरों में दूर से आये रिश्तेदार और दूसरे मोहल्ले के मित्र सपरिवार भगवान के दर्शन को पहुँच चुके थे। चाय-नाश्ता चल रहा

था। जैसे-जैसे दल के आने का समय हो रहा था, माहौल में खुशी भरी उत्तेजना फैल रही थी। शाम ढलते-ढलते खबर मिली कि घास की सट्टी से दल चल चुका है। नगाड़े की पहली थाप के साथ ताशे, मजीरे, बैण्डबाजों से वातावरण गूँज उठा। औरतों ने पूजा की थाली, पुष्प और फूलों की छड़ियाँ सँभाल ली थीं। झाँकियों पर बैठे भगवान स्वरूप को देख उन सबका रोम-रोम पुलकित हो उठा था। शताब्दियों की आस्था वर्तमान में प्रवाहित हो उठी। जय-जयकार से आकाश गूँजने लगा।

हाथी-घोड़े, ऊँट, झण्डे और बैण्ड के साथ महन्त बाबा हाथीराम पजावा का दल अपनी पूरी गरिमा के साथ जब कोतवाली तक पहुँचा तो खबर सनसनाती हुई एस. पी. तक पहुँची कि मुमताज महल के सामने वाले घर का छज्जा गिरने से कई लोग जख्मी हो गये हैं। पुराने घर का छज्जा इतनी भीड़ छत पर नहीं सह सका और भरभराकर गिर पड़ा। जल्द ही आपातकालीन स्थिति को काबू में कर लिया गया। दल शान्तिपूर्वक जानसेनगंज की तरफ मुड़ गया। जय-जयकार के नारों और पुष्पवर्षा के साथ मुरछल हिलाते अपनी-अपनी चौकियों पर बैठे सेवक भगवान स्वरूप को किसी भी तरह के कष्ट से बचाते श्रद्धालुओं के फेंके फूलों की छड़ियों को लेकर उनका सम्मान रख रहे थे। पुलिस वालों को अनुशासन कायम रखने में दाँतों पसीना आ रहा था। उनकी वर्दी इस तरह भीग गयी थी जैसे नहा के आये हों। उनकी चौकस आँखें चारों तरफ शिकारी की तरह टोह ले रही थीं।

चींटी की चाल से रेंगता दल हिवेट रोड पर पहुँच गया था। वहाँ भी ठठ के ठठ लोग छत पर और सड़क किनारे जमे हुए थे। गीतों-भजनों के कैसेट चालू थे। उसी भीड़-भाड़ में पुलिस ने दो लफंगों को धर दबोचा जो पास खड़ी नव-ब्याहता को भीड़ का बहाना बनाकर परेशान कर रहे थे। भीड़ में से घसीटते हुए ले जाना भी एक मुश्किल काम था। झुँझलाये हवलदार जयकारे के बीच माँ-बहन तौल रहे थे और मौका निकाल दोनों को झपड़िया भी रहे थे ताकि बाकी देखनेवाले सँभले रहें कि आज खैर नहीं है। खोंचेवाले पहले ही अपना सामान लेकर पीछे दुबक गये थे। इस भीड़ में जब कन्धे से कन्धा छिल रहा हो उस समय खोमचा सँभालना कठिन हो जाता है। यह अलग बात है कि मेले-ठेलों में ही बढ़िया बिक्री भी होती है। इस समय पुलिस का रौद्र रूप देख चाट-पकौड़ीवाले की सिट्टी-पिट्टी गुम हो गयी। वह दम साधे खड़ा रहा। मगर दोनों सिपाही बिना उसकी तरफ देखे उन दोनों लफंगों को घसीटते हुए पिछवाड़े की तरफ ले गये।

एस. सी. बासुरोड पहुँचकर दल की चाल और धीमी हो गयी। बल्बों और ट्यूब लाइट से झिलमिलाती चौकियों पर बैठे स्वाँग भरे बच्चे और लड़के-लड़कियाँ जेवर, कपड़े और मुकुट सँभाले अपने चारों तरफ फैली जनता को निहारते हुए सोच

रहे थे कि जीवन में इतना स्वागत क्या फिर कभी उनका होगा? हनुमान बने लड़के की टाँग शायद एक अन्दाज से बैठे-बैठे सो गयी थी सो उसने हाथ जोड़े-जोड़े ही नीचे झुके घुटने को ऊपर किया और ऊपर वाले को नीचे टिकाया। उसकी दुम को हिलता देख बहुत से बच्चे खुश होकर ताली बजाने लगे। शाम रात में बदल गयी थी। दल जब बताशामण्डी की तरफ मुड़ने लगा तो कोने पर चुड़िहारिन की दुकान पर आये लोग व्याकुल हो यह भूल गये कि कपड़ों से ढँके उसके चूड़ियों के झाले पर चढ़ गये हैं। चुड़िहारिन अपना माथा पीटने के अलावा कर भी क्या सकती थी! आखिर न्योता देकर उसने ही अपने ग्राहकों को मय बाल-बच्चों के बुलाया था कि आकर चौकी देख जाओ। अब दम साधकर वह अन्दर घर में जा घड़े से पानी उँड़ेल गटगट कर एक साँस में पूरा लोटा पी गयी थी।

झाँकियाँ धीरे-धीरे करके लगभग सारी की सारी मुड़ चुकी थीं। भगवान जी की हाथी-सवारी एस. सी. बासुरोड से पुष्पवर्षा के बीच मन्द गति से गुजर रही थी। जिसके पीछे छूटी भीड़ अब अपने-अपने घरों को लौटने के लिए एकदम से उतावली हो उठी। भीड़ के इस बिखराव को समेटने में हवलदारों को फिर हरकत में आना पड़ा। पुलिस के अश्वारोही लगातार भीड़ से अनुशासन की अपील कर रहे थे। रात हो गयी थी, शहर से आये मेहमान अपने मोहल्लों को लौटने के लिए बेचैन थे। उनको एक पल भी ठहरना अब यहाँ अखर रहा था। सामने मज्जु मियाँ के घर से कुछ बुर्कापोश औरतें भी बच्चों का हाथ पकड़े निकलीं जिनके मर्द बाहर खड़े उनका इन्तजार कर रहे थे। सवारी का दूर-दूर तक कहीं पता नहीं था। सबको पैदल ही काफी दूर तक चलना था। ऐसे मौके की ताक में खड़े गुब्बारेवाले जाने कहाँ से निकल आये थे। बच्चों के पास जाकर खासतौर से बाजे-खिलौने बजा-बजाकर उनका ध्यान अपनी तरफ खींच रहे थे।

आज एकादशी थी। कोतवाली और लोकनाथ के बीच 'भरतमिलाप' की तैयारियाँ चल रही थीं। ट्रक, जिस पर 'भरतमिलाप' होना था, वह लगभग सज चुका था। कुछ उत्साही इस बीच जानसेनगंज चौराहे का चक्कर लगा आये थे ताकि पथरचट्टीवालों का भी इन्तजाम देख लें कि उधरवाले अपने भरतमिलाप के आयोजन में क्या-क्या सजावट कर रहे हैं। इस तुलना भरे उत्साह में प्रतिस्पर्धा की गन्ध होती जो दिलों में दुगुनी उमंग भर रही थी। जीवन का एकाकीपन इन्हीं उत्सवों से टूटता है और थकन उतारने का बहाना देता है। अमीर-गरीब, हिन्दू-मुसलमान शहर के इस हँसमुख चेहरे को देखकर मगन हो उठे थे। सबको शाम का इन्तजार था जब सांस्कृतिक कार्यक्रम शुरू होने वाला था।

घरों से सजधजकर निकले लोग सड़क पर अपनी जगह घेर रहे थे। बारह बजे के बाद भरतमिलाप होना था। रात भर का जागना था। इंस्पेक्टर अशोक मिश्रा ने बहुत बढ़िया जगह पर ले जाकर अपने गाँव से आये अतिथियों को बिठा दिया था जहाँ से वह आराम से कार्यक्रम का मजा ले सकते थे। बसन्त, सलमान, जहीर, रमेश, जगन्नाथ भी वहाँ मौजूद थे। उन्हें याद नहीं पड़ता कि बचपन के अलावा उन्होंने कभी इस चाव से शहर में होने वाले उत्सवों में भाग लिया हो, मगर जब से पढ़ाई छूटी है तब से शहर को जीने का यह सिलसिला शुरू हो गया है। जिसने उन्हें अपने परिवेश के प्रति अत्यन्त सजग और सचेत बना दिया है।

इंस्पेक्टर अशोक मिश्रा पिछले दो सप्ताह से डबल ड्यूटी निभा रहा है। वह रात-दिन का फर्क ही भूल गया। उसका शरीर इतना थक चुका था कि उसको कभी-कभी पता ही नहीं चलता था कि वह जाग रहा है या सो रहा है। रात को खुली आँख के सामने से झाँकियों को गुजरते देखता है और फिर देर रात को विश्राम के बाद जब दोबारा वही झाँकियाँ तीन बजे सुबह वापस लौटतीं तब दर्शन करने वाली महिलाओं की भीड़ को नियन्त्रित करना पड़ता था। दोपहर में वह आराम करने के लिए एक-दो घण्टे को लेटता तो बन्द आँखों के सामने वही दृश्य होते, बंसीधर मार्केट और राजभवन पर आरती के साथ ऊपर लटक रहे हनुमान जी के हाथों भगवान पर पुष्पवर्षा और हर्षोल्लास से भरी जय-जयकार। इस समय भी अशोक मिश्रा भरतमिलाप को टकटकी लगाये देख तो रहा था मगर साथ ही उसके दिमाग में चलचित्र की तरह चौकियों की अनेक छवियाँ गुजर रही थीं। उसने अपने गाँव में मन्दिर के पोपले पुजारी को अनेक बार रामायण की चौपाइयाँ बाँचते सुना था मगर उसकी इतनी वैभवपूर्ण अभिव्यक्ति भी हो सकती है, वह सोच नहीं सकता था। इस चमक-दमक में पूर्ण रूप से वह खोया हुआ था। उसकी तरह बहुत से ऐसे दर्शक थे जो अपने गाँव-कस्बे से निकल पहली बार इलाहाबाद का दशहरा और रोशनी देखने आये थे।

इलाहाबाद के लिए दशहरा केवल धार्मिक पर्व भर नहीं है, यह स्थानीय परिवेश से निकली एक ऐसी अभिव्यक्ति है जो अपनी ही बोली-बानी में इन्सानी दुख का बयान करती है। आम इन्सान की जिन्दगी से इतनी मिलती-जुलती उसकी व्यथा है कि हर कोई उसमें अपने को शामिल पाता है। उसमें सरोकार मानवीय, सामाजिक चिन्ता एवं जमीनी रंग बड़े चटख हैं, जो बरबस ही अपनी तरफ खींच लेते हैं। जिसमें भाव और विचार की समानता होती है। नैतिक और अनैतिक का भेद तर्क के साथ सामने आता है। जिसमें दुख-सुख इतने सहज लगते हैं, कि हर वर्ग का इन्सान जीवन के किसी-न-किसी स्तर पर उससे गुजरा जरूर होता है। इसलिए रामलीला की यह चौकियाँ देखने इलाहाबाद के आस-पास के नगर और कस्बे का हर व्यक्ति लालायित रहता है, चाहे वह किसी धर्म-विचार-वर्ग का हो।

यह एक ऐसा सच है जिसे देखे बिना उस पर विश्वास करना कठिन है और यही इलाहाबाद है।

दशहरा गुजर गया मगर कई दिनों तक राजा दशरथ की पुत्र-लालसा, कुलगुरु वशिष्ठ का यज्ञ करना एवं अग्नि देवता का प्रकट होकर स्वयं खीर देना और खीर खाने के उपरान्त चार पुत्र राम, भरत, लक्ष्मण, शत्रुघ्न का जन्म, विश्वामित्र का राम-लक्ष्मण को राक्षसों के विरुद्ध युद्ध करने के लिए प्रेरित कर अपने साथ ले जाना, फिर जनक-वाटिका में सीता जी को राम का देखना, कैकेयी-हठ और चौदह वर्ष वनवास, सीता-हरण, हनुमान का लंका जलाना, वानर सेना का योगदान और विजय के बाद धोबी का कटाक्षपूर्ण व्यंग्य और सीता का धरती में समा जाना, चारों भाइयों का जल-समाधि लेना आदि-आदि अनेक ऐसे प्रसंग थे जिस पर चर्चाएँ चलतीं और उनसे वर्तमान समय की जटिल समस्याओं को देखने के साथ उन्हें कभी-कभी सुलझाने की कोशिश भी की जाती तो कभी सब-कुछ रद्द कर दिया जाता। रावण के पुतले में आग लगाना और बुराई को सदा के लिए मिटा देने का संकल्प हर दिल में होता, मगर व्यावहारिक रूप से मर्यादा पुरुषोत्तम राम बनने की तमन्ना किसी में न जागती, क्योंकि त्याग करने पर आज के दौर में कोई राजी न था। उलटे त्याग की जगह पैसा कमाने की नयी-नयी तरकीबों में सबका मन-मस्तिष्क रमता। रावण को नकारते हुए भी रावण-कृत्य अपनाने की छुपी लालसा, आज का सबसे कड़वा यथार्थ था।

3

दिसम्बर की सुबह कोहरे में डूबी हुई। ठण्ड अपने चरम पर हड्डी को गलाने वाली मगर इन बातों की परवाह त्रिपाठी को नहीं थी। बन्द गले का कोट और दस्ताने पहन वह 'मंकी कैप' लगा हीरो होण्डा चलाता हुआ जब गढ़ी सराय पहुँचा तो आफताब होटल का मालिक मुन्ना उसका इन्तजार कर रहा था। बड़े से देग के पास पालथी मार बैठा-बैठा वह मुसकराया।

"आवैं त्रिपाठी जी आवैं, पता रहा कि आप आवै वाले हैं सो बहुत मस्त नहारी बनवावा है," मुन्ना त्रिपाठी को देखकर बड़े प्रेम से बोला।

"अरे मुन्ना भाई, जाड़े में जो तोहार नहारी नहीं खाये तो फिर का किया! सच पूछो तो तुम्हरे हाथ की नहारी खाये बिना चैन कहाँ पड़त है?" त्रिपाठी बड़े मन से हँसा।

"इंस्पेक्टर साहब आये हैं...चीनी की प्लेट लगाना।" इतना कहकर मुन्ना डोंगे में नहारी निकालने लगा। नानबाई ने तन्दूर से गर्म रोटी निकाल परात की तरफ उछाली।

होटल में और भी कई लोग बैठे नहारी खा रहे थे। त्रिपाठी की आवभगत देख सबने एक साथ खाते-खाते नजर उठाकर त्रिपाठी को घूरा, जो दस्ताने उतार हाथ धोकर अब रूमाल से पोंछता सामने पड़ी कुर्सी पर बैठ चुका था। त्रिपाठी के आगे मुन्ना के छोटे भाई ने सामान सलीके से चुन दिया। फिर नात शरीफ का बजता कैसेट निकालकर कव्वाली लगा दी गयी। त्रिपाठी 'वाह...क्या बात है गुरु...मजा आय गवा' कहकर शोरबे में डुबो-डुबोकर खमीरी रोटी खाने लगा। कव्वाली के बोल ने जबान के चटखारे को दुगुना बढ़ा दिया था। चार-पाँच नान और दो डोंगा नहारी खाकर त्रिपाठी की नीयत सेर हुई। बदन में गर्मी दौड़ी तो बन्द गले के कोट के सारे बटन खोल दिये। माथे पर छलक आये पसीने को पोंछा। मुन्ना अपनी जगह पर छोटे भाई को बिठा त्रिपाठी के पास आकर बैठ गया।

"मुन्ना, तोर होटल तो बड़ा गजब चलै लगा बे!" त्रिपाठी ने पैर फैलाते हुए कहा और रूमाल से चेहरा पोंछा।

"अरे जी बस, इहै जाड़े मा चार महीना, बाकी दिन तो सब सन्नाटै रहत है...अब जाड़ौ भी कहाँ चार माह पड़त है।" मुन्ना चिन्ता भरे स्वर में बोला।

"और सुनाओ, भौजी का का हाल है?"

"ठीक है जी," बेदिली से मुन्ना बोला।

"का बात है बे, हियउँ कौनो बात नहीं बन रही है का?" त्रिपाठी ने कुरेदा।

"अरे जी का बताई–इ बियाह बहुत देखभाल कर किया रहा मगर..."

"तुम ब्याह पर इतना जोर काहे देत हो मोर बाप...यह तुम्हार तीसर बियाह है, और तुम आदमी का बेटवा छोड़ चूहौ का बच्चा भी न पैदा कर पाये बे, एहर-ओहर खाये-पिये का रहा, जब मामला फँस जात तो बियाह लाते।"

त्रिपाठी ने चाँदी का पतला खिलाल निकाल दाँत कुरेदा!

"अरे जी हम का बताई, हम लोग हलाल हराम देखे लागित है न...गोश्त हलाल होय का चाही, निकाह हलाल होय का चाही, बच्चा हलाल होय का चाही, रिश्ता हलाल होय का चाही, बस यही हलाल-हलाल मा हम खुदव हलाल होय जात हैं। तुम तो इधर-उधर कृष्ण कन्हैया बने फिरत हो। एक मेहरारू, हजार जगह टाँका फिट है तुम्हार। पर आपन काम बस एही डेग के पास आलथी-पालथी मारकर बैठे

रहो और गाहकन का रस्ता ताकत रहो।'' मुन्ना हँसा। उसके सामने का आधा टूटा दाँत दिखा जो उसके चेहरे पर फैले भोलेपन को बढ़ा गया।

''बतिया तो तोहार सही है बे मगर ऐसन कब तक चली? हमरे विचार मा तुम चालीस-बयालीस के लपेटे में तो होबै करबो।''

''इहै बात की फिकर तो है दरोगा जी! मोर महतारी अलग मूसल किये रहत है कि पोतवा का मुँह देखे बगैर मर जइबे का? अब जबरदस्ती कहाँ से बच्चा पैदा कर देई?'' मुन्ना झुँझलाया-सा बोला।

''भयवा के लगनवा का प्रोग्राम है?'' त्रिपाठी ने पूछा।

''बस इहिन बरस...छोड़ें हमार...आप आपन सुनावैं जी! भौजी-भतीजन के का हाल हैं?'' मुन्ना ने विषय बदला।

''अच्छा मुन्ना भाई, अब थाना जाये का है। तुम्हार समस्या सुलझावे मा अगर हमार कोई सेवा के आवश्यकता पड़ी तो बतायो, तुम्हार खातिर अधिऔ रात मा हम उठ के चल देबै।'' इतना कहकर श्यामलाल त्रिपाठी आँख मारकर हँसा और कण्टोप सर पर लगा कोट के बटन बन्द करता हुआ नीचे उतर दस्ताने पहनने लगा।

''फिर करबो दरोगा जी वही हरामीपन्ती वाली बात...कब सुधरबो?'' मुन्ना ने कहा जो अब अपने आसन पर आकर जम गया और लाइन से खड़े फकीरों के कटोरे में जल्दी-जल्दी सालन डालने लगा।

''खैर! कौनों बात की तुमका चिन्ता करे की जरूरत नाही है। अबहिन हम इलाहाबाद छोड़कर जावे वाले नहीं हैं।'' इतना कह उसने हीरो होण्डा को स्टार्ट किया और दाहिनी तरफ मुड़कर शाहगंज थाने की तरफ बढ़ा।

सूरज अभी निकला नहीं था मगर रोशनी फूट चुकी थी। सड़क लगभग खाली पड़ी थी। मोटरसाइकिल फर्राटे भर रही थी। सड़क के किनारे लकड़ी, दफ्ती और टायर जमा कर एक-दो लोग बैठे ताप रहे थे। हो सकता है रात ठण्ड की वजह से सोये भी न हों। सड़क पर आमद-रफ्त थोड़ी-बहुत बढ़ गयी थी। शायद प्रयागराज दिल्ली से अपने समय से पहले पहुँच गयी थी। सड़क पर सवारियों से भरे रिक्शे दौड़ते नजर आ रहे थे। सूरज अभी भी नहीं निकला था। चाय के खोकों से अलबत्ता भाप उठने लगी थी। कुछ पढ़ाकू अखबार लिये चायखाने के सामने पड़े स्टूल या टीन की कुर्सियों पर बैठ खबरों में डूब चुके थे। जमादार नाली से कूड़ा निकालने में व्यस्त थे। मुर्गियाँ टापों में बोरों से ढँकी दम साधे बैठी थीं। सामने वाले अस्पताल से मरीजों की देखभाल करनेवाले रिश्तेदार उनके और अपने लिए दूध और चाय की खोज में सड़क पर निकल आये थे। यह रोज के दृश्य थे जिनको देखते-देखते इंस्पेक्टर

त्रिपाठी इतना बोर हो चुका था कि उसको किसी बात से कोई खास फर्क नहीं पड़ता था। जिन्दगी है तो दुख-सुख होंगे मगर कभी-कभी सारा तटस्थ भाव धरा का धरा रह जाता। जब कोई लाश, कोई कत्ल, कोई डाका कहीं पड़ता तो बदन का आलस्य टूट जाता और उसमें मशीनी फुर्ती भर जाती। इस समय भी एक झपकी लेने का इरादा थाने जाकर उसको स्थगित करना पड़ा जब बन्द दुकान के सामने किसी की लाश पड़ी पायी गयी।......त्रिपाठी को देखकर इक्का-दुक्का लोग शोर मचाने लगे। त्रिपाठी ने मोटर साइकिल रोकी और लोगों की बात सुनने लगा।

"यह कलवा रिक्शेवाला है।" एक जवान घबराया-सा बोला।

"कल रात हम सब रिक्शा जमा कर साथै-साथ लौटे रहे।" दूसरा परेशान-सा बोला।

"अबहीं माचिस के लिए कन्धा हिलाया तो..." पहले की आँखें अभी भी फटी हुई थीं।

"ठण्ड भी तो साली जोर की पड़ रही है।" एक राहगीर ने कमर पर हाथ रखे- रखे कहा।

त्रिपाठी चुपचाप सब सुनता रहा फिर मोटरसाइकिल स्टार्ट कर बीस कदम पर अपने थाना शाहगंज पहुँचा। हवलदार ने सैल्यूट मारा। त्रिपाठी अन्दर जाकर अपनी कुर्सी पर बैठा, फिर दो हवलदारों को बुलाकर मौका-ए-वारदात पर भेजा ताकि पूछताछ करें। तब तक वह थोड़ा बदन फैलाकर पेट की मस्ती को दस मिनट की झपकी लेकर कम करे। उसके बाद पंचनामा भर देंगे। त्रिपाठी ने अँगड़ाई ली और कमर सीधी करने के बहाने पास पड़े बिछावन पर लेट गया। मुँहलगा हीरालाल आकर पैर दबाने लगा। थोड़ी देर बाद न चाहने पर भी त्रिपाठी के खर्राटे गूँजने लगे।

शहर में कड़ाके की सर्दी से हुई मौतों का सिलसिला जब एक से बढ़कर पन्द्रह हो गया तो प्रशासन के कान पर जूँ रेंगी और उसने जगह-जगह लकड़ी के कुन्दे रखा दिये, ताकि लोग आग तापकर बदन को गर्म रख सकें। कुछ पार्टियों ने चुनाव को नजर में रखकर कम्बल भी बाँटे जो गरीबों के पास से किसी न किसी कारण चोरी चले गये। कुछ ने खुद कम्बल बेचकर खाने-पीने की चीजें खरीद पेट की आग बुझायी। उनके लिए दोनों चीजें जरूरी थीं। भूख भी जाड़ा भी, किसी एक को सहना उनकी नियति थी। मगर जब कुन्दे भी जलकर राख हो गये तो उन्हें ज्ञात हुआ कि वह दोनों से गये। अब ठण्ड और भूख दोनों उन्हें मार रही थी।

इन दुखों से दूर पहली बार जनवरी यानी कि नया वर्ष इलाहाबाद में नये अन्दाज

से मनाया जाने वाला था। जिसकी तैयारी कई दिनों से सिविल लाइंस में चल रही थी, जिसमें बाजार की भूमिका मुख्य थी। सड़क के दोनों तरफ बिजली के रंग-बिरंगे बल्बों के साथ ट्यूब लाइट की कतार सजायी जा रही थी। रेस्तराँ, होटल, चायखाने, पानवाले और दुकानदार साल की आखिरी रात को सुन्दर बनाने में दिलोजान से लगे हुए थे, ताकि उनका माल बिक सके। शहर के अमीर और मध्यवर्ग के जवान लड़के-लड़कियाँ टी. वी. पर हर वर्ष न्यू इयर्स के कार्यक्रम और प्रचार का धूमधड़ाका पन्द्रह दिन पहले से देख-देखकर अब खुद भी नया कुछ करने की उमंग से लबरेज थे। जवानों के झुण्ड अपनी-अपनी तरह से नया साल मनाने का कार्यक्रम बना रहे थे। कपड़ों का चयन, मेकअप और दावतों के साथ नयी दोस्ती का अरमान लिये जवान इस तरह व्यस्त थे जैसे कोई बड़ा भारी सामाजिक समारोह होने जा रहा है। जिसमें सम्मिलित होना न केवल उनके लिए अनिवार्य है बल्कि 'प्रेस्टीज ईशू' भी है, सो माँ-बाप से उनकी हैसियत से ज्यादा की माँग जवान लड़के-लड़कियाँ कर रहे थे।

इकत्तीस दिसम्बर की रात जितनी सर्द थी उतनी ही गर्म भी थी। जवान जोड़े चहक रहे थे। ग्रुप में डिनर डांस चल रहा था। कुछ बड़ी उम्र और अधेड़ लोग भी इस नये बाजारीकरण का इलाहाबादी संस्करण देखने निकल आये थे। आजादी से हँसते लड़के-लड़कियों को देखकर खुश भी हो रहे थे। अपने अंकुश भरे दिन याद करके इस परिवर्तन की तुलना भी कर रहे थे। जश्न अभी शुरू ही हुआ था। बारह बजे तक तो धूम-धड़ाका चलेगा ही, जिसको देखने गरीब भी उमड़ आये थे और अवसर देख कुछ ने भीख माँगना भी शुरू कर दिया था। पुलिस का पहरा था। सुरक्षा के कड़े इन्तजाम भी थे।

ग्यारह बजे के लगभग नये खुले कैफे में एक ग्रुप में झगड़ा-सा हो गया। किसी लड़के ने किसी लड़की को छेड़ दिया था। उसका ब्वॉयफ्रेण्ड आपे से बाहर हो गया था। बात कुछ ज्यादा ही गम्भीर हो गयी जब बन्द मुट्ठी का भरपूर वार लड़के की नकसीर फोड़ बैठा। मैनेजर ने पुलिस आने से पहले ही मामला रफा-दफा कर दिया। बड़ी सख्ती से उन दोनों लड़कों को मय लड़की के बाहर निकल जाने को मजबूर किया, जिसमें वहाँ बैठे लोग भी शामिल थे और जो अपना समय बढ़िया तरह से गुजारने आये थे। उनके बदले तेवर को देखकर तीनों को कैफे से बाहर जाना पड़ा। उनका ग्रुप भी फिर वहाँ नहीं ठहरा और वे सब भी बाहर निकल आये। उन सबका मन खिन्न हो उठा था। दूसरे रेस्तराँ में तिल धरने की जगह न थी। सो रोड-किनारे खुले रेस्तराँ में यह ग्रुप फुटपाथ पर बैठ गया। एक की जरा-सी बेवकूफी से पूरे ग्रुप का मजा किरकिरा हो गया था।

इन सारी रंगीनियों को देखने जहीर और मित्र मण्डली भी पहुँची हुई थी। वे

सब जवान थे, मगर इन नवजवानों को देखकर, जो पन्द्रह से बीस तक की उम्र के थे, वे अपने को बुजुर्ग महसूस कर रहे थे। इस बीच समय किस तेजी से बदला है, इसका अन्दाजा उन्हें आज हो रहा था कि हर लड़की-लड़के का कोई-न-कोई ब्वॉयफ्रेण्ड और गर्लफ्रेण्ड था, जिसके साथ वह नये आने वाले वर्ष का सपना देख रहे थे। इनमें से जाने कितने जोड़े विवाह मण्डप तक पहुँचे और कितनों की मित्रता साल के मध्य तक जाते-जाते टूट गयी। सम्बन्धों का इतनी जल्दी खिलना और उतनी ही शीघ्रता से कुम्हला जाना शायद यही आज का यथार्थ है?

इस सारे माहौल को मुरली बड़ी दिलचस्पी से देख रहा था। वह बोल तो कुछ नहीं रहा था मगर उसकी आँखें बहुत-कुछ कह रही थीं। उसने आज बड़ी सुन्दर जैकेट-पैण्ट पर पहन रखी थी। गर्दन पर कई रंगों की धारी वाला मफलर लपेट रखा था। अपने पूरे हुलिये से वह इतना मुतमईन था कि अन्दर का सन्तोष उसके चेहरे से टपक रहा था। वहाँ आये सभी लड़के-लड़कियों ने अच्छे कपड़े पहन रखे थे। कुछ जवान लड़कियों ने ऐसी पोशाकें पहन रखी थीं जिसको देखकर यह गुमान हो रहा था कि यह दिसम्बर माह की सर्द रात नहीं बल्कि जून माह की गर्म दोपहर है। उनके चेहरे की चमक और चहक भी बता रही थी कि उन्हें ज़रा भी ठण्ड का अहसास नहीं है। तभी तो इस उम्र को जवानी का नाम दिया गया है जिसमें गर्म-गर्म लावा शिराओं में बहता है और बात-बे-बात हँसी आती है। गालों पर मुहाँसे निकलते हैं और तलवे व हथेलियाँ जलती रहती हैं।

सिविल लाइंस का यह जश्न पौने बारह बजे अपने शबाब पर था। डांस करते जोड़े ज्यादा फुर्तीले हो उठे थे। एक-दूसरे को पहले कौन न्यू इयर विश करेगा, इस उतावलेपन में कुछ लोग बार-बार घड़ी देख रहे थे। दुकानदार ज्यादा विनम्र नजर आ रहे थे। बैरों को अच्छी टिप मिल रही थी सो उनके चेहरों पर भी हँसी लहरा रही थी। एक-दूसरे का चुम्बन ले, नये वर्ष की मुबारकबाद देने वालों का दिल धड़क रहा था। उनका एक-एक मिनट पहाड़ की तरह गुजर रहा था। ठीक बारह बजे पटाखों का शोर उठा और दो पल के अँधेरे में हैपी न्यू इयर की राग में सिसकारियों और मीठी हँसी की लय में मिल गया। नये साल की नयी उमंग एक बार फिर लोगों की शिराओं में प्रसन्नता बन बहने लगी। आँखों से उड़ी नींद दूर जा चुकी थी। किसी को घर लौटने की जल्दी नहीं थी। लटकते गुब्बारे फूटकर रंग-बिरंगी पन्नियों की कतरन गिरा चुके थे, जिन्हें सर्द हवा अपने साथ उड़ा रही थी।

छहों मित्र साढ़े बारह बजे उठे और कुछ दूर चहलकदमी करते हुए गये। उनकी तरह बहुत से लोग रोशनी से भरी सड़क पर टहल रहे थे। कुछ बुजुर्ग जोड़े अलबत्ता अपनी कारों में घर वापस जाने के लिए बैठने लगे थे। कुछ जवान लड़कियाँ भी घर जाने की जल्दी में थीं, मगर उन्हें अपने लिए दूर-दूर तक कोई सवारी नजर

नहीं आ रही थी। परेशानी का भाव उनके खुशी से चमचमाते चेहरे को ढँकने लगा था। फिल्म शो की छूटी भीड़ भी रिक्शेवालों को लेकर बिखर चुकी थी। जहीर ने मुरली की तरफ देखकर पूछा—

"चला जाए?"

"हाँ रतिया के लगभग एक डेढ़ बजत होइए, मइया भी हम लोगन की राह तकत होई।" मुरली ने धीरे से कहा।

"इतनी जल्दी क्या है?" जुगनू ने टोका।

"अब काफी हो गया।" रमेश ने भी लौटने की मर्जी दिखायी तो सलमान ने कहा, "दस-पन्द्रह मिनट और रुको फिर चलना।"

"क्या फर्क पड़ जाएगा, इस दस-पन्द्रह मिनट में?" बसन्त बोला।

"कहीं से भी उठने में मूड बनाना पड़ता है, यूँ ही सिलसिला एकदम से काट नहीं दिया जाता है।" रमेश ने कहा।

सड़क पर लोगों की भीड़ बढ़ गयी थी। रेस्तराँ से भी लोग उठकर बाहर निकल आये थे। सर्दी अपने शबाब पर पहुँच चुकी थी। पता नहीं आसमान पर बादल कहाँ से घिर आये थे। उन्होंने दो पल की बरसात भी कर दी थी जिससे ठण्ड में बर्फीलापन घुल गया था। जहीर ने चलने का इशारा किया और वे सब मोटर साइकिल की तरफ बढ़ने लगे। तभी एक अठारह-उन्नीस वर्ष की लम्बे कद की साँवले रंगत वाली लड़की ऊपर से नीचे तक बिलकुल नंगी जाने कहाँ से प्रकट हो सड़क पार करने लगी। लम्बे बालों का भारी जूड़ा उसकी सुराहीदार गर्दन पर टिका था। अन्दाज में गुरूर था। नजरें सामने देख रही थीं। चाल में इतनी शालीनता थी जैसे वह बेहद शानदार साड़ी पहने हुए हो। इतना सुन्दर बदन देखकर सब जैसे सकते में आ गये। एक मिनट को सभी ठगे-से रह गये कि वह जो देख रहे हैं वह सचमुच वजूद रखता है या फिर...।

नंगी लड़की बड़े आराम और गरिमा के संग गर्दन उठाये सड़क पार कर दूसरी तरफ बढ़ी और देखते-देखते नजरों से ओझल हो गयी। उसको हर नजर तलाश कर रही थी। मगर वह जाने कहाँ से आयी थी और कहाँ गुम हो गयी। बड़े बँगले के अँधेरे कोनों में उसको कौन ढूँढ़ता जाकर? पुलिस ट्रैफिक में बुरी तरह उलझी थी। उनकी नजर पड़ी भी होगी और हो सकता है उन्होंने देखा भी न हो। यह बात न कोई आपस में पूछ सकता था न कह सकता था। हर एक का नशा टूट चुका था। मचलती तरंग ठहर गयी थी। सभी के जहन में वह सुन्दर बदन और नाज भरी चाल का वह गुरूर भरा अन्दाज अंकित हो चुका था। शायद सब अपने से पूछ रहे थे कि वह कौन थी? किसी सम्भ्रान्त परिवार की पागल लड़की?

दोनों मोटरसाइकिलें जब चौराहे का अर्ध चन्द्राकार चक्कर लगाकर मुड़ीं तो

दुकानें बन्द होने लगी थीं। रेस्तराँ और होटल अपने को समेटने की तैयारी में लग गये थे। बर्फीली हवा बता रही थी कि आसपास के इलाके में जरूर बर्फ गिरी है या फिर इन बादलों ने पहली जनवरी को गीला और सर्द बनाने का इरादा ठान लिया है।

जब जहीर और मुरली घर पहुँचे तब तक दो बज चुके थे। सिपतुन जाग रही थी। उसने कुण्डी बजने से पहले ही जाकर दरवाजा खोल दिया था। जहीर और मुरली ने अन्दर दाखिल होते ही कहा।

"नया साल मुबारक हो!"

"तुम दोनों को भी," सिपतुन ने कहा और दरवाजे में कुण्डी लगायी।

"सिपतुन, जहीर आ गया है क्या?"

"जी अम्मीजान!"

"दादीजान, आपको नया साल बहुत-बहुत मुबारक हो!"

"मेरी दिली दुआएँ कि तुम फूलो-फलो, आबाद हो।"

"हमहूँ न?" मुरली बोला।

"अरे निगोड़े तू अलग है क्या अपने जहीर से?"

"दादी आप मुरली का तू कहिन, इ बात हमका बहुतै नीक लगी," मुरली गद्गद हो बोला।

"लगेगी क्यों नहीं। यही तो तुम लोगों की बोली हो गयी है आजकल।" दादी ने लिहाफ में लिपटे-लिपटे चिढ़े स्वर में कहा।

"अच्छा दादी, सुबह मुलाकात होगी," कहकर जहीर उनके कमरे से निकला और अपने कमरे में जाकर कपड़े बदलने लगा। मुरली भी आ गया था। दोनों ने बिजली बुझायी और गर्म बिस्तर में घुसे मगर हाथ-पैर ठण्डे होने के कारण वह काफी देर तक बेचैन रहे। जब पैर गर्म हुआ तो पपोटे नींद से बोझिल हो उठे। जैसे ही वह नींद नें डूबने लगे वैसे ही वह नंगी लड़की जहन के आँगन में आन खड़ी हुई। एक झुरझुरी-सी जहीर के बदन में दौड़ी, तभी मुरली बोल उठा।

"हमका तो नींद आयी भी अउर छू मन्तरौ होय गयी!"

जहीर ने मुरली की बात सुनी मगर जवाब नहीं दिया। उसी तरह वह लिहाफ में दुबका रहा। बड़ी देर तक दोनों जागते रहे। सुबह जब नमाज के लिए सिपतुन उठी तो दोनों की पलकें झपक गयीं और वे गहरी नींद में डूब गये।

पहली जनवरी के सूरज को बादलों ने अपनी कैद में रखा। बूँदाबाँदी ने एक उदास

भरे दिन की शुरूआत की जिसने घटा भरा एक सप्ताह दिया और बहुतों को बीमार डाल दिया। बहुत से बुजुर्ग मौत के मुँह में चले गये। उन्हीं दिनों राजापुर में एक दिल दहलानेवाली घटना गुजरी। होली के अलाव को लोग जमा करते हैं सड़क किनारे और चौराहों पर, यह कोई नयी बात न थी। उसी में दीमक लगा एक खोखला तना भी था जिसको किसी ने अपने घर के सामने आँगन से निकाल डलवा दिया था। उसको सर्दी की तेजी के कारण कुछ मजदूर जला बैठे जिसके कारण मालिक मकान को इतना गुस्सा चढ़ा कि उसने आव देखा न ताव, मजदूरों की जी भर कर पिटाई की और फिर उनके खिलाफ चोरी की रिपोर्ट दर्ज करा दी। इस तरह जाड़े से बचने की कोशिश के जुर्म में तीनों मजदूर धर लिये गये।

मानवीय-अमानवीय घटनाओं से भरी शीतलहर हफ्ता भर बाद सारे शहर को हिलाकर चली गयी। उसके जाने से जो राहत गरीबों को नसीब हुई उससे हफ्ते भर का भोगा कष्ट सब भूल गये। इन्सान की यह सबसे बड़ी खूबी है कि वह हर जख्म की हर पीड़ा को समय के गुजरने के साथ बिसरा देता है और जिजीविषा उसको फिर से जीने के लिए तैयार कर देती है। सो धूप भरे दिन गन्ना चूसने, भुना होला, मूँगफली खाने और चने के साग को नमक के साथ चबाने के स्वाद लेने में गुजरने लगे।

जाड़े की कँपकँपाहट के साथ जगन्नाथ मिश्रा को रात का सेकेण्ड शो सिनेमा देखने में जो मजा आता है उससे रमेश और बसन्त बहुत तंग थे, मगर जाते सब साथ थे सिनेमा देखने। आज मानसरोवर में नयी लगी पिक्चर को देखने का मन जुगनू ने बना लिया था। सलमान ने अपनी मजबूरी भी बतायी मगर जुगनू अपने हठ पर अड़ा रहा। ठीक सवा नौ बजे वह मानसरोवर पर दुलाई लपेटे मूँगफली के पैकेट खरीदता खड़ा था। उसकी देखादेखी मुरली को भी दुलाई लपेटने में मजा आने लगा था। इन दोनों के कारण अकसर पीछे की सीटवालों से कहा-सुनी हो जाती, तब जाकर रजाई कन्धे से उतर पैरों पर फैल जाती थी। फिल्म से लौटते हुए फिर मूँगफलियाँ चबाते हुए पैदल ही घर की तरफ बढ़ते। फिल्म पर बातें करते हुए रास्ते की दूरी का अहसास किसी को नहीं होता था। मोटरसाइकिल न ले जाने का तर्क मिश्रा के पास बड़ा तगड़ा था कि बचपन में स्कूल से भागकर, घर से छुपकर मैटिनी शो देखने जाड़ा, गर्मी, बरसात में पैदल ही जाता था। जो उस सारी कोशिशों में मजा आता था, वह आज मोटरसाइकिल को चलाकर जाने में काफूर हो जाता है।

इस समय भी वह किसी नयी हीरोइन की फिल्म देखकर आ रहे थे मगर याद कर रहे थे मधुबाला, नरगिस, मीनाकुमारी, वहीदा रहमान को। सबकी अपनी-अपनी पसन्द थी, अपनी-अपनी राय थी मगर सलमान और जगन्नाथ में नयी-पुरानी

हीरोइनों को लेकर बहस इतनी तेज हो गयी कि जहीर और रमेश को बीच-बचाव करना कठिन हो गया। इस समय वही हुआ। सन्नाटी सड़क पर नयी हीरोइनों की मिट्टी-पलीद की जा रही थी। एक-से-एक फब्तियाँ कसी जाने लगीं। उससे आसपास के एक-दो घरों की खिड़कियाँ खुलीं। कुछ सिर बाहर निकले फिर बत्ती गुल हो गयी।

"अबे लौण्डो, का हो-हल्ला मचा रखा है? इतनी रात में कहाँ से आ रहे हो?" दोनों सिपाही जाने कहाँ से आ टपके थे।

"पिक्चर देखकर!" बसन्त ने हथेली को आपस में मलते हुए कहा।

"निक्चर देखकर या दारू चढ़ाकर," सिपाही हँसा।

"पास में भूँजी भाँग नहीं है, दारू कहाँ से चढ़ाएँगे?" रमेश ने कड़वाहट से कहा।

"चलो थाने या निकालो माल," उस सिपाही की आवाज की नकल करते हुए कुछ गुस्से से जगन्नाथ एकाएक बोल पड़ा और दुलाई को दोबारा लपेटा। उस पर बहस के कारण झक सवार थी।

"क्या अण्डबण्ड बक रहा है बे? माल निकालने को यहाँ क्या बात है....बहुत माल हो गया है क्या तेरे पास?" सिपाही इसके लिए तैयार न था सो चिढ़ गया।

"पकड़ैं जी, ई मुट्ठी भर मूँगफलियाँ और ई रही नमक की पुड़िया... खायेँ और हम लोगन का चलै दें। इच्छा होय तो आपौ साथ चलैं।" मुरली अपनी झोंक में बोला।

"कौन-सी देखी?" सिपाही ने मूँगफली फोड़ी। उसका मूड बदल गया था।

"छोड़ैं जी, नमवा मा का रखा है, इ बतावैं आपका सुसरी नयी हीरोइन अच्छी लगत है या फिर पुरनकी?" सलमान बोला।

"अब पुरनकी की बातय कुछ और रही...का नाची रहीं वहीदा जी...'पिया तोसे नैना लागे रे...'।"

"वाह दीवान जी, आप तो बहुत पहुँचे हुए निकले।" जहीर हँस पड़ा।

"कभी-कभी घुस जाते हैं पिक्चर हाल में। कउन-सा टिकट लगना है!" कहकर सिपाही ने दाने मुँह में डाले। उन दोनों को ये मस्तमौला लड़के मजेदार लगे थे। पूरा टोला अब मूँगफली खाते हुए आगे बढ़ा। पहले बहस खत्म हुई फिर मूँगफली! जुगनू की आवाज बहुत सुरीली थी सो उसने गुनगुनाना शुरू कर दिया किसी पुरानी फिल्म का रूमानी गाना।

"अब लोग गाने की किताब बहुत कम खरीदते हैं।" बसन्त बोला।

"गाने की किताब की जगह गानों के कैसेट जो आ गये हैं। उसकी दुकानें तो हर रोज बढ़ रही हैं।"

नन्हा-सा काफिला अभी सड़क से गली की तरफ मुड़ा ही था कि उनकी अगवानी के लिए दो कुत्ते भूँकते हुए आगे बढ़े। उनके भूँकने की आवाज में जाने कौन-सा जादू था कि इधर-उधर से चार-पाँच कुत्ते आकर और जमा हो गये। आगे-आगे दोस्तों का काफिला और पीछे-पीछे भूँकते कुत्तों की गारद।

"ले बे जुगनुवा, अब तो असली कुत्तवन मिल गये बे...अब इनका कउन-सी मूँगफली खिलउबो?" रमेश ने कहा। इस पर एक जोर का मिला-जुला कहकहा उभरा। सुरंगदार सन्नाटी गली में अट्टहास की गूँज सुन कुत्ते कुछ घबरा-से गये और एक-एक करके अपने झुण्ड से अलग हो नाली के पास जाकर सुस्ताने बैठ गये। गली आगे जाकर फिर चौड़ी सड़क में जा मिली। खामोश सड़क पर इनके कदमों की आवाज दूर तक गूँज रही थी। धुँधली रोशनी में डूबे रास्ते इतने अजनबी लग रहे थे जैसे किसी सजी-धजी औरत ने सोने से पहले अपने सारे जेवर उतारकर सादी धोती लपेट ली हो।

4

रमजान का चाँद दिख गया है। जामा मस्जिद से यह ऐलान हो गया था, मगर अपनी-अपनी छतों पर चढ़े लोग बदली के कारण उसको देख नहीं पाये थे। दुकानें तो कई दिनों से सज रही थीं मगर आज चाँद रात थी। आज की बात और थी। बाजार में रौनक उतर आयी थी। बताशफेनी के छल्ले और खजूर की ढेरियाँ लोगों को दूर से नजर आ रही थीं। इबादत का यह महीना है इसलिए नयी जिल्द के कुरान, अँधेरे में चमकने वाली तस्वीहें, मखमल और चटाई की बनी जानमाजें, रहल और कई तरह की जरूरी खरीदारियाँ भी हो रही थीं। कैलेण्डर और खुत्बों की दुकानों पर भी लोग खड़े थे। हलवाइयों की दुकान पर दूध खरीदने वालों की लाइन लगी हुई थी।

कल पहला रोज़ा था। नयी घड़ियाँ खरीदी और पुरानी घड़ियों का अलार्म ठीक कराया जा रहा था। जो मुसलमानबहुल बस्तियाँ थीं वहाँ के रहनेवालों को तो कोई फिक्र न थी। सहरी के वक्त जगाने का काम मस्जिदें कर देंगी वरना सहरी गानेवाले यह नेक काम गली-कूचों में घूमकर अंजाम दे लेंगे। इस सबके बावजूद रतजगा शायद इस खौफ से भी था कि लोग तय नहीं कर पा रहे थे कि अगर बिजली न

हुई और अजान सुनाई न पड़ी तो कहीं सोते न रह जाएँ। ऐसे भीड़-भाड़ के माहौल में राहजनों की बन आयी थी। लड़कियों, औरतों को भीड़ के बहाने परेशान करने, पर्स और चेन छीनने से वे कहाँ बाज आने वाले थे।

मोहल्ले-दर-मोहल्ले मस्जिदें पुतपुताकर जगमग कर रही थीं। पानी का हौज साफ था। वजू करने के नये खरीदे बधने सज गये थे। पुरानी झाड़ू फेंककर नयी झाड़ू आ गयी थी। रंगीन कुमकुमों की झालरें मेहराबों, गुम्बदों पर सज दरवाजे पर लटक गयी थीं। घरों में औरतें गोता तहारत में लगी हुई थीं। बावर्चीखाने को नये सिरे से जमाया जा रहा था ताकि रमजान की इबादत में न कोई खलल पड़े और न ही गृहस्थी के बेकार के खटराग में वक्त खराब हो। बच्चों की रोजाकुशाई की तरीखें तय होने लगी थीं। मेहमानों और रिश्तेदारों की लिस्ट बन रही थी। अपने शहर से दूर नौकरीपेशा लोग घर को फोन मिला रहे थे या घर वाले उनको फोन कर हालचाल पूछ हिदायतें दे रहे थे। गरज कि एक उमंग भरा माहौल देर रात तक शहर के गली-कूचों में अपनी छटा बिखेरता दूर-दराज के शहरों तक पहुँच रहा था। रोज़े की अहमियत और कुरानख्वानी के कैसेट लग गये थे। मस्जिदों में इफ्तारी भेजने वाले अपना-अपना दिन तय कर रहे थे।

आज पहला रोज़ा था। जहीर की दादी फिरोजजहाँ आज की इफ्तारी के इन्तजाम में लगी हुई थीं। दोपहर तक तन्दूर से नान के तीन छाबे आ गये थे। शामी कबाब घर में बन रहे थे जिसकी तैयारी में सिपतुन सुबह से जुटी हुई थी। रोटी के आते ही वह कबाब तलने बैठ गयी। फिरोजजहाँ हिस्सा लगाने लगी और जहीर उन्हें गिन-गिन कर काब पर रख रहा था। पूरे पाँच सौ हिस्से जाने थे। नाऊ आ गये थे। पाँच खान सर पर उठाकर साढ़े चार बजते-बजते मस्जिद पहुँचा आये थे। जहीर भी नहा-धोकर इफ्तारी से पहले मस्जिद पहुँच गया था।

एक छोटी लड़की दो कटोरी काले चने इफ्तारी के लिए लायी थी। मौलवी साहब ने उसको हाथ बढ़ाकर लिया और चटाई पर रख दिया। जहीर के दिल में उन दो छोटी कटोरियों को देखकर संकोच उभरा और महसूस हुआ कि उस बच्ची की आस्था के आगे उसकी लायी इफ्तारी दिखावा है। जहीर का मन उस लड़की के लौट जाने के बाद भी उसके घर की स्थिति में उलझा रहा। बार-बार सवाल उठता कि उन्होंने जरूर अपना पेट काट यह हिस्सा किसी गैर के लिए यहाँ भेजा है। जाने इसके घर में कौन-कौन होगा जो लड़की यह फर्ज निभाने मस्जिद में आयी थी? मोहल्ले के ज्यादातर गरीब और मजदूरपेशा लोग मस्जिद में मौजूद थे। सबने एक साथ रोज़ा खोला। इमाम साहब ने बहुत अच्छी बातें बतायीं और नमाज पढ़ने के

बाद जहीर खाली खान उठवाकर घर वापस आ गया। घर पहुँचा तो देखा मुरली इन्तजार में बैठा है।

"कब आये?" जहीर ने पूछा।

"बस अभी नै। रमजान शरीफ के कारन बड़ी भीड़ रही...दादी अम्मा खातिर अच्छा वाला खजूर लावा हैं।"

"यह तो बाहर का है...सऊदी का है...बहुत महँगा होगा यार?" जहीर ने खूबसूरत पैकेट को चारों तरफ से घुमाया।

"तो का भवा? पहली रोजा की बिक्री रही। दादी अम्मा से बढ़कर थोड़े है ...स्पेशल कहकर मँगवावा रहा सो टैम से आय गवा।" मुरली ने खुशी से खींसें निपोरीं।

"इस मुरली का कोई जवाब नहीं," जहीर ने दिल ही दिल में कहा और पैकेट दादी की तरफ बढ़ा दिया जो सलाम फेरकर जानमाज का कोना मोड़ रही थीं।

"यह क्या?"

"सऊदिया का खजूर आपके लिए मुरली लेकर आया है।" जहीर ने कहा।

"मुरली?" दादी ने ताज्जुब से कहा, फिर पैकेट हाथ में लेकर चारों तरफ से देखा। उनके चेहरे पर बहुत दिन बाद जहीर को वह तरलता देखने को मिली जो कभी-कभी बचपन में दादी के चेहरे पर फैलती उसे नजर आती थी, जब उनकी आँखें फैलकर बड़ी-बड़ी हो जाती थीं। उन्होंने अजीब नजरों से मुरली को देखा, फिर हल्के से मुस्कुरा पड़ीं। उनकी मुस्कुराहट देख मुरली की बाँछें खिल गयीं और आँखें खुशी से चमक उठीं।

आज पाँचवाँ रोज़ा था। मस्जिद में आज रोज से ज्यादा भीड़ थी। उसका कारण भी था। आज महमूदन रण्डी के घर से इफ्तारी आने का दिन था। वह छः बख्श भेजती थी। पूरा दस्तरख्वान लगता था। शरबत से लेकर चाय और खाने के बाद मीठे का इन्तजाम होता था। शुरू-शुरू में इस पर धर्म के ठेकेदारों ने एतराज किया मगर पेशइमाम ने उनकी एक भी न सुनी और जवाब दिया कि जो भी मोमिन है वह रोज़ेदार का रोज़ा खुलवाकर सवाब ले सकता है। उसका पेशा और खानदान क्या है, यह मेरे लिए बहस का मौजू नहीं है। उसका हिसाब ऊपर वाला रखता है। इस जवाब को सुनकर उनके तेवर ढीले पड़ गये और महमूदन के बाद उसकी बेटी इम्तियाजिन हर साल पाँचवें रमजान को इफ्तारी पहले की तरह भेजती रही।

इलाहाबाद में कौन नहीं जानता कि महमूदन एक खानदानी तवायफ थी।

गजल गाने में अपना जवाब नहीं रखती थी। अमजद अली बेग अंग्रेजों के जमाने के डिप्टी कलक्टर थे। उनका दिल महमूदन पर आ गया। बेटी भी हुई मगर न वह शादी कर पाये न महमूदन गजल गाना छोड़ पायी। अलबत्ता इम्तियाजिन का लगाव न गजल में था न नानी की तरह मुजरा करने में, और यही अमजद अली भी चाहते थे। उन्होंने खानदान की बगावत के बावजूद बेटी को अपना नाम दिया और स्कूल में उसका नाम लिखवाया। मगर जिन्दगी ने वफा न की और चल बसे। महमूदन के पास दौलत काफी थी। गजल गाना छोड़ा तो छोड़ा, अपना मोहल्ला मीरगंज भी छोड़ दिया। अकबरपुर आकर उसने पर्दा करना शुरू किया। इबादत में दिल लगाया। हज कर आयीं मगर जमाने ने उन्हें माफ नहीं किया। अपने नाम के आगे रण्डी का लगाया जाना नहीं रोक पायी। बड़े होकर इम्तियाजिन को किसी से कोई गिला न था। उसको किताबों से प्यार था। इल्म ने ही उसको बताया कि उसकी नानी और माँ कलाकार थीं। उनका हुनर ही उनकी पहचान थी। इस जज्बे को लेकर वह जीती रही और आज जब वह साठ साल की हो रही है तो भी वह अपनी जिन्दगी से उसी तरह मुतमईन है। कई शरीफजादों ने शादी की पेशकश भी की मगर इम्तियाजिन ने इनकार कर दिया।

यह कहानी समय की धूल में बहुत-सी कहानियों की तरह धुँधली पड़ चुकी है क्योंकि ऐसी कहानियों को कोई भी माँ अपने बच्चों को सुनाना नहीं चाहती है। जिस दिन ऐसा हो जाएगा उस दिन इन्सान इन्सान को समझने के लायक हो जाएगा मगर उसूलों, फतवों में उलझे लोग जिन्दगी की सच्ची तस्वीरों को छुपाते ही नहीं, उसको देखने और दिखाने से घबराते भी हैं। यही चलन इस मोहल्ले में भी था। लोगों को यह बताते बुरा लगता है कि यहाँ उनकी तरह किसी और को भी रहने का हक है। चाहे वह गजल गाने वाली ही क्यों न हो। इस शर्म के चलते लोग महमूदन को भूल बैठे, उसकी बेटी को भुला बैठे और उसकी जगह चलन पड़ गया कि हाजिन बीबी या हाजिन बीबी की बिटिया ताकि कोई उन पर उँगली न उठा सके और वे कह सकें कि हमारा पड़ोस दीन मजहब वालों का और मोहल्ला शरीफों का है।

जाड़े के यह धूप से भरे दिन आँगन और छत पर गुजर रहे थे। जब तक धूप का छोटा-सा भी टुकड़ा बाकी बचता उसका पीछा करता पूरा खानदान वहाँ सिमट जाता था। कोहरे में डूबी सुबह को जब धूप की सुनहरी किरणें चीरतीं तो ताजगी भरी नमी नाक में सरसरा उठती थी। तिल के लड्डू और बाजरे की मीठी टिकिया, काली गाजर का बना हब्शी हलवा और मेवा पड़े गजरौला को खाकर जाड़े से कँपकँपाते

यह दिन कुलाँचें भरने लगते थे। यह शहर मौसम के अनुसार कैसे अपनी छवि बदल लेता है और हर छवि अपने साथ नयी अनुभूतियों का खजाना लेकर आती है। शायद इसी कारण कोई अपने इस शहर से ऊबता नहीं है।

मुँह-अँधेरे उठ के औरतों का झुण्ड पड़ोस के गाँव-देहात से गंगा गीत गाता इलाहाबाद में दाखिल हो गंगा-स्नान के लिए संगम की तरफ चल पड़ा था।

गंगा का जल लहराये चलो सखि गंगा नहाये,
गंगा नहाये, संगम नहाये चलो सखि गंगा नहाये।
हे गंगा मइया तुमका चढ़ाउब पीयर चुनरी रंगाये
चलो सखि गंगा नहाये।

हर मोहल्ले की गलियाँ भोर से ही इनकी गुनगुनाहट से गूँज उठी थीं। आज खिचड़ी का नहान जो था। आसमान पर बादल छाये थे। हल्की बूँदाबाँदी ने ठण्ड और बढ़ा दी थी। अतरसुइया की उस सीली तंग गली में जुगनू की माँ भी अपनी संगी-सहेलियों के साथ नदी की ओर पैदल ही चल पड़ी थीं। यही हाल दारागंज में था। जहाँ रमेश की माँ और बहनें मकरसंक्रान्ति के इस पावन पर्व के अवसर पर नहाने के लिए अपनी टोली के साथ घाट की तरफ बढ़ रही थीं।

गंगे च यमुने चैव गोदावरी सरस्वती,
नर्मदा सिन्धु कावेरी जलेऽस्मिन् सन्निधिं कुरु।।

संगम के पानी में श्लोकों के उच्चारण के साथ लाखों लोग डुबकी लगा रहे थे। जाड़ा जाने कहाँ गायब हो गया था। आस्था की गर्मी और निष्ठा की प्रफुल्लता स्त्री-पुरुष के चेहरों पर नाच रही थी। रेत पर फैली रंगीन साड़ियों और सफेद धोतियों की कतार संगम, नदी के किनारे दूर तक फैली नजर आ रही थी। पूजा के बाद प्रसाद को सँभाले धीरे-धीरे करके भीड़ शहर की तरफ लौट रही थी। उनके कन्धों पर भीगे कपड़े थे। कुछ मन्त्र जाप कर रही थीं, कुछ दुख-सुख की बातें कर रही थीं। रमेश की माँ को देखकर रीना की माँ अपने को रोक न पायी और भीड़ से निकलकर वह करीब पहुँचकर बोली—

"कैसी हैं बहिन जी?"

"मैं तो ठीक हूँ—और सुनाओ रीना कैसी है, अब तो ससुराल में रच-बस गयी होगी?"

"जी बहिन जी, आपके आशीर्वाद से सुखी है। चैन से है। छः-सात माह पहले आयी थी।"

"बेटी सुखी रहे, माँ-बाप को और क्या चाहिए?"

"जी, सब आप लोगों का आशीर्वाद है..." इतना कहकर वह रुकीं जैसे कुछ पूछना चाह रही हों, फिर चुप होकर रह गयीं।

"रमेश ठीक है...दोनों बेटियाँ भी आयी हैं। अपनी सखियों के साथ होंगी, देखती हूँ।"

"अरे रहने दीजिए, मैं कभी घर आ जाऊँगी मिलने, सबको पूछ दीजिएगा। अच्छा नमस्ते।"

रमेश की माँ को जाने क्यों लगा जैसे रीना अपनी ससुराल में खुश नहीं है। उनको पुराने दिन याद आ गये। मन न चाहने के बावजूद उदास हो गया। रमेश अभी तक भटक रहा था। किसी ज्योतिषी से उन्होंने पूछा था। उसने जन्मपत्री देख कर बताया था कि रमेश के घर में शनि का वास है। पूरे नौ वर्ष तक यह कष्ट भरा समय चलेगा। मगर जब शनि जाएगा तो बहुत-कुछ देकर जाएगा। तभी नौकरी और विवाह का योग है। यदि विवाह और नौकरी का योग चौबीस वर्ष की आयु तक नहीं बना तो समझो फिर रमेश का कुछ नहीं होगा और आगे कष्ट-ही-कष्ट है। रमेश को माँ का इन बातों पर विश्वास नहीं है मगर जो बातें पण्डित जी बता रहे थे, वे सच थीं। उनकी आशा बस एक बात से बँधी थी कि अब शनि ग्रह के टलने का समय पास आ रहा था। हाथ कंगन को आरसी क्या, देखते हैं रमेश का भाग्य पलटता है या नहीं?

गंगास्नान से लौटकर रमेश की माँ ने चूल्हे पर चाय चढ़ा दी। घर में अभी सब सोये पड़े थे। उनका व्रत है। पण्डित जी ने ही कहा था कि सप्ताह में एक दिन व्रत और सफेद लाई, नदी या किसी भी बहते पानी में डालें। सारे काले बादल छँट जाएँगे। मन को शान्ति मिलेगी। सब तरफ से हारकर रमेश की माँ इन टोने-टोटकों को भी अंजाम देने लगीं कि शायद इन्हीं बातों का प्रभाव पड़े और रमेश का समय बदल जाए। रास्ते के बीच और चौराहे पर वह पूरी-हलवा, सिन्दूर, फूल, नीबू भी रखने लगी थीं। माँ का दिल था। बेटे के लिए पिघलता था। किसी ने कहा टूटी मस्जिद के पास जो अन्धे मौलवी साहब रहते हैं उनकी तावीज में बहुत असर है। उनके पास भी वह मुन्नी की अम्मा के साथ पहुँच गयी। तावीज लाकर रमेश के तकिया में सिल दी और रोज सुबह उठकर गौरैयों को दाना बिखेरती। रमेश घर का बड़ा लड़का था, उसका फलना-फूलना जरूरी था। उससे छोटा एक और लड़का था। दो लड़कियाँ थीं जिसमें से एक रमेश से बड़ी थी, दूसरी उससे छोटी। उनके विवाह की समस्याएँ भी सामने थीं। अच्छा लड़का ढूँढ़ना तो आसान था मगर उसके खुले मुँह को लाखों रुपये से भरना कठिन काम था।

"इस बूँदी बदरी मा कहाँ जाय रहे हो?" माँ ने रमेश को टोका। रमेश चिढ़ गया।

"सल्लनवा के हिंया। आज ओहकी बहिनिया के देखे खातिर कुछ लोग आवै वाले हैं।" रमेश ने नया बहाना गढ़ा।

"बेटवा, कउनो काम-धाम ढूँढ़व—ई फालतू की यारी-दोस्ती कउनो काम की नाही...समझे!" रमेश की माँ ने चावल बीनते हुए कहा।

"नौकरी कउनो डार मा थोड़े फलत है," रमेश ने मन-ही-मन झुँझलाकर कहा और खिन्न मन के साथ घर से बाहर निकला। सर्दी कुछ ज्यादा ही थी। हाथ बर्फ हो रहे थे। हथेलियों को उसने आपस में पहले रगड़ा फिर बगल के दोनों तरफ दबाकर पैदल चलने लगा। कुछ दूर पैदल चलकर उसके बदन में गर्मी आयी तो ठण्ड का अहसास कुछ कम हुआ। बादल अब भी आसमान पर छाये थे। पत्तियों से भरी टहनियाँ हिल रही थीं। हलवाई की भट्ठी के पास भगाने के बावजूद कुतिया लेटी अपने पिल्ले को दूध पिला रही थी। उसके चेहरे पर सन्तोष था। रमेश आगे बढ़ा जहाँ चाय के ढाबे पर बैठी औरत अपने पाँच साल के लड़के को कोसने दे रही थी, जिससे सारा दूध भगोने में ठोकर लगने से उलट गया था। लड़का मुँह बिसूरे खड़ा था।

"बाबूजी, बूट पॉलिश!" महीन-सी आवाज रमेश के कानों से टकरायी।

"आज नहीं," रमेश हँसा।

"बहुत गन्दा हो रहा है बाबूजी...बस दो मिनट," लड़का कन्धे से बस्ता उतारने लगा।

"आज बहुत जल्दी में हूँ फिर कभी," कहकर रमेश तेजी से आगे बढ़ा और सड़क के किनारे जाकर खड़ा हो गया। मोहल्ला पीछे छूट गया था।

'अब कहाँ जाऊँ? रोज घर से कोई-न-कोई बहाना क़रके निकलता हूँ और बिना उद्देश्य के इधर-उधर भटकता या तो जहीर की दुकान या फिर जुगनू के पी.सी.ओ. पर जाकर ठहर जाता हूँ। अगर ये दोस्त न होते तो मैं क्या करता? कहाँ जाता और किसके साथ बैठकर अपना मन बहलाता? गलत काम करने का न दिल चाहता है न हिम्मत पड़ती है। जेब में फूटी कौड़ी नहीं है। अम्मा से माँगना चाहता था मगर उन्होंने उल्टी धौंस जमा दी। माँगता तो और चार बात सुनता और सुबह-सुबह बेकार की नोक-झोंक हो जाती।'

रमेश अपनी सोच में गुम जाने कब तक यूँ ही चलता रहता अगर बसन्त और सलमान ने उसको पीछे से आवाज न दी होती। उसने मुड़कर देखा।

"किस सोच में थे गुरु? हम आवाज दे रहे थे और आप चलते चले जा रहे थे?" बसन्त ने हँसकर कहा।

"घर में सब ठीक-ठाक तो है...?" सलमान ने धीरे से पूछा। उसको रमेश का चेहरा उदास लगा।

"ऐसी कोई बात नहीं यार, बस सोच रहा था कि...खैर छोड़ो कहाँ जा रहे थे?"

"जाना कहाँ है हमको आखिर, कउन-सी दुनिया में हो तुम?" बसन्त ने चिढ़ कर कहा।

"तो फिर चलते हैं जुगनू के पास," सलमान ने कहा।

"चलो," इतना कहकर तीनों दरियाबाद की तरफ चल पड़े। इन वर्षों में इस शहर की सड़कों और गलियों पर यह इतना चले हैं कि कह सकते हैं इनके जूते और चप्पलें समय से पहले इसीलिए घिसती हैं। उनके तलों में छेद हो जाते हैं जिसको छेदन मोची के अलावा कोई नहीं ठीक कर पाता है।

जब वे तीनों दरियाबाद पहुँचे तो जुगनू को घेरे मोहल्ले के लड़के खड़े थे। उन लड़कों की आपस में मारपीट हो गयी थी जिसकी सुलह-सफाई चल रही थी। मेल-मिलाप होने के बाद वे जुगनू से हाथ मिलाकर, आपस में गले मिलकर चले गये। थोड़ी देर बाद प्लास्टिक के थैले में गाजर का हलवा और पत्तल की कटोरियाँ लिये एक लड़का सामने खड़ा था।

"इमामबाड़े वाले मीर साहब भिजवाईन हैं।"

"काहे?"

"ई तो हम नहीं जानित हैं भैया।"

"फिर हम यह कैसे ले लें, जब उनका हम जनबै नहीं करित?" जुगनू ने दलील दी।

"अरे अभी दुई मिनट पहले तो तुम उनके पोता और बाकी लौंडन मा मेल कराये हो, इतनी जल्दी भूल गये?" लड़का इतना कहकर हँस पड़ा।

"तो ऐसन बताओ न, मीर साहब से हमार शुक्रिया बोल दियो..." जुगनू ने कहा और थैला मेज पर रख उसकी गाँठ खोली। थैला का मुँह खुलते ही गाजर के हलवे से भाप निकली।

"वाह, क्या बात है। सौगात मौसम के ऐन मुताबिक!" सलमान बोला।

"तो खाओ न," जुगनू ने हलवा सबकी तरफ बढ़ाया।

बाहर गली में टपाटप बूँदें गिरने लगी थीं। ठण्डी हवा की सुरसुराहट शीशे के बन्द दरवाजे की दरार से पी. सी. ओ. में तैर गयी। पैर जमने से लगे थे। हलवे ने मुँह में पहुँचकर जबान का स्वाद ही नहीं बदला बल्कि बदन में फुर्ती-सी भी दौड़ायी। जुगनू को किसी काम से जाना था सो वे तीनों भी जुगनू के साथ बाहर निकले। अब केवल रमेश के सामने नहीं बल्कि बसन्त और सलमान के सामने भी

प्रश्न मुँह खोले खड़ा था कि इस मौसम में कहाँ जाया जाए? पैदल चलने का उनमें बूता बचा नहीं था।

"कहाँ जाने का इरादा है?" जुगनू ने मोटरसाइकिल की तरफ बढ़ते हुए पूछा।

"कहीं नहीं," रमेश हँसा।

"फिर बैठो, मैं घण्टे-डेढ़ घण्टे में लौट रहा हूँ।" इतना कहकर वह आगे बढ़ा और तीनों वापस आकर फिर अपनी जगहों पर जम गये।

"भैया, ठण्डान हो तो चाय मँगायी," कहकर जुगनू के छोटे भाई ने बाहर निकलकर सामने वाली चाय की दुकान पर आवाज लगायी।

बाहर बारिश तेज हो गयी थी। चाय की तलब तीनों को लग रही थी। बसन्त के सर में दर्द शुरू हो गया था। उसके बदन पर सिर्फ कमीज थी। मगर अन्दर मिरजई पहने था। रुई की वजह से उसका सीना और पसली गर्म थे। रमेश ने स्वेटर-कोट दोनों पहन रखा था मगर पैण्ट सूती था। सलमान हमेशा की तरह पूरी आस्तीन के स्वेटर पर जवाहर जैकेट पहने हुआ था।

"ईद कब की है भैया?"

"ईद तो जाकर पड़ेगी फरवरी में। आज तो चौदह जनवरी है और रोज़े शुरू हुए थे यही कोई छः-सात जनवरी से," सलमान ने कहा।

"आप रोज़े नहीं रखते?" जुगनू के भाई ने पूछा।

"नहीं, मगर कभी-कभार एक-दो रख लेता हूँ," सलमान ने गर्म चाय की चुस्की भरी।

"दरियाबाद में तो बस पूछिए मत, सारी रात इबादत होती रहती है। अटाले की तरफ तो रतजगा जैसा माहौल बन जाता है और ऐसी चहल-पहल रहती है जैसे कोई मेला लगा हो। उधर की तरफ की गली में जिधर मस्जिद है, बड़ी अच्छी सजावट रंगीन छोटे बल्बों से कर रखी है। मैं तो रोज रात को उधर टहलकर आता हूँ। बड़ा मजा आता है घूमने में और खास कर शब्बन मियाँ का कबाब-पराँठा खाने में, किसी दिन आइए न रात को?"

"सबै दिन तो आइत है तुम कहत हो तो रातौ का आइ जाबै," बसन्त बोला।

"बड़ी गजब की ठण्ड है यार," जुगनू ने अन्दर घुसते ही कहा। उसका चेहरा ठण्ड के कारण नीला-सा हो रहा था।

"ई मौसम मा अम्मा सुबह संगम नहाय गयी रहीं," छोटे भाई ने कहा।

"अरे बूढ़न की हड्डियों में हमसे ज्यादा दम है भाई।" जुगनू ने रूमाल से नाक पोंछते हुए कहा।

"आज तो लिहाफ मा घुस के पड़े रहे का दिन है।"

पानी तेज हो गया था। पाँचों के मुँह और नाक से गर्म भाफ के बादल निकल

रहे थे। पी. सी. ओ. का शीशा धुँधला गया था। बाहर के दृश्य अस्पष्ट-से हो गये थे। ठीक उसी तरह जैसे पानी रुकने के बाद तीनों के सामने सवाल खड़ा होने वाला था कि अब कहाँ जाएँ?

5

मार्च का महीना था। पेड़ों में कोंपलें फूटनी और नयी पत्तियाँ निकलनी शुरू हो गयी थीं। कम्पनी बाग की छटा तो हर मौसम में जानलेवा होती है मगर इस महीने की बात ही कुछ निराली है। होली की मस्ती भी हवा में रच-बस जाती है और रंग-बिरंगा उत्सव पेड़-पौधों से लेकर घर-द्वार तक फैल जाता है। इस महीने तो अक्सर दोस्तों की टोली सारा-सारा दिन घने पेड़ों और हरी घास पर लोटकर बिता देती थी। रंग-बिरंगे फूल दिल व दिमाग की सारी गन्दगी जैसे धो-पोंछकर उसको निर्मल बना देते थे। घास की हरियाली आत्मा की गहराई में जाकर यूँ आसन जमा लेती जैसे झील के पानी में पेड़ों से गिरी पत्तियाँ! मौसम के साथ यह अनुभव उसी तरह अपने को दोहराने के लिए व्याकुल बना देता था जैसे मकोइयों के पीले गुच्छे, लाल हरे गदराये अमरूद, कत्थई बेर, हरा-हरा होला का स्वाद जबान पर पानी की पर्त ला देता है।

नेहरू म्यूजियम, पुस्तकालय, प्रयाग संगीत महाविद्यालय और चन्द्रशेखर स्मारक को देखनेवालों का टोला हमेशा घूमता-फिरता रहता है। उसी में स्कूल से क्लास छोड़कर भागनेवाले भी शामिल रहते थे। जहीर, रफीक, सुमित और जोज़ेफ भी यह हरकत अक्सर कर बैठते थे। 'सनजोज़ेफ' स्कूल के वह साथी कब के जहीर से छूट गये। सुना है रफीक देहरादून में फारेस्ट ऑफिसर है। सुमित बम्बई में अपनी शिपिंग कम्पनी खोल चुका है और जोज़ेफ कानपुर में इनकमटैक्स ऑफिसर की पोस्ट आजकल सँभाले हुए है, बस जहीर ही पिछड़ गया। अब अक्सर अपने स्कूल, कॉलेज, यूनिवर्सिटी के वे दिन याद आते हैं जब कुछ बनने की तमन्ना हर दम दीवाना बनाये रखती थी।

रमेश एक अच्छे परिवार से था। आज की तरह भटकी आत्मा नहीं, मगर बुरा हो उस दिन का जब उसने मारपीट में गणित के अध्यापक पर भी हाथ उठा दिया था। गुस्से से वह पगला गया था। उसका कहना था कि उसने जानबूझकर मास्टर पर हाथ नहीं उठाया था। बीच-बचाव में ऐसा हो गया था मगर प्रिंसिपल

साहब ने अनुशासन को नजर में रखते हुए उसको रेस्टीकेट कर दिया और रमेश इण्टर का फाइनल इम्तहान न दे पाया। इन बातों का असर यह पड़ा कि बजाय पछताने के वह बागी हो गया। उसका सारा क्रोध एक बिन्दु पर अटका हुआ था कि मुझे उस बात की सजा मिली जो मैंने नहीं की थी मगर उस बात की शाबाशी नहीं मिली जो मैंने की थी। मेरी स्पिरिट किसी ने एप्रिशिएट नहीं की उल्टा मेरे ऊपर तरह-तरह के आरोप लगा दिये गये। गणित मास्टर भी चुप रह गये। जो उसको बहुत पसन्द करते थे। यह बड़े लोग एकाएक बदल जाते हैं। भूल जाते हैं बाकी अच्छाइयाँ। हुआ भी क्या था—बस इतना कि शमशेर की बहन रूही ने उससे जगदीश की शिकायत की थी कि वह उसको छेड़ता है। वह जगदीश को समझा रहा था। शमशेर भी साथ था मगर कुछ लड़के उल्टे-सीधे मजाक करने लगे। उसी में तू-तू, मैं-मैं हो गयी और आपस में हाथापाई। कारीडोर से जाते हुए मैथ के टीचर ने जो यह देखा तो लपककर आये और पहले दूर खड़े मना करते रहे, फिर गुत्थमगुत्था लड़कों को छुड़ाने आगे बढ़े। रमेश की आँखों में खून उतरा हुआ था। क्रोध में समझा जगदीश है। उसने टीचर को दबोच लिया और पीठ पर चढ़ उनकी धुनाई कर दी।

आज बरसों बाद यह घटना रमेश को इसलिए याद आ गयी कि उसकी अभी-अभी कम्पनी बाग में जगदीश से मुलाकात हो गयी, जो अपनी पत्नी और दो वर्ष के बेटे के साथ टहल रहा था। वह अब कलकत्ता के बैंक में मैनेजर है और छोटी बहन की शादी के सिलसिले में वह यहाँ आया हुआ था। रमेश को वह पहली नजर में ही पहचान गया था मगर रमेश उसको पहचान नहीं पाया था। उसका रंग-रूप, वेश-भूषा, बोलचाल सब अफसराना शान से भरा हुआ था। चलते वक्त उसने जेब से कार्ड निकालते हुए बड़े प्यार से कहा था—

"क्या कर रहे हो?" फिर कुछ सोचते हुए बोला, "देखो यह मेरा कार्ड है। कभी मैं तुम्हारे कोई काम आ सकूँ तो मुझे खुशी होगी। तुम अक्सर याद आते हो...अब भी वही जोश है तुममें, दूसरों के लिए लड़ मरना या फिर...?" जगदीश कहकहा मारकर हँस पड़ा।

"आदमी कहाँ बदलता है?" रमेश ने लम्बी गहरी साँस भरी और हँस पड़ा। कार्ड जेब में रख उसने बॉय-बॉय के लिए हाथ हिलाया मगर दिल में यह ख्याल जरूर आया कि सब किस्मत का फेर है। मेरी किस्मत का सितारा बुलन्द होता तो उस दिन जगदीश का रेस्टीकेशन होता मगर गाज मुझ पर गिरी। शमशेर के पिता ने बहुत कोशिश की मगर प्रिंसिपल साहब का दिल नहीं पिघला। रूही तो इन सारी बातों का जिम्मेदार अपने को आज भी ठहराती है। अब उसकी शादी हो गयी है। दो बच्चों की माँ है। शमशेर आर्मी में चला गया। जब आता है तो दिल निछावर

कर मिलता है। यही इनाम है उसका। सोचकर रमेश मन को बहुत दिनों तक समझाता रहा मगर जब घर में फटकार पड़ती थी तो उसका दिल कभी-कभी आत्महत्या करने को चाहने लगता था।

दारागंज में शमशेर और रमेश का घर था। तीनों एक साथ स्कूल के लिए निकलते थे। रूही को छोड़ते हुए वह आगे बढ़ जाते थे। बचपन की दोस्ती थी, जो भुलाये नहीं भूलती थी। एक दिन पुरानी यादों में खोया जा रहा था वह कि जानसेनगंज चौराहे पर टक्कर हो गयी। भीड़ गजब की थी। ट्रैफिक रेंग रही थी। जब चालू हुई तो उसकी साइकिल को टक्कर लगी और धड़ाम से पासवाले पर गिरा जो मोटरसाइकिल पर सवार था। यह मोटरसाइकिल सवार जहीर था। उसने रमेश को सँभाला। एक-दो जगह मामूली-सी चोट लगी थी। जहीर उसको जबर्दस्ती अपने साथ लाया, दवा लगायी और मुसम्मी का जूस पिलाकर तब उसको जाने दिया। रमेश को उस दिन लगा था कि जहीर के रूप में उसको शमशेर दोबारा मिल गया है। वैसा ही फक्कड़, वैसा ही दिलदार।

"कहाँ अटक गये थे भाई?" फूलों की क्यारी के पास बैठी मित्र-मण्डली ने उसको देखते ही पूछा।

"कोई जानने वाला मिल गया था, पुराना जख्म हरा कर गया।" इतना कहकर रमेश मुरली के पास जाकर बैठ गया।

कुछ देर खामोशी रही। सभी प्रकृति का सुख ले रहे थे। बात करने का किसी का मन नहीं चाह रहा था। चिड़ियों की चहचहाहट उन्हें भली लग रही थी। नीले आसमान पर डैने फैलाये उड़ती चीलें भी उन्हें वही मजा दे रही थीं जो आकाश पर ऊँची उड़ान भरती रंग-बिरंगी पतंगें। दोपहर ढलने लगी थी। सूरज की किरणें तिरछी होकर पार्क के फूलों, घास और पेड़ों को कुछ अलग तरह का शेड दे रही थीं। सभी ने एक-एक झपकी ले ली थी। अब चाय पीने के लिए सब उतावले हो रहे थे। पार्क से बाहर निकलकर सिविल लाइंस की तरफ मुड़ गये। लकी स्वीट में जाकर उन्होंने बैठक जमायी।

"छः-सात साल कहाँ गुजार दिये पता ही न चला।" रमेश चाय पीते हुए बड़ी उदासी से बोला।

"दूसरों को ढूँढ़ते-पकड़ते हुए।" सलमान ने कुछ सोचते हुए जवाब दिया।

"और उस खोज में अपने को कहीं खो दिया।" जगन्नाथ ने कहा।

"हाँ, बहुत कुछ पीछे छूट गया।" बसन्त ने गहरी साँस ली। जहीर कुछ बोला नहीं चुपचाप सबका चेहरा देखता रहा।

"साथी बच्चे खिलाने लगे और हम गालियाँ खाते रहे।" रमेश इतना कहकर हँस पड़ा।

"शादी-ब्याह हमरी नजर में कोरा झंझट है। ओके लिए आहें का भरना? आज ब्याह करो कल बच्चे ही बच्चे, फिर परसों बूढ़े हो फिर...।" मुरली ने कहा।

"वाह-वाह! तीन घण्टे की फिल्म पूरे तीन सेकेण्ड में मुरली ने सुना डाली।" जहीर को आखिर बोलना पड़ा। इस पर जोरदार कहकहा लगा। रमेश उस हँसी में शामिल नहीं हुआ। उसके सामने बार-बार जगदीश, उसकी बीवी और बच्चे का चेहरा घूम रहा था। उसी के साथ कुछ पुरानी यादें भी दिमाग में कुलबुलाने लगी थीं। वह खामोशी से चाय के घूँट भरता रहा।

लूकरगंज में उसकी मौसी का घर था। उनके पड़ोस में जो परिवार रहता था। उनकी एक लड़की थी रीना। हरदम हँसती रहती थी। वह अक्सर मौसी के यहाँ दीदी के संग बैठी दिख जाती थी। वह हाईस्कूल में थी। अक्सर कुछ-न-कुछ पूछती रहती थी। पढ़ने में होशियार थी। बातें करते हुए जब वह होठ एक खास अन्दाज से अन्दर को मोड़ती तो रमेश को वह संसार की सबसे सुन्दर लड़की लगती थी। एक दिन उसने किताब में एक चिट रखकर रमेश को दी थी जिस पर लिखा था—

"आप मुझे बहुत अच्छे लगते हैं।"

इस मासूम से इकरार में जाने कौन से रंग की घुलाहट थी कि वह पूरा का पूरा सराबोर हो गया। उनके बीच यह प्रेम-प्रसंग पूरे डेढ़ साल चला था। कसमें, वादे, साथ-साथ मरने की तमन्ना। उनका यह जोड़ा रीना के घर वालों को भी अच्छा लगता था। सबने अपनी-अपनी तरह से बहुत-कुछ सोच रखा था मगर बच्चों की उम्र देखकर बात जबान पर लायी नहीं गयी थी। रीना को रमेश के घरवाले भी बचपन से जानते थे इसलिए उनको भी कोई एतराज नहीं था मगर रमेश के साथ हुए इस हादसे ने दिलों को तो नहीं बदला, लेकिन हालात जरूर बदल दिये थे। रमेश के कैरियर की पटरी उतर चुकी थी। एक साल तो उसको सदमे से निकलते-निकलते लगा। दूसरे साल कहीं एडमिशन नहीं मिल पाया। दो साल आवारा कुत्ता बना सड़क नापते-नापते वह इतना बदलकर रह गया कि उसको शिक्षा ही बेकार लगने लगी। शर्म के मारे कई महीने न मौसी के घर गया न रीना से मिला। जब मिला तो रीना ने उसको हौसला दिया, विश्वास दिया, मगर सच्चाई जीवन की कुछ और थी।

रीना जब इण्टर फाइनल में पहुँच गयी तो उसके ब्याह की तैयारियाँ शुरू हो गयीं। रीना ने लाख हाथ-पैर पटके मगर सब बेकार साबित हुआ। उनकी चिन्ता भी सही थी कि रमेश का कोई भविष्य नहीं है। रीना ने एक दिन तंग आकर रमेश से कहा था कि तुम मुझे भगाकर ले चलो नहीं तो मैं आत्महत्या कर लूँगी। रमेश ने बहुत सोचा और उसको लगा कि रीना को भगाकर ले जाने का मतलब है हमेशा के लिए इस मोहल्ले से नाता तोड़ लेना और जब घर छूट जाएगा तो क्या शहर अपना रह पाएगा? यानी कि हर बार मैं ही नुकसान में रहूँगा? बिना पाप किये

अपराधी कहलाऊँगा? उसने बड़े प्यार से रीना को सब कुछ समझाया था। रीना ने समझा भी और नहीं भी समझा। लेकिन आत्महत्या करने का भूत उसके सर से उतर चुका था।

कुछ माह बाद रीना डोली में विदा होकर चली गयी और रमेश एक बार फिर पूरी तरह लुट चुका था। दिल व दिमाग इतना परेशान-सा रहता कि उसको लगता कि वह नींद की गोलियाँ खा ले। ताकि उसको कुछ याद न आए। सारे दिन इधर-उधर घूमकर जब घर लौटता तो घरवाले उसकी हालत देखकर परेशान हो उठते मगर यह पीड़ा, चिन्ता कुछ महीनों बाद बेबसी में और फिर डाँटने-फटकारने में बदल गयी। घर भी उसको जेलखाना लगने लगा था। उसकी इस हालत को देख घरवाले शमशेर के घर से नाता तोड़ बैठे। बहनें भी रूही से जली-कटी कह देतीं। वह तो अच्छा हुआ कि दोनों बहन-भाई बाहर चले गये वरना तनाव का यह कारण भी रमेश को काँटे की तरह चुभता था। उसने अपने को बदलने की कोशिश भी की मगर जब उमंगें मर जाएँ, तमन्नाएँ मुरझा जाएँ तो इन्सान के अन्दर का बलवला मर जाता है। उसकी कोशिशें भी कुछ इतने आधे मन से की जाती हैं कि उनका पूरा न होना पहले से निश्चित हो जाता है।

ऐसे ही बुरे दिनों में उसकी मुलाकात जहीर से हुई थी जिसने उसके अन्दर की उदासी को कम किया था। निराशा को आशा में बदला था। अपने साथ काम करने का आग्रह भी किया था। रमेश के घरवालों को जहीर का प्रस्ताव पसन्द भी आया था मगर रमेश के ख्वाब कुछ और थे जो टूट गये थे। उन टूटे सपने के मलबे से वह अब निकलना चाहता था। उसको पता था कि अब न वह मुकाबले के इम्तहान में बैठ सकता था न आई. पी. एस. ऑफिसर बन सकता था। यह बदन जो उसने भीगे चने खाकर और कसरत करके बनाया है, वह पुलिस की वर्दी में कभी सज नहीं पाएगा बल्कि उसको इस बदन को जिन्दा रखने के लिए अब कोई ऐसा काम करना पड़ेगा जिससे दो वक्त की रोटी आराम से मिल सके।

"किस सोच में डूबे हो रमेश?" सल्लन ने रमेश के कन्धे पर हाथ रखा।

"कभी-कभी लगता है मुझे कुछ कमाना चाहिए।" रमेश ने उदासी से कहा।

"तो इसमें सोचना क्या है?" सलमान उर्फ सल्लन हँसा!

"पसन्द का काम तो कर नहीं पाऊँगा। हुनर हाथ में है नहीं। अब बाकी क्या बचता है—कुलीगिरी करना या ब्लैक में टिकट बेचना।"

"रेडीमेड कपड़ों की दुकान खोल सकते हो, फोटोकॉपी की मशीन लगा सकते हो, मेरी तरह पी. सी. ओ. खोल सकते हो, हजार काम हजार धन्धे हैं करने को, बस आदमी में लगन होनी चाहिए।" जगन्नाथ मिश्रा उर्फ जुगनू पहलवान ने मेज पर मुक्का मारते हुए कहा।

"यह तो तुमने पते की बात कही है।" बसन्त ने कहा।

"मुझे देखो, क्या विपदा कहने को नहीं पड़ी। पढ़ने में तेज था। बाबूजी का देहान्त सड़क दुर्घटना में हो गया। मैं घर का बड़ा लड़का था। कमाने की जिम्मेदारी मेरे कन्धों पर आन पड़ी। मैं बताता हूँ। तुम लोग ज़रा मेरे परिवार के सदस्यों को गिनना, दादी, विधवा बुआ, तीन बहनें, दो भाई, एक अपाहिज चाचा, बोलो कितने लोग हुए?"

"तुमको जोड़कर नौ लोग!"

"नौ लोगों का भोजन जुटाने के लिए मैं उसी स्कूल के सामने छोले, मूँगफली भी बेचता था, जहाँ पढ़ता था। फिर होटल ढाबों में काम भी किया, मार खायी, गाली सुनी, रात को रोया भी मगर हार नहीं मानी। मेरी इस दौड़ में कुछ वर्षों बाद बहन-भाई भी शामिल हो गये। अब दादी और चचा नहीं रहे। बड़ी बहनें ससुराल चली गयीं। अब खाने को है तो लोग कम हैं। माँ कहती है—बेटा, शादी कर लो। उनकी सुनता हूँ, चुप रहता हूँ। उनसे क्या कहूँ कि क्या मैं बस सारी जिन्दगी जिम्मेदारी ही ढोता रहूँगा? भाई-बहन से निबटा तो मुझे गृहस्थी के तन्दूर में झोंक दो। वहाँ बीवी-बच्चों के लिए हाड़-मांस तोड़ो, जो मेरा करने का ज़रा भी मन नहीं है। छोटे भाई-बहनों को बहुत खिलाया। बच्चों का अरमान निकल चुका है। अब अपने लिए जीने का मन है। मँझली बहन की शादी दो महीने बाद है। रह गये दो भाई—एक बी. ए. कर चुका है, दूसरा पढ़ना नहीं चाहता। वह मेरा पी. सी. ओ. सँभालने में मदद करता है। अब मुझे क्या चाहिए सिवा अपनी मरी हुई इच्छाओं को पूरा करने के..." जगन्नाथ का चेहरा दमक उठा था।

"वह कैसे?" बसन्त ने उत्सुकता दिखायी।

"आगे पढ़ूँगा फिर एक अदद प्रेम करूँगा मगर शादी नहीं।"

"वाह बेटा, जुग-जुग जियो, क्या उड़ान है?" बसन्त खिलखिलाकर हँस पड़ा।

"अरे इसमें उड़ान की क्या बात है? दुनिया में लोगों की जिन्दगी सीधी चल रही है। मेरी रील उल्टी चलेगी।"

"पढ़ तो लोगे मगर प्रेमिका कहाँ से ढूँढ़ोगे?" रमेश ने गम्भीरता से पूछा।

"ढूँढ़ता मैं कुछ नहीं हूँ। जैसे दुख मुझसे टकराया वैसे ही सुख मुझसे टकराएगा। एक दिन कोई औरत मुझसे खुद-ब-खुद आकर कहेगी...नमस्ते। लड़की तो आएगी नहीं। मेरी ही उम्र सत्ताईस पार कर रही है। इसलिए हमारा प्यार पक्के फल जैसा होगा, परिपक्व और पूर्ण।"

"तो जनाब आपने सत्तर-सालावाली जिम्मेदारियाँ पूरी कर ली हैं और अब आप कॉलेज ब्वॉय बनने वाले हैं?" जहीर ने बड़ी संजीदा आँखों से जगन्नाथ को ताका।

"यस सर!"

"पढ़ाई आपकी समाप्त होगी बीस साल बाद। अगर आपने पी-एच.डी. में ज्यादा साल न लगा दिये तो...इस तरह से उम्र के पक्केपन पर आप टकराएँगे एक बूढ़ी मोहतरमा से और..." सलमान ने आँखें फैलाकर गर्दन हिलायी।

"उम्र की आखिरी साँस तक हम हाथ में हाथ डाले टहलेंगे, कभी कम्पनी बाग, कभी खुसरूबाग, कभी रामबाग, सिविल लाइंस..." जगन्नाथ तरंग में आ गया।

"ताजमहल देखने आगरा भी जाना होगा?" जहीर ने कार्यक्रम बनाने वाले अन्दाज से कहा।

"क्यों नहीं, फतेहपुर सीकरी भी जाएँगे?" जगन्नाथ चहका!

"वापसी तो नामुमकिन होगी।" सलमान उर्फ सल्लन अदरक बोला।

"क्यों भाई। शुभ-शुभ बोलो।" बसन्त ने टोका।

"इनका दाखिला मय इनकी महबूबा के पागलखाने में करा दिया जाएगा। आखिर बुढ़ापे में इलाज भी तो जरूरी है!" जहीर ने कुछ इस अन्दाज से कहा कि एक जोरदार कहकहा पड़ा मगर मुरली गुस्सा हो गया।

"सब कुछ इतना बढ़िया चलत रहा मगर जहीर तुम हमेशा रंग में भंग डाल देत हो। तुम्हार खुड़पेंच वाली हरकतिया हमरे शरीर मा आगी बार देत है।"

"माफ करो मुरली, अब हम का जानी कि तुम भी एही सपना देखत रहे। एक फलवाली..." जहीर ने छेड़ा।

"कउनो जरूरी थोड़ो है कि हमका फल फ्रूट वालिए भावै...होय सकत है कि हम..."

"समझा, वही मालिन की बिटिया...है न।"

"देख बे जहीर! तुम हमका गुस्सा न दिलाओ..." मुरली को ताव चढ़ गया था। धीरे से बोला, "हमार भेजा फिर गवा तो, तुम्हार खैरियत नाहीं।"

"यार बसन्त, तू शादी कर ले। तेरा कोई झंझट नहीं है।" सलमान बोल पड़ा।

"भैया, कृपा करो। बलि का बकरा हमका नहीं बने का है। हम ऐसे ही भले हैं।"

"अभी ओकी उम्र ही का है...बस लम्बा होय गवा है बाँस सरीखा।" जगन्नाथ हँसा।

"अच्छा है कि हम सब मिलकर जहीरवा का ब्याह रचा दें। घर-बार से पुख्ता है। दुकान भी अच्छी चलत है। सूरत-शक्ल मा जवानो का सुनीलदत्त है।" मुरली की इस बात पर फिर हँसी का फव्वारा छूटा। जहीर झेंप-सा गया मगर हँसता रहा।

"अब उठा जाय, काफी देर हो गयी है।" रमेश ने कहा।

"तुम्हारी उदासी दूर करना हमारा कर्तव्य था, वह पूरा हुआ। अब हम चलते हैं।" बसन्त उठा और उसके साथ सब उठ खड़े हुए और पान की दुकान पर जाकर

खड़े हो गये। जहाँ पर दो-तीन लोग खड़े देश की राजनीति पर गर्मागर्म बहस कर रहे थे।

"दुनिया की एकई जगह है जहाँ मनई हिआँसे लेकर अमरीका तक के राजनीति पर एथारेटी है और ऊ है हमार इलाहाबाद।" जगन्नाथ बोला।

"और अब हिआँ वालन के पास बचबौ का भवा है, घण्टा!" रमेश ने चुटकी ली।

"तभिन तो हिआँ से छः-छः लोगन का प्रधानमन्त्री के तख्त पर बैठावा गवा मगर ओकरे सेहत पर कउनो फर्क नाही पड़ा। आखिर और भी तो आगे बिठाए का है।" बसन्त ने जवाब में एक और पुछल्ला उछाला।

"मन्त्री, लेखक, पत्रकार, अफसर सब इलाहाबादी। ओनही मिलकर दिल्ली चलाय रहे हैं।" जगन्नाथ हँसा।

"हाँ, हाँ...बनवावा हम लोग और तरक्की दूसर तीसर स्थान की भई।" जहीर ने शोशा छोड़ा।

"वकीलवन का काहे भूल जात हो भैया? जितने बड़े आदेश पास होत हैं ज्यादातर हिअईं के हाईकोर्ट से पास होत हैं या फिर राजधानी में बइठा इलाहाबादी जज सब सँभाल लेत हैं।" सलमान उर्फ सल्लन अदरक बोला।

"इलाहाबाद को कउन चलाय रहा है भैया?" जहीर ने भारी व्यंग्य भरी आवाज से पूछा।

"गंगा किनारे का छोरा इंस्पेक्टर श्यामलाल त्रिपाठी और बख्शी बाजार का वकीलवा जमील अंसारी..." ताली बजाकर मुरली बोला।

"सौ सुनार की एक लोहार की, वाह, का बात कहे हो, जियो मेरे राजा! इ है हमार आज का इलाहाबाद।" सलमान कह उठा।

पान का बीड़ा दबाकर जगन्नाथ अपनी मोटरसाइकिल पर बैठा। उसके पीछे रमेश और बसन्त बैठ गये। जहीर की मोटरसाइकिल के पीछे सल्लन और मुरली बैठ गये। फट-फट करती मोटरसाइकिल लकी स्वीट की तरफ से मुड़ी और फर्राटे भरती हुई गोल चौराहे से घूमकर आगे बढ़ी। मोड़ पर खड़े दो पुलिस वालों ने हाथ दिखाया, फिर सीटी बजाकर रोका। चाहते तो छहों निकल जाते मगर जानबूझकर जहीर ने मोटरसाइकिल की रफ्तार धीमी की और मोड़कर सिपाहियों के पास जाकर खड़ा हो गया। पीछे-पीछे जगन्नाथ भी आ खड़ा हुआ। सिनेमा अभी छूटा नहीं था। रेहड़ी वाले खड़े थे।

"क्यों बे, क्यों रोक रहा था?" जहीर ने डपटकर पूछा।

"गाड़ी बहुत स्पीड से भगा रहे थे न।" सिपाही हड़क गया।

"तो तेरे बाप का क्या जा रहा था?" जहीर का स्वर और तीखा हो उठा।

"कैसे बात कर रहे हैं आप लोग?" सिपाही कुछ परेशान हो बोला।

"जैसे तुम आम आदमी को परेशान करते हो।" जहीर मुस्कुराया।

"अरे हम ड्यूटी कर रहे हैं और आप लोग उल्टा हमको दबा रहे हैं।" दूसरे सिपाही ने कहा।

"देखो! तुम करना चाह रहे थे इस समय ऊपर की आमदनी...है न गुरू?" जहीर ने आँख दबायी।

"आप जब समझ ही गये हैं तो फिर कहना क्या?" सिपाही झेंप उठा।

"देंगे मगर एक शर्त पर।" जहीर ने कहा।

"वह क्या?" सिपाही ने पूछा।

"जितनी गाली दे सकते हो, पुलिसवालों को दो।" जगन्नाथ ने जेब से निकालकर सौ रुपये का नोट लहराया।

"साहेब, अच्छे-बुरे तो हर जगह होते हैं।" सिपाही सिटपिटा गया।

"तो बुरों को दो...नाम लेकर।" जहीर बोला।

"जैसे?" सिपाही गधे की तरह पूछ बैठा।

"इंस्पेक्टर त्रिपाठी, एस. पी. सीताराम, एस. एस. पी. यादव, आई.जी. सुरेन्द्र सिंह और..." जगन्नाथ ने नाम गिनवाया।

"बस भइया लोगन, हमका माफ करो। तुम तो हम लोगन के माई-बाप को जानत हो। हमसे बड़ी भारी भूल होय गयी।" एक ने हाथ जोड़ा तो दूसरे ने भी अपनी हथेलियाँ आपस में मिला दीं।

"मुगदरवा बे! इन दोनों के नाम नोट कर बे।" जगन्नाथ ने रोबीली आवाज से कहा।

"जाय दें साहब! भूल-चूक तो होई जात है।" एक सिपाही ने चिरौरी की।

"ठीक है पहलवान! इनको माफ करो और हमारे हिसाब से इनको चाय पीने के लिए एक पचास की पत्ती दे दो।" जहीर बोला।

"जी, उस्ताद! मगर मेरे पास छुट्टा नहीं है। कहें तो सौ की नोट फाड़ के दे दूँ?" जगन्नाथ ने सहमी आवाज से कहा।

"तो हमी को देना पड़ेगा। यह लो बख्शीश एडवांस में...और ऐश करो और सुनो, हममें से कोई भी शहर में कहीं से भी गुजरे तो हमें सलामी तुम ठोंकना न भूलना, समझे।" जहीर ने बड़े अन्दाज से कहा।

"जी।" पचास का नोट ले दोनों सिपाहियों ने उन सबको सैल्यूट मारा।

"चाय-पानी के हिसाब का चालू खाता खुल गया समझो।" सुलेमान ने आँख मारी। दूर खड़े रेहड़ीवाले यह माजरा देख रहे थे। कुछ समझ नहीं पाये कि मामला उलट कैसे गया? हो न हो ये पुलिस वालों के ही लौण्डे हैं। मोटरसाइकिलें

फर्राटे भरती आगे बढ़ीं और दोनों सिपाहियों ने माथे पर छलक आया पसीना पोंछा। यह उनका पहला अनुभव था जब वह किसी आम शहरी के हड़काने से यूँ घबरा उठे थे।

6

बसन्त यादव जब घर पहुँचा तो रात के आठ बज रहे थे। शरद चौकी पर लेटा टी.वी. देख रहा था। पास में दोनों बेटे बैठे खाना खा रहे थे। भौजी भी रसोई की चौखट पर बैठ क्रोशिया से बेल बुन रही थी। बसन्त को देखकर भौजाई ने आँखें तरेरीं, फिर उलाहना भरे स्वर में बोलीं।

"वाह देवर जी, वाह! खूब आये तुम चार बजे?"

"बस भौजी...।"

"कहाँ फिरत रहत हो छुट्टा साँड की तरह? घर-द्वार की कुछ खबर है?"

शरद भी झुँझलाया-सा बोला, "आये गये हैं तो अब फरमाइसी प्रोग्राम सुनो ...भौजी अदरक वाली चाय, धुला अँगोछा, धोती, दाल बिना छौंकी हुई...?" भौजी सचमुच गुस्से से लाल-पीली होने लगीं तो बसन्त ने दोनों हाथों से कान पकड़कर कहा—

"बस मोर माई! अब छमा करो।"

"कर दो, कर दो रामकली।" शरद जल्दी से कटाक्ष भरे स्वर में बोला।

"तुम चुप रहो जी, भाई का साथ देवे की कोई जरूरत नाहीं है। हम तुम दोनों का जैसे जानित नहीं है कि दोनों एक थैली के चट्टे-बट्टे हो।"

"तो का भवा, तोहार जी-हुजूरी मा तो रहित है?" शरद बोला।

"काहे नाहीं—एक आवा सात बजे, दूसर आवा आठ बजे, फिर कहत हो कि तोहरे कहे पर तो चलत हैं।"

"अरे, तुम्हार मर्जी रही तो बसन्त को डाँट दिया। तुम्हरे डर से बेचारवा कान पकड़ै पर मजबूर होय गवा। अब कहत हो कि हम मनमर्जी करत हैं?" शरद ने कुछ इस अन्दाज से कहा कि रामकली की हँसी निकल गयी।

"यह हुई न बात भौजी! का सुनयना लगिहे जो तुम हँसत में सुन्दरी लागत हो, भगवान कसम!" बसन्त कहते हुए भौजी के पास जा खड़ा हुआ।

"सुनयना...बहुत चाहत हो न ओका? जाय के ओका गत देखौ, कहत रहे डाक्टर को लेकर चार बजे पहुँच जाब और अब आय रहे हैं खीस निपोर के।"

"बाप रे बाप! यह तो हमसे बड़ा पाप होय गवा। हम सुनयना को देखकर आइत है।" परेशान-सा बसन्त पिछवाड़े की तरफ गया और गौशाले में नयी पैदा बछिया को देखने लगा। वह बेसुध-सी पड़ी थी। वह लौटकर कमरे में आया और कुछ देर खड़ा सोचता रहा। फिर बोला—

"भौजी, हम फौरन डॉ. जोशी का पकड़ के लाइत है।"

"अरे सुनौ तो..." भौजी ने पुकारा।

"अब न रोको भौजी! बसन्त रुकेगा नहीं।" बसन्त घर से बाहर निकला और चौराहे की तरफ खड़े रिक्शों की तरफ बढ़ा। डॉ. जोशी भी तो शहर के उस पार रहते हैं। वह उचककर एक रिक्शे पर बैठा और बोला—

"अशोका रोड! बहुत तेज चलो, डॉक्टर को लाना है।"

"अरे बाबूजी यह लो, रिक्शा नहीं है हमार हवाई जहाज है हवाई जहाज!" जवान रिक्शेवाला पैडिल पर पैर तेजी से चलाने लगा।

जगन्नाथ की माँ और मौसी सर जोड़े ओसारे में बैठी आपस में बातें कर रही थीं। दरवाजे पर खड़ा पीपल का वृक्ष धीरे-धीरे अपनी पत्तियाँ हिला रहा था। बाकी लोग अन्दर कमरे में टी.वी. के सामने बैठे कोई फिल्म देख रहे थे। गर्मी की शाम इस गली में आते-आते नर्म पड़ जाती है और मुलायम-सी ठण्डक सरसराने लगती है।

"मैं तो गीता, इन झंझटों में पड़ना नहीं चाहती हूँ। कोर्ट-कचहरी जाकर क्या मिलने वाला है। मैं तो बस इतना चाहती हूँ कि लल्ली का ब्याह हो जाए तो यह सारा कलह शान्त हो जाएगा अपने आप।"

"मगर बहिन जी, लड़का इतनी जल्दी कहाँ से मिलेगा?" चिन्तित-सी जुगनू की माँ बोली।

"हनुमान मन्दिरवाले पण्डित जी कल आये थे। मैंने उनसे कहा तो है, देखो क्या करते हैं।"

"कुछ हो जाए तो इससे अच्छा क्या है।" माँ ने गहरी साँस ली मगर मन में धुकधुकी-सी उठी कि धोखे में रखकर की गयी शादी का अन्त क्या होगा? लड़का सब कुछ जानकर क्या राजी होगा?

जगन्नाथ की मोटरसाइकिल जब गली में दाखिल हुई तो उसकी आवाज सुन जुगनू की माँ बहन के पास से उठ रसोईघर की तरफ बढ़ी। रात के साढ़े दस बज रहे थे। अभी खाना किसी ने खाया नहीं था। जगन्नाथ ने मोटरसाइकिल खड़ी की

और आगे बढ़कर मौसी के पैर छू तेजी से स्नानघर की तरफ बढ़ा। माँ ने खाना गर्म करना शुरू कर दिया था। पीढ़े के सामने छोटी बहन ने चटाई डाली और फुलके सेंकने की तैयारी में लग गयी। लल्ली भी आयी हुई थी। अन्दर कमरे में वह दुबकी-सहमी बैठी रही। बड़े भाई का सामना करने की उसमें हिम्मत नहीं थी, तो भी जुगनू के पुकारने पर वह थोड़ी देर बाद कमरे से निकली।

"अन्दर अकेली बैठी क्या कर रही थीं, इधर आओ मेरे पास बैठो।" जुगनू ने कहा।

"यहीं ठीक हूँ", लल्ली ने दबी आवाज में कहा।

"पढ़ाई कैसी चल रही है?"

"ठीक!" लल्ली ने संक्षिप्त-सा उत्तर दिया।

"माँ, क्या पकाया है?" जगन्नाथ ने पूछा।

"केवटी दाल और बड़ी-आलू की सब्जी।"

"मौसी, बेसन के लड्डू लायी है।" छोटी बहन चहकी।

खाना माँ ने परोसा। जुगनू की भूख बड़ी-आलू की सब्जी का नाम सुनकर चमक उठी थी। खाना खाते हुए उसने देखा कि लल्ली फिर कमरे के अन्दर चली गयी है। वह कुछ बोला नहीं, चुपचाप खाना खाता रहा। माँ और मौसी अलबत्ता बातों में व्यस्त हो गयीं जिसका विषय तरह-तरह के व्यंजन था और वे स्वादिष्ट पकवान घर में किस-किस सदस्य की पसन्द थे। जुगनू ने उठकर हाथ धोये और ओसारे में पड़े तख्त पर लेट गया। पीपल झूम-झूमकर जाने किस कोने से हवा समेटकर पंखा झल रहा था। जुगनू ने आँखें बन्द कर लीं। सारे दिन की थकन पोर-पोर से बूँद बन-बनकर टपकने लगी। बदन में एक आरामदेह-सी लहर सरसराने लगी। जुगनू को महसूस हुआ, यह घर खस्ता ही सही, इसकी दीवारें बोसीदा ही सही, मगर इनमें कितना स्नेह भरा है। सारा शहर छानकर जब घर लौटो तो लगता है स्वर्ग में लौटे हो। प्यार, सन्तोष, सुरक्षा का यह हिंडोला कितना अपना लगता है। इसकी बहती नालियाँ, कूड़े का ढेर, टहलती गायें, भूँकते कुत्ते और दबे पैर चलने वाली बिल्लियाँ...।

"सो गये क्या जुगनू?" मौसी खाना खाकर अपनी छोटी-सी पनदनिया लेकर जुगनू के बगल में आ बैठी।

"नहीं मौसी!"

"पान लगाऊँ क्या?"

"हाँ।"

"काम कैसा चल रहा है?"

"ठीक।"

"अब बेटा घर बसाने की सोचो, गीता की उम्र भी आराम करने की आ गयी है। छुटकी के जाने के बाद अकेली पड़ जाएगी बेचारी।"

"हाँ, सोच तो रहा हूँ कि मँझले की बहू ले आऊँ।"

"क्या? अरे नासपीटे...मैं तेरे ब्याह की बात कर रही हूँ।" मौसी ने पान का पानी झटकते हुए कहा और उस पर चूना मला।

"अब हमारी ब्याह की बात भूल जाओ...बुढ़ापे में कहीं ब्याह रचाया जाता है मौसी, जवानों की बात करो।"

"सामने के पैदा हुए हमको बताने चले हैं कि उनके दूध के दाँत टूट गये हैं।" मौसी पान की गिलोरी मुँह में डाल हँसी।

"पता नहीं इन सबको अक्ल कब आएगी? मुरली, रमेश, सलमान, बसन्त, जहीर सभी बिना ब्याह के घूम रहे हैं। मुझे तो इनकी बातों का सिर-पैर समझ में नहीं आता।" माँ रसोई से निबटकर वहीं ओसारे में बैठती हुई बोली।

"बूढ़ी घोड़ी लाल लगाम!" इतना कहकर जुगनू हँसा और धीरे-धीरे पान का स्वाद लेने लगा।

"अरे बेटवा, मर्द साठा की पाठा, सच पूछो तो मर्द बूढ़ा ही कब होता है। औरत तो बस बीसी की खीसी!" मौसी की इस बात पर सब हँस पड़े।

"सुबह बात होगी।" जुगनू ने थोड़ी देर बाद कहा।

"तुम्हारे इन्तजार में कब से बैठी थी। जब दस बज गये तो घर पर फोन करवा दिया कि हम सुबह आएँगे।"

"कुछ जरूरी बात थी?"

"हाँ बेटवा! लल्ली के लिए कोई लड़का ढूँढ़ो। हमारा मन बहुत उलझ रहा है।" मौसी की आवाज का पारा नीचे गिर चुका था।

"धीरज रखो मौसी, बात अभी ताजा है सबको खबर लग गयी है। ऐसे समय में किसी नयी आफत को न्यौता देना उचित नहीं है।" जुगनू ने कहा।

मौसी भरे मन से पनदनिया बन्द कर उठीं। जुगनू का मन भी भटक गया। मौसी बलात्कार की घटना को छुपाने की कोशिश में सफल नहीं हो पायी थीं। उस घटना के कई गवाह थे। प्राथमिकी रपट लिखवायी जा चुकी थी। जब तक जुगनू को पता चलता, बात हाथ से निकल चुकी थी। वह मौसी की मदद नहीं कर पाया मगर दूसरी तरफ उसकी पूरी कोशिश है कि वह बलात्कारी को सजा दिलवाकर रहे, तभी उसके कलेजे की आग ठण्डी होगी। ब्याह का क्या, ब्याह तो लल्ली का धूमधाम से होगा। उसने आँखें बन्द कर लीं और नींद में डूब गया।

उधर सलमान को भी घर पहुँचने में काफी देर हो गयी थी। जगन्नाथ उसको घर छोड़ने के बजाय सीधा अपने पी.सी.ओ. ले गया। वहाँ पर गप-शप होती रही। उठते-उठते दस बज गये। जब वह पैदल अपनी गली की तरफ बढ़ा तो उसको नौहा पढ़ने की आवाज सुनाई पड़ी। आज नौचन्दी जुमेरात थी। अलम निकल रहा था। भीड़ खासी थी। हजरत अब्बास की दरगाह की ज्यारत को बहुत लोग आते हैं। उसके देखते यह सड़कें जो कभी सड़कें होंगी, अब चौड़ी गली का रूप लगती हैं। ऐसे मौकों पर गलियाँ खचाखच भर जाती हैं। सलमान ने सोचा, मुड़कर लम्बा चक्कर लगाया जाए—फिर सोचा—देर उसमें भी इतनी लगेगी जितनी अलम को दरगाह पहुँचने में। सो वह चुपचाप एक किनारे खड़ा हो गया।

सलमान जब घर पहुँचा तो सब खाना खाकर सोने की तैयारी कर रहे थे। उसका खाना तख्त पर सेनी से ढका रखा था। दरवाजा भी भिड़ा हुआ मिला सो वह कुण्डी खटखटाने से बच गया। दालान में सबके पलँग बिछे थे। छोटी बहन राबिया अब्बाजान की गर्दन में तेल की मालिश कर रही थी। पास में बैठी अम्मी छालियाँ कतर रही थीं। बड़ी बहन सबिहा पलँग पर लेटी कोई रिसाला पढ़ रही थी। घर में सुकून लग रहा था, किसी किस्म की हलचल नहीं थी। ऊपर भैया और भाभी के कमरे की बत्ती जल रही थी, जिसकी रोशनी घर के इकलौते अमरूद के पेड़ पर पड़ रही थी। सलमान ने दर पर रखे लोटे से मुँह-हाथ धोया और चुपचाप तख्त पर बैठकर खाना खाने लगा। उससे न किसी ने कुछ पूछा न उसने कुछ कहा। जब वह खाना खा चुका तो छोटी बहन ने जूठे बर्तन उठाकर बावर्चीखाने के हौज में रख दिये और दर पर बैठकर साबुन लगा हाथ धोने लगी।

"दूध छींके पर टाँग दिया है न?" अम्मी की आवाज उभरी।

"नहीं अम्मी, लाइट आ गयी है, मैंने फ्रिज में रख दिया है।" राबिया की आवाज उभरी फिर खामोशी छा गयी, सिर्फ अम्मी के सरौते की आवाज गूँजती रही।

सलमान कमरे में जाकर कपड़े बदलने लगा फिर आकर अपने पलँग पर लेट गया, जो राबिया के पलँग के पास बिछा हुआ था। उसने दूसरी तरफ बिछा पलँग पर लेटी सबिहा से पूछा—

"बज्जो सब ठीक है?"

"अभी तक तो सब ठीक था मगर अब तुम आ गये हो तो कुछ कह नहीं सकती हूँ।"

"अच्छा! तो यह बात है।" सलमान इतना कहकर लेट गया।

"आज कै सौ गज सड़क नापी, कुछ ब्यौरा देंगे?" सबिहा ने कहा।

"नगर महापालिका में लिखवा दिया है। आप तो स्कूल में पढ़ाती हैं न?"

"जी, मगर आप जैसे बेकार के शागिर्दों की गोशमाली भी करना जानती हूँ।"

"अब मैं बड़ा हो गया हूँ और आप से लम्बा!"

"मैंने भी लम्बे शार्गिदों के कान मरोड़ने के लिए संसी रखना शुरू कर दी है।"

"अच्छा! नये-नये आविष्कार हो रहे हैं और मुझे कुछ पता नहीं?"

"है न अफसोस की बात?"

"क्यों नहीं, शर्मिन्दा हूँ।"

"शर्मिन्दा होते तो नौकरी ढूँढ़ते।"

"बज्जो, तुम अपने स्कूल में लगवा दो, जिन्दगी भर अहसान मानूँगा। तुम्हारी सारी सहेलियों को जुएँ का शैम्पू मुफ्त ला-लाकर दूँगा।"

"वह मार लगाऊँगी कि याद रखोगे!"

"कहा न मैं बड़ा हो गया हूँ, यकीन न हो तो पंजे लड़ाकर देख लो।"

"तुम्हें कौन छुए।"

"अछूत हूँ?"

"नहीं, लाट गवर्नर हो, नाश्ता करके निकलते हो खाना खाकर सो जाते हो।"

"मस्ल नहीं सुनी तुमने बज्जो, 'अल्लाह भूखा उठावत है मगर भूखा सुलावत नाहि है।' "

"खुदा की मार!"

"पहले आप प्यार से जहरमार कहती थीं यानी कि जहरीला साँप। अब आप मुझे खुदा के हवाले कर रही हैं?"

"खुदा के वास्ते भैया कुछ काम कीजिए, अब्बा अगले माह रिटायर हो रहे हैं।" राबिया आँगन की बत्ती बुझाकर अपने पलँग पर आकर बैठ गयी थी।

"बज्जो तो कमा रही है न।"

"बज्जो की शादी तय हो गयी है। वह जा रही है सहारनपुर।"

"खुशखबरी! कब तय हुई?"

"आज शाम वे लोग आये थे। शगुन की मिठाई लाये थे। तारीख रख बज्जो को कंगन पहनाकर चले गये।"

"तभी मैं कहूँ कि आज घर का माहौल कुछ बदला-बदला क्यों लग रहा है।"

इतना कहकर सलमान चुप हो गया।

राबिया ने भाई को देखा और गहरी साँस ली। सलमान डॉक्टर बनना चाहता था। अब्बा ने बड़े भाई की इंजीनियरिंग की पढ़ाई पर इतना खर्च कर दिया था कि अब उनके बूते की बात न थी कि दूसरे बेटे को डॉक्टरी पढ़ाएँ। जो आस उनको बड़े बेटे से थी, वह लगभग टूट गयी थी। अक्सर वह गहरी साँस भरकर कहते, 'बोया पेड़ बबूल का तो आम कहाँ से होय?' घर की यह हालत देख सलमान ने

कहना शुरू कर दिया कि उसको पढ़ाई-लिखाई से कोई लगाव नहीं है। बस पढ़ना है तो पढ़ रहा है, मगर बहनें जानती थीं कि बचपन से वह सिर्फ एक ही खेल डॉक्टर-डॉक्टर खेलता था। सलमान ने हालात से समझौता कर दो साल की जगह तीन साल में बी. ए. किया क्योंकि विश्वविद्यालय में हंगामे के कारण जीरो ईयर मान लिया गया था। उसके बी. ए. करने पर भी भाई साहब को एतराज था। कभी-कभी सलमान को लगता था कि भाई अपने से आगे किसी को जाते देखना नहीं चाहते हैं। लगता है कि उनके खानदान के गुलदान में सजे वह इकलौते फूल बने रहें जो अपनी सुगन्ध बिखेरें और हम भौंरा और तितलियाँ बन उनके चारों तरफ मँडराएँ।

उसके दिमाग में कई तरह की बातें चल रही थीं। पहली बार उसको चिन्ता ने धर दबाया था। बड़े भैया घर में खर्चा देते नहीं। उनको भाभी के मायके वालों की खातिरदारी से फुर्सत नहीं मिलती। अब्बा रिटायर हो रहे हैं। बज्जो की शादी हो रही है यानी कि एक साथ दो आमदनी बन्द और शादी का लम्बा-चौड़ा खर्च शुरू। क्या होगा आगे? कहाँ जाऊँ? कैसे नौकरी ढूँढूँ? जुगनू ठीक ही कहता है कि मुझे कोई दुकान खोलनी ही पड़ेगी। बचपन के सपने कभी साथ नहीं देते...। सलमान की बन्द आँखों की कोर से आँसू की दो बूँदें गिरकर तकिया में जज्ब हो गयीं।

7

शाहगंज थाने में सुबह से खासी गहमागहमी थी। इंस्पेक्टर त्रिपाठी की छाती आज कुछ ज्यादा ही चौड़ी दिख रही थी। मुँह में दबा पान भी वह मन्द-मन्द मुस्कान के साथ चबा रहा था। बीच-बीच में पत्ते से चूना भी चाट लेता था। आसपास खड़े सिपाही भी आँखों में चमक लिये खड़े थे। खुश होते भी क्यों न, सबको कड़कड़ाते नोट एडवांस में मिले थे। बात मामूली थी कि थाने के सामनेवाली गली में कोई किरायेदार बहुत दिनों से मकान खाली करने में आनाकानी कर रहा था। मकान मालिक को किराया भी नहीं दे रहा था। त्रिपाठी इन कामों में बड़ा दक्ष समझा जाता था सो दस हजार में सौदा पट गया और त्रिपाठी ने अपना पुलिसिया जाल बिछाना शुरू कर दिया। आज सुबह से सिपाही डण्डा फटकारता गली में पहुँच गया था और श्रीवास्तव के घर की ओर बार-बार ताके जा रहा था। घरवालों का परेशान होना

लाजमी था। पास-पड़ोस वाले भी बेचैन हो उठे और आपस में सलाह-मशविरा करने लगे कि सिपाही तो मुँह खोलता नहीं है फिर इस कानूनी बला से निपटा कैसे जाए। साबुन की दुकान वाले कल्लन ने कहा कि मैं जाकर थाने में सुनगुन लेता हूँ, आखिर बात क्या है?

सोफिया पान के दो बीड़े बँधवाकर कल्लन साबुन वाला ग्यारह बजे के लगभग थाने पहुँच गया। पता चला कि इंस्पेक्टर साहब कहीं गश्त के लिए गये हुए हैं। वह वहीं आसपास टहलता रहा। काफी लम्बे इन्तजार के बाद दो बजे के लगभग ऐंठन भरी चाल के साथ त्रिपाठी चन्द सिपाहियों के साथ थाने में दाखिल हुआ। पानी और चाय का गिलास लेकर सामने वाली दुकान का लड़का फौरन भाग आया। कल्लन भी चाय के खत्म होने तक दम साधे बाहर खड़ा रहा। जैसे ही चाय समाप्त हुई, वह बाहर से अन्दर रेंग गया और खुशामदी अन्दाज से सलाम कर, पान बँधा पत्ता आगे पेश किया।

"कस बे कल्लन, का हाल है?" त्रिपाठी ने पान पकड़ते हुए पूछा।

"अरे सब आपकी दया है। भला आपकी छत्तरछाया में कउनो परेशानी होय सकत है...लें पान तो खायँ, जरा थकन उतारें। आप लोगन का काम भी तो बड़ा झंझटिया है, पग-पग पर तो जान का खतरा है।"

"यह तो सब ठीक है...कुछ तेल-पानी की व्यवस्था है...तब मतलब की बात कर।" त्रिपाठी ने अँगड़ाई तोड़ते हुए कहा और पत्ता खोलकर मुँह में पान रखा। केवड़े से तर कत्थे ने मुँह सुगन्ध से भर दिया। पान था या मलाई, जी मस्त हो उठा। मौका देखकर कल्लन ने कहा—

"साहब जी, यह दीवान जी को काहे भेज दिया सवेरे-सवेरे हमरे मोहल्ला मा, हम लोगन से ऐसा कउन-सा गुनाह होय गवा जो जाय के इधर-उधर घूमत रहे, पता नहीं केका घूरत रहे? माजरा का है आखिर?" कल्लन ने खुशामदी लहजे से कहा।

"तुम्हार कउनो माजरा नहीं है। तुम आपन काम देखो।" त्रिपाठी ने कल्लन को झिड़का।

"बड़ी मेहरबानी, जल्द साबुन लेके आवेंगे आपके लिए।" कहता कल्लन उठकर चलने के लिए मुड़ा। त्रिपाठी के चेहरे पर शैतानी मुस्कान फैल गयी। एकाएक बायीं आँख दबाकर पाटदार आवाज में बोला—

"उस लाला बाबू को भेज दियो जो सामिन मियाँ के घर में आसन जमाये बैठा है। ओका कुछ समझाये का है।" अन्तिम वाक्य धीमे से कह त्रिपाठी ने दोनों पैर मेज पर रख लिये और सिर पीछे करके आँखें बन्द कर लीं। उसका दिमाग तेजी से आगे के मंसूबे की तैयारी में लग गया।

"अबहिन जायके भेजित है।" कहता कल्लन थाने से बाहर निकला।

कोई दो घण्टे बाद सामिन मियाँ का किरायेदार श्रीवास्तव सामने खड़ा था। त्रिपाठी ने आँखें चढ़ाकर उसको घूरा जैसे खाल उतारकर भुस भर देगा। पचास-पचपन साल का आदमी था, थोड़ा घबराया-सा लग रहा था। त्रिपाठी ने जोर से खँखारा और पिच से दरवाजे की तरफ थूककर श्रीवास्तव को सामने कुर्सी पर बैठने का इशारा किया। दोनों कुछ पल एक-दूसरे को घूरते रहे।

"क्यों बे, तेरे बाप का घर है जो तू फोकट मा रहे चला जा रहा है?"

"किस तरह आप बात कर रहे हैं? मैं हर माह किराया कचहरी में जमा करा रहा हूँ।" श्रीवास्तव के चेहरे और आवाज में तनतनाहट थी।

"क्यों बे, सीधा-सीधा मकान मालिक के हाथ में क्यों नहीं पहुँचाता? सीना सन्दूक, पिछाड़ी बन्दूक?" तेवरी पर बल पड़ गये त्रिपाठी के।

"पुताई या मरम्मत को कहो, तो वह सुनते नहीं थे। किराये में से मरम्मत करवा ली तो खफा हो गये। बोले, 'किराया पूरा दो वरना मुकदमा दायर करवा दूँगा। सड़क पर सामान फिंकवा दूँगा, गुण्डों से पिटवा दूँगा।' ऐसे हालात में क्या करता, आप ही बतलाएँ इंस्पेक्टर साहब?" कुछ दुखी स्वर में श्रीवास्तव बोले।

"अब क्या विचार है?" त्रिपाठी को एकाएक कोई जवाब नहीं सूझा।

"नेक है! जब चाहें जमा किराया निकलवा लें। बाकी का पहले की तरह देता रहूँगा।"

"का तोहरे बाप के गुलाम हैं जो कोर्ट-कचहरी का चक्कर लगइहें? एक तो आदमी रहे की जगह दे फिर दुनिया भर की फजीहत झेले?" त्रिपाठी ने फटकारा।

"यह मैंने कब कहा? मैं तो...खैर एक बात आपसे पूछ सकता हूँ।"

"पूछ बे।" त्रिपाठी ने बड़ी अदा से दोनों पैर मेज पर रखे।

"आप इस मामले में क्यों दिलचस्पी ले रहे हैं। मैं आपके थाने के सामने वाली गली में रहता हूँ। कायदे से आपको हमारा पक्ष लेना चाहिए। सामिन मियाँ तो इस इलाके के थाने में रहते नहीं हैं। उनका थाना तो..." श्रीवास्तव की बात बीच में कट गयी।

"बड़े कानूनची बनत हो जो हमका समझावत हो?" त्रिपाठी ताव में आकर बोला।

"मेरा मतलब यह नहीं था जो आप समझ रहे हैं?" श्रीवास्तव ने गड़बड़ाये स्वर में कहा।

"तुम एफ.आई.आर. करवाये रहे कि तुमका मकान मालिक धमकी सटकी दै रहा है?" त्रिपाठी ने अपनी भवें उछालते हुए पूछा।

"नहीं।" श्रीवास्तव चौंक पड़े।

"काहे का तीन सौ दुइ, चोरी, डकैती, लूटमार की रिपोर्ट ही दर्ज करायी जात

हैं का? तुम्हार मकान मालिक तो जबरन तुमरे घुसै के लिए तुमरी रिपोर्ट नहीं लिखवाये रहे?'' त्रिपाठी ने गम्भीर मुद्रा बनायी।

''पुलिस या थाने से इसका क्या सम्बन्ध?'' चकराये-से श्रीवास्तव पूछ बैठे।

''अच्छा गुरू, हमसे किसी बात का सम्बन्ध ही नहीं, वाह बेटा, वाह! अबहिन एक लप्पड़ मारब, चूतड़ दीवार से चिपक जाई!'' त्रिपाठी बोल पड़ा।

''मेरा मतलब था कि...''

''तुम्हार मतलब गवा भाड़ में...। कल्लनवा आवा रहा तुम्हार वकालत करै, तो हम सोचा कि दोनों में सुलह-सपाटा हो जाए, नहीं तो पहले तुमका अन्दर करब, बाद मा ओका।''

''सिपाही की फालतू में मटरगश्ती से पूरा मोहल्ला परेशान था।'' श्रीवास्तव बोले।

''का सिपाही की ड्यूटी घर में सोवै की है या खर्राटे मारे की है या तुम जैसे लोगन के डण्डा करै की?''

''मेरी गलती क्या है? मामला पुलिस का तो है नहीं, अब हम चलते हैं। नमस्ते!'' अपमानित-से श्रीवास्तव खड़े हो गये।

''केके आदेश से उठा बे?'' त्रिपाठी कड़का।

''अरे हम कोई चोर-उचक्के थोड़ी हैं। मैं भी आपकी तरह सरकारी मुलाजिम हूँ। मोहल्लेवाले हमको अच्छी तरह जानते-पहचानते हैं। आप इस तरह डरा नहीं सकते। मैं चलता हूँ। आप पुलिस हैं, मैंने माना मगर बिना जुर्म के आप मुझे नहीं पकड़ सकते हैं।''

''ठहर, अबहीं तुम्हें लाकप की हवा खिलाइत है जो चौराहे पर खड़ा हो मूतत रहे बच्चू।''

''आप सरासर इल्जाम लगा रहे हैं। मैं सी. ओ. साहब से आपकी शिकायत करता हूँ कि मुझे फर्जी केस में फँसाया जा रहा है।'' पहले श्रीवास्तव त्रिपाठी की बेहूदा बात सुनकर चकित रह गये फिर भड़क उठे।

''वह एक माह की छुट्टी लेकर गाँव गये हैं। उनकी बहू जल मरी। पहले वह अपने मामले से निबटेंगे तब फिर तुमका देखिहें...जब तक वह पलटकर अइहें हम तुम्हार बाँसुरी बजाय देब।'' त्रिपाठी ने कहकहा लगाया।

''देखिए, यह आपकी बड़ी ज्यादती है। हमारा आपसे कोई झगड़ा नहीं है, न सामिन मियाँ से, फिर आप काहे मुझ शरीफ को धमका रहे हैं?''

''अबे मादर...समझावे का धमकावे बताय रहा है?''

''बेकार बात मत बढ़ाइए।''

''जेल जाए की तैयारी कर लो।'' त्रिपाठी ने फैसला सुना दिया।

"लगता है आप मेरी नौकरी के पीछे पड़ गये हैं।" सिपाहियों ने श्रीवास्तव को दोनों तरफ से पकड़ा तो वह अपने को छुड़ाते हुए बोले। त्रिपाठी क्षेत्र की गश्त के लिए थाने से बाहर निकल गया।

थाने के जिस कोने में श्रीवास्तव को बैठाया गया था, वह मच्छरों से भरा था। श्रीवास्तव का हाल पन्द्रह मिनट बाद ही खस्ता हो गया। बदनामी का अलग डर। बात उसकी समझ में आ गयी थी कि यह सब सामिन मियाँ की कारस्तानी है, घर खाली करवाने का नया तरीका उन्होंने निकाला है। इन पुलिस वालों से भिड़ना कोई अक्लमन्दी नहीं है। सारा बदन खुजाते हुए श्रीवास्तव जल्द ही नतीजे पर पहुँच गये कि पान की दुकान पर खड़ा किया गया सिपाही उनको फँसाकर थाने तक बुलाने का जाल था। क्या पता कल्लन भी मिला हुआ हो और मेरे खिलाफ गवाही दे बैठे। फिर तो कोई मुझे छुड़ा नहीं सकता। पता नहीं कौन-कौन-सी धारा लगा दें!

"कहो, यहाँ कैसे श्रीवास्तव?" वकील जमील अंसारी ने थाने में घुसते ही सीधे उसकी तरफ आते हुए पूछा। श्रीवास्तव ने उसको पहचानकर लम्बी साँस भरी।

"आप तो फौजदारी मामलों के वकील हैं, आप ही बताएँ हमारा जुर्म क्या है?"

"सबसे बड़ा जुर्म यह है कि तुम खामख्वाह पुलिस से क्यों भिड़े? वह पुलिस जो कानून की हिफाजत करती है। इसलिए जो पुलिस कहेगी वही माना जाएगा।" जमील अंसारी ने गर्दन मटकायी।

"तो मैं क्या करूँ?" श्रीवास्तव ने हथियार डाल दिये।

"मकान छोड़ दो, दूसरा मकान किराये पर ले लो वरना फँस जाओगे बेटा।" अंसारी ने मजाक उड़ाया।

"चित भी मेरी, पट भी मेरी।"

"यह वक्त मुहावरे बोलने का नहीं बल्कि तरकीब भिड़ाने का है, अगर कहो तो मैं तुम्हारी तरफदारी करूँ वरना तुम जानते हो, त्रिपाठी जी से पंगा लेना हँसी-खेल नहीं है। पुलिस की ताकत का तुम्हें अन्दाजा नहीं है। इस झंझट में तुम्हारे फँसने का मतलब है...मैं फीस दुगुनी लूँगा।" जमील अंसारी का चेहरा बदल गया। श्रीवास्तव पल भर जमील के सख्त चेहरे को ताकते रहे फिर धीरे से बोले, "आप इंस्पेक्टर साहब से कह दें। हमको महीना भर की मोहलत दें। मकान खाली कर देंगे।"

"नहीं, मकान तुरन्त खाली करना पड़ेगा।" जमील अंसारी सख्त स्वर में बोले।

"तुरन्त मकान तलाश करने में कुछ देर तो लगेगी।"

"फिर तुम जानो, त्रिपाठी जी का कुछ ठीक नहीं, आज ही सामान बाहर

फिंकवाकर कुण्डी लगवा सकते हैं।''

''यह तो बड़ा जुल्म है। मैंने ऐसा कौन-सा पाप कर दिया जो त्रिपाठी जी इतना नाराज हो गये?''

''एक मकान अगली गली में खाली है, उधर चले जाओ। भाड़ा कम है मगर बिजली-पानी का कोई इन्तजाम नहीं है। मगर हाँ, चाहो तो जेल में रहकर किराये से भी बच सकते हो।''

''बच्चों की पढ़ाई और...''

''मैं जो मदद कर सकता हूँ, करने को तैयार हूँ, अब आगे तुम जानो तुम्हारा काम जाने।''

''आप तो खफा हो गये। मेरी भी कुछ दिक्कतें हैं।''

''चन्द हफ्ते में अच्छा-सा मकान ढूँढ़कर शिफ्ट हो लेना। अभी तो इस मुसीबत से निकलो, आखिर इज्जत पर बन आयी है। चैन से बढ़कर तो बिजली-पानी नहीं है।''

''जी, वकील साहब!'' कटाक्ष भरे स्वर में श्रीवास्तव ने कड़वी हँसी के साथ हामी भरी।

''अच्छा चलता हूँ। काम निपट जाए तो घर पर आकर मिलना।''

वकील जमील अंसारी के जाने के बाद श्रीवास्तव का मनोबल टूट गया। आँखें भर आयीं। मन में उबलता गुस्सा उफन आये दूध की तरह धीरे-धीरे बैठने लगा। मन खट्टा हो उठा। वे बेबसी से सामने ताकते रहे फिर माथे पर आये पसीने को अच्छी तरह रूमाल से खुश्क कर वह हालात से मुकाबला करने की तैयारी में जुट गये। मन ही मन कहने लगे—श्रीवास्तव, मर्द आदमी हो, स्थिति का डटकर सामना करो, सब ठीक हो जाएगा!

शाम ढले इंस्पेक्टर त्रिपाठी थाने में दाखिल हुआ। पहुँचते ही पीछे-पीछे मलाई पड़ी चाय और ठण्डे पानी का गिलास दो अदद बिस्कुट के साथ पहुँच गया। त्रिपाठी ने पान थूका और कुल्ली कर मुँह साफ किया। फिर बड़ी अदा से कुतर-कुतरकर बिस्कुट खाया और चाय के घूँट भरे। श्रीवास्तव इस बीच चुपचाप बैठे रहे। बात वह अपनी तरफ से शुरू नहीं करना चाहते थे। जो त्रिपाठी कहेंगे वह चुपचाप स्वीकार करना पड़ेगा। चारा भी क्या है?

त्रिपाठी खा-पीकर खड़े हुए और सीधे श्रीवास्तव के सामने जाकर खड़े हो गये, जैसे पूछ रहे हों कि हुजूर के तेवर ढीले हुए या नहीं? वैसे अंसारी ने सारी बात बता दी थी तो भी अरदब देने का अपना स्टाइल था त्रिपाठी का। अच्छे-अच्छे

शरीफ लोगों को वह घण्टे भर में देश का सबसे नामी गुण्डा करार दे सकता था। यही नहीं उस आदमी को स्वयं यह अहसास दिला देता कि वह एक मुजरिम है। उसकी मामूली हरकत कानून की नजर में फलाँ-फलाँ धारा में आती है और यह धारा जेल, जुर्माना और घर की कुर्की तक पहुँच सकती है। वह कहता भी था कि जब नाव पर बैठकर हमारी विरासत वाले इस शहर में जिसको चाहते थे, पकड़ बुलाते थे। हम तो थाने में बैठे हैं। अच्छे-अच्छों की पुलपुली ढीली कर देते हैं।

"तो श्रीवास्तव जी, आपने क्या सोचा?"

"जैसा आपने सोचा।"

"अच्छा! तो हमारे मुकाबले तक पहुँच गये! बराबरी का शौक चर्राया है? देह में दाना नहीं, बालू से जंग?"

"कैसी बात कर रहे हैं। मैं तो सिर्फ यह कहना चाह रहा था कि जिसमें आपकी रजामन्दी है, उसी में मेरी खुशी है।"

"खूब!"

"जी।"

"कब मकान छोड़ रहे हो?"

"यहाँ से छूटते ही सामान बाँधने लग जाऊँगा।"

"बहुत अच्छे...नये मकान का पता मालूम है?"

"जमील साहब ने बताया है। उनके घर जाकर एक बार फिर पूछ लूँगा।"

"सिपाही, इसको जाने दो।"

"जी सर!"

"इस मोहल्ले में फिर दोबारा शक्ल मत दिखाना। वरना अइसा ठोंकबै कि..."

"जी।" श्रीवास्तव टूटे-से बोले।

"शुक्रिया अदा करे बगैर चला जाबे बे, रिहाई के एवज मा कुछ नाश्ते पानी की व्यवस्था होई चाही।"

"देखता हूँ जेब में कितना है...यह डेढ़ सौ रख लें।"

"बाकी का बाद में पहुँचावत रहियो, इ नहीं की जौन मोहल्ला में जाय रहे हो मकान चेंज कर, ओका गन्दा कर देव।"

लुटपिटकर जब श्रीवास्तव थाने से निकले तो सड़क पर खड़े होकर उन्होंने लम्बी-लम्बी साँस ताजा हवा में ली और मन ही मन ईश्वर को धन्यवाद देते हुए बोले, "जान बची तो लाखों पाये।" पैदल ही चलते हुए उन्होंने सड़क पार की और गली की तरफ मुड़ गये। कुछ जान-पहचानवालों से सलाम-दुआ हुई।

जब श्रीवास्तव साहब घर पहुँचे तो पूरी तरह थक चुके थे। घर में सभी परेशान थे कि साढ़े आठ बजने को आये और वह अभी तक ऑफिस से नहीं लौटे। बीवी-बच्चों को क्या पता था कि कल्लन ने ऑफिस में फोन कर उन्हें बुला लिया था। पत्नी का मन कई तरह के बुरे विचारों से घिर चुका था। बड़ा लड़का भी कई बार माँ की परेशानी देखकर गली के नुक्कड़ के चक्कर लगा आया था।

"कहाँ रह गये थे आप?" रुआँसी-सी पत्नी बोली।

"बस, कुछ काम आ गया था।"

"चाय लेंगे या सीधे खाना लगाऊँ?" व्याकुल-सी पत्नी पति का चेहरा देख पूछने लगी।

"नहाकर पहले चाय पिऊँगा...बहुत थक गया हूँ।"

"अच्छा, मैं लुंगी-बनियाइन बाथरूम में टाँग देती हूँ।"

"पापा, बड़ी देर कर दी आज लौटने में?" बड़े बेटे ने कमरे में घुसते ही पूछा। उसके पीछे दोनों बेटियाँ भी दाखिल हुईं। श्रीवास्तव का दिल भर-सा आया मगर वह अपने को सँभाले रहे और बिना कोई उत्तर दिये नहाने चले गये।

ठण्डे पानी की धार सिर पर पड़ी तो श्रीवास्तव को राहत पहुँची। मन भी सँभल गया। नहाते-नहाते वह इस नतीजे पर पहुँचे कि आज कोई बात घरवालों को नहीं बताएँगे वरना सबकी रात चिन्ता में कटेगी और किसी को नींद नहीं आएगी, सुबह ऑफिस जाते हुए सरसरी तौर पर जिक्र कर दूँगा और ऑफिस से आधे दिन की छुट्टी लेकर मकान ढूँढ़ने निकल जाऊँगा। अपने इस फैसले से उन्हें राहत-सी मिली।

8

म्युनिसिपल मार्केट के बिसातखाने में जन्माष्टमी के चलते गजब की भीड़ थी; जहीर की दुकान पर भी लड़कियों और औरतों का जमघट लगा था। कोई बिन्दी देख रही थी तो कोई चोटी-काँटा, तो कोई खास शेड की लिपस्टिक की माँग कर रही थी। जहीर ग्राहकों की फरमाइशें बड़े धैर्य से पूरी कर रहा था। उसका मददगार बारह साल का जुबैर भी चीजें दिखाने, रखने में दक्ष हो गया था। सच पूछा जाए तो जुबैर ही दुकान चलाता था, जब जहीर अड्डेबाजी के लिए दरियाबाद की तरफ निकल

जाता था, जहाँ जुगनू के पी.सी.ओ. पर दोस्तों की बैठक जमती थी। जहीर के ज्यादातर दोस्त दरियाबाद, दारागंज, मुट्ठीगंज, खुलदाबाद, अतरसुइया में थे। मुट्ठीगंज में मुरली रहता था। खुलदाबाद में बसन्त यादव और अतरसुइया में जुगनू पहलवान जिसका असली नाम जगन्नाथ मिश्रा था, जिसको सब प्यार से जुगनू कहते थे मगर छोटे-मोटे बदमाश उसको पहलवान कहकर बातें करते थे। उसने रहमत फर्नीचर वाले का एक कमरा किराये पर लेकर उसमें पी.सी.ओ. खोल रखा था।

यह पाँच-छः जवान लड़कों की चौकड़ी पढ़ाई छोड़ चुकी थी। कोई नकल करते पकड़ा गया तो कोई स्कूल में मारपीट करते हुए अपने साथी लड़के का सिर फोड़ बैठा था तो कोई नम्बर कम आने से रह गया था। कोई फेल हो गया था, किसी का पढ़ने में दिल ही नहीं लगता था। सेहत सबकी ठीक थी। मुरली को छोड़कर सब खाते-पीते घर के इज्जतदार कहलानेवाले लोग थे। उनके घरवाले अपने लड़कों से खफा रहते थे। अक्सर माँएँ गुस्से में आकर इनको कोसने लगती थीं मगर रात को खाने पर इन्तजार जरूर करतीं और खाना ढँककर रख देती थीं जिसके कारण यह अपने बर्ताव में ढीठ हो गये थे।

माँ-बाप को जहाँ इनके तौर-तरीकों से दुख पहुँचता, वहीं इन लड़कों के दिल माँ-बाप की तरफ से भी साफ नहीं थे। बराबर की टक्कर चलती थी। माँ बीच में पिसती कि बाप का साथ दे या फिर बेटे को दिल पर पत्थर रख घर से निकाल दे। कुछ तो कमाते भी नहीं थे। कमानेवाले दोस्तों के सहारे जीते थे। उनकी बुराइयाँ सुनकर बहनें जब स्कूल से घर आतीं तो माँ-बाप को बतातीं। कुढ़ती तो वह भी थीं मगर कर भी क्या सकती थीं। भाइयों के इस व्यवहार के चलते वे सब उनसे आगे निकल गयी थीं। किसी ने बी.ए., बी.एड. कर लिया था। किसी ने इण्टर कर सिलाई-कढ़ाई की ट्रेनिंग ले ली थी। गरज कि वह थोड़ा-बहुत कमाने के लायक हो गयी थीं। उन्हीं को देखकर माँ-बाप का सुलगता दिल ठण्डक महसूस करता था।

इस समय भी दुकान पर ग्राहकों की भीड़ थी। सामान बिक रहा था। तभी दो लड़के काला चश्मा लगाये इतराहट में झूमते हुए दुकान की तरफ निकल आये और लड़कियों के चेहरे ताककर आँखें सेंकने लगे। उनकी इस आदत से जहीर को सख्त चिढ़ थी। कई बार मना भी कर चुका था कि सब मेरे लगे ग्राहक हैं। तुम लोगों की इस शरारत को औरतें अच्छी नजरों से नहीं देखती होंगी। किसी दिन किसी औरत से डाँट या लड़की से चाँटा खा गये तो पूरे मार्केट में हलचल मच जाएगी, फिर कहीं मुँह दिखाने के काबिल नहीं रह जाओगे। तब से रमेश और सल्लन काला धूप का चश्मा लगाकर आने लगे थे। उनकी इस हरकत पर जहीर को हँसी आयी थी। उसने साथ ही साथ राहत की साँस भी ली थी कि इस बहाने उनकी आँखें छुपी रहेंगी।

''शाम के चार बज रहे हैं, चल न यार,'' सल्लन ने दुकान से भीड़ छँटते ही जहीर के कन्धे पर दोहत्थड़ मारा!

''काफी कमाई हो गयी है अब जरा चलकर कुछ खाते हैं,'' रमेश ने चश्मा उतार केस में रखते हुए कहा।

''नहीं, आज कहीं नहीं जाना है।'' जहीर ने इनकार करते हुए कहा।

''क्यों?'' सलमान पूछ बैठा।

''शाहगंज के थानेवाले त्रिपाठी ने कहलाया है कि वह मुझे दुकान से पकड़वाकर बुलाएगा। आज हम दोनों के हौसले की आजमाइश है।'' जहीर ने ठहरे स्वर से कहा।

''क्यूँ?'' रमेश के तेवर खिंच गये।

''पिछले कई हफ्तों से घर पर सिपाही को भेजता है। डराता, धमकाता है। मगर मैं डरने वाला नहीं हूँ।'' जहीर ने गहरी साँस ली।

''बात तो यार तेरी सही है। इन पुलिसवालों से डर जाओ तो यह हमेशा डराते ही रहते हैं।'' सलमान उर्फ अदरक बोला। दोस्तों ने उसके टेढ़े-मेढ़े चेहरे को देखकर यह नाम दिया था।

''तू चुप रह अदरकवा। फालतू में जोश न दिलाया कर।'' रमेश मुगदर ने अपने हाथ की मछलियों को फुलाते हुए कहा।

''अबे मुगदरवा, जबान सँभालकर बोला कर, समझे!'' सल्लन हँस पड़ा।

''वह देखो, मुरली और बसन्त यादव भी पहुँच गये। चलो अच्छा हुआ।'' जहीर ने कहा।

''मैं अभी आता हूँ,'' इतना कहकर सल्लन अदरक तेजी से मुड़ा और भीड़ में गुम हो गया।

''मेरी वजह से तूने बेकार ही त्रिपाठी से पंगा मोल लिया है!'' बसन्त बोला।

''तू बड़ा थका-सा है। चुप रह।'' रमेश बोला।

''ब्राह्मणों को तो यादवों से जाने किस जन्म का बैर लगता है। इसके लिए हम-तुम क्या कर सकते हैं।'' बसन्त बोला।

''बड़ा बेईमान है साला!'' रमेश ने कहा।

''आज आने वाला है।'' जहीर ने बताया।

''लो वह आ गया।'' रमेश बोला।

''वह नहीं बल्कि उसका हमराही हीरालाल है।'' जहीर ने कहा।

''जरा ठस्के तो देखिए हुजूर के, जैसे लार्ड डलहौजी तशरीफ ला रहे हैं!'' जहीर के इस तरह कहने पर जोर का कहकहा लगा।

''हराम की कमाई की वजह से कलफ लग गयी है।'' रमेश बोला।

"क्यों बे बसन्तू, तेरा चेहरा डर से क्यों पतझड़ जैसा हो गया रे?" रमेश ने कोहनी मारी। बसन्त के मुँह से एकाएक कई मोटी-मोटी गालियाँ निकलीं।

"तुमको दरोगा जी ने बुलाया है।" दीवान हीरालाल ने डण्डा फटकारते हुए कहा।

"कौन दरोगा जी? नरक के दरोगा?" जहीर ने हँसकर पूछा।

"फालतू बकबक नहीं। शाहगंज थाने के दरोगा त्रिपाठी जी ने तुरन्त साथ लाने को कहा है।"

"किसलिए?" जहीर ने लापरवाही से दुकान पर सामान ठीक करते हुए पूछा।

"तुम चलो तो खुद पता चल जाएगा!" सिपाही बोला।

"हम उनको नहीं जानते और कह देना हमारा थाना, कोतवाली पड़ता है। अगर फँसाना है मुझको तो अपने को इस इलाके में ट्रांसफर करवा लें, फिर बुलवाएँ।" जहीर ने माथे पर आये बालों को हटाते हुए कहा।

"बहुत जबान चलती है तेरी, पता नहीं तुझे कि दरोगा जी का प्रकोप कितना भयानक है।" दीवान ने डण्डा काउण्टर पर जोर से बजाकर आँखें तरेरीं।

"अब जाओ तुम, हम निपट लेंगे," रमेश ने आस्तीन मोड़ते हुए कहा; तभी एक औरत बुर्का ओढ़कर आयी और हवलदार के साथ सटकर खड़ी हो गयी।

"क्या चाहिए आपको?" जहीर ने पूछा।

"पाउडर।"

"जुबैर, आपा को पाउडर दिखाओ।"

"इधर आइए।" जुबैर ने कहा।

"हाय, मैं लुट गयी। दीवान जी, दिन दहाड़े आपने मेरी इज्जत पर हाथ डाला। मैं आपको छोड़ूँगी नहीं।"

"क्या बक रही हैं आप? मैं तो इधर खड़ा हूँ।" दीवान बौखला गया।

"अरे! चोरी करके सीनाजोरी करना तो कोई आप पुलिसवालों से सीखे...अरे भाइयो! मुझे बचाइए, इन मुए जवानों ने तो चूड़ियाँ पहन रखी हैं। देखो इस मरदूद को, मेरे कूल्हे पर कैसी मोटी-सी चुटकी काटी, मैं छोड़ूँगी नहीं," इतना कहते हुए उस औरत ने पैर से चप्पल उतारी और तड़ से दीवान की पीठ पर जमा दी। आसपास के दुकानदार सकते में आ गये।

"गुस्सा थूकिये बाजी," जहीर ने घबराकर कहा।

"क्यों थूकूँ गुस्सा? इसके मुँह पर न थूकूँ जो शरीफ औरतों की इज्जत पर हाथ डालता है...ठहर तो।" भागते दीवान के पीछे चप्पल हाथ में लेकर वह औरत कुछ दूर दौड़ी फिर चीखकर बोली, "अब जो कभी इधर देखा तो समझो तुम्हारी जान की खैर नहीं है।"

पूरा बाजार कहाँ तो तमाशबीन बना खड़ा था, एकाएक खिलखिलाकर हँस पड़ा। वह औरत जुबैर की तरफ बढ़ी और नकाब उलटकर बोली, "जा रे नासपीटे! सात बोतल ठण्डे लिम्के की ले आ। कलेजा मुँह को आ रहा है।"

"सल्लन तुम?" बसन्त चौंक पड़ा।

"आपा कहो, कंचे भाई।" उसके इस तरह कहने पर सब हँस पड़े। जुबैर हँसता हुआ लिम्का लाने दौड़ा। तभी जहीर ने पुकारकर उसको वापस बुलाया, फिर सल्लन का नकाब मुँह पर डालकर कहा—

"आपा जान! आपकी इज्जत और दबदबा इसी में है कि आप अपना मुँह छुपा सीधे जुगनू भाई के पी.सी.ओ. फूट जाएँ। हम भी वहीं आते हैं फिर जमकर खाना-पीना होगा!"

बात सबकी समझ में आ गयी। सल्लन हाथ में बास्केट पकड़े नकाब में मटकता हुआ वापस चला गया। दुकानदार उसको जाते हुए देखते रहे फिर एक-दूसरे से बोलने लगे—

"बड़ी हिम्मती औरत थी।"

"इन पुलिसवालों ने भी तो नाक में दम कर रखा है।"

"अब पुलिस इधर आएगी नहीं। इस औरत ने भरे बाजार में सबक सिखा दिया है।"

"यह सिपाही तो अब कभी नहीं आएगा मगर हाँ, दूसरे पुलिसवाले भी इधर आने में एक-दो बार सोचेंगे।"

थोड़ी देर बाद दुकान जुबैर के हवाले कर चारों दोस्त दरियाबाद की तरफ चल पड़े। सब मूड में थे, सल्लन ने आज ईंट का जवाब पत्थर से दिया था। बेचारा त्रिपाठी दीवान से सब सुनकर तड़पकर रह जाएगा। यही सब सोचते हुए पूरी टोली मोटरसाइकिलों पर बैठी पान चबाती हुई पी.सी.ओ. की ओर चल पड़ी थी।

इलाहाबाद शहर में ही नहीं बल्कि पूरे हिन्दुस्तान में पुलिस दो फाँक हो चुकी है। एक वह जो अपनी सत्ता का गलत इस्तेमाल करती है और भोले, सीधे, शरीफ नागरिकों का जीना हराम कर देती है। दूसरी वह जो कानून की रखवाली करती है, जनता की सेवा में अपनी जान गँवा देने में गर्व का अनुभव करती है। साथ ही अपने बेईमान पुलिस भाइयों के लिए दुख के साथ शर्मिन्दगी का अनुभव भी करती है। अक्सर बड़े अफसरान से यह पुलिस सजा भी पाती है मगर बहाल होते ही फिर वही 'कुत्ते की दुम बारह बरस भी गाड़ो तो टेढ़ी की टेढ़ी रहेगी' वाले मुहावरे पर चल पड़ती है।

बरसों पहले इसी इलाहाबाद शहर में एक पुलिस महकमे का आदमी था। उसने चुन-चुनकर बेकार, शरारती लड़कों को, जो अपराध की तरफ बढ़ रहे थे, उनको नौकरी देना शुरू कर दिया था। कहते हैं कि इस मानवीय कदम से जवानों का जीवन जो बदला सो बदला ही शहर के माहौल में, समाज की मानसिकता में परिवर्तन आया। ऐसा अफसर क्या दोबारा कोई आएगा जो इन जवानों के कष्ट को भी समझेगा? बिलावजह इनको चुनौती देना, अपने दबदबे से धमकाना और कानून की रक्षा में मिले हथियार का गलत इस्तेमाल करना क्या उचित है? इसी शहर में त्रिपाठी ने बसन्त यादव के भाई शरद यादव के पैर में गोली मार दी थी। मारी जान-बूझकर थी मगर कहा, गलती से लग गयी। शरद बेचारा कर्फ्यू खुलने के बाद सामान खरीद रहा था। साँड के आने से भगदड़ मच गयी और दंगाइयों के नाम पर त्रिपाठी ने गोली दाग दी। यह उस बात की सजा थी कि त्रिपाठी के खिलाफ उसने कचहरी में जाकर गवाही दे दी थी कि सब्जीमण्डी के उस मकान पर लल्लू कुँजड़े का कब्जा गलत है। उसकी असली मालकिन विधवा मंजु वर्मा है। बस तब से ठनी हुई है। उसी बात को लेकर त्रिपाठी चिढ़ा हुआ है। ऊपर से जहीर ने भी एक हरकत ऐसी कर दी जिससे उसकी खूब खिल्ली उड़ी थी।

बात करीब दो वर्ष पहले की है। त्रिपाठी तब नया-नया ट्रांसफर होकर आया था। इन्सानी खून का स्वाद भेड़िये के मुँह में लग चुका था सो वह शिकार करना कैसे छोड़ सकता था। बहुत अच्छी कमाई उसने की थी। यह तो बड़ा शहर था। लम्बे हाथ मारने की गुंजाइश थी। अब सौ की गिनती वह भूल चुका था। हजारों में बात करता था। टैगोर टाउन का एक बँगला उसने किरायेदार के नाम एलॉट कराने में उसकी बड़ी मदद की थी और बदले में पचास हजार और सोने की जंजीर ली थी। यह बात किसी को पता नहीं थी। उस किरायेदार ने कहीं शान बघारते हुए किसी को बताया होगा और उससे कहीं और बात फूटी और इस तरह से जहीर को असलियत का पता लगा। जहीर ने यह बात कोतवाली जाकर एस.पी. सिटी से कह दी। उस समय जब रानीमण्डी में निकलने वाले मोहर्रम के जुलूस को लेकर शिया साहेबान मिलने गये थे, उनको उपदेश पिलाते हुए एस.पी. सिटी आनन्द कुमार ने कहा था कि आप सुरक्षा माँग रहे हैं मगर पुलिस की सहायता नहीं करते हैं। कहाँ-कहाँ बम बनाये जाते हैं और क्या-क्या गैर-कानूनी काम होते हैं, आप इसकी सूचना पुलिस को नहीं देते हैं। ऐसी हालत में अनुशासन और शहर में शान्ति की सारी जिम्मेदारी आप पुलिस पर डालकर उसकी आलोचना करते रहते हैं। उस पर जहीर से नहीं रहा गया और वह कह बैठा कि सर! आपको भी तो अपने महकमे की इत्तला पूरी रखनी चाहिए। इंस्पेक्टर त्रिपाठी ने इस शहर में जो आतंक मचा रखा है, उसकी कुछ खबर है आपको? ऐसी हालत में पुलिस पर विश्वास जनता

करे कैसे? एस.पी. सिटी ने पूछा कि खुलकर बोलो। इस पर कुछ बुजुर्गों ने यह कहकर बात रफा-दफा कर दी कि जहीर अभी बच्चा है। नादान है। आप उसके कहे को नजरअन्दाज कर दीजिए और जो हमारा निवेदन है, उस ओर आप ध्यान दीजिए। आनन्द कुमार ने जहीर की तरफ देखकर पूछा कि तुम बताओ। उस पर जहीर ने बड़े अदब से हाथ जोड़कर कहा कि आप खुद पुराने केस की छानबीन कर सकते हैं। इस समय तो हमारी मदद करें आप।

आनन्द के पास कोई चारा नहीं था सिवा बात को इस समय टालने के मगर उसने क्षेत्राधिकारी रामअवतार को टैगोर टाउन के बँगलेवाले केस के बारे में पूरी मालूमात देने को कहा। रामअवतार उसी समय इंस्पेक्टर त्रिपाठी के पास पहुँच गये। चापलूसाना हँसी के साथ मुखबरी का सारा कर्तव्य निभा आये। इंस्पेक्टर त्रिपाठी के सारे बदन में लाल चींटियों ने काटना शुरू कर दिया। उसका दिल चाहा कमर से रिवाल्वर निकालकर धाँय-धाँय जहीर के सारे झुण्ड को मौत की नींद सुला दे और लाश को दरियाबाद, अतरसुइया के पासवाले गहरे नाले में फिंकवा दे। बरसों बाद जब कभी नाले की सफाई होगी तो इन हरामियों की हड्डियाँ बरामद होंगी।

शहर में इन लड़कों के चलते कई लोग दुखी थे। नखासकोने के बब्बू मियाँ का बस चलता तो वह इन लड़कों का सुरमा बनाकर शीशियों में भर कोतवाली के ठीक सामनेवाली दुकान पर बैठकर मुफ्त सबको तकसीम करते, मगर सिवा मसूढ़े पीसने के उनके पास कुछ चारा नहीं था। पाँचवीं शादी के बाद उनके सारे दाँत उनका साथ छोड़ गये, ठीक उनकी बीवियों की तरह जो साल खत्म होते-होते अल्लाह को प्यारी हो जाती थीं—"अकेला आदमी क्या करे, दीवारों से सिर फोड़े? ऊपरवाला झूठ न बुलवाए, पाँच बीवियों को दफना चुका हूँ। अब छठी करने जा रहा हूँ तो इसमें इन लफंगों का क्या जाता है?" बब्बू मियाँ घर के आँगन में लेटे बड़बड़ा रहे थे। तेल मालिश करने वाला रुस्तम पहलवान भी आग में घी डालने का काम कर रहा था।

"अल्लाह पाक झूठ न बुलवाए मियाँ। यह लड़के आपकी जवानी से जलते हैं। खुद तो लँडूरे घूम रहे हैं। कोई दो पैसे में भी दामादी में लेने को तैयार नहीं तो फिर आप जैसे जमाना देखे, औरतों से बाखूबी वाकिफ साठे-पाठे से बैर तो ठानेंगे ही।"

"मैं भी देखता हूँ कि यह मेरा निकाह कैसे रुकवाते हैं!"

"अरे बेफिक्र रहिए मियाँ। अपने दरोगा जी हैं न, बड़े बढ़िया आदमी हैं। उनसे मिल लीजिए। मुट्ठी गर्म होते ही लफंगों की बधिया बिठा देंगे। मार-मारकर हड्डी-पसली एक कर देंगे।" रुस्तम ने तरकीब सुझायी।

"कौन है यह दरोगा भई? इनसे मिलवाओ न कभी?"

"दरोगा जी हैं तो त्रिपाठी, मगर बड़े भले आदमी हैं। आप मिलकर मियाँ, बाग-बाग हो उठेंगे!"

रुस्तम जाते-जाते वादा कर गया कि रात को वह दरोगा जी को लेकर आएगा। बब्बू मियाँ नहा-धोकर नाश्ता करने बैठे तभी उनका इकलौता लड़का अकरम जो बाप की करतूतों से तकरीबन आजिज आकर हर मस्जिद में उनके मरने की दुआ माँग चुका था, अब थक-हारकर उनसे समझौता कर अपना भविष्य सुधारने लगा था।

"उन लौण्डों को तुम कुछ कहते नहीं। मैं अगली जुमा को निकाह जरूर पढ़वा लूँगा।"

"जी अब्बा," लड़के ने खूँखार आँखों से उन्हें घूरा फिर लहू का घूँट पीकर बोला, "यह नयी अम्मा कहाँ से आने वाली हैं?"

"आएँगी कहाँ से? वही बिब्बी है जो शाम को खाना पकाने आती है बेचारी! दुख ही दुख देखे हैं उसने..."

"माशाअल्लाह...माशाअल्लाह! आपकी पसन्द का मियार...क्या कहने हैं। अब्बा जब उन्होंने दुख देखे हैं तो सुख देना भी आपका काम है। एक जीप बिक रही है। है तो पुरानी मगर बड़ी अच्छी हालत में है। अगर आप कहें तो खरीद लूँ। फिर नयी अम्मा को करैलाबाग के नाले से ब्याहकर, उसी में लाएँगे, जलने वालों को और जलाएँगे!"

"क्या खूब तरकीब निकाली है। फौरन सौदा पक्का कर लो!"

अकरम की बाँछें खिल गयीं। वह तो कब से चाहता था कि गाड़ी घर में आ जाए मगर कंजूस बाप को शादी करने से फुर्सत मिलती तो बेटे-बहू, पोते-पोतियों की ख्वाहिशों का ख्याल आता। वह तो एक दिन जहरा ने अकरम को यह बात सुझायी कि बाप जैसे हैं कहलाएँगे हमारे ही, इसलिए बेहतर है कि उनकी हाँ में हाँ मिलाकर सारा माल अपनी तरफ करो वरना हर दिन नयी-नयी जो ससुराल बनाते रहते हैं, उसमें यह सारी दौलत फूँक-तापकर यह टूटी हवेली हमारी जान को छोड़ जाएँगे, जो इस गली के अन्दर है। जिसको बेचने भी गये तो दूर-दूर इसका कोई खरीददार नहीं मिलेगा। इस तरकीब को सुनकर, जो हकीकत थी, अकरम भी राजी हो गया। उसको भी लगा कि वह कब तक शर्म से मुँह छुपाये-छुपाये घर-घुसना बना बैठा रहेगा। सो दोनों मियाँ-बीवी अब्बा की खिदमत में लग गये। उनको चढ़ा-चढ़ाकर खूब रकम ऐंठी जिससे दिल को ठण्डक मिली।

रात को रुस्तम त्रिपाठी के पास पहुँच गया। थोड़ी-बहुत बातचीत हुई। त्रिपाठी इतनी जल्दी फँसी मुर्गी से सोने का अण्डा लेने का उतावलापन नहीं दिखाते थे। रुस्तम बाहर रिक्शे पर बैठे बब्बू को अन्दर थाने में ले आया। उन्होंने नमक-मिर्च लगा अपनी कहानी सुनायी। त्रिपाठी ऊबा-ऊबा सुनता रहा मगर जब उसे पता चला कि बब्बू मियाँ को चिढ़ानेवाला लोफरों का गैंग जहीर का है तो वह मेज पर इस तरह तबला बजाने लगा जैसे उन सबके मुँड़े सिरों पर जोर-जोर से तड़ी रसीद कर रहा हो! उसने शिकायत सुन ली थी। अपने तरीके से तरकीब भी सोच ली थी कि हालात को खराब कैसे किया जाए ताकि पुलिस कार्यवाही में आये। फिर मिलने को कह इंस्पेक्टर त्रिपाठी उठ खड़ा हुआ। रुस्तम ने बब्बू मियाँ के कान में कहा कि कम मत समझना मियाँ! इनसे आई.जी. तक काँपते हैं, इनकी पहुँच दिल्ली के नेताओं तक है! विदेश मन्त्री इनका खास आदमी है। देखने में लगता है कि इसने कुछ सुना नहीं मगर नजर सब तरफ रखता है।''

इंस्पेक्टर त्रिपाठी ने तरकीब सोच ली। हफ्ते-भर बाद बब्बू मियाँ से कहलवाया कि वह एक रिक्शा आधे दिन के लिए किराये पर ले लें। खुद बैठें और एक लाउडस्पीकर वाले को साथ बिठा के ऐलान करवा दें कि आज से जो भी उन्हें 'अब्बा' कहकर चिढ़ाएगा पकड़े जाने पर पाँच सौ रुपया जुर्माना भरेगा। जुर्माना न देने की हालत में दो दिन हवालात की सैर करनी पड़ेगी। रुस्तम पहलवान ने जब यह तरकीब बतायी तो बब्बू मियाँ के बेरंग चेहरे पर खून दौड़ गया। जीप रँगी जा रही थी वरना वह उस पर शहर के चक्कर लगाते मगर मजबूरी की हालत में रिक्शे का इन्तजाम हो गया।

''जो भी बब्बू मियाँ को 'अब्बा' कहकर चिढ़ाएगा उस पर पाँच सौ जुर्माना'' यह ऐलान करता रिक्शा रानीमण्डी से निकल कोतवाली के सामने से होता हुआ आसपास के बाजारों के बीच से गुजरने लगा। साथ ही बब्बू मियाँ हँसते हुए साथ बैठे कभी घूँसा दिखाते कभी सिर नचाकर इशारा करते कि अब कहो तो जानें। अभी रिक्शा घण्टाघर तक ही पहुँचा होगा कि पीछे से किसी ने पुकारा—

''अब्बा!'' इस आवाज को सुनते ही दुकानदार, ग्राहक, पैदल चलनेवाले खिलखिला पड़े! इंस्पेक्टर त्रिपाठी के चन्द आदमी सादे लिबास में साथ थे ताकि चिढ़ानेवाले को पकड़कर जी भरकर जूताकारी की जा सके। जहीर और उसके साथियों का पकड़ा जाना आज तय है, जो इस बात का दम भरते हैं कि तुम डाल-डाल हम पात-पात...तुम भ्रष्टाचार को बढ़ावा दो त्रिपाठी! हम तुम्हारा भाँडा फोड़ेंगे! पूरे दिन यह नाटक चलता रहा मगर पकड़ा कोई नहीं गया। पकड़ा भी कैसे

जाता? पूरा गैंग घर की छतों पर बिखर गया था। ऊपर से मुँह निकालकर चीखता और छुप जाता। घर जाकर तलाशी लेने की औकात तो दरोगा साहब में थी नहीं। इसलिए शाम तक वह मूँछों को मरोड़ता कोई और तरकीब सोचने में लग गया। बब्बू मियाँ इतनी-सी बात में ही इस तरह खुश हुए कि त्रिपाठी के घर कादिर की दुकान से देशी घी की बालूशाही का पाँच किलो का झाबा और हजार रुपया भिजवा दिया। यह सब देखकर अकरम मुँह पीटकर रह गया कि इस सठियाये बाप का क्या किया जाए?

9

आधी रात को घर के दरवाजे की कुण्डी जो एकाएक खड़क उठी तो लिहाफ में तागा डालते हुए सिपतुन के हाथ ठिठक गये और सुई उँगली में चुभ गयी। 'उई अल्लाह' की आवाज के साथ उसने हाथ तेजी से खींचा, उँगलियाँ तो पहले ही छलनी हो रही थीं। उसकी खुरदरी जिल्द के बीच खून की एक बूँद उभर आयी थी। उसने पास पड़े चिथड़े से उँगली दबायी। इतनी-सी देर में दरवाजा पीटा जाने लगा। वह हड़बड़ाकर उठी और जाकर दरवाजा खोला।

"दरवाजा खोलने में इतनी देर क्यों लगायी?" जहीर ने झुँझलाकर पूछा और अन्दर घुसते ही दरवाजा भड़ाक से बन्द किया।

"उठने में भी तो कुछ देर लगती है।" सिपतुन ने धीरे से कहा और गहरी नजरों से बेटे को घूरा।

"कोई हमको पूछने आए तो साफ कह देना—अभी दुकान से पलटा नहीं।" कहता हुआ जहीर गुसलखाने की तरफ बढ़ा।

"फिर कोई झंझट हो गयी है क्या?" सिपतुन के चेहरे पर चिन्ता उभरी।

जवाब की जगह नल से पानी गिरने की आवाज तेज हो गयी। परेशान-सी सिपतुन बावर्चीखाने की तरफ खाना निकालने बढ़ी तभी दरवाजे की कुण्डी बज उठी। सिपतुन का दिल किसी आशंका से धड़क उठा। मुँह ही मुँह में दुआ पढ़ती आगे बढ़ी और सहमे लहजे से पूछने लगी, "कौन?"

"मुरली हैं खाला, दरवाजा खोलो।"

"भैया तो अभी आये नहीं।"

"अरे खाला, हम दुइनो परानी साथ-साथ रहिन, पान लगवाए की खातिर दुकान पर रुक गये।" मुरली की हँसी दरवाजे के पीछे से सुनाई पड़ी।

सिपतुन दबसटे में खड़ी रही कि दरवाज़ा खोले या न खोले, तभी जहीर ने आगे बढ़कर दरवाजा खोला और मुरली हाथ में बँधी पान की पुड़िया लिये दाखिल हुआ। बाल पोंछता जहीर दालान की तरफ बढ़ा। उसी के पीछे-पीछे मुरली भी जाकर खटिया पर बैठ गया।

"भूख लगी है, जो हो जल्दी से लाओ, गर्म करने की जरूरत नहीं है।" जहीर ने कहा और चारपाई पर सीधा-सीधा लेट गया। उसके दोनों हाथ सिर के नीचे थे। आँखें छत के कुलाबे गिन रही थीं।

"बेटा, आज बाल-बाल बच गये वरना तिरपठिया पाय जात तुमका तो हवाई जहाज बनाय देत।"

"हूँ," कुछ सोचता-सा जहीर बोला।

"ई दारोगवा की बदली होना बहुत आवश्यक है। कल ही मैं बड़े कप्तान के छोरे से मिलता हूँ।" मुरली बोला।

"अब ज्यादा पुड़िया मत छोड़।" जहीर ने मुरली का मजाक उड़ाया।

"मोर एक उपकार है उकरे लौण्डे पर..." मुरली मुस्कुराया।

"ज्यादा बकैती मत करो..." तैश में उठ बैठा जहीर और खूँखार आँखों से उसने मुरली को घूरा। इस समय उसकी शिराओं में त्रिपाठी के प्रति आक्रोश भरा हुआ था।

"हम देखित है कि इधर हमार जरा-जरा-सी बात पर तुमका मिर्चा लग जात है।" मुरली ने गम्भीर होकर कहा। उसके तेवरी पर बल पड़ गये थे।

"आओ खाना लगा दिया है।" सिपतुन ने आवाज दी।

"चल बे, पहले पेट पूजा कर फिर गुस्सा दिखाय लियो...हमार-तुम्हार बात होत रही।" धीमे स्वर में जहीर ने मित्र के कन्धे पर हाथ रखा। उसको खुद ताज्जुब हो रहा था अपने ऊपर कि वह किस लहजे में मुरली पर झपट पड़ा। जहीर के चेहरे पर फैला भाव देख, मुरली ने नर्म आँखों से उसको ताका फिर लम्बी साँस खींच चारपाई से उठ खड़ा हुआ।

"वही रोज का खाना है।" बुरा-सा मुँह बनाकर जहीर बड़बड़ाया।

"बड़ी मजेदार सब्जी है, जरा चख के तो देखो।" सिपतुन ने कहा तो दुलार से मगर उसका चेहरा उतर गया था।

दोनों मित्र तख्त पर पालथी मारकर बैठ गये। सिपतुन ने घड़े से पानी उँड़ेला और दोनों गिलास भरकर स्टूल पर रखे। खुद जाकर फैला लिहाफ समेटने लगी। पड़ोस के शाह साहब की लड़की का ब्याह है, उसी के सोहाग का बिस्तर है। लाल

साटन की तोशक आज दोपहर को तागकर खत्म की थी। लिहाफ की ताजा भरी रूई अच्छी तरह से दब जाए सो दो दिन से बड़े तख्त को फैले लिहाफ पर उलटा रख दिया था। बेटे के इन्तजार में जब नींद नहीं आ रही थी तो सोचा लाओ लंगर डाल दूँ। बस एक लौज पूरी हुई थी कि जहीर आन टपका, वह भी दो दिन बाद। कई माह से इस लड़के का यही हाल हो रहा है। रात-रात गायब रहना, सुबह नमाज के वक्त लौटना। कौन पूछे, कौन तमबीह करे? सिपतुन का मन हमेशा किसी आने वाली मुसीबत के इन्तजार में धक-धक करता रहता था। यह मोहल्ला भी इस एतबार से अब ठीक नहीं रह गया था। जहाँ बच्चे, लड़के किसी से डरें। उनकी आँखों में अब किसी के लिए शर्म व हया बाकी नहीं बची थी। न ही किसी का लिहाज। बड़ों का मजाक उड़ाना, उनकी कमजोरियाँ चुन-चुनकर बताना यही जवान लड़कों का मशगला बन गया था। हर घर की कहानी यही थी।

"कुछ मीठा है?" जहीर ने पूछा।

"हाँ, लाती हूँ।" कहकर सिपतुन ने तह किये लिहाफ को चादर से अच्छी तरह दबाया, फिर नियामतखाना खोलकर उसमें से डोंगा निकाला।

"क्या है अम्मा?" जहीर के मुँह से बरसों बाद अम्मा सुनकर सिपतुन को यकीन नहीं हुआ।

"लौकी का हलवा!" सिपतुन की ममता उबल आयी।

"कब बनाया?" बड़े चाव से जहीर ने पूछा। लौकी का हलवा उसकी सबसे बड़ी कमजोरी थी। यह बात सिपतुन जानती थी इसलिए तीसरे-चौथे दिन हलवा बना लेती थी!

"परसों बनाया था। तुम घर ही नहीं लौटे तो मैंने पूरा का पूरा डोंगा नियामतखाने में रख दिया, अम्मीजान को भी नहीं दिया।"

"दादी सो रही हैं का?" जहीर का लहजा काफी नर्म पड़ गया था।

"कल से बुखार में पड़ी हैं। डॉक्टर के यहाँ से दवा लाकर पिलायी है। सीने में बलगम जमा हो गया है।" सिपतुन ने जूठे बर्तन समेटते हुए कहा।

"पहले देखकर आता हूँ," हाथ धोते हुए जहीर ने कहा।

अन्दर कमरे में अस्सी-पिचासी साल की एक कमजोर-सी औरत सफेद साड़ी में कराहती हुई लेटी थी। पीला धीमा बल्ब जल रहा था। सामने की छोटी-सी खिड़की बन्द थी। कमरे में बाम की महक फैली थी। जहीर ने दादी के माथे पर हाथ रखा। माथा तवे की तरह जल रहा था। वह चौंक पड़ा। सामने की खिड़की उसने उठकर खोली और बाहर जाकर कटोरा भर पानी लाया। इस बार मुरली उसके साथ आया था। दोनों ठण्डे पानी की पट्टी दादी के माथे पर बारी-बारी से रखने लगे। सिपतुन भी कमरे में आ गयी थी और सास के पायताने बैठ उनका पैर

हल्के-हल्के दबाने लगी।

"बुखार कुछ कम हुआ है," मुरली ने दादी के गाल पर थोड़ी देर बाद हाथ लगाकर कहा।

"अम्मा, बुखार नापा था?" जहीर चिन्ता से बोला।

"अम्मीजान कहाँ नपवाती हैं?"

"खैर! सुबह डॉक्टर को दिखाना जरूरी है। मैं उनको जाकर घर से लिवा लाऊँगा।" कहता हुआ जहीर उठा और कमरे से बाहर निकल गया। उसके पीछे मुरली भी उठकर जाने लगा।

सिपतुन पायताने से उठकर सास के सिरहाने आयी और उनका माथा छुआ। ठण्डे पानी की पट्टी से सचमुच बुखार कम हो गया था। जिससे दादी को आराम मिला था। इस वक्त उनका कराहना कम हो गया था। बुखार की गफलत की जगह वह आराम से सो रही थीं। पासवाली चारपाई पर सिपतुन लेट गयी और हाथ का पंखा डुलाने लगी।

बाहर तख्त पर बैठे दोनों दोस्त लौकी का हलवा खा रहे थे। दोनों का दिमाग शाम की घटना में उलझा हुआ था। शाहगंज थाने का दरोगा त्रिपाठी हाथ धोकर जहीर के पीछे लग गया था। इस बात का थोड़ा-बहुत अन्दाजा दोनों को था मगर आज की हरकत देखकर लगा कि त्रिपाठी जहीर के खून का प्यासा हो रहा है। वह अपने सब-इंस्पेक्टर त्यागी से कह चुका है कि इस छोकरे का इनकाउण्टर न किया तो अपनी चुटिया कटवा लूँगा, और यह बात त्यागी ने किसी तरह जहीर तक पहुँचा दी थी कि वह खबरदार रहे और किसी ऐसे झंझट से दूर रहे जिसमें पुलिस दरोगा की जरूरत पड़ सकती हो।

"यार मुरली, यह तिरपठिया तो जान का रोग बन गया है।"

"यही तो हम कहत रहे कि एकर बदली पौड़ी गढ़वाल या झाँसी करवाय के भेज दिया जाए।"

"हमको तो बस ट्रांसफर से मतलब है, जगह चाहे जो हो, हमरी तरफ से जहन्नुम में जाए साला।"

"उधर अपनी पहुँच बहुत बढ़िया है बच्चू के पूरवी बाँस...में करवाए देबय। उन लोगन से पंगा लेना हँसी खेल नाहीं है। ई जगह तो खेला-कूदा है। जितना यह शहर हमार है उतने ओकर है। बराबर की टक्करबाजी होय जात है।" मुरली ने जेब से निकालकर पूरी पुड़िया मुँह में खाली कर ली।

"उसका पलड़ा हमसे भारी पड़ता है। आखिर उसके हाथ में कानूनी डण्डा जो है। जब चाहे जौन-सी धारा लगा हवालात की हवा खिलवा दे।"

"जए भी देव, ऐसन हँसी-ठट्ठा है का किसी को पकड़वाय देना?"

"रस्सी को साँप बनाते कितना समय लगता है?" जहीर हँसा।

"खैर ई चीज मा तो इनके कौनो मुकाबला है नाहीं है, पर मनई मनई के फरक होत है। सब धान बाइस पसेरी नहीं होत। उ दुष्ट में इतनी बुद्धि है। लेव पान दबाओ और उ कूकुर की चिन्ता तजो।" मुरली ने पत्ता खोला।

"हाँ यार! दो दिन से सोये नहीं, आँख जल रही है।"

दोनों मित्र अँगनाई में पलँग घसीटकर उस पर पसर गये। उमस गजब की थी। मगर कुछ-कुछ देर बाद हवा चलने से थोड़ी-सी राहत मिल जाती थी। एक-दो करवट बदलकर दोनों गहरी नींद में सो गये। सिपतुन कमरे से बाहर निकली, दरवाजे की कुण्डी को जाकर देखा कि बन्द है या नहीं, फिर दालान की बत्ती बुझा कमरे में जाकर सास के पासवाले खटोले पर लेट गयी।

सुबह कौवे की काँव-काँव से मुरली और जहीर की आँख खुल गयी। सिपतुन ने बावर्चीखाने से दोनों को उठते देखा तो झट चाय का पानी इलायची डालकर चढ़ा दिया। दादी का बुखार उतर गया था। वह दालान के पलँग पर बैठी तस्वीह पढ़ रही थी। मुँह पर छींटे डाल दोनों दादी के पास पहुँचे।

"मेरी अच्छी दादी," कहता हुआ जहीर उनसे लिपट गया।

"चल नासपीटे, आज ठीक हो गयी तो अच्छी दादी बन गयी और जो कल-परसों बुखार में तप रही थी तब कहाँ थे नवाब साहब?"

"आजकल बड़ी झंझट है दादी, बाजार का हाल बहुतै बुरा है।" मुरली बोला।

"हमसे सीधी साफ जबान में बोला करो", दादी ने बड़े गुरूर से कहा।

"आप तो चैन से घर में रहती हैं। बाहर हम जैसों पर सबका डण्डा बरसता है। बोली बदल जाती है।" जहीर ने कहा।

"तुम तो दोस्त की हिमायत में बोलोगे, दादी की अदालत तुम्हारी गवाही पर एतबार नहीं करती।" दादी हँसते हुए बोली।

"कल रात किसकी तीमारदारी से ठीक हुईं? बुखार में तप रही थीं। आपकी बहू बेगम को आपकी क्या परवाह? वह तो मजे से लिहाफ में तागे डाल रही थीं, अगर हम दोनों ठण्डे पानी की पट्टी न रखते तो जाने आपको क्या हो जाता। गर्म दिमाग ठहरा।" जहीर शरारत से बोला।

"चल झूठे! यह मेरी खिदमत करेगा!"

"चाय लो, और नहा-धो लो ताकि गर्म-गर्म नाश्ता लगा दूँ।" सिपतुन ने तीन प्याली चाय पास रखे स्टूल पर सजायी।

"बेटे को चैन लेने दो, हमारे लिए वक्त कौन-सा घोड़े पर सवार है जो चटपट

करें।'' दादी ने चाय का घूँट भरा।

''सही दादी! बस यहीं से हमारी-आपकी लड़ाई शुरू होती है कि वक्त किसी के लिए रुकता नहीं है। मौका गँवाना नहीं चाहिए वरना दोबारा चांस नहीं मिलता है।''

सिपतुन ने बेटे की बात सुनी और उसको घूरकर देखा जैसे कह रही हो; काश! यह अक्ल तुम्हें पहले आयी होती तो आज खानदान का नाम रोशन कर रहे होते, मगर अफसोस एम.ए. करना तो दूर बी.ए. भी पास न कर पाये। सिपतुन ने बड़ी मुश्किल से अपनी जबान रोकी और बावर्चीखाने की तरफ जाकर झुँझलाती-सी काम में लग गयी। दरवाजे की कुण्डी इस बीच बज उठी। मुरली और जहीर ने एक-दूसरे को देखा और आँगन में घबराये-से आ खड़े हुए। उनकी यह हालत देख सिपतुन तेजी से उठी और दरवाजे के पास जाकर पूछने लगी, ''कौन?''

''हम हैं भौजी...आज दरवाजा काहे बन्द किये हो?'' सिपतुन के दरवाजा खोलने पर जमादारिन चन्दा टोकरा कमर पर उठाये अन्दर दाखिल हुई। उसी के साथ मुरली और जहीर की हँसी छूट गयी।

''अम्मा, एक प्याली चाय और बना दो।'' जहीर बोला।

''खाला, दुई बनायो,'' मुरली ने कहा और दोनों दादी के पास जाकर बैठ गये।

चन्दा ने टोकरे से झाड़ू निकाली और आँगन बटोरना शुरू कर दिया, फिर कमर पर हाथ रखकर एकाएक कह उठी, ''चरपइया खड़ी कर देव, अँगना बटोर लें।''

''रुको दो मिनट, उठाती हूँ,'' सिपतुन की आवाज आयी। तभी जहीर और मुरली ने अपनी-अपनी चारपाई उठाकर दूसरी तरफ खड़ी कर दी।

''हन सोचित है कि अब नहा लिया जाए,'' मुरली ने अँगड़ाई तोड़ी।

''बात तो सही है जब तक चन्दा है दरवाजा बन्द नहीं हो पाएगा।''

''चाय लो,'' सिपतुन ने प्याली थमायी।

दोनों चाय की प्याली लेकर अन्दर कमरे की तरफ बढ़ गये। सिपतुन को मामला समझते अब देर नहीं लगी कि जरूर दाल में कुछ काला है। या तो दोनों ने कहीं मार-पीट की है या फिर किसी ने इन पर कोई इल्जाम लगाया है। उसका दिल कई तरह के अन्देशों से घिर गया। पुलिस से कहा-सुनी का मतलब है दरिया में रहकर मगरमच्छ से बैर मोल लेना। अब जवान खून को कौन समझाए?

अन्दर कमरे में दोनों चुपचाप चाय पीते रहे। मुरली पहली बार इस कमरे में आया था। दीवारों पर लगी बड़ी-बड़ी तस्वीरें देख रहा था। खूबसूरत तोगरे भी सन्दल की

लकड़ी के जरिये लिखी दुआओं के टँगे थे। मुरली को सब कुछ बहुत दिलचस्प लग रहा था। चाय खत्म करके उसने सामने वाली धुँधली काली-सफेद तस्वीर की तरफ इशारा करते हुए पूछा—

"इ केकर फोटू है?"

"मेरे परदादा की है। एक तरफ शायरी करते, दूसरी तरफ शिकार खेलते थे। यह बारहसिंगा और शेर का सर उन्हीं की करामात है...जायदाद देखते, बेचते और ठाठ से रहते थे।" जहीर ने कहा।

"का सहनसाही रुतबा वाली फोटो रखे हो यार। छूटते ही आदमी सलामी दाग दे।" मुरली तस्वीर पर थोड़ी देर नजर जमाये रहा फिर पूछने लगा—

"और इ केकर फोटू है पैण्ट-कोट मा?"

"यह उनके इकलौते बेटे हैं और मेरे दादा हैं," कहते-कहते जहीर हँस पड़ा।

"बड़े कड़कदार मालूम होत हैं," मुरली गर्दन उठाये-उठाये बोला।

"हाँ, तहसीलदार थे। फिर मियाँ किसके हैं।" जहीर कहकर हँस पड़ा।

"ओह!" मुरली इतना कहकर मुस्कुराया।

"और वह मेरे अब्बा की तस्वीर है।"

"उ का करत रहे।"

"कुछ करने से पहले ही खर्च हो गये!" जहीर ने कुढ़े स्वर में कहा।

"का हो गये?" मुरली कुछ समझा नहीं।

"हमीं का पैदा करे मा चुक गये..." थोड़ा ठहरकर बोला। "तब हम सिर्फ पाँच महीने के रहे! उ बी.ए. फाइनल में पढ़त रहे।"

"अच्छा!" मुरली प्रभावित-सा दिखा मगर जहीर के पिता का सुनकर दुखी हुआ!

"यह सब बकवास है।" जहीर ने उसके चेहरे पर उठते भाव देखकर गुस्से से कहा।

"उ भला काहे?" मुरली ने चकित भाव से जहीर को घूरा।

"इन सब बातों से हमारा क्या लेना-देना? कुछ करके तो हमारे लिए गये नहीं, सिवा बड़ी-बड़ी कहानियाँ पीछे छोड़ गये कि यह कितने भले थे, बहादुर और ईमानदार थे, रोज़ा-नमाज के पाबन्द थे। मेरा बस चले तो इनकी कोई तस्वीर न लटकाऊँ...मेरे लिए इन सबकी कोई कीमत नहीं है, सब बकवास है!"

"अजीब बातें करत हो यार कभी-कभी।" मुरली ने दुख और ताज्जुब से जहीर को घूरा।

"समय को बदल पाते और कुछ हमको दे जाते तो बात बनती। दे गये केवल बातें...बातों से क्या पेट भरता है? अगर आज यह हमारी जगह होते तो इस सिस्टम

में सब कुछ भूल जाते, न ईमानदारी इनको याद रहती न शायरी, तब यह हमसे भी बुरे आदमी कहलाते!''

''कौनो हद तक तुम्हरौ बतिया ठीक है।'' लम्बी गहरी साँस लेकर मुरली ने कहा और उदास हो गया। फिर चाय के घूँट भरने लगा।

मुरली के घर की हालत बहुत खस्ता थी। माँ-बाप हैजे से मर चुके थे। मामा ने पाला था। उनके पास इतना था नहीं कि उसको आगे पढ़ाते-लिखाते, बस छठा पास करवाकर उसकी पढ़ाई बन्द करवा दी थी। वह पढ़ने में बड़ा तेज था। कक्षा का सबसे होनहार लड़का मगर बदनसीबी के आगे वह कुछ कर नहीं सकता था। मामा ने अपनी बर्फ की चिरइयावाले ठेले पर उसको अपने साथ लगा लिया था। दिन ठीक से कट रहे थे। यह अलग बात थी कि स्कूल के सामने खड़े होकर चिरइया बेचते हुए जब बस्ते पकड़े लड़कों को आते-जाते देखता तो उसका मन बहुत कटता था। यह कैफियत भी चन्द माह रही, फिर तो मामा से भी ऊँची आवाज में हाँक लगाने लगा था—

बर्फ की चिरइया है
पचास पैसे की परइया है
लाल हरी गौरइया है
अन्दर से मीठी मलइया है

जाड़े में मामा मूँगफली, तिल के लड्डू, दलपट्टी और लय्यादाना रखते थे। उनकी आमदनी जाड़े में ज्यादा होती थी। तभी घरवालों के कपड़े बनते, थोड़ा जो कर्जा चढ़ जाता था, उसको उतारते थे। मामी के कोई औलाद नहीं थी सो मुरली को वह जिगर से चिपकाकर रखती। मजाल है जो कोई कह सकता कि मुरली अनाथ है, उसके माँ-बाप गुजर गये। जब कोई कहता तब वह छाती फाड़कर चीखती कि ''आँधर हो का? हम साक्षात् तुम्हरे सामने खड़े हैं, दिखत नाही है का? जाओ जाकर रतौंधी का एलाज करवाओ।'' बोलने वाला दुम दबाकर चलता बनता। मुरली की आँखें पुरानी यादों के नाम पर हमेशा भीग जाती हैं, इस समय भी उसने अपने आँसुओं को रोका।

''चौथी की दुल्हनो! चेलो बाहर आओ।'' दादी की आवाज आयी।

''चन्दा चली गयी है।'' जहीर ने कहा। तभी दरवाजा बन्द करने और कुण्डी लगाने की आवाज कानों से टकरायी।

कमरे से निकलकर जहीर सीधे गुसलखाने में घुस गया और मुरली चुपचाप तख्त के एक कोने पर जाकर बैठ गया। उसका मन भटक रहा था। उसको जहीर

बहुत् भाग्यवान लग रहा था। उसके पास घर है, माँ-दादी हैं, एक विरासत है मगर उसके पास तो कुछ नहीं है। न कोई अपना घर, न अपनी कोई छत, जहाँ वह आराम की साँस ले सकता था। उसको अपनी बदनसीबी का अहसास जागा, मन हुआ फूट-फूटकर रोए।

"जाओ जल्दी से नहा लो," कहता जहीर दालान में आया और सिर में तेल लगाने लगा।

"कितनी बार कहा भीगे बालों में तेल मत लगाया करो, नजला हो जाएगा मगर मेरी सुनता कौन है?" दादी ने टोका।

"आपका बस चले न दादी, तो आप मुझे कुछ करने ही न दें," जहीर चिढ़कर बोला।

"कायदे की बात बताती हूँ तो चुन्ने काटने लगते हैं। मेरा फर्ज है, आगे तुम्हारी मर्जी।" कुछ रूठी-सी आवाज में दादी बोलीं।

"बुरा मान गयीं क्या दादी? आपके तो बस नाक पर गुस्सा धरा रहता है।"

"अरे तुम ठहरे अपनी मर्जी के मुख्तार। माँ की तरह मुझे भी लौंडी-बाँदी समझते हो; वह दब जाए तो दब जाए मगर मैं चुप रहनेवालियों में से नहीं हूँ, किसी मामूली वकील की नहीं बल्कि बैरिस्टर की बेटी हूँ। शहर के गुण्डे-बदमाश उनके नाम से काँपते थे। फौजदारी मामलों के वकीलों के बीच उनका डंका बजता था।"

"अरे दादी, वही हाल तो आपने हमार कर रखी है," जहीर मजाक में बोला। फिर ठहरकर जरा कड़वे स्वर में कह उठा, "तो क्या करें हम दादी अगर आप बैरिस्टर या जज की बेटी हैं; हम तो ठहरे यतीम, किस बात पर घमण्ड करें? रोजगार चलाने के लिए बिसातखाने की दुकान खोले हैं। पेशे से कहलाएँगे बिसाती!"

"हाय मेरी तौबा! अरे पढ़ते-लिखते ठीक से तो आज बन जाते गवर्नर मगर क्या मजाल जो तुम्हारा जरा भी पढ़ने में दिल लगा हो।"

"दादी झूठ न बोलें...अगर हमको पढ़ने दिया जाता तो जरूर पढ़ते।" जहीर ने सख्त स्वर में कहा।

"गलत सोहबत में पड़कर बिसातखाने की दुकान खोलनी पड़ी। काश! मेरा लाल जिन्दा होता तो नाना की तरह अपना नाम रोशन करता।" दादी की आँखें भर आयीं।

"क्या अम्मीजान, सुबह-सुबह आप मीर हमजा की कहानी ले बैठीं!" सिपतुन ने धीरे से सास को टोका।

"घड़ी में तोला घड़ी में माशा! ऐसा पूत जना है तुमने जिसकी करतूतों का पता फरिश्तों को भी नहीं है। ऊपर से मेरी जबान पर भी ताला डालती हो, आखिर हो न तालेवालों की बिटिया!"

"बस अम्मीजान बस! मुरली सब सुन रहा होगा।" सिपतुन घबराकर बोली।

"मुरली सुने या सारंगी, मेरी बला से।" दादी चादर मुँह तक ढँककर लेट गयीं। दरअसल वह बुरा मान गयी थीं।

"इनके साथ यही मुसीबत है। खुद जो चाहे सुना दें मगर दूसरे के मुँह खोलते ही पारा सातवें आसमान पर पहुँच जाता है!" जहीर बड़बड़ाया।

"अब तुम्हीं अपनी जबान बन्द रखो।" सिपतुन कुछ झुँझलाकर बोली।

"लाओ नाश्ता दो, दुकान खोलने भी जाना है, दस बज रहे हैं।"

सिपतुन ने नाश्ता तख्त पर चुन दिया। आलू की सलसली सब्जी, पूरी और सूजी का हलवा! कभी-कभार तो बेटा नाश्ता करता है वह भी इस चखचख में क्या खा पाएगा। सारे दिन बाजार का उल्टा-सीधा खाता-पीता है। तभी तो बदन सूखकर काँटा हो गया है। चेहरे से वहशत टपकती है। कई दिनों तक जब दाढ़ी नहीं बनाता है तो आँखें जैसे गड्ढों में धँसी हुई लगती हैं। जमीला कह रही थी कि उठाकर लगाम लगा दो, घोड़ा खुद-ब-खुद थान पर बँध जाएगा। जो हालत है जहीर की उसको कौन लड़की देगा? फिर अम्मीजान भी सबसे बखान करती रहती हैं कि—बीबी, मेरा तो दिल हौल रहा है। जहीर मियाँ परसों से घर नहीं आये हैं। जब घरवाले लड़के के इन लच्छनों का जिक्र करेंगे तो मैं किसकी लड़की लाकर गुनाहगार बनूँगी? सब मेरे ऊपर थूकेंगी कि जब लड़के के ऐसे काले करतूत थे तो बहू लाने का ऐसा क्या चाव था? उसकी दुनिया भी खराब की! मेरी किस्मत में सुख कहाँ? जब तक जीना है, मेहनत-मजदूरी करनी है! वह माँएँ बड़ी खुशनसीब हैं जो बेटे की कमाई का सुख भोगती हैं। ऐ खुदा! अब मुझ बेवा पर रहम कर, जहीर को सीधी राह दिखा!

"अच्छा खाला, चलते हैं," मुरली ने जमकर नाश्ता किया था, जिसकी चमक उसके चेहरे पर झलक रही थी।

"दादी, हम जा रहे हैं।" इतना कहकर जहीर दरवाजा खोल बाहर निकला।

रूठी दादी वैसे ही चादर ताने लेटी रहीं। मुँह ही मुँह में खुदा हाफिज कहा हो तो हो मगर ऊपर से चुप का रोजा रखे रहीं। सिपतुन ने मन ही मन दोनों की खैरियत के लिए दुआ पढ़ी और भारी दिल से घर का दरवाजा बन्द किया और तख्त से जूठी रकाबियाँ उठायीं। सब्जी-पूरी ढँक दी। सिपतुन को पता था कि सास को जब गुस्सा आ जाता है तो फिर उन्हीं के उतारे उतरता है। ऐसे मौकों पर वह चुप हो जाती है।

धूप आँगन में उतर आयी थी। उसको भूख महसूस होने लगी थी मगर लाचार थी।

टाट का टुकड़ा बिछा उस पर सफेद जाजिम बिछायी और लिहाफ खोलकर तगाई की तैयारी में लग गयी। कल की सुई की चुभन की जगह उसने पट्टियाँ बाँध लीं। यही एक तरकीब अक्सर खुरदुरी जिल्द को राहत देने में कामयाब होती है वरना तो कभी-कभी पानी भी लग जाए तो छरछराहट शुरू हो जाती है! अभी सिपतुन ने लंगर डालना शुरू ही किया था कि दूधवाले ने कुण्डी बजायी। उसकी साइकिल की घण्टी के गली में गूँजते ही घरों की खिड़कियाँ, दरवाजे खुलने लगते हैं। सिपतुन पतीली लेकर दरवाजे की तरफ बढ़ी। उसको पता था कि अब सास उठ जाएगी। उसने दूध गर्म किया और सास के लिए प्याली में उँड़ेला, दो अरारोट के बिस्कुट लेकर जब वह दालान की तरफ बढ़ी तो देखा अम्मीजान उठकर बैठ गयी थीं। चेहरे पर आयी अपनी मुस्कुराहट को उसने जबरन रोका।

"आज दूधवाले ने आने में बड़ी देर लगा दी।"

"गाय देर से लगायी होगी।" कहती हुई सिपतुन तख्त की तरफ बढ़ी। उसके पेट में चूहे कूद रहे थे।

"पहले आता तो जहीर भी पी लेता।" दादी की इस बात पर सिपतुन अपनी हँसी न रोक पायी। दुपट्टे की ओट किये पूछ बैठी, "अम्मीजान! जरा-सा हलवा चखेंगी?"

"हाँ, लाओ दो जरा, मुँह का मजा तो बदले।"

"बुखार ने भी आपको कैसा कमजोर बना दिया है। दोपहर में फलवाला गुजरेगा तो आपके लिए मौसमी ले दूँगी।"

"और जो उसके पास कन्धारी अनार हुआ तो लेना मत भूलना। कब से खाने को तरस गयी हूँ। मुआ कभी ढंग का दाना लाता ही नहीं है, पता नहीं कौन निगोड़े सफेद दानों का अनार खरीदते होंगे जो बेचने पहुँच जाता है।"

"अब आप चैन से नाश्ता करें।"

"अरे मैं कौन बेचैन रहती हूँ। चलो तुम भी दो लुकमे खा लो वरना जले पैर की बिल्ली की तरह सारे दिन इधर से उधर दौड़ोगी!"

"जी।" इतना कहकर सिपतुन ने तख्त पर बैठकर नाश्ता करना शुरू कर दिया।

"घर में बहू आ जाती तो हम दोनों की दुसरात होती। हँस-बोल लेते। किसी चीज की जरूरत पड़ती तो माँग लेते।"

"कुछ चाहिए अम्मीजान?"

"हाँ, एक गिलास पानी दे देतीं तो कुल्ली कर लेती।"

"लाती हूँ।" आखिरी निवाले सिपतुन ने तेजी के साथ गले से नीचे उतारे और हाथ धोकर उनका गिलास पानी से भरा।

“यह जहीर भी बराबरवालों में नहीं उठता-बैठता। इसीलिए उसके ख्यालात दिन-ब-दिन बागी होते चले जा रहे हैं। मैं तो कभी-कभी हैरत करती हूँ कि इसकी आदतें किस पर गयी हैं? मुझे याद नहीं पड़ता कि इस ढब का कोई मर्द हमारे मायके या ससुराल में था। एक तंग चूड़ीदार पायजामा ऊपर से नीचे तक पहन लिया और समझे कि अंग्रेज बन गये! उसी को पहने सोता है। अरे निगोड़ी जींस कभी धुलती है?”

“अब एक हजारवाला कपड़ा रोज धुलता है?”

“तौबा यह तिरपाल जैसा कपड़ा, वह भी हजार कीमतवाला, मुझे तो यकीन नहीं आता, जहीर को किसी ने ठगा होगा!”

“आपके सिर की कसम।”

“कितनी बार कहा कि झूठी बात पर मेरे सिर की कसम न खाया करो, मुझे अभी बहुत जीना है। जहीर की शादी किये और पोता खिलाये बिना मैं मरने वाली नहीं हूँ।” अपने सिरहाने से आईना उठाकर उन्होंने चेहरा देखा।

“मेरा यकीन कीजिए,” कहकर सिपतुन अपने काम में लग गयी।

दादी ने अपने सफेद बालों की चोटी खोली और तिलेदानी से महीन दाँतों वाली कंघी निकालकर खूब गड़ा-गड़ाकर कंघी करने लगीं। फिर सुरमेदानी से भर-भर काजल लगाया। गुलाब की सूखी पत्तियों और लाल मसूर के उबटन से आदत के मुताबिक वह सुबह-सवेरे मुँह धो चुकी थीं। अब जहीर की लायी खुशबूदार क्रीम मुँह में मल रही थीं, फिर लम्बी चोटी का जूड़ा बाँधकर आईने में अपने को देखा और आह भरकर बोलीं, “गम ने वक्त से पहले चेहरे को झुर्रियों से भर दिया है।”

दोपहर के खाने का वक्त हो रहा था। लिहाफ पूरा तग गया था। सिपतुन ने राहत की साँस ली और बावर्चीखाने की तरफ जाकर सास के खाने के इन्तजाम में लग गयी। मौसमी का जूस पीकर वह तस्बीह पढ़ते-पढ़ते सो गयी थीं। अब उठते ही खाना खाएँगी। मूँग की दाल की खिचड़ी देसी घी से बघारकर वह चटनी पीसने लगी। तभी दरवाजे की कुण्डी किसी ने बुरी तरह पीटी।

“अल्लाह खैर!” कहती हुई वह दरवाजे की तरफ बढ़ी।

“जहीर घर पर है?” भद्दी मर्दाना आवाज उभरी।

“नहीं, दुकान पर है।”

“वहाँ भी नहीं है; दुकान पर...अच्छा जैसे ही घर आए, कहना शाहगंज थाने पर बुलाया है!” दरवाजे पर डण्डा बजाकर सिपाही ने कहा।

“अच्छा!” सिपतुन ने माथे पर छलक आये पसीने को पोंछते हुए धीरे से कहा। उसका दिल किसी आनेवाली मुसीबत के अन्देशे से धड़कने लगा। आँखें आँसुओं से भर गयीं। वह परेशान-सी बावर्चीखाने की तरफ बढ़ी और सिर पकड़कर

पटरे पर यूँ बैठ गयी जैसे उसको जहीर की गोलियों से छलनी लाश के आने का इन्तजार हो!

10

चौरासी खम्भे में हमेशा की तरह वकीलों और मुवक्किलों की भीड़ थी। आसपास की दुकान पर बैठे गाँव-देहात से आये लोग नाश्ता-पानी कर रहे थे। टाइपिस्ट स्टैम्प पेपर, स्टेशनरी के साथ तैयार बैठे थे। सड़क के किनारे अमरूद, पपीते, अंगूर के ठेले के साथ भड़भूजा भी खड़ा था। पटरी पर पेन, कैसेट और हार आदि की दुकान बिसातिनें लगाये बैठी थीं। अँखुआ फूटे चने के दाने कचहरी से छूटे लोग खा रहे थे। बेल की शरबत वाला खड़ा था। दोपहर की धूप में गर्मी-सी आ गयी थी। सड़क के बीच बैठी जुगाली करती गाय दुम घुमाती कुछ सोचकर उठी और चौरासी खम्भे की बारादरी में वकीलों के बीच से होती मुवक्किलों से टकराती हुई दूसरी तरफ जाकर सड़क पर बैठ गयी। पेशाब की छींटों से डरे हुए वकीलों ने आदत के अनुसार अपनी सिकोड़ी टाँगें फैलायी और राहत की साँस ली।

मुरली चिलगोजा, सल्लन अदरक, जुगनू पहलवान, रमेश मुगदर और बसन्त कंचा सुबह से कचहरी का चक्कर लगा रहे थे। उनको अभी तक जमील कट्टा नजर नहीं आया था। जमील कट्टे का असली नाम जमील अंसारी था। पेशे से वह वकील था मगर वकालत वगैरह उसकी चलती नहीं थी। इसलिए वह पुलिस, स्मगलर और कुछ छोटे-मोटे व्यापारियों के साथ दोस्ती गाँठे था। जिनकी तुफैल में उन्हीं के कुछ केस वह करता रहता था। ऐसे झूठे केसों में ज्यादातर जीत उसी की होती थी क्योंकि उसने छुटभइये किस्म के लोफरों की जमात अपने चारों तरफ जमा कर ली थी और मौके-मौके से वह उनका इस्तेमाल डराने-धमकाने में करता था। एक तो कण्ट्रीमेड पिस्टल हाथ लग गयी थी, जिसको अपराधी भाषा में दुलार से कट्टा कहा जाता है, उसको जमील अंसारी बहुत खास मौके पर खुद इस्तेमाल करता था। इसी के चलते वह अपने ही मोहल्ले में कट्टा के नाम से जाना जाने लगा था। यह बात छुपती कब तक, कुछ दिनों बाद चौरासी खम्भे तक पहुँच गयी और लोग पीठ पीछे उसको इसी नाम से जानने लगे और अब तो खुलेआम वह इस नाम के साथ खासा मशहूर हो चुका था। कहीं की खूबी हो या न हो मगर इलाहाबाद की यह

खूबी जरूर है कि सब एक-दूसरे का कच्चा चिट्ठा जानते हैं और एक-दूसरे की दुखती नब्ज पर हाथ रख मजे लेते हैं। और मजा लें भी क्यों न, आखिर पूरा शहर सियासी चेतना से भरा पड़ा है।

''यार अदरक अब तो बहुत देर हो गयी है, वह अब आनेवाला नहीं है। चलो चलते हैं एक चक्कर जहीर की दुकान का लगा आते हैं।'' रमेश ने मुजरिमों से भरी वैन को देखते हुए कहा।

''अबे, मुगदर! ठहर अभी कुछ देर और। सुना है वह लंच के बाद आता है।'' बसन्त कंचा ने कन्धे झटके।

''चलो, जहाँ इतना इन्तजार किया है, वहाँ कुछ देर और देख लेते हैं।'' रमेश ने गर्दन सहलायी।

''कंचा हमेशा ठीक बोलता है जुगनू पहलवान!'' बसन्त ने हँसते हुए कहा।

उसकी गोल-गोल आँखों की चमक बढ़ गयी।

''वह देख सामने, जग्गू झींगुर के साथ जमील कट्टा चला आ रहा है।'' एकाएक जुगनू बोला।

''वही किस्सा होगा पानदरीबे वाली लड़की का।'' अदरक ने ठहरे स्वर में कहा।

''यार अदरक, हमेशा अफसोस रहेगा कि हम उस लड़की को बचा नहीं पाये।''

''कभी-कभी सोचता हूँ कि किस-किसको बचाऊँ? हम लोग कोई 'शक्तिमान' थोड़ी हैं।''

''उसकी चीखें अब भी रात को कानों के पर्दे फाड़ती हैं।''

''अरे सल्लन भाई! याद आवा तोहरे नौकरी का का भवा?'' मुरली एकाएक बीच में बोल पड़ा।

''होना क्या था मुरली, बहनोई तो राजी थे मगर उनके बाप अड़ गये कि फैक्टरी में काम तभी दिलाएँगे जब उनकी लड़की से मैं शादी कर लूँ। बस इस सौदेबाजी से दिल खराब हो गया।''

''लड़की कैसी है?'' जुगनू गम्भीर हो उठा।

''देखने-सुनने में ठीक है।''

''फिर झिझक काहे की? इस भटकन-बेकारी से नजात तो मिलेगी।''

''गुडौंत रिश्ता कुछ हमको जँचत नहीं।'' सलमान बोला।

''बात तो ठीक है।'' बसन्त ने सिर हिलाया।

''वह इधर ही आ रहा है।'' रमेश बोला।

जमील अंसारी जग्गू झींगुर को विदा कर कचहरी की तरफ बढ़ा, पेड़ के नीचे खड़े पाँचों आगे बढ़े और जमील को घेरकर खड़े हो गये। जमील हल्का-सा घबराया, फिर बेतकल्लुफ अन्दाज में बोला।

"क्यों भाई! आज इधर कैसे?"

"आप से ही मिलने आये हैं बड़े भाई!" सलमान बोला।

"अच्छा! तो फिर बताओ कहाँ मुर्गी फँस गयी है?" जमील ने आँख मारी।

"जो मुर्गी तुमने पकड़ रखी है उसको छोड़ दो।" जुगनू ने कहा।

"सोने के अण्डे देने वाली मुर्गी कौन छोड़ता है?" जमील ने उनको हल्के में लेना मुनासिब समझा।

"पछताना पड़ेगा।" रमेश ने चेतावनी दी।

"देखो तुम लोग शरीफ घर के लड़के हो, कुछ काम-धाम करो, इस तरह दूसरों के पचड़े में पड़ने से जिन्दगी नहीं गुजर सकती है।"

"तो आप चाहते हैं कि हम भी काला कोट पहन कानून का मुखौटा लगाकर शरीफों को परेशान करें? उनको लूटें और बर्बाद करें?" सलमान मुस्कुराया।

"लड़ना है क्या जो सीधी बात का उल्टा जवाब दे रहे हो?" जमील गम्भीर हो उठा।

"आप उल्टा मतलब निकाल रहे हैं माई-बाप।" रमेश ने कन्धे उचकाये।

"अच्छा खैर! छोड़ो इन बातों को, बात करनी है तो कहीं बैठ जाते हैं। यूँ सरे आम खड़े होना मुझे मुनासिब नहीं लगता है।" जमील अंसारी ने कुछ उलझाते हुए कहा क्योंकि आते-जाते वकील इनको घूर रहे थे।

"क्यों नहीं, आप इज्जतदार वकील ठहरे। चलिए चाय की गुमटी पर चलते हैं। मुँह छिपाकर बात करते हैं।" सलमान हँसा।

"जरा कम बोला करो तुम लोग।" जमील ने चिढ़कर कहा।

सब खामोशी से चलते हुए छप्पर की छत वाले चायखाने की बेंचों पर जाकर बैठ गये। कुल्हड़ में चाय आ गयी। जमील अंसारी ने उनको गहरी नजरों से टटोला, फिर मुँह में दबा पान थूककर कुल्ली की और गला खँखारकर चाय का घूँट भरा। पाँचों ने एक-दूसरे की तरफ देखा। जुगनू पहलवान ने बात शुरू की।

"वकील साहब, लूकरगंज वाली मिस्राइन को तो आप जानते हैं न?"

"हूँ।" जमील ने गर्दन हिला हामी भरी।

"उनकी छोटी लड़की के साथ हुए बलात्कार का किस्सा भी आप जानते हैं?"

"तो फिर?"

"बलात्कारी को भी जानते हैं?"

"हाँ, भाई! मैं सबको जानता हूँ। फौजदारी मामलों का वकील हूँ। अब आगे तो बोलो कि तुम लोग कहना क्या चाहते हो?"

"न्याय की तो हमको आप से कतई उम्मीद नहीं है।" रमेश ने कटाक्ष किया।

"तो फिर आये क्यों हो?" जमील के तेवर पर बल पड़ गये।

"सिर्फ यह बताने कि वह आदमी जो आपका खासमखास है, उस मोहल्ले की कई छोटी बच्चियों को ख़राब कर चुका है। आप उसके बचाव का मुकदमा लड़ रहे हैं। ठीक है लड़िए मगर यह बताएँ कि मिस्राइन को डरा-धमका क्यों रहे हैं? बड़ी लड़की के पीछे अपने रहमत उस्तूरे, अरे वही लँगड़े नाई को लगा दिया है? मुकदमा यूँ लड़ा जाता है? दूसरी पार्टी को डरा-धमकाकर कि वह रिपोर्ट वापस ले ले?"

"तुम लोग बेकार की बातें कर रहे हो, मैं ऐसा क्यों करूँगा?" जमील ने कहा।

"आप कर रहे हैं। यह तरीका ठीक नहीं है। कानून को कानून की तरह इस्तेमाल कीजिए।" जुगनू ने कहा।

"देखो जगन्नाथ, इस तरह का इल्जाम लगाना ठीक नहीं है। वैसे मैं पूछ सकता हूँ कि तुम्हारी हमदर्दी मिस्राइन से है या फिर उसकी लड़की से?" जमील अंसारी भद्दे अन्दाज से बोला।

"देख बे! जबान सँभाल के बोल जैसे हम बोल रहे हैं। तेरी इत्तला के लिए इतना काफी है कि वह जगन्नाथ मिश्र उर्फ जुगनू की मौसी है और उनकी बड़ी लड़की, मँझली और छोटी हम सबको राखी बाँधती हैं, वे हमारी बहनें हैं।" सलमान उर्फ सल्लन अदरक ने तल्खी से कहा।

"राखी बाँधे या कँगना इन बातों से मुझे क्या?" जमील ने ऊबे स्वर से कहा।

"आपको है...। कभी गाड़ी नाव पर होती है तो कभी नाव गाड़ी पर। आज जो आप कर रहे हैं इसकी कीमत आपको देनी पड़ेगी। मत भूलिए की आपके खानदान में भी बेटियाँ जवान हैं और मोहल्लों में जवान बेकार आवारा लड़के घूमते हैं, जो आप लोगों की कृपा से अपना भविष्य जग्गू, सुरेश और गुला बाबा में देखते हैं।"

"बाई द वे...आप लोगों का अपने बारे में क्या ख्याल है?" जमील हिकारत से बोला।

"हम तो व्यवस्था की वह लानत हैं जो आप जैसों के सर पर चढ़कर मूतना चाहते हैं।" सलमान उर्फ सल्लन बोला।

"यही तो वह भी कर रहे हैं तो आपको अखर क्यों जाता है?" जमील हँसने लगा।

"ठीक कहत हैं आप वकील साहब, डाकू को पकड़ै मा और डकैत बनै के अन्तर को जऊन दिन आप समझ जइहैं न, समझो आनेवाली पीढ़ी का कल्याण हो जाई और वह सर पर मूतना छोड़ देई।" मुरली ने तीखे स्वर में कहा।

"अच्छे घरों के चश्म व चिराग हो, कुछ कमाई-धमाई करने की सोचो, लौंडियों की वकालत करने में क्या रखा है, वह काम हमारे ऊपर छोड़ दो और जो बहुत ख्याल है शहर की लड़कियों का तो उनकी चौकसी किया करो ताकि वह मर्दों पर डोरा डालना बन्द कर दें।" जमील ने बड़े तिरस्कार से मुरली को घूरा और

झुँझलाया-सा यह कहकर खड़ा हो गया।

"तुम साले वकालत करते हो या भँड़वागीरी?" सलमान कह उठा।

इस बातचीत के बाद सब खड़े हो गये और बाहर निकलकर उन्होंने भूँजा खरीदा और गर्म-गर्म लाई चना फाँकते हुए टैम्पो की तरफ निकल पड़े। उनका काम हो गया था। इससे ज्यादा की दखलअन्दाजी को वह दूसरे के मामलों में हस्तक्षेप मानते थे। कानून हाथ में लेना उनका लक्ष्य नहीं था बल्कि जमे हुए जहन को हँड़िया में डाल जामुन की तरह बघारना उनका काम था।

जहीर दुकान पर ही था। ग्राहकों की भीड़ थी। पाँचों को आता देखकर उसने जुबैर से कहा कि तुम कुछ देर सँभालो, मैं घण्टे भर बाद आता हूँ। रास्ते से ही दोस्तों को जहीर बाहर ले गया और कहने लगा कि जरा एक चक्कर श्रीवास्तव के घर लगाना है। सुना है चौबीस घण्टे की नोटिस पर उनसे मकान खाली करवाया गया है और जहाँ भेजा गया है वहाँ बिजली-पानी नहीं है और यह करामात त्रिपाठी और जमील अंसारी की है।

"कल चलते हैं। मैं सुबह से पी.सी.ओ. नहीं गया हूँ। ऊपर से मैंने मोटरसाइकिल सर्विस के लिए दे रखी है।" जगन्नाथ मिश्रा बोला।

"अच्छा, तू जा," जहीर बोला।

"हमहु का जाए देव, अपना ठेला किसी को तकाय के आये रहे।" मुरली बोला।

"अब मैं भी नहीं रुकूँगा क्योंकि बहनोई साहब आने वाले हैं। देखूँ नौकरी का क्या बना।" सल्लन ने हाथ उठा दिये।

"ठीक है, तुम लोग तो चलोगे न?" जहीर ने बसन्त और रमेश को ताका।

"बिलकुल!" दोनों जहीर की तरफ देख चहके।

सारे दोस्त बाहर निकले और अपनी-अपनी दिशाओं की तरफ मुड़ गये। जहीर रमेश और बसन्त को अपने पीछे बिठाकर श्रीवास्तव के घर की तरफ चला। उसके दिल में कई तरह के ख्याल आ-जा रहे थे। उन बच्चों की पढ़ाई का क्या हो रहा होगा। गठिया की बीमारी से बेहाल श्रीवास्तव जी की बीवी सड़क के नल से पानी कैसे लाती होगी? रास्ता काफी भीड़ भरा था। कॉर्पोरेशन का चुनाव होनेवाला था। छोटे-मोटे जुलूस नारे लगाते गुजर रहे थे। नखास कोने से गुजरकर वह बायीं तरफ गली में मुड़ गये। शाहनूर अली गंज पहुँचकर उन्हें श्रीवास्तव जी को ढूँढ़ने में ज्यादा दिक्कत नहीं आयी। बिना प्लास्टर की दीवारों वाले घर में झुटपुटे का मटमैला अँधेरा फैल रहा था। दरवाजे की जगह पर्दा पड़ा था जो उड़-उड़कर घर का हाल बता रहा था। जहीर ने मोटरसाइकिल रोकी और आवाज दी...

"श्रीवास्तव चाचा...।"

"कौन?"

"मैं जहीर!"

"आओ अन्दर आओ...कैसे रास्ता भूल पड़े बेटा?" श्रीवास्तव साहब उम्र से दस साल बड़े लग रहे थे। उनकी श्रीमती जी भी रुआँसी-सी बर्तन फैलाये बैठी उन्हें माँज रही थीं।

"देखो, हमारा हाल...बिना गलती के भुगत रहे हैं!"

"अब जो हो गया चचा वह भूल जाइए। अब यह बताइए कि यहीं रहना है या घर बदलना है?"

"घर बदलना है। इसमें क्या गुजर होगा हमारा?" श्रीमती ने कराहते हुए कहा।

"और तुम लोग कैसे हो? रमेश, तुम्हारे भाई का दाखिला हो गया?"

"नहीं चचा। आजकल स्कूल में भी रिश्वत चलने लगी है।"

"फिर?"

"प्राइवेट तैयारी कर रहा है।"

"और बसन्त, तुम कैसे हो?"

"टीक हूँ चचा!"

"तुम लोग भी प्राइवेट क्यों नहीं पढ़ते ताकि नौकरी मिलने में आसानी हो।"

"हम जो पढ़ रहे हैं वह ज्यादा जरूरी है चचा। नून-तेल-लकड़ी के फेर में पड़ गये तो बस अपने तक सिकुड़कर रह जाएँगे।" जहीर हँसा।

"देर-सबेर हम भी कमाने लगेंगे चचा, फिर जो कमा रहे हैं वह तो हमें पाल रहे हैं।" रमेश हँसा।

"अच्छा! तैयार हो जाएँ, मैंने आपके लिए एक घर देखा है। बात पक्की नहीं की है। मकान पसन्द आने पर सब तय हो जाएगा!"

"ठहरो तो, मैं चाय बना रही हूँ।"

"चाय रहने दें अभी।"

"पकौड़े तलो हम लौटकर आते हैं भाग्यवान।" इतना कहकर श्रीवास्तव साहब कनीज पहनने लगे। उनके मुर्दा चेहरे पर विश्वास की आभा छा गयी।

जहोर ने सब्जी मण्डी में एक मकान देख रखा था। छोटा था मगर बिजली-पानी की सहूलियत थी। चारों टहलते हुए सब्जी मण्डी की तरफ मुड़ गये। मकान वाला शरीफ आदमी था। उसके चारों बच्चे बाहर कमा-खा रहे थे। उन दोनों के लिए चार कमरे काफी थे सो दो कमरे किराये पर देना चाह रहे थे। बात पक्की हो गयी। श्रीवास्तव साहब ने जेब से निकालकर बयाना-बट्टा के रुपये भी धर दिये। लौटते हुए श्रीवास्तव साहब ने गद्गद भाव से कहा।

"तुम्हारी चाची तुम लोगों को बहुत दुआ देंगी!"

11

श्रीवास्तव के घर से चाय-पकौड़ी खाकर जब तीनों निकले तो गली के नुक्कड़ पर त्रिपाठी दो सिपाहियों के साथ खड़ा पान खा रहा था। उसे देखकर बसन्त ने मुँह बनाकर कहा, ''मनहुसवन खड़े हैं रस्तवा मा।''

''दुसरकी गल्ली से निकल चलित है, क्यों जहीर?'' रमेश ने कहा।

''काहे?'' जहीर ने पूछा।

''देखत नाही हो का?'' बसन्त बोला।

''देख लिया है इसलिए अब हम इधर से ही जाएँगे जिधर 'अण्डु बकरा' खड़ा है।'' इतना कहकर जहीर मोटरसाइकिल पर बैठा और उसके पीछे बसन्त और रमेश बैठ गये।

मोटरसाइकिल धड़धड़ाती-सी ठीक पान की दुकान पर जाकर रुक गयी। त्रिपाठी ने उँगली से चूना चाटते हुए मुड़कर देखा मगर तीनों ने बड़ी लापरवाही से मुँह पानवाले की तरफ रखा और जहीर ने कहा—

''जरा पान खिलाना, हीरा मोती छिड़ककर, सौंफ गरी अलग से।''

''कैसे हैं साहिब जी, बड़े दिनों बाद इधर दर्सन कराये।'' पानवाले ने जहीर की तरफ हँसते हुए देखा।

''वह देखिए...वह जा रहा है।'' एक सिपाही चीखा।

''पकड़ो साले को,'' त्रिपाठी ने कहा और तेजी से अपनी हीरो होण्डा को स्टार्ट किया।

''इनके करण्ट वरण्ट लग गवा का जो एकदम से बौराए के भाग खड़े भये?'' बसन्त ने पानवाले से पूछा।

''का पता...इन मामा लोगन का कुछ पता चलत है का?'' उसने इतना कह पान आगे बढ़ाया। तीनों ने पान कल्लों में दबाया और आगे बढ़े।

मोटरसाइकिल आगे जाकर कादिर हलवाई की दुकान के सामने रुक गयी। जहीर ने मोटरसाइकिल पर बैठे-बैठे एक किलो लौज बादाम बँधवाया और मोटर साइकिल ठठेरी बाजार की तरफ मोड़ दी।

''इधर का है, भीड़ देख रहे हो?'' रमेश कुछ समझा नहीं।

''ठहरो तो,'' कहकर जहीर मोटरसाइकिल से उतरा और स्टील के दो भगौने बँधवाकर बाहर निकला।

''कस हो भैया, ब्याह का इरादा कर लियो का जो दहेज जमा करत हो?'' बसन्त को चुहल सूझी।

''देखते रहो,'' जहीर इतना कहकर ठठेरी बाजार से बाहर निकला और इत्र

की दुकान पर रुककर उसनें खस के इत्र और चमेली के तेल की कुप्पी ली और कोतवाली के पास से गुजरता हुआ लोकनाथ के चौराहे पर पहुँच, बायीं तरफ फल वाली गली में मुड़ कुछ फल खरीदे। फिर मोटरसाइकिल वहीं छोड़ कर बीच से गुजर सड़क पार कर म्युनिसिपल मार्केट में दाखिल हुआ। जुबैर उसका इन्तजार कर रहा था।

दुकान बन्द करके वह फिर फलवाली गली में मुड़ा और लोकनाथ जाकर उसने हरिराम के यहाँ से समोसे और दालमोठ खरीदी और तेजी से चलता मोटर साइकिल पर बैठ घण्टाघर की तरफ मुड़ गया। उसका पागलपन दोनों चुपचाप देखते रहे, फिर बसन्त ने पूछ ही लिया।

"कहाँ-कहाँ की सैर पर आज चलै का इरादा है? बुरा न मानो तो सुलाखी की तरफ भी होय लेते हैं।" रमेश ने कहा।

"आखिरी पड़ाव, अकबरपुर...ठाठ से चाय पिएँगे।"

"भले मानस, हमसे भी पूछ लेते कि रमेश तुमको भी कोई काम है?"

"अरे श्रीवास्तव साहब को बढ़िया घर मिल गया। उनके बच्चे पढ़ेंगे, पत्नी ठाठ से नल के नीचे बर्तन धोएँगी। अब इससे भी बढ़कर कोई नेक काम हो सकता है?" जहीर ठट्ठा मारकर हँसा। वह आज दिल की गहराई से खुश था, बेहद खुश।

घर में घुसते ही उसने माँ के हाथों में दालमोठ, मिठाई और गिलास का पैकेट थमाया और दादी के पास जाकर उनको चमेली के तेल की कुप्पी थमायी। दादी तेल देखकर खुश हुईं। उसको सूँघा फिर बोलीं–

"असली! लगता है अभी पुराने लोगों ने मिलावट का गुर नहीं सीखा है।"

"अम्मा, चाय बनाओ और बसन्त, रमेश तुम लोग तब तक मुँह-हाथ धो लो।"

"आज दादी की सुध कैसे आयी?" फिरोजजहाँ चहकीं।

"बस जब अन्दर का इन्सान जाग उठे, फूल खुशबू तो याद आते हैं न दादी जान।" जहीर के चेहरे पर मासूम मुस्कुराहट तैर गयी।

सिपतुन ने चौकी पर नाश्ता लगा दिया था। बसन्त और रमेश ने मुँह-हाथ धोये तथा जेब से कंघी निकालकर की और जहीर के बुलाने पर तख्त पर आकर बैठ गये। बसन्त और रमेश पहली बार घर आये थे। थोड़ा-बहुत शरमा रहे थे। सिपतुन तो वैसे ही कम बोलती थी। दादी का शायद मूड नहीं था। वह चुपचाप चाय पीती रहीं। जहीर ने चाय-नाश्ते के बाद जमील अंसारी के बारे में पूछा।

"बेकार आदमी है। जितना हम लज्जित कर सकते थे कर चुके मगर वह कहाँ सुधरने वाला है। उसकी तो रोजी-रोटी इन्हीं कामों से चलती है। वह कैसे हमारी बातों से प्रभावित होकर अपने आदमी को बचाना छोड़ देगा!" बसन्त ने कहा।

"मुझे लगता है यह लोग बेहिस हो चुके हैं। इनका मन मर चुका है। वह अब दूसरे इन्सान के लिए दुखता नहीं है।" रमेश बोला।

"इसका सबसे बड़ा भुक्तभोगी मैं हूँ। इसलिए समझ सकता हूँ कि इन्सान किस हद तक गिर सकता है।" जहीर ने धीमे से कहा।

"अच्छा, अब हम चलते हैं।"

"चलो नुक्कड़ तक हम भी चलते हैं। वहाँ पान भी खा लेंगे।" जहीर ने कहा और दरवाजा खोलकर गली में निकला।

"देखो सभासद के अलेकसन मा कउन बाजी मारत है। अगर हरिहर प्रसादवा जीत गवा तो समझो क्षेत्र का बेड़ा गरक।" बसन्त ने कहा।

"उ पतरकी पण्डिताइन ही कौन-सी दूध की धोयी है और निजामुद्दीन, उसने पिछली बार कितने घपले किये थे। पूरे शहर में कूड़े के पहाड़ बन गये थे। और जरा-सा पानी बरसै में अल्लाहपुर पूरे डूब गवा और नाला सफाई का सारा बजट चट करे के मारे कोई व्यवस्था ही नहीं रह गयी थी।" रमेश ने कहा।

"मैं तो इतना जानता हूँ कि अगर किसी भी विभाग का अफसर ईमानदार है तो पूरा विभाग चुस्त-दुरुस्त रहता है। खान साहब याद हैं? रिश्वत तो दूर कोई बीड़ी-सिगरेट माँगकर नहीं पी सकता था। ऐसा डण्डा चलाया था। मैंने तो ऐसा एस.पी. अभी तक देखा नहीं।" जहीर ने चलते-चलते कहा।

"क्यों एस.एस.पी. महेन्द्र सिंह को भूल गये? उसने तो अच्छे-अच्छों को सबक सिखा दिया था, मगर गुप्ता के आते ही सब फिर चौपट।" रमेश ने याद दिलाया।

"एक तो इन बड़े अफसरों को इन छोटे-मोटे सिपाही दरोगा की हरकतों का पता भी नहीं चल पाता है कि यह आम आदमी की जिन्दगी को कितना अस्त-व्यस्त करते हैं।" जहीर ने कहा।

"पिछला दंगा याद है। इन्हीं पुलिस-पी.ए.सी. वालों ने कितनी औरतों को बेइज्जत किया था मगर पकड़ा कोई नहीं गया। सारे केस ठण्डे बस्ते में चले जाते हैं।" रमेश ने कहा।

"हाँ...याद कर रोंगटे खड़े हो जाते हैं...उस वक़्त हम सभी छोटे थे" जहीर ने धीरे से कहा।

"असलम भाई कितना बढ़िया गीत कहिन रहा 'बम बोला' वाला।" बसन्त ने याद करते हुए कहा।

"उनका जबरजंग गीत था! पुलिस-पी.ए.सी. वाली पंक्ति जरा सुनाओ तो जहीर।" रमेश ने कहा।

"हाँ....क्या था..." जहीर ने सोचते हुए कहा और फिर सुनाने लगा–

बम बोला वह बम बोला
बम बोला वह बम बोला

पैर लगे, अफवाहों के
महके फूल गुनाहों के
दिल धड़के चौराहों के

निकला लुटेरों का टोला
बम बोला वह बम बोला

जहीर अपने तर्ज से नज्म सुना रहा था। बसन्त और रमेश अपने को रोक नहीं पाये और जहीर का साथ देने लगे।

आयी बहादुर पी.ए.सी
चलने लगे कट्टे देसी
मारे गये कुछ परदेसी

समय ने यूँ बदला चोला
बम बोला भई बम बोला

चुप आँगन सहमा दालान
दरवाजे पर सबके कान
सारा शहर हुआ सुनसान

जब खिड़की का पट खोला
बम बोला वह बम बोला

शहर की यूँ बिगड़ी तकदीर
उलट गयी सारी तस्वीर
देख के सोने की जंजीर

थानेदार का मन डोला
बम बोला वह बम बोला।

नज्म समाप्त कर तीनों कुछ देर चुपचाप पुरानी यादों में खो गये। जलता शहर उनकी नजरों के सामने था। चीख-पुकार के साथ गोली बम की आवाजें उनके कानों

में गूँजने लगीं।

"मैं तो सोचता हूँ कि अगर हिन्दुस्तान से पुलिस हटा दी जाए तो सच मानो व्यवस्था पहले से बेहतर चलेगी। आदमी इन्सानियत का बर्ताव करना याद रख पाएगा। कुछ करके कुछ देकर खुश होगा मगर अब तो छीनना है। लूटना है। मारना है।" जहीर नज्म सुनाने के बाद परेशान हो उठा था।

"साले जऊन चौराहे पर खड़े होय जात हैं, घण्टों जाम लगाये देत हैं।" बसन्त ने कहा।

"याद है उस श्यामदास पर क्या गुजरी थी—जानसेनगंज के चौराहे पर पुलिस से तेज आवाज में बोलने के जुर्म में। उन दोनों सिपाहियों ने उसका क्या हाल किया था?" रमेश ने बसन्त को याद दिलाया।

"याद है यार! घर पर डाँट पड़ी। कॉलेज से नाम अलग काट दिया गया क्योंकि सिपाही का रिश्तेदार वहाँ काम करनेवाला एक क्लर्क था।" बसन्त ने गर्दन हिलायी।

"कुछ दिन गुजर जाएँ तो मुझे इन हादसों पर विश्वास नहीं होता। यह बातें इतनी बनावटी घटिया और बचकानी लगती हैं, मगर जब ये घट रही होती हैं तो कितना आतंक और भय का जाला बुनती हैं। मामूली से मामूली चिड़ीमार तक दबंग हो उठता है।" जहीर ने कहा।

"क्योंकि कहीं न कहीं इन मामा लोगन की बिरादरी का कोई पोप बैठा होता है।" बसन्त बोल उठा।

"इन बिरादरियों कै पोप लोगन का देखि लिया जाईगा।" रमेश बोला।

"देर काफी हो गयी है तुम भी चलो।" बसन्त ने घड़ी देखी।

"हाँ, जहीर! फिर कल मिलते हैं।" रमेश ने कहा।

जहीर पान का बीड़ा मुँह में हल्के-हल्के घुलाता हुआ अपनी सोच में डूबा एक गली से दूसरी गली में गुजरने लगा। उसको लगा कि व्यवस्था के गलियारे भी ऐसे हैं जो न्याय नहीं दे सकते, अधिकार नहीं दे सकते, नौकरी और रोटी नहीं दे सकते। बस अपनी भूल-भुलैया में आम आदमी को भटकने के लिए छोड़ देते हैं और वह जिन्दगी भर निकास का दरवाजा ढूँढ़ता रह जाता है।

"अरे जहीर बेटवा, बहुत दिनों बाद दिखे, कहाँ रहत हो?" ग्वाला सामने से आ रहा था, जहीर को देखकर रुक गया।

"तुम कैसे हो चाचा? काम-धन्धा तो ठीक चल रहा है?"

"बहुत मजे मा...अब तो चार भैंसी, पाँच गइया हैं, लड़िका भी मैट्रिक पास कर गवा है। ससुरा शर्मात है कि ग्वाला है। सबसे कहत है कि हमार तो डेरीफार्म है, ढेर नौकर चाकर हैं। अब बतावै ई कैसन सिच्छा है जौन बाप का बेटवा से अलग

कर देत है?'' ग्वाला हँसते-हँसते बोला।

''कुछ दिन बाद सब कुछ ओकरे समझ में आ जाएगा चाचा।'' जहीर ने कहा।

''देखैं जी का होत है।'' ग्वाला इतना कहकर कान से बीड़ी निकालता हुआ आगे बढ़ गया।

ज़हीर की सोच का सिलसिला फिर जुड़ गया। घर की तरफ न जाकर वह मोहल्ले की दूसरी तरफ चल पड़ा। घर के दरवाजे बन्द होने लगे थे। हलवाई और पंचूरिया की दुकानें भी सिमटने लगी थीं। कुत्ते भी सारे दिन भूँक-भूँककर थक चुके थे और अब नाली के पास मुँह डाले ऊँघ रहे थे। मस्जिद में अलबत्ता कुछ चहल-पहल-सी दिखी। पास जाने पर पता चला कि नजीर मियाँ की नमाज-ए-जनाजा पढ़ी जानेवाली है। सुनकर जहीर को झटका लगा। नजीर मियाँ गहरे नाले की तरफ जानेवाली गली के कोने में वकील साहब के चबूतरे पर अपनी छोटी-सी पान-बीड़ी की दुकान लगाते थे। बच्चों के लिए कमपट भी रखते थे। इसलिए ईद पर उनके यहाँ अक्सर बच्चों की भीड़ नजर आती थी। जब वह मुफ्त खट्टी-मीठी गोलियाँ बाँटते थे, उस दिन वह हिसाब-किताब नहीं करते थे वरना तो बीड़ी-सिगरेट से बचे पैसे लौटाने की जगह वह ग्राहक को उसी दाम में यह टाफियाँ थमा देते थे। एक बार वह भी उनकी दुकान पर दोस्तों की मण्डली के साथ पहुँच गया था। घर पहुँचने पर दादी ने सख्त ताकीद की थी कि इतनी दूर घर से जाना ठीक नहीं है और न दाँत की दुश्मन यह खट्टी-मीठी गोलियाँ ही चूसनी हैं।

जहीर मस्जिद के अन्दर दाखिल हुआ। दुआ-सलाम के बाद वह भी नमाज में शरीक हुआ। जनाजा उठा तो वह भी चन्द कदम चलकर बायीं गली में मुड़ गया और नीम के पेड़ के नीचे चबूतरे पर बैठ गया। रात का अँधेरा मिलगजी बल्बों की पीली रोशनी के धुँधलेपन में चारों तरफ एक खामोश माहौल को रच रहा था। दोपहर का शोर, लोगों के चेहरे, चहल-पहल—जैसे इस रहस्यमय सरसराहट में डूब गया हो। ऐसी तन्हाई जहीर को कम ही नसीब होती है। हवा में हल्की-सी नर्म ठण्ड थी जिसमें नालियों की बदबू गुँथी हुई थी। एक कुत्ता जाने कहाँ से टहलता हुआ आकर जहीर को कुछ पल घूरता रहा, फिर दुम हिलाता हुआ पास आकर बैठ गया। जहीर ने जब कोई प्रतिक्रिया नहीं दिखायी तो वह बदन फैलाकर लेट गया और आँखें बन्द कर लीं। कुछ पल यूँ गुजर गये फिर दरवाजे के खुलने की आवाज खा़मोशी को तोड़ गयी। जहीर ने आवाज की तरफ सिर घुमाया। दूर एक साया किसी घर से निकलते दिखा फिर उसी के पीछे दूसरा साया। जहीर ने घड़ी देखी, रात के दस बज रहे थे। कुछ पास आने पर जहीर को उनके नकाब के फैलाव का अन्दाजा हुआ और उसने सोचा—इतनी रात को ये औरतें कहाँ जा रही हैं? जब वे पास से

गुजरीं तो खुशबू का तेज झोंका जहीर के नथुनों में घुसा और उसी के साथ उसको ख्याल आया कि हो न हो यह तारा और उसकी माँ हैं, जो बेटी को किसी ग्राहक के घर लेकर जा रही है। उसने इन दोनों के बारे में काफी सुन रखा था और आज अपनी आँखों से देख लिया। जहीर के दिल में कुछ चिटखा। तारा कुलसूम की सहेली थी। कुलसूम का चेहरा उसकी आँखों के सामने घूम गया।

साँवले रंग की बड़ी-बड़ी काली आँखों वाली कुलसूम उसको रोज स्कूल से लौटते हुए हाथों में नाश्तेदान लिये जाती दिखती थी। उसके घुँघराले बाल चेहरे के चारों तरफ इस तरह उलझे बिखरे रहते थे जैसे उसने कई दिनों से कंघी न की हो। उसको वह लड़की बहुत अच्छी लगती थी। अपनी तरफ जहीर को घूरता देख वह शरमाकर सिमट जाती और अपने अब्बा को खाना देने भाग जाती थी। जो सामने वाले मैदान के पास बन रहे मदरसे में मिस्त्री का काम कर रहा होता। एक-दो बार वह दादी से बिना बताये उस मदरसे को बनता भी देख आया था। सब कुछ बड़ा मजेदार लग रहा था। गीली-गीली महक के साथ सीमेण्ट मोरंग बालू का छोटा-सा पहाड़ बनाकर उसमें बीच में गड्ढा कर मजदूर पानी डालता और फावड़े से चारों तरफ का मसाला उठा-उठाकर उसी पानीवाले गड्ढे में डालता और देखते-देखते पाउडर जैसा मसाला गीला हो उठता और उसको तसले में रखकर मजदूर बशीर को देता, जो मचान पर बैठा तेजी से हाथ चला रहा होता। मसाले से भरी कन्नी ठीक उसी तरह ईंटों की दीवार पर मारता जैसे ग्वाले की बीवी छुटकी चाची उपले दीवार पर पाथती थी। उसी को गिनता हुआ वह स्कूल बस से उतरकर पैदल घर आते हुए रास्ता तय करता था मगर कुलसूम का अब्बा तो पूरा कारीगर था। छत पर मसाला थक से फेंक उसको कन्नी से ऐसा जमाता था कि वह गिरना तो दूर हिलता भी न था फिर लकड़ी का टुकड़ा ले उन पर फेरकर सारी बढ़ी हुई मसाले की पर्त नीचे गिराकर छत को चिकना कर देता था। जहीर के चेहरे पर उन यादों की मिठास के रूप में हल्की-सी मुस्कान होठों पर उभर आयी थी और आँखों में चमक। उसने लम्बी साँस खींची और चबूतरे से उठ खड़ा हुआ। उसके उठते ही कुत्ता भी झपटकर उठा और होशियार की मुद्रा से खड़ा होकर चौकस नजरों से इधर-उधर देखने लगा। जहीर को हँसी आ गयी।

"तू तब कहाँ था बे जब मीर साहब के घर चोरी हुई थी?" कुत्ता जहीर के बोलने पर भूँका और भागता हुआ गली में सीधा चला गया।

"बेमौका पहरेदारी का शौकीन लगता है।" कहता हुआ जहीर आगे बढ़ा। मोहल्ले में लगभग सोता पड़ गया था। पाँच-छः बजे सुबह से उठकर काम-धन्धा करनेवाले रात के नौ-दस बजे तक बिस्तर की तलाश करने लगते हैं। थका बदन भी आराम चाहता है और अब तो रात के साढ़े ग्यारह बज रहे हैं।

जहीर जब मस्जिद की तरफ मुड़ने लगा तो दूसरी गली से कुछ लोग आते दिखे। पास आने पर पता चला कि कब्रिस्तान से लौट रहे हैं। उन्हीं में मुल्तान धोबी भी था। जहीर को देखकर आगे बढ़ा और बोला–

"आप अबहिन तक हियईं नजर आवत हैं?"

"बस! आज जरा फुर्सत थी, सोचा कि मुहल्ले के हाल-चाल लें।"

"ऊ तो है...। हम आवा रहेन एक दिन, आप घर पर नाही रहे, सो भेंट नाही होय पायी।"

"अच्छा!"

"उ कमवा तो होय गवा भैया! अब कउनो परेसानी नहीं है!"

"ठीक है!"

"कभी हमउका सेवा का अवसर दें, कपड़ा तो किसी न किसी से आखिर धुलवावत हुइहें न?"

"हाँ, पुराना धोबी है। दादी उसी से धुलवाना पसन्द करती हैं।"

"अरे अब तो उ बूढ़ा होय गवा है। ओके बाद हमहिन का लगाये लियो!"

"किसी की मरने की आस लगाना क्या अच्छी बात है?" जहीर को हँसी आ गयी। मुल्तान सलाम करता हुआ दूसरी तरफ मुड़ गया।

घर लौटते हुए जहीर सोच रहा था कि आज जल्दी इसलिए लौटा था कि घर का हालचाल लूँगा। दादी और अम्मा की परेशानियाँ सुनूँगा, मगर फिर वही बारह बजे घर लौट रहा हूँ।

"तुम नहीं सुधरोगे जहीर। तुम्हारी अम्माजान के पास आना ही पड़ेगा। लगता है उनको तुम्हारी शादी-ब्याह का ज़रा भी ख्याल नहीं है।" काजी सत्तार साहब रिक्शे पर बैठे पास से गुजरते हुए बोले। शायद किसी शादी से लौट रहे थे, पास में लाल कपड़ों से बँधा खाने-पीने का सामान भी रखा था।

"आइए चचा, घर आपका है!" जहीर ने हँसते हुए कहा।

"आऊँगा...जरूर आऊँगा।" काजी साहब ने हाथ उठाकर कहा। रिक्शा अँधेरे में घण्टी बजाता हुआ आगे बढ़ गया मगर गुलाब की हल्की-सी गन्ध हवा में छोड़ गया।

जहीर को नींद आ रही थी। गली के चक्कर लगाने में उसको अजीब लुत्फ आ रहा था। एक सुरक्षा-सी महसूस हो रही थी। शायद इसलिए कि वह बचपन की यादों में भटक गया था। यूँ ही चलते हुए वह सड़क की तरफ निकल गया। पान की दुकान अभी खुली होगी। चलते-चलते उसको मोची के लड़के सुखिया का ख्याल आया जो इसी गली में एक पेड़ के नीच अपने पिता के साथ बैठकर उसके काम में हाथ बँटाता था। जवान हुआ तो उसने दुकान पर बैठने से इनकार कर

दिया और इधर-उधर भटकने लगा। लड़का बुरा नहीं था मगर उसकी भी कुछ तमन्नाएँ थीं। अच्छे कपड़े पहनना, ठण्डी बोतल पीते हुए गाना सुनना, मोटरसाइकिल न सही तो सिर्फ साइकिल पर घूमना। यह सारे अरमान वह सड़क के किनारे बैठे जूता गाँठकर पूरा नहीं कर सकता था। इसलिए बाप को दुख देने लगा। उसकी बुढ़ापे की कमाई छीनने लगा था। सिर्फ इत्तेफाक था कि सल्लन के मामू बाटा कम्पनी में कुछ साल पहले थे। उनसे कहकर उसको लोकनाथ वाली बाटा की दुकान पर रखवा दिया। काम उसका जूता पहनाना ही है मगर कायदे से...सजी-धजी दुकान में शर्ट-पैण्ट पहन, महीन कंघी से बाल झाड़ जब वह ग्राहकों को जूता दिखाता है तो उसके दिल में कुण्ठा नहीं जागती। आखिर हर बेटा बाप से आगे निकलने की सोचता है मगर हमारे यहाँ यह मेहनतकश कारीगर पीढ़ी-दर-पीढ़ी उसी पुरानी जिन्दगी को दोहराते रहते हैं। मेहनत के बावजूद इनका हुलिया नहीं बदल पाता है। सुखिया की तरह इस शहर में कितने मोची के लड़के होंगे, जिनकी जिन्दगी बदली होगी? जीवन-स्तर बढ़ा होगा?

पान की दुकान चौरसिया बन्द ही करने जा रहा था कि जहीर को देखकर रुक गया। उसने तेजी से दो बीड़े पान लगाये। पत्ते में बाँधे और जहीर की तरफ बढ़ाते हुए बहुत धीमी आवाज में बोला–

"मुनिया अभी जग्गू के साथ रिक्शे में बैठी गुजरी है।"

जहीर ने कोई जवाब नहीं दिया। सिर हिलाकर पत्ता पकड़ा और जेब से पैसे निकालकर दिये और चुपचाप घर की तरफ लौटने लगा। उसके दिमाग में इस खबर से यह शंका उभरने लगी कि अब कुछ घटनेवाला है। मुनिया या फिर इन दोनों बदमाशों में से किसी एक की जान जरूर जाएगी! जग्गू झींगुर हनुमान जी के मन्दिर के पुजारी की बहन का लड़का है। अच्छे संस्कार की जगह ये गुण्डा-संस्कार कहाँ से उसमें आये, यह तो कई बार पुजारी जी माथा पीटकर कह चुके हैं। विधवा बहन से इसी जग्गू के चलते वह नाता तोड़ चुके हैं मगर इन बेकार की दकियानूसी बातों का कोई असर जग्गू पर नहीं पड़ा। यह अलग बात थी कि वह बचपन में काफी सीधा-सादा था। पढ़ने भी जाता था और पुजारी जी का हाथ भी बँटाता था, मगर कुछ लड़कों की सोहबत में पड़कर उसका दिमाग धीरे-धीरे करके खराब होने लगा। पहले प्रसाद की मिठाई, फलों की चोरी, फिर चढ़ावे के पैसों की चोरी और फिर मन्दिर आने वाले श्रद्धालुओं से पण्डित जी की बुरी हालत का बखान कर सहायता माँगना। इस तरह से उसने अपने को माली तौर पर बड़ा मजबूत बना लिया था। उसके गैंग में मोहल्ले-दर-मोहल्ले के आवारा लड़के शामिल हो चुके थे जो फिल्मी हीरो की तरह अपनी छवि बनाकर उन्हीं की बोलियों की नकल करते थे। पण्डित जी ने बहन के आगे हाथ जोड़ उसको गाँव भेज दिया और जोगेन्द्र को मन्दिर में

घुसने से मना कर दिया। जोगेन्द्र जग्गू बन गया और फिर उसका हुलिया और आवाज देखकर उसके प्रतिद्वन्द्वी सुधीश ने उसको झींगुर का नाम दे दिया।

जहीर घर के दरवाजे पर पहुँच गया था। सिपतुन ने दरवाजा खोला। उसने माँ के उदास चेहरे को देखा फिर चुपचाप अन्दर दाखिल हुआ। उसका दिल अम्मा के लिए बड़े अजीब ढंग से दुखा। दिल चाहा कि उनके सीने पर सिर रखकर फूट-फूटकर रो पड़े। मगर जब सिपतुन ने उससे खाने को पूछा तो जाने कैसे उसके मुँह से सख्त खुरदुरी-सी आवाज निकली कि मुझे भूख नहीं है। सिपतुन ने बावर्चीखाने की बत्ती बुझायी और जहीर टूटे से बिस्तर पर लेटकर सोचने लगा कि उसको यह क्या हो जाता है कभी-कभी? माँ से बोलना कुछ चाहता है और बोल कुछ जाता है?

12

नखासकोने पर सवारियों की रेल-पेल में पैदल चलनेवालों की आफत आ गयी थी। मुरली अपना ठेला किसी तरह किनारे लगाने में कामयाब हो गया था। उमस गजब की थी पर बादल घिरे थे। किसी भी पल टपटपाकर मूसलाधार बारिश शुरू हो सकती थी। इसलिए भी लोगों को अपने-अपने ठिकाने पहुँचने की हड़बड़ाहट थी। रूई-गद्‌देवाले प्लास्टिक फैला रहे थे और खलीफा मण्डी के पासवाली गली में गल्ले की दुकान के सामने मुँह खोले अनाज के बोरे अन्दर दुकान में खिसकाये जाने लगे थे। जिनके पास तिरपाल का शेड था वह बड़े इत्मीनान से ग्राहक निबटाने में लगे हुए थे। मुरली ने जेब से बीड़ी का बण्डल निकाला और एक बीड़ी होठों में दबा माचिस जलायी।

"अबे के ससुर यहाँ ठेला लगाये है...एका हियाँ से हटाओ।" सिपाही आगे बढ़कर फेरीवालों को धमकाने लगा।

"हवलदार जी काहे को डण्डा किये हो, फलनवा कल आपका पहुँचावा नहीं का?"

"चुप बे! कप्तान साहब का ऑर्डर है। इस तरफ कोई ठेला नहीं खड़ा करेगा, आगे बढ़ो..."

"अजब मुसीबत है, कउनो कानून रात भर ठहरत नाही है, आज बोलिहैं—ई तरफ मत खड़े हो, कल बोलिहैं—उ तरफ मत खड़े हो, तो जाई साले की मेहरारू

के घाट पर ठेला लगायी का?''

''बढ़ते जाओ।'' सिपाही ने डण्डा बजाया।

''का हवलदार साहब, आप चाहत हैं कि भले लोगन से हम वही बेची जऊन आप खरीदत रहत हैं।''

''बहुत जबान चलाय रहा है साला, जमाऊँ क्या?''

''जब हम बेच ना पाउब तो का एका काट के आपका हफ्ता देबै?'' एक ठेले वाला झुँझलाकर बड़बड़ाया।

''हाँ तुम ठीक कह्यो, उ तौ ओके साहब के घरवाली के काम आयी।'' दूसरा ठेले वाला मुस्कुराया। सिपाही इनकी आपसी बातों को अनसुना करके आगे बढ़ गया।

ठेलेवाले फल, सब्जी, चने से लदे-फँदे आगे जाने लगे। टप-टप करके बड़ी-बड़ी बूँदें गिरने लगी थीं। सिपाही अपने खोखे में जाकर बैठ गया। दुख तो उसको भी था इनको हटाने का, आखिर सारे दिन कुछ न कुछ खाने को मिलता रहता था। कभी अखुए निकले चने का कटी प्याज हरी धनिया के संग भरा दोना तो कभी पपीते-केले की चाट, तो कभी मसाला लगी मूली, गाजर और कुछ न सही तो भड़भुजवा के लाई-चने, ऊपर से हँसी-मजाक सो अलग। मगर कप्तान साहब का हुक्म इन छोटी-छोटी लालचों से टाला नहीं जा सकता है, वरना घर में बीवी-बच्चे भूखे मरने लगेंगे।

''कस हो बलवीर, दीवाली में घर जाए का है?'' साथी सिपाही रामस्वरूप ने पूछा।

''देखो, अगर सब हिसाब बैठ जाई तो फिर कउनो चिन्ता नाही है। हम तो भइया सप्ताह लगा के लौटब।'' बलबीर ने जवाब दिया।

''हाँ, हमार मन तो वहीं अटका है, काहे कि फसल तो अब के बार ठीकै रही। मगर पट्टीदारी की झंझट से सब उलट-पलट गवा। थाना-पुलिस सबै कुछ तो होय गवा।'' रामस्वरूप ने बुझे स्वर से कहा।

''कउनो जान-पहचान नाही है का तुम्हार वहाँ, जऊन सब ले-दैके किस्सा रफा-दफा होय जाए?'' बलबीर बोला।

''पुलिस की जात का तो तुम जानत हो, दरोगा हरपाल सिंह बड़ा हरामी है। खाये-पिये के आगे ओका कुछ और सूझत नाही है। ठाकुर का लौण्डा बोतल-वोतल देय-दिलाय के और मुट्ठी गर्म कर सच्चाई दबाय दीस, बस!'' रामस्वरूप ने ठण्डी साँस भरकर कहा।

''यह तो बड़ी बुरी रीत चली है, रक्षक खुद भक्षक बन जाए?'' बलबीर बोल उठा।

''पुलिस के मोहकमा में आये के, जानो आँख खुल गयी। सब समझ के भी

हाथ कटवाये का पड़त है। अब का बोलें?'' रामस्वरूप ने बेबसी से कहा।

''काहे?'' बलबीर को बुरा लगा।

''दरोगा हरपाल सिंह की पहुँच अच्छी है।'' रामस्वरूप ने बताया।

''बात तो सही है भइया, सिपाही की इज्जत पुलिस मा दो कौड़ी की है। बस हमका तो हँकाये-पदाये रखते हैं, मजा तो इन साहेब लोग के है। चाहे दरोगा साहेब हों या कप्तान साहेब हमार मामला तो धोबी के कुत्ते जस है—न घर के हैं न घाट के।'' बलबीर इतना कह चुप हो गया।

अभी दोनों बातें कर ही रहे थे कि आमने-सामने से आते हुए रिक्शों में टक्कर हो गयी। पहिये से पहिया उलझ गया। पहिया निकालने के बजाय दोनों रिक्शेवालों ने एक-दूसरे की माँ-बहन तौलना शुरू कर दिया। रिक्शों पर पर्देदार औरतें थीं। नकाब उलटकर अपने रिक्शेवालों को आवाज देकर लड़ने से मना करने लगीं, मगर चिथड़ा लगाये रिक्शेवाले अपने अन्दर के इन्सान को मरने नहीं देना चाहते थे, इसलिए उसको बचाने के लिए वह आपस में गुत्थमगुत्था हो गये।

''अर्र, ए...ए क्या बात है?'' बलबीर बोल उठा।

''देख के नहीं चलाता, अन्धा है क्या।'' रिक्शावाला दूसरे पर बिफरा।

''तुम तो अन्धा नहीं हो, फिर काहे लायके घुसेड़ दियो?'' दूसरे ने ईंट दे मारा।

बलबीर आगे आया और रिक्शे पर बैठी औरतों पर अपनी ताकत का सिक्का जमाते हुए बोला, ''अबे साले अन्दर जाएगा क्या, सालो बहुत मोटमर्दी चढ़ गयी है, औरतों को गिराकर छेड़ते हो।''

डरा हुआ रिक्शावाला मुड़ा और पहिये की तरफ देखता हुआ चुपचाप अपना रिक्शा आगे-पीछे करने लगा।

''सँभाल के'' दूसरे ने बच्चों और सामानों से भरे अपने रिक्शे को धीरे से मोड़ते हुए कहा।

भीड़ जो पल भर के अन्दर जमा हुई थी, पलक झपकते ही गायब हो गयी। सड़क पर घण्टियों और पैडिलों की आवाज हटना-बचना के साथ फिर चालू हो गयी और उसी के साथ तेज बारिश शुरू हो गयी। रास्ता रुका नहीं, बराबर चलता रहा। ऊपर से बरसता पानी किसी के लिए वरदान था तो किसी के लिए अभिशाप। तभी पास की चाय की दुकान से भीगता हुआ लड़का चाय के दो गिलास लिये सामने खड़ा था।

''जियो मेरे पैलोठी के लाल!'' बलबीर हँसा।

''यह रहमान भी अजीब लौण्डा है।'' रामस्वरूप ने इतना कहते हुए गिलास उठाया और घूँट भरने लगा।

“सामने देख रामस्वरूप।” बलबीर ने कोहनी मारी।

“ओह! छिनाल, अब वापस जाय रही है मादर...” रामस्वरूप ने जमीन पर थूका।

“बड़ी हरामी चीज है भैया! इस सतभतारी के तो काटे का मन्तर नाही।” बलबीर ने सिर हिलाया।

“जानित नाही है का हम कि छिनाल छतीसी दिखावत है? सारा घर बर्बाद कर दीस है साली।” रामस्वरूप ने घूँट भरा।

“कुतिया भी भली, यह तो ओके भी कान कुतर डालिस।” बलबीर ने हाँ में हाँ मिलायी।

“सच कहत हो, औरत जात का यही रूप डाइन सरीखा है। भगवान बचाए ऐसी चलत्तर से।” रामस्वरूप ने खाली गिलास किनारे सरकाया।

“और जो पापी ऐकरे साथ है, उनका बारे में तुम्हार का राय है रामस्वरूप?” बलबीर ने कटाक्ष किया।

“अफसर न होतै तो मार जूता भेजा पिलपिलाय देइत, मगर का करें? हमरे हाथ तो हर तरह से बँधे हैं, कहीं हम छोटे हैं तो कहीं हम गरीब हैं तो कहीं मजबूर!” रामस्वरूप ने लम्बी साँस भरी।

“वह तो है, लाचार लोग मन मसोसे उद्वेलित होकर समाज को और गिरी दृष्टि से देखते हैं। जो बदलाव लाय सकत हैं उनको वोट, नोट और फिर कुर्सी से अधिक प्रेम है। हम लोगन तो खाकी वर्दी के सरकारी गुलाम हैं।”

दोनों चुपचाप गिरती बारिश को ताकते हुए बैठे रहे, उनके चेहरे पर नर्मी थी। आँखों में गुजरी घटनाओं की झाँकियाँ थीं जो एक के बाद एक करके पुतलियों में तैरती गुजर रही थीं। उनके चेहरों पर उदासी धीरे-धीरे गहरी होती जा रही थी।

डफरिन अस्पताल के पास मुरली का मन आम बेचने में नहीं लग रहा था, मगर मन की मर्जी तो चला नहीं सकता था; इसलिए आसपास के ठेले वालों से एक रुपया कम कर उसने चन्द घण्टों में अपनी फेरी खत्म कर ली और छाँटे हुए आम लेकर वह सीधे जहीर की दुकान की तरफ बढ़ा ताकि इन आमों का मजा गंगा किनारे लिया जाए। पिछले साल सभी मित्र बड़ी नाव में सवार हो आम चूसते गंगा की चौड़ी छाती पर लहरों की पसलियों के संग डोलते रहे थे। आज उसका मन फिर से मचल रहा था कि वैसा ही उत्सव आज पहली बारिश का मनाया जाए। आज फिर उसका मन अपनी मण्डली के साथ उन्हीं यादों के उत्सव को दोहराने का कर रहा था।

मुरली जब दुकान पर पहुँचा तो पता चला कि जहीर कहीं गया हुआ है। मुरली आम का थैला वहीं छोड़कर वापस लौटा ताकि इस बीच एक चक्कर घर का लगा ले और पैसे भी मामी को थमा आए। रास्ते में उसको सुलाखी हलवाई की दुकान के आगे भीड़ नजर आयी। पास जाकर देखा तो वह सन्न रह गया। सड़क के बीचोंबीच एक लड़की की कुचली लाश पड़ी थी। पुलिस भीड़ को हटाने के साथ पूछताछ भी कर रही थी। पता चला कि एक मोटरसाइकिल से टकराकर गिरी तो दूसरी तरफ से आती गाड़ी कुचलती तेजी से निकल गयी। वहीं भीड़ में जहीर भी खड़ा था। मुरली उसको देखकर आगे बढ़ा।

''यहाँ कैसे?'' मुरली ने आँखों के इशारे से पूछा।

''हाजी मियाँ के यहाँ से बकाया लेकर लौट रहा था तो देखा कि...यह अपनी मुनिया है।''

''मुनिया!''

''हाँ, मुझे इसी बात पर तो हैरत है कि यह इस तरफ क्यों आयी थी?''

''कुछ काम हो सकता है।'' मुरली ने ताज्जुब से देखा। उसको जहीर की बातों से लग रहा था जैसे वह कुछ समझने की कोशिश कर रहा है। भीड़ में ज्यादा बातें तो हो नहीं सकती थीं, दोनों आगे की ओर पैदल ही चल पड़े। मुरली के गले में काँटे चुभने लगे थे। उसका दिमाग इस दुर्घटना को देख चकरा गया था। मौसम का जादू उड़ चुका था। उसकी जगह मुनिया के घर का दृश्य उभर रहा था कि इस खबर से वहाँ पर कैसी आफत टूटेगी।

''मुनिया पेट से थी।'' जहीर ने धीरे से कहा।

''क्या?''

''हाँ।''

''लेकिन...''

''यह सब कुछ जानबूझकर कराया गया है। सोचा-समझा एक्सीडेण्ट।''

''समझा!'' इतना कहकर मुरली चुप हो गया। दोनों दोस्त भीड़ से बचते-बचाते आगे बढ़ने लगे। दोनों के दिमाग उलझे हुए थे। मुनिया पन्द्रह-सोलह साल की एक सुन्दर लड़की थी, जिसका पिता माली था।

मुनिया की माँ सारे दिन पालथी मारे बैठी गजरे गूँथा करती थी। कुछ दिनों से माली को लगने लगा था कि फूल के कारोबार से पेट नहीं भर पाएगा। मगर और जानता भी क्या काम था? इन्हीं दिनों जब माली परेशान था तो मुनिया ने घरों में काम करने की ठानी। मालिन ने मना भी किया मगर मुनिया अपने हठ पर अड़ी रही। साल भर तक खूब अच्छा चलता रहा। पैसा घर आया तो स्थिति भी सुधरी और मुनिया को थोड़ी-सी स्वतन्त्रता भी मिल गयी। कभी-कभी मुरली और

जहीर को वह सिविल लाइंस में भी गजरे बेचती नजर आने लगी थी। उसका बनाव-सिंगार कुछ खटकनेवाला लगता था मगर कहने की ऐसी कोई बात न थी। कमाने वाली लड़कियों में विश्वास तो बढ़ता ही है फिर एक दिन दोनों ने उसको नौ बजे वाले शो में सिनेमा देखते हुए किसी लड़के के साथ देखा था। चौंकनेवाली बात थी भी और नहीं भी। सिनेमा वह बेशक किसी के साथ भी देख सकती थी मगर जिसके साथ वह बैठी थी वह आदमी ठीक न था।

"तुम ओही लौण्डे के लिए सोचत हो?" मुरली ने खामोशी तोड़ी।

"क्या पता? मैंने तो उसको दूसरों के साथ भी देखा था। एक बार नहीं, कई बार!" जहीर बोला।

"इ लड़कियन..." कहते हुए मुरली ने चुप्पी साध ली।

"वे भी क्या करें? आसपास जो घट रहा है, उससे कट तो नहीं सकती हैं। सिर्फ इसलिए कि वह निचले तबके की हैं या गरीब हैं और चारों ओर फैली सुख-सुविधाओं से वंचित हैं।"

"मगर यह सब पावै का ई तरीका-सही है का?" इस पर मुरली बोल पड़ा।

"जिन्हें इसकी पाने की ललक होती है, वह कुछ भी कर गुजरती हैं। याद है 'नजाकत' ब्यूटी पार्लर की रेड?"

"हे भगवान्! का बात याद दिलायो तुम!" मुरली ने माथा पीटकर कहा।

जहीर बोल पड़ा, "यह अपना शहर है जो अब पहचाना नहीं जाता है। सब बदल रहा है। धीरे-धीरे नहीं बल्कि बहुत तेजी से..."

दोनों थके उदास-से बिसाती मार्केट में दाखिल हुए। जुबैर दुकान को बड़ी मुस्तैदी से सँभाले औरतों को फटाफट सामान दिखा रहा था। जहीर और मुरली चुपचाप जाकर किनारे पड़े स्टूलों पर बैठ गये। दोनों के चेहरे गम्भीर थे। जहीर मुनिया को तब से जानता था जब वह छः माह की गद्दे पर पड़ी सारे दिन रोती रहती थी और मालिन बैठी गजरे गूँथती रहती थी। कभी-कभी उसका रोना इतना अखरता था कि दादी कमरे की खिड़की के पास आकर मालिन को फटकारती थीं।

"अरे नासपीटी, कान में तेल डालकर बैठी है जो नन्ही-सी जान का रोना सुनाई नहीं दे रहा है? लड़की की जान की कीमत पर कमाई करोगी क्या? अजीब माँ हो तुम, पहले लड़की को चुप कराओ, कान के पर्दे फाड़े दे रही है।"

"बीबी, उठाती हूँ।" मालिन सुई-धागा दौरी में डाल हँसती हुई उठती और मुनिया को गोद में लेकर पुचकारने लगती। उसका रोना बन्द न होता देखकर दादी फिर झिड़कतीं।

"अरे नन्ही-सी जान भूखी है, उसको दूध पिलाओ न।"

"ऐकी गोद की आदत पड़ गयी है। अभी तो दूध पिलाया रहा, मटका तो तना है बीबी।"

"तो फिर काहे लड़कर अपनी सास को गाँव भेज दिया। अच्छी-खासी बच्ची उसके पास खुश रहती थी।"

"बीबी की बात।" इतना कहकर मालिन हँस देती और जहीर खिड़की पर बैठा-बैठा मालिन के चबूतरे पर फैले सफेद, लाल, पीले फूल देखता रहता। दादी खिड़की को ज्यादातर खुली रखती थीं। कहती थीं कि जन्नत की हवा आती है, क्या शानदार खुशबू है कि दिमाग गुलाब, बेला, चमेली की खुशबू से तर हो उठता है। कभी-कभी मालिन फूल के गजरे लेकर आती थी जिसको दादी अपने सिरहाने रखवा लेती थीं। अम्मा ने तो कभी न रंगीन कपड़े पहने न सुरमा, कंघी-चोटी कर खुशबू लगायी। जहीर सोचते-सोचते बहुत दूर निकल गया। उसको जाने क्या-क्या याद आने लगा। मुरली ने तो मुनिया को अभी देखा है। चन्द माह का रिश्ता इतना गहरा नहीं होता कि वह सोच का हिस्सा बनकर दिमाग में महफूज हो जाए, और फिर रंगीन तितलियों की तरह बन्द डिब्बे की कैद से एक के बाद एक करके फड़फड़ाकर निकलें और दूर कहीं गुम होती जाएँ, जैसे मुनिया अब लौटकर नहीं आएगी। वह चबूतरा तो पाँच-छः साल पहले ही वह छोड़कर दो कमरे की कोठरी लेकर रहने लगी थी। अब उसकी जगह मोची आ गया था। दादी ने मालिन के जाने के बाद फिर खिड़की खोली ही नहीं। मुनिया कभी-कभार अपनी माँ के साथ फूल देने जब इधर आती तो दादी से मिलने जरूर आती और दुख-सुख कहती। दादी बार-बार मालिन से कहती कि लड़की की टाँगें बाँस बन रही हैं। अब इसके हाथ पीले कर दो।

"कस हो जहीर भाई, कुछ बोलबो कि हमका बैठाये सोचतै रहबो।" मुरली ने कहा।

"चलो बाहर चलते हैं।" जहीर ने चौंकते हुए कहा और जुबैर को इशारे करते हुए दुकान से बाहर निकला। मुरली आम से भरा थैला उठाना नहीं भूला।

सारे दोस्त गंगा किनारे बैठे आम चूस रहे थे। बारिश की नमी हवा में घुल गयी थी। नदी की इठलाहट अपनी जगह थी। किले के पीछे से सूँड़ उठाये काले मेघ हाथी के झुण्ड की तरह बढ़ते नजर आ रहे थे। बारिश अभी और होगी, इसकी सूचना मौसम दे रहा था। हमेशा की तरह हँसी-मजाक दोस्तों के बीच आज नहीं चल रहा था। एक उदासी थी, जो उनके बीच छायी हुई थी। मौसम के सुहावनेपन की तपन उनके मन की व्यथा को बढ़ा रही थी।

"ई सब कब तक चली?" बसन्त ने गहरी साँस ली और बोझिल आँखों से देखते हुए साथियों से पूछ बैठा।

"कुछ और होता...तो भी जिन्दगी के अहम सवाल हमारा पीछा नहीं छोड़ते। यकीन जानो सल्लन! यह सारे सवाल तब तक हमारा पीछा करना नहीं छोड़ेंगे जब तक सिस्टम हमारा इस्तेमाल करना नहीं छोड़ेगा।" जगन्नाथ ने जैसे दुखती रग पर हाथ रखा।

"बिलकुल सही बात उठायी है जगन्नाथ ने, देश ही नहीं विश्व के स्तर पर देखो, इस व्यवस्था नामक दैत्य ने हर उस कौम या राष्ट्र को नष्ट किया है जिसने उसकी सत्ता को नकारा है। प्रचार ने उसके मुख पर भरपूर तरीके से कालिख पोती है। दूर क्यों जाते हो—हमारे समय की सबसे बड़ी समस्या 'आतंकवाद' को नष्ट करने का जो उपाय निकाला गया था, वह कहाँ शान्तिप्रिय साधनों से लैस था? हम सबने मुँह पर ताले लगा सिर हिला-हिलाकर अपना समर्थन दिया और आतंकवाद के नाश के नाम पर अमानवीय राह अपना बिलकुल नये किस्म के 'आतंक' की बुनियाद डाली जो किसी एक देश को नहीं बल्कि सम्पूर्ण इलाके को बर्बाद कर गयी। हमारी टोपोग्राफी ही नहीं एकालॉजी को क्षति पहुँची...वैसे दुनिया चिल्लाती है पर्यावरण, प्रदूषण और जाने क्या-क्या।" जहीर झुँझलाया-सा बोला।

"अरे यार पूरा इतिहास देखो, जात-पाँत, रंग-भेद, नस्लवाद, कमजोर राष्ट्र के कच्चे माल का दोहन, एक-दूसरे के धर्म पर आक्षेप, युद्ध का भय दिखा बड़े और खतरनाक हथियारों का निर्माण फिर उनकी खरीदारी और फिर प्रचार-प्रसार माध्यम का प्रयोग आखिर किसलिए? कौन किसके मुँह से रोटी छीनकर उसको बन्दूक थमा रहा है?" रमेश ने कहा।

"अपना ही देश देखो। अहिंसा के पुजारी हैं हम! लड़ना नहीं चाहते, युद्ध करना पसन्द नहीं करते मगर रोज नहीं तो वर्ष में एक-दो बार कहीं न कहीं दंगे भड़क उठते हैं। कारखाने-मिलें बन्द हो रही हैं। नयी नौकरियों के मिलने की सम्भावनाएँ लगभग समाप्त हो रही हैं, तो भी पुलिस और फौज में भर्ती जारी है! सवाल यह है कि देश के ये दो विभाग एकाएक इतने सक्रिय कैसे हो गये हैं? जवाब हमारी सरकार देगी कि देश में शान्ति हो, सुरक्षा हो, अनुशासन हो, इसके लिए हमको फौज और पुलिस की आवश्यकता पड़ती रहती है।...यह भी सच है कि हम कहीं भी सुरक्षित नहीं हैं—न अपने प्रान्तों में, न अपने मोहल्लों में, न अपने घरों में?" सल्लन ने कहा।

"यह देन तो इसी व्यवस्था की है। 'ऐसा क्यों है?' हमारे इस सवाल का जवाब उनके पास नहीं है और जब भी यह सवाल तीखा हो उनके सम्मुख खड़ा हुआ है तब-तब कोई ऐसी घटना देश में घटी है कि जनता का ध्यान उधर से बँट

गया है।'' जुगनू बोला।

''बिलकुल सही कहा तुमने जुगनू! कभी दंगा भड़क गया। कभी किसी नेता का भाण्डा फोड़ दिया, कभी बजट ने आकर सबका दिमाग खराब कर दिया। पड़ोसी देशों के राष्ट्रपति ने यह कह दिया, हम उनका मुँह-तोड़ जवाब देंगे। फलाँ स्थान पर जासूस पकड़े गये। सीमा-रेखा पर छुटपुट मुठभेड़ें, वीरप्पन ने कैसेट भेजा, अबू सलीम का गोपनीय सम्बन्धों का ब्यौरा, यह सारी बातें केवल भौतिकवाद की देन नहीं हैं बल्कि राजनीति के घटियापन की दलीलें हैं। जिसने हमारी पहचान ही नहीं बल्कि हमारा कैरेक्टर तक हमसे छीन लिया है।'' जहीर ने आक्रोश में आकर कहा। उसकी इस बात पर खामोशी छा गयी। सबके चेहरों पर गम्भीरता की एक और गहरी पर्त चढ़ गयी!

''बहुत दिनों से समाचारों को सुन-सुनकर मुझे एक खबर बड़ी दिलचस्प लगती है, जो हर छोटा-बड़ा देश कहता है, कि हमारे देश में घटी इस घटना के पीछे अन्य देश का हाथ है। मेरा कहना है कि क्या कभी किसी देश ने दो पल ठहर कर यह सोचने की कोशिश की है कि उनकी कूटनीति ने दूसरे देश में क्या उपद्रव मचाया है? यदि यह स्थिति उनकी देश में बनी है तो वह भी इस सारी बर्बादी के कहीं न कहीं हिस्सेदार रहे हैं, जिसने एक ऐसी व्यवस्था का निर्माण किया है जिसकी छाया में आज कोई भी सुरक्षित नहीं है!'' जगन्नाथ ने कहा।

''बात तुम्हारी शत-प्रतिशत सही है...समय गवाह है—अभी तक जितने आन्दोलन और क्रान्तियाँ हुई हैं क्या वे पूर्ण रूप से व्यवस्था बदलने में सफल हो पायी हैं? अपनी ही नयी पीढ़ी को खाकर कितने इन्किलाब पहले से भी अधिक खराब दशा पर पहुँचे हैं क्योंकि विनाशकारी शक्तियों का पलड़ा आज भारी पड़ रहा है। इसी कारण पिछले पचास-साठ वर्षों से कोई समस्या न हल हो पा रही है और न ही आम आदमी आर्थिक दबाव और बदहाली से मुक्त हो पा रहा है।'' बसन्त ने कहा।

''तुम्हारी शिकायत अपनी जगह ठीक है, क्योंकि कोई भी व्यवस्था आज केवल नैतिक मूल्यों पर अपना आधार नहीं बना पायी है। अपना सिस्टम चलता रहे इसलिए वह जबानी तौर पर तो जीवन-मूल्यों की बात करती है मगर व्यावहारिक रूप से वह अपने लाभ और हानि पर नजर रखती है। वह जितनी खुदगर्ज होगी उतनी ही कामयाब होगी। आत्म-सम्मान, आत्म-निर्माण जैसे शब्दों की वहाँ कोई भूमिका नहीं है बल्कि दूसरे के आत्म-सम्मान को भेदना ही उसका लक्ष्य है।'' जहीर ने कहा।

''कब तक व्यवस्था बदलेगी?'' रमेश बोल पड़ा।

''व्यवस्था अपने आप तो बदलने से रही। उसको बदलने के लिए कुछ जरूरी लोगों को उठकर आगे आना पड़ेगा।'' जहीर ने अपने विचार व्यक्त किये।

"कौन जरूरी लोग?" बसन्त पूछ बैठा।

"वही जो कानून बनाते हैं। देश चलाते हैं। सुरक्षा और शान्ति का दम भरते हैं।" जहीर बोला।

"वह अइहें कहाँ से?" मुरली ने सन्देह की दृष्टि से भ्रमित होकर सवाल किया।

"हमरे बीच से।" जहीर ने कहा।

"हाँ, सागर-मन्थन में तो बहुत कुछ निकला रहा तो भी कुछ न बदला। पाप-पुण्य तो सब पोथी में लिखा है, बाँचो या नकारो।" बसन्त ने कटाक्ष किया।

"सोचो अगर ऊ सब हमका न मिलत तो हमार का हाल होत?" मुरली अनमने मन से बोला।

इसके बाद फिर सब खामोश हो गये। मुनिया की मौत शहर की एक लड़की की मौत भर नहीं थी बल्कि उनके लिए एक ऐसे इन्सान की मौत थी जो उन्हीं की तरह इस अन्धी व्यवस्था में अपना रास्ता तलाश कर रही थी। एक बेहतर जिन्दगी को पाने के लिए और यह सबका मुकद्दर थोड़े होता है कि वह अपने लक्ष्य तक पहुँचने के लिए बेहतर साधन भी प्राप्त कर सके। मुनिया ने जो रास्ता चुना था वह उसके सीमित साधनों की पहुँच के अनुसार ठीक ही रहा होगा। एक शहर जो अपने कई तरह के गुणों के लिए जाना जाता है, वहाँ पर लड़कों का सपना कट्टा बन चुका है, और उसी कट्टेबाज सुधीश उर्फ टार्जन के साथ मुनिया की पहले दोस्ती हुई, फिर उसी के शत्रु जग्गू उर्फ झींगुर से उसकी मित्रता बढ़ गयी। इन्सान अक्सर अपना विवेक उस समय खो देता है जब उसकी पूछ चारों तरफ से हो रही हो तब उसका सही फैसला न ले सकने की कमजोरी उसको किस तरह तबाह करती है उसकी मिसाल मुनिया थी।

"मानो या न मानो मगर कभी-कभी लगता है हमने पढ़ाई अधूरी छोड़कर बहुत गलती की!" रमेश ने कहा।

"पीछे मुड़कर देखना, अपनी किसी भूल पर और अपने किये पर पछताना मुझे पसन्द है। क्योंकि यह इन्सानी सोच को विकसित होने देती है। हर विचार, हर धर्म, हर दर्शन का बेसिक है अपने गुनाहों की स्वीकृति! मगर रमेश मुझे अपने न पढ़ सकने का अफसोस बिलकुल नहीं है। हमसे जो गलती होगी वह हमारी नादानी की वजह से होगी मगर वे जो पढ़े-लिखे हैं, सोचते-समझते हैं, जब वह जानबूझकर गलती करते हैं और उसको बराबर दोहराते और जस्टीफाई करते रहते हैं, उसको देखकर मुझे लगता है कि हमारे हालात ने हमको पीछे जरूर छोड़ दिया है, मगर इस पाप से हमको मुक्त कर दिया है कि हमने शिक्षा प्राप्त कर कम-से-कम उसका दुरुपयोग तो नहीं किया...इन्सान बने रहना भी आज बहुत मुश्किल काम है।

अगर इसको हमने निभा लिया तो समझो जग जीत लिया।'' जहीर ने धीरे से कहा।

''यार जहीर! कौनो टायम तू ऐसी ऊँची-ऊँची बात की गणित बतावत हो कि हमपचे ससुर सोचै लागत हैं कि कहूँ दो और दो पाँच न होवत होय, हय कि नाहीं बसन्त?'' मुरली एकाएक कह उठा।

बालू गीलेपन का अहसास दे रही थी। उसको मुट्ठी में भरकर बसन्त पहले देखता रहा, फिर बच्चों की तरह बैठ घरौंदा बनाने लगा। उसकी देखा-देखी बाकी भी भविष्य में डूबे अपने घर को आकार देने की कोशिश में लग गये मगर ऊपर से गिरनेवाली बारिश के पानी ने उनका रेत का महल गिरा दिया। बच्चों की तरह वह सारा कड़वापन भूल बारिश की इस झड़ी में भीगते, सीटी बजाते मोटरसाइकिलों की तरफ बढ़े।

13

शाम ढले जब जहीर मुरली के साथ अपनी दुकान पहुँचा तो वहाँ स्टूल पर खाकी वर्दीवाले को बैठा देखकर उसका सिर घूम गया। यही हाल मुरली का हुआ। अपनी-अपनी जगह दोनों कुछ फैसला करके आगे बढ़े। आसपास की दुकानें बन्द होने लगी थीं। जहीर पास पहुँचकर कटाक्ष भरे स्वर में बोला—

''कस हो, यहाँ काहे बैठे हो? ठण्डा-गर्म मँगाएँ?''

''अरे नहीं, दरोगा साहब याद कर रहे थे।''

''तुम्हरे दरोगा साहब ने तो चरस बोय दी है। चलो आज मिल ही लेते हैं।'' जहीर ने कहा।

''का बोलत हो?'' मुरली ने धीरे से जहीर से कहा।

''कहत रहे साथ लिवाय के आओ, तो चले चाही।'' सिपाही उठता हुआ बोला।

''साथ तो न चल पाएँगे हम। मगर उनसे कहना कि मिलै की ऐसी तमन्ना पाल लीन हैं तो नन्कू चाय वाले के हिंआ आ जावें। उनका मुखड़ा देखै को हम भी बहुत व्याकुल हैं।'' जहीर ने चबा-चबाकर शब्द अदा किये।

''अब वहाँ कहाँ दरोगा साहब अइहें? आप ही का चलै का पड़ी।'' सिपाही बोला।

"हम तो थाने कोतवाली जाए वाले नहीं, मिलना उनको है तो हमरे साथ आकर चाय पिएँ, भरीक मन से जो चाहे बोलें-बतियाएँ। वहाँ हम बस दुकान बन्द करके पहुँचत हैं।" जहीर ने व्यस्तता दिखाते हुए कहा।

"जो आपकी मर्जी।" सिपाही कहने को कह गया मगर पूरी तरह चकराया हुआ था कि यह कैसा आदमी है जो दरोगा साहब को इतने हल्के में ले रहा है।

दुकान बन्द करके जहीर और मुरली गुड़िया मार्केट से बाहर निकले और टहलते हुए लोकनाथ की तरफ बढ़े। गजरेवालों को खड़ा देखकर जहीर के मन में कुछ टूटा, फिर वह सिर झटककर आगे बढ़ने लगा। सब्जीवाले हाँक लगा रहे थे। साइकिल-पैदल सभी तरह के लोग हरी ताजा सब्जियाँ खरीद रहे थे। पुदीने की गन्ध जहीर के नाक में घुसी तो उसके थके दिमाग को राहत का अहसास हुआ। बड़े-बड़े पीले नींबू, तेल लगे चमचमाते बैंगन, पीला कद्दू, हरा करेला, ऊपर से लाल-लाल टमाटर—रंगों की यह छटा देखकर जहीर की थकी आँखों की नसें ढीली पड़ीं। नन्कू के चायखाने पर पहुँचकर उसने बैठने से पहले मिठाई पसन्द की, फिर बेंच पर बैठ कर पूरे मन से दोनों ने अरसे बाद जी भरकर मिठाई खायी।

"त्रिपाठी अइहे का?" हाथ ऊपर कर मुरली ने मजेदार अँगड़ाई ली।

"आवे चाहे न आवे, हम कोई ओके चाकर नाही कि जब चाहे कान पकड़ के बुलाय ले थाना में। इसलिए यह रोज-रोज की चकल्लसबाजी को खत्म करे का एक ही नुस्खा रहा पास कि वो आवै, बैठै, बात करै।"

इतना कहकर जहीर मुड़ा, "ओ नन्हे इधर आ, यह पैसे ले जाकर चौरसिया के यहाँ से दो बीड़े बँधवा लेना। कहना कि...।"

"बाँके नवाब मँगाइन हैं।" लड़का झट से बोला।

"बाँके नवाब कौन है? अरे हमारा नाम लेना जहीर...जा भाग।"

"यहाँ तुमको सब बाँके नवाब कहत हैं।" लड़का इतना कह पैसे जेब में डाल जूठी प्लेटें उठा आगे बढ़ गया।

"बाँके नवाब? मेरा नाम?" जहीर हँसा।

"धन्यवाद देव जो कुछ और नाम नहीं दिया वरना तो।" मुरली हँसा।

"आये देव गाँठ का।" जहीर हँसा।

"लेव पान" लड़का लौट आया था। बचा पैसा जेब से निकालने लगा। जहीर ने इशारे से उसको छुट्टा रखने को कहा और पूछा—

"यह बताओ किसने दिया यह नाम हमका?" जहीर ने बीड़ा मुँह में रखा।

"अरे, जब छुट्टा नहीं लोगे, टिप दे के जाओगे तो सब कहिहें नाहीं तुमका बाँका नवाब!" वह लड़का कहकर, हँसा फिर आगे बढ़ गया।

घड़ी की सुई आठ के ऊपर जा पहुँची थी। दोनों चुपचाप पान चबाते हुए

बैठे आते-जाते लोगों को देखते रहे। नौ बजे के लगभग जग्गू झींगुर अपने साथियों के साथ उधर से गुजरा तो जहीर का माथा झनझना उठा। उसको लगा कि अब यह जगह छोड़ देनी चाहिए वरना मुनिया की मौत का दुख कोई और रंग में उबल न पड़े। दोनों ने सड़क पार की और रिक्शे पर बैठकर घर की तरफ चले। रास्ते में दोनों चुपचाप रहे। रास्ता सन्नाटा था। रिक्शा सड़क पर फिसल रहा था। ठण्डी हवा उनको सहला रही थी।

सिपतुन ने दरवाजा खोला। सामने बेटे को खड़ा देखकर खुश हुई मगर अपनी खुशी जाहिर नहीं की और अन्दर जाकर दालान में फैली दुलाई की तह लगाने लगी। सास वहीं पलँग पर लेटी थीं। पैरों की आहट से समझ गयीं कि जहीर आया है और उसके साथ वही मुआ लफंगा मुरली होगा। आँखें खोले बिना पूछ बैठीं, "आज चाँद किधर से निकला है?"

"जहाँ से रोज निकलत है दादी!" मुरली चहका।

"ए मुरली, तुमसे कितनी बार कहा है कि मुझसे अबे तबे की जबान न बोला करो, पता नहीं आजकल के बच्चों ने तो जैसे कसम खा रखी है कि बड़ों से कुछ सीखेंगे नहीं। जो सीखेंगे गली-कूचों से सीखेंगे।" दादी तुनक गयीं।

"दादी, लगता है आप खुर्रीखाट पर सोयी हैं। अरे यही तो असली जबान है जो गली-कूचों में बोली जाती है। आप तो किताबी जबान बोलती हैं बल्कि कहूँ बनावटी जबान बोलती हैं।" जहीर बोला।

"आ गये न तुम अपनी दाल-रोटी पर। मियाँ, पढ़ना-लिखना, साफ शुस्ता जबान बोलना सबके बस की बात नहीं है। गन्दा पानी तो ढाल देखकर बहता ही जाता है, वही हाल जबान का है। गाली-गुफतार का बहाव भी बड़ी तेजी लेता है मगर साफ पानी देखा है?"

"अम्मा! तुम्हरे लिए एक बुरी खबर है।" जहीर ने एकाएक कहा।

"क्या?" सिपतुन सन्नाटे में आ गयी।

"दादी की चहीती मुनिया आज दुनिया छोड़ गयी!"

"फिटकार पड़े तुम्हारी जबान पर, मुझे चिढ़ाने के लिए उस मासूम को मौत के घाट उतार दिया?" दादी ने तिलमिलाकर कहा।

"नहीं दादी, सुलाखी हलवाई है न, बस उसी की दुकान के सामने कोई ओका कुचल गवा!" मुरली बोला।

"क्या खिचड़ी जबान बोलते हो आधी उर्दू आधी अवधी...अरे जहीर तुम खुलकर बताओ आखिर हुआ क्या?" दादी अपनी बेचैनी दबा नहीं पायीं।

"होना क्या था! मोटरसाइकिल वाले ने टक्कर मारी। वह बीच सड़क पर गिर पड़ी। जब तक उठती तब तक सामान से भरा टेम्पो उस पर से गुजर गया।" जहीर इतना कहकर चुप हो गया।

"तौबा, तौबा, क्या बुरा जमाना आन लगा है। जवान मौतें सुनने में आने लगी हैं...बेचारी उस मालिन पर क्या गुजर रही होगी!" दादी ने सीना पीटते हुए अफसोस से कहा।

"खबर तो मिल गयी होगी?" सिपतुन ने धीरे से पूछा।

"मेरा तो दिल तड़प रहा है...मालिन तो बेमौत मर गयी।" दादी उठकर बैठ गयीं।

"तुम उधर गये थे?" सिपतुन की ठण्डी आवाज उभरी।

"नहीं।"

"कल हो आना बेटे! हमारी हमसाया थी! जब तक रही मैंने कभी इत्र लगाने की जरूरत महसूस नहीं की..." दादी धीमी आवाज में बोलीं।

"जाना वहाँ होगा मगर एक-दो दिन बाद।" इतना कहकर जहीर अन्दर चला गया।

सिपतुन चुपचाप दोजानू तह की दुलाई के सामने चन्द सेकेण्ड बैठी रही, फिर धीरे से उठकर उसने बक्स खोला और दुलाई उसमें डाल दी। सामान समेटने के अन्दाज से लग रहा था जैसे उसका जहन भटक गया है।

"जवान मौत का सदमा बड़ा बुरा होता है।" दादी ने गहरी साँस लेकर कहा। उनके अपने इकलौते बेटे की लाश आँखों के सामने घूमने लगी। आँखें छलछला आयीं!

"खाना लगाऊँ?" सिपतुन ने बेटे से पूछा।

"नहीं, आज भूख नहीं है।"

"दोपहर में कुछ खाया था?"

"हाँ, मुरली आम ले आया था। फिर कोई मिलने आने वाला था। उसके इन्तजार में कुछ खा-पी लिया!"

"दुल्हन, अब खाने का जी तो मेरा भी नहीं चाह रहा है।" इतना कहकर दादी पलँग पर लेट गयीं।

सिपतुन ने बावर्चीखाने में जाकर पतीलियाँ खाली कीं और खाने के डोंगे नियामतखाने में रख जूठे बर्तन माँजने बैठ गयी। घर में सन्नाटा छा गया था। मुरली का दम घुट रहा था। उसको थोड़ी-बहुत भूख भी लग रही थी। उसको अपना यहाँ रुकना उचित नहीं लग रहा था। कुछ देर यूँ ही सिर झुकाये बैठा रहा, फिर धीरे से जहीर से बोला—"अब हम चलब।"

"कहाँ?" जहीर ने पूछा।

"घर। कल का कुछ बन्दोबस्त करे का पड़ी। फल-फलहरी लेवै सट्टी पर भोर में पहुँचे का है। दाम तो हमरे जेब में पड़ा है!"

"चलो फिर, कल मुलाकात होती है।"

"ठीक है।" मुरली घर से बाहर निकला। जहीर ने दरवाजे की कुण्डी लगायी और थका-थका-सा पलँग पर आकर लेट गया। माँ ने सिरहाने तकिया आकर लगाया तो उसने आँख खोलकर ऊपर देखा, फिर आँखें बन्द कर लीं। बन्द आँखों के सामने दो चेहरे घूम रहे थे, पहला सुधीर टार्जन का दूसरा जग्गू झींगुर का। दोनों शहर के नामी बदमाश थे। लड़कियों को खराब करना उनका शौक था। पहले यह काम मर्द जोर-जबर्दस्ती से करते थे मगर अब लड़कियाँ भी अपनी मर्जी दिखाने लगी हैं। मुनिया के आगे बढ़ते कदम की लड़खड़ाहट की सबसे बड़ी वजह खुद मुनिया थी जो जिन्दगी का सुख लेना चाहती थी, वरना जग्गू और सुधीर की क्या मजाल थी जो वे मुनिया की तरफ आँख उठाकर भी देख पाते? मगर अब हालात यह हैं कि जग्गू और सुधीर को कोई कुछ कहेगा भी नहीं शायद। मैं भी शक न करता अगर मुनिया को डॉक्टर की क्लीनिक से निकलता न देखता। लोकनाथ की पतली गली में वह हस्पताल कई तरह की बातों के लिए मशहूर था। तभी अपने सामने मुझे खड़ा देखकर मुनिया भयभीत हो गयी थी।

उस दिन तो वह चुपचाप सिर झुकाकर चली गयी थी मगर जहीर अपनी जिज्ञासा नहीं रोक पाया था। कई दिन बाद जब उसको मुनिया फिर वहीं मिली तो उसने सख्त स्वर में पूछा था कि वह यहाँ क्या कर रही है? उसकी घबराहट और हाथ में पकड़े पर्चे ने सब कुछ कह दिया था। वह सिर झुकाये बिना कुछ बोले आगे बढ़ गया था। यह सोचकर कि रास्ते में इस तरह की बातें करना ठीक नहीं है। भले ही मुनिया बचपन से उसको राखी बाँधती हो मगर वह उसकी सगी बहन तो नहीं है, फिर ऐसी हालत में सुधीर और जग्गू का क्या भरोसा! बाजी पलट दें और सारा आरोप उसके सिर मढ़कर नया-पुराना हिसाब बेबाक कर लें। यह कुल दो दिन पहले की बात है और आज? शायद मुनिया ने इन पर ब्याह करने का जोर डाला होगा। गर्भपात से इनकार किया होगा। आखिर वह तेज और निडर तो बहुत थी। यदि ऐसा नहीं होता तो फिर इस किस्म के मर्दों से दोस्ती बनाने का हौसला न रखती। उनका तामझाम, बन्दूक-कट्टा, दर्जन भर छटे बदमाश, जेबकतरे, उठाईगीर, उस्ताद-उस्ताद करके सलाम ठोंकते, उसके एक इशारे पर शरीफों की इज्जत की ऐसी-तैसी कर देते थे। पीटना, लूटना, डराना यह सब इनके बायें हाथ का खेल था मगर जहाँ पर दोनों पंजे लड़ाने लगते थे वहीं पर गड़बड़ हो जाती थी। अच्छे साथी दलबदलू बन जाते थे। फिर कच्चा चिट्ठा खुलता तो एक-दूसरे को हानि पहुँचाने

में कोई कोर-कसर न छोड़ते मगर कुछ दिनों से अक्ल आ गयी है कि आपस में लड़ना खुद को कमजोर बनाना है। इसलिए आपस में टकराना बन्द हो गया है। वरना मुनिया को लेकर खून-खराबा हो सकता था। मुनिया की मौत महज एक हादसा नहीं है। यह काम उसी का होगा जिसके बच्चे की वह माँ बन रही होगी।

इन्हीं सवालों से उलझा जहीर रात भर करवटें बदलता रहा। उसको इस बात का भी इन्तजार था कि इस घटना को लेकर पुलिस क्या करती है, खासकर बहादुरगंज थाना के प्रभारी शंकर गुप्ता जो अपनी ईमानदारी के लिए मशहूर हैं। यदि लाश का पोस्टमार्टम होता है तो बहुत से भेद स्वयं खुल जाएँगे और अगर लाश का पंचनामा बनाकर घर वालों को लाश सौंप दी गयी होगी तो फिर वह चिता के हवाले होकर राख में बदल गयी होगी। तब मुँह खोलना बेकार है। अभी तो यह भी पता लगना है कि वाहन का नम्बर भी नोट हुआ है? उसका मालिक कौन है? आदि-आदि........वैसे तो एक उसूल बना ही लिया है सबने कि कहीं कोई सन्दिग्ध घटना घटे और उसके बारे में जरा भी शक हो बस फिर गुमनाम फोन पुलिस को खड़का दो। शक का बीज बो दो, बाकी उन पर छोड़ दो। पिछले साल के आखिरी जुमा को झूँसी रोड पर मिली लाश प्रीतम पाण्डेय की थी। प्रीतम का झगड़ा नाली को लेकर कई साल से अपने पड़ोसी दीनदयाल से चल रहा था। दीनदयाल ने तंग आकर सुधीर टार्जन की मदद ली और नतीजा सामने—यानी राई का पहाड़ बन गया। एक परिवार दाने-दाने को मोहताज हो उठा। तब भी खुलदाबाद थाने में गुमनाम फोन खड़का दिया गया था, मगर बुरा हो उस दिन का जब त्रिपाठी करैली थाने से खुलदाबाद थाने पहुँच गया था। सारी बातें रफा-दफा हो गयी थीं। त्रिपाठी का तन्त्र तो इस तरह फैला है कि उसको उखाड़ना-पछाड़ना तब तक मुमकिन नहीं है जब तक उसको रँगे हाथ न पकड़ा जाए। आँखमिचौली का यह खेल कई वर्षों से चल रहा है और इधर कुछ महीनों से तो खुलकर सामने आ गया है। त्रिपाठी भी सुबूत जुटाने में लगा रहता है कि कैसे लड़कों का यह झुण्ड काबू में आए और वह इनको मूली-गाजर की तरह कच्चा चबा जाए।

सुबह के लगभग जहीर की आँख लगी तो मुनिया को सपने में देखा। घर के आँगन में वह बैठी गुट्टियाँ खेल रही है। जहीर पास ही बैठा पढ़ रहा है। फिर मुनिया भाग जाती है। जब दोबारा आती है तो फ्राक की जगह साड़ी पहने है। शरमायी-सी आकर खड़ी हो जाती है, फिर एकाएक बोल उठती है, "जहीर भाई जी, इस बार मुझे लाल साड़ी देना और उसी से मैचिंग बुन्दे हार का सेट, तभी राखी बाँधूँगी।"

"अपना मुँह देखा है? लाल साड़ी और लाल नगों का हार चाहिए...अपनी राखी अपने पास रखो, नहीं बँधवानी है।"

"नहीं बँधवानी है?" वह तौलनेवाली निगाह से ताकती रही।

"मुझे बहनों की कमी है क्या? बाजार में निकल गया तो कन्धे तक दोनों हाथ राखियों से भर जाएँगे, ऊपर से सब खुशामदें कर-करके खिलाएँगी बढ़िया मिठाई और..."

"देखते हैं..." उसका चेहरा गुस्से से तमतमा जाता है।

चारों तरफ एकाएक धुएँ के बादल छा जाते हैं और उसमें मुनिया गुम हो जाती है। जहीर उन बादलों के बीच से गुजरता उसको ढूँढ़ता है।

वह कभी दिखती है कभी खो जाती है। तंग आकर वह उसको आवाज देता है—मुनिया...रुक जाओ...मुनिया...।

"क्या बात है जहीर।" दादी सिरहाने खड़े होकर पूछती हैं।

"कुछ नहीं।" जहीर नींद से जागकर भी सपने के माहौल से पूरी तरह निकल नहीं पाया।

"कुछ कैसे नहीं। ख्वाब देख रहे थे क्या जो मुनिया को पुकार रहे थे?" दादी ने पास बैठते हुए पोते का सिर सहलाया।

"हाँ, शायद मैं ख्वाब देख रहा था।" इतना कहकर जहीर ने आँखें बन्द कर लीं।

"अभी दुआ पढ़कर फूँकती हूँ।" इतना कहकर दादी ने मुँह ही मुँह में कुछ पढ़ना शुरू किया, फिर जहीर के सीने पर फूँका और पलँग की पट्टी से उठ कर आँगन की तरफ बढ़ीं।

"उठो, चाय लायी हूँ।" सिपतुन ने प्यार भरे लहजे से बेटे को पुकारा।

उसके मन में मुनिया की मौत ने धुकधुकी पैदा कर दी थी, जिसने बेटे के प्रति गुस्से की ठण्डी सिल को पिघलाना शुरू कर दिया था। जहीर ने आँखें खोल कर माँ को देखा, फिर उठकर बैठ गया। उसको आज पहली बार माँ का चेहरा नजर आया था। आँसुओं से धुला हुआ। पाक और उदास। अरसे से उसने किसी का चेहरा गौर से नहीं देखा है। उसकी आँखें तो कुछ मुद्दों पर टिकी हैं जिनका हल उसको चाहिए। उन सारे सवालों के जवाब चाहिए जो उसको रात-दिन परेशान करते रहते हैं।

जहीर ने उठकर कुल्ली की और मुँह पर छींटें मारीं, फिर तिपाई से उठाकर गर्म चाय का पहला घूँट भरा। उसने इधर-उधर देखा, आज उसको अखबार की कमी खली। उर्दू का अखबार दादी मँगवाती थीं मगर इधर उनकी आँखें भी कमजोर हो गयीं और डॉक्टर ने पढ़ने पर रोक लगा दी है। पहले अँग्रेजी हिन्दी दोनों के अखबार आते थे। सिपतुन बेटे को रोज खबरें पढ़ने की हिदायतें देती मगर इण्टर पास करने के बाद जहीर में जिस तरह की तब्दीली आनी शुरू हुई उसने माँ-बेटे

के रिश्ते की गर्माहट को सोख लिया। शहर के माहौल से मार खाया जहीर अपना आक्रोश घर वालों पर उतारता था। खास कर बी.ए. के पहले साल में अर्थशास्त्र के प्रोफेसर से जो उसका मोहभंग हुआ तो उसको जैसे पढ़ाई और पढ़े-लिखे लोगों से नफरत-सी हो गयी। घर में अखबार आना बन्द करा दिया। माँ उर्दू डाइजेस्ट पढ़ती थी, वह भी अब नहीं आता। मगर आज पहली बार जहीर को लगा कि अखबार जरूरी है। इसलिए नहीं कि उससे हालचाल पता चलता है बल्कि इसलिए कि जो मालूमात सही और बुनियादी उसके पास है; उनको देखने का दूसरों का नजरिया क्या है और वह कितने गहरे जाकर खबरों को जान पाते हैं। चाय की प्याली रख वह बाहर की तरफ बढ़ा।

"नहाये बगैर कहाँ चल दिये?" दादी ने टोका।

"बस अभी आया।" कहता हुआ जहीर घर से बाहर गली में निकला।

अखबार लेकर जब वह लौटा तो उसको देखकर दोनों औरतों को ताज्जुब हुआ मगर साथ ही साथ इत्मीनान भी कि चलो किसी बहाने से ही सही पढ़ाई से नाता तो जुड़ा, चाहे उसका आधार खबर ही क्यों न हो। जहीर ने तेजी से अखबार के पन्ने पलटना शुरू किया। कहीं कोई तस्वीर नहीं थी फिर तीसरे पन्ने पर हर छोटी-बड़ी खबर का शीर्षक पढ़ा, मगर निराशा हाथ लगी। सिपतुन की लायी चाय ठण्डी हो गयी लेकिन पूरे अखबार में मुनिया की मौत पर दो पंक्तियाँ भी नहीं छपी थीं। यह हाल है पत्रकारिता का? शहर के महत्त्वपूर्ण क्रासिंग पर, जहाँ से कई रास्ते बाजार और मोहल्लों को आपस में जोड़ते हैं, एक लड़की मर जाती है और उसके लिए स्थानीय समाचार-पत्र में कोई जगह नहीं है। जबकि बेकार की गैर-जरूरी खबरों से अखबार भरा पड़ा है।

"कुछ छपा है क्या?" दादी ने पूछा।

"नहीं।" जहीर ने धीरे से कहा और अखबार तह कर गुसलखाने की तरफ बढ़ गया।

सिपतुन ने जल्दी-जल्दी हाथ चलाना शुरू कर दिया ताकि बेटे के तैयार होने से पहले वह चौकी पर नाश्ता लगा दे वरना वह बिना खाये निकल जाएगा। फिर कब लौटता है, यह किसको पता है। सूरज फूटकर निकल आया था और अण्डे की जर्दी की तरह पूरे आसमान पर फैलकर अपनी रोशनी शहर पर बिखेर रहा था। गली में आमदरफ्त शुरू हो गयी थी। फेरीवालों की हाँक भी कानों से टकराने लगी थी। दादी मुड़े अखबार को खोलकर उसके पन्ने पलटने लगीं। उनके चेहरे पर बारीक-सी मुस्कान थी जो उनकी खुशी का बयान लग रही थी।

14

रघुनाथदास व्यायामशाला में रमेश रोज की तरह अपने अन्दर मचे दंगल से कुश्ती लड़ रहा था। उसको मालूम था कि अगर वह अपने अन्दर उबलते ज्वालामुखी को खुला छोड़ देगा तो गर्म उबलता लावा उसको तो शान्त कर क्रेटर झील में बदल देगा, मगर आसपास जो खदबदाता तरल पदार्थ बहेगा उससे दूसरों का कितना भारी नुकसान होगा। यह उसको पसन्द नहीं था। यदि पसन्द होता तो वह काहे पीर परायी में हाथ जला अपने को कहीं का न रखता। अब यह शरीर ही तो बचा है जिसको सँभालकर रखना है। कोई कुछ भी कहे मगर इस अखाड़े की मिट्टी ने उसको सदा रक्षा कवच दिया है।

व्यायामशाला से जब रमेश निकला तो काफी प्रसन्नचित्त था। चेहरे पर निश्छल मुस्कान फैली थी और बाजुओं की मछलियाँ तनकर उसको विश्वास से भर रही थीं। यही स्थान तो उसका ऊर्जास्थल है। जो रोज उसको गिरने से बचाता है और जीने का हौसला प्रदान करता है। खासकर व्यायामशाला पर लिखा वाक्य : पहलवानों का हार्दिक स्वागत है। चलो कहीं तो हमारा स्वागत होता है। सोचता हुआ वह आगे गली के मोड़ पर पहुँचा जहाँ गर्म-गर्म जलेबियाँ हलवाई कढ़ाई से निकाल शीरे से छानकर थाली में डाल रहा था। चलते-चलते रमेश रुक गया। दूध में जलेबी डालकर खाने की इच्छा को नहीं रोक पाया, मगर जेब में धेला न रहने के कारण उसने थूक निगला। फिर बालों को झटककर इस तरह आगे बढ़ा जैसे कुछ हुआ ही न हो। स्टेशन रोड पर आकर उसने कुल्हड़ वाले दही का भी ख्याल मन से निकाल दिया और बिना दुकानों की तरफ देखे वह निराला मार्ग की तरफ बढ़ गया।

घर पहुँचकर उसने महसूस किया कि वातावरण में तनाव नहीं है इसलिए पेट-पूजा आराम से की जा सकती है। दीदी रसोई में नजर आयी तो वह उधर ही बढ़ गया। बहन ने भाई को देखा और हल्के से मुस्कुरायी।

"कहाँ थे?"

"जहाँ होता हूँ।"

"रीना आयी थी।" बहन ने धीरे से कहा और ढँकी थाली सामने रखी।

उसका जिक्र सुनकर रमेश की भूख मर गयी। शरीर में उछलती-कूदती खुशी भरी ऊर्जा कहीं दम तोड़ गयी। वह चुपचाप भरी थाली को देखता रहा। कौर तोड़ने का मन नहीं हुआ। उसने थाली वैसे ही छोड़ दी और घर से बाहर पैदल ही वासुकि घाट की तरफ निकल गया। और बड़ी देर तक नागवासुकि मन्दिर के किनारे बैठे दूर तक फैले कछार को देखता रहा। उसको महसूस हुआ कि मीलों तक फैला यह कछार उसकी जिन्दगी का आईना है। लकीर बन गयी गंगा, जो अल्लाहपुर के गन्दे

नाले की वजह से अपनी स्वच्छता एवं निर्मलता खो चुकी है और काले रंग में बदल गयी है, वास्तव में उसकी भाग्य-रेखा है। जहाँ आशा की कोई नाव नहीं चल सकती है। दूर—बहुत दूर बसे घुरवा, पंचपेड़िया, बदरासुनौटी गाँव उसका अतीत है। जहाँ कभी जिन्दगी की चहल-पहल थी।

"रमेश!....." जहीर ने पीछे से आकर कन्धे पर हाथ रखा।

"जहीर तुम...तुम कब आये?" रमेश ने चौंकते हुए पूछा।

"घर गया था। पता चला कि तुम निकले हुए हो। समझ गया कि मुगदर जाएगा कहाँ, अपने पास नहीं, अखाड़े पर नहीं, तो समझो वासुकि घाट पर मिलेगा।" जहीर ठट्ठा मारकर हँसा!

"कहीं जाना है...तो फिर चलो।" रमेश उठते हुए बोला!

"नहीं यार! यहाँ बैठना मुझे भी बहुत भाता है। दिल में एक सुकून-सा छा जाता है...बैठो, उठ क्यों गये? थोड़ी देर यहाँ बैठते हैं।" इतना कह जहीर ने हाथ खींच खड़े हुए रमेश को फिर बिठा लिया। दोनों दोस्त अगल-बगल बैठ नाले जैसी बहती गंगा को खामोशी से ताकते रहे। दोनों के दिलों में अलग-अलग अहसास उठ रहे थे। जिसका आईना उनका चेहरा था। जो साफ बता रहा था कि दोनों के अन्दर बहती व्यथा की नदी तो एक-सी है, मगर उनका रंग अलग-अलग है।

हवा में धूप की गर्मी घुल गयी थी। दोनों एक साथ उठे और यूँ ही टहलते हुए कदम के पेड़ के पास जाकर ठहर गये। अशोक और चिलबिल के दरख्तों की हरियाली ताकते रहे। मन्दिर के बाहरवाले बरामदे में कुछ लोग सो रहे थे। एक आदमी खम्भे से टेक लगा समाचारपत्र पढ़ रहा था। सीढ़ियाँ चढ़ता महाराष्ट्र से आया औरत-मर्दों का झुण्ड पुजारी के संग मन्दिर के अन्दर दर्शन करने चला गया। जहीर कदम के वृक्ष के नीचे से उठ मन्दिर की सीढ़ी पर जाकर खड़ा हो गया, फिर एक-दो सीढ़ी उतर एक किनारे बैठ गया। आते हुए भी उसने गंगापुत्र भीष्म पितामह को बाणों पर लेटा देखा था। इस समय वह उनकी पीड़ा को समझने की कोशिश कर रहा था! शक्तिशाली होकर भी किस व्यथा से दो-चार हुए थे वे!

सिर्फ इस कारण कि उनकी सोच, उनके सरोकार मानवीय थे। सिर्फ इसलिए कि वह युद्ध के विरुद्ध थे तो भी हथियार उठाने को मजबूर हुए क्योंकि हस्तिनापुर की रक्षा करना उनका कर्तव्य था? वह ब्रह्मचारी थे फिर भी कौरवों और पाण्डवों के लिए उनके दिल में ममता थी। उन्हें शरशैया नसीब हुई। उनके साथ धोखा हुआ। महिला और शिखण्डी पर वे बाण नहीं चलाते थे। उनके वही उसूल उनकी मजबूरी का कारण बने और उन्हें बाणों से भेद दिया गया। उनको इच्छा-मृत्यु का वरदान मिला हुआ था। इस कारण मरे नहीं। बाणों पर लेट गये, असीम पीड़ा के सागर को पीते हुए और जब सूर्य उत्तरायण की दिशा पर पहुँचा तो उन्होंने इच्छा से शरीर

त्याग दिया। यह कहानी तब से अब तक कितनी बार अपने को दोहरा चुकी है मगर कुछ नहीं बदला। न युद्ध होना रुका, न शत्रुता ही मित्रता में बदली...

"बैठे-बैठे इस तरह क्या सोच रहे हो?" रमेश ने कुछ देर बाद उसको टोका।

"कुछ खास नहीं। मैं आया था कि तुमको लेकर दरियाबाद जाऊँगा। जुगनू की मौसी की लड़की के साथ जो अनहोनी घटी थी, उसी को लेकर कुछ बातें करनी थीं।" जहीर ने कहा।

"तो अब चले चलते हैं...तेरी मोटरसाइकिल कहाँ है?"

"वहीं तेरे घर पर खड़ी कर आया था।" जहीर ने हँसकर कहा और इधर-उधर नजर दौड़ायी। आसमान साफ था। सफेद बादल जहाँ-तहाँ बिखरे थे। चील डैने फैलाये उड़ रही थीं।

दोनों जब टहलते हुए घर की तरफ लौटने लगे तो उनको सामनेवाले आलीशान घर के दरवाजे से श्यामलाल त्रिपाठी निकलता दिखा। जहीर उसको देखकर चलते-चलते एकदम से ठिठक गया और बोल उठा, "यह लहकट यहाँ कैसे?"

"क्यों भाई...त्रिपाठी यहाँ नहीं आ सकता है क्या?" रमेश हँस पड़ा।

"आ तो वह हर जगह सकता है। शहर उसके बाप का जो है। मगर यह हर उस जगह क्यों नजर आ जाता है जहाँ से हम गुजर रहे होते हैं?" झुंझलाहट से भर जहीर बोल उठा।

"भूल गये क्या यार! तुम्हीं तो कहते हो...तुम डाल डाल तो हम पात पात...मगर यह जनाब हमारे मोहल्ले के इस अमीर मल्लाह के घर काहे आये थे, यह बात जरूर सोचने वाली है।" रमेश ने गुद्दी खुजाते हुए कहा।

"तुम्हारा मोहल्ला है शानदार।" जहीर ने चारों तरफ नजर घुमाकर कहा।

"अरे क्या बात है अपने दारागंज की...इसको बसाया दाराशिकोह ने। उसी का प्रभाव है कि हमारा मोहल्ला शान्तिप्रिय है। इसके बावजूद कि गौरी गुरु के अखाड़े से निकले मशहूर पहलवान और नगर भर के नामी बदमाश यहीं से हैं और हों भी क्यों न, जरा मोहल्ले की जनसंख्या का अनुपात और अनेकता देखो, गौरी गुरु के अखाड़े के अलावा यहाँ पण्डों का भी अखाड़ा रहा है। जहाँ तुम घूम चुके हो ऊपर—दौलतमन्द धाँसू मल्लाहों का गढ़ है, फिर कुछ छिटके रूप में ब्राह्मण परिवार...उधर की तरफ बस्ती कलाँ और बस्ती खुर्द में अपने मुसलमान भाई..." रमेश थोड़ा रुका तभी जहीर ने लुकमा दिया।

"राय साहब जैसा रईस और बुद्ध मियाँ जैसा ज़मींदार।" जहीर ने चुटकी ली।

"हाँ, हाँ मैं कहने ही जा रहा था, तुमने खूब याद दिलायी उनकी!" रमेश बिना कुछ समझे अपने मोहल्ले का गुणगान करता रहा।

"यह घर किसके हैं यार, बड़े अलग-से दिख रहे हैं?"

"कुछ आफिसर्स के हैं...यहाँ त्रिपाठी अक्सर आता है। एक बार मैंने वासुकि घाट पर उसको कई लोगों के साथ भाँग पीते भी देखा है। वह अपने को शिव का भक्त कहता है, मगर रामलीला में देखा था कि रावण बनकर क्या हुड़दंग मचा रहा था। सुना पहले राम की भूमिका करता था, फिर कुछ दिन भरत बना और अब रावण।"

"नाटक करना उसको असली जिन्दगी में भी बहुत भाता है।"

"अच्छा यह बताओ जहीर, जुगनू की बहन का क्या होने वाला है?"

"प्राथमिकी तो लिख गयी थी मगर उस पर कोई कार्रवाई तो अभी तक हुई नहीं है। मुझे तो कभी-कभी लगता है कि गलत बातों के खिलाफ अब सुनवाई होना ही बन्द हो गयी है।"

रमेश का घर आ गया था। दोनों अन्दर गये। माँ ने जहीर को देखकर मुँह बनाया, मगर बड़ी बहन ने जहीर को देखा तो झट से दो प्याली चाय बना लायी। चाय की तलब तो दोनों को सता रही थी, रमेश के पेट में तो चूहे भी कूद रहे थे। बहन ताड़ गयी थी कि भाई ने कुछ खाया नहीं है सो सामनेवाले हलवाई के यहाँ से दो समोसे और कचौड़ियाँ मँगवा दीं। इतनी खातिरदारी देखकर जहीर ने चलते हुए पूछ लिया–

"हमारी दुकान पर कब आ रही हैं?"

"राखी बँधवाओ तो आऊँ भी।" वह हँसी।

"बड़ी चण्ट है।" रमेश बहन का इशारा समझ हँस पड़ा।

"बिना राखी बाँधे ही जो पसन्द आये आप ले सकती हैं, दुकान आपकी है। रमेश और मुझमें फर्क है क्या?" जहीर ने खुलूस से कहा।

"मैं तो मजाक कर रही थी!" बहन ने माँ को घूरते देख फौरन बात पलट दी।

जहीर ने मोटरसाइकिल स्टार्ट की और रमेश पीछे बैठ गया। अभी वह कुछ दूर ही बढ़े थे कि उन्हें त्रिपाठी फिर किसी के साथ दिखा। जहीर को उसका वहाँ दिखना इतना अचम्भित नहीं कर रहा था बल्कि उसका हाव-भाव देखकर वह सोच में पड़ गया था कि यह दारागंज में इस तरह टहल रहा है जैसे यह उसी का मोहल्ला हो। शायद यह डमरू यहाँ का ही रहनेवाला हो और अब किराये के मकान में रह रहा हो। आखिर यहाँ ब्राह्मणों के तो खासे घर हैं। जहीर ने मोटरसाइकिल की रफ्तार धीमी कर ली और घने पेड़ के नीचे जाकर रोक दी।

"क्या बात है?" रमेश ने पूछा।

"दरियाबाद शाम को जाएँगे। अभी मैं कुछ देर तुम्हारे मोहल्ले में ठहरना

चाहता हूँ। इस त्रिपाठी को मैं... ।''

''ठीक है, चलो सामनेवाले चाय की गुमटी पर बैठते हैं। वहाँ से कोने वाला घर दिखेगा भी जिसमें त्रिपाठी अभी घुसा है।'' रमेश ने कहा और आगे बढ़ा।

हर मोहल्ले की तरह दारागंज की दोपहर भी कुछ सुस्त अलसायी-सी धूप-छाँव बनी गलियों में बिखरी हुई थी। कुत्ते भी इधर-उधर भूँककर अब बैठे सुस्ता रहे थे। एक-दो गायें इधर से उधर टहलती नजर आ रही थीं। दुकानदार नाश्तादान खोल दोपहर का भोजन करने में व्यस्त हो गये थे। रिक्शेवाले पानी से पेट भर गद्दी बाहर निकाल अब कमर सीधी करने उस पर लेट चुके थे। गुमटी पर पहुँचकर जहीर ने दो चाय को कहा और सामनेवाली बेंच पर बैठ गया, जहाँ से वह घर पूरा का पूरा नजर आ रहा था।

''हमको इस दिमागी कैफियत में पहुँचानेवाले यही वे लोग हैं जो कानून के नाम पर गैरकानूनी हरकतें करते हैं। कानून को लागू होने से पहले ही उसको कैद कर देते हैं। आप कानून-कानून की दुहाई देते जाइए मगर वह कानून के नाम पर सारी गैरकानूनी कार्रवाई आपके साथ करते जाएँगे।'' जहीर ने चाय की चुस्की भरी।

''हाँ, कानून तो यहाँ का सबसे तेज छुरा है जिससे पहुँच न रखनेवालों की गर्दन रेती जाती है।'' रमेश ने कहीं गहरे उतरते हुए कहा।

''इस अपनी व्यवस्था को देखने के दो ही मौके हैं। पहला बाहर से बैठे-बैठे देखो और दूसरे इसमें दाखिल होकर उसी का हिस्सा बनते हुए उसके ताने-बाने में जकड़ते हुए। दोनों ही हालात में तुम्हें तस्वीर एक-सी नजर आएगी मगर अभिव्यक्तियाँ जुदागाना, एक समय को दूहता है दूसरा तमाशाई बना सब कुछ सहता है और मुझे अब सहे जाने की इस कैफियत से जाने क्यों नफरत-सी पैदा हो गयी है। मगर छटपटाहट के अलावा कुछ हाथ नहीं आता।'' जहीर ने खिन्न मन से कहा।

''त्रिपाठी बाहर निकला है। इसके साथ यह दोनों कौन हैं...देखे-देखे से लग रहे हैं?'' रमेश ने कुछ सोचते हुए कहा।

''हाँ...इनको मैंने भी पहले कहीं देखा है...कहाँ देखा है याद नहीं पड़ रहा है...इसी त्रिपाठी के साथ...हाँ याद आया, उस दिन जीरो रोड पर जब चौकियाँ निकल रही थीं उस समय त्रिपाठी ड्यूटी पर था। उसी के दायें-बायें यह दोनों खड़े दिखे थे।'' जहीर ने याद करते हुए कहा।

''हाँ, ठीक कह रहे हो...वहीं देखा था मगर यह हमारे मोहल्ले के नहीं हैं दोनों!'' रमेश ने बड़े विश्वास से कहा।

''कोई चक्कर होगा देर-सबेर पता चल ही जाएगा!'' जहीर ने कहा।

त्रिपाठी उन दोनों के साथ निकला और कुछ दूर पर खड़ी एक मारुति वैन में जाकर बैठ गया। जहीर उसी तरह बैठा रहा। रमेश उठा तो उसको बैठने का

इशारा कर उसने धीरे से कहा, "उनका पीछा करना बेकार है मगर हाँ, इस घर के बारे में तो पता चल सकता है कि यह किसका है?"

"अरे यह काम कौन-सा मुश्किल है। यह तो चायवाला ही बता देगा।"

"अभी पूछना ठीक नहीं है।" जहीर ने धीरे से कहा।

"हमारे इस मोहल्ले में सब कुछ होता है अच्छा-बुरा...।" रमेश ने डींग मारना बन्द नहीं किया।

"यह कौन-सी नयी बात है। यह तो हर जगह होता है!" जहीर हँसा।

"नहीं...हमारे दारागंज जैसा कोई दूसरा मोहल्ला नहीं है, चाहे तो शर्त बद लो।" रमेश भावुक हो उठा।

"मानते हैं भई...बाँध पर बसा है तुम्हारा मोहल्ला। चाहे पूरा इलाहाबाद डूब जाए मगर दारागंज नहीं डूब सकता है।" जहीर ने कहा।

"बिलकुल सही, चाहे बरसात में गंगा की धार जितनी तेज हो जाए मगर..."

"ठीक है, हम भी इलाहाबादी हैं और दारागंज इलाहाबाद में ही है। गंगा भी इलाहाबाद में ही बहती है!" जहीर रमेश की भावुकता पर हँस पड़ा। उसने प्यार से रमेश को देखा और कन्धे पर हाथ रखकर बोला, "अब चला जाए।"

रमेश और जहीर पैसे अदा कर आगे बढ़े। रमेश ने महसूस किया जैसे जहीर अपने में कहीं खो गया हो, कुछ देर दोनों खामोशी से चलते रहे। जहीर ने धीरे से कहा।

"तुम्हारे इस मोहल्ले में सूर्यकान्त त्रिपाठी निराला भी रहते थे...वह तोड़ती पत्थर, देखा उसे मैंने इलाहाबाद के पथ पर...याद आया कुछ?"

"निराला को कौन नहीं जानता, वह तो हमारे कोर्स में थे। इसी मोहल्ले में उनकी मूर्ति लगी है।" रमेश ने उत्साह से भरकर कहा।

"गिरजादत्त शुक्ल गिरीश का नाम तो जरूर सुना होगा। पुराने कवि हैं निराला के समय के। वह भी तुम्हारे कोर्स में होंगे...क्यों?" जहीर ने कुछ चुभते स्वर में पूछा।

"नहीं...साफ कहूँ जहीर, मुझे साहित्य-वाहित्य में कोई खास रुचि नहीं है। यह लोग तिल का पहाड़ बनाते हैं।" रमेश ने हथियार डाल दिये।

"वह भी तुम्हारे दारागंज के थे, जिस पर तुम्हें इतना नाज है। उनकी चन्द पंक्तियाँ 'तारकवध' की सुनाता हूँ, तुम्हें पसन्द आएँगी। अगर न समझ में आए तो बताना...दरअसल इसको मेरे हिन्दी के अध्यापक रामचरण तिवारी जी बहुत पढ़ते थे। सुनो, उन्हीं के लहजे की नकल करता हूँ :

किया सिंह का मान उसे पिंजरे में डाला
किया सुकवि से नेह, राजकवि कह कर पाला

मुझे न दो यह मान न मैं इसका अनुरागी
मुझे न होना शेष किसी बन्धन का भागी
लगे किसी को बाण और घायल हो कोई
कवि की दुर्गति देख स्वयं कविता ही रोई।......''

जहीर के मुँह से ऐसी कविता सुनकर रमेश को चुप्पी लग गयी। उसने जहीर से आशा कभी नहीं की थी कि वह कविता में भी दिलचस्पी रखता होगा। जहीर उन्हीं पंक्तियों को दोहराता अपने में कुछ खोजता-सा आगे बढ़ रहा था। सामने वेणीमाधव मन्दिर जब पड़ा तो एकाएक जहीर ने रुककर कहा।

''यहाँ कहीं एक घर है जो तुम्हारे दारागंज के आज के कवि का है...यानी निराला के बाद के...इत्तेफाक से वह भी त्रिपाठी हैं : नाम नहीं लूँगा क्योंकि कुछ तुम पर भी जिम्मेदारी बनती है जानने-समझने की। आखिर तुम्हें दारागंज से प्यार है।'' जहीर का स्वर कुछ कटु हो गया।

''तुम्हें यह सब कैसे पता?'' रमेश ने आखिर पूछ ही लिया। वह जहीर के इस तरह के व्यवहार से अपने प्रति जवाबदेह हो गया था।

''क्यों, मैं इलाहाबाद का नहीं हूँ क्या? मेरी भी कई पुश्तें इस शहर को जी कर गुजर गयीं जिनके बारे में मेरी दादी बहुत कुछ बताती रहीं। इसी शहर में पुस्तकालय है। पुराने लोग हैं। तुम मेरी दादी से उस दिन नहीं मिल पाये न? एक दिन तुम्हें ले चलूँगा घर...बहुत बातूनी हैं।'' इतना कहकर जहीर हँस पड़ा। रमेश को जहीर इस वक्त बिलकुल अलग इन्सान लगा। महसूस हुआ उसके अन्दर पर्तदार चट्टानों का सिलसिला बहुत दूर तक फैला हुआ है। वह जैसा है वैसा दिखता नहीं है।

''तुम हो कौन जहीर?'' जाने कैसे रमेश के मुँह से यह अटपटा-सा प्रश्न निकल गया। जहीर ने गर्दन घुमाकर रमेश को ताका, फिर धीमे से बोला।

''अक्षयवट... ।''

जहीर के लहजे में अजीब-सी खनक थी जिसमें से कई तरह की तीखी ध्वनियाँ रमेश को निकलती महसूस हुईं, जिसकी तरंगें वह पकड़ तो पाया मगर पूरी तरह समझ नहीं पाया।

जहीर खामोशी से कुछ बुनता रहा, फिर बोला—''सुनाने का मन है सो उसी कवि की छः पंक्तियाँ सुनाता हूँ—जिसका नाम तुम्हें जानना है :

जब भी चाहा खोल दूँ झरोखे
अँधेरे ने मुझे दिये बार-बार धोखे
क्या करता—बस यूँ ही सब कुछ सहना था
मुझको तो घर-बाहर बेजबान रहना था

कैसे समझाएँ अब
सागर ने कितने नदी ताल सोखे...''

रमेश को पहली बार महसूस हुआ कि कविता दिल के कितने नजदीक होती है। यह तो उसके मन की बात है जो कविता की ये पंक्तियाँ कह गयीं।

सड़क के किनारे भुट्टे भुन रहे थे। जहीर ने छाँटकर दो भुट्टे निकाले और छोटी लड़की को दिये जो अंगारों पर पंखा झल रही थी। कुछ देर वह खड़ा-खड़ा उस मासूम चेहरे को ताकता रहा, फिर उसने आसमान की तरफ नजरें उठायीं जहाँ काले मेघ जाने कहाँ से घुमड़ आये थे। लड़की के छोटे-छोटे हाथ भुट्टे को सँभाल रहे थे। जहीर ने पास में रखे भुट्टे के ढेर को देखा जो मुश्किल से दस-पन्द्रह होंगे। कुछ सोचकर वह मुस्कुराया, फिर जेब में हाथ डाला। इकलौता पचास का नोट था। तेल उसने सुबह ही मोटरसाइकिल में भरवाया था। लड़की ने जब भुट्टा उसको थमाया तो बारिश की एक बूँद जहीर के हाथों पर टप से गिरी। दूसरी बूँद उस लड़की के गालों पर फिसली। उसने घबराकर आसमान देखा, फिर रमेश के बढ़े हाथों में भुट्टा थमाया।

''यह लो,'' जहीर ने नोट बढ़ाया।

''बाबूजी, छुट्टा नहीं है।'' उस बालिका की परेशानी पारदर्शी-सी हो उठी।

''यह पूरा रखो और यह सारे भुट्टे बाँध दो।'' जहीर ने कहा।

''सारे?'' लड़की ने घबराकर कहा फिर जल्दी-जल्दी एक-एक भुट्टा गिनकर उसका हिसाब लगाने लगी। उसके चेहरे पर चिन्तायुक्त खुशी-सी फैल गयी थी। बूँदें सुलगे अंगारों पर गिरकर छुनमुन की आवाज पैदा कर रही थीं।

''बदरिया बरस रही है।'' कोई पास से कहता गुजरा। हल्की टपाटप बूँदें बिखरी-बिखरी-सी पड़ रही थीं मगर उसका हिसाब नहीं खत्म हुआ। जहीर और रमेश भुट्टे का पहले ही हिसाब लगा चुके थे, लेकिन खुद कहना नहीं चाह रहे थे सो मजा ले-लेकर भुट्टा खा रहे थे।

''बाबू जी, दो के हिसाब से तीस रुपया हुआ...ढाई का भुना...सो पूरे पैंतीस रुपये भए सो कितना बचा...?'' वह फिर सोच में पड़ गयी। बूँदें अब बारिश का रूप धर रही थीं। भुट्टा भी समाप्त हो गया था। सो रमेश ने यह कहकर मुश्किल आसान कर दी।

''पन्द्रह!''

''हाँ, अभी लाते हैं छुट्टा!''

"पन्द्रह रखो अपने पास फिर आकर खाएँगे...याद रखना!" जहीर ने कहा।

"अच्छा बाबू" कहकर उस लड़की ने दुपट्टे के कोने में रुपया बाँधा और तेजी से भुट्टे समेटकर पास पड़ी सुतली से उनका छोटा-सा गट्ठर कस दिया। जहीर ने उसको पकड़ा और रमेश के कन्धे पर हाथ रखा। बारिश तेज हो गयी थी। बुझे कोयलों को तेजी से समेटकर वह लड़की अपने थैले को लेकर सामने वाली दुकान की तरफ भागी। जहीर और रमेश पेड़ के नीचे पहुँच गये थे। घनी पत्तियों ने छाते का काम किया था। पानी से बचते वह मोटरसाइकिल पर बैठे मौसम की पहली बारिश का मजा ले रहे थे।

"इस समय अगर हम नागवासुकि पर होते तो बड़ा मजा आता।" रमेश ने गिरती मूसलाधार बारिश को देखकर कहा।

"भीगने का मन हो तो अभी चलो।" जहीर ने डिक्की में भुट्टे रखे और टाँग बायीं तरफ कर मोटरसाइकिल पर बैठ गया। रमेश के बैठते ही उसने चाबी घुमायी और बारिश की तेज झड़ी के बीच मोटरसाइकिल वासुकि घाट की तरफ घुमायी। बारिश तेज थी। बदन पर चोटें मार रही थी। रास्ते में जो भी उन्हें देख रहा था, खिलखिलाकर हँस रहा था। प्रकृति की मुखरता उनमें खुलापन भर रही थी।

जिस समय दोनों मन्दिर के पास पहुँचे, पूरी तरह भीग चुके थे। बारिश में भीगते मन्दिर की छटा ही निराली थी। नदी की छाती पर पड़ती बूँदें बताशा बन बन टूट रही थीं। पेड़ कुछ इस तरह झूम रहे थे जैसे उन्होंने गहरा नशा कर रखा हो। प्यासी जमीन चुल्लू भर-भरकर पानी कुछ इस तरह पी रही थी जैसे आज ही उसको पूरी प्यास बुझानी हो। पूरा कछार बारिश की झड़ी से पनीले पर्दों में बँट गया था। जिसके धुँधलके से दिखता सामने का परिदृश्य परीलोक जैसा हो उठा था। सरसराती हवा नन्ही बौछारों का आँचल चेहरे और हाथों पर छुलाकर अजीब मस्ती भरी तरंग बदन में भर रही थी। जो एक रहस्यमयी अनुभूति का रोमांचकारी अहसास वातावरण में फैला रही थी। वे दोनों सीधे गिरती बौछारों के बीच मन्दिर के आँगन की मुँडेर पर बैठ गये!

"यह पानी अभी रुकनेवाला नहीं है।" रमेश गुनगुनाया।

"रुकने का इन्तजार किसको है...।" जहीर हँसा।

"हाँ, हमारे बिना इस दुनिया का कोई काम रुकनेवाला तो है नहीं...बेकार... भटकती आत्माओं का इन्तजार भी कौन करता है।" रमेश दार्शनिक स्वर में बोला।

"इसमें बुरा क्या है? वक्त ने हमको ठुकराया जरूर मगर कुदरत तो हमारे साथ सौतेला बर्ताव नहीं कर रही है। उन कामयाब लोगों को क्या पता, वह तो इस समय भीगने के डर से भयभीत बन्द कमरों और कारों में बैठे हैं। यहाँ कुदरत हम पर अपना खजाना किस दरियादिली से लुटा रही है और हम पूरे के पूरे उसकी

दौलत में सराबोर हो रहे हैं। ऐसे हसीन लम्हे जीना हर इन्सान का हक तो है मगर उसको मिलते नहीं हैं। इसलिए दुनिया के सबसे व्यस्त और मालदार इन्सान हम हैं, जो अपने शहर में कुदरत की इस शोखी भरी अठखेलियों का पूरा मजा लूट रहे हैं।'' इतना कहकर जहीर आगे बढ़ा और आसमान से गिरती बारिश के नीचे रमेश का हाथ पकड़कर खड़ा हो गया। बारिश का वेग बढ़ गया था। बादल गर्जने और बिजली चमकने लगी थी।

''यार जहीर, मन्दिर के अन्दर चलो, मुझे यह मेघ-गर्जन अब कष्ट दे रहे हैं।''

''कालिदास वाली भाषा बोलने लगे आप तो।'' जहीर ने कहा, जिस पर काँपते होठ से रमेश हँस पड़ा। सर्दी का अहसास जहीर को भी पानी में भीगने से होने लगा था। प्रकृति की बेचैनी धीरे-धीरे करके शान्त होने लगी। जब वे मन्दिर के चबूतरे तक पहुँचे, तब तक बारिश थम चुकी थी।

''देखा रमेश! कुदरत ने ही हमको मुक्त कर दिया।'' जहीर ने कहा और बारिश के विदाई समारोह को गौर से देखने लगा। पानी से नहाये पेड़ों ने हवा के संग झूमकर बूँदों से भरी अपनी टहनियों और पत्तियों को झटककर बूँदें गिराना शुरू कर दिया था। धरती ने प्यास बुझा बचे पानी को नालियों की पगडण्डियों में बाँट गड्ढों को भर दिया। चिड़ियों ने जी भरकर नहाने के बाद पंख फड़फड़ाने शुरू कर दिये थे। नागवासुकि मन्दिर धुलकर ऐसा लग रहा था जैसे अभी-अभी रंग व रोगन हुआ हो और लम्बे-चौड़े फैले कछार के ऊपर खुले आकाश पर सतरंगा इन्द्रधनुष निकल आया था जो ऐलान कर रहा था कि धूल से भरी नगरी नहा-धोकर खिल उठी है।

''जानते हो जहीर, अक्सर लोगों ने इस मन्दिर के पास और घाट पर किसी आत्मा को टहलते देखा है, सूफी जैसी काया के साथ...'' रमेश ने कहा।

''वह जरूर दाराशिकोह होगा। अपने लोगों की खैर-खबर लेने आता होगा।'' जहीर ने कहा।

''हो सकता है।'' रमेश की आँखें चमकीं फिर वह बोला, ''जहीर, घर चलते हैं।''

''घर नहीं पहले कपड़े उतारकर निचोड़ो, फिर सड़क किनारे बैठ किसी चाय वाले छोकरे के हाथों बनी मलाईदार चाय फूँक-फूँककर पियो। उसके बाद तुम अपने घर और मैं अपने घर...'' इतना कहकर जहीर ने शर्ट उतारी और कस के निचोड़ी। बनियान निचोड़ते हुए उसको एकाएक ध्यान आया कि पैण्ट की जेब तो खाली है। चाय पीना इस मौसम में अब सिर्फ एक ख्वाब है।

''अपने मोहल्ले में, वह भी इस हालत में, तुम्हारे साथ सड़क किनारे चाय पीने से रहा...यू नो आई हैव सम प्रेस्टीज़।'' रमेश ने तरंग में आकर कहा।

"आई नो, आई नो ह्वाट इज़ योर इमेज इन योर बिलवेड दारागंज।" जहीर ने अमेरिकन लहजे में कहा और मन ही मन खैर मनायी कि मजाक-मजाक में इज्जत बची रह गयी।

रमेश को छोड़कर जब जहीर दारागंज से निकला तो अपनी बनायी हुई छोटी-छोटी वे नावें याद आयीं, जिनको वह नालियों में बहाता था। इस वक्त खुशी से उछलते बच्चे अपने घरों के सामने खिलखिलाते नजर आ रहे थे। आधे रास्ते के बाद उसकी मस्ती हिरन हो गयी, जब सड़कों पर उसने पानी भरा देखा जिसमें नाबदानों की गन्दगी शामिल होकर हवा में तीखी बदबू फैला रही थी। सूअर और कुत्ते टहल रहे थे। अकबरपुर पहुँचते-पहुँचते कहीं-कहीं उसकी मोटरसाइकिल आधी डूबने लगी थी। और कुछ दूर जाकर बन्द हो गयी, पता नहीं पेट्रोल खत्म होने से या पानी भर जाने से। उसको चलाकर ले जाना मुश्किल था। रास्ते में कुछ कच्ची दीवारें गिरी हुई थीं। कुछ घरों में पानी भरा था। लोग पलँग पर सामान रख नाव की तरह उसमें एक किनारे पर टँगे बैठे थे। इन दृश्यों से उपजी चिन्ता के बावजूद जहीर की आँखें मुस्कुरा पड़ीं। उसने मन ही मन कहा, "रमेश, योर दारागंज इज़ रियली नम्बर वन!"

15

अकबरपुर मोहल्ले में जहीर का घर पुरानी मस्जिद के बायींवाली गली के मुहाने पर बना हुआ है। पहले इस मकान के चारों तरफ मैदान ही मैदान था। गाँव से शहर की सहूलियतों की लालच में लोग जैसे-जैसे शहर की तरफ आते गये वैसे-वैसे इस आलीशान मकान का घिराव नये बने मकानों द्वारा बढ़ता गया। आज यह वक्त आ गया है कि कोई नहीं बता सकता कि इन गलियों से घिरे इस शानदार मकान का कोई अतीत भी था। अब तो मोहल्लेवाले खुद भी भूल चुके हैं कि इस मकान में रहनेवालों की जड़ें किस हद तक इस शहर की जमीन में धँसी हुई हैं।

यह मोहल्ला हिन्दू-मुसलमान आबादीवाला है जिसमें ठेकेदार, कुछ पढ़े-लिखे नौकरीपेशा लोग, मेहनतकश और मजदूर तबका रहता है। पिछले कुछ वर्षों से यहाँ पर जिन लोगों की आबादी बढ़ी है, वह हैं गधेवाले जो मिट्टी ढोते हैं और पुराने मकानों के मलवे भी; इसलिए मोहल्ले की खामोशी में अक्सर ढेंचू-ढेंचू का तेज स्वर

गलियों में गूँज जाता है और पंक्तिबद्ध गधे रास्ता पार करते नजर आ जाते हैं। इस घने बसे मोहल्ले के नुक्कड़ पर कालाडाणा सुन्नियों का कब्रिस्तान है। शाह बाबा के मजार, जो लकड़टोला में है, उसी के आगे पुराना कब्रिस्तान है जहाँ किसी नये मुर्दे के लिए कोई जगह नहीं बची है। पेड़ों से घिरा यह छोटा-सा कब्रिस्तान एक अजीब रूहानी कैफियत लिये हुए है।

नूरुउल्लाह रोड के पिछवाड़े आबाद और करेली जैसे शानदार मकानों और दौलतमन्द मोहल्ले के बगल में बसा यह मोहल्ला इलाहाबाद के बाकी मोहल्लों की तरह ही अपनी इमारतों में बोसीदा और गरीबी से मुरझाये चेहरोंवाला है। इसके बावजूद यहाँ के लोग हँसना और रोना नहीं भूले हैं। इसलिए अजान और भजन-कीर्तन की आवाज के साथ भरपूर गालियों से भरी भाषा सुनने को मिलती है, जिसमें चाहत और रिश्तों की गर्मी का तापमान अपनी पूरी ईमानदारी के साथ झलकता है। बूढ़े पेड़ों के साये नंग-धड़ंग खेलते बच्चों को देखकर झूमते हैं। कुत्ते किसी नये आये आदमी को गली में देख जोरदार तरीके से उसका स्वागत करते हैं।

अकबरपुर की तारीख बहुत पुरानी है। तब यहाँ अंग्रेजों के अनेक दुश्मन रहा करते थे जिनके घरों की तलाशी लेने गोरी पुलिस जब तब पहुँचकर घर की औरतों को डराया-धमकाया करती थी ताकि बागियों का पता चल जाए। औरतें भी ऐसी मनघुन्नी कि लाख जुल्म व सितम टूटते मगर मुँह से बक्कुर न फूटता। तो भी वह अपने मर्दों को नहीं बचा पायीं। वह कहीं न कहीं गोली का शिकार होकर न अपने आबाई कब्रिस्तान में दफन हो पाये, न उनको चिता नसीब हो पायी, सिवा मजीद अहमद के जिनको सबके साथ नीम के पेड़ पर लटकाया गया था। उनका मुर्दा बदन घर जरूर पहुँचा था जिसको सबने तबरुक समझकर सर-आँखों पर बिठा उनका कफन दफन बड़ी शान से किया था। उस कब्रिस्तान में इसी कारण अहमद खानदान की औरतों की कब्रों के देखते मर्दों की कब्रें बहुत कम संख्या में हैं।

जब मजीद अहमद वतन की मोहब्बत में सूली पर चढ़ाये गये थे, कहते हैं उस वक्त इन नीमों की गिनती ग्यारह थी। मजीद मियाँ की बीवी, मेहरुन्निसा एक नजर उस दरख्त को देखने के लिए हर जुमा को कोतवाली के पास जाती फिर कब्रिस्तान पर उनकी कब्र पर फातेहा पढ़ शाम ढले घर लौटती थीं। बाकी दिन वह शतरंज की चौपड़ बिछाकर उस पर अपने वतनपरस्त मियाँ के साथियों और अँग्रेज सरकार की पुलिस के बीच हुई मुठभेड़ का खेल खेलती रहती थीं कि कैसे उस इलाके में भीड़ बढ़ी, गोली बरसी और पुलिस ने क्रान्तिकारियों को पकड़ा। लोग बताते हैं कि उस जवान बेवा ने चूड़ियाँ तोड़कर सफेद कपड़े पहन लिये थे मगर आँखों से एक कतरा आँसू नहीं गिरा था। सुबह सारे जरूरी कामों से निपटकर वह अनार के पेड़ के नीचे बिछे तख्त पर बैठ जातीं। उनकी शतरंज की बिसात उस तख्त पर

उनकी खिलायी, जो शादी में साथ-साथ आयी थी, बिछा देती थी। मेहरुन्निसा गावतकिये के सहारे बैठ, मोहरे इधर से उधर कर अपने दिल को सुकून दे लेती थीं।

मजीद अहमद का इकलौता लड़का शमीम अहमद अलीगढ़ में तालीम हासिल कर रहा था। उस दौर में उसका वहाँ रहना मेहरुन्निसा बेगम को बहुत सुकून देता था कि वह एक ऐसे माहौल में साँस ले रहा है जहाँ पर वतनपरस्ती के साथ नये जमाने का भी इल्म हासिल कर रहा है। इस घर में अकेली औरत अपने से तो लड़ सकती थी मगर जमाने से नहीं। मायकेवालों ने दूसरे निकाह के लिए बहुत जोर डाला मगर वह इनकार करती रहीं। वतनपरस्ती की कहानी जिस मर्द से इस तरह वाबस्ता हो जाए, उससे रिश्ता तोड़ना उन्हें बहुत बड़ी गद्दारी लगता था। यह भी तो वतन की मोहब्बत का ही दूसरा रूप था कि आप उस मर्द का ख्वाब पूरा करें जो वतन के लिए शहीद होने का दम भरता हो और बिना हिचक वह सूली पर चढ़ गया हो। जिस औरत को यह रूहानी इज्जत नसीब हो गयी हो वह भला दुनियावी तड़क-भड़क के सामने क्यों झुकेगी?

मेहरुन्निसा को अच्छी तरह याद है कि उनकी सास ने उस वक्त बड़ी हिम्मत से काम लिया था। जब उनके ससुर सगीर अहमद की लाश को लोग कन्धे पर उठाकर गाँव के आँगन में रखकर चुपचाप सिर झुकाकर खड़े हो गये थे। वह डॉक्टर थे। गाँव-गाँव जाकर इलाज करते थे। उनकी नेकी धरी की धरी रह गयी और बन्द दिमागवालों ने उन पर लाठियों से हमला बोल दिया सिर्फ इस बात पर कि उनकी जड़ सोच को खोलने का काम डॉक्टर साहब ने किया था। उन्होंने बताया था कि गण्डे तावीज से मियादी बुखार नहीं उतरता, उसके लिए दवाओं की, इंजेक्शन की जरूरत पड़ती है। यह कुसूर उनका इतना बड़ा था कि वह उनकी जान ले बैठा। उनके जाने के बाद फिरदौस बेगम के पास शौहर की निशानी के नाम पर एक बेटा मजीद अहमद बचा था। उसको पालने में उनको नाकों चने चबाने पड़े। रिश्तेदारों ने जायदाद से बेदखल कर दिया। इत्तेफाक की बात कि डॉ. साहब ने इलाहाबाद में एक जमीन ले रखी थी जिसका पता रिश्तेदारों को न था। फिरदौस बेगम कागज और बेटे के संग इलाहाबाद आ गयीं।

डॉक्टर सगीर अहमद के अहसान लोगों पर कम नहीं थे। उन्हीं में से कुछ लोग मदद को आगे बढ़े और उस जमीन का आधा हिस्सा बेचने का सुझाव किसी ने दिया ताकि उस पैसे से मकान बन सके। फिरदौस बेगम ने सारे-सारे दिन धूप में खड़े हो यह मकान खुद बनवाया, बेटे को पढ़ाया। यह सारी बातें वह अक्सर अपनी बहू मेहरुन्निसा को सुनाती थीं। मरने से कुछ दिन पहले उन्होंने बहू को कुछ पुराने जेवर दिये और एक बुकची थमायी और हिदायतन कहा था कि इस पोटली

को तब तक न खोलना जब तक दिल को सुकून की तलाश न हो। मैंने अपनी जवानी के दिन इसी के सहारे गुजारे हैं वरना यह दुनिया मुझे जीने न देती। बने वक्त के सब साथी होते हैं मगर बिगड़े वक्त में जमीन भी ठोकर लगाती है। इसलिए अपने को सँभालकर रखने और गम से ताकत हासिल करने का यह सबसे अचूक नुस्खा है। यह कहकर उन्होंने आँखें बन्द कर लीं। उनके इन्तकाल के बाद आये रिश्तेदारों ने पुरसा देते हुए जो बातें तारीफ में बतायीं, उससे मेहरुन्निसा को अपनी सास का किरदार और ज्यादा समझ में आया।

जब मजीद अहमद का चालीसवाँ गुजर गया तो उन्होंने बक्सा खोलकर बुकची निकाली। उसको खोला और धक् से रह गयीं। वह शतरंज की चौपड़ थी। गोटियों को उठाकर वह बड़ी देर तक उस पर उँगलियाँ फेरती रहीं। सोचती रहीं कि आखिर इससे क्या मतलब निकलता है? उनकी सास फिरदौस बेगम क्या कहना चाहती थीं? रोज मेहरुन्निसा निकालकर उस चौपड़ से मगजपच्ची करतीं और सोचती कि इस खेल से एक औरत का क्या वास्ता? फिर लपेटकर रख देतीं। एक दिन यूँ ही अँग्रेज पुलिस और क्रान्तिकारियों को अलग-अलग खड़ा कर दिल बहलाने के लिए सुनी-सुनायी बातों के मुताबिक मुठभेड़ का एक खेल खेलने लगीं। जाने क्यों राहत महसूस हुई। रात को जब सोने लेटीं तो सोचने लगीं अपने इकलौते बेटे शमीम की आगे की जिन्दगी के बारे में। सास का चेहरा, उनकी बातें याद आयीं और एकाएक वह चौंक पड़ीं। उन्हें सास का वह भेद समझ में आ गया। याद आया रिश्तेदारों का कहना कि वह तो मियाँ के गम में ऐसा पागल हुईं कि अकेले शतरंज खेलती थीं। उनकी इस जुआबाजी से सभी परेशान थे मगर वह शाम से रात तक जब तक नींद न आती, वह गोटें इधर-उधर करती रहती थीं। जिसमें एक तरफ अनपढ़ गाँववाले होते, दूसरी तरफ सगीर डॉक्टर के खुले दिमाग वाले वैज्ञानिक सोच के साथी होते थे।

मेहरुन्निसा ने जब शमीम को पाल-पोसकर बड़ा कर दिया तो उसका ब्याह बड़े चाव से किया। जिस दिन बहू फिरोजजहाँ ने घर में कदम रखा तो उन्होंने चौपड़ का बुकचा और खानदानी हार का वह डिब्बा पुराने बक्स में लपेटकर रख दिया। दुख के दिन बीत गये थे। अब यह मुरादों के दिन थे। बहू-बेटे के फलने-फूलने के दिन थे। शमीम तहसीलदार बने और खूब नाम कमाया मगर उनकी किस्मत में भी उम्र ज्यादा नहीं लिखी थी। तब बेटा सात साल का था। वह गाँव के कमजोर लोगों को उनकी जमीन दिलवाने की कोशिश में वहाँ के जमींदारों की आँख की किरकिरी बन गये और एक दिन घर लौटे ही नहीं। न लाश मिली न कोई खबर मिली कि उनको जमीन निगल गयी या आसमान। जितने लोग थे उतनी तरह की बातें थीं। कोई कहता दुश्मनों ने उन्हें नजरबन्द कर रखा है। तो कोई कहता कि उनको मार कर दफना दिया है। फिरोजजहाँ रोज शाम को आदत के मुताबिक

बनावसिंगार करके मियाँ का इन्तजार करतीं मगर वह नहीं आये। दस साल गुजर गये। लड़का नसीम सत्रह का हो गया और एक दिन माँ से बड़े दर्दनाक लहजे में बोला—

"अम्मी जान, बुरा न मानना, लोग मुझ पर ताने कसते हैं...बाबा लौटने वाले नहीं हैं। उनकी मौत को अब आप कुबूल कर लें।"

जाने बेटे की बातों में कौन से दर्द की तलवार थी, जो उनके विश्वास को दो टुकड़े कर बैठी। कमरे में जाकर उन्होंने चूड़ियाँ तोड़ डालीं और जेवर उतारकर अपना सूना चेहरा देखा, फिर रंगीन कपड़े उतारकर उन्होंने सफेद साड़ी पहनी और कमरे से बाहर निकलीं। बेटे ने माँ को देखकर राहत की साँस जरूर ली मगर आँखें भर आयीं। दिल पर गहरी चोट लगी। बेताब होकर माँ से लिपटकर फूट-फूटकर रोने लगा। फिरोजजहाँ को अपनी सास मेहरुन्निसा का जुमता याद आया कि औरत का दूसरा सोहाग उसका बेटा होता है। उसी की शान में उसकी इज्जत है। उसकी खुशी में उसकी खुशी है। फिरोजजहाँ अपने सारे तेवर पल भर में तोड़ बैठीं। सास ने जो उनका यह विधवा रूप देखा तो एकाएक सहन नहीं कर पायीं। पता नहीं क्यों सजी-धजी बहू भ्रम में जीती हुई उन्हें एक सहारा लगती थी। उनके अन्दर छायी उदासी कहीं पर जाकर एक हौसला देती थी कि शायद शमीम जिन्दा हो और एक दिन अम्मीजान, अम्मीजान कहता हुआ घर में दाखिल हो उनसे लिपट जाए, मगर जब मौत को फिरोजजहाँ ने मान लिया तो उनकी झूठी आस का तार भी टूट गया।

रात को जब वह चौपड़ बिछा अपनी जिन्दगी का खेल दोहरा रही थीं तो फिरोजजहाँ खामोशी से आकर उनके पास बैठ गयी। उन्होंने नजरें उठाकर बहू को ताका फिर घबराकर नजरें नीची कर लीं। फिरोजजहाँ चुपचाप खेल देखती रहीं। जब बाजी खत्म हो गयी तो उसने अपनी जिन्दगी की बिसात बिछायी और गुजरी कहानी दोहराने लगी। उस रात के बाद हर रात सास-बहू शतरंज की चौपड़ के सामने खामोशी से बैठतीं और अपनी-अपनी कहानियों की गोटे चलती थीं।

फ़िरोजजहाँ बहुत पढ़े-लिखे घर की थीं। सास के बढ़ावे पर उसने बी.ए. का फार्म भर दिया और बाकायदा कॉलेज जाने लगीं। सास की इस लगावट को देखकर मायकेवालों को भी इत्मीनान हो गया कि तकदीर के आगे किसी की नहीं चल सकती है। यही क्या कम है कि घर में उसकी कदर है और वह बेटी की तरह रखी जाती है। बैरिस्टर साहब, जो विधवा बेटी के लिए तड़पते रहते थे, उसको पढ़ता देखकर खुश हुए। जो ख्वाब उन्होंने बेटी के पूरे नहीं किये थे, वह ससुरालवाले पूरा कर रहे थे। नवासा नसीम भी इलाहाबाद में ही रहकर पढ़ रहा था। उसका सपना मुकाबले में बैठने का था ताकि वह आई.ए.एस. बन सके और बाप, जो तहसीलदारी

के दौर में अधूरा काम छोड़ गये थे, वह उसको पूरा कर सके। नाना से उसको हर तरह का बढ़ावा मिल रहा था। कई बार बैरिस्टर साहब ने कहा भी कि तुम लोग मकान बेचकर किसी अच्छे मोहल्ले में नया ले लो। कुछ दिनों बाद यह इलाका रहने के काबिल नहीं रह जाएगा। मगर हर बार मेहरुन्निसा का एक ही जवाब होता कि उनकी सास फिरदौस बेगम ने एक-एक ईंट अपने सामने रखवायी है। इसको अपने खून-पसीने से सींचा है। भला वह यह मकान कैसे बेच दें? खासकर सारे मुर्दों की रूह शबरात में आती है। वह भटक जाएगी। समधिन के इस जवाब से बैरिस्टर साहब लाजवाब हो जाते मगर कहते भी क्या, मामला अहसास का था।

अकबरपुर की फिजा जैसे-जैसे बदल रही थी नसीम अहमद का दिल लाइब्रेरी में ज्यादा लगने लगा था। बी.ए. का इम्तिहान करीब था। पहला साल था। पढ़ने की जरूरत ज्यादा थी। उसी में दादी मेहरुन्निसा सख्त बीमार पड़ गयी और ऐसा बीमार पड़ी कि मौत के दहाने पर जाकर खड़ी हो गयी और उनकी ख्वाहिश को नजर में रखते हुए बेटे और खुद के न चाहने के बावजूद फिरोजजहाँ बहू ब्याह कर ले आयी। लड़की पढ़ी-लिखी थी। मेहरुन्निसा के खानदान की थी। उनकी आँखें बन्द हो गयीं। रिवाज के मुताबिक फिरोजजहाँ को शतरंज की चौपड़ बुकची में लपेटकर रख देनी चाहिए जैसीकि इस खानदान की रीति थी, और जो अब तारीख बन रही थी। लेकिन वह ऐसा नहीं कर पायी। बहू से उनकी पटरी नहीं बैठ पायी। शादी के बाद बेटे की भाग-दौड़ इलाहाबाद से अलीगढ़ के बीच हो गयी। पहला लड़का जहीर वहीं अलीगढ़ में पैदा हुआ। फिरोजजहाँ सामान से लदी-फँदी वहाँ पहुँची। उनको उस घर का तरीका पसन्द न आया। ताले का कारोबार, पैसे की रेल-पेल मगर सलीके के नाम पर कुछ न था। केवल जिहालत के, जिसको देखकर वह ज्यादा दिन ठहर न पायी और बच्चे की छठी कर लौट आयी। नसीम को भी ससुराल का तौर-तरीका पसन्द नहीं था। बीवी की वजह से जाना पड़ता था। डॉक्टरों ने पत्नी की सेहत को लेकर कुछ हिदायतें दी थीं। अब सब कुछ निपट गया था। इसलिए उसने सिपतुन से साफ लफ्जों में कह दिया था कि मेरा बी.ए. फाइनल है। अब मेरा आना नामुमकिन है। अम्मी भी अकेली हैं। महीना-दो महीना रहकर इलाहाबाद आ जाना।

सिपतुन दो माह के जहीर को लेकर इलाहाबाद आ गयी मगर उसको घर का माहौल अच्छा नहीं लगा। अपनी सास फिरोजजहाँ का समझाना, बात-बात पर टोकना उसको डरा जाता था। उसकी उमंग मरने लगी। हरदम यही डर उसको लगा रहता था कि जाने कौन-सी बात इनकी मर्जी के खिलाफ हो जाए। उससे और गलतियाँ

होती थीं। फिरोजजहाँ बातूनी थीं। अपनी सास से उनकी खूब पटती थी, मगर जब अपनी बहू को चुप देखतीं तो कुढ़ जातीं और कभी-कभी जलकर कह उठतीं–

"हो न तालेवालों की बेटी! मुँह काहे खोलोगी, एक चुप में हजार बला टालोगी।"

"बोलती तो हूँ अम्मी।" सिपतुन नरमी से कहती।

"खाक बोलती हो? यह कोई बोलना हुआ कि अम्मी क्या पकाऊँ? चाय लेंगी? खाना ठीक पका था? अरे बीबी यह तो नौकर मामा की बातें हैं। जो मालकिन से वह करते हैं मगर सास-बहू की जोड़ी तो मशहूर है। अरे बन्नो मेरी, मुझसे दुश्मनी न करो तो दोस्ती तो निभाओ?"

"आपसे क्या बात करूँ?" सिपतुन बेबसी से पूछती।

"दुनिया जहान की बातें हैं। तुम्हारी ददिया सास से मेरी खूब पटती थी अक्सर रात-रात भर हम बातें करते थे। जब नसीम के डैडी नहीं रहे तो उन्होंने मुझे आगे पढ़ने के लिए उकसाया। उनके बढ़ावे पर मैं बी.ए. कर पायी थी। मगर उनकी बीमारी ऐसी बढ़ी की एम.ए. का फार्म भर न पायी।"

"मैं घर पर भी कम बोलती थी।" सिपतुन के जब कुछ समझ में नहीं आता तो वह इतना कहकर अपनी जान छुड़ाती।

उन्हीं दिनों गौहत्या और हिन्दी भाषा को लेकर इलाहाबाद में आन्दोलन शुरू हुआ। हिन्दू-मुसलमानों के बीच तनाव की दरार बढ़ने लगी। युनिवर्सिटी में भी इस तरह का माहौल बनाने की कोशिश हुई, जो कामयाब न हो सकी। शहर में अलबत्ता दंगा हो गया। कई जगह कर्फ्यू लग गया। हिन्दू-मुसलमान दंगे में अपने हिन्दू दोस्त को बचाते समय गलती से चाकू नसीम के सीने में गहरा धँस गया। कई लोगों की लाशें आसपास पड़ी थीं। मारनेवाले ने घबराहट में दूसरे साथियों के साथ मिलकर लाश को सामनेवाले खाली घर में छुपा दिया।

शहर के हालात जब काबू में आये, खोये लोग ढूँढ़े जाने लगे। मरे लोगों की सूची मिली। जख्मियों को अस्पताल से छुट्टी मिली तो भी नसीम का कुछ पता नहीं चला, जब तक कि उस खँडहरनुमा घर से सड़ी लाश की बदबू बाहर न फैली। उस समय तफतीश में सारी बात खुली और फिरोजजहाँ सीना पकड़कर रह गयी। उस समय जहीर सिर्फ पाँच माह का था। सिपतुन तो मुर्दे से बदतर हो गयी। कम बोलने वालों पर जब दुख का पहाड़ टूटता है, तो उसके बोझ तले वह दब जाते हैं। कुछ वैसा ही हाल सिपतुन का हुआ। वह सुन्न-सी होकर रह गयी थी। मायके वाले आकर उसको कुछ दिनों के लिए ले गये। फिरोजजहाँ को अकेला घर डराता

और तब वह अपने अब्बा की बात याद करती कि काश वह करैली में ही नया मकान ले लेती तो कम से कम बराबरवालों में उठ-बैठकर दिल तो बहला लेती। अब तो वहाँ भी जमीन बाबा के मोल है। यह घर लाख बड़ा सही मगर चारों तरफ से घिरा है। पैसेवाले तो इसको खरीदने से रहे और जो खरीदने की चाहत रखते हैं, उनकी हैसियत नहीं है कि वह इतना रुपया दे सकें, जिससे फिरोजजहाँ खुले हाथों से दूसरा मकान खरीद सके। इसलिए चुपचाप इस घर में ही दिन काटने हैं।

फिरोजजहाँ घर छोड़कर अपने वालिद के घर भी रहने नहीं जा सकती थी। न उधर से कोई इधर आ सकता था। ऐसे सख्त वक्त में शतरंज की चौपड़ थी। जो उनका दिल बहलाती थी। सास के साथ शतरंज खेलने से यह फर्क हुआ कि वह सिर्फ अपने साथ हुए हादसों को नहीं दोहराती थीं बल्कि उसमें अपनी सास मेहरुन्निसा उनकी सास फिरदौस बेगम और उनकी सास माहबानो के साथ हुए हादसों का खेल भी शामिल हो गया था। जिनको उनके मियाँ ने तलाक दे किसी मेम से शादी रचा ली थी। फिरोजजहाँ की तीसरी आँख खुल चुकी थी। हर हादसे में वह कुछ-न-कुछ पढ़ लेती थीं। हर बार उन्हें अहसास जागता कि कब से इस दुनिया को सँवारने की रीति चली आ रही है। हर पीढ़ी एक नये तरह के मोर्चे की कमान उठाती है। आखिर यह लड़ाई कब खत्म होगी? कभी-कभी उनका दिमाग भटक जाता। वह सोचने लगती कि वे लोग कितने खुशकिस्मत हैं जो बुढ़ापे तक एक साथ जीते हैं। आखिर वह कैसे मौत से बच जाते हैं? उनको क्या कोई हादसा निगलने नहीं आता है? यह कयामत सिर्फ अहमद खानदान पर ही क्यों टूटती है? क्या किसी की बद्दुआ है या फिर सामाजिक जिम्मेदारी के प्रति जवाबदेह होने की कीमत है? आखिर क्या है जो एक कहानी पाँच पुश्तों से लगातार दोहरायी जा रही है? क्या आगे भी ऐसी दोहरायी जाएगी? इस ख्याल से फिरोजजहाँ लरज जाती और जहीर की लम्बी उम्र के लिए दुआ माँगती। उनको तो सिपतुन की तरफ से भी फिक्र लगी रहती थी कि वह सीधी-सादी लड़की बेबसी के लम्बे दिन कैसे काटेगी?

क्या दूसरी शादी की इजाजत दे दूँ?

नहीं, नहीं, मैं कैसे रहूँगी अकेले?

इन्सानियत तो यही है कि उसको मैं आजाद कर दूँ ताकि वह तो हमारी तरह जीते-जी न सुलगे। आखिर वक्त बहुत बदल गया है। दूसरी शादी बहुत जरूरी है। वह बेचारी तो सिर्फ डेढ़ साल सुहागिन रही, मैंने तो उनके साथ चन्द साल गुजारे थे। मुझे खुदगर्ज नहीं होना चाहिए और खुद लड़का देखकर उसको एक बार फिर हरी-भरी होने का मौका देना चाहिए। मुझे दिल मजबूत करना पड़ेगा। दो साल का जब जहीर हो जाएगा तो मैं उसको अपने पास ले आऊँगी। तब तक सिपतुन की गोद फिर से भर जाएगी और इस तरह से हम दोनों की तन्हाई कट जाएगी।

हर रात इसी उधेड़बुन में फिरोजजहाँ पड़ी करवटें बदलतीं या फिर शतरंज की चौपड़ के सामने बैठ पुरानी कहानी से नये-नये नजरिये ढूँढ़तीं। दिमाग को इतना थका देतीं कि सुबह के करीब उनकी आँखों में रूठी नींद लौट आती। सुबह घर का भाँय-भाँयपन उनका फैसला बदल देता और वह कहतीं कि नहीं सिपतुन को कहीं नहीं जाना है। वह घर की रौनक है। इस खानदान की अगली मंजिल है। जो है, जैसा है, उसको चलने देना चाहिए। ऊपरवाले ने जो लिखा है, उसको बदलने वाली मैं कौन हूँ?

16

महीने भर बाद जब सिपतुन अलीगढ़ से लौटकर आयी तो बिलकुल बदली हुई थी। उसको अपनी जिम्मेदारी का अहसास हो चुका था। चेहरे से भी लग रहा था, जैसे वह एकदन से बड़ी हो गयी है। उसकी संजीदगी देखकर फिरोजजहाँ चुप रहीं। कई रोज गुजर गये। एक दिन रात को उन्होंने सिपतुन को रोते देखा तो तड़प उठीं। फैसला कर लिया कि उससे सुबह बात करेंगी। रात भर करवटें बदलती रहीं। आँख लगी तो सास को ख्वाब में देखा जैसे वह कह रही हों कि—फिरोज, परायी लड़की के साथ जोर-जबर्दस्ती ठीक नहीं।.........घबराकर आँखें खुल गयीं। इस जुमले के दो अर्थ उनकी समझ में आ रहे थे। आखिर वह अपने पुराने फैसले पर कायम रहीं कि पूछना उनका काम है। जीना सिपतुन का काम है। जो जिन्दगी वह जीना चाहेगी वही मुझे रास आनी चाहिए। शायद यही उनकी सास की मंशा हो।

नाश्ते के बाद जब घर का काम कुछ सिमटा और जहीर सो गया तो फिरोजजहाँ ने बहू को पास बिठाया। इधर-उधर की बातें करके आखिर बड़े दुलार से बोलीं—

''देखो, रानी! मेरी सास और माँ-बाप दोनों ने मुझसे पूछा था। उसी तरह मैं भी अपना फर्ज एक औरत के नाते निभा रही हूँ और मेरी दिली तमन्ना है कि तुम अपना घर बसा लो। मैं अपनी बेटी समझकर अपने हाथों रुखसत करूँगी!''

''अम्मी!'' सिपतुन काँप उठी। उसकी आँखें घबरायी-सी ऊपर उठीं।

''मैं सच्चे दिल से खुदा को गवाह करके कह रही हूँ। दुनिया से मत डरो! हर उठी उँगली को मैं तोड़ने का हौसला और जुर्रत रखती हूँ। तुम नहीं जानतीं बेटी,

तन्हा जिन्दगी गुजारना बहुत मुश्किल काम है। इस घर की औरतों ने यही एक तजुर्बा बार-बार दोहराया है। मैं नहीं चाहती कि तुम उससे गुजरो। आखिर जमाना बदल गया है। उसके तकाजे और जरूरतें बढ़ गयी हैं। फिर दीन मजहब ने भी इसकी इजाजत दी है।''

''बस अम्मी, बस! आपकी शान में कोई बदकलामी न कर बैठूँ। इसलिए बेहतर है कि इस बात को यहीं खत्म कर दें।'' सिपतुन ने कहा।

''मगर क्यों?'' फिरोजजहाँ ने पूछा।

''कौन ऐसा मर्द है, जो दूसरी बीवी को वही दर्जा देता है? फिर मैं क्यों झुक कर अपने को कमतर मानकर जिन्दगी से समझौता करूँ?''

''बदन के तकाजे भी कुछ होते हैं। जहीर को भी बाप की जरूरत है।''

''मर्द ही औरत के लिए सब कुछ नहीं होता है। उसकी जितनी अहमियत है, मैं उसको मानती हूँ मगर हर एक औरत की जरूरत वही तो नहीं है, जो आप समझ रही हैं? अगर जमाना बदला है दूसरी शादी करने के लिए तो जमाना इस तरह भी बदला है कि एक औरत अकेले अपने फर्ज के साथ भी जी सकती है। उसमें भी उसको खुशियाँ और तसल्ली मिल सकती है। रही जहीर को बाप मिलने की बात तो सौतले बाप की शिफकतों को मैं देख चुकी हूँ। जहीर किसी की आँखों का खार बने, यह मुझे पसन्द नहीं होगा।''

''खैर, मैं अपनी बात तुमसे कह सकी यह अच्छा हुआ मगर बात का सिलसिला यहाँ खत्म नहीं कर रही हूँ। साल-दो साल बाद जब भी गम से नजात पाकर नयी जिन्दगी शुरू करना चाहोगी तो मैं तुम्हारे साथ हूँ। जहीर को मैं अपने पास रख लूँगी।''

सिपतुन का मुँह तमतमाया हुआ था। उसने कोई जवाब नहीं दिया। यही सब कुछ वह मायके में झेलकर आ रही थी। जहाँ पर दो-तीन बड़ी उम्र के मर्द और एक-दो बच्चों के बाप का पैगाम उसके सामने रखा गया था। सुनकर उसके तन-बदन में आग लग गयी कि क्या वह इतनी कमजोर है जो अकेले जी नहीं सकती है जो इस तरह के मर्दों के साथ उसको जीने के लिए मजबूर किया जा रहा है? जो न तो उसे पसन्द हैं और न ही वे तीनों उसके काबिल हैं।

बात आयी-गयी हो गयी। फिरोजजहाँ के दिल व दिमाग में महीनों से चुभी फाँस निकल गयी। उनको उस रात चैन से नींद आयी मगर दूसरे दिन फिर वही रतजगा। उनको लगता कि मैं जिस तरह सास की तन्हाई काटती थी, उस तरह से सिपतुन मेरे साथ क्यों नहीं उठती-बैठती। जब मैं खेलती हूँ तो फिर वह भी शतरंज से अपना दिल क्यों नहीं बहलाती है? कभी कोई किताब, अखबार उठाकर नहीं देखती है। बस काम खत्म करके कमरे में घुसी रहती है। किसी से मिलने-जुलने

का भी शौक़ नहीं है। अभी गम नया-नया है। जरा वक्त गुजरेगा तो शायद आदतें भी बदलेंगी। खामोशी अभी अच्छी लगती है मगर चन्द साल बाद ऊब पैदा करेगी। तब यही तन्हाई काटने को दौड़ेगी और उस वक्त महसूस होगा। ए काश! कोई आ जाए जिससे घर की फिजा बदल जाए। हँसी गूँज जाए और...।

"अम्मीजान! जहीर को बुखार-सा लग रहा है।" सिपतुन गोद में बच्चे को लेकर कमरे में दाखिल हुई।

"देखूँ तो...अरे हाँ, इसका माथा तो जल रहा है। कटोरे में पानी लेकर आना ताकि ठण्डे पानी की पट्टी लगाऊँ वरना नन्ही-सी जान कुम्हला जाएगी।"

"मेरा तो दिल घबरा रहा है, देखिए तो कैसा आँखें चढ़ा रहा है।"

"स्ब्र करो, अभी बुखार कम हुआ जा रहा है।"

सिपतुन जल बिन मछली की तरह तब तक तड़पती रही जब तक बच्चे का बुखार कम नहीं हो गया और उसने दूध नहीं पिया। उस रात सिपतुन सास के कमरे में ही सोयी। फिरोजजहाँ को मानो बिन माँगे मुराद मिल गयी। खाने के बाद वह ज्यादा देर जाग न पायी और नींद से आँखें मुँदने लगीं। दिल में अहसास जागा कि इस नन्ही-सी जान ने कैसा दो इन्सानों को करीब ला दिया है।

उस रात फिरोजजहाँ ने अपने मियाँ तहसीलदार शमीम को ख्वाब में देखा कि वह आये हैं दौरे से लौटकर। बदन पर काले रंग का गर्म सूट है। हँसते हुए कह रहे हैं कि तुम अकेले घबराती तो नहीं हो? कोशिश तो बहुत करता हूँ कि तुम्हें अकेला न छोड़ूँ और दौरे कम कर दूँ मगर हो नहीं पाता है। रोज एक नयी परेशानी जान पर आन खड़ी होती है। अब देखो फिर जाना है।

"आज जाना टाल जाइए, देखिए आपका पोता और बहू आये हुए हैं। कुछ देर साथ रहिए न!"

"नहीं मुझे जाना होगा, मेरे रुकने से बहुत लोगों का नुकसान होगा।"

"अच्छा...। मैं...कुछ पूछना चाह रही थी...भूल गयी। पता नहीं मेरे दिमाग को क्या होता जा रहा है?"

"याद करो, मैं यहीं हूँ अभी..."

"हाँ, याद आ गया। वह जो आपने लखनऊ चिकन की साड़ी लाकर दी थी, मैंने अभी पहनी ही नहीं, कोरी की कोरी रखी है। पहनती भी कब, आप तो दौरे पर चले गये थे।"

"हाँ, बस काम में फँस गया था। अब आया हूँ तो पहनकर दिखाओ। जाओ जल्दी करो।"

"आप तो हमेशा हवा के घोड़े पर सवार रहते हैं। ठहरिए मैं निकालती हूँ।" इतना कहकर फिरोजजहाँ ने अलमारी खोली और मोरपंखी रंग की साड़ी निकाली।

उसको पहना फिर मियाँ के सामने जाकर खड़ी हो गयीं।

"सुबहान अल्लाह! यह रंग तुम्हारे ऊपर कितना फब रहा है...चेहरे पर नमक ही नमक फैल गया है। अपने को इसी तरह सँभालकर रखना...सफेद कपड़ा तुम पर अच्छा नहीं लगता है।"

"अब आप आ गये हैं तो फिर सफेद कपड़ा क्यों पहनूँगी?"

"अच्छा, अब चलता हूँ।"

"ठहरिए, थोड़ी देर और ठहरिए!"

"फिर आऊँगा।"

"रुकेंगे नहीं?"

"मुझे जाने दो, जिद न करो।"

"आपको मेरे सर की कसम है!"

"नादान न बनो, मेरा हाथ छोड़ो!

"अच्छा...।" शमीम अहमद तिरछी नजर, जिसमें प्यार उबला पड़ रहा था, फिरोजजहाँ पर डालते हुए कमरे से बाहर चले गये। उदास खड़ी फिरोजजहाँ एकाएक फफककर रो पड़ीं।

"अम्मी! अम्मी आप रो क्यों रही हैं?" सिपतुन ने घबराकर उनका कन्धा झिंझोड़ा।

फिरोजजहाँ ने आँखें खोलीं। उनमें खोयापन था। वह कुछ देर सिपतुन को घूरती रहीं जैसे उसको पहचान नहीं पा रही हैं। वे घबराकर उठीं और बेचैनी से इधर-उधर देखने लगीं, फिर सुस्त हो दुबारा तकिये पर सिर रखकर लेट गयीं। आँखें बन्द कर लीं। बन्द आँखों से गर्म-गर्म आँसू गिरकर तकिया भिगोते रहे। परेशान सिपतुन उनको देखती रही फिर खुद भी आँखों में भर आये आँसुओं को पोंछने लगी। पहली बार अलग-अलग रोनेवाली आँखें एक साथ आँसू बहा रही थीं।

जहीर देखने में एक खूबसूरत और जहीन बच्चा निकला। सारे दिन दोनों औरतें उसको पलकों पर बिठाये रखती थीं। उसकी परवरिश में कोई कोताही नहीं बरतना चाह रही थीं। जहीर जब पाँच साल का हुआ तो उसके नाना बैरिस्टर साहब ने उसका नाम सेण्ट जोज़ेफ स्कूल में लिखवाया। वह दामाद का सपना नवासे के जरिये पूरा करना चाहते थे मगर उम्र ने वफा न की और उन्होंने इस दुनिया से विदाई ले ली। फिरोजजहाँ एक बार फिर टूटकर सँभल गयी थीं मगर छः माह बाद माँ के इन्तकाल ने जैसे उनको दूसरा इन्सान ही बना दिया। हरदम उन्हें अहसास होता कि वह माँ के साथ हैं। सोते-जागते माँ का चेहरा नजरों के सामने रहता। तबीयत

गिरी-गिरी रहती। डॉक्टर ने देखकर बताया कि ब्लडप्रेशर बढ़ा हुआ है। छः माह तक उदासी के कुएँ में डूबती-उतराती रहीं। कुछ दवाओं ने, कुछ वक्त ने उनको फिर सहारा दिया और वह पोते का मुँह देख-देखकर फिर पनप उठीं। रात को वह उन्हीं के पास सोने लगा था। सोने से पहले वह उसको दादा-परदादा के किस्से सुनातीं। अपने बेटे नसीम का यूँ जिक्र करतीं कि मासूम जहीर बाप को देखने के लिए तड़प उठता।

"दादी, अब्बू कब लौटेंगे?"

"खुदा के घर जाकर कोई नहीं लौटता बेटे।"

"क्यों?"

"क्योंकि खुदा अपने नेक बन्दों से बहुत प्यार करता है, उन्हें जल्दी अपने पास बुला लेता है।"

"क्यों दादी?"

"इसलिए कि वह दुनिया के झंझटों से दूर रह इबादत करें और अच्छे काम अंजाम दें।"

"अच्छे काम क्या होते हैं?"

"झूठ न बोलना, दूसरों का हक न छीनना, दूसरों को दुख न देना, अपनों से प्यार करना, गैरों से हमदर्दी रखना...मेरा लाल भी ऐसा बनेगा, बनेगा न मेरा जहीर ऐसा?"

"जी दादी!" भारी न समझ आनेवाले शब्दों से थककर जहीर की आँखें बन्द होने लगतीं और दादी की छाती से लिपटकर वह सारी रात बाप को ख्वाब में देखता और सुबह जब उठता तो दादी को बताता।

"अब्बू कल आये थे। कह रहे थे खूब पढ़ना।"

"मैं वारी जाऊँ।" दादी चटचट पोते की बलाएँ लेतीं फिर बासी रोटी मल कर दूध के साथ उसको खाने को देतीं।

स्कूल से लौटकर जब जहीर नेवीब्लू नेकर और हल्की नीली शर्ट पहने घर में दाखिल होता तो दादी को दरवाजे पर खड़ा पाता था। खाने के बाद वह सो जाता और जब सोकर उठता तो दादी उसको पढ़ाने बैठ जातीं। खेल-खेल में वह इतना कुछ सीख गया था कि अपने फर्स्ट स्टैण्डर्ड के बच्चों में सबसे आगे, सबसे ज्यादा हाजिरजवाब हो गया था। जैसे-जैसे दिन और साल गुजर रहे थे, जहीर एक उम्मीद में ढलने लगा था। फिरोजजहाँ को अभी से पूरा यकीन था कि पन्द्रह वर्ष बाद जहीर मुकाबले के इम्तहान में पहली बार ही चुन लिया जाएगा। फिरोजजहाँ ने पहली क्लास के बच्चे के लिए आनेवाले बीस साल की जिन्दगी का नक्शा बना उसमें रंग भरना शुरू कर दिया था। अंग्रेजी शिक्षा के साथ उसकी मजहबी तालीम का पूरा

बन्दोबस्त उन्होंने कर रखा था। यह जाने बगैर कि इन्सान के सोचने से कुछ नहीं होता है बल्कि हर इन्सान का अपना एक ग्राफ होता है, जिसका एक तर्क होता है, जो अपनी तरह से आगे बढ़ता है।

घर में आमदनी नाम की कोई चीज थी नहीं। विरासत तो फिरदौस बेगम के जमाने से ही छिन चुकी थी। अब तो सिर्फ यह लम्बा-चौड़ा घर था। जमा हुआ रुपया धीरे-धीरे करके पानी के घड़े में छेद की तरह टपक-टपककर खाली हो चुका था। मायके से फिरोजजहाँ को जो हिस्सा मिला था, उससे घर का खर्च चल रहा था। सिपतुन के घरवाले बहाने से कुछ ले भी आते तो सिपतुन नकद लेने से इनकार कर देती और जोड़े कपड़े, खाने-पीने की चीजें रख लेती थी। उसका यह तेवर फिरोजजहाँ को अच्छा भी लगता और कहीं पर दुख भी पहुँचाता। घर की जिम्मेदारियों ने उनकी सोच को गहरा दिया था। वह सारे वक्त यह सोच-सोचकर परेशान होती रहती थीं कि आज के बाद कल क्या होगा? एक दिन उनको ख्याल आया, क्यों न नौकरी कर लूँ। उम्र तो नहीं है तो भी जान-पहचान के नाते किसी स्कूल में पार्टटाइम तो लग सकती हूँ। सिर पर सौदा सवार हुआ तो बस रात-दिन घोड़े दौड़ाती रहीं कि इलाहाबाद में कौन-कौन से कॉलेज स्कूल में कौन पढ़ा रहा है। उसका रिश्ता मायकेवाले घर से क्या था। आखिर कुछ नाम याद आये, कुछ का पता लगाया और मिलने पहुँचीं। बातों में जब बातें निकलीं तो बजाय फिरोजजहाँ मुँह खोलतीं, वही लोग कह उठे—

''चची जान। इतना पढ़कर घर इस तरह बैठी हैं, क्यों कुछ कीजिए ना, आखिर आपका दिल भी लगा रहेगा।''

''अरे आण्टी। आप हमारे स्कूल में आ जाएँ, नया-नया खुला है। आपका दिल लगेगा और हमको किसी बड़े का साया मिल जाएगा।''

बैरिस्टर की बेटी को कोर्ट-कचहरी जाने का अनुभव न हो मगर बाप से जीते मुकदमे के पेंच तो सुने थे। दिमाग तो रौशन था। बात करने में कमाल हासिल था। घुमा-फिराकर अपनी बात दूसरों के मुँह से कहलवाना उनको आता था। आखिर ना-नुकर कर उन्होंने अँग्रेजी और हिस्ट्री पढ़ाने की तैयारी 'मिस मेरी' स्कूल में कर ली। विश्वनाथ रस्तोगी का दामाद नया कान्वेण्ट स्कूल खोलनेवाला था। विश्वनाथ रस्तोगी जज थे और बैरिस्टर साहब के पुराने मिलनेवालों में से थे। फिरोजजहाँ को एक नया आसमान मिल गया था। सुबह मोटर उन्हें लेने आ जाती और लौटते हुए वह जहीर को स्कूल से लेती हुई वही मोटर उन्हें छोड़ जाती थी। तनख्वाह कोई लम्बी-चौड़ी नहीं थी मगर जहीर के नाम से एक जमा खाता खोलने में मददगार साबित हो गयी थी।

सिपतुन ने सास की यह लगन जो देखी तो वह भी घर बैठकर आमदनी की

सोचने लगी। पढ़ने-लिखने की तरफ उसकी ज्यादा चाहत नहीं थी। सिलाई-पिरोई में उसका हाथ अच्छा था। लेकिन काम शुरू कहाँ से करे और कहे किससे कि मुझे सिलाई के लिए कपड़े दो। सारे दिन वह तन्हा रहती थी। घर का काम भी चन्द घण्टों में निबट जाता था। बाहर से आनेवालों में या तो जमादारिन थी या फिर दूधवाला। मोहल्ला ऐसा था कि फिरोजजहाँ ने राह व रस्म किसी से रखी नहीं। एक दिन हिम्मत करके उसने घर की पुरानी जमादारिन चन्दा से कहा—

"यहाँ कोई दर्जी है आसपास?"

"काहे नहीं, बड़े नीम के पास जो नीले दरवाजेवाला घर है, वहीं बैठता है। कुछ सिलवाना हो तो भेज दूँ?"

"नहीं, यूँ ही पूछा...मैं तो खुद कपड़ा सिल लेती हूँ।"

"फिर?" जमादारिन कमर पर हाथ रख खड़ी हो गयी, जैसे टोह लेना चाह रही हो।

"मन करता है सिलने का मगर..." इतना कहकर सिपतुन चुप हो गयी।

जमादारिन कुछ पल सिपतुन का चेहरा देखती रही फिर गर्दन हिलाकर काम में लग गयी। सिपतुन भी समझ नहीं पायी कि आगे क्या कहे सो वह अपने कमरे में जाकर सामान सलीके से रखने-उठाने लगी।

कई दिन गुजर गये। एक दिन सुबह जमादारिन एक औरत को लिये आ गयी। फिरोजजहाँ स्कूल गयी हुई थीं। सिपतुन कुछ समझ नहीं पायी। आदाब करके उनको बिठाया। बात शुरू हुई तो जमादारिन ने दोनों की मुश्किल हल कर दी।

"तुम कहे रहीं न...ई कपड़ा सिलवाये आयी हैं।"

"अच्छा।" सिपतुन ने झेंपकर कहा। वह उस दिनवाली बात को भूल चुकी थी।

"क्या-क्या सिल लेती हैं आप?" औरत ने पूछा।

"शलवार, जम्फर, ब्लाउज...सभी कुछ।" सिपतुन ने जवाब दिया।

"यह बच्ची की फ्राक का कपड़ा लायी हूँ। यह नाप है। कब तक सिल देंगी?"

"कल दोपहर तक।" सिपतुन ने कहा।

"इतनी जल्दी? वह मुरदार कह रहा था। ईद बाद दूँगा।" वह औरत खुशी से बोली।

"देख लेव, ऐही मारे तुमका लाये रहे।" जमादारिन इतना कहकर आँगन में झाड़ू लगाने लगी।

"कितना लेंगी फ्राक का?" उस औरत के पूछने पर सिपतुन चुप रही। फिर झिझकते हुए धीरे से बोली, "जो दर्जी लेता है। उससे कुछ कम दे दीजिएगा।"

"ठीक है। चलती हूँ कल आऊँगी।" औरत खुश होकर चली गयी।

उस पहली औरत ने औरतों का ताँता इस घर में लगा दिया। कपड़े अच्छे सिल रहे थे। वक्त पर मिल रहे थे। ऊपर से कपड़े की चोरी नहीं हो रही थी, जो दर्जी अक्सर करते हैं। इसलिए सभी खुश थे। आमदनी हुई तो घर में कुछ नयी चीजें भी नजर आने लगीं और एक दिन फिरोजजहाँ ने बिस्तर पर नयी चादर को बिछा देखकर पूछ लिया–

"कोई अलीगढ़ से आया था?"

"नहीं तो...क्यों?"

"नयी चादरें देखकर ख्याल गुजरा। मैं जाने कबसे सोच ही रही थी कि नयी चादरें खरीदूँ। सब की सब बदरंग हो चुकी थीं मगर मैं सोचती ही रह गयी।"

फिरोजजहाँ इस ख्याल से चुप रह गयीं कि बहू के पास पहले की छुपी गड़ी चादरें रखी होंगी, वही निकाली होगी। सिपतुन की भी हिम्मत नहीं पड़ रही थी कि वह सास से कपड़ा सिलने की बात बताए। अगर उन्होंने मना कर दिया तो? जब तक आमदनी हो रही है, चलने दो। जब बात खुलेगी तो देखा जाएगा। वह दिन आखिर आ ही गया। जब लोहे की बाल्टियों की जगह प्लास्टिक की रंग-बिरंगी ढक्कनदार बाल्टियाँ घर में नजर आयीं तो फिरोजजहाँ ने छूटते ही पूछा–

"इसको खरीदने के लिए पैसे कहाँ से आये?"

"वह,...कुछ मेरे पास थे।"

"अच्छा!" फिरोजजहाँ चुप तो हो गयीं मगर समझ नहीं पायीं। क्योंकि सिपतुन पैसों से अपने को इतना दूर रखती थी कि इस तरह की खरीदारी के लिए कम से कम दो सौ रुपये तो होने जरूरी थे। सास के चेहरे की चकराहट देखकर सिपतुन अपने को रोक नहीं पायी और डरते-डरते कह बैठी–

"दिन में अकेले घर में जी बहुत घबराता था। इसलिए कुछ कपड़े यूँ ही सिल दिये थे, बस उसी से..." फिर सास के चेहरे का रंग बदलते देखकर कह उठी, "अगर आपको पसन्द नहीं है तो मैं कपड़ा सिलना छोड़ दूँगी।"

"नहीं, नहीं, मुझे क्यों बुरा लगेगा। कोई काम बुरा नहीं होता। मेहनत का फल हमेशा मीठा होता है।" कहने को कह गयीं फिरोजजहाँ मगर जाने क्यों उनकी आँखें भर आयीं। कहीं गहरे उनको चोट लगी थी। यह बात सिपतुन को ताड़ते देर नहीं लगी मगर वह चुप रही।

रात जब फिरोजजहाँ बिस्तर पर लेटीं तो उनको अपनी नयी-पुरानी जिन्दगी से सवाल-जवाब करने का दिल चाहा। कहाँ घर में कई नौकरों के साथ पली-बढ़ी फिरोज हिलकर पानी नहीं पीती थी। शादी के बाद मियाँ ने इस शान से रखा कि कभी अहसास न जागा कि तकदीर भी इस तरह मुँह फेरकर करवट बदल सकती

है कि वह काम करने निकले और सिपतुन...उनको अपने घर आनेवाली उस अधेड़ औरत का खयाल आया, जिनको सब बत्तख बुआ कहते थे। दरअसल एक टाँग छोटी होने के कारण उनके चलने का ढंग और चेहरे का अन्दाज कुछ ऐसा था कि वह बत्तख का आकार ले लेता था। वह घर आकर पुराने कपड़ों की मरम्मत करती थीं, जिनकी सिलाई उधड़ जाती या बटन टूट जाता और बदले में अम्मी उनको कुछ दे-दिला देती थीं। अम्मी अक्सर दुख से कहती थीं—

"ऐसा दिन किसी पर न आए। देखो सैयदानी होकर आज यह हमारा काम कर रही हैं। मियाँ न दूसरी करते न दुखियारी की यह गत होती।"

फिरोजजहाँ का जहन बत्तख बुआ में उलझ गया। उनको सिपतुन का यह काम जाने क्यों एक कमजोरी का अहसास दे रहा था। वह मना कर नहीं सकती थीं, क्योंकि खुद काम कर रही थीं फिर सिपतुन की भी मजबूरी थी। जो हुनर उसके हाथों में था, वही तो वह दिखाएगी। उनका मन कई दिनों तक टूटा-टूटा-सा रहा और वह सोचती रहीं कि इन्सान हालात का कैसा शिकार होता है। और उन्हीं हालात से जूझने के लिए उन सारे रास्तों से गुजरता है जिसको न वह पहले से जानता है, न कभी उसने सोचा था कि वह यह भी करेगा? शायद जिन्दगी एकदम से आ जानेवाली इन तब्दीलियों का ही नाम है।

17

जहीर ने हाईस्कूल फर्स्ट डिवीजन से पास किया था। घर-बाहर हर जगह तारीफें हो रही थीं। फिरोजजहाँ ने शुक्राने की नमाज पढ़ी। अभी वह जानमाज तह ही कर रही थीं कि श्याम रस्तोगी मय अपने खानदान के मिठाई की टोकरी के साथ दाखिल हुआ। फिरोजजहाँ के पैर छूकर बोला—

"आण्टी, बहुत-बहुत बधाई हो!"

"बधाई तो बड़े भाई को जिसका छोटा भाई उसी पर गया है।" फिरोजजहाँ खिल उठीं!

"भाभी जी, डैडी ने आपको और जहीर को कल रात खाने पर बुलाया है। आप तो जानती हैं कि वह अब चल-फिर नहीं पाते हैं। मम्मी के न रहने का दुख उन्हें पूरी तरह तोड़ गया है।" श्याम की पत्नी मनोरमा ने सिपतुन से कहा।

"आऊँगी, जरूर आऊँगी, आप लोगों के खुलूस का ही तो सहारा है।" सिपतुन ने खुले दिल से कहा।

"डैडी की तरफ से बड़ी फिक्र लगी रहती है।"

"अब उम्र का तकाजा है।"

"हाँ, सौ बीमारी की एक बीमारी बुढ़ापा है।"

"शुगर का लेवेल हाई हो जाता है, तो फिर डॉक्टरों के हाथ-पैर भी फूलने लगते हैं।" इतना कहकर श्याम ने जहीर को पास बुलाकर बिठाया और आगे क्या-क्या विषय लेगा उस पर बातचीत करने लगा। सिपतुन ने मेज पर चाय लगा दी थी। अब गर्म-गर्म फुलकियाँ उतार रही थी।

शाम तक मिलने-जुलनेवालों का ताँता बँधा रहा। फिरोजजहाँ के 'मिस मेरी' में काम करने की वजह से पुराने रिश्ते फिर से जिन्दा हो गये थे। नये रिश्ते हर साल नये बच्चों के बैज के साथ बन रहे थे। पिछले तीन वर्षों में स्कूल ने तरक्की कर ली थी। उसको सरकारी मान्यता भी मिल गयी थी। अब फिरोजजहाँ के चेहरे पर एक चमक-सी आ गयी थी। अरसे बाद उन्होंने महसूस किया था कि उनके पैर जमीन पर हैं और जमीन दलदली नहीं बल्कि ठोस है। जिस पर वह अपने सपनों का महल खड़ा कर सकती हैं।

जमाना बदल रहा था। इलाहाबाद भी बदल रहा था। उसके गली-मोहल्ले भले वही हों मगर नयी नस्लें तो लगातार गुजरी पीढ़ियों की जगह ले रही थीं। उनकी पसन्द बदल रही थी। जो कपड़े उनको चाहिए थे, उसकी दौड़ में सिपतुन बराबर पिछड़ती जा रही थी। दर्जी फिल्में और डिजाइन की किताबें देख-देखकर जवान लड़कियों को रिझा रहे थे। ऐसे हालात में सिपतुन के पास आनेवाले कपड़े दिन-ब-दिन कम हो रहे थे। पुराने ग्राहक बच गये थे, जो अधेड़ और बूढ़े हो रहे थे। जिनको अपने जमाने के आरामदेह कपड़े पहनना पसन्द आते थे, उन्हीं का काम सिपतुन करती थी। उधर फिरोजजहाँ भी रिटायर हो चुकी थीं मगर श्याम रस्तोगी उनको किसी-न-किसी बहाने से स्कूल में लगाये हुए थे।

दोनों औरतों को साफ लग रहा था कि अब उनके कन्धे थक रहे हैं। घर के खर्च में कटौती कहाँ तक करतीं? महँगाई भी तो हर दिन बढ़ रही थी। अब उनकी सारी उम्मीद जहीर पर आकर टिक गयी थी। जहीर को भी कमाने के काबिल बनने में पाँच-छः साल बाकी थे। यह बात जहीर माँ-दादी के कहे बिना भी समझ रहा था। उसका पूरा जोर अपनी पढ़ाई पर था ताकि अच्छे नम्बर हासिल कर सके। और हमेशा के लिए माँ और दादी को मुसीबत से मुक्त कर दे। अक्सर वह अन्दर

बैठक में जाकर बाप-दादाओं की तस्वीरें देख मन ही मन उनसे तरह-तरह के सवाल करता था, जिसमें हर बार एक पुराना सवाल जुड़ जाता था कि आखिर आप लोगों को इतनी जल्दी क्यों थी जाने की?

इसी सोचने की प्रक्रिया में उसके अन्दर एक अहसास ज़ागा कि शायद अच्छे काम करनेवालों की मियाद कम होती है, तभी शताब्दियाँ लग जाती हैं किसी बदलाव के आने में तब जाकर कहीं मंजिल मिलती है। इसीलिए आज वे मसले वैसे ही जिन्दा हैं, जिनके लिए मेरे बुजुर्गों ने अपनी जिन्दगी दाँव पर लगा मौत को गले लगा लिया था। शायद अभी और कुर्बानी देनी बाकी है।

"गोल कमरे में अकेले बैठे क्या कर रहे हो जहीर?" दादी की आवाज से उसकी सोच का सिलसिला टूट जाता और चौंककर वह जवाब देता–

"आता हूँ दादीजान!"

"क्या कर रहे थे वहाँ?" दादी उसको टटोलती।

"बस यूँ ही दादीजान।" कुछ उदास लहजे से जहीर कहता।

"ज्यादा अकेले न बैठा करो, कुल तीन ही तो लोग हैं घर में।"

"इसीलिए तो मैं उनके बीच जाकर बैठता हूँ जिनको जाने की जल्दी थी।" जहीर गहरी साँस लेकर कहता।

उनके इन जुम्लों को सुनकर सिपतुन घुटकर रह जाती। यह उम्र और यह पक्की-पक्की बातें। जहीर तो कभी बच्चा रहा ही नहीं। न उसने कभी शरारतें कीं, न ही खेला-कूदा बल्कि अम्मीजान ने तो उस पौधे की तरह उसको हर तरफ से कसकर नाधा ताकि तना मजबूत और वृक्ष ऊँचा जाए। उसका नतीजा बेहतर मिला भी, मगर नौजवानी में बुढ़ापे जैसी बातें अखरती हैं। मैंने भी तो अपने गम के आगे उसका ख्याल नहीं किया। अलीगढ़ में भाभी ने एक बार कहा भी था–

"सिपतुन तनाव में रहना छोड़ दो। बच्चा माँ के दूध के साथ बहुत कुछ और भी पीता है। यह जो तनाव भरा दूध तुम पिलाती हो, जानती हो उसके दिमाग पर इसका क्या असर होगा?"

"जानती हूँ भाभी, मगर करूँ क्या? बनावटी हँसी तो हँस सकती हूँ मगर दिल व दिमाग का क्या करूँ? उसको बदलना मेरे बस की बात नहीं।"

"मानती हूँ मगर अपनी सोच को बदलो। मान लो यह बच्चा नसीम भाई की निशानी की शक्ल में न मिलता तो तुम क्या करतीं? कम से कम इस नियामत को पाने की ही जहनी खुशी मनाओ!"

भाभी की बातें सुनकर सिपतुन रो पड़ी थी। कुछ बातें ऐसी होती हैं जिनका कोई तर्क नहीं होता है मगर वह आपके दिल व दिमाग पर छायी रहती हैं। उनको लाख हटाने की कोशिश करो मगर वह एक फिल्म की रील की तरह खुली आँखों

के सामने से हरदम गुजरती रहती हैं। नसीम को भूलना कैसे मुमकिन है? अभी तो हम एक-दूसरे को पूरी तरह समझ भी नहीं पाये थे। एक-दूसरे को जानने की जब शुरुआत हुई, तो वह चले गये। अपनी मौत जाते तो सब्र भी कर लेती मगर जिन हालात में उनकी दर्दनाक मौत हुई और चेहरे का आखिरी दीदार भी नहीं मिला, उसकी तड़प खुरचन बन दिल को नोचती रहती है। जैसे एक बोझ है, जो दिल से हटता ही नहीं कि उसी मोहल्ले के एक घर में यह हादसा हो गया और उन्हें पन्द्रह दिन तक पता ही न चल पाया और लोग टेलीपैथी की बात करते हैं?

सिपतुन का चचाजाद भाई हाशिम दिल ही दिल में सिपतुन को बचपन से चाहता था। शादी जब तय हो रही थी, तब भी वह जबान न खोल सका। अपने से लड़ता रहा मगर जाने किस झिझक से चचा से या घर में बहनों से अपने दिल की बात न बता सका। आज जब सिपतुन विधवा होकर लौटी है, तो उसकी शादी हो चुकी है। अब उसमें जुर्रत पैदा भी हो तो किस बिना पर? अपने हाथ से निकले वक्त का पछतावा उस समय बढ़ जाता। जब भी सिपतुन का चेहरा देखता कि न उस शादी के समय मुँह खोल सका न अपनी शादी रुकवा सका वरना...अब पूरी जिन्दगी वह दिखावे की जिन्दगी जीएगा। शादी-शुदा जिन्दगी को अच्छी तरह निभाने का नाटक तो हिन्दुस्तान में हर दूसरा इन्सान करता है। आखिर कब यहाँ लोग अपनी जिन्दगी जीने की हिम्मत पैदा कर पाएँगे?

वे गुजरी पुरानी बातें, वह उम्र कब की बीत चुकी है। हाशिम अपने कारोबार और परिवार की जिम्मेदारियों में धँस चुका है। मगर जब भी तन्हा होता है, पुरानी डायरी से सिपतुन की वह तस्वीर निकालकर देखना नहीं भूलता है, जिसमें वह और सिपतुन बाकी छोटे भाई-बहनों के साथ बारिश में नहाते खड़े हैं। बचपन की यह तस्वीर उसके जहन से कभी खारिज नहीं हो पाती है। जब-जब सिपतुन मायके आयी, हाशिम काम का बहाना बना किसी न किसी शहर की तरफ निकल जाता है। वह नहीं चाहता है कि आज की सिपतुन के करीब आए जो उस सिपतुन को कहीं उससे छीन न ले जिसके वह करीब है। जो उसकी साँसों में बसी दिमाग पर छायी रहती है।

सिपतुन ने कभी न अपनी सेहत का ख्याल किया न कभी गौर से अपना चेहरा आईने में देखने की कोशिश की। उसको न बनने-सँवरने की चाहत थी और न ही जवान बने रहने की। इसलिए वह अपनी उम्र से कुछ ज्यादा ही बड़ी दिखने लगी थी। सास-बहू के व्यक्तित्व में जमीन-आसमान का फर्क था। एक चुस्त-दुरुस्त चमकीले चेहरे और चौकस आँखों वाली और दूसरी ठहरी हुई उदास आँखों के संग

मुरझाये चेहरेवाली। इसका कारण भी था। सिपतुन लगातार अपने अन्दर सफर करती थी। जबकि फिरोजजहाँ अन्दर के साथ बाहर भी अपनी यात्रा जारी रखे थी। एक अपनी जमीन पर ठहर गयी थी, दूसरी लगातार अपनी जमीन का दायरा बढ़ाती रही थी।

कई साल से सिपतुन मायके भी नहीं गयी थी। भाइयों के बच्चे बड़े हो गये थे। भाभियाँ भी कुछ साथ रह रही थीं, कुछ लड़कर अपना चूल्हा बर्तन अलग कर चुकी थीं। माँ-बाप के न रहने पर दरअसल मायके का मजा ही खत्म हो जाता है। उस अपनेपन के खो जाने के बाद सिपतुन को लगा था कि अब उस घर जाकर बेकार के पचड़ों में पड़ना मुनासिब नहीं है। पैसे की रेल-पेल ने भी दिलों को काट दिया था। हर भाई अपनी डेढ़ ईंट की मस्जिद अलग खड़ी करना चाहता था। सिपतुन को महसूस हो गया था कि नफीस तालेवालों का समय जल्द ही चुकने वाला है। पचास साल पुराना कारोबार पिछले तीस साल से बाजार में धाक जमाये हुए था मगर तब, जब घर में एका था। अब नये नामों से तालाबाजार को अपनी मुट्ठी में पकड़े रहना मुश्किल था। मँझले भाई ने 'नीलोफर ताले' के नाम से नयी डिजाइन के ताले मार्केट में लाये, कारोबार से अपना हिस्सा अलग कर लिया मगर अपने को स्थापित करने के लिए अब दाँतों पसीना आ रहा है। यह बात छोटे भाई की समझ में नहीं आ रही है। उसकी बीवी भी स्वतन्त्र होने की इच्छा रखती है। अपना बँगला अलग हो, उसमें चैन से पैर फैलाकर लेटा जाए। नौकर-चाकर अपनी मर्जी से चलें और पहनना-ओढ़ना भी अपनी पसन्द का हो। मायके से लौटकर कुछ दिन सिपतुन का दिमाग खराब रहा कि आखिर अपनी भाभियों के बनाये उस नये घर में वह पुराना घर क्यों ढूँढ़ती रही? उसको महसूस हुआ कि जब माँ-बाप ही नहीं रहे तो उस घर में उनके उसूल और ख्याल कैसे ठहर सकते हैं? वह भी तो नये सदस्यों के साथ बदलेंगे फिर एक दिन ऐसा आएगा कि उनको भी उखड़ना पड़ेगा। इसलिए इन बदलावों से परेशान होने की जरूरत नहीं है। यह समय के निरन्तर घूमते पहिये के करिश्मे हैं। जिनके साथ चलना, वह भी आगे की तरफ बढ़ना बहुत जरूरी है।

जहीर ने ग्यारहवाँ पास कर लिया था। नम्बर भी अच्छे आये थे। उसने छुट्टियों में ट्यूशन करने की सोची। अपने अँग्रेजी के टीचर की मदद से उसको टैगोर टाउन में तीसरी और दूसरी कक्षा में पढ़नेवाले बच्चों के ट्यूशन मिल गये। फिरोजजहाँ ने मना भी किया मगर सिपतुन ने यह कहकर उनको लाजवाब कर दिया—

"अम्मीजान! करने दीजिए ट्यूशन। जेब खर्च भी निकल आएगा और खुद

इसका भी फायदा होगा। आखिर पढ़ाने के लिए भी तो पढ़ना-समझना पड़ेगा।''

माँ की बात सुनकर जहीर को लगा था कि अब उसको दादी से आइसक्रीम या चाउमीन खाने के लिए रुपये माँगने बन्द कर देना चाहिए। सही तो कह रही है अम्मा, मेरा जेब खर्च होगा वह। जैसे चाहूँगा खर्च कर सकता हूँ। आखिर दादी और अम्मा भी तो खुद कमाती हैं। इस उमंग में कि वह कुछ कमाने लगा है, उसके आत्मविश्वास का बढ़ना लाजमी था। पहली तनख्वाह जब उसको पाँच सौ की शक्ल में मिली तो उसकी समझ में नहीं आया कि इतने ढेर सारे नोटों का वह क्या करे? कभी लगता कि दादी के लिए अच्छा-सा पर्स खरीदे। तो कभी लगता अम्मा के लिए चप्पल, तो कभी लगता अपने लिए एक जींस खरीदे। इसी उधेड़बुन में वह सिविल लाइंस की दुकानों के चक्कर लगाता रहा मगर कुछ भी पसन्द नहीं कर पाया और घर लौटकर उसने वह रुपये दादी-अम्मा के सामने रख दिये।

''अरे मेरे जिगर के टुकड़े! तुम्हारी पहली कमाई! तुम्हारे बाप की कमाई की तो दिल में हसरत ही रह गयी थी जो तुमने आज पूरी कर दी।'' फिरोजजहाँ एकाएक जज्बाती हो उठीं। पोते को सीने से लगाकर उसका माथा चूमा।

''लो सिपतुन, सँभालो अपने सपूत की कमाई।'' फिरोजजहाँ ने सिपतुन को बुलाकर वह रुपये उसकी तरफ बढ़ाये।

''अरे रखिए अम्मीजान! आपके पोते की कमाई है!'' सिपतुन ने इनकार में गर्दन हिला हाथ पीछे किये।

''पकड़ो तो।''

''अच्छा, लाइए दीजिए।''

''जी आज कैसा गज भर का हो गया है मेरा।''

''अब आप इसको रखिए।'' हँसती हुई सिपतुन नोट दोबारा सास को थमा कर बावर्चीखाने की तरफ चली गयी।

''दादी, क्या मैं अपने दोस्तों को बुला सकता हूँ घर पर?''

''क्यों नहीं, इसमें पूछने की क्या बात थी। नाश्ता खाना जो कहो तैयार कर दूँगी।''

''अरे नहीं दादी, बस वह आना चाहते हैं। कल मैं उनको ले आऊँगा।''

सिपतुन ने बेटे की बातें सुन ली थीं। लौकी का हलवा बनाने के लिए उसने कद्दूकस उठाया और खामोशी से लौकी घिसने लगी। उसके दिल में आज पहली बार उमंग जागी थी कि बेटे के मेहमान आनेवाले हैं। उसका घर भी अब गुल व गुलजार बनेगा। उनके साथ भी तो कितने स्टूडेण्ट आते थे।

''भाभी, आज तो पालक पकौड़े खाएँगे।''

''नहीं भाभी, आप लौकी का हलवा बना दें।''

“काहे चीख रहे हो, अभी सारा इन्तजाम हो जाएगा।” नसीम हँसता हुआ उनको शान्त करता फिर गोल कमरे में उन्हें बिठाकर अन्दर सिपतुन से उनकी फरमाइशें सुनाता। विजय और जोजफ हॉस्टल में रहते थे। अच्छे खाने के लिए उनकी जबान हमेशा तरसती रहती थी। ईद-बकरीद के दिन तो यह घर देखनेवाला होता था। रात तक बर्तन धुलते और सजते रहते थे। नसीम बहुत मिलनसार था। अक्सर उसके उस्ताद भी खाने पर आते थे। नसीम के जाने के कुछ दिन बाद तक आना-जाना पहले की तरह लगा रहा। फिर कुछ की नौकरियाँ लग गयीं। कुछ अपने शहर लौट गये और घर सूना पड़ता गया। आज बरसों बाद फिर वही दौर लौटने वाला है। क्या यह कम खुशी की बात है।

दूसरे दिन शाम को जब सिपतुन ने लौकी का हलवा, दही-फुलकी मेज पर सजायी तो जहीर के चेहरे की चमक बढ़ गयी। उसके दोस्तों ने मजा ले-लेकर खाया। उनके चेहरे को देखकर सिपतुन को विजय और जोजफ के चेहरे याद आ गये।

“यह गलत बात है भाभी, आप हम दोनों से पर्दा नहीं कर सकती हैं। क्यों अम्मीजान, ठीक कह रहा हूँ न?”

“अरे काहे की बेचैनी है। अभी बुलाता हूँ।” नसीम कहता।

“अम्मी, आप तो इतनी एडवांस हैं और बहू को पर्दा करवाती हैं?”

“लो, वह आ गयी।” नसीम कह उठता!

सिपतुन ट्रे उठाये जब कमरे में दाखिल हुई तो विजय ने उठकर ट्रे उसके हाथ से ले ली और जोजफ ने उठकर सिपतुन के लिए जगह खाली करते हुए कहा—

“आइए भाभी, आइए!”

“चाय ले आऊँ पहले।” इतना कहकर सिपतुन शरमाकर मुड़ गयी थी। अलीगढ़ में ऐसा माहौल नहीं था। बाहरवाला घर में, खासकर वह भी जनानखाने में दाखिल हो जाए, यह मुमकिन नहीं था। यहाँ का माहौल अक्सर सिपतुन की समझ में नहीं आता था। सभी तरह की जात-बिरादरीवाले यहाँ चले आते हैं। किससे क्या बात करो? कौन-सी बात न करो, यह पता ही नहीं चल पाता है। आज भी वही दोरंगी मेहमान आये हैं!

“अच्छा, अब हम चलते हैं थैंक्यू।” दोनों लड़के जब चलने लगे तो सिपतुन से बोले।

“फिर आना बेटे। और हाँ तुम्हें क्या पसन्द है यह तो बता दो ताकि जब तुम दोबारा आओ तो मैं तुम्हारी पसन्द की चीज पकाकर रखूँ।”

“थैंक्यू आण्टी!” एक बोला।

“शामी कबाब।” दूसरा बोला।

"उसके लिए तुमको परसों ईद के दिन आना पड़ेगा बेटे।" फिरोजजहाँ हँस पड़ीं।

"एक शर्त पर दादी आपको हमारे यहाँ आना पड़ेगा, वह भी ईद के दिन।" पहला भी खुल चुका था।

"फिर तो दोनों को अपना नाम और पता बताना होगा।" फिरोजजहाँ ने अपनापन दिखाते हुए कहा।

"माई नेम इज़ आशीष दत्ता, माई फादर्स नेम सुमेरदत्ता, हीज एन इंजीनियर वर्किंग विथ शामा ग्रुप ऑफ इण्डस्ट्रीज़, आवर होम इज़ एट स्टेलिंग रोड..." रटा-रटाया जुमला वह लड़का बोल पड़ा।

"कहीं तुम सुभाष दत्ता के पोते तो नहीं हो?"

"यस ग्रैण्डमाम।"

"कम माई सन...तुम नहीं जानते, तुम्हारे दादा और मेरे डैडी कितने गहरे दोस्त थे। दोनों हाईकोर्ट में प्रैक्टिस करते थे।" फिरोजजहाँ की आँखें चमक उठीं। हाथ पकड़कर उन्होंने आशीष को सीने से लगाया और उसका माथा चूमा।

"मैं खालिद हूँ। रानीमण्डी में रहता हूँ। मेरे पापा का खुद का बिजनेस है।"

"अपने पापा का नाम तो बताओ?" सिपतुन ने उसके सिर पर हाथ फेरा।

"खालिद सुल्तान...मेरे दादा अब्दुल सुल्तान..."

"कहीं यह चकइया नीम तले वाले अब्दुल सुल्तान तो नहीं हैं?"

"जी दादी, वहाँ उनको लोग नन्हे हाफिज भी कहते थे।"

"अरे अरे...वह तो मुझे कुरान पढ़ा चुके हैं बेटा! तुम तो हमारे मौलवी साहब के पोते हो। अरे दूर क्यों खड़े हो, पास आओ, तुम्हें भी गले से लगाऊँ तो!" कहकर फिरोजजहाँ ने खालिद का भी माथा चूमा।

"यह बड़े ताज्जुब की बात रही कि आपके जाननेवाले निकले मेरे क्लासफेलो।" जहीर खिलखिलाकर हँस पड़ा।

"यही तो इस इलाहाबाद शहर की खूबी है। सब लोग एक-दूसरे को जानते हैं।" फिरोजजहाँ बोलीं।

"अच्छा दादी, मैं इन दोनों को सड़क के नुक्कड़ तक छोड़कर आता हूँ।" जहीर इतना कहकर दरवाजे की तरफ बढ़ा। उसी के साथ वे दोनों भी बढ़े।

तीनों लड़कों के जाने के बाद फिरोजजहाँ पुरानी यादों में खो गयीं। उनका यह शहर पहले कितना खुला और दोस्ताना था। लोग मिलते थे तो दिल से मिलते थे। इलाहाबाद युनिवर्सिटी जाने का अपना सपना और सिविल लाइंस में शाम को टहलने और गजदर में आइसक्रीम खाने का मजा ही कुछ और था। कॉफी हाउस में एक से एक बड़े चेहरे नजर आते थे। आनन्द भवन के सामने से गुजरते हुए

अपने-आप दिल की धड़कन तेज हो जाती थी। बदन में गर्दिश करता खून गुरूर से गर्म हो जाता था। कान की लवें सुर्ख हो जाती थीं। आजाद हिन्दुस्तान का पहला प्रधानमन्त्री अपने इलाहाबाद से है। और वह भी उनके घर कटरा से कुछ दूरी पर रहनेवाला। उनकी मौत पर हम सारी सहेलियाँ कितना रोये थे। राजीव गाँधी और संजय गाँधी को पण्डित नेहरू के अस्थि कलश के साथ बैठा जाते देखकर बहुत ताज्जुब लगा था कि रामधुन के बीच वे दोनों खामोश हैं। रो नहीं रहे। तब क्रास्थवेट में हमारे बीच काफी दिनों तक बहस चली थी कि गम को छुपाना ठीक है या फिर उसका इजहार दुरुस्त है...आह क्या दिन थे वे भी...।

फिरोजजहाँ कई दिनों तक यादों में डूबती-उतराती रहीं। पुराना एलबम खोल कर बैठ गयीं और उसकी तस्वीरों को देख-देखकर हँसती रहीं। बीच-बीच में जहीर को भी शामिल कर तस्वीर दिखाकर पुरानी यादों को ताजा करतीं तो कभी सिपतुन को बुलाकर अपने बचपन और जवानी की तस्वीर दिखातीं। उनकी यह हालत देखकर जहीर सोचता—

दादीजान के पास कितना लम्बा यादों का गलियारा है जो कभी खत्म ही नहीं होता है? शायद सबके पास ऐसा ही अँधेरा, उजाला भरा रास्ता हो, जिसमें वे लगातार आते-जाते रहते हों? मगर यह कितना मुश्किल है एक साथ कई-कई खानदानों को जीना और ढेरों लोगों को याद रखना? क्या दिमाग समय का एक कम्प्यूटर है, जिसमें हर पल कुछ न कुछ फीड होता रहता है? मगर मुझे तो ऐसा महसूस नहीं होता। दादी दादी हैं। अम्मा अम्मा है। बस जैसी दिखती हैं, वैसी हैं। मेरा तो यह छोटा-सा घर है। मुझे तो अलीगढ़वाले मामू या अपने मामूजाद भाई कभी याद नहीं आते, न उनका ख्याल आता है कि वह इस समय क्या कर रहे होंगे या क्या सोच रहे होंगे मगर दादी बात से बात, इन्सान से इन्सान को लगातार जोड़ती रहती हैं। अम्मा तो कभी ऐसा नहीं करती हैं। बहुत कम बोलती हैं। शायद मैं उन्हीं पर गया हूँ।

18

सिपतुन की पिछले कई दिनों से तबीयत खराब चल रही थी। सीना-पिरोना छूटा हुआ था। डॉक्टर के यहाँ वह जाने को तैयार न थी। घर में ही कुछ बना घोल

कर पी रही थी। जहीर ने रात-रात भर माँ को खाँसते देखकर दवाखाने से पूछकर गोली लाकर दी थी, साथ ही जुशान्दे के कई पैकेट भी। बदलते मौसम की यह सौगात है, इतना कहकर सिपतुन दवा खाना टाल जाती थी। जहीर माँ की बीमारी से परेशान था। माँ के पास तो वह बड़ा होकर कभी रहा नहीं। दूध छूटने के बाद से वह दादी ही के साथ सोता था। उन्हीं दिनों की बात है।

एक रात जहीर की आँख खुल गयी थी। उसने दादीजान को लैम्प के नीचे सिर झुकाये देखा। उसको बहुत ताज्जुब हुआ था कि दादीजान तो उसको कहानी सुनाते-सुनाते खुद आँख बन्द करके सोने की तैयारी करने लगी थीं। अब जागकर क्या कर रही हैं? वह बिस्तर से उठकर दादीजान के पीछे जाकर खड़ा हो गया फिर हलके से उनके कन्धे पर हाथ रखकर पूछा था—

"दादीजान, क्या कर रही हैं?"

"बस, नींद नहीं आ रही थी। सोचा कुछ खेलकर दिल बहलाऊँ?"

"यह कौन-सा खेल है दादीजान?" जहीर उनकी गोद में जाकर बैठ गया।

"इसको शतरंज कहते हैं।"

"कैसे खेलती हैं?"

"ऐसे..." दादी ने गोटें चलकर बतायीं फिर बोली थीं, "जैसे तुम, मैं और सिपतुन कभी-कभी लूडो खेलते हैं।"

"हम भी खेलेंगे दादी आपके साथ..."

"जरूर खेलना! मगर अब सो जाओ।" दादी ने बिसात हटाकर जहीर को गोद में उठा बिस्तर पर लिटाया और उसको थपकने लगीं।

जब जहीर कुछ और बड़ा हुआ तो उसने एक रात फिर दादी को अकेले बैठा देखा और वही खेल खेलते देखा। उसका दिमाग कुबूल नहीं कर पाया कि दादी सिर्फ खेलती हैं। उसको लगा वह किसी उलझन को इस तरह सुलझाती हैं। औरतों के बीच पलकर बढ़ा बच्चा ज्यादा ही संवेदनशील हो उठता है। उसको मर्द का वह खुरदुरापन देखने को नहीं मिलता, जो कुछ मामलों में इस उम्र के लड़कों को स्वार्थी और लापरवाह बनाने में मददगार साबित होता है। उस रात वह न उठकर दादी जान के पास गया, न पुकारकर उनको अपने पास बुलाया। कुछ पल उन्हें देखता रहा फिर करवट बदलकर सो गया। एक दिन स्कूल से हेडमास्टर की मौत होने के कारण जल्दी लौट आया तो उसने अनार के पेड़ के नीचे दादीजान को शतरंज खेलते देखा। जहीर को लगा कि शतरंज खेलते वक्त उनका चेहरा पनीला-पनीला हो जाता है। आँखें बहुत बड़ी-बड़ी और होठ भिंचे-भिंचे-से दिखने लगते हैं। वह चुपचाप माँ के पीछे-पीछे आकर दालान में बैठ गया था।

"अम्मा, दादीजान आज पढ़ाने नहीं गयीं?"

"उनके स्कूल में आज छुट्टी है।"

"वह शतरंज अकेले क्यों खेलती हैं? तुम क्यों नहीं खेलतीं?"

"मुझे पसन्द नहीं, दादी को पसन्द है। खेलने से उनका दिल बहल जाता है।"

"जुआ है न यह? जुआ खेलना तो बुरी बात है?"

"यह जुआ नहीं है।" सिपतुन ने कहा और फिर धीमे से जैसे अपने से बोली हो। "यह जिन्दगी की हार की कहानी है, जो तुम्हारी दादी हर रोज दोहराती हैं। वह बड़े मजबूत दिल व दिमाग की औरत हैं। मैं नहीं।"

जहीर को हर बार शतरंज खेलती दादी कोई और औरत लगती थीं। इस समय भी वह उनके पास जाने की हिम्मत नहीं जुटा पाया और कपड़े बदलने चला गया। सिपतुन ने खाना लगा दिया था। मुँह-हाथ धोकर जब जहीर खाने पर बैठा तो उसने धीरे से माँ से पूछा।

"दादी ने खाना खा लिया?"

"अभी नहीं।"

"तो बुलाओ न अम्मा उनको, मुझे बड़ी कस के भूख लगी है।"

"तुम खाओ, वह अभी नहीं खा पाएँगी।"

"क्यों?"

"उनका जी इस समय ठीक नहीं रहता। खेल खत्म होने पर वह खुद मुझे पुकारकर खाना लगाने को कह देंगी।"

"फिर तुम बैठो।"

"तुम खाओ न...अम्मीजान अकेली रह जाएँगी। उनको बुरा लग सकता है।"

"फिर तुम मेरे पास बैठो।" इतना कहकर जहीर ने खाना शुरू किया मगर उसकी नजरें पूरे वक्त दादी के चेहरे पर टिकी रहीं। पास बैठी सिपतुन ब्लाउज में हुक टाँकती रही।

'मैं दादी से एक दिन खुद पूछूँगा कि वह यह खेल क्यों खेलती हैं।' जहीर ने मन ही मन तय किया और खाना खत्म कर हाथ धोने उठा। सिपतुन ने जूठे बर्तन समेटे और मेज को कपड़े से पोंछ वह फिर हुक टाँकने लगी। जहीर रोज की तरह चौकी पर आँखें बन्द करके लेट गया। जुआ खेलने के जुर्म में वह कई लोगों को बन्दी बना सड़क पर आते-जाते देख चुका था। उसकी आँखों के सामने बार-बार दादी का शतरंज खेलता हुआ चेहरा घूम रहा था। थोड़ी देर बाद वह नींद में डूब गया।

शाम को जहीर जब सोकर उठा तो उसको दादी सामने पलँग पर लेटी दिखीं। उसको उठा देखकर वह हमेशा की तरह मुस्कुरायीं। उनका चेहरा वैसा ही लगा, जैसा रहता था। उसके अन्दर की घबराहट कुछ कम हुई। वह उठकर उनके पास गया

मगर चाहने के बावजूद कुछ बोल नहीं पाया। उसकी आँखों में तैरती परेशानी की परछाईं फिरोजजहाँ से छुप नहीं पायी। जहीर की पीठ को प्यार से सहलाती रहीं, फिर धीरे से बोलीं–

"क्या बात है? कुछ परेशान-से लग रहे हो?"

"कुछ नहीं।" जहीर ने छोटी गहरी साँस खींची।

"बात क्या है? दादी से छुपाओगे? दादी तो तुम्हारी बेस्ट फ्रेण्ड है न, फिर किसी से लड़ाई हुई है या टेस्ट में नम्बर कम मिले हैं?"

"ऐसा कुछ नहीं है दादी।"

"फिर भी।" फिरोजजहाँ ने पुचकारा।

"कहा न कुछ नहीं।" इतना कहकर ग्यारह साल का जहीर रूठा-रूठा-सा कमरे में चला गया।

"क्या बात है सिपतुन? तुमसे कुछ कहा?"

"हाँ...कह रहा था कि दादी शतरंज क्यों खेलती हैं, जुआ खेलना तो बुरा है?"

"तुमने क्या कहा?" फिरोजजहाँ चौंक पड़ीं।

"मैंने कहा, यह जुआ नहीं है।"

"मैं खुद उसको बताऊँगी। उसके जहन में किसी किस्म की गुत्थी नहीं रहनी चाहिए।"

"इस वक्त उसको अकेला छोड़ दीजिए। कल-वल बात कर लीजिएगा।"

"ठीक है।" इतना कहकर फिरोजजहाँ उठीं और फलदान से सेब उठा पोते के लिए काटने लगीं। उनके दिल में हूक-सी उठ रही थी। उस नन्हे-से दिमाग पर क्या गुजर रही होगी, वह अच्छी तरह से समझ रही थीं।

शाम धीरे-धीरे करके रात की तरफ बढ़ रही थी। सिपतुन खाने के इन्तजाम में उलझी हुई थी। हाजिन खाला के घर के कपड़े उसने तैयार कर लिये थे। उनके घर से उनका नौकर कपड़े लेने आनेवाला था। उसी का सिपतुन को इन्तजार था कि वह आकर कपड़ा ले जाता तो वह नहाने जाती। फिरोजजहाँ किसी किताब में डूबी थीं। जहीर होमवर्क खत्म करके दूध पी रहा था। घर के बाहर एकाएक शोर उठा और लोगों के भागने की आवाज आयी। फिरोजजहाँ और सिपतुन के कान खड़े हो गये। दोनों काम छोड़कर अपनी-अपनी जगह उठ खड़ी हुईं। कुछ देर बाद गली में सन्नाटा छा गया। अभी वह राहत की साँस पूरी तरह ले भी नहीं पायी थीं कि दरवाजे की कुण्डी खड़क उठी। सिपतुन की डरी आवाज उभरी–

"कौन?"

"सुलेमान, हाजिन बीबी के घर से आये हैं।"

"अच्छा, अच्छा। कुछ देर ठहरो दरवाजा खोलती हूँ।" सिपतुन ने इत्मीनान का साँस लेते हुए कहा और कपड़े की गठरी उठा दरवाजे की तरफ बढ़ी।

"लो, पूरे दस कपड़े हैं।" सिपतुन ने दरवाजा खोल गठरी सुलेमान को थमायी।

"जरा पूछना तो क्या बात थी?" फिरोजजहाँ बोली।

"अरे कोई जेबकतरा रहा।" सुलेमान ने सुनकर खुद ही जवाब दे दिया।

सिपतुन ने दरवाजा बन्द किया और कपड़े उठा वह गुसलखाने की तरफ बढ़ी।

"स्टेशनों, मेलों, बाजारों में सुना था, अब मोहल्लों तक में जेबकतरे घूमने लगे हैं?" फिरोजजहाँ ने कहा और किताब में डूब गयीं।

नौ बजे सिपतुन ने खाना लगा दिया। जहीर चुपचाप खाना खाता रहा। तीनों में से कोई कुछ नहीं बोला। जहीर ब्रश करने के बाद दादी के कमरे में सोने चला गया। सिपतुन बावर्चीखाना समेटने में लग गयी। फिरोजजहाँ ने किताब उठायी और कमरे की तरफ बढ़ीं। जहीर पलँग पर करवट लेटा था। वह पास जाकर बैठ गयीं।

"जहीर, सो गये क्या?" दादी ने आहिस्ता से पोते के बाजू पर हाथ रखा।

"नहीं।" मद्धिम मगर रूठी-सी आवाज उभरी।

"आज कहानी नहीं सुनोगे क्या?" दादी ने ताज्जुब से पूछा।

खामोशी।

"खैर न सुनना चाहो तो कोई बात नहीं, वैसे मैं आज बिलकुल नयी कहानी सुनानेवाली थी।" दादी ने अफसोस भरी आवाज से कहा। जहीर कसमसाया मगर चुप रहा।

"क्या शानदार कहानी है—लम्बी और मजेदार..." दादी ने लेटते हुए कहा। जहीर से अब नहीं रहा गया। वह करवट बदलकर दादी की तरफ मुँह करके लेट गया, मगर रूठा-रूठा-सा। दादी होठों ही होठों में जहीर की इस अदा पर मुस्कुरायीं। उन्होंने कहानी कहना शुरू कर दी—

"बहुत सालों पहले हिन्दुस्तान के सन्दल नाम के शहर में जमहूर नाम का एक राजा राज करता था। उसका राज्य बस्त से कश्मीर और कश्मीर से चीन तक फैला हुआ था। राजा के पास बेशुमार खजाना और लश्कर था। हर जगह उसका हुक्म चलता था। चूँकि राजा बहुत अक्लमन्द था इसलिए जहाँ प्रजा उससे खौफ खाती थी, वहीं उसकी इज्जत भी बहुत करती थी। राजा के घर कुछ दिनों बाद एक प्यारा-सा बेटा पैदा हुआ जिसका नाम 'गव' रखा गया। राजा बेटे को बहुत प्यार करता था। किसी वजह से राजा बीमार पड़ा। लाख इलाज करवाया गया मगर बच नहीं पाया और अल्लाह को प्यारा हो गया। मरने से पहले उसने अपनी रानी

से कहा कि मेरे बाद मेरे बेटे को राजा बनाना। सुन रहे हो न?''

''जी'' जहीर ने कहा और हल्के से मुस्कुराया। दादी ने मिल्ली वाली उँगली आगे बढ़ायी। जहीर ने दादी की उँगली चूम ली। फिरोजजहाँ ने पोते के सिर पर हाथ फेरा और कहानी आगे बढ़ायी–

''राजा की मौत के बाद दरबारी, मन्त्री और समझदार लोग सिर जोड़कर बैठे। सभी चाहते थे कि राजा की बात रखी जाए मगर परेशानी यह थी कि इतना छोटा बच्चा कैसे इतनी बड़ी हुकूमत की देखभाल कर सकता है? आखिर फैसला लिया गया कि राजा का भाई 'माय' जो शहर दम्बर का राजा है, उसको बुलाया जाए और उसको यह जिम्मेदारी सौंप दी जाए। 'माय' अपने शहर सन्दल आया और राज्य की बागडोर सँभाल ली और अपने भाई की बीवी को अपनी रानी बना लिया। कुछ दिन बाद रानी के चाँद-सा बेटा हुआ, जिसका नाम प्यार से 'तलहन्द' रखा गया। 'माय' अपने बेटे को बहुत प्यार करता था। अभी तलहन्द दो साल का और 'गव' सात साल का ही था कि माय सख्त बीमार पड़ा और मर गया।'' दादी इतना कह कर चन्द पल रुकीं फिर गला साफ कर कहने लगीं।

''पूरे राज्य में शोक छा गया। एक बार फिर सारे अक्लमन्द जमा हुए। सलाह-मशविरा हुआ और तय पाया कि रानी को सिंहासन पर तब तक बिठाया जाए; जब तक राजकुमार बड़े न हो जाएँ। रानी के न्याय को सब देख-परख चुके थे। उसको राजा बनाने में सब खुश हुए और तय पाया कि जब बेटे गद्दी पर बैठेंगे तो रानी उनकी मन्त्री बन जाएँगी। रानी ने अक्लमन्द और बुजुर्गों के फैसले को स्वीकार कर लिया और बड़ी समझदारी से राजकाज करने लगी। बेटों की शिक्षा-दीक्षा के लिए दो ब्राह्मण रख दिये गये।''

''फिर दादी?'' जहीर को दादी का बीच में रुकना अखरा। फिरोजजहाँ ने पानी का घूँट भरा, फिर बोलीं।

''लड़के जवान हो गये। माँ को अकेला देख अपनी-अपनी तरह से रानी से पूछते कि हममें से कौन अच्छा है। माँ के लिए तो दोनों बेटे आँखों के तारा थे। वह गोल-मोल-सा जवाब देकर उन्हें बहला देती कि जो ज्यादा अक्लमन्द, ईमानदार, रहमदिल है; वही बड़ा और अच्छा है। फिर वह दूसरा सवाल करते कि यह मुल्क किसका है? यह तख्त व ताज किसके हाथ में आएगा? माँ दोनों से अलग-अलग एक ही बात दोहराती, 'यह तख्त व ताज तुम्हारा है।' इस जवाब से दोनों बेटे अपनी-अपनी जगह खुश हो जाते थे। मगर कितने दिन वह इस तरह से बहल सकते थे। उनके दिल में उलझन, जलन बढ़ने लगी। कुछ फायदा उठानेवालों ने दोनों भाइयों के कान भरने शुरू किये कि रानी से साफ-साफ पूछो कि तुममें से कौन राजा बनने के काबिल है। वह किसको ईमानदार, अक्लमन्द और रहमदिल समझती

है। बेटों के बदले तेवर देखकर रानी ने मुल्क के सभी ज्ञानी ब्राह्मणों को बुलाया और मसला पेश किया।''

''फिर दादी, आगे क्या हुआ?'' जहीर अब उठकर बैठ गया था।

''बड़ा बेटा गव रानी के पास पहुँचा और बोला—'माँ, तुम क्यों नहीं बताती हो कि हममें से कौन अच्छा है? अगर मेरा छोटा भाई अच्छा राजा बनने के लायक है, तो यकीन करो कि मैं सारी जिन्दगी छोटा भाई बनकर उसकी सेवा करूँगा और अगर मैं इस काबिल हूँ; तो साफ-साफ तलहन्द से कह दो कि वह राजसिंहासन की तरफ आँख उठाकर न देखे।' माँ बेटे की बात सुनकर उदास हुई और बोली, 'राजपाट का लालच न कर मेरे बेटे। यह दुनिया किसी की नहीं है। देख, तेरा बाप कितना अच्छा आदमी था मगर इस दुनिया से चल बसा। तेरा चचा भी जीवित न रहा। तू बड़ा है। तलहन्द से ज्यादा सूझबूझ रखता है फिर क्यों कुढ़कर अपना जी जलाता है? मेरी मजबूरी पर भी तो नजर डाल। मैं अगर तुझको अभिषेक के लिए चुनती हूँ, तो छोटा खून-खराबे पर उतर आएगा, जो मैं किसी कीमत पर नहीं चाहती हूँ।' उधर तलहन्द का मन यह सोच-सोचकर धक-धक करता कि गव मुझसे बड़ा है। वह माँ से कहता, 'वह मुझसे लाख बड़ा सही मगर मैं ज्यादा गुणवान हूँ। मेरा पिता जवानी में न मर जाता तो आज वह मुझे राजसिंहासन पर बिठाता मगर माँ, तेरा दिल तो बड़े बेटे में अटका है?' माँ ने लाख सफाई दी मगर तलहन्द माँ पर इल्जाम लगाता रहा। तंग आकर रानी ने अक्लमन्दों को खजाने की चाबी थमायी और बेटों के विचारों से अवगत करा उनको उचित फैसला करने की जिम्मेदारी सौंप दी।''

''कौन राजा बनेगा दादी?'' जहीर सब्र नहीं कर पाया और पूछ बैठा।

''कहानी का मजा लो न...आखिर गव ने छोटे भाई तलहन्द से कहा कि देखो मेरा बाप बहुत बुद्धिमान था मगर तुम्हारा पिता बहुत सज्जन व्यक्ति था। उसने बड़े भाई के रहते कभी राजसिंहासन की लालच नहीं की, न बड़ा बनने की कोशिश की। मगर मैं राजी हूँ छोटा भाई बनकर तेरी सेवा करने के लिए और चाहता हूँ कि जो फैसला हमारे बड़े करें, वह हम शान्तिपूर्वक मान लें। दोनों की तरफ से एक-एक वकील तय हुआ मगर वह अपने-अपने राजा की खूबियाँ तर्क के साथ देने की जगह आपस में लड़ने लगे। यह देखकर बुद्धिमानों के हाथों के तोते उड़ गये। उन्होंने फिर एक कमेटी बनायी। जनता के सामने दोनों को आमने-सामने तख्त पर बिठा चुनाव कराना चाहा मगर नतीजा कुछ न निकला। हर आदमी मन की बात कहते डरता था कि कहीं जंग न शुरू हो जाए। वे जिस बात से डर रहे थे, आखिर वही हुआ। बीच में आग लगानेवालों ने जंग की तैयारी शुरू कर दी। तलहन्द ने बाप के खजाने का मुँह खोल दिया। फौज जब चढ़ाई करने लगी तो गव ने पिता की आत्मा को

याद किया और दुख से सोचने लगा कि इस बेकार की लड़ाई में कितने बेगुनाह मारे जाएँगे? जंग का बिगुल बज उठा। गव को मजबूरन हाथी के हौदे पर बैठना पड़ा। भारी मन से वह आगे बढ़ा। उसने भाई के पास सन्देशवाहक को भेज रखा था। यह कहलाया था कि भाई जंग का ख्याल दिल से निकाल दो। अपने हाथों अपने बाप-दादा का मुल्क बर्बाद न करो। सच्चाई का रास्ता छूटा नहीं है कि यहाँ गीदड़ आकर बस जाएँ। बेहतर है, तुम मेल कर लो। मैं बदले में तुमको जमीन-जायदाद, हीरे-जवाहरात दूँगा। तलहन्द ने जो भाई का सन्देश सुना तो क्रोधित हो, कहला भेजा कि जंग में बहानेबाजी नहीं चलती है। तू न मेरा भाई, न दोस्त, न मेरे परिवार का सदस्य है। जंग तूने छेड़ी है, मैंने नहीं। पाप का भागीदार तू है, मैं नहीं। तू जो मुझे इनाम-इकराम देना चाहता है, तो कान खोलकर सुन ले कि तुझसे अगर मैं कुछ भी लूँ तो मौत मुझे आकर निगल जाए। मैं जंग के लिए आगे बढ़ रहा हूँ। हिम्मत है तो मुकाबला कर वरना सिपाहियों को मौत के घाट उतरवाने के लिए तैयार हो जा।

"जितना-जितना तलहन्द को गव मनाता, उतना-उतना वह गुस्सा होता कि मैं तेरी चिकनी-चुपड़ी बातों में नहीं आने वाला हूँ। गव के सलाहकार भी थक गये। उन्होंने भी देखा कि अब जंग के अलावा कोई चारा नहीं बचा है। गव ने अपनी फौज को हुक्म दिया कि जंग में वह पहल नहीं करेंगे। बहादुरी दिखाने के लिए खून-खराबा नहीं करेंगे। अगर जीत हमारी हुई तो कोई सिपाही लूटमार नहीं करेगा। यदि तलहन्द कैद हो जाए तो उसको किसी तरह की हानि न पहुँचायी जाए। उधर तलहन्द ने फौज को हुक्म दिया कि एक-एक सिपाही को चुन-चुनकर मारना और जो गव हाथ लग जाए, तो उसको तुम लोग न मारना न बुरा-भला कहना बल्कि मेरे पास घसीटते हुए हाथ-पैर बाँधकर लाना। मैं खुद उससे निपटूँगा।"

"क्या पहले भाई-भाई ऐसे लड़ते थे?" जहीर ने धीरे से कहा।

"तख्त व ताज, ताकत और हुकूमत हासिल करने के लिए बहुत कुछ कर गुजरते हैं लोग...अब आगे सुनो...गव ने ऐलान कर दिया कि जंग से पहले तलहन्द का जो सिपाही चाहे हमारी तरफ आ सकता है। सुनते ही तलहन्द की फौज में भगदड़ मच गयी। सब पाला छोड़कर गव की तरफ बढ़े। कुछ मारे गये। इस तरह बेचारा तलहन्द अकेला पड़ गया। उसकी हालत देख गव ने भाई को समझाया कि भाई, तू अपने महल में वापस जा, मैं तुझको किसी प्रकार की हानि नहीं पहुँचाने वाला हूँ। तलहन्द अपने अपमान पर तड़पकर रह गया और खून का घूँट पीकर लौट गया। कुछ माह खामोश रहा, मगर अन्दर-अन्दर उसने फिर फौज तैयार की और युद्ध की घोषणा कर दी। गव को इस ऐलान से बड़ा दुख पहुँचा। मजबूरन उसने चुनौती स्वीकार कर ली। लेकिन एक शर्त रखी कि लड़ाई इस बार समुद्र के

किनारे होगी और खन्दक खोदकर होगी ताकि फौज भाग न सके। तलहन्द और उसके फौजी सलाहकारों ने गव की शर्त मान ली। दोनों फौजें समुद्र के किनारे पहुँचीं। जमकर लड़ाई हुई। तलहन्द ने अपने हाथी पर से देखा कि उसकी फौज मूली-गाजर की तरह कट चुकी है। वह दुखी हो उठा और हौदे के तख्त पर लेट गया और उसके बदन से रूह परवाज कर गयी।''

''तलहन्द हार गया था इसलिए अफसोस में मर गया?'' जहीर बोला। उसका दिल जोर-जोर से धड़कने लगा था।

''गव को जब भाई नहीं दिखा तो उसने सवार भेजा ताकि हालात का पता चले। वह तलहन्द की मौत की खबर लाया। सुनकर गव गम से दीवाना हो उठा। जोर-जोर से छाती पीटकर बैन करने लगा, 'ए मेरे भाई, तूने किसी की नसीहत न सुनी। अब तेरी माँ का दिल इस खबर से कैसा घायल होगा, तुझे नहीं पता।' उधर रानी खाना-पीना छोड़ बेटों की उम्र बढ़ने की दुआएँ माँगती हुई, पल-पल की खबर मैदान-ए-जंग की सुन रही थी। बेटे की मौत की खबर सुन वह दीवानों की तरह बालों को नोच, सीना कूटने लगी। बाँदियों को हुक्म दिया कि फौरन चिता तैयार करो ताकि मैं अपने को खत्म कर लूँ। अब मैं जीवित नहीं रहना चाहती हूँ। महल में इस खबर से हाहाकार मच गया। गव ने जब माँ के सती होने की बात सुनी तो भागा-भागा आया और उसके कदमों पर गिरकर कसमें खाने लगा कि माँ मेरा विश्वास कर, मैंने तलहन्द को नहीं मारा है। मेरे किसी सिपाही ने उसको हाथ भी नहीं लगाया है। उसको दरसअल उसकी बदकिस्मती ने निगला है।

माँ ने कहा, 'नीच! भाई का हत्यारा! दूर हट मेरी नजरों से।'

'ऐसे मत कहो माँ, चलो मेरे साथ और मैदान-ए-जंग में चलकर खुद देखो, तुमको खुद सबूत मिल जाएगा कि तलहन्द का कातिल कौन है। अगर तुमने मुझ पर विश्वास न किया और सबूत न देखा तो बेहतर है, मैं आग में जलकर भस्म हो जाऊँ ताकि दुश्मनों का कलेजा ठण्डा हो जाए।' माँ बेटे की बात सुन होश में आ गयी। सोचने लगी एक बेटे से तो हाथ धो बैठी हूँ। अब दूसरे को भी खो दूँगी। इसका दुख तो मुझसे सहन न होगा। घबराकर बोली, 'ठीक है। अगर तुम सच बोल रहे हो तो चलकर मुझे बताओ कि तलहन्द हाथी पर कैसे मरा ताकि मुझे विश्वास हो और मेरे दिल को सुकून मिले।'' इतना कह दादी ने जहीर के बाजू को थपका! जहीर का चेहरा रुआँसा-सा हो रहा था। दादी कुछ देर ठहरीं फिर कहानी कहने लगीं।

''गव माँ के पास से सीधा अपने सलाहकारों के पास पहुँचा। माँ की इच्छा बतायी। सब सोच में डूब गये। गव ने उनको रणक्षेत्र का सारा हाल बताया। सारी फौजों का स्थान बताया। आखिर अक्लमन्दों ने सारी रात जागने के बाद आबनूस

का एक टुकड़ा मँगाया और उस पर सौ खाने खींचे और उसके दोनों तरफ राजाओं की दो फौज लड़ती हालत में दिखाई गयी। दोनों फौजों में से एक दस्ता सौगान लकड़ी से बनाया गया और दूसरा हाथी दाँत का। बादशाह, वजीर, घोड़ा, हाथी, प्यादा आमने-सामने रखे गये। हर बादशाह अपनी फौज के बीच में था। उसके पहलू में वजीर था। उसके दायें-बायें एक-एक हाथी था। एक-एक ऊँट, एक-एक घोड़ा और एक-एक रूख भी थे। प्यादा आगे भी चलता, पीछे भी। उसकी हैसियत फरियादरस की थी। मगर जब वह बिसात की दूसरी तरफ पहुँच जाता तो फरजीन की तरह बादशाह के पहलू में जगह पा लेता था। फरजीन बादशाह के पास से जंग की खातिर एक खाने से ज्यादा नहीं जाता था। ऊँचे सिर वाला हाथी तीन खाने चलता था और लगभग दो मील की दूरी से सारे मैदान पर नजर डालता था। इसी तरह ऊँट भी तीन खाने चलता था। इसी तरह घोड़े की चाल भी तीन खाने तक थी। मगर एक खाने में वह बेगाना-सा रहता था। रूख दुश्मनी में सारे मैदान में धावा बोलता हुआ चारों तरफ चलता था। हर मोहरा अपने-अपने मैदान में चलता था। उसमें कोई कमी व बेशी नहीं करता था। जब कोई बादशाह के मुकाबले में आता तो चिल्लाकर कहता, ए बादशाह! मैंने बाजी जीत ली। तब बादशाह अपने खाने से आगे बढ़ जाता और इस तरह ऐसी जगह पहुँच जाता, जहाँ से आगे जाने की राह बन्द होती और इसके बाद रूख, घोड़ा, फरजीन, हाथी और प्यादे मिलकर बादशाह की राह रोक लेते और अन्त में थक-हारकर बादशाह की हार हो जाती और वह जमाने के चक्कर से छूट जाता।''

''फिर क्या किया उन लोगों ने?'' जहीर का नन्हा दिल धड़क रहा था।

''होता क्या? उसको रानी के सामने पेश किया गया। रानी ने उस आबनूस से बने शतरंज और उस खेल को देखा और उसके सामने तलहन्द की मौत का सच तैर गया। उसकी आँखों से आँसू गिरने लगे। रात-दिन वह शतरंज की बिसात के सामने बैठी मोहरों को देखती रहती थी मगर इस तरह आँसू बहाने के साथ वह बेटे को भुला नहीं पायी मगर बहुत-सी बदगुमानियाँ जरूर दूर हो गयीं।''

कहानी खत्म कर फिरोजजहाँ कुछ देर चुप रहीं फिर पोते की तरफ देखा। जहीर की आँखें आँसुओं से भरी थीं।

''क्या हुआ मेरे लाल?'' उन्होंने जहीर की ठुड्डी उठायी। उसने गर्दन हिला कर कहा कुछ नहीं, लेकिन दादी की गोद में मुँह डाल फफककर रो पड़ा। फिरोजजहाँ का गला रुँध आया था। कुछ देर खामोश रहीं, फिर भारी आवाज से बोलीं, जैसे खुद से बात कर रही हों—

''तब से आज तक कितने साल गुजर गये...हजार-दो हजार, मगर औरतें नहीं बदलीं। वह आज भी अपनों को खोकर, यूँ ही सच्चाइयाँ तलाश करती भटकती रहती

हैं। इन्सानी कमजोरियों और ख्वाहिशों का भी तो कोई ओर-छोर नहीं। अच्छाई और बुराई के बीच होती जंग भी कहाँ खत्म होनेवाली है। बस चेहरे बदलते रहते हैं और वक्त खामोश बिना आवाज सफर करता रहता है।''

19

आज की सुबह जहीर के लिए एक ऐसी सुबह साबित हुई जिसने अहसास के अँधेरे तहखानों में रोशनी भर दी थी। उसकी सोच पहले से ज्यादा पुख्ता हो गयी थी। समाज की परतदार संरचना का भेद उसको पता चल गया था। बेशक यह सब चेतना के धरातल पर हुआ था जो व्यावहारिकता भरे यथार्थ से अभी कोसों दूर था। उसने अभी न ठोकर खायी थी न कोई अनुभव खुद हासिल किया था। बल्कि दादीजान की पकी-पकायी अनुभवों की देगों का मजा उन्हीं की जबानी चखा था। अपनी कल्पनाशक्ति और समझ के अनुसार उसने उन मुद्दों, विचारों और अहसासात की विवेचना करने की आदत डाल ली थी। खासकर जिन दुखती रगों पर दादी हाथ रख नब्ज उसको थमाती थीं। वह बाहर से एक खूबसूरत, खामोश, पढ़ाकू, कमसिन लड़का लगता था, जो इण्टर फाइनल फर्स्ट क्लास फर्स्ट में पास होना चाहता था। मगर अन्दर से वह एक रहमदिल, परिपक्व, गम्भीर, समय से पहले बड़ा हो जानेवाला लड़का था, जिसकी रूह हमेशा किसी न किसी बात को लेकर दुखी रहती थी। उम्र से ज्यादा उसमें समझ आ गयी थी क्योंकि दादी ने अपने खानदान के भूमिगत रास्तों, उनकी कठिनाइयों, अच्छे-बुरे इन्सानों से उसका गहरा परिचय कराया था। अक्ल और उम्र की इस टकराहट ने जहीर से उसका बचपन छीन लिया। और समय से पहले फल देने वाले दरख्त में उसको तब्दील कर दिया था।

फिरोजजहाँ की अपनी मजबूरी थी। वह अपना दिल खोलें भी किसके सामने? अपनी परेशानियाँ जो उनके दिल व दिमाग पर अक्सर छाकर उन्हें परेशान कर देती थीं, उसको किससे साँझा करें ? सिपतुन तो खामोश पीर का रोजा रखे रहती है। वह कचोके भी लगातीं कि अरे तालेवाले की बेटी, मुँह तो खोलो, क्या अम्मा प्यारी ने जबान में कुल्फ लगाकर चाबी अपने पास रख ली है ? मगर इन कटाक्षों से भी सिपतुन के कान में जुएँ नहीं रेंगी और वह पहले की तरह कभी मुस्कुराकर कभी फैली आँखों को झपकाकर, उनकी कही बातों को ठण्डे शरबत के घूँट की तरह पी

जाती थी। अब बचा ले-देकर जहीर, जिस पर उनका बस चल सकता था। इसलिए उसके नन्हे-से दिमाग पर उन्होंने धीरे-धीरे करके सिक्का जमा लिया था।

इण्टर में भी जहीर ने जब फर्स्ट पोजीशन हासिल की तो जान-पहचान के लोगों, अध्यापकों को लगने लगा था कि जहीर लम्बी दौड़ का घोड़ा है। इसलिए कोई उसको एकेडेमिक लाइन में जाने की सलाह देता ताकि आनेवाले वर्षों में वह प्रयाग विश्वविद्यालय में चली आ रही परम्परा में एक अच्छे विद्वान प्रोफेसर के रूप में योगदान दे। तो कोई कहता एक चना क्या भाड़ फोड़ पाएगा? इलाहाबाद युनिवर्सिटी जिस रसातल में गिरी है, उसको पहली जैसी उत्कृष्टता पर लाना असम्भव है। इसलिए जहीर को मुकाबले में बैठना चाहिए और उसी के अनुसार उसको बी. ए. में अपने विषयों का चयन करना चाहिए। कुछ समझदार जाननेवाले कहते कि इसको हावर्ड या कैम्ब्रिज भेज देना बेहतर होगा, जहाँ नयी सम्भावना की तलाश वह जारी रख सकता है। डॉक्टर, प्रोफेसर, इंजीनियर, आई.ए.एस., आई.पी.एस. सारे प्रोफेशन अब पुराने पड़ चुके हैं। इनमें नया कुछ करने को बचा नहीं है। गरज कि जितने मुँह उतनी बातें। जाननेवालों से फिरोजजहाँ जितना मिलतीं उतना ही उनका जहन उलझ जाता था। वैसे भी वह जब सिविल लाइंस के बड़े-बड़े बँगलों और जार्ज टाउन, टैगोर टाउन के आलीशान मकानों से होकर अकबरपुर की तंग गली में दाखिल होतीं तो उन पर झुँझलाहट का दौरा पड़ जाता था। नये कटरे की अपनी कोठी याद आती और वह अन्दर-ही-अन्दर घुटतीं कि काश! वह अपने डैडी का कहना मान लेतीं तो आज उनकी पोजीशन रहन-सहन के एतबार से किसी तरह भी बाकी रिश्तेदारों और मुलाकातियों से कम न होती। जहीर को भी पूरी तरह पनपने का मौका मिलता, मगर अब पछताये का होत है जब चिड़िया चुग गयी खेत!

सिपतुन ने अपनी सिलाई-कटाई से जैसे-तैसे करके चालीस-पचास हजार जमा कर लिया था। उसको इत्मीनान था कि जहीर की आगे की पढ़ाई के लिए उसके पास इतनी जमा-पूँजी है कि वह आराम से एम.ए. कर सकता है। उधर फिरोजजहाँ ने भी घर के खर्च के बाद साठ-सत्तर हजार बचा लिया था मगर वह इस पैसे से कैम्ब्रिज और हावर्ड के सपने नहीं देख सकती थीं, तो भी दिल्ली, बम्बई तो भेज ही सकती थीं। आई.आई.टी. कानपुर और दिल्ली स्कूल ऑफ इकानामिक्स, बम्बई कम्प्यूटर कोर्स, जहाँ-जहाँ के बारे में वह सुनतीं फार्म के लिए लिख एडमिशन की प्रक्रिया के बारे में जानकारी ले रही थीं। बहुत दौड़-भाग और बहुत-सी राहों के बीच खड़ा जहीर कुछ बौखला-सा गया था। कहीं सीटें कम थीं तो कहीं उसका अपना प्रतिशत कम था। कहीं पर कामयाब नहीं हुआ और निराश हो अपने कॉलेज ईविंग क्रिश्चियन से ही बी.ए. करने का मन बना लिया मगर दादी की इच्छा के चलते उसने इलाहाबाद युनिवर्सिटी में शरण ली। इतिहास उसका प्रिय विषय रहा था।

उसमें डिस्टिंक्शन भी था। जिसके कारण दाखिला फौरन मिल गया। घर में सबने राहत की साँस ली।

अक्सर जहीर युनिवर्सिटी जाते हुए और वहाँ के आलीशान बरामदों और रास्तों से गुजरते हुए अपने पिता नसीम के बारे में सोचता। वह सीनेट हाल के पास बरगद के बड़े सायेदार दरख्त के नीचे अक्सर जाकर बैठ जाता था। वहाँ पर भीड़ हिस्ट्री डिपार्टनेण्ट के देखते कम रहती थी। पुरानी 'लवलेन' भले ही अपनी खूबसूरती खो चुकी थी मगर रूमानियत नहीं। इसलिए चले आ रहे किस्सों को दोहराने के लिए कुछ यथार्थवादी प्रेमी जोड़े वहाँ भटकते नजर आते थे। जहीर एक रोज दिन ढले अनमने मन के साथ पेड़ के नीचे बैठा था। चारों तरफ सन्नाटा था। पाँच-छः लड़कियों का एक झुण्ड सामने से गुजरा। तभी लॉ फैकल्टी के खाली कॉरीडार्स और पेड़ों के बीच से एक पाटदार आवाज गूँज उठी।

"लेफ्ट राइट लेफ्ट, लेफ्ट राइट लेफ्ट, लेफ्ट राइट लेफ्ट" इस आवाज से बेखबर पहले की तरह लड़कियाँ हाथों में किताबें उठाये बातें करती चलती रहीं। अपनी हँसी में वह इस आवाज को अनसुना भी कर गयी होंगी मगर बाद में एकाएक चुप हो गयीं। परेशान नजरों से उन्होंने इधर नजरें दौड़ायीं। उसी के साथ आवाज तेज हुई—"बायें मुड़, लेफ्ट राइट लेफ्ट...।"

लड़कियाँ कुछ झेंपीं, घबरायी-सी तेज कदमों से आगे बढ़ने लगीं। जहीर ने भी नजरें इधर-उधर घुमायीं मगर उसको कहीं कोई नजर नहीं आया। एकाएक एक साइकिल सवार उन लड़कियों के पास से तेजी से गुजरा और उसी के साथ एक दबी सी 'हाय' की आवाज आयी, जैसे कोई दर्द से बिलबिला उठा हो। जहीर कुछ भी नहीं समझ पाया कि हुआ क्या ? लड़कियों की चाल और तेज हो गयी थी। उसी के साथ गूँजती आवाज और तीखी हो उठी थी।

"लेफ्ट राइट लेफ्ट, आगे मुड़।"

युनिवार्सिटी वातावरण से, जहीर का यह पहला साक्षात्कार था। उसने पहले इस तरह का कोई दृश्य नहीं देखा था। वह किताब लेकर उठा और चुपचाप लड़कियों की उल्टी दिशा में चलने लगा। मौलसिरी के पेड़ के साये लम्बे हो गये थे। सुबह से कोई क्लास अटेण्ड नहीं कर पाया था। कोई प्रोफेसर ही हाजिर नहीं था। यहाँ का माहौल उसको परेशानी में डाल रहा था कि दो माह गुजर गये और पढ़ाई अभी शुरू नहीं हुई है। युनिवर्सिटी के गेट के सामने अलबत्ता कोचिंग क्लास रेगुलर थे, जहाँ विश्वविद्यालय के अध्यापक बड़ी मुस्तैदी से हाजिर रहते।

जहीर जब रात को सोने के लिए अपने कमरे में पहुँचा तो सुरेन्द्र की दी हुई मैगजीन

उसने उठायी, जो कागज में रैप करके बड़ी सावधानी के साथ उसके हवाले की गयी थी। जहीर ने टेबल लैम्प जलाया और लिफाफे को खोल मैगजीन निकाली। कवर पर स्वीमिंग सूट में एक लड़की खड़ी बिखरे बालों के साथ हँस रही थी। उसका चेहरा देख उसको दोपहर की घटना याद आयी और लड़कियों के घबराये चेहरे। उसने कवरवाली लड़की को गौर से देखा। वह खुश थी, पूरी तरह विश्वास से भरी हुई। उसकी आँखों में गुरूर था। जाने यह घमण्ड किसलिए था, जहीर पूरी तरह नहीं समझ पाया। उसने पन्ना पलटा। लेखों की सूची पर नजर डाली। चन्द पन्नों के बाद लड़कियों की नंगी तस्वीरें थीं। उसके माथे पर पसीना छलक आया। डरकर उसने मैगजीन बन्द कर दी और घबराकर तकिया के नीचे रख उसने आँखें बन्द कर लीं। उसका दिल जोर-जोर से धड़क रहा था। एकाएक वह पलँग से उचका और तेजी से उठकर उसने कमरे के दरवाजे की सिटकनी लगायी कि कहीं दादी या अम्मा न आ जाएँ और यह पत्रिका देख लें। उसका गला खुश्क हो गया था।

सुरेन्द्र ने मुझे यह मैगजीन क्यों दी ? क्या मैं ऐसा-वैसा लड़का लगता हूँ ? कल पहला काम करूँगा कि यह जाकर उसको लौटा दूँगा। जो देने से पहले रास्ते में या क्लास में किसी के हाथों पड़ गयी और उसने देख ली तो क्या होगा? साथी लड़के समझेंगे कि..इसको कहीं छुपा देना चाहिए या फाड़कर फेंक देना चाहिए। जो सुरेन्द्र ने वापस माँगा तो वह क्या जवाब देगा? जहीर की आँखों से नींद उड़ गयी। रात काफी बीत गयी थी। करवट बदलते-बदलते उसने पता नहीं क्या सोचकर वह पत्रिका फिर तकिया के नीचे से निकाली और उसके पन्ने पलटने लगा। अन्दर नहाते हुए एक लड़की की तस्वीर थी। अन्दर एक ब्लोअप था काले अण्डरगारमेण्ट पहने एक लड़की का...उसकी जिज्ञासा बढ़ने लगी। उसने पन्ने पलटे, केला खाती हुई, सोफे पर लेटी हुई, गरज कि हर तरह के अन्दाज से लड़कियों के जिस्म की नुमाइश थी। अँग्रेजी की यह पत्रिका सुरेन्द्र को कहाँ से मिली होगी, वह समझ नहीं पाया।

सुरेन्द्र का मकान गढ़इया की तरफ था। उसका पिता सुनार था। जेवरों की नकल में वह बड़ा माहिर समझा जाता था। पूरे इलाहाबाद में उसका नाम था। कहीं से कुछ लाकर दे दो, वह उसकी हूबहू डिजाइन बना देगा। असली-नकली में फर्क करना मुश्किल हो जाता था। उसी का इकलौता बेटा सुरेन्द्र था। परीक्षा कक्ष में उसकी मुलाकात सुरेन्द्र से हुई थी। पेपर खत्म होने के बाद जब दोनों बाहर निकले तो सुरेन्द्र ने आइसक्रीम खरीदी थी। जेब में सौ का नोट था। आइसक्रीमवाले के पास छुट्टा नहीं था। अभी-अभी बोहनी हुई थी। अपनी आइसक्रीम के पैसे के साथ जहीर ने उसके पैसे भी चुकता कर दिये थे। गूलर के पेड़ के नीचे दोनों बैठ गये। आइसक्रीम खाते हुए पता चला कि वह राजकीय इण्टर कॉलेज का विद्यार्थी है और सुनार का बेटा है। सुरेन्द्र ने उसको घर बुलाया था। हींग डली माश की कचौड़ियाँ

भी सोठ की चटनी के साथ खिलायी थीं। बीच में एक-दो बार छोटी-मोटी मुलाकातें रास्ते में हुईं फिर विश्वविद्यालय में विषय एक हो गया, जिसके कारण रोज ही मुलाक़ात होने लगी। वह पिछले कई दिनों से कह रहा था—

"यार जहीर, मैं तुझे एक मास्टरपीस दिखाना चाहता हूँ। तू देखेगा तो बस देखता रह जाएगा और तब हिस्ट्री और एजूकेशन की रूखी किताबें पढ़ना भूल जाएगा।"

दूसरे दिन दोपहर में जब सुरेन्द्र उसको दिखा तो उसने कुछ कहा नहीं बस फाइल के बीच से पत्रिका निकालकर दी। सुरेन्द्र ने उसके चेहरे पर फैली गम्भीरता देख ताज्जुब से पूछा—

"क्या बात है? क्या चीज पसन्द नहीं आयी?"

"मुझे तुमसे यह उम्मीद नहीं थी कि तुम मेरे साथ ऐसा मजाक करोगे?" गुस्से भरी नजरों से जहीर ने सुरेन्द्र को देखा।

"क्या मतलब?" सुरेन्द्र हँसा।

"अगर घर में किसी ने देख लिया होता, तो क्या इज्जत रह जाती मेरी?" जहीर ने भयभीत स्वर से कहा।

"कहता, बेटा जवान हो रहा है!" सुरेन्द्र ने जहीर के कन्धे पर थाप लगायी।

"ऐसी वाहियात तस्वीरों के लिए...?" जहीर ने उसको घूरा।

"जवान लड़का और क्या देखना चाहेगा?" सुरेन्द्र की बेबाकी पर जहीर को और गुस्सा आ गया। वह मुड़कर जाने लगा।

"ज़रा रुकना जहीर! मेरी बात तो सुनते जाओ। जिस सच से तुम भाग रहे हो वह इन्सानी जरूरत है। कल की तैयारी हम आज से करते हैं ताकि परीक्षाफल ठीक हो तो जिन्दगी की तैयारी करना क्या बुरा है...तुम्हें बुरा लगा हो तो माफ करना...मगर मैं इसको पाप नहीं समझता हूँ। यह इन्सान की सहज प्रवृत्तियों में से एक है और इस मामले में तुम सहज व्यवहार नहीं कर रहे हो।"

"मुझे बख्शो!" जहीर चिढ़कर बोला। उसकी दिमागी फिजा इन तस्वीरों ने बदलकर रख दी थी। आज सुबह वह अम्मा और दादी की तरफ नजर उठाकर देखने में अजीब-सी शर्म महसूस कर रहा था। अन्दर एक झुँझलाहट थी। जो उसमें चिड़चिड़ापन भर रही थी।

आज भी कोई क्लास नहीं हुआ, क्योंकि यूनियन चुनाव शुरू हो गया था। लड़के झुण्ड के झुण्ड इधर-उधर डोल रहे थे। जहीर शाम तक बोर होकर युनिवर्सिटी परिसर से बाहर निकला और साइकिल पर सवार होकर वह म्योर कॉलेज की तरफ बढ़ा।

उसका मन बहुत अनमना-सा हो रहा था। पेड़ों के साये में साइकिल चलाना उसको बहुत राहत दे रहा था। आसमान नीला था। सफेद बादल कहीं-कहीं पर मौजूद थे। दूर सामने आसमान का रंग कुछ गुलाबी-सा लग रहा था। हवा में हल्की-सी ठण्ड भरी नरमी आ गयी थी। इस समय उसको चिन्ता खाये जा रही थी कि यह साल कहीं पूरा-का-पूरा यूँ ही बिना पढ़े ही न गुजर जाए? क्लास न लगे तो कितना बुरा लगता है। टीचर से एक प्रेरणा मिलती है। पता चलता है कि हम क्या पढ़ें क्या न पढ़ें, मगर इस तरह तो अपनी किताबें ही अपनी नहीं लगती हैं तो उनको खोलकर पढ़ना भी कहाँ भाता है? ये दिन भी कितने उदास गुजर रहे थे।

जहीर जब अपनी सोच में डूबा घर की तरफ बढ़ा तो सड़कें झुटपुटे में डूबने लगी थीं। फुटपाथ पर लगे लैम्प अपनी फीकी रोशनी के साथ एक के बाद एक जल उठे थे। सड़क पर ट्रैफिक बढ़ गयी थी। दुकानें भी जगमगाने लगी थीं। निरंजन के सामने लोगों की भीड़ सिनेमा हाल के गेट में दाखिल होने के लिए धक्का-मुक्की कर रही थी। पुल के नीचे से गुजरते हुए जहीर ने सड़क पर आगे न जाकर गली में साइकिल मोड़ ली और उधर से वह सीधा हिवेट रोड पर निकल जानसेनगंज चौराहे की तरफ मुड़ा। भीड़ वहाँ भी थी। उसने घण्टाघर की तरफ साइकिल घुमायी और पैडिल पर जोरों से पैर मारने लगा। उसने घण्टाघर की घड़ी देखी, हमेशा की तरह बन्द थी। छुन्नन गुरु की प्रतिमा अलबत्ता चमक रही थी। बजाजा पट्टी से निकल वह दाहिनी तरफ मुड़कर कोतवाली के सामने पहुँचा और नखासकोना होता हुआ खुलदाबाद की तरफ बढ़ा। उसको महसूस हो रहा था कि आज घर में दादी, अम्मा बुरी तरह परेशान हो रही होंगी। पता नहीं किस झोंक में वह सुल्तानपुर भावा की तरफ मुड़ गया। मुड़ने के बाद उसको अपनी गलती का अहसास हुआ। मिर्जा गालिब रोड के दाहिने तरफ मुड़ वह गन्दा नाला के दाहिने हो करैली से लम्बा रास्ता ले अकबरपुर में दाखिल हुआ। सूखे कुएँ के पास से गुजरता हुआ वह नीम के पेड़ की तरफ बढ़ा। कुलसुम हाथ में दही का सकोरा लिये आती दिखी। सिर पर सलीके से दुपट्टा जमाये वह बड़ी संजीदगी से रास्ता तय कर रही थी। सामने से आते जहीर को देखकर उसकी आँखों में कुछ तड़पा। एक शर्मीली-सी मुस्कान उसके चेहरे पर पहली के चाँद की तरह नमूदार हुई। जहीर ने उसकी काली बड़ी-बड़ी आँखों में कुछ ढूँढ़ा मगर झिझककर जल्दी ही आँखें फेर लीं। उसके जेहन में वह नंगी तस्वीरें फिर उभर आयीं। उसने परेशानी से सिर झटका और तेजी से आगे बढ़ गया।

"कहाँ रह गये थे मेरे लाल?" फिरोजजहाँ ने ड्योढ़ी पर आहट सुनते ही पट से दरवाजा खोल दिया।

"बस दादीजान...!" कहता हुआ जहीर अन्दर दाखिल हुआ और साइकिल को अनार के पेड़ के पास दीवार से लगाकर खड़ा कर दिया।

''पानी'' सिपतुन गिलास में पानी लिये आगे बढ़ी।

''अम्मा, चाय बना दो, सिर में बहुत दर्द हो रहा है।''

''सिपतुन, जरा ताक पर से रोगनबादाम की शीशी उठाना। मालिश करते ही दर्द से नजात मिल जाएगी।''

''अभी नहीं दादी!'' जहीर मना करता रहा मगर दादी नहीं मानीं। जहीर की चन्दिया पर शीशी से चन्द बूँद तेल की टपकाकर उन्होंने ऐसी मालिश की कि जहीर तकिया पर सिर रखकर लेट गया। सिपतुन जब तक चाय की प्याली लेकर आयी तब तक जहीर सो चुका था।

''चाय ढँककर रख दो, अब नींद से जगाना ठीक नहीं।'' दादी ने माथे को सहलाती अपनी उँगलियाँ रोकते हुए कहा और उठकर दूसरे पलँग पर बैठ गयीं।

''तो आप पी लीजिए अम्मीजान! शाम की चाय आपने भी कहाँ पी थी जहीर के इन्तजार में?''

''रखो, मैं हाथ धोकर आती हूँ।''

जहीर सारी रात का जगा हुआ था। गहरी नींद में डूब गया। सिपतुन ने पैरों पर चादर डाल दी और बावर्चीखाने की तरफ चली गयी। फिरोजजहाँ चाय पीते हुए घर के खम्भों पर बने सीमेण्ट के फूलों में जाने क्या ढूँढ़ती रहीं। मस्जिद से अजान की आवाज आसमान की खुली फिजा में फैल गयी।

जहीर सपने में कुलसुम को नहाते देख रहा था। उस अँग्रेजी पत्रिका की लड़कियाँ एक-एक करके कुलसुम के चेहरे में बदल रही थीं। धुँधले गुबार से दिखता कुलसुम का बदन उसको किसी मछली की तरह चिकना और फुर्तीला लग रहा था। उसके कमर तक काले घुँघराले बाल हवा में फूलों से भरी लतर की तरह झूम रहे थे। उसकी आँखें कुलसुम के हुस्न पर टिकी थीं। दिल बुरी तरह धड़क रहा था। गर्म-गर्म साँसें तेज-तेज चल रही थीं।........घड़ी ने जब दस बजाये तो दादी ने जहीर की तरफ देखा। सुबह का नाश्ता करके निकला लड़का शाम ढले घर आया है। अब दो लुकमा तो पेट में जाना चाहिए। जगाने के लिए हाथ जो माथे पर रखा तो झटके से पीछे हटाया।

''सिपतुन, जहीर का माथा तो बुखार से जल रहा है,'' फिरोजजहाँ बेचैनी से बोलीं।

''बुखार कैसे आ गया?'' सिपतुन चिन्तित-सी खाने का डोंगा मेज पर रख बेटे की तरफ लपकी!

''सुबह भी इसका जी ठीक नहीं था।'' फिरोजजहाँ बोलीं।

''ठण्डे पानी की पट्टी रखना ठीक होगा।'' कहती हुई सिपतुन मुड़ी। दादी ने मुँह-ही-मुँह में कोई दुआ पढ़कर जहीर पर दम की और उसका सिर सहलाया।

''कहिए तो डॉक्टर को जाकर बुला लाऊँ।'' सिपतुन ने परेशानी से पूछा।

''परेशानी की कोई बात नहीं है। सुबह तक जहीर ठीक हो जाएगा। थकन से ऐसा हो गया होगा। फिर मौसम भी तो बदल रहा है।''

दोनों बारी-बारी से जहीर के माथे पर ठण्डे पानी की पट्टी रखती रहीं। आधे घण्टे बाद बुखार की तेजी में कुछ कमी आयी। सिपतुन ने खाना समेट दिया। बिना खाये दोनों अपने-अपने पलँग पर लेट गयीं। आधी रात को बिल्ली के रोने की आवाज से दोनों की एक साथ आँखें खुलीं। सिपतुन ने हुश-हुश किया। बिल्ली चुप हो गयी। कुछ देर बाद फिर रोना शुरू कर दिया। इस बार फिरोजजहाँ को ताव आ गया। उन्होंने पलँग के नीचे से अपनी चप्पल उठाकर आँगन की तरफ उछालीं।

''खुदा की मार। रोने को यही घर मिला है क्या?''

बेचैनी से करवट बदलते दोनों की रात कटी। पौ फटी तो उन्हें महसूस हुआ कैद से नजात मिली। फिरोजजहाँ जब लोटा उठा पाखाने की तरफ बढ़ीं तो उन्होंने झाड़ू रखने के कुलबे में बिल्ली को देखा और सिपतुन को पुकारा।

''मुबारक हो सिपतुन! बिल्ली ने बच्चे दिये हैं।''

''तभी रात को रो रही थी।'' सिपतुन का दिल पिघल गया। खीर की खाली परई में दूध भर वह कुलबे के बाहर रख आयी। बिल्ली पहले अन्दर से परई को घूरती रही फिर बाहर निकलकर उसने इधर-उधर देखा और दुम दबाकर सपड़-सपड़ दूध पीने लगी।

इतवार का दिन था। जहीर को युनिवर्सिटी जाना नहीं था। इसलिए वह दूध डबलरोटी खाकर चुपचाप बिस्तर पर लेट गया। उसको बहुत कमजोरी-सी महसूस हो रही थी। सिर में दर्द नहीं था तो भी सिर भारी-भारी लग रहा था। रात को देखा ख्वाब भी कुछ गुडमुड हो गया था जिसका कोई खास असर दिमाग पर नहीं बचा था। वह अपने को किसी तरह के दबाव में भी नहीं महसूस कर रहा था। दालान में लेटे-लेटे वह आसमान पर अबाबीलों का उड़ना देख रहा था।

''मूँग की खिचड़ी पकाती हूँ। खाकर सो जाना। शाम तक तबीयत बहाल हो जाएगी।'' फिरोजजहाँ ने कहा और पोते के लिए खिचड़ी बघारने आज बरसों बाद उन्होंने बावर्चीखाने में कदम रखा था। सिपतुन का सलीका देख दंग रह गयीं। पूरा बावर्चीखाना जगरमगर कर रहा था। फिरोजजहाँ ने गर्दन हिलायी।

''तभी तो कहूँ यह सारे दिन यहाँ घुसी क्या करती रहती है।''

देसी घी की बघार पूरे घर में फैल गयी। खिचड़ी को दम पर लगा फिरोजजहाँ बावर्चीखाने से बाहर निकलीं। सिपतुन बेटे के लिए मौसमी का जूस निकाल रही थी। जहीर बैठा-बैठा माँ को काम करते देख रहा था। सिपतुन ने जूस छान उसमें ग्लूकोस मिला बेटे की तरफ गिलास बढ़ाया।

"अम्मा, दिल नहीं चाह रहा है अभी।"

"पी लो, बदन में ताजगी आएगी वरना सुस्त-से लेटे-बैठे रहोगे।" दादी के इसरार करने पर बड़े नू-नकर करके जहीर ने बड़ी बेदिली से घूँट-घूँट कर जूस पिया और आँखें बन्द करके लेट गया। सिपतुन ने छिलके समेटकर कटोरे में डाले और तख्त को कपड़े से पोंछा। दरवाजे की कुण्डी बज उठी। सिपतुन ने जूठे बर्तन उठाये और बावर्चीखाने की तरफ जाते-जाते पूछा, "कौन है?"

"न्यौता है बीबी।" नायन की आवाज आयी।

"ठहरो—खोलती हूँ।" सिपतुन ने हाथ धोते हुए कहा।

'कहाँ से आया होगा न्यौता?' फिरोजजहाँ ने सोचा। सिपतुन ने दरवाजा खोला तो लाल साटन से ढँकी सेनी को कन्धे पर उठाये नायन दाखिल हुई और सलाम करके वह सेनी तख्त पर रख दालान के दर पर बैठ गयी।

"सलीम मियाँ के पोते का अकीका रहा।"

"अच्छा!"

"सलीम मियाँ की अम्मा गुजर गयी रहीं न, सो बाजा-गाजा के बगैर बस रस्म पूरी कर दीहिन है। एही मारे आप लोगन का नेवता नाही भेजिन।"

"हाँ, बड़ा अफसोस हुआ था सुनकर। चलो यह क्या कम है कि नये मेहमान ने आकर घर का माहौल गुल व गुलजार बना दिया। ऊपरवाला जो करता है अच्छा ही करता है।"

"हाँ बीबी, हर हाल में ओका शुक्र है।" कहकर नायन उठी। सिपतुन ने पाँच का नोट रखकर खाली तश्तरी नायन को लौटायी।

"सलाम कह देना और हमारी तरफ से बहुत-बहुत मुबारकबाद! आऊँगी किसी दिन बेटे का मुँह देखने।"

"अच्छा बीबी, चलते हैं, सलाम।"

नायन के जाने के बाद फिरोजजहाँ के चेहरे पर मुस्कुराहट तैर गयी। उनको जहीर की पैदाइश याद आयी। जब उन्होंने पूरे मोहल्ले में मोतीचूर के लड्डू बँटवाये थे। गरीबों में कपड़े बाँटे थे। यतीम लड़कियों की शादी के लिए रुपये मुजाविर साहब को दिये थे। गरीब लड़कों की तालीम के लिए कुछ स्कूलों में फण्ड जमा कराये थे। पिछवाड़े की नंगी सड़क पर किनारे की तरफ पाँच नीम के पेड़ लगवाये थे। जिसके नीचे आज मोची, लोहार, बर्फ की चिरइय्या वाला, और कई तरह के खोंचे

वाले बैठकर अपनी आमदनी कर लेते हैं। कभी-कभी थकी गायें, बकरियाँ और कुत्ते भी सुस्ताने बैठ जाते हैं क्योंकि उसी के पास से सामने की गलीवालों की कच्ची नाली कल-कल कर बहती है और अपनी सारी गन्दगी और बदबू के बाद भी परिन्दों की प्यास बुझाती है।

"खाना लगाऊँ ?" सिपतुन ने पूछा।

"हाँ, दो बज रहे हैं। जहीर को मैं जगाती हूँ।" फिरोजजहाँ ने घड़ी की तरफ नजर डालते हुए कहा। जहीर जाग चुका था। उसको भूख भी लग रही थी। बिस्तर से उठकर उसने जम्हाई ली और गुसलखाने की तरफ बढ़ा। सिपतुन सूखे पुदीने के साथ प्याज का सलाद बना चुकी थी, अब हरी धनियाँ की चटनी में नमक मिला रही थी।

"अम्मा, कुछ खाने को दो, बड़ी जोर की भूख लग रही है।"

तीनों ने मेज के गिर्द बैठकर खाना खाया। जहीर ने टेलीविजन खोल दिया। सब गोल कमरे में जाकर बैठ गये। कोई पुरानी फिल्म चल रही थी।.......थोड़ी देर बाद सब ऊँघ गये।

20

विश्वविद्यालय परिसर बिलकुल बदल गया था। चुनाव की गहमागहमी ने मेले का दृश्य उत्पन्न कर दिया था। अपने दल-बल के साथ उम्मीदवार हॉस्टलों के कमरों में जा-जाकर वोट माँग रहे थे। सर सुन्दरलाल हॉस्टल, अमरनाथ झा हॉस्टल में यदि एक ग्रुप फिर रहा है तो दूसरा डायमण्ड जुबली हॉस्टल, हिन्दू हॉस्टल में अपनी चोंचें भिड़ा रहा है तो कोई और प्रत्याशी गंगानाथ झा हॉस्टल और मुस्लिम हॉस्टल में अपना अड्डा जमाये हुए है। लड़कियों के हॉस्टल सरोजिनी नायडू गर्ल्स हॉस्टल और लड़कियों को क्लासों से बाहर रोककर अपनी तारीफों के पुल बाँध रहा है। इत्र बसा कार्ड और परचा बँट रहा है। बहस, भाषण, तू-तू मैं-मैं सभी तरह के रस देखने को मिल रहे थे। जिन लड़कों को इन बातों में दिलचस्पी नहीं थी वह दूर बैठे बिना पैसे का तमाशा देखकर मजा ले रहे थे। जहीर भी पेड़ के नीचे बैठा था। कुछ देर बाद वहाँ चार लोग आकर बैठ गये और आपस में बतियाने लगे।

"इस बार कुछ राजनीतिक पार्टियाँ भी बढ़-चढ़कर इस चुनाव में हिस्सा ले

रही हैं। ढेरों पैसा दिया गया है तभी जीपें और कारें दौड़ रही हैं।'' एक ने चिन्तित स्वर में कहा।

''मगर यार, यह हो बुरा रहा है। इससे परिसर का वातावरण दूषित हो उठेगा।'' दूसरा गम्भीर स्वर में बोला।

''अब तुम देश की राजनीति से अपने को अलग तो नहीं कर पाओगे?'' तीसरे ने कुछ सोचते हुए कहा।

''मानता हूँ मगर छात्र यूनियन की राजनीति का दायरा और लक्ष्य कुछ और ही होता है। उसका केन्द्र-बिन्दु विद्यार्थियों के मुद्दे होते हैं। विश्वविद्यालय के प्रशासन और पाठ्यक्रम की व्यवस्था उसका मुख्य कन्सर्न होता है। अगर यह नहीं होगा तो फिर इस यूनियनबाजी का अर्थ? छात्र संगठन अगर इन सरोकारों से नहीं जुड़ेगा तो फिर करेगा क्या?'' पहला फिर बोल उठा।

''तुम ठीक कह रहे हो। अगर यहाँ देश की राजनीतिक पार्टियों का प्रभाव बढ़ा तो समझो दंगे-फसाद और जाने क्या-क्या नहीं होंगे। तब यहाँ घोषणा हो जाएगी 'जीरो ईयर' की और हमारे नये विद्यार्थी एक साल पिछड़ जाएँगे अपनी पढ़ाई में।'' चौथा अफसोस से बोला।

''ऐसे मत कहो!'' दूसरे ने कहा।

''मुझे जो महसूस हुआ मैंने कह दिया। ऐसा न हो यह तो मैं भी चाहता हूँ मगर हमारे चाहने से क्या होगा? क्या हमसे पहले पासआउट बैचों ने ऐसा नहीं सोचा होगा तो भी उनको हानि पहुँची। 1956-57 से लगातार विश्वविद्यालय का माहौल बदलता गया। क्रान्तिकारी तेवर हिंसा में बदले। विद्रोह व्यक्तिगत लाभ और भाई-भतीजावाद का पर्यायवाची बन बैठा।'' पहले ने कुछ तेज स्वर में कहा।

''इस विश्वविद्यालय का इतिहास विशेषकर छात्र यूनियन का इतिहास देखो तो पता चलेगा कि कैसे तेजस्वी छात्र गुजरे हैं। एक नाम यूनियन प्रेसिडेण्ट प्रकाश मल्होत्रा का हुआ करता था। मार्क्सवादी विचार का मेधावी छात्र जिस समय बोलता था अच्छे-अच्छों को धोकर रख देता था। विरोध में जूते तक बरसाये गये थे। उसके तेवर के पीछे मुद्दे इतने ठोस होते थे कि वह अपने आप छात्रों एवं अध्यापकों के अलावा आम शहरियों के दिल में घर कर जाते थे।'' चौथा बोल पड़ा।

''यह बात तो तुमने दिल पे लगती हुई कही है यार, मेरे चचा बताते हैं कि के. मुंशी उस समय गवर्नर थे। अपनी तरह के जोरदार अड़ियल आदमी थे। जुगल किशोर शिक्षा मन्त्री थे। सी.बी. गुप्ता चीफ मिनिस्टर और मन्त्री के मित्र। वाइस चांसलर थे ए.सी. बनर्जी। छात्र संगठन ने इन सबका क्या बाजा बजाया था। उस समय नारा था :

मुंशी गुप्ता जुगल किशोर
यू.पी. के हैं यह तीन चोर''

पहलेवाले आदमी की इस बात पर वह चारों लोग खिलखिलाकर हँस पड़े। जहीर भी मुस्कुरा दिया। उसका दिल चाह रहा था कि इनसे बात करे मगर अपने से बड़े देख झिझक रहा था! तभी एक उनमें से बोला—

''क्यों प्राक्टर कर्नल तिवारी के कम चर्चे थे? उनकी निडरता के और उनकी फटफटी हरी गाड़ी के...सच इन पुराने लोगों के किस्से जब बुजुर्गों से सुनो तो सीना चौड़ा हो जाता है कि हम भी इस विश्वविद्यालय के 'पासआउट' हैं, जो 'ऑक्सफर्ड ऑफ द ईस्ट' कहलाती थी।'' तीसरा बोला।

''इसमें तो कोई शक नहीं है फिर भी वह दौर, वह लोग कुछ और ही थे।'' पहले ने गहरी साँस ली।

''अपनी इस युनिवर्सिटी का लोगो ही देखो, बरगद का पेड़ : जितनी जटाएँ उतने पेड़। यानी कि जितने शिष्य उतने रूप। एक-एक विद्यार्थी का स्वावलम्बी व्यक्तित्व बना है। तुम जरा मुड़कर इस विश्वविद्यालय के छात्रों का इतिहास देखो! मगर आज हमारे देखते-देखते विश्वविद्यालय कहाँ से कहाँ पहुँच गया है?'' दूसरा खिन्न मन से बोला।

''ऐसे मत कहो यार! आज भी हर डिपार्टमेण्ट में एक-दो अध्यापक अच्छे निकल ही आएँगे। पाँच-छः लड़के आई.ए.एस. का इम्तिहान पास कर ही लेते हैं। मगर तुम अगर तुलना करने बैठ जाओगे तो विभिन्न समय-काल का तो फर्क तो दिखेगा। मानता हूँ जयपुर, जोधपुर, गोरखपुर युनिवर्सिटी के सारे अध्यापक लगभग एक दौर में इसी युनिवर्सिटी की रौनक थे। मगर प्रयाग विश्वविद्यालय को छोड़कर चले गये और जाते भी क्यों न, देश की सियासत ने फोकस अपने नेताओं के ऊपर जो कर लिया था। सरकार की ओर से न फण्ड, न प्रोत्साहन उन्हें मिला। जो महत्त्वाकांक्षी नहीं थे, शहर और विश्वविद्यालय से गहरे जुड़े थे, वह यहाँ अटके रह गये। मगर मैं इसको बहुत बड़ा गुण नहीं मानता। इन्सान में यदि प्रवाह मर जाए तो बाकी क्या बचेगा? उसी तरह इस विश्वविद्यालय की आगे बढ़ने की सम्भावना को राजनीति ने मारकर रख दिया था। जिससे विभागीय राजनीति उभरी जो सड़ाँध पैदा करने लगी। जातिवाद बढ़ा, भाई-भतीजावाद बढ़ा, खुशामद और लोलुपता बढ़ी। यहाँ तक कि 1967 में बलभद्र प्रसाद जो वाइस चांसलर थे उनके विरुद्ध हमारे अध्यापकों ने लड़कों को चढ़ाया और उसका नतीजा खतरनाक साबित हुआ। जबर्दस्त तोड़फोड़ हुई। पुलिस आयी। वह खुली बयार, जो शब्दों से लड़ने के बावजूद इस परिसर में प्रतिद्वन्द्वियों के बीच सम्बन्धों के स्तर पर सदा बहती थी, एकाएक शत्रुता में ढल गयी। हर व्यक्ति उग्रता पर विश्वास रखने लगा और स्थिति हिंसक

हो उठी।'' चौथा बोला।

''यह तो है। पहले शब्दों के गोलों और बमबारी से इन्सान ध्वस्त होते थे। अब तो न वह आग सीने में बची है न मुद्दों के लिए जान कुर्बान कर देने का हठ किसी में दिखता है।'' पहला कह उठा।

''अँग्रेजी के प्रोफेसर दमड़ी ओझा जो विद्यार्थियों पर जान निछावर करते थे, उन्हीं के विभाग के रघुपति सहाय, एस.सी. देव यह आज भी हमारे बीच जिन्दा हैं। इनको हमारे बुजुर्गों ने जीया है और विरासत में हमको दिया है।'' तीसरा बोला।

''प्रो. एन.आर. धर अपनी पूरी कमाई तेरह-चौदह लाख इस विश्वविद्यालय को दे गये। जिन्दगी भर फटेहाल रहे। कभी पैर नंगे हैं तो कभी स्टेशन से घर पैदल आ रहे हैं। उनकी जुड़ाव की यह आग थी जो आज भी हमको आँच दे रही है।'' चौथा भावुक हो उठा।

''उस काल में छात्र कैसे थे जरा याद करो...लोहिया विचारधारा वाले जनेश्वर मिश्रा, केदारनाथ सिंह कांग्रेसी थे। बाद में मन्त्री भी बने फिर चंगेजी और अजमल अजमली यह भी अपनी तरह के किरदार थे।'' तीसरे ने यादों के गलियारे में टहलते हुए कहा।

''बी.पी. सिंघल जो बाद में आई.पी.एस. बन गये थे। मुरली मनोहर जोशी जो नेकर पहन लाठी लेकर चलते थे, उनको भी इस परिसर ने खुलकर खेलने का मैदान दिया। उनके प्रोफेसर फिजिक्स विभाग के रज्जू भैया, आर.एस.एस. विचारधारा के होने और अपने ठोस विचारों के बावजूद दूसरे सियासी हल्के के लोग जो उनके विचारों से सहमत नहीं थे वो भी उनकी बहुत इज्जत करते थे, क्योंकि उस दौर के लोगों की लड़ाई वैचारिक धरातल तक सीमित थी। उसका कैनवास बड़ा था। उनके सरोकारों में विस्तार था मगर आज उन्हीं के चेलों में वह बात नहीं। हर सियासी पार्टी हिंसा पर विश्वास करने लगी है और यही हिंसा धीरे-धीरे विश्वविद्यालयों में प्रवेश कर गयी। चाहे वह बनारस हिन्दू युनिवर्सिटी हो या अलीगढ़ मुस्लिम युनिवर्सिटी हो या फिर कोई और, हर जगह नेशनल पॉलिटिक्स की गिरावट का प्रतिबिम्ब हमको इन परिसरों में दिखने लगा है।'' पहला खिन्नता से बोला।

जहीर से अब नहीं रहा गया तो उसने हिम्मत करके उनसे पूछ ही लिया कि आखिर वे लोग कौन हैं? वे चारों जहीर का सवाल सुनकर कहकहा लगाकर हँस पड़े, फिर एक ने कहा—

''हम इस युनिवर्सिटी के ओल्ड स्टूडेण्ट हैं और तुम?''

''मैंने इसी साल एडमिशन लिया है?'' जहीर ने जवाब दिया।

''सब्जेक्ट?'' एक ने पूछा।

''हिस्ट्री, एजूकेशन, इंग्लिश...मगर अभी तक किसी सब्जेक्ट में कोई क्लास

नहीं हुआ, बस अंग्रेजी में एक टिटोरियल हुआ; बाकी में या टीचर छुट्टी पर हैं या फिर...।'' जहीर ने उदासी से कहा।

''वेरी सैड!'' एक बोला।

''अब यह यूनियन चुनाव है जो पिछले एक माह से क्लासेस बायकाट किये हुए है, मगर मैं रोज आता हूँ इस उम्मीद में कि शायद कोई टीचर दिख जाए। क्लास हो जाए!'' जहीर ने माथे के बाल हाथ से हटाते हुए कहा।

जहीर की बातें सुनकर उन चारों के चेहरों का रंग बदल गया। काफी देर तक वह कुछ बोले नहीं। जहीर भी परेशान-सा उनका मुँह ताकता रहा। फिर उनमें से एक बोला, ''अच्छा अब चला जाए।''

''आप अपने बारे में कुछ बताएँगे?'' जहीर अपने को रोक नहीं पाया!

''मैं सलमान अब्बासी हूँ। 1978 में यहाँ से इकॉनामिक्स में एम.ए. किया। अब पटना में पढ़ा रहा हूँ। बिहार से मेरा ताल्लुक है। सिवान मेरा वतन है!''

''मैं समीर बनर्जी हूँ। 1979 में यहाँ से मैंने हिस्ट्री में एम.ए. किया और अब लखनऊ में आजकल इनकमटैक्स ऑफिसर हूँ। यह लो मेरा कार्ड और मैं रहनेवाला इसी शहर का हूँ। लूकरगंज में मेरा घर है।''

''आपके यहाँ कभी आ सकता हूँ?'' जहीर ने पूछा।

''जरूर! छुट्टियों में तो मैं हमेशा घर लौटता हूँ। यह अमित वर्मा हैं। हमारे साथी हैं। आजकल जयपुर में कलक्टर हैं और कालाकाँकर से हैं!''

''मेरा अपना बिजनेस है। अफसोस कि मैं डिग्री होल्डर नहीं हूँ। अलोपीबाग में मेरा घर है। हम चूँकि बचपन के दोस्त हैं, इण्टर तक साथ पढ़े हैं, इसलिए जब कभी शहर में इकट्ठा होते हैं तो एक चक्कर यह लोग विश्वविद्यालय का जरूर लगाते हैं और मैं इनके साथ-साथ आ जाता हूँ...हाँ मेरी हार्डवेयर की दुकान, ब्रजेश ब्रादर्स के नाम से है। यह लो मेरा कार्ड, जब मन करे पधारो दुकान पर।''

''अच्छा अब अपना नाम तो बताओ और अपना हौसला भी, क्या बनने का इरादा है?'' सलमान अब्बासी ने पूछा।

''मेरा नाम जहीर है! बनना तो कुछ और चाहता था मगर आप लोगों की बातें सुनकर दिल चाहता है टीचिंग में आऊँ!'' जहीर एकदम से कह गया।

''वण्डरफुल! आजकल अच्छे टीचरों की बेहद कमी है।'' सलमान चहका।

''जो हालात हैं अगर...।'' जहीर कहते-कहते रुक गया।

''इन हालात से प्रभावित होने की जरूरत नहीं है। ये हमारे समय में भी थे। मेरा तो एक साल खराब ही इसलिए हुआ कि छात्र संगठन में फँस गया था। नेता बनने का भूत बड़ी मुश्किल से तब उतरा जब साथियों को अपने से एक साल आगे देखा। इसलिए अपने से पढ़ो, लाइब्रेरी में बैठने की आदत डालो, बाकी सब अपने-

आप हल हो जाएगा।'' समीर बनर्जी ने जहीर के कन्धे पर हाथ मारा।

''पढ़ना भी एक नशा होता है। याद है समीर सी.पी.आई. वाले चचा हकीम उल्लाह वही यार...पीपुल्स बुक हाउस वाले?''

''हाँ, यार मार्क्सवादी साहित्य चटवाकर रख दिया उन्होंने...मगर एक बात तो है, उन कहानी-किस्सों की या विचारधारा की उन पोथियों ने दिमाग के जाले बहुत साफ किये।'' अमित वर्मा हँसे।

''अच्छा, जहीर! आल द बेस्ट!''

जहीर से चारों हाथ मिला उसकी पीठ-कन्धा थपथपाकर चले गये। जहीर उनको जाता देखता रहा जो उसके दिल में एक जोश, एक वलवला भर गये थे। उसने नारे लगाते लड़कों की तरफ देखा और मन ही मन सोचा कि यह एक बेमकसद लड़ाई में अपना कीमती समय खो रहे हैं। इनको पछतावा तब होगा जब इनके गाडफादर अपना सियासी पैंतरा बदल लेंगे और पार्टी बदलकर किसी और दल में जाकर अपनी सम्भावना मन्त्री, मुख्यमन्त्री, संसद सदस्य बनने के देखेंगे और यह विद्यार्थी चारों खाने चित गिरकर तब सिर्फ धूल चाटेंगे।

जहीर ने साइकिल स्टैण्ड से साइकिल निकाली और युनिवर्सिटी रोड की तरफ चल पड़ा। नये पब्लिकेशन को देखने का उसका मन बन गया था। रास्ते में अशोक के पेड़ों की कतारों के साथ चलते हुए उसको ध्यान आ रहा था कि यह पुराने स्टूडेण्ट 1978 के होकर 55-56 को याद कर रहे थे। मैं 1993 में कुछ भी याद नहीं कर पा रहा हूँ। क्या इस बीच ऐसा कोई भी व्यक्तित्व नहीं गुजरा, न अध्यापकों में और न विद्यार्थियों में? न किसी मुद्दे को लेकर आन्दोलन छिड़ा जिसका जिक्र यह करके मुझे भी कुछ ऐसा दे जाते जो मेरी विरासत हाल की घटनाओं से बनती...? मगर हाँ, वह बता रहे थे युनिवर्सिटी के रसातल में जाने के पीछे की राष्ट्रीय राजनीति के विश्वविद्यालय के वातावरण में हस्तक्षेप के बारे में। उसी पर तो बात कर वर्तमान को सामने रख उसका इतिहास ढूँढ़ रहे थे कि ऊँचाई से कैसे सीढ़ी-दर-सीढ़ी सारी मर्यादाएँ, परम्पराएँ शिक्षा के इस केन्द्र से नीचे उतरती चली गयीं और आज हमारा छात्र संगठन राष्ट्रीय पार्टियों के प्रतिनिधित्व करते छात्रों से वोट माँग रहे हैं? क्या वह इतना दम रखते हैं कि कक्षाएँ सुचारु रूप से चलें? जातिवाद के आधार पर अध्यापकों की नियुक्ति न हो? सियासी विचारधारा का रणक्षेत्र हॉस्टल न बने? धार्मिक उन्माद का छुतहा ज्वार विद्यार्थियों में न फैले? यह सब मुमकिन है। अगर यह उम्मीदवार अपने इन्स्टीट्यूशन के प्रति ईमानदार हों, उसको अपनी सियासी सौदेबाजी का बाजार न बनने दें। मगर यह सब अब शायद मुमकिन नहीं क्योंकि चीजें काफी बिगड़ चुकी हैं और हम जैसे निहत्थे लोग जिनके पास न अनुभव का खजाना है न अक्ल के हथियार, वह केवल भावुकता के सहारे क्या लड़ पाएँगे?

किताबों की दुकानें आ गयी थीं। जहीर ने साइकिल को खड़ा कर उसमें ताला लगाया और दुकान में घुस किताबें देखने लगा। नये पब्लिकेशन में रोमिला थापर और विपिन चन्द्रा की किताब अभी-अभी आयी थीं। उसने उनके पन्ने पलटे, फिर दाम देखा। जेब में सिर्फ एक पुस्तक खरीदने के रुपये थे। उसने रोमिला थापर की किताब खरीदी और दुकान से बाहर निकला। सामने से सुरेन्द्र और उसका साथी इब्राहिम आते दिखे। जहीर को देखकर दोनों ने हाथ हिलाया और सुरेन्द्र ने अपना स्कूटर उसके पास रोका।

"क्या अभी भी मुझसे नाराज हो?"

"नहीं!" जहीर हँसा।

"फिर आओ हमारे साथ, हम इंग्लिश मूवी देखने जा रहे हैं!" सुरेन्द्र ने कहा।

"देर हो जाएगी, घर पर कहा भी नहीं है।" जहीर बोला।

"अच्छा, हर काम घरवालों से पूछकर करते हो? वेरी गुड!" सुरेन्द्र ने मजाक भरे स्वर में कहा।

"तुम गलत समझ रहे हो। दरअसल अम्मा और दादी अकेली हैं। मेरे अलावा कोई और नहीं है इसलिए।" जहीर ने सफाई दी।

"सुनो, अभी ढाई बज रहा है। तीन से छः मूवी देखते हैं और फिर तुम्हारे घर चलकर चाय पीते हैं। क्यों अब तो ठीक है न?" सुरेन्द्र बोला।

"ठीक है, चलता हूँ, मगर जाना किधर है?" जहीर ने पूछा।

"पैलेस", इतना कहकर सुरेन्द्र ने स्कूटर स्टार्ट किया।

"फिल्म कौन-सी है?" जहीर जब तक पूछता सुरेन्द्र आगे निकल गया था।

जहीर को भूख जोरों की लग रही थी। आज अम्मा उसकी पसन्दीदा केवटी दाल पकाने वाली थीं। वह चुपचाप साइकिल पर बैठा और पैलेस की तरफ चल पड़ा। सुरेन्द्र सामने ही खड़ा मिल गया। जहीर को देखकर लपका और बोला—

"साइकिल जमा करके जल्दी से आओ, कॉफी हाउस में एक-एक कॉफी और दोसा हो जाए!" इतना कहकर उसने भी स्कूटर लगाया।

जहीर बहुत कम इस तरह दोस्तों में निकलता था। आज उसको यह आजादी अच्छी लग रही थी। उसने बड़े चाव से दोसा खाया और फिर तीनों सिनेमा हाल में घुसे। ट्रेलर शुरू हो गया था। अँधेरे में टॉर्च की रोशनी के सहारे वे जाकर अपनी सीटों पर बैठ गये।

फिल्म के बाद जहीर दोनों को घर ले आया। दादी ने तो सबसे पर्दा करना छोड़ दिया था, फिर यह तो सब अपने पोतों के बराबर ही थे। सिपतुन अलबत्ता नये चेहरों को देखकर थोड़ा सिमट जाती थी। बचपन के दिये संस्कार उसका आज भी पीछा कर रहे थे। इसके बावजूद कि सास खुले दिमाग की एक ऐसी औरत

थी जो सिर्फ अपने लिए ही नहीं बल्कि सिपतुन के लिए भी दरवाजे पाटोपाट खोलने को तैयार थीं मगर सिपतुन को अपने घर और अपनी सोच का पिंजड़ा बहुत पसन्द था।

"दादी, मैं खाना खाकर जाऊँगा।" सुरेन्द्र ने दादी से परिचय होने के कुछ ही देर बाद कह दिया।

"और मैं कब तुम्हें खाना खाये बिना जाने देनेवाली थी। अब यह बताओ तुम्हें पसन्द क्या है?" फिरोजजहाँ बोल पड़ी।

"कुछ भी चलेगा!" सुरेन्द्र ने इब्राहिम की तरफ देखा जो चुपचाप बैठा था।

"यह कुछ बोलता क्यों नहीं है?" फिरोजजहाँ ने इब्राहिम को देखकर पूछा।

"यह फिलिस्तीन से है। इसको हिन्दुस्तानी बोलना नहीं आती। बस इंग्लिश बोलता है!" सुरेन्द्र ने कहा।

"फिलिस्तीन से यहाँ पढ़ने आया है, भला क्यों?" फिरोजजहाँ ने ताज्जुब से पूछा।

"इसका घर बर्बाद हो गया है सो माँ-बाप ने यहाँ भेज दिया है।" सुरेन्द्र ने बताया।

"हाँ, कब से लड़ाई चल रही है। किसी तरह खत्म होने का नाम नहीं ले रही है।" इतना कहकर फिरोजजहाँ ने इब्राहिम से इंग्लिश में बात करना शुरू कर दिया। यह देखकर सुरेन्द्र को बड़ा आश्चर्य हुआ। दादी, नानी का मतलब था अनपढ़, बूढ़ी, बीमार, बेचारी औरत जिसके किसी सवाल का कोई जवाब नहीं देता है। उन्हें या तो झिड़की मिलती है या फिर उदासीनता मगर जहीर की दादी तो इस तरह बोल रही है जैसे मॉडर्न औरत, मगर जहीर की माँ सर पर दुपट्टा डाले खामोश है जैसे कुछ भी न जानती है न समझती है; मगर उनकी आँखें कितनी बोलती हुई हैं? सुरेन्द्र ने मन-ही-मन कहा।

खाना लग गया था। सुरेन्द्र और इब्राहिम ने खूब मजे ले-लेकर खाना खाया। खासकर आम की मीठी चटनी को इब्राहिम बार-बार जबान पर रखकर घुला रहा था। हॉस्टल का खाना जितना भी अच्छा बने घर का मुकाबला तो नहीं कर सकता है। उन लोगों के जाने के बाद जहीर ने कपड़े बदले। मंजन वगैरह करके जब वह बिस्तर पर लेटा तो उसको लगा, आज का दिन कितना अच्छा गुजरा। इस दिन को अपनी पूरी जिन्दगी में वह कभी भूल नहीं पाएगा। नींद से आँखें बोझिल हो रही थीं। कुछ पल बाद ही वह घोड़े बेचकर सो गया।

सपने में वह पूरी रात उन्हीं चारों के साथ कभी स्कूल-कॉलेज़ में अपने को पाता तो कभी युनिवर्सिटी में अपने को घूमता देखता। फिर उसने देखा चुनाव के उम्मीदवारों का झुण्ड का झुण्ड नारे लगाता पूरे मोहल्ले में घूम रहा है। शोर से उसकी

आँख खुल गयी। बड़ी देर तक समझ नहीं पाया कि वह कहाँ है। बाहर गली में कुत्ता भूँक रहा था और पिछवाड़े मोची आज फिर पीकर अपनी बीवी को मार रहा था। उसके चिल्लाने और बीवी के गाली देने की आवाज में बच्चों के रोने की आवाज भी शामिल थी। उसने उठकर लैम्प जलाया। पानी पिया, फिर रोमिला थापर की किताब पढ़ने में डूब गया।

21

यूनियन चुनाव ठीक-ठाक से गुजर गया। काउण्टिंग हुई तो पता चला कि अजय मेहरा जीत गया और छात्र यूनियन का प्रेसिडेण्ट बन गया! सूर्यभान सिंह ने अपनी हार मन से स्वीकार नहीं की और तैश में आकर तोड़-फोड़ कर दी। कुछ लड़के जख्मी हुए, कुछ पकड़े गये। कुछ पुलिस की लाठी-डण्डे से पिटे और विश्वविद्यालय अनिश्चित काल के लिए बन्द कर दिया गया। एक बार फिर विद्यार्थियों का भविष्य अधर में लटक गया। पहले तो लड़के परिसर में घूम लेते थे। पुस्तकालय में बैठ जाते थे। अब पुलिस के वहाँ कैम्प डाल लेने के बाद उन्होंने उधर जाना ही छोड़ दिया। सभी को भय था कि यह साल कहीं जीरो ईयर न मान लिया जाए। बीच साल में किसी भी अन्य विश्वविद्यालय या डिग्री कॉलेज में अब दाखिला मिलने से रहा। प्राइवेट इम्तहान के फार्म भरने का समय भी निकल चुका था। पैसेवाले घरों के लड़के कुछ माह के लिए अपने सगे-सम्बन्धियों के पास दिल्ली, बम्बई घूमने निकल गये। गाँव, कस्बे से आये लड़के बोरिया-बिस्तरा बाँध गाड़ी में बैठ लिये। मध्य व निम्न मध्य वर्ग के स्थानीय लड़के अलबत्ता कभी सिविल लाइंस में तो कभी कम्पनी बाग में टहलते नजर आते या फिर चाय की एक प्याली के साथ छोटे-मोटे चायखानों और रेस्तराँ में बैठ फिल्मी गानों की तान पर अपने को रिहा कर देते और शाम ढलते ही लुढ़कते-पुढ़कते टूटे हुए-से घर पहुँचते तो वहाँ भी उनका स्वागत आँख बिछाकर करनेवाला कोई नहीं था। उनकी उदासी बढ़ जाती। रात करवटें बदलते कट जाती मगर आँखों में नींद नहीं उतरती थी।

जहीर से ज्यादा फिरोजजहाँ टूटकर रह गयी थीं। सारे दिन मुँह लपेटे जहीर पड़ा रहता। उसकी यह हालत उनसे देखी नहीं जाती थी। फिर अकेले जहीर पर तो यह आसमानी बला टूटी नहीं थी जो भाग्य का लिखा कहकर माथा पीटतीं। यह

तो जमीनी बला थी। जिसने पूरी एक पीढ़ी को अन्धकार में धकेल दिया था। जवान लड़के का सारे दिन घर में पड़ा रहना या सारे दिन घूमना उनको क्या किसी को भी अच्छा नहीं लग रहा था। सभी व्यवस्था की आलोचना कर रहे थे। जो लड़कियाँ शादी की झंझट से पढ़ाई के बहाने अभी तक बची हुई थीं, उनके माँ-बाप को अब लगने लगा था कि कैसे अच्छा लड़का मिले और इनके हाथ पीले कर दें। मगर लड़के भी कहाँ पेड़ में फल रहे थे, जो पसन्द आने पर तोड़ लिये जाते। गरज कि यह एक ऐसी विपदा थी, जो पूरे शहर के माँ-बाप पर एक साथ आन पड़ी थी।

जिन लड़कों के नाम मारपीट में दर्ज किये गये थे या उनको रँगे हाथों पुलिस ने पकड़ा था, उनका भविष्य तो अन्धकार में चला गया था। उनके माँ-बाप पहुँच वालों के घरों के चक्कर लगाने लगे। पुलिस की मुट्ठी तक गर्म करने को लोग तैयार थे मगर समझ नहीं पा रहे थे कि सही शख्स कौन है, जो पैसा लेकर उनका यह काम कर दे और उनका लड़का बेदाग घर वापस आ जाए। छानबीन अपनी तरह से चल रही थी। स्थानीय कांग्रेस नेता अपना पूरा बल इस बात पर लगाये थे कि अभियुक्त सजा पाएँ और तीन-चार साल के लिए विश्वविद्यालय भी उन्हें निकाल दे। मगर भारतीय जनता पार्टी दोमुँही चाल चल रही थी, एक तरफ वह अपनी खाल बचाने के लिए सूर्यभान सिंह से अपने किसी भी तरह के सम्बन्ध से इनकार कर रही थी, दूसरी तरफ चुपके-चुपके वह बड़े पैमाने पर इन सारे लड़कों को निर्दोष साबित करने के लिए एड़ी-चोटी का जोर लगा रही थी।

इम्तिहान के दिन करीब आ रहे थे मगर कार्यक्रम का कोई अता-पता दूर-दूर तक नहीं था। स्थानीय समाचारपत्र जमकर प्रशासन, पुलिस और विश्वविद्यालय एडमिनिस्ट्रेशन की आलोचना कर रहे थे। कुछ ऐसे लेख भी छप रहे थे जो साल के खराब न होने की बात उठा वाइस चांसलर से अनुरोध कर रहे थे कि वह इस समस्या को गम्भीरता और शीघ्रता से खत्म करें। उसमें कुछ सुझाव भी रहते थे। नगर के स्तर पर जनता के बीच इस मुद्दे पर संवाद स्थापित हो चुका था। कभी-कभार उनसे बातचीत के आधार पर परिचर्चा भी आयोजित की जाती थी। जत्थे के जत्थे शहर के सम्मानित कहे जानेवाले लोग कुलपति से जाकर मिलते भी थे। एक गर्मागर्म माहौल इलाहाबाद को व्यस्त रखे हुए था, जो उसके मिजाज के ऐन मुताबिक भी था।

यह समस्या तब वास्तव में गहरा गयी जब पिटे हुए लड़कों में से एक लड़का इलाज के दौरान अस्पताल में दम तोड़ गया। उसके सिर पर गहरी अन्दरूनी चोट आयी थी, जिसको डॉक्टरों ने तब समझा जब बहुत देर हो चुकी थी। शहर में तनाव-सा फैल गया। विद्यार्थी तीन भागों में विभाजित हो गये। पहले वह जो मरे लड़के के तरफदार थे और अपराधी को पकड़ने और उचित दण्ड दिलवाने के पक्ष

में थे। दूसरे वह जो यह बताने की कोशिश कर रहे थे कि इस सारे हंगामे में छात्रों का नहीं बल्कि बाहर से किराये पर आये बदमाशों का हाथ है। उसकी जिन्दा मिसाल समीर कुमार की मौत है। जो न युनिवर्सिटी का नामजद विद्यार्थी है और न ही उसका कोई सम्बन्ध किसी प्रकार से इस संस्थान से है। इसलिए इसको छात्रों के बीच की शत्रुता का नाम देना या भारतीय जनता पार्टी और कांग्रेस के बीच की रस्साकशी कहना बिलकुल गलत है। कुछ बेकार किस्म के जवान ऐसे अवसरों की ताक में रहते हैं कि कहीं हंगामा हो और वह उसमें कूदकर चिनगारी को शोलों में बदल दें। यह मामला पुलिस नगर अनुशासन के स्तर पर ले और इस तरह के अधकचरे अपराधियों की शिनाख्त करे। तीसरे वे, जो संख्या में ज्यादा थे, इस बात को उठा रहे थे कि प्रशासन, पुलिस और वाइस चांसलर इस गुत्थी को सुलझाते रहें, मगर साथ ही साथ वह पढ़ाई शुरू करवाएँ ताकि साल खराब न होने पाये। उनकी माँग यह भी थी कि सुरक्षा और शान्ति के लिए चाहें तो कड़ा पहरा परिसर में तब तक बना रहने दें जब तक परीक्षाएँ सुचारु रूप से समाप्त न हो जाएँ।

तीसरे विद्यार्थी संगठन को लगभग सभी का समर्थन प्राप्त था। इसलिए उनकी सुनवाई भाषणों के रूप में खूब जमकर हो रही थी। वाइस चांसलर को पद से हटाने की बात भी कई छात्रों ने जोश में आकर कही। जिस पर जोरदार तालियाँ बजीं और उसी रात कुछ महत्त्वपूर्ण सदस्यों ने कुलपति के घेराव और अनशन पर बैठने का फैसला ले लिया। जिस जुनून की जरूरत थी, उसका बुखार चढ़ चुका था। खुफिया तौर पर जो मुखबिर पुलिस, प्रशासन और कुलपति के द्वारा छोड़े गये थे उन्होंने तत्काल यह खबर पहुँचा दी कि सारा विरोध गाँधीजी की नीति पर चलकर होगा। न कानून हाथ में लिया जाएगा, न हिंसक घटनाएँ घटेंगी, न ही आपत्तिजनक भाषा का प्रयोग करते जुलूस निकलेगा, न गगनभेदी बेहूदा नारे लगाये जाएँगे। बाहर से आकर गड़बड़ी करनेवालों के प्रति वह सचेत हैं। इसलिए किसी किस्म का घालमेल करने की गुंजाइश कम है। तीसरे संगठन ने किसी भी प्रकार की कोई सूचना न समाचारपत्रों में दी, न आये हुए पत्रकारों से संगठन के प्रवक्ता ने कुछ कहा। उनके इस आन्दोलन को बढ़ावा देने के लिए दूसरे विश्वविद्यालयों से एस.एफ.आई. के नेतागण और अनुयायी पहुँच गये थे जिससे उनका मनोबल बढ़ गया था।

दूसरे दिन सुबह ग्यारह बजे के लगभग एक बार फिर मीटिंग बुलायी गयी ताकि रात के कार्यक्रम को कार्यान्वित करने के लिए उचित कदम उठाये जा सकें। कुछ देर तक तो नये-पुराने कामरेडों में तेज-तेज बातें हुईं। जब अन्दर का उफान कुछ कम हुआ तो प्रत्येक सदस्य ने अपनी-अपनी बात रखी और सारे सुझावों को पढ़कर

वोटिंग हुई और यह तय पाया कि कैम्पस में आज रात मशाल जुलूस निकलेगा जो हर हॉस्टल से होता हुआ युनिवर्सिटी के चक्कर लगाकर कुलपति के निवास के सामने ठहर जाएगा। नारों की जगह सिर्फ हाथों और सिर पर पट्टी के रूप में बैनर होगा। सारे विद्यार्थी वहाँ धरना देंगे और पाँच छात्र अनशन पर बैठेंगे। कुलपति इस बीच अन्दर बुलाकर बात करने की मंशा जाहिर करते हैं, तो उनसे कुल दस सीनियर्स जाकर मिलेंगे और अपना लिखा मेमोरैण्डम देंगे। जिसमें हमारी माँगें होंगी : पहली—क्लास शीघ्र शुरू कराओ। दूसरी—कोर्स को संक्षिप्त कराओ ताकि दो माह में कोर्स समाप्त हो सके। तीसरी—परीक्षा की तारीख दो, चौथी—अनुशासन, शान्ति, सुरक्षा का कड़ा इन्तजाम। पाँचवाँ—वरना इस्तीफा दो!

लड़कों को जमा करने, नारे और बैनर बनाने, मशाल के साथ दूसरी जरूरी चीजों के लिए चन्दा जमा करने की जिम्मेदारी पाँच-पाँच लड़कों के ग्रुप को दे एक को उनका इंचार्ज बनाया गया। इस तरह से छः लड़कों की असंख्य टोलियाँ दो बजे दोपहर से सक्रिय हो उठीं। पुलिस डिपार्टमेण्ट टोह ले रहा था। मुख्यमन्त्री, कलक्टर, डी.एम., आई.जी. और कई महत्त्वपूर्ण लोगों के संग कुलपति और रजिस्ट्रार की मीटिंग भी लम्बी खिंच गयी थी। वहाँ भी दो मत थे। एक कह रहा था कि इन लड़कों को विश्वविद्यालय खोलने का दिलासा देकर वक्ती दबाव को कम कर दिया जाए और अपनी तरह से इस घटना को सुलटाया जाए, मगर दूसरा मत यह था कि इन विद्यार्थियों के तेवर तोड़ना और उनका दमन हमारा लक्ष्य नहीं होना चाहिए बल्कि हजारों लड़कों के भविष्य पर नजर रखते हुए हमको युनिवर्सिटी में अनुशासन कायम कर कार्य शुरू कर देना चाहिए। ऐसा करने पर उपद्रव अपने-आप रुक जाएगा। घटना की छानबीन चल रही है। उसका फैसला कानून करेगा। जो अपराधी होगा वह पकड़ा जाएगा। दोनों मतवाले अपनी-अपनी बात पर अड़े रहे और कोई फैसला न ले पाये।

जहीर भी इस तरह के छात्र आन्दोलन से कैसे बच सकता था जबकि उसका दिल पढ़ने के लिए तड़प रहा था। वह तीसरे छात्र मंच में शामिल हो गया। सारे दिन उसने बैनरों पर नारे लिखे—

‘हमारा हक हमको दो—क्लास फौरन शुरू करो!’
‘दूसरों की सजा हमें मत दो—हमारी किताबें वापस करो।’
‘भारत के हैं हम रखवाले—पढ़ने के हैं हम मतवाले।’
‘गुरु दक्षिणा में न पीछे हटेंगे—गुरु गुरु हमें शिक्षा दो।’
‘अपने परिवार के सपने हैं हम—उनको अब मत तोड़ो तुम।’
‘लिखना, पढ़ना, आगे बढ़ना—यह है हमारी पहली माँग।’........

शाम के पाँच बजे के लगभग विद्यार्थियों के जत्थे के जत्थे जमा होने लगे

थे। जुलूस सजने लगा था। उसी के साथ पुलिस से भरी कई वैन सड़क के इधर-उधर आकर जमा हो गयीं और पुलिस अश्वारोहियों द्वारा गश्त शुरू हो गया। यह सारा आन्दोलन राजाराम रिटायर फारेस्ट ऑफिसर के बँगले के सामनेवाले उजाड़ पड़े मैदान में सम्पन्न हो रहा था क्योंकि परिसर में पुलिस का डेरा था। दूसरे इस आन्दोलन की बागडोर जिस छात्र के हाथ में थी, वह राजाराम का पोता केसरीराम था। उसने जुलूस के आगे बैनर, जिस पर विश्वविद्यालय का लोगो बरगद का पेड़ बना था, उठाये दो लड़कों को खड़ा किया। उनके आगे छोटे कद के पाँच लड़कों को मशाल के साथ खड़ा किया जिनके सिर पर सफेद पट्टी बँधी थी, जिस पर पाँच रंगों में लिखा था–

'हम इसी देश के नागरिक हैं।'
'हम आप की ही औलादें हैं।'
'हम आपसे न्याय की माँग करते हैं।'
'हमको हमारा अधिकार दें!'
'हमको पढ़ने की सुविधा दें।'

बैनर के पीछे सत्याग्रह पर बैठनेवाले दस लड़के थे जिन्होंने काले कुर्ते पहन रखे थे और गले में गेंदे के पीले फूल थे। उसके बाद मशालें थीं फिर बैनर और फिर बाकी लड़कों के जत्थे पचास-पचास की संख्या में थे। आखिरी बैनर के बाद सिर्फ लड़के ही लड़के थे। जिन्होंने भारत का बारह-बारह इंचवाला राष्ट्रीय झण्डा और लाल पताकाएँ हाथों में उठा रखी थीं। सुरक्षा, शान्ति और अनजान चेहरों पर नजर रखने के लिए जुलूस के दोनों तरफ लड़कों की कतारें थीं, जिन्होंने सफेद कमीज और पैण्ट पहन रखा था। जुलूस जिस समय युनिवर्सिटी की तरफ बढ़ा, देखनेवालों का बदन गनगना उठा। भावुकता के कारण अक्सर लोगों की आँखें भर आयीं और कुछ के रोयें उत्तेजना के कारण खड़े हो गये। पुलिसवाले भी बिना बुलाये मेहमान की तरह साथ चल पड़े। शहर प्रशासन के सभी बँगलों में फोन घनघना उठे।

अभी तो यह अँगड़ाई है–आगे और लड़ाई है। नारे लगाता जुलूस न परिसर में दाखिल हो पाया, न सीनेट हाल के सामने जाकर घेरा बना पाया, न किसी हॉस्टल में दाखिल हो सका क्योंकि हर जगह पुलिस तैनात थी। हॉस्टल तो पहले ही लड़कों से खाली करवा लिये गये थे। इसलिए केसरीराम के नेतृत्व में वह उस पूरे इलाके का चक्कर लगाते रहे और वाइस चांसलर के निवास की तरफ बढ़े तभी जुलूस के पीछे छात्रों ने दो सन्दिग्ध लड़कों को पकड़ा। पुलिस ने आगे बढ़कर उन्हें अपनी कस्टडी में ले लिया। तलाशी लेने पर उनके पास दो हथगोले मिले थे, जो दरअसल बम नहीं आँसू गैस की तरह की कुछ चीज थी। जो केवल माहौल में दहशत फैलाने

के गरज से फोड़ी जानी थी। फिर भगदड़ में क्या होता यह तो इनके आकाओं को पता था। इसके बाद जुलूस उसी रफ्तार से आगे बढ़ता रहा। नारे लगने बन्द हो चुके थे। खामोश जुलूस मूक विरोध व्यक्त करता बचा रास्ता तय कर रहा था।

कुलपति के निवास पर भी पुलिस सुरक्षा का पहरा था। छात्रों ने अपनी-अपनी पोजीशन ले ली। अन्दर से कुलपति के पी.ए. कुछ अन्य पुलिसवालों के साथ निकले और पूछने लगे–

"आप लोग क्या चाहते हैं? इस तरह बँगले के आसपास भीड़ जमा नहीं कर सकते!"

"हमारी माँगें आप देख ही रहे हैं, और यह भीड़ भी आपके घर से बाहर सड़क पर है। हम किसी भी प्रकार का कानून नहीं तोड़ रहे हैं, यहाँ तक कि नारे तक लगाकर हम अपना एतराज दर्ज नहीं कर रहे हैं।" केसरीराम ने बड़े शालीन स्वर में कहा और मेमोरैण्डम पेश किया, जिसको पी.ए. ने सरसरी नजर से देखा। फिर एस.पी. सिटी ने और कुछ अन्य पुलिसकर्मियों ने सिर हिलाकर कहा–

"इसको अन्दर पहुँचा देते हैं!"

समय दस मिनट से आधे घण्टे में बदल गया। तय पाया कि पन्द्रह मिनट और इन्तजार किया जाए, फिर बाकी छात्रगण अपने घरों को लौट जाएँ और अनशन पर बैठनेवाले छात्र दरी बिछाकर पेड़ के नीचे आसन जमा लें। मशालची कुछ देर ठहर सकते हैं क्योंकि यह जगह अभी अँधेरे में है। इस फैसले के बाद सबकी नजर दरवाजे पर टिकी थी। आधा घण्टा अब डेढ़ घण्टे में बदल गया तो केसरीराम ने जुलूस को पीछे से चलने का आदेश दिया। लम्बी सड़क पार कर छात्रों के झुण्ड अपने-अपने घर की दिशाओं की तरफ चल पड़े। अश्वारोही पुलिस उनके साथ थी! विद्यार्थियों को पता था कि यदि उनसे जरा-सी भी चूक हुई तो खिसियायी पुलिस को केस बनाते देर नहीं लगेगी। आधे घण्टे में इलाका भीड़रहित हो उठा और एक टुकड़ी उन दो लड़कों का पता लगाने जब थाना पहुँची तो पता चला कि यहाँ कोई अपराधी अभी तक नहीं आया है। न कोई रपट ही किसी ने लिखवायी है।

जहीर का दिल वहाँ से आने का नहीं चाह रहा था बल्कि उसकी इच्छा हो रही थी कि वह वहीं अनशन करनेवालों के बीच जाकर बैठ जाए। भारी कदमों से वह आगे चलने लगा। किसी सवारी का दूर-दूर पता नहीं था। रात के साढ़े बारह बज रहे थे। सिनेमा छूटे भी आधा घण्टा हो गया था। रिक्शेवाले भी अब फुटपाथ पर अपने बिस्तरों पर पसरने लगे थे। रास्ता खामोश था। जब वह खुलदाबाद थाने के पास से गुजरा तो उसको अजीब-सा लगा। आज उसने जिन्दगी में पहली बार इतनी पुलिस देखी थी। नूरउल्लाह रोड पर पहुँचकर उसके पैर जवाब देने लगे। जार्जटाउन से यहाँ तक पैदल आना, वह भी जुलूस में शामिल होने के बाद, उसको

बुरी तरह थका गया था। उसका अकबरपुर का मोड़ पास आ गया था। वह जैसे ही मुड़ने लगा, पीछे से आवाज आयी।

"कौन है बे...? इतनी रात को यूँ क्यों टहल रहा है?"

"घर जा रहा हूँ।" जहीर ने धीरे से कहा।

"अबे लौट कहाँ से रहा है? जुआ खेलकर, देसी चढ़ाकर, या सिनेमा देखकर?" सिपाही हड़काने के मूड में था!

"आप किस किस्म की बात कर रहे हैं?" जहीर सख्त लहजे में बोला।

"एक जमाया नहीं कि हमारी बात तेरी समझ में आ जाएगी!"

"जरूरी है बताना कि मैं कहाँ से आ रहा हूँ?" जहीर अकड़ गया।

"हाँ! वरना हवालात में बन्द कर दूँगा।"

"नहीं बताता...चलो बन्द कर दो।" जहीर ने तेज स्वर में कहा और आगे बढ़ा।

"का बात है सिपाही जी?" पीछे से आवाज आयी।

"अब तुम इतनी रात को कहाँ टहलत हो रतालू?" सिपाही हँसा।

"गये रहे बलुवा घाट! लौटत मा देर हो गयी...और जहीर बाबू तुम इतनी रात मा यहाँ कहाँ डोलत हो?"

"वह काका! आज लड़कों का जुलूस था न, वहीं से लौटा हूँ।" जहीर ने कहा।

"तुम जानत हो?" सिपाही बोला।

"काहे नाही, हमरे मोहल्ले के तो हैं...बस दो गली पार जहाँ हमरी लस्सी की दुकान है ओके पिछवाड़े काली मेम के घरे के पार बाबू का मकान है।" रतालू बोला।

"अच्छा! जाओ जाओ।" सिपाही ने इतना कहा और डण्डा घुमाता आगे बढ़ गया। रतालू कुछ दूर तक जहीर के साथ चला फिर अपनी गली की तरफ मुड़ गया। जहीर थके पैर उठाता घर के दरवाजे पर जाकर खड़ा हो गया। इतनी रात को माँ, दादी को नींद से जगाते हुए जहीर झिझक रहा था। हिम्मत कर उसने डरते-डरते कुण्डी बजायी। पहली ही कुण्डी पर दरवाजा खुल गया। दादी और अम्मा दोनों जाग रही थीं। सारे घर की बत्ती जली हुई थी। जोरदार डाँट पड़ने की उम्मीद से उसने दादी की तरफ देखा और कहा—

"जरा देर हो गयी दादीजान, मगर सब खैरियत से निबट गया।"

"शुक्र है! सब ठीक रहा?" फिरोजजहाँ ने खुदा का शुक्र अदा किया।

"कुछ झंझट तो नहीं हुआ?" सिपतुन ने चेहरा दुपट्टे के आँचल से पोंछते हुए कहा।

"नहीं! सब बड़ी खामोशी से अंजाम पाया!" जहीर ने राहत की साँस लेते हुए कहा और तख्त पर बैठ जूते उतारने लगा।

"खाना लगाऊँ?" सिपतुन ने पूछा।

"भूख तो लग रही है। मगर अम्मा अब तो डेढ़ बजनेवाले हैं?" जहीर ने कहा।

"हम सब तुम्हारे इन्तजार में बैठे थे!" फिरोजजहाँ बोल पड़ीं!

"मेरा तो वहाँ से आने का ज़रा भी दिल नहीं चाह रहा था। मुझे तो उम्मीद थी कि वाइस चांसलर हमारा जुलूस और माँगें देखकर फौरन हाँ कर देंगे मगर उन्होंने तो हमारी तरफ कोई ध्यान ही नहीं दिया!" जहीर ने बड़े अफसोस से कहा।

फिरोजजहाँ और सिपतुन जहीर के मुँह से पूरा किस्सा बड़े शौक से सुनने लगीं। थोड़ा-बहुत खाकर सब वहीं दालान में लेट गये। सुबह चार बजे के लगभग तीनों की आँख लग गयी।

22

दूसरे दिन के समाचारपत्रों की मेन हेडिंग कल के मशाल जुलूस के बारे में थी। पहले पन्ने पर शानदार बड़ी-बड़ी तस्वीरें छपी थीं। विश्वविद्यालय का लोगो—जितनी जटाएँ उतने पेड़ का बरगद—बड़ा प्रभावी लग रहा था, जिसने पुराने विद्यार्थियों के दिलों की धड़कन तेज कर दी थी। वे अपनी-अपनी तरह से अपने-अपने घर में बैठे अपने दिनों को याद कर रहे थे। कोई जगाती रेस्तराँ को याद कर रहा था तो कोई सेण्ट्रल हाल में हुए मुशायरे को तो कोई रामकुमार वर्मा और धीरेन्द्र वर्मा, धर्मवीर भारती को याद कर रहा था तो कोई प्रो. जामिन अली, एजाज हुसैन और एहतेशाम साहब का जिक्र कर रहा था। कोई फ़िराक़ के किस्से सुनाने लगा तो कोई भूतपूर्व कुलपति अमरनाथ झा के दिनों में डूब गया तो कोई बच्चन जी की मधुशाला को गुनगुनाने लगा। कोई जे.के. मेहता, तो कोई प्रो. रुद्रा तो कोई ईश्वरीप्रसाद तो कोई प्यारेलाल श्रीवास्तव को याद करने लगा। सबके जेहन में उन लड़के-लड़कियों के चेहरे भी उभरने लगे जो उन्हें अच्छे लगते थे। उन्हीं के साथ मिसेज घटक का चेहरा भी कौंध गया जो विमेन्स कॉलेज की तरफ गलती से भी किसी लड़के को टहलता देख अपनी बड़ी-बड़ी आँखें तरेरती थीं।

पूरा शहर भावुकता के ज्वर से पीड़ित हो उठा और एक आवाज में बोलने लगा कि युनिवर्सिटी खुल जानी चाहिए और बच्चों का साल खराब नहीं होना चाहिए। आखिर छात्रों और गुण्डों में कुलपति को फर्क तो करना पड़ेगा। ऐसा नहीं

किया तो उन्हें हर हालत में रिजाइन कर देना चाहिए वरना सीधे प्रशासन उनसे रिजिगनेशन की माँग करे और एक नये कुलपति का चयन करे। कुछ इसी तरह के विचारों के सम्पादकीय दिल्ली के चन्द पेपरों में छपे और नेशनल चैनल पर टी. वी. समाचार ने भी इस खबर को विस्तार दिया। पान की दुकान, चाय की गुमटी, कॉफी हाउस, ए.जी. ऑफिस, कोतवाली बाजार हर जगह यही बातें हो रही थीं। एक जोश भरा वातावरण हवा में घुल अपनी महक चारों तरफ फैला चुका था।

आज अनशन पर बैठे लड़कों का दूसरा दिन था। अन्दर मीटिंग पर मीटिंग चल रही थी। राष्ट्रीय स्तर पर राजनीतिक पार्टियों के नेताओं के भी कान खड़े हो गये थे। अनपढ़ों के बीच में कुछ ऐसे नेता थे जिनका रिश्ता इलाहाबाद के किसी न किसी स्कूल, कॉलेज या फिर विश्वविद्यालय से था। उनका भी सोया प्यार जाग उठा और उनके पी.ए. ने अपने-अपने प्रतिनिधियों के फोन इलाहाबाद में खटखटाये। लम्बी बातचीत के बाद शाम के चार बजे छात्रों को सूचना दी गयी कि कुलपति विश्वविद्यालय खोलने और परीक्षा करवाने पर राजी हैं। आप अनशन तोड़ सकते हैं।

'हिप हिप हुर्रे' की आवाजें गूँज उठीं।

केसरीराम को अपने मेमोरैण्डम का लिखित जवाब मिल गया। सारी शर्तें मान ली गयीं सिवा एक शर्त के जिसमें कोर्स कम करने की माँग की गयी थी। केसरीराम ने स्वीकृति दे दी। लड़कों को कुलपति ने बँगले के अन्दर बुलाया। जहाँ चाय-पानी का बहुत बढ़िया इन्तजाम था। कुलपति ने केसरीराम और अन्य सत्याग्रही लड़कों से हाथ मिलाया और ताजा फलों के जूस का गिलास दिया। उनकी प्रशंसा करते हुए कहा कि मुझे गर्व है कि अरसे बाद छात्र आन्दोलन सही दिशा पर चला और उस पर अड़ा रहा। रजिस्ट्रार ने सहयोग का पूर आश्वासन दिया। आई. जी. और एस. एस. पी. ने भी सुरक्षा और अनुशासन बनाये रखने का वचन दिया। इस बीच अखबार वाले मना करने के बावजूद पहुँच गये थे। छात्र तो लगातार वहाँ बने हुए थे। जब केसरीराम अपने दस सत्याग्रहियों और महत्त्वपूर्ण सदस्यों के साथ बाहर निकले तो लड़के अपने को रोक नहीं पाये। केसरी को कन्धों पर बिठाकर आगे बढ़े।

'केसरीराम...जिन्दाबाद...जिन्दाबाद।'

'छात्र संगठन जिन्दाबाद...जिन्दाबाद।'

'हिप हिप हुर्रे...।'

कैमरों की फ्लश चमक रही थी। चेहरे दमक रहे थे। जुलूस पैदल ही युनिव्रर्सिटी की तरफ बढ़ा। नारे बदस्तूर जारी थे। पुलिसवालों ने जुलूस को नहीं

रोका और दरवाजा खोल एक किनारे खड़े हो गये। लड़कों का सैलाब सीनेट हाल के सामने जाकर जमा हो गया। जहाँ पर बूढ़े बरगद को साक्षी बना केसरीराम ने छात्रों को सम्बोधित करते हुए कहा—

"यह हमारी जीत का पहला पड़ाव है।" इतना सुनते ही लड़कों ने नारे लगाये। "अभी तो यह अँगड़ाई है आगे और लड़ाई है।" लड़कों को शान्त करा के केसरीराम ने कहा, "लड़ाई और भी आगे है मगर आप सबसे मेरा विनम्र अनुरोध है कि कल से इस परिसर में ऐसी कोई घटना न घटने पाए जिससे हमको शर्मिन्दा होना पड़े। यह पढ़ने-पढ़ाने का मौसम एक्जामिनेशन फीवर का दौर है। आशा है, हम सब अच्छे नम्बरों से पासआउट करेंगे!"

केसरीराम की लम्बी तकरीर का निचोड़ यही था, जिसके बाद तालियों की गड़गड़ाहट बड़ी देर तक गूँजती रही और उसी के साथ छात्र अपने खो गये परिसर में फैल गये। कोई पेड़ के नीचे बैठा। कोई घास पर लेट गया। कोई सीढ़ियों पर जम गया। कोई फूलों से भरी क्यारियों के पास टहलने लगा।

इम्तहान की तैयारियाँ तेजी से शुरू हो गयीं। पिछड़ा कोर्स पूरा किया जाने लगा। लैब खुल गये। भूगोल विभाग के लड़के फील्ड वर्क के लिए इधर-उधर नपाई करते नजर आने लगे। छात्र संगठन के आगे छात्र यूनियन दम तोड़ गयी। उसके पास न अब कोई मुद्दे बचे थे न कोई उस तरफ अपनी कठिनाइयों का हल ढूँढ़ने ज़ाता था। हाजिरी कम है या ज्यादा उसका पुराना रिकार्ड बन्द कर अब नये रजिस्टर के हिसाब से उपस्थिति गिनी जाने का सरकुलर नोटिस-बोर्ड पर टँग चुका था। जो टीचर साल भर छुट्टी की हालत में रहते थे, कोचिंग क्लास चला रहे थे, वह अब होशियार की मुद्रा में आ चुके थे, क्योंकि उन्हें महसूस हो गया था कि अब केवल प्रशासन ही नहीं बल्कि नगर की नजरें उन पर हैं; इसलिए उनकी लापरवाही से दुर्घटना घटी वाला हाल हो जाएगा और उनकी नौकरी पर बन आएगी।

इस बीच ईद और होली पड़ी। उसमें टाइटिल देने की परम्परा को कोई नहीं भूल पाया। दोनों त्योहारों के पहले नोटिस बोर्ड पर प्रोफेसर और विद्यार्थियों के टाइटिल टँग गये।

रात-दिन की मेहनत के बाद महत्त्वपूर्ण पाठ प्रोफेसर्स ने खत्म करा दिये और अब आया दौर प्रिपरेशन लीव का जिसमें खुद अपनी तैयारी करनी थी। परिसर में पुलिस अब भी पड़ी थी। केस की तफतीश जारी थी। कुछ लड़कों को अलबत्ता इस बार हॉस्टल के कमरे एलाट नहीं कराये गये थे मगर उन्हें परीक्षा देने की अनुमति मिल गयी थी।

जहीर की तैयारी रात-रात भर चलती थी। सिपतुन बीच-बीच में चाय बनाकर देती रहती थी ताकि बेटे के बदन में चुस्ती बनी रहे। फिरोजजहाँ का स्कूल जाना जारी था। कुछ दिनों से उनको घुटनों में दर्द की शिकायत रहने लगी थी, जिसकी वजह से रिक्शे पर चढ़ना-उतरना मुश्किल लगता था। कार को तो उन्होंने खुद मना कर दिया था। उसकी वजह भी थी। जब से फुन्नन मियाँ के घर आइसक्रीम का काम शुरू हुआ था, सारे ठेले रात को यहाँ आकर खड़े हो जाते जिससे मोहल्ले की मेन सड़क और तंग हो उठती थी। दूसरी तरफ रिक्शे की खटाल खुल गयी थी। कार में कई बार हल्की खरोंचें लगीं तो उन्हें बुरा लगा। आखिर जब उन्हें इस बात से दुख पहुँचा तो कार के मालिक को निशान पड़ी कार देखकर कितना बुरा लगा होगा। सिपतुन लहसुन मिले तेल से उनके घुटने की मालिश कर देती थी जिससे उन्हें काफी आराम मिलता और वह भरपूर नींद सो लेती थीं।

शाम को लगभग चार बजे घर के बाहर कुछ शोर सुनाई दिया। काफी लोगों के कदमों की आवाज भी कानों में पड़ी। उस वक्त फिरोजजहाँ स्कूल से लौटी थीं। शाम की चाय पी जा रही थी। जहीर ने चाय खत्म की और बाहर की तरफ निकला। गली में सन्नाटा था। वह गली से बाहर निकल शीशम के पेड़ की तरफ चौड़े रास्ते की तरफ बढ़ा। हलवाई की दुकान पर कुछ लोग खड़े बातें कर रहे थे। कुछ पूछने से पहले ही उसके कान में आवाज टकरायी।

"अल्लापुर में जो बाजार बन रहा है, उसी का ढोला खुलना था। बशीर के सिर पर जाने कैसे शहतीर आकर लगा। वह वहीं ढेर हो गया।"

"बेचारा! वह बाजार तो भूलन कसाई का है न?"

"और किसमें हिम्मत है तिमंजिला बाजार बनवाने की?"

"इस बार फिर वह विधायक का चुनाव जीत गया न।"

"वह बशीर मियाँ अब कैसे हैं?" जहीर से जब अपने को रोका नहीं गया तो वह पूछ बैठा।

"वह तो अब नहीं रहे...यही तो मैं इन्हें बता रहा हूँ। अभी तो लाश इधर से ले गये हैं लोग उनके घर।"

"घर किधर है?"

"दो गली छोड़ जो नीम है चबूतरेवाला, बस उसी के सामनेवाली गली में आखिरी मकान है।"

"शुक्रिया।" कहकर जहीर कुछ सोचता रहा कि उधर जाए या न जाए, फिर कुछ सोचकर वह कुलसुम के घर की तरफ चल पड़ा। आँसुओं में डूबा कुलसुम का चेहरा उसकी आँखों के सामने घूमने लगा।

"वह तो अब और बड़ी हो गयी होगी। कई माह पहले उसे देखा था। कितनी

खूबसूरत निकली है। अब तो और अच्छी लगती होगी।''

जब जहीर बशीर मिस्त्री के घर के करीब पहुँचा तो देखा वहाँ खासी भीड़ लगी थी। लगभग सब उसी के पेशे से ताल्लुक रखनेवाले लोग थे। चारखाने की लुंगी कमीज, सिर पर जालीदार टोपी और कन्धे पर चारखाने का रूमाल और चुग्गी दाढ़ी। जहीर कुछ देर घर से कुछ दूरी पर खड़ा रहा फिर खामोशी से लौट आया। अन्दर जाने का सवाल न था। बाहर किसी को जानता नहीं था कि उसको पुरसा देता। उसका मन उदास हो गया। घर पहुँचा तो फिरोजजहाँ ने उसका उदास चेहरा देखकर पूछा, ''कहाँ चले गये थे।''

''बशीर मिस्त्री का इन्तकाल हो गया है?'' ठण्डी साँस खींच जहीर बोला।

''यह कौन है बशीर मिस्त्री?'' उन्होंने हैरत से पूछा।

''सामने जो मदरसा बना है न दादी, उसी के हाथों बना है। अल्लापुर में बनती इमारत में शहतीर गिरने से मौत हो गयी।''

''इननललाहे...'' फिरोजजहाँ बोलीं।

''बस उसके घर तक चला गया था।'' इतना कहकर जहीर कमरे की तरफ बढ़ा। वह कुछ देर अकेले में बैठना चाहता था।

इम्तहान शुरू हो गये थे। जहीर के पेपर ठीक हो रहे थे मगर उसको अच्छे नम्बर से पास होने की उम्मीद नहीं थी। वह दिलोजान से तैयारी कर रहा था, मगर हर तैयारी समय चाहती है। आज उसका आखिरी पेपर था। एजूकेशन में उसने कुल दस सवाल छाँटकर तैयार किये थे। उनमें से तीन क्वेश्चन पेपर पर लिखे थे। बाकी दो वह मैनेज कर लेगा। उसने एक घण्टे में दो सवाल पूरे कर लिये थे। तीसरा थोड़ा बड़ा था इसलिए वह तेजी से हाथ चला रहा था। पूरे पैंतालीस मिनट में उसने जवाब पूरा किया था। अब उसके पास एक घण्टा पन्द्रह मिनट बचा था। उसने राहत की साँस लेकर कमर सीधी की और दोनों हाथ गुद्दी की तरफ ले जाकर उसने उँगलियाँ तोड़ीं। तभी मेज पर रखा प्रश्नपत्र उड़ा और नीचे गिर गया। उसने झुककर उसे उठाया और चौथे सवाल की तैयारी करने लगा।

''यह पुरजा तुम्हारा है?'' सामने अर्थशास्त्र के प्रोफेसर टी. एन. दत्ता खड़े थे। वे उसके प्रश्नपत्र के नीचे से एक पुर्जा निकाले खड़े उसे घूर रहे थे।

''नहीं सर।'' इतना कह जहीर लिखने में व्यस्त हो गया। अभी वह आधा ही सवाल लिख पाया था कि दत्ता साहब अंग्रेजी के अध्यापक को लेकर उसके पास आये।

''क्यों, तुम नकल कर रहे थे?'' अँग्रेजी के अध्यापक ने पूछा।

''जी? नहीं तो सर?'' जहीर चौंक पड़ा।

"यह पर्चा तुम्हारे पैरों के पास पड़ा था। इसको उठाने तुम झुके भी थे।" प्रो. दत्ता ने तेज स्वर में कहा।

"सर! मैं अपना क्वेश्चन पेपर उठाने झुका था...यह तो मेरी राइटिंग नहीं है। आप मिला लीजिए!" जहीर ने संयत स्वर में कहा!

"क्या मिला लें...देखो साफ लिखा है एकनामिक ग्रोथ आलवेज..." प्रो. दत्ता चिढ़कर बोले।

"सर मैं एजूकेशन का स्टूडेण्ट हूँ।" जहीर ने झट से कहा।

"यह पर्चा तो वास्तव में अर्थशास्त्र के नोट्स का लगता है!" अंग्रेजी के अध्यापक ने पर्चे का मुआयना करते हुए कहा।

"यह आप कैसे तय कर सकते हैं। मैंने इसको नकल करते, पुरजा उठाते अपनी आँखों से देखा है! कलम रखो...कापी बन्द करो।" प्रो. दत्ता आगबबूला हो चुके थे।

"सर मैंने कुछ नहीं किया है। प्लीज सर!" जहीर रुआँसा हो उठा।

"बाहर निकलो। यहाँ दूसरे लड़के डिस्टर्ब हो रहे हैं। चलो बाहर जाओ!" प्रो. दत्ता ने जहीर से कापी छीनकर उस पर रिमार्क लिख दिया और उसको ले जाकर मेज पर रख दिया। पीछेवाले लड़के के चेहरे का रंग सफेद पड़ चुका था। उसकी हिम्मत दत्ता साहब की तरफ देखने की नहीं पड़ रही थी। उधर जहीर का सारा बदन अपमान और दुख से काँप रहा था। उसकी आँखें भर आयी थीं। इस बीच एजूकेशन के प्रोफेसर मिश्रा भी आ गये। उनको बहुत ताज्जुब हो रहा था कि जहीर ऐसा करेगा। उसने पर्चा देखा और वही बात दोहरायी कि यह एजूकेशन विषय का पुरजा नहीं है। दत्ता साहब अड़ चुके थे। अंग्रेजी और एजूकेशन के दोनों लेक्चरर परेशान थे कि दत्ता साहब अपनी बात पर इतना डटे हुए क्यों हैं जबकि पर्चा उस विषय का नहीं है और...प्रोफेसर मिश्रा के दिमाग में कुछ कौंधा। वह पीछे मुड़कर बोले।

"बात खत्म करें तो बेहतर होगा। मैं नहीं मानता कि यह काम जहीर का है। आप उसकी कापी लौटा दें प्रो. दत्ता!"

"आप डिस्पिलिन के खिलाफ हैं। मैं बड़ी देर से देख रहा था। उसने अनुशासन भंग किया है। मैंने उसको स्वयं नकल करते पकड़ा है। यह मेरा राइट है। मैं इनविजिलेशन ड्यूटी पर हूँ...कापी नहीं लौटा सकता।" कहने को वह कह रहे थे मगर उनका चेहरा धुआँ-धुआँ हो रहा था। अनजाने में उन्होंने अपने ही पैर पर कुल्हाड़ी मार ली थी। वह तो कहो बच गये वरना...उनको तो इस बात का वहम व गुमान भी न था कि सतीश उन्हीं के इनविजिलेशन में पुरजा लाने की हिमाकत कर सकता है? उन्हें सतीश पर बेहद गुस्सा आ रहा था। उसकी वजह से उनको आज शर्मिन्दा होना पड़ता। युनिवर्सिटी में सभी जानते हैं कि वह उनके साले का

बेटा है और उनके साथ रहकर पढ़ता है।

प्रोफेसर मिश्रा ने हाल से बाहर घबराये खड़े जहीर को आने का इशारा किया और स्वयं अपने कमरे की तरफ बढ़ गये। रास्ते में जहीर सोच रहा था कि उसने चार सवाल तो पूरे के पूरे लिख दिये हैं। पासिंग मार्क्स तो मिल ही जाएँगे। वह कमरे में दाखिल हुआ तो प्रोफेसर मिश्रा को वहीं दरवाजे पर खड़ा पाया। उन्होंने गहरी नजरों से जहीर को देखा। उन नजरों में कुछ था जिससे जहीर हिल गया।

"डोण्ट वरी माई चाइल्ड! मैं पूरी कोशिश करूँगा...यू मे गो नाउ।" उन्होंने प्यार से ज़हीर का शाना थपका। जहीर की आँखें भर आयीं। वह हल्के से मुस्कुराया और झुककर उसने प्रोफेसर को विश किया और बाहर निकला। उसका दिल हर फिक्र से आजाद हो चुका था।

साइकिल स्टेण्ड की तरफ जाते हुए सतीश दिखा। दोनों की आँखें मिलीं। सतीश ने जल्दी से चेहरा घुमाया और दूसरी तरफ देखने लगा। जब जहीर साइकिल लेकर बाहर आया तो सतीश ने धीरे से कहा–

"आयम सॉरी!"

"दैट इज आल राइट!" फीकी मुस्कान के साथ जहीर ने कहा और साइकिल पर बैठ गेट की तरफ बढ़ने लगा। उसके सधे पैर पैडिलों पर बराबर से चल रहे थे। सतीश वहीं खड़ा चुपचाप जहीर को गेट से बाहर निकलते देखता रहा, फिर धीरे से बोला–

"हीज रियली ग्रेट!"

23

जून का महीना इलाहाबाद में इतना गर्म होता है कि जमीन पर अगर चना डाल दो तो भुन जाए और देगची में पानी रख दो तो उबल जाए। सूरज तक अगर पहुँचा जा सकता तो उसको बर्फ की सिल्ली की तरह गीले बोरे में लपेट दिया जाता ताकि धूप की यह तपिश और लू के यह थपेड़े मुँह को झुलसा न देते। हाँफते परिन्दे, सुस्त पड़े चौपाये और बदहवास इन्सान राहत की साँस लेते। ऐसे में ककड़ियाँ, तरबूज और बर्फ की चिरइयाँ बड़ा सुकून देती थीं। फालसे और तुख्मे बालंगा के शरबत का कहना ही क्या? खरबूज, तरबूज, खिन्नी का भी अपना मज़ा था। अमीर

गरीब बिना किसी फर्क के यह सारे फल खा सकते थे। क्योंकि यह स्थानीय थे और अमीरों के मुँहचढ़े नहीं थे, जो उनके दाम बाबा के मोल होते। ऐसी ही गर्म जलजलाती दोपहर में बर्फ की चिरइया वाले की हाँक पर जहीर अपने को रोक नहीं पाया और दरवाजा खोलकर बाहर निकला। कुल्फी और मलाई बर्फ का भी अपना लुत्फ है मगर लाल-हरी तितली की तरह परई में घिसी बर्फ को चूसने और सुड़कने का अलग ही मजा है।

"एक बड़ी चिरइया बनाना।" जहीर ने कहा।

"अभी लो बाबू।" लड़के ने हँसकर कहा। उसकी हँसी में ऐसा कुछ था कि जहीर ने पूछा–

"तुम्हारा नाम क्या है?"

"मुरली।"

"बड़ा प्यारा नाम है।"

"बस! आपको पसन्द आय गवा, हम मस्त होय गये!"

"इस लू-धूप में किसी एक जगह खड़े होकर क्यों नहीं बेचते?"

"वाह बाबू वाह! प्यासे के पास कुआँ चलकर खुद थोड़े आवत है? कमाने निकले हैं तो गली-गली घूमे का पड़ी।" इतना कह खिलखिलाकर मुरली हँस पड़ा। जहीर भी हँसा!

"कल आओगे?" जहीर ने परई में होठ लगा बर्फ चूसा।

"अगर बिक्री इ मोहल्ला में भरपूर होय गयी तो कल फिर चक्कर लगा लेबै।" मुरली हँसा और आगे बढ़ा, तभी बच्चों का एक झुण्ड उसको घेरकर खड़ा हो गया। जहीर ने उसको हाथ दिखाया और घर की तरफ मुड़ा। तब तक चिरइया वह चूसता रहा, जब तक मुरली की आवाज उसके कानों में आती रही–

बर्फ की चिरइया है
पचास पैसे की परइया है
लाल हरी गौरइया है
अन्दर से मीठी मलइया है!

जहीर खाली परई आँगन के किनारे उछालकर सोचने लगा कि यह मुरली भी अजीब लड़का है। ढीली-ढाली कमीज, पतली गर्दन पर लम्बे बालोंवाला सिर और बड़ी-बड़ी आँखों के बीच मोटी-सी नाक और हँसते सफेद दाँत। अपने दो पैरों के सहारे पूरा इलाहाबाद तो घूम लेता होगा। एक मैं हूँ जो चन्द जगहों के अलावा इलाहाबाद में कुछ नहीं जानता हूँ। यह मोहल्ला ही कहाँ मेरा पूरा देखा हुआ है? इस मोहल्ले के लोग अलबत्ता मुझे जानते हैं। उस दिन कुलसुम के घर की तरफ गया था। आसपासवाले इस तरह गौर से मुझे टटोल रहे थे कि मैं किसी और मुल्क

का वासी हूँ। उनकी नजर में आश्चर्य के साथ जिज्ञासा भी थी। शायद इसलिए होगी कि मोहल्ले के उस कोने पर कुँजड़े, कसाइयों के घर ज्यादा हैं। यह बात भी मैंने दूसरों से सुनी है कि जब्बर और शब्बर दो कुँजड़े हैं जो हैं तो सगे भाई मगर अलग-अलग रहते हैं और आसपासवालों को दबाकर रखते हैं। दादीजान भी तो एक दिन किसी औरत से कह रही थीं–

"अरे अपने इस इलाहाबाद की शक्ल पहचानी नहीं जाती। मुए गद्दियों का राज है। अनपढ़, जाहिल, लड़ने-मरने पर उतारू, अक्ल से तुरप, पढ़ाई-लिखाई से कोसों दूर...अब सुना है हनीफ मोहम्मद गद्दी हमारे इलाके का एम.एल.ए. हो गया है। सामनेवाले पार्क में जश्न मना हर आदमी गेंदे, चाँदनी का फूल लेकर चला आ रहा है...विधायक जी आ रहे हैं...अपने इलाके के विधायक जी आ रहे हैं...अरे झाड़ू फिरे, विधायक क्या बने–गुण्डों की फौज तैयार कर ली। हर बेकार मुसलमान लड़का भाई जी, भाई जी कहता कट्टा लिये घूम रहा है, यह भी कोई बात हुई? शरीफ खानदानी मुसलमान तो मुर्गों की तरह अपने-अपने दरबों में छुप गये हैं। बाँग देना तो दूर अब तो घर से निकलते ही नहीं हैं।"

"अरे बहन पूछो न बिपता। अब तो इलाहाबाद के इस माहौल में लड़का जनना खुशी नहीं गम की बात है। फिक्र लग जाती है कि बड़ा होकर यह क्या बनेगा? खानदान के किस-किस बुजुर्ग की नाक कटवाएगा!" फिरोजजहाँ की दोस्त कब्बन शायर की बीवी तसलीमा बोलीं।

"बुजुर्गों के कान तो कुतर ही डाले हैं। नाक तक की दूरी ही क्या है जब चाहें पहुँच जाएँगे और जो कुछ कहो तो जवाब मिलेगा, आप लोग कुछ समझते नहीं हैं। बस बोल देते हैं। आप सबको अपनी आवाज सुनने का बहुत शौक है। अब बोलो?" फिरोजजहाँ बोलीं।

"जहीर मियाँ तो ऐसे नहीं हैं?" तसलीमा बोल पड़ीं।

"अरे जहीर तो गाय है गाय...। मैं तो जग की बात कर रही हूँ। घर-घर की यही एक कहानी है। अब कोई अदीबों, टीचरों, खिलाड़ियों, इन्कलाबियों का दीवाना नहीं पैदा होता है इस शहर में बल्कि गुण्डों का 'फैन' हो रहा है। कभी इन लड़कों की बातें सुनो जो गली के नुक्कड़ या ठण्डे शरबत की दुकानों पर खड़े होते हैं। कैसे-कैसे फिकरे बोलते हैं...गुलबाबा यूँ बोलता था। शरीफ घर का था मगर क्या जोश था। अपने साथ हुए अत्याचारों के विरोध में ऐसा खड़ा हुआ कि शहर की ईंट से ईंट बजा दिया। राजन तोप को देखा! क्या स्टाइल है? दोनों हाथों से एक साथ बम फेंकता है और निशाना चूक जाए तो जानो! कभी हमारी पीढ़ी जवाहर, गाँधी, लोहिया, आजाद, बच्चन, पन्त, निराला, गालिब, मीर की दीवानी होती थी। अब इनसे पूछो तो यह झट पूछेंगे, यह कौन लोग हैं, कहाँ रहते हैं?"

इतना कह फिरोजजहाँ ठठा मारकर हँस पड़ी थी।

"तुम्हारी बातें सुनकर लग रहा है जैसे मैं बोल रही हूँ। मैं तो रात-दिन सुलगती हूँ। खुदा ने चार ठो बेटे दिये, उसका हजार हजार शुक्र है मगर एको काम के नहीं। बाप आलिम फाजिल जिनकी शायरी की धूम मची है, और वह...एक ने फोटोस्टेट की दुकान खोल ली। वह भी एक लाख रुपया जो सरकारी स्कीम से मिल रहा था उसकी मदद से। दूसरे ने पीतल, चाँदी के जेवरों की दुकान खोल ली। तीसरे ने रेलवे के रिजर्वेशन की और चौथे ने तो कमाल ही कर दिया है। मोरंग सीमेण्ट के सप्लायर बन गये हैं। अम्मा पास है बारह दर्जे...अब्बा पास है सोलह क्लास और बेटे पास हैं नौवाँ या पाँचवाँ। अब बोलो, किस दीवार से जाकर सिर फोड़ें? बोली हो गयी है जइबे, खइबे, मार दीहिस, काट दीहिस...अरे हम भी अवधी जानते हैं। हमारे गाँव जवार में यही बोली बोली जाती है। मगर मिठास के साथ, सलीके से, यह लोग तो लठ चलाते हैं। कुछ बोलो तो कहेंगे अम्मा! तुमने तो भली चलायी। अब इलाहाबाद में सिर्फ इलाहाबादी या आसपास से दोआबा वाले नहीं रहते हैं, अब बिहार, उड़ीसा, मध्यप्रदेश तक के लोग आकर बस रहे हैं। उनको बोली सिखाएँ या अपना सामान बेचें?" तसलीमा ने दिल खोलकर रख दिया।

"अरे अपनी तो गुजर गयी। जमाना इनके हाथ है। जैसा चाहें चलाएँ।" फिरोजजहाँ बोलीं।

"क्या खाक चलाएँगे। खुद तो ठीक से चल नहीं पा रहे हैं। बड़ों पर एतराज करके तो कोई बड़ा बनता नहीं...परसों की बात है। पुताईवाला आया था। यह बोले—कमरे में हल्का फिरोजी या पिस्तई रंग करवाओ...बस बड़ा गरज उठा, "अब्बा आपको कोई समझ भी है?" उसकी बोली सुन पुताईवाला सरपट गली में भागा। यह पानी पानी हो गये। अब तो लगता है यह अपनी औलादें ही नहीं हैं बल्कि यह हमारे वालिद बुजुर्गवार हैं, जो हमको जीने की सीख दे रहे हैं।" तसलीमा ने चाय की खाली प्याली मेज पर रखते हुए कहा।

"ऊँट जब तक पहाड़ के नीचे से नहीं गुजरता, तब तक उसको अपनी औकात का अन्दाजा नहीं होता है...बनने दो इनको बाप। इनकी औलादें ईंट से ईंट बजाएँगी। तब इनको हमारी बातें याद आएँगी...बुजुर्गों ने सही कहा है कि इन्सान अपनी औलादों से हारता है।" फिरोजजहाँ ने इलायचीदान तसलीमा की तरफ बढ़ाया!

"चलते हैं बहन! बातों में पता ही न चला, इनके लौटने का वक्त हो रहा है।" तसलीमा ने इलायची मुँह में डालते हुए कहा।

फिरोजजहाँ उनको दरवाजे तक छोड़ने गयीं। जहीर को इनकी बातें बड़ी दिलचस्प लग रही थीं। आज पता चला कि दादी उसको मोहल्ले या रिश्तेदारों में ज्यादा मिलने-जुलने क्यों नहीं देती थीं। शुरू में जब वह गुल्ली-डण्डा या पतंग उड़ाते

लड़कों को देखकर ठुनकता था तो दादी बड़ी सख्ती से मना करतीं और कहती थीं—

"किताबें सबसे बड़ी दोस्त होती हैं। उनसे दिल लगाओ।"

लेटे-लेटे जहीर दादी का चेहरा देखते हुए सोचने लगा कि अगर दादी उस पर यूँ सख्ती न करतीं तो शायद वह भी आज धूप का चश्मा लगा, हाथ में कड़े और गले में लम्बी जंजीर डाल खुले गरीबान के साथ कई तरह की अँगूठियाँ पहन, कसा पैण्ट और हाई हील जूतों के साथ आड़ी-तिरछी चाल के साथ माइकल जैक्सन बना इधर-उधर घूमता हुआ, इस शहर की सड़कें नापता रहता और कुढ़ता कि कैसे एक रात में दौलतमन्द बना जा सकता है?

"ऐसे क्या देख रहे हो जहीर?" फिरोजजहाँ ने अपने को यूँ ताकते देख पोते को टोका।

"आप कितनी अच्छी है दादी!" जहीर उनके गले में बाँहें डाल बोला।

"यह ख्याल आज कैसे आया?" फिरोजजहाँ हँस पड़ीं।

"कई बार आता है दादी।" जहीर ने जवाब दिया।

"चैन से अलग बैठो, मेरा दम घुट रहा है।"

"ऐसे?" जहीर ने उनको जकड़ा।

"अरे छोड़! मेरी बुढ़ापे की हड्डियाँ चटख जाएँगी...जा अपनी माँ को लिपट। अभी उसकी जवान हड्डियों में बहुत दम है।"

"यह दुलार आपको ही मुबारक हो।" सिपतुन चावल चुनते-चुनते रुककर बोली, फिर सिर झुकाकर चावल चुनने लगी।

अलीगढ़ से मामू का खानदान हफ्ते भर के लिए इलाहाबाद आया था। बन्द कमरे खुल गये। पूरा घर चहकने लगा। अम्मा सबकी खातिर में लगी हुई थी। अमीर मायका, गरीब ससुराल था। इसलिए सिपतुन कुछ ज्यादा ही आवभगत कर रही थी। फिरोजजहाँ ऐसे नाजुक मौके पर उठ खड़ी हुई थीं। अपनी जलेबीदार रसीली बातों के साथ वह तरह-तरह की हँड़िया भूनती थीं। लोग उँगली चाटते रह जाते थे। सिपतुन का दिल बाग-बाग हो जाता। भाई ने सास-बहू का यह मेल देखा तो एक दिन अपनी बीवी से कह उठे—

"इसीलिए सिपतुन को कभी न हमारी याद आती है न अपना दिल खोलने की जरूरत महसूस होती है!"

"यह तो आप सही कहते हैं। मैं भी देख रही हूँ कि उसकी सास पोते और बहू पर कैसी फिदा है!"

"काश! हमारे यहाँ भी ऐसा होता!" भाई इतना कह चुप हो गये।

"हमारे यहाँ हो सकता था अगर बहू एक होती। चार-चार बहुओं का एक साथ रहना कैसे मुमकिन था।" बीवी ने मियाँ की उदासी देख कहा।

"उस नामुमकिन को मुमकिन बनाना ही तो हमारी जिम्मेदारी थी मगर..." सिपतुन का भाई इतना कहकर सोच में डूब गया।

भाई का पूरा खानदान इलाहाबाद से बेहद खुश गया। खासकर लड़कियाँ जहीर भाई की दीवानी हो चुकी थीं क्योंकि उन्होंने पूरा इलाहाबाद घुमाया था। चाट-पकौड़ी से लेकर आइसक्रीम, कोल्डड्रिंक्स जी भरकर पिलायी थी। जाते हुए बड़े भाई ने फिरोजजहाँ से दबी जबान में सिर्फ इतना कहा था।

"हमारा आपके घर में रिश्ता हो जाए तो हमें बेहद खुशी होगी।"

"जो ऊपर वाले को मंजूर!" फिरोजजहाँ खुशदिली से बोली थीं मगर दिल ही दिल में कह उठी थीं कि अरे मुझे लाना होगा तो अपने भाई की लड़की बहू बनाकर न लाऊँगी? फिर एक खानदान की दो लड़कियाँ घर में लानी भी नहीं चाहिए। बड़ों की कही इन बातों में बड़ा दम होता है क्योंकि बरसों के तजुर्बे के बाद वह कोई फैसला लेकर तब रीति-रिवाजों की बुनियाद डालते थे।

उन सबके अलीगढ़ चले जाने से घर में सन्नाटा छा गया। एक-दो दिन तक घर बड़ा सूना-सूना लगा। हरदम महसूस होता कि कोई इस कमरे से निकल रहा है, कोई शक्कर पराँठे के लिए ठुनक रहा है। कोई धुले कपड़े फैला रहा है। सिपतुन कई दिनों तक खोयी-खोयी-सी रही फिर सहज हो गयी और रोज के खटराग में पड़ उनका जिक्र करना भी भूल गयी। जून का महीना खत्म होने पर था मगर काले मेघों का कहीं पता न था। सूरज उसी तरह चँदिया पर तना आग बरसा रहा था। लड़कों के नतीजे निकलने शुरू हो गये थे। कहीं लड्डू बँट रहे थे तो कहीं सोग पड़ा था। एक-दो खुदकुशी की घटनाएँ भी सुनने में आयीं मगर समय कहीं किसी के लिए ठहरा नहीं, वह उसी तरह कुलाँचे भरता, कैलेण्डर की तारीखों पर से फिसलता रहा।

जुलाई की पहली तारीख को जहीर को युनिवर्सिटी का लेटर मिला। खोला तो धक् से रह गया। उसकी आँखों के सामने अँधेरा छा गया और वह बेहोश होकर गिर पड़ा। सिपतुन अगर बढ़कर सँभाल न लेती तो बेटे का सिर चौकी के कोने से लगता। फिरोजजहाँ ने लपककर खत उठाया और पढ़ा फिर ऐनक लगाकर दोबारा बगौर पढ़ा। फिर कलेजा थामकर रह गयीं। खत मोड़कर रखा और गिलास में रखा

पानी उठा पोते के मुँह पर छींटें डालीं। उन छींटों में उनकी आँखों से गिरे आँसुओं के दो मोटे कतरे भी शामिल थे।

जहीर होश में आ गया था। वह गहरी उदासी में डूबा एकटक जमीन को घूरे जा रहा था। सिपतुन ने भी वह खत पढ़ लिया था और कई तरह के सवालों से घिर गयी थी। खामोशी इतनी गहरी हो गयी थी कि उसको तोड़ना बहुत जरूरी लग रहा था।

''हो सकता है आफिसवालों से कोई गलती हुई हो। मैं पता लगाकर आती हूँ।'' फिरोजजहाँ की बात पर जहीर ने नजरें उठाकर उनको देखा। उन आँखों में इतना दर्द था कि फिरोजजहाँ का दिल केले के पत्ते की तरह फट गया!

''आप कहाँ जाएँगी? इब्राहिम, सुरेन्द्र या किसी और लड़के को फोन करके बुलाते हैं। उनका वहाँ जाना ठीक होगा।'' सिपतुन बोली।

''नहीं, अम्मा नहीं।'' जहीर की आँखें माँ की तरफ इनकार में उठीं। दोनों औरतें चुप होकर बैठ गयीं। काफी देर सब अपने-अपने ख्यालों में डूबते-उतराते रहे, फिर जहीर ने कहा–

''मैं प्रोफेसर मिश्रा के घर होकर आता हूँ?''

''अकेले जाओगे? उनका घर कहाँ है?''

''नये कटरे में...जरूरत पड़ी तो आपको ले जाऊँगा, मगर अभी नहीं।'' जहीर का लहजा भारी और फैसलाकुन था। उसने कपड़े बदले, साइकिल उठायी और बाहर निकला। उसका चेहरा देख दोनों को एक साथ महसूस हुआ कि जहीर एकदम से बड़ा हो गया है। गम इन्सान को कितना बुर्दबार बना देता है?

''दो साल का रिस्टीकेशन? यानी कि...?'' जहीर सोचता हुआ सड़क पर आया।

''भैया देख के।'' रिक्शेवाले ने पहिया तेजी से काटा मगर जहीर उसी झोंक में बढ़ता गया और आगे जाकर ठेले से टकराते-टकराते बचा! जब वह नया कटरा पहुँचा तो पसीने में नहाया हुआ था। घर के दरवाजे पर लगी घण्टी पर हाथ रखा। प्रोफेसर मिश्रा घर पर थे। उन्होंने ही दरवाजा खोला था। जहीर को देख चौंक पड़े, फिर कुछ सुस्त से स्वर में उन्होंने कहा।

''आओ, अन्दर आओ!'' जहीर के होठ इतने खुश्क हो रहे थे और जबान तालू से लग गयी थी कि वह प्रोफेसर साहब को विश नहीं कर पाया। अन्दर कूलर चल रहा था। कमरा ठण्डा था। प्रोफेसर मिश्रा सामनेवाले सोफे पर बैठने का इशारा कर स्वयं दीवान पर गावतकिये के सहारे बैठ गये। जहीर ने खामोशी से खत बढ़ाया। प्रोफेसर मिश्रा ने उसको खोलकर पढ़ा और फिर एक लम्बी साँस खींचकर खत को दोबारा लिफाफे में रख धीरे से बोले–

“बहुत बुरा हुआ। तुम जैसे होनहार लड़के का फ्यूचर तबाह हो गया।” यह वाक्य घूँसे की तरह जहीर के सीने पर बरसा और आँखें भर आयीं।

“मुझे पता चल गया था! मैंने तुम्हें बचाने की बहुत कोशिश की। मीटिंग में मेरी दत्ता साहब से झड़प भी हो गयी मगर वह नहीं माने। पता नहीं वह एकाएक इतने ड्यूटीफुल क्यों हो उठे, मुझे सीख देने लगे।” इतना कहकर वह उठे और अन्दर जाकर फिर लौटे और पहले की तरह सिर झुकाकर बैठ गये।

“लीजिए!” एक लड़की ट्रे लिये खड़ी थी। जहीर ने आँखें ऊपर उठायीं तो आँखों में भरे आँसू लुढ़ककर गालों पर बह आये। लड़की के चेहरे के भाव एकाएक बदल गये। जहीर ने जल्दी से आस्तीन से आँसू पोंछे, फिर कृतज्ञता के भाव से उसने लड़की की तरफ देखा और गिलास उठाकर ठण्डे पानी का घूँट भरा। वह लड़की चुपचाप अपने पिता के पास दीवान पर जाकर बैठ गयी।

“हमारे जमाने में गुप्ता प्राक्टर थे। उन्होंने चार लड़कों को अनुशासनहीनता और कुछ अन्य बातों के चलते रेस्टीकेट किया था। वे चारों उग्र हो उठे और एक दिन उनके बँगले में घुस गये। दो ने उनके पैर पकड़े, दो ने उनके हाथ और झूला झुलाते हुए उनको सीनेट हाल लाये। इस अपमान को वह सह नहीं पाये और कुछ दिन बाद चल बसे...मैं हमेशा से इतनी बड़ी सजाओं के हक में नहीं रहा। मेरा विचार है कि लड़के शरीफ होते हैं, क्रिमिनल नहीं। नादान होते हैं शातिर नहीं कि उनको इतनी बड़ी सजा दे दी जाए कि वह जिन्दगी भर के लिए नाकारा हो जाएँ। मगर मेरी कभी चली नहीं। ऐसी सजाओं में बेगुनाह अक्सर फँस जाते हैं और गुनहगार बच जाते हैं!” इतना कहकर प्रो. मिश्रा ने जहीर को देखा। जहीर चुप रहा फिर खाली गिलास मेज पर रखकर उठा।

“सब्र से काम लो, पढ़ते रहो, दो वर्ष पलक झपकते गुजर जाएँगे...अभी तुम जवान हो, मुसीबतों के पहाड़ को हटाना तुम्हारा काम है...फिर आना, जब दिल चाहे!”

जहीर के अन्दर एक तूफान उमड़ रहा था। ऊपर से वह खामोश था। क्या कहे? सर तो सब कुछ जानते हैं मगर प्रो. दत्ता के आगे हार गये। अब मैं क्या करूँगा? आगे क्या करूँगा? जहीर लू के थपेड़ों को चीरता जानसेनगंज से घण्टाघर की तरफ बढ़ रहा था। जुलाई का आसमान जितना सूखा था, जहीर का सीना उतना ही भरा-भरा था। उसको यह शहर, उसके रास्ते, सड़क पर चलते लोग अजनबी लग रहे थे। उसका अपनी बेबसी का अहसास बढ़ रहा था। जो गुनाह उसने किया नहीं था उसकी सज़ा उसको भुगतनी होगी। एक-दो दिन नहीं बल्कि पूरे दो साल! पूरे दो साल...यानी चौबीस महीने, सात सौ तीस दिन...घण्टे मिनट...कैसे कटेंगे...घर में बन्द रहकर...सबसे मुँह छिपाकर? झूठ बोलकर, बहाने बनाकर? कैसे कटेंगे यह दिन व रात?

जहीर अपनी सोच में इतना डूबा हुआ था कि उसको सामने से आता टेम्पो नहीं दिखा और टक्कर हो गयी। वह उछलकर जमीन पर गिरा और साइकिल का पहिया टेढ़ा हो गया। भीड़ जमा हो गयी। सब अपनी-अपनी राय दे रहे थे मगर उसको उठाने कोई आगे नहीं बढ़ा। कुछ देर जहीर चकराया सड़क पर बैठा रहा कि यह माजरा क्या है। फिर सड़क से उठकर खड़ा हुआ। हाथ-पैर सही-सलामत थे। जो भी नुकसान पहुँचा था वह साइकिल को पहुँचा था। उसने साइकिल उठायी और भीड़ को चीरता पटरी की तरफ बढ़ा। तभी उसके कानों में पास की गली से तैरती आवाज आयी–

बर्फ की चिरइया है
पचास पैसे की परइया है!..........

जहीर ने गली की तरफ देखा। मुरली बर्फ घिस रहा था। उसको घेरे औरतें, बच्चे, लड़के खड़े थे। जब वह पैसे प्लास्टिक के नीचे डालकर आगे बढ़ा तो उसकी नजर जहीर पर पड़ी। वह हँस पड़ा और सलाम के लिए सैल्यूटनुमा हाथ उठाया। जहीर दुखी होने के बावजूद मुस्करा पड़ा। अपनी रेहड़ी घुमाकर जब वह फुटपाथ पर आया तो उसकी नजर साइकिल के पहिये पर पड़ी।

"यह कब हुआ?"

"अभी पाँच मिनट पहले।" जहीर ने सिर खुजाते हुए कहा।

"तनिक ठहरो तो", उसने ठेला किनारे लगाया और साइकिल पकड़ बोला। "यहाँ एक मेकैनिक है, ओका देके आइत है!" दोनों गली में दाखिल हुए। कुछ दूर चलकर मुरली ठहर गया और मुँह ऊपर उठाकर चीखा–

"गब्बर! ओय गब्बर!"

"क्या है?" खिड़की से उलझे बालोंवाला एक सिर निकला।

"नीचे आ तो!" इतना कहकर उसने जहीर से कहा, "बेफिक्र रहना बाबूजी, यह गब्बर उस्ताद बहुत काम की चीज है।"

गब्बर दस-बारह साल का लड़का था। नेकर और कमीज पहने था। बदन और कपड़े दोनों गन्दे थे। उसने जहीर को देखा फिर मुरली को घूरा। मुरली ने साइकिल उसको थमाते हुए कहा–

"हमारे जाननेवाले हैं बाबूजी! रत्न से कहना काम फर्स्ट क्लास करे...ठीक है न।"

"बेफिक्र रहो उस्ताद।" गब्बर ने मर्दाना अन्दाज से जवाब दिया।

"आप जाएँ ऐके साथ। हम चलित हैं, बिक्री का समय है।" मुरली इतना कह अपने ठेले की तरफ भागा। गब्बर टूटी साइकिल को सँभाल गली के अन्दर खुलती दूसरी गली की तरफ ले गया, जहाँ टूटी-फूटी साइकिलें पहाड़ की

शक्ल में पड़ी थीं।

"मुरली के आदमी हैं।" गब्बर ने कहा और वापस लौट गया। रत्न ने टीन की कुर्सी जहीर को बैठने को दी और खुद साइकिल के मुआयने में लग गया। फिर बोला–

"टक्कर कहाँ हुई?"

"यहीं जी.टी. रोड पर।"

"ठहरे रहिए, बस ठीक हुई जाती है।" फिर उसने मुँह में उँगली डाल सीटी बजायी। यह देख जहीर को बड़ा अटपटा लगा। अधेड़ उम्र का आदमी और यह तौर-तरीके? तभी पेप्सी की ठण्डी बोतल लिये एक लड़का आन खड़ा हुआ।

"पीजिए!" फिर लड़के से बोला, "दस मिनट बाद बोतल ले जाना।"

जहीर को यह दुनिया बड़ी दिलचस्प लगी। वह धीरे-धीरे पेप्सी का घूँट भरने लगा। जैसे ही बोतल खाली हुई उसकी साइकिल ठीक हो गयी। रत्न ने उसको जहीर की तरफ बढ़ाया, तभी लड़का आकर बोतल ले गया।

"कितने दूँ जनाब?"

"बस, कृपा बनाये रखिए।"

"जी!"

"आप मुरली के आदमी हैं...अच्छा।" रत्न ने इतना कहा और मुड़कर काम में व्यस्त हो गया। कुछ पल जहीर उन्हें देखता रहा फिर साइकिल उठाकर बाहर की तरफ निकला। उसको कुछ मिला नहीं था, लेकिन महसूस हो रहा था कि वह भरा-पूरा है जैसे कोई खजाना हाथ लग गया हो।

घड़ी की सुई की टिक-टिक हर पल पहले से ज्यादा भारी और लम्बी लग रही थी। जहीर को गये पूरे दो घण्टे गुजर गये थे। दोनों औरतें हौल रही थीं। बार-बार दरवाजा खोलकर सुनसान गली में झाँकतीं फिर परेशान-सी आकर बैठ जातीं। फिरोजजहाँ का दिल फटा जा रहा था। उन्हें अपने खुदा से शिकायत थी। वह आसमान की तरफ टकटकी लगाये खामोश आवाज में उससे लड़ रही थीं।

"क्या मिला तुझे मेरे लाल पर बिजली गिराकर? तू तो बड़ा रहीम और करीम है! मजलूमों, यतीमों, बेवाओं का रखवाला! जालिमों से उन्हें बचानेवाला!.......मगर मैं देख रही हूँ कि तू सारे एताब हम पर नाजिल कर रहा है। इस घर को तूने कभी आबाद नहीं रहने दिया? हमारे सुहाग भरी जवानी में छीने, मासूमों से उनके बाप छीने, बूढ़ी माँओं से उनके बेटे। आखिर हम क्यों तेरे यह सारे सितम सह रहे हैं? हमारी क्या गलती है? पाँच पुश्तें इस खानदान की दर-ब-दर हैं। कहीं तो इस सिलसिले को तू रोक..."

फिरोजजहाँ अपनी भावना के समन्दर में गोते लगा रही थीं। सिपतुन चुपचाप काम में अपने को उलझाये हुए थी। उसका दिल कह रहा था कि जहीर सही-सलामत घर लौटेगा। रास्ते में कहीं रुक गया होगा। अपने दृढ़ विश्वास के बावजूद कि जहीर सही-सलामत है तो भी सिपतुन का दिल जहीर को लेकर बेचैन था। उसकी चिन्ता दूसरी थी कि आगे आनेवाले दिनों में जहीर इस हादसे को लेकर क्या करेगा? अभी झेलना और जी जाना ज्यादा आसान है मगर इस अपमान के साथ लगातार दो साल तक जीते जाना बहुत मुश्किल है। उसका दिल व दिमाग सही रहे, यही बड़ी बात होगी। अच्छा-बुरा वक्त तो आदमी पर पड़ता ही रहता है। जिस पर पड़ता है वह उसको झेलने की हिम्मत भी रखता है। अम्मीजान नाहक परेशान हो रही हैं। वह सारी मालूमात करके लौटता ही होगा। आखिर नया कटरा यहाँ से दूर भी तो बहुत है।

धूप ढलने लगी थी। फिरोजजहाँ के बदन से जान धीरे-धीरे निकल रही थी। वह बैठी नहीं रह पायीं और पलँग की पट्टी पकड़ कुर्सी से खड़ी हुईं और बेसुध-सी बिस्तर पर लेट गयीं। सिपतुन, जो बर्तन खँगाल रही थी, उसकी नजर सास पर पड़ी तो वह बदहवास-सी नल खुला छोड़ दालान की तरफ भागी। फिरोजजहाँ का चेहरा सफेद हो रहा था। उसकी कुछ समझ में नहीं आया कि किसको पुकारे, क्या करे? हाथ-पैर भी ठण्डे पड़ रहे थे। वह दौड़कर बावर्चीखाने की तरफ गयी और शिकंजी बनाकर ले आयी। जबर्दस्ती उनको आधा गिलास पिलाया जिसका असर हुआ और उन्होंने आँख खोलकर सिपतुन को देखा।

"हम लुट गये? कहीं के नहीं रहे सिपतुन, मेरे मौला यह तूने क्या कर दिया?" इतना कह फिरोजजहाँ अपने आँसू नहीं रोक पायीं।

"अम्मीजान! आप तो हमारा सहारा हैं। आप यूँ हौसला खोएँगी तो मेरा क्या होगा? हिम्मत से काम लीजिए...राह दूर है। जहीर किसी भी लम्हे पहुँचता होगा।" सिपतुन की आँखों से आँसू गिरकर उसके दुपट्टे में जज्ब होने लगे।

"यही काम इस खानदान की औरतों ने किया है...हिम्मत!"

"यह भी कितनों को नसीब होती है। इस दुनिया में हम अकेले थोड़ी मुसीबत उठा रहे हैं? लाखों, करोड़ों होंगे जो दर-दर की ठोकर खा रहे हैं। न घर है न ठिकाना...हम इज्जत से अपनी छत के नीचे तो बैठे हैं। किसी के आगे हाथ तो नहीं फैलाना पड़ रहा है।" सिपतुन ने उनके आँसू पोंछे फिर अपना चेहरा साफ किया।

"लगता है जहीर की साइकिल गली में मुड़ी है।"

सिपतुन के इस जुम्ले से फिरोजजहाँ के बदन में करण्ट-सा दौड़ा। बिजली की तेजी से उठीं और लपककर दरवाजे की तरफ बढ़ीं और दोनों पट खोलकर गली में झाँकने लगीं। सचमुच जहीर दूर से आता दिखा। उन्होंने सिपतुन की तरफ मुड़कर

यूँ देखा जैसे कह रही हों—माँ का दिल अपनी औलाद की आहट कोसों दूर से भा सुन लेता है। सिपतुन के चेहरे पर चमक लौट आयी थी। वह फ्रिज से ठण्डे पानी की बोतल निकाल गिलास भरने लगी। फिरोजजहाँ के तेवर बदल चुके थे। नाउम्मीदी के बादल छँट गये थे। हालात से मुकाबले का जज्बा सूरज की तरह उनके चेहरे पर चमक उठा था। खुले दरवाजे को देख जहीर घरवालों की बेचैनी को समझ गया। अपने अन्दर के दुख को गहरे दबाकर वह शान्त चेहरे से घर में दाखिल हुआ और बड़े सहज स्वर में बोला—

"अम्मा बहुत जोर से भूख लगी है, कुछ खाने को दो!"

घर का माहौल पल भर में पहले जैसा हो गया जैसे कोई हादसा ही न हुआ हो। तीनों अपने-अपने को मजबूती से सँभाले हुए थे। फिरोजजहाँ ने फिलहाल जख्म को कुरेदना मुनासिब नहीं समझा और जहीर कुछ बोलकर अपने धैर्य का बाँध तोड़ना नहीं चाहता था। वह समझ चुका था कि प्रोफेसर मिश्रा उससे क्या कहना चाहते थे। यही कि गम को सहन करना अन्दर की दुनिया को रौशन करना है और उसका इजहार करना इन्सान को बिखेरता है। इसलिए अब वह अपने अन्दर की यात्रा करेगा।

24

इलाहाबाद में नुमाइश की तैयारियाँ शुरू हो गयी थीं। रेलवे के फाटक से गुजरते लोग उस मैदान की तरफ देखना नहीं भूलते थे। बार-बार जिये को जीना कितना भला लगता है। वही गुप्ता जी के चने, कश्मीरी कढ़ाई के कपड़े, चाँदी के जेवरों की दुकान, मौत के कुएँ में दौड़ती मोटरसाइकिल और आसमान पर आतिशबाजियों की फुलकारी, सभी को नुमाइश में आने का बुलावा देने लगती हैं। एक सामूहिक उत्सव की रंगीन खुशी इलाहाबाद शहर के हर खास व आम के दिल में फूटती है—चाहे वह बच्चा हो, जवान या बूढ़ा! दोस्तों से मुलाकातें, झुण्ड में चलना और पसन्दीदा चेहरे नजर आ जाएँ तो लगातार चक्कर लगाकर भी नहीं थकना। यादों के जाने कितने चिराग दिल व दिमाग में जगानेवाली यह नुमाइश छोटे-बड़े जलते-बुझते बल्बों से सजकर लगातार आपकी जिन्दगी का अटूट हिस्सा बनती जाती है।

इसी नुमाइश को देखने के लिए बाहर बस गये लोग पुरानी यादों को तरोताजा

करने अपने शहर लौटते हैं। उन्हीं में सुलेमान अब्बासी, समीर बनर्जी, अमित वर्मा, इलाहाबाद पहुँच चुके थे। ब्रजेश अपने मित्रों के लिए आँखें बिछाये था। जाड़े की धूप भरी दोपहर में पुरानी जगहों के चक्कर लगाना उनकी पसन्दीदा तफरीह थी। खासकर पोलोग्राउण्ड में जाकर पेंचें लड़ाना। इस बार तीनों अपने बेहतरीन सूट के साथ सज-धज कर नुमाइश देखने आये थे। उनके समय की लड़कियाँ ब्याह के अपने घर बसा चुकी थीं। उस बात से क्या फर्क पड़ता है। नये चेहरों की शादाबी देखने पर इस उम्र में कोई पहरा थोड़ी लगा है। हम जवान न सही, चलो अधेड़ ही सही। कम-से-कम जिन्दगी की रफ्तार तो अभी सही-सलामत है।

इस बार नुमाइश में कुछ नयी दुकानें, कुछ नये करतब और कुछ नये खेल-तमाशे नजर आ रहे थे। कुछ जवान लड़के-लड़कियाँ कोट, स्कार्फ, मफलर में घूम रहे थे, मगर कुछ जाँबाज किस्म के लोग थे जो फैशन के चलते गर्म कपड़े के बिना कड़कड़ाती ठण्ड में अपने लिफाफिया कपड़ों के साथ टहल रहे थे। इस भीड़ में जहीर भी अकेला घूम रहा था। एकाएक उसकी नजर इन चारों पर पड़ी। एक बार दिल चाहा कि आगे बढ़कर बात करे, फिर झिझककर रुक गया। जब वे पास से गुजरने लगे तो उसने नजरें घुमा लीं ताकि आँखें चार न हों, लेकिन जहीर उनकी नजर से नहीं बच पाया। अमित वर्मा ने सीधे उसको सम्बोधित किया–

"क्यों बरखुरदार! क्या हाल हैं?"

"अकेले ही टहल रहे हो, यह क्या बात हुई।" सलमान अब्बासी ने उसके सलाम के जवाब में कहा।

"जी बस!" जहीर इतना कह आगे बढ़ने लगा।

"रिजल्ट निकल आया?" समीर बनर्जी ने सवाल ठोंका!

"जी!" जहीर बुझ-सा गया।

"क्या परसेण्टेज रहा?" अमित वर्मा ने पूछा।

"जी," जहीर का चेहरा पीला पड़ गया।

"क्या बात है यार? रात जवान है और तुम बुझे-बुझे-से हो? तुमसे ज्यादा तो मस्ती में हम लोग इस उम्र में हैं।" सलमान अब्बासी हँसे।

"सब कुशल मंगल तो है?" ब्रजेश ने जहीर का मुँह मुरझाते देखकर पूछा।

"ठीक हूँ...दरअसल मेरा रेस्टिकेशन हो गया...सारे पेपर दे चुका था।" जहीर हमलों की ताब न ला सका और न चाहने पर भी वह सच बोल गया। चारों को झटका-सा लगा। वह इस जवाब की उम्मीद नहीं कर रहे थे।

"हुआ क्या था?" सलमान अब्बासी की खरोचने वाली नजरें जहीर को लगीं।

"नकल का इल्जाम! पुरजा पीछेवाले का था। शामत मेरी आ गयी...मैं कहता रहा मगर प्रोफेसर दत्ता ने सुना ही नहीं...दरअसल वह लड़का उनका रिश्तेदार था।

अगर वह अपनी गलती मान लेते तो वह फँस जाता। यह सब उस वक्त मैं समझ नहीं पाया था।'' जहीर ने इतना कह सलमान अब्बासी की तरफ देखा।

''तुम्हें...। खैर छोड़ो, मैं तो विकटिम था नहीं मगर पता नहीं क्यों मुझे महसूस हो रहा है कि तुमने अपने साथ हो रही बेईमानी के खिलाफ आवाज नहीं उठायी!'' सलमान अब्बासी बोला। उसके चेहरे के भाव बदल गये थे।

''यह तुम कैसे कह सकते हो यार?'' अमित वर्मा ने कहा।

''जानता हूँ न सारे दाँवपेंच। उस वक्त यह अड़ जाता न, तो इनक्वायरी बैठ जाती! यह डर गया होगा।'' सलमान ने गहरी नजरों से जहीर को ताका।

''अब जो हो गया सो हो गया...अब क्या कर रहे हो?'' समीर बनर्जी ने बात का रुख मोड़ा।

''क्या करूँगा? अपने को ढूँढ़ने की कोशिश कर रहा हूँ।'' जहीर की आवाज भर्रा गयी थी।

''चलो फिर एक चक्कर और लगाते हैं।'' ब्रजेश ने फैली नहुसत को तोड़ा।

''अच्छा तो चलते हैं...बी ब्रेव यंग मैन। ऐसे झटके लगते रहते हैं।'' अमित हँसा, बाकी ने अँगूठा दिखा विश किया।

इतना कहकर वे आगे बढ़ गये मगर जहीर का सारा वजूद हिला गये। पहले उनसे रिश्ते का एक सिलसिला बना था मगर अब वह एक झटके से कट चुका था। अब उनके लिए वह सिर्फ एक मुलाकाती था। उसका दिल उचट चुका था। जो रोशनियाँ उसको कुछ देर पहले खुशी दे रही थीं, एकाएक बुरी लगने लगी थीं। उसका दिमाग इस ठोकर से भन्ना उठा था कि उसने अपनी लड़ाई ठीक से नहीं लड़ी। इसका क्या मतलब था? सलमान अब्बासी कहना क्या चाह रहे थे? उस दिन सुरेन्द्र ने भी यही कहा था कि ऐसे बेईमान का कालर पकड़ लेता तो दो मिनट में दत्ता ठीक हो जाता। सब तेरी कमजोरी से हुआ और इस सतीश के बच्चे को तो मैं छोड़ूँगा नहीं। मार-मारकर न कबूलवाया तो मेरा नाम सुरेन्द्र नहीं।

''मेरी क्या गलती थी? मैं तो सोच भी नहीं सकता था कि जो पुरजा मेरा नहीं था वह मेरी जिन्दगी बर्बाद कर देगा? मान लो मैंने उनका कालर पकड़ लिया होता तो भी तो रेस्टिकेशन हो सकता था।'' जहीर ने जवाब दिया था।

रात भर जहीर बेचैन करवट बदलता रहा। यह कोई नयी बात नहीं थी। पिछले छः माह से वह भरपूर नींद सोया नहीं था। पलक झपकती तो सपना तैर जाता। चौंककर जागता तो सोते डर लगता। इस समय वह अपनी गलती तलाश करने की कोशिश में बार-बार परीक्षा हाल के उस दृश्य को दोहरा रहा था। एकाएक उसको लगा कि मुझे अड़ जाना चाहिए था। जब उस पुर्जे की राइटिंग मेरी राइटिंग से नहीं मिल रही थी, उसको मुझे दूसरे किसी लड़के की राइटिंग से मिलाने की जिद

करनी चाहिए थी। यह बात सही है कि मैं डर गया था। शायद कहीं पर मुझे प्रोफेसर मिश्रा पर भरोसा था कि वह मुझे जानते हैं, मेरी देखभाल कर लेंगे और मेरी लड़ाई लड़ लेंगे, इस खुशफहमी में वहाँ से मैं चला आया। यह मेरी दूसरी गलती थी कि मैं वहाँ रुका नहीं और मानकर चला आया कि सब ठीक हो जाएगा और तीसरी गलती तब की जब सतीश ने मुझसे सॉरी कहा था। मैं कितना बड़ा दिलवाला बन बैठा था। मेरी अक्ल पर पत्थर पड़ गये थे। मुझे क्या हो गया था। यह बातें तब क्यों नहीं मुझे होशियार कर पायीं कि अपनी जरा-सी लापरवाही की कीमत मुझे क्या देनी पड़ सकती है? तभी प्रोफेसर दत्ता ने सिचुएशन का फायदा उठाया और सतीश को बचा लिया। आह! मैं क्यों नहीं यह सब समझ पाया...? जहीर ने दर्द की इन्तहा में पहुँच अपने सिर के बाल दोनों मुट्ठियों में भींच कर खींचे।

या खुदा! यह मैं क्या कर बैठा? इतनी बड़ी चूक...। काश! गया वक्त हाथ आ जाता...अब तो बहुत देर हो चुकी है। यह बदनुमा दाग मुझ पर से कभी नहीं हटेगा। मुझे कोई भी अच्छी नौकरी नहीं मिलेगी। यह बात छुप नहीं पाएगी...दो साल का गैप...कारण पूछेंगे और तब मैं क्या जवाब दूँगा? मैं कहीं का नहीं रहा ...कहीं का नहीं रहा! जिन्दगी की पहली लड़ाई हार बैठा। सलमान अब्बासी साहब, काश! आप मुझे माफ कर सकते? क्या मैं खुद अपने को माफ कर पाऊँगा?

फिरोजजहाँ को इस बड़े हादसे के चलते अपने पोते के बिखरने का जितना खौफ था, जहीर उस तरह टूटा नहीं। उनको इस बात से बड़ी तसल्ली मिलती थी। इतना उन्हें जरूर लगने लगा था कि जहीर उनसे धीरे-धीरे करके दूर होता जा रहा है। पहले की तरह उनके पास उठता-बैठता नहीं है। बरा कमरे में घुसा रहता है। यह सोचकर वह उसको आवाज नहीं देती थीं कि पढ़ने में खलल पड़ेगा। एक दिन ममता की मारी पहुँचीं तो देखा जहीर आँखों पर हाथ रखे लेटा है और मेज पर से बिखरी किताबें गायब हैं। उसकी जगह कुछ फिल्मी मैगजीनें पड़ी थीं। वह उल्टे पैर लौट आयीं। उनको कमरे का माहौल समझ में नहीं आया। सिपतुन से पूछना बेकार था। वह जवाब में कोई तसल्ली भरी बात कहकर खामोश हो जाती। वह बेचैन लेटी रहीं मगर फैसला कर चुकी थीं कि मौका देखकर वह पूछेंगी जरूर।

पिछले माह से उनका स्कूल जाना बन्द हो गया था। जिसके कारण उनका दिल दोपहर को बहुत घबराता था। मगर जाएँ भी तो कहाँ जाएँ? हर जगह लोग जहीर के बारे में पूछेंगे। उससे तो अच्छा है कि वह गुमनाम रहें। फोन घर पर है नहीं जो लोग खैरियत लेंगे और घर ऐसे मोहल्ले में है कि लोग वैसे भी इधर आते घबराते हैं। मोटरें हर गली को पार भी नहीं कर सकती हैं इसलिए बेहतर है कि

वह वक्त के बदलने तक इस कैदखाने में उस सज़ा को काटें जिसका जुर्म किया ही न गया हो। वह सुबह के नाश्ते के बाद अनार के पेड़ के नीचे तख्त पर अपनी शतरंज की बिसात बिछा लेती थीं और दोनों तरफ के खिलाड़ियों की तरफ से मोहरे चलने में मगन हो जाती थीं। बीच-बीच में गर्दन उठाकर वह कभी-कभार सिपतुन को आते-जाते देख लेती थीं। उनकी खबरों का पिटारा जमादारिन थी जो एक प्याली चाय के बदले मोहल्ले भर की खबर सुना देती थी और उनकी किसी से बोलने की प्यास को वह सारे दिन के लिए शान्त कर जाती थी।

सिपतुन के पास सिलाई का काम आना लगभग खत्म-सा हो गया था। अब उसके हाथ भी उस तेजी से नहीं चलते थे। कुछ दिन बिना काम के वह आराम से रही। फिर उसका दिल घबराने लगा और उसने गोटदार रजाइयाँ बनाना शुरू कर दीं। शादी-ब्याह के लिए उसकी माँग ऐसी बढ़ी कि सिपतुन धीरे-धीरे करके हफ्ते में दो दुलाइयाँ सिल-तागकर हफ्ते भर के खर्चे के रुपये निकाल लेती थी। जहीर पहले जेब खर्च दादी से लेता था मगर इधर उसने पैसे माँगना लगभग बन्द कर दिया था। सिपतुन खामोशी से कुछ रुपये उसके तकिये के नीचे रख देती थी। उसको महसूस हो रहा था कि जहीर का बर्ताव दादी के साथ पहले जैसा नहीं रह गया है बल्कि वह उनके रोकने, टोकने या कुछ कहने पर जैसे झुँझला उठता है और बिना कुछ जवाब दिये अपने कमरे में चला जाता है। यह सब देखकर सिपतुन को अक्सर डर सताता कि कहीं जहीर सीधे रास्ते की जगह उल्टा रास्ता न पकड़ ले।

"कल शबरात है...चने की दाल भिगो दी है?"

"जी... ।"

"लाओ, मैं बैठे-बैठे बादाम पिस्ता ही कतर दूँ!"

"लाती हूँ।"

"शफी साहब के बेटे के वलीमे में गयी थी। देखकर दंग रह गयी। जर्दे को छोड़ो, फीरनी में बादाम की हवाइयों की जगह मोटे-मोटे मेवों के टुकड़े पड़े थे। नजाकत धीरे-धीरे अपने घरों से भी जा रही है। पहले कैसी नफासत से सूखे मेवे बुरके जाते थे...अरे याद आया। तुम्हारी अम्मा ने जो अण्डे का हलवा बनाया था, उसका मजा अब तक मुँह में बाकी है। और सेनी सजाने का अन्दाज भी!......मगर सिपतुन, अब दावतों में जाओ तो हर जगह एक-सा मजा खाने का होता है। न घर की हाँडी की न घरवाले के हाथ के मजे की कोई पहचान बाकी बची है।" फिरोजजहाँ ने कहा।

"खाना बावर्ची पकाने लगे हैं फिर बाजार से पिसा मसाला खरीद लेते हैं।

इसी सबसे दावतों का खाना एक से मजे का आपको लगता है।'' सिपतुन बोली।

''हो सकता है। मगर सच जानो, एक वजह यह भी है कि अगर बुलाकी एक जगह पकाएगा तो उसको लाग-डाँट में दूसरे भी बुलाएँगे। इसलिए मजा बदलता नहीं है।'' फिरोजजहाँ ने भीगे बादाम का छिलका उतारा!

अभी बातें हो ही रही थीं कि जहीर कमरे से निकला और दालान में आकर खाने की मेज के सामने बैठ गया। सिपतुन ने हाथ का काम छोड़ चाय बनाकर बेटे के सामने रखी और सूजा का थाल उठा उसको गौर से देखने लगी कि कहीं कीड़े या कोई और चीज तो नहीं पड़ी है। फिरोजजहाँ ने अरसे बाद जो पोते को यूँ आकर बैठा देखा तो अपने को रोक नहीं पायीं और पूछ बैठीं–

''पढ़ाई कैसी चल रही है तुम्हारी जहीर?''

''मुझे आगे नहीं पढ़ना है।'' चिढ़कर जहीर बोला।

''आगे नहीं पढ़ना है, क्या मतलब?'' फिरोजजहाँ के तेवर चढ़ गये।

''मतलब क्या है? इस साल भी युनिवर्सिटी में स्ट्राइक हो गयी है। जब यह हाल है तो फिर पढ़ने-लिखने से फायदा क्या है? दो साल बाद भी यही हाल होगा। इससे अच्छा है कि आदमी कोई काम-धन्धा ढूँढ़े।'' जहीर का लहजा तेज था।

''इसका यह मतलब थोड़ी है कि लड़के पढ़ना छोड दें।'' उसकी तेजी देख फिरोजजहाँ ने मुलायम स्वर में कहा।

''बस दादी! मैंने कह दिया मुझे आगे नहीं पढ़ना है, तो नहीं पढ़ना है। मेहरबानी फरमाकर आज के बाद आप मुझसे पढ़ाई की बात हरगिज नहीं करेंगी।'' जहीर का सख्त लहजा सुन दोनों के मुँह खुले के खुले रह गये। सिपतुन ने चाहा– बेटे को इस बदकलामी के लिए टोके मगर कुछ सोचकर वह चुप रह गयी। फिरोजजहाँ के लिए यह दूसरा सदमा था जो आज जहीर को लेकर लगा था। उनका दिल टुकड़े-टुकड़े हो गया। उनको जहीर से गिला नहीं था बल्कि उन्हें इस बात की शिकायत थी कि हालात इस घर को किस मोड़ पर ले आये हैं। यह कहने को तो इज्जतदार घराना है मगर उस इज्जत से जीने का मजा कोई न उठा पाया। बस उसका फसाना किसी गुजरे दिन की तरह याद आता रहता है। अब यह भी देखना बाकी था जो देख लिया। जहीर जिस तेजी से उठकर कमरे में गया था उसने संकेत दे दिया था कि आगे सवाल-जवाब का मतलब था कि मुँहतोड़ तड़ातड़ जवाब! जिसकी आदत इस घर में किसी को नहीं थी। फिरोजजहाँ का मूड आफ हो चुका था। चाकू पर दबाव पड़ने से उनके अँगूठे की नर्म खाल कट गयी और उन्हें पता भी न चला। वह अपनी धुन में बादाम की हवाइयाँ काटती गयीं। वह तो अच्छा हुआ कि जहीर कहीं बाहर जाने के लिए कमरे से निकला तो उसकी नजर अचानक दादी की उँगली पर पड़ गयी।

''अम्मा! देखो दादी की उँगली से खून!''

''या खुदा! आप भी अम्मीजान!'' सिपतुन हाथ का काम छोड़ दौड़ी।

''मैं डेटाल ला रहा हूँ!'' जहीर उलटे पैर लौटा।

''मुझे माफ कर दीजिए दादीजान! पता नहीं मुझे क्या हो गया था। मुझे आपसे इस तरह बात नहीं करनी चाहिए थी मगर...मेरा ईमान अब इन किताबों से हट गया है। इन्होंने वह सब बताया जो दरअसल मुझे कहीं नजर नहीं आता और आपने वह सब समझाया जो मेरे काम नहीं आया...आई मिस्ड द ट्रेन...मुझे आपने शराफत सिखा-सिखाकर बुजदिल बना दिया...। आई लास्ट एवरी थिंग...। अब मैं अपनी नजर से इस दुनिया को देखूँगा। आपने मुझे वक्त से पहले बड़ा कर दिया और वक्त ने मुझे आज कितना छोटा बना दिया। काश! दादीजान मैं उस दिन अपनी लड़ाई लड़ सकता। आपने मुझे डिपेण्डेण्ट बनाकर रख दिया और मैं अपनी लड़ाई नहीं लड़ पाया। क्योंकि न आपने, न इन किताबों ने मुझे बताया कि जब इतने चालाक, मक्कार, पस्त लोग हमारे बीच हों तो उनसे कैसे निबटा जाए? आपने यह तो बताया कि दूसरों से रहमदिली, फराकदिली, हमदर्दी से पेश आओ, मगर यह नहीं बताया कि यह दुनिया इतनी पेचीदा और जालिम है, और इससे मौका पड़ने पर कैसे अपना बचाव किया जाए? यहाँ पर छोटे लोग भी रहते हैं जो बड़प्पन का मुखौटा लगाये हैं। क्या आपको वह नहीं मिले? आपने सिवा नैतिकता की सीख देने के कुछ नहीं दिया दादीजान, कुछ नहीं दिया...यह दुनिया इतनी जालिम है आपने कभी नहीं बताया...कभी नहीं।'' जहीर के अन्दर खदबदाता लावा फूट पड़ा था। वह दादी की गोद में सिर रखकर बिलख पड़ा।

फिरोजजहाँ पहले तो बेजबान जहीर का यह अन्दाज-ए-गुफ्तगू देख सकते में आ गयीं, फिर पोते के सिर पर अपना चेहरा रखकर बड़ी बेचारगी से फूट-फूटकर रो पड़ीं।

''हाँ, मैं तुम्हारी गुनहगार हूँ। मगर सच मानो, मेरे पास जो था मैं वही तो दे सकती थी मेरे लाल! सच जानो यही सब मेरे माँ-बाप ने मुझे दिया था...मुझे क्या पता था कि तुम्हारे साथ यह जालसाजी होगी और...'' बाकी के अल्फाज रोने और बैन करने में खो गये।

जो घनघोर घटा पिछले आठ-दस माह से जहीर और फिरोजजहाँ के दिल पर छायी हुई थी, खून की चन्द बूँद देखकर बरस पड़ी। सिपतुन पहले तो अकबकायी खड़ी रही फिर उसकी आँखों में आये आँसू सूख गये। वह पोते और दादी के इस भावनात्मक विस्फोट को फटी आँखों से बुत बनी देखती रही।

25

दो साल रेंगते-भागते जैसे-तैसे गुजर गये। दादी के कहने और हालात से टकराने के बाद जहीर इस नतीजे पर पहुँच चुका था कि उसको पढ़ाई जारी रखनी चाहिए। इस हालत में और भी जरूरी है कि नये कुलपति के आने से स्थिति काबू में थी। पार साल जैसे-तैसे इम्तहान भी उन्होंने करवाया और पिछले साल किसी न किसी तरह से कक्षाएँ भी पूरे साल नियमित रूप से चलीं और लड़कों का परीक्षा-फल भी ठीक-ठाक निकला। जहीर को दाखिला सेकेण्ड इयर में मिल गया। पहले साल बी.ए. की मार्कशीट भी मिल गयी और उसके थके दिल व दिमाग में एक बार फिर उमंग ने अँगड़ाई ली। किताबें खरीदीं। क्लास में हाजिर रहा मगर बुरा हो चुनाव का जिसने फिर अवसरवादी ताकतों का झण्डा लहरा दिया। देश की राजनीति विश्वविद्यालय में घुस आयी। पढ़ाई गयी ताक पर और सख्ती पर कुलपति का विरोध। अब केसरी की तरह कोई विद्यार्थी था नहीं जो सही आन्दोलन की कमान सँभालता। और हुआ वही जो कुछ लोग चाहते थे। विश्वविद्यालय के परिसर में दंगल छिड़ गया। लड़के भटक गये। जहीर को एक बार फिर गहरा झटका लगा। व्यवस्था की गड़बड़ाहट को एक आदमी किस-किस स्तर पर झेलता है। यह लोकतन्त्र सरकार नहीं सोच पाती। यह वही सरकार होती है जिसको जनता चुनती है। इस आशा में कि वह उनके सुख-दुख का पूरा ख्याल रखेगी मगर होता उसका उल्टा है कि उनकी रणनीति जनता को हलाल करके रख देती है।

विश्वविद्यालय में यह आफत और घर में मुसीबत का पहाड़ आन गिरा। दादी की तबीयत अचानक खराब हो गयी। बचाया रुपया पानी की तरह इलाज पर बह गया। ऑपरेशन में दादी और सिपतुन की जमापूँजी लगभग खत्म हो गयी। मगर दादी बच गयीं। उनको एक बीमारी तो थी नहीं, जो दवा से ठीक हो जाती। फेफड़े उनके खराब, दिल उनका बढ़ गया था। गालब्लाडर में पत्थर अलग जमा हो गये थे। सारे इलाज के बाद फिरोजजहाँ बच जरूर गयी थीं मगर उनके तेवर टूट गये थे। घर की माली हालत इतनी खस्ता हो गयी थी कि उन्हें दूध और दवाओं के लाले पड़ गये थे। इस दोतरफा मार से जहीर बुरी तरह चकरा गया था। नौकरी करना ही उसको अब हर परेशानी का हल लग रहा था।

जहीर उन लोगों के पास जाते झिझक रहा था जो उसको लेकर बड़े-बड़े ख्वाब देख रहे थे। घर की बदहाली ने एक दिन उसको उन्हीं लोगों के पास जाने पर मजबूर कर दिया। पहले तो वह सारे हालात सुनकर ताज्जुब में पड़ गये फिर अपनी मजबूरी

बताते हुए माफी-सी माँगी। उनका भी कहना सच था कि इण्टर पास लड़के को वह कहाँ लगाएँ? जहीर का मन अपनी बेबसी पर झुँझलाकर रह गया फिर वह उन जाननेवालों के पास पहुँचा जो उसकी तालीम के मुताबिक नौकरी दिलवा सकते थे। वे भी कहकहा मारकर बोले—

"मियाँ, तुम्हारे लिए नौकरी हम ढूँढ़ें? अरे ड्राइवर, चपरासी के काबिल थोड़े हैं आप...जानते हैं किस घराने से हैं?"

"क्यों बाप-दादा की नाक कटवाने पर तुले हैं? आप और नौकरी करेंगे? फिर यह क्लर्क कहाँ जाएँगे हुजूर! कहीं अम्मा, दादी से झगड़ा तो नहीं कर लिये वरना इतनी बड़ी हवेली के मालिक होकर आपको क्यों कर रुपयों की जरूरत पड़ गयी?"

थका-हारा जहीर जब घर लौटता तो सिपतुन को उसके उतरे मुँह से पता चल जाता कि वह नाकाम ही लौटा है। उसकी हिम्मत भी जवाब देने लगी थी। उसका दिल चाहता था कि भाइयों से कर्जा माँग लें, फिर दिमाग मना कर देता था। उधर फिरोजजहाँ को यह गम खाये जाता था कि जिसके लिए एक-एक कौड़ी जमा की उसके काम तो आयी नहीं और वह मरने की उम्र में जीने की तमन्ना लिये बैठी हैं।

"तुम नाहक परेशान होते हो! तुम प्राइवेट इम्तहान की तैयारी करो। मैं रजाइयों को रात-दिन सिलकर घर को पहले की तरह सँभाल लूँगी।" सिपतुन उसकी दिलजोई में बोली।

"पढ़ना मेरी किस्मत में जितना था, वह तो पढ़ लिया। अब दिल ही उचाट हो गया है तो क्या प्राइवेट क्या रेगुलर।" जहीर टूटे हौसले से जवाब देता।

"बाद में पछताना न पड़े जहीर। पढ़ाई जारी रखो बेटे!" फिरोजजहाँ काँपती आवाज से कहतीं।

"बाद में पढ़ा भी तो जा सकता है। कोई जरूरी है सारा काम अभी एक साथ किया जाए?" जहीर का लहजा कड़वाहट से भर जाता।

"जैसी तुम्हारी मर्जी" इतना कहकर सिपतुन रजाई तागने लगती और फिरोजजहाँ अपने कमजोर बदन पर चादर डाल आँख बन्द कर लेतीं।

जहीर के लिए दुनिया अँधेरी हो चुकी थी। उसका बस चलता तो वह जूता पॉलिश करने बैठ जाता। उसकी भूख तीन रोटी से कम होकर एक रोटी रह गयी थी। वह भी बड़ी मुश्किल से हलक से नीचे उतारता था। उसको माँ की पट्टी बँधी उँगलियाँ देखकर लगता था कि सुई ने उसका कलेजा छलनी कर दिया है। इस वक्त वह आँगन में लेटा ऊपर आसमान पर छिटके तारे देख रहा था। एकाएक उसको मुरली का ध्यान आया—कितना मस्त लड़का है। उससे भी मुलाकात हुए अरसा गुजर गया। कह रहा था जाड़े में मूँगफली, लाई दाना, दलपट्टी का ठेला सिनेमा हाल के सामने ज्यादातर लगाता हूँ। अब गर्मी बढ़ रही है। वह आएगा जरूर! मुरली के

बारे में सोचते-सोचते जहीर को नींद आ गयी।

अभी उसकी पलक झपकी ही थी कि टीन के कनस्तर के बजने से खुल गयी। किसी शरीर लड़के ने आज फिर गधे की दुम से कनस्तर बाँध दिया था। अब गधा तब तक दौड़ता रहेगा जब तक थक नहीं जाएगा। जहीर की आँखों से नींद गायब हो गयी थी। उसने बत्ती जलायी मगर निराशा हाथ लगी। पावर कट था। अँधेरे में चुपचाप लेटा वह गधे की दौड़ के साथ टिन का बजना सुनता रहा।

आज इतवार था। जहीर अलसाया-सा पलँग पर लेटा था। माँ के कदमों की आवाज से वह समझ रहा था कि वह क्या कर रही है। जब उन्होंने नमाज की चौकी घसीटी तो जहीर को लगा कि जमादारिन के आने की तैयारी शुरू हो रही है। अब लेटे रहना मुश्किल है तो वह कसमसाता हुआ उठा और गुसलखाने में घुस गया। जब निकला तो दादी जमादारिन से बातें कर रही थीं।

"सच कहत हैं बीबी साहब! उधर नाली में बच्चा पावा गवा है, पुलिस छानबीन करत है।" चन्दा ने फुसफुसाकर कहा।

"तौबा-तौबा! क्या जमाना लग गया है।" दादी ने नाक पर उँगली रखकर कहा।

"चारों ओर चर्चा होय रही है कि पहाड़ी तेली की विधवा बहू का है!" चन्दा ने आँखें नचायीं।

"अय हय गजब! जाने किससे मुँह काला किया होगा!" दादी ने सीना पीटा।

"बस-बस, अब काम शुरू करो।" सिपतुन ने जहीर को देख जमादारिन को टोका। जमादारिन समझ गयी। आखिरी घूँट चाय का पीकर उठी और प्याली धो कर ताक पर औंधा, आँगन में झाड़ू लगाने लगी।

नाश्ता करके जहीर मोहल्ले में मटरगश्ती के लिए निकला। आजकल उसने मिलना-मिलाना शुरू कर दिया था, यह सोचकर कि तकदीर कहीं किसी से टकरा ही जाए। इस वक्त मुन्ने वकील के बूढ़े मुंशी जी चले आ रहे थे। उन्हें देखकर जहीर के दिमाग में ख्याल गुजरा कि यह अब कितने दिन चलेंगे? क्यों न वकील साहब से मिला जाए। शायद उन्हें मेरी बात जँच जाए! फिर उसको कुछ छोटे बच्चे जाते दिखे। ख्याल आया कि ट्यूशन करना भी क्या बुरा रहेगा? तभी गधों को हाँकता चाबुक लहराता कोई नजर आया। इस बार जहीर को अपने ऊपर ही हँसी आ गयी। वह चुपचाप बायीं तरफ मुड़कर नूरउल्ला रोड पर आया। उसको मुरली किसी के साथ जाते दिखा। उसने पुकारा–

"मुरली!"

"अरे आप इधर कहाँ बाबू जी। सब कुशल-मंगल? मुरली उत्साहित हो चहका।"

"हाँ, तुम सुनाओ कहाँ जा रहे थे?" जहीर उसका चेहरा देख हँसा।

"ई हमार दोस्त छब्बन तमोली है, जात रहे पान की ढोली ले।" मुरली बोला।

"तुमने बर्फ की चिरइया बेचना बन्द कर दिया क्या?" जहीर ने फौरन पूछा।

"नहीं बाबू जी। आज छुट्टी है हम...सप्ताह मा एक दिन दुकान बन्द रखित है। आखिर आरामौ करब जरूरी है, नहाये, धोये के खातिर भी समय चाही।" मुरली ने कहा।

"वह तो ठीक है।" जहीर ने गर्दन हिलायी!

"आप कहाँ जात हो?" मुरली ने पूछा।

"बस काम की तलाश है।" जहीर के मुँह से निकल गया।

"काम और आप? पढ़ाई खतम होय गयी? कउन दर्जा पास भैं?" मुरली की आँखें चमकीं।

"दस व दो, बारह" जहीर ने हाथों की उँगलियाँ दिखा हिसाब बताया।

"एक दर्जन?" मुरली हँसा।

"हाँ" जहीर इतना कह मुरली के साथ चलते-चलते बोला, "तुम किसी को जानते हो, जो..."

"बस!बस! ठहरो तनिक...सोचै देव।" तीनों चुपचाप फुटपाथ पर चलते रहे। वीडियो कैसेट की दुकान देख जहीर ने दिल ही दिल में कहा, यह भी चलेगा। सेल्समैन बनने में हर्ज ही क्या है?"

"बाबू जी, दुकान चाही?" जहीर की आँखों की चमक बढ़ती देख मुरली ने पूछा।

"काहे की?" जहीर ने पलटकर पूछा।

"बिसातखाने की, बहुत दिनों से हमार दोस्त बेचय चाहत है, मगर सौदा पटत नहीं। देखे चाहीं तो ओसे मिलवाय देई, मतलब की होई, तो परते से पड़ जाई। आपस का आदमी है।" मुरली कह उठा।

"चलो।" जहीर खुश हो गया।

जहीर इस सच्चाई को किसी तरह हजम नहीं कर पा रहा था कि वह एक दिन बिसाती बन जाएगा। उसको जब खरीदारी करने का सलीका नहीं आता तो बेचने का हुनर कहाँ से आएगा? इस समय अन्धा क्या माँगे दो आँखें! काम तो कुछ न कुछ करना पड़ेगा। क्यों न चलकर दुकान ही देख ली जाए, और कौन-सी हाँ करने की मजबूरी है? दुकान म्युनिसिपल मार्केट में थी। दुकान का मालिक नखासकोने पर रहता था। उसके घर तीनों पहुँच गये। दुकान का मालिक बहुत सही आदमी था। उसके भाई ने सऊदी से वीजा भेजा था। इसलिए वह दुकान बेचना चाह रहा था। जहीर ने कहा कि घर में सलाह-मशविरा कर ले फिर जवाब देगा।

पीर के दिन दुकान भी देख ली जाएगी। घर लौटते हुए छब्बन तमोली ने कई ढोली पान खरीदे और वहीं से कट गया। मुरली और जहीर घर लौटे।

सिपतुन ने दरवाजा खोला तो मुरली को देखकर चौंक पड़ी। जहीर जब उसके साथ अन्दर दाखिल हुआ तो सिपतुन को बड़ा अजीब-सा लगा। ऐसे लड़के के साथ जहीर घर क्यों आया है? पानी व़गैरह पिलाने के बाद जहीर ने माँ से बिसातखाने की बात बतायी। सिपतुन तो चुप रह गयी, फिरोजजहाँ बिलबिला उठीं।

"अब यह काम करोगे?"

"तो क्या हुआ? काम तो काम होता है। कुछ करना तो पड़ेगा।" जहीर ने उकताकर कहा।

"मगर हमारे खानदान में यह काम तो किसी ने किया नहीं।" फिरोजजहाँ तड़प उठीं।

"तो अब कर लेगा!" जहीर ने बात को टाला।

रात को जहीर ने सिपतुन से रुपये के लिए कहा ताकि वह नकद देकर दुकान खरीद सके। सिपतुन के पास छिदाम भी न था। तो भी उसने कहा कि वह बात पक्की करे, पैसे का इन्तजाम हो जाएगा। दूसरे दिन सिपतुन ने अपने जेवर की सन्दूकची खोली और उसमें से भारी कंगन की जोड़ी निकाली। जब जहीर दुकान की बात के लिए बाहर निकला तो वह भी काशी आर्नामेण्ट हाउस की तरफ बढ़ी। यह कंगन वहीं से खरीदे गये थे। तब इसकी कीमत बीस हजार थी। अब तो सोने की कीमत डबल हो गयी है। सिपतुन की उम्मीद के खिलाफ कंगन चालीस के नहीं पूरे पचपन हजार में गये।

दोपहर में जब जहीर लौटा तो उसका मुँह उतरा हुआ था। साथ में मुरली भी था। सिपतुन ने बेटे का उतरा मुँह देखा तो अपने को रोक न पायी। पूछ बैठी, "क्या हुआ?"

"दुकान तो ठीक है अम्मा! मगर इतने रुपये का इन्तजाम कहाँ से होगा?"

"कितने की है?" सिपतुन ने पूछा।

"एक लाख से ऊपर माँग रहा है।" जहीर ने सूखे मुँह से कहा।

"आधा पैसा देकर बात पक्की कर लो, आधे का इन्तजाम हो जाएगा।" सिपतुन बोली।

"मगर कहाँ से?" जहीर चौंका।

"वह बाद में बताऊँगी, पहले हाँ करके आओ!" सिपतुन बोली।

"अच्छा!" जहीर उठा।

“संझा को उ इधरै आई। ओके आवे का प्रोग्राम है।” मुरली बोला।

“ठीक है।” सिपतुन ने गर्दन हिलायी!

दुकान का सौदा हो गया मगर सिपतुन की सन्दूकची खाली हो गयी। रोज जहीर सुबह निकलता, शाम को घर लौटता। दुकान अच्छी चलती थी, ग्राहक बँधे हुए थे। जहीर के जाने से लड़कियों की भीड़ भी अब आने लगी थी। कुछ दिनों बाद उसको हेल्पर की जरूरत पड़ी क्योंकि सारे ग्राहकों को सँभालना अब उसके बस में नहीं रह गया था! जुबैर मिला तो बिक्री बढ़ी। घर की हालत सुधरी। माँ से उसने आखिर एक दिन कहा—

“अम्मा! बचपन से तुम्हें सीते-पिरोते देख रहा हूँ। अब तुम्हारे हाथ थक गये हैं। इनको आराम की जरूरत है। मैं कमाने लगा हूँ। अब यह रजाई तागना बन्द कर दो।”

“मेरा दिल बहुत घबराएगा बेटे! मैं खाली नहीं बैठ सकती हूँ।” सिपतुन बोली।

“फिर शौकिया करो अम्मा! कभी-कभी, हरदम नहीं।” जहीर ने कहा।

“ठीक है!” सिपतुन ने कहने को कह दिया था मगर उसको अब अपनी कमाई पर जीने का चस्का लग चुका था, फिर कल का क्या भरोसा? बहू ने आकर अपनी चूल्हा-चक्की अलग कर ली तो? इसलिए जैसे अभी तक अपने हुनर से पेट भरती आयी थी, वैसे ही अब भी भरेगी। दादी के हाथों में वह अपनी कमाई रखता है, उनको मुबारक हो। वह फरमाइशें भी करती हैं। दादी पोते में इसी तरह बनी रहे, इससे बढ़कर खुशी मेरे लिए क्या होगी!

यह खबर जब मायके पहुँची तो सिपतुन के भाई-बन्धु बहुत खुश हुए कि चलो भानजा अपने ननिहाल पर गया है। उनके दिल की दबी ख्वाहिश ने फिर मजबूर किया और एक बार फिर उन्होंने अपनी बात दोहरायी। ताज्जुब कि इस बार फिरोजजहाँ कुछ नहीं बोलीं, मगर जहीर ने इनकार कर दिया कि मैं चार-पाँच साल तक शादी की सोच भी नहीं सकता हूँ। माँ तो वैसे ही जहीर पर जोर नहीं डालती थी। अब फिरोजजहाँ भी कभी-कभी जहीर के तेज लहजे और जवाब देने के अन्दाज से डरने लगी थीं। उनको लगता था कि जहीर अब अपनी तरह से बड़ा हो रहा है। उसको बड़ा होने देना चाहिए। मेरे ख्वाब नहीं पूरे हो सके न सही, उसको फर्ज पूरा करने की आजादी होनी चाहिए। जिस तरह भी वह उन्हें पूरा करना चाहता है।

26

फिरोजजहाँ के सारे ख्वाब पिछले छः सालों में एक-एक करके दम तोड़ गये थे। उनका दिल इस दुनिया से उचट चुका था। जीने में अब कोई मजा नहीं बचा था। निगोड़ी शतरंज भी अब पहले-सा सुकून उन्हें नहीं देती थी। आँखों की कमजोरी से पढ़ना भी छूट गया। फिर अखबार भी क्या पढ़ो? या चोरी-डकैती की खबरें हैं या फिर दंगे-फसाद की। जिधर देखो आग लगी है। कभी बोसनिया जल रहा है, तो कभी फिलिस्तीन, तो कभी ईरान,. तो कभी इराक। अब लो अफगानिस्तान पर नयी अल्लाह पड़ी है। अपने मुल्क का कहना ही क्या है, न दिल को चैन न दिमाग को। कोई कहाँ तक सोचे और किस-किसके बारे में सोचे? अमेरिका बरतानिया से हमदर्दी रखे या फिर अफ्रीका-चाइना से रखे? मैं तो बस इतना समझती हूँ कि कुछ हवा ही बुरी चली है, जो यह आग दुनिया के एक सिरे से दूसरे सिरे को जलाये दे रही है। इन्सान इन्सान का दुश्मन हो उठा है।

"अम्मीजान दवा लीजिए।" सिपतुन सिरहाने पानी का गिलास लिये खड़ी थी।

"छोड़ो, सिपतुन! दवा खा-खाकर जीना भी किस काम का? अब चैन से मुझे मरने दो।" ठण्डी साँस भरकर फिरोजजहाँ बोलीं।

"आपको बहुत जल्दी है। मगर कभी सोचा है कि मैं अकेली कैसे जिऊँगी?" सिपतुन बुरा मानकर बोली।

"सब जी लेते हैं...। मुझ बेहया को देखो, कितनी मौतें देखीं? अपने प्यारों को दफनाने के बाद भी जिन्दा हूँ!" फिरोजजहाँ तल्खी से मुस्कुरायीं।

"ऐसी बात न किया कीजिए, जिससे दिल और खराब हो जाए।" सिपतुन ने टोका।

"सच बताओ सिपतुन, क्या मैं जहीर की दुल्हन का मुँह नहीं देख पाऊँगी?" फिरोजजहाँ ने एकाएक जज्बाती होकर कहा।

"क्या बताऊँ? पहले तो शादी के मामले में चुप रहता था। अब तो साफ कह चुका है कि मैं शादी नहीं करूँगा।" सिपतुन ने सास को सहारा दे उठाते हुए कहा।

"बस! उसी दिन से जैसे किसी ने मेरे दिल से उमंग छीन ली।" गर्दन हिला फिरोजजहाँ ने जैसे इकरार किया।

"क्या पता अम्मीजान! कल उसके ख्यालात बदल जाएँ। किसी रोज अपनी पसन्द की लड़की ले आए? हमको इतना नाउम्मीद होने की जरूरत नहीं है। अभी उसकी उम्र ही क्या है?" सिपतुन ने सास का हौसला बढ़ाया।

"हाँ, कहती तो सच हो। कौन बूढ़ा हो गया है। अभी तो पच्चीस का भी

पूरा नहीं हुआ। मैं तो कहती हूँ किसी भी जात-मजहब की ले आए, मुझे एतराज नहीं, बस! वह जहीर को खुश रखे। इतना हमारे लिए काफी होगा।'' फिरोजजहाँ के चेहरे पर उम्मीद की किरन फूटी।

''और नहीं तो क्या! सब इन्सान उसी अल्लाह के बन्दे हैं!'' सिपतुन ने गर्मजोशी से कहा।

''देखो, तुमने मेरा जी कितना हल्का कर दिया है। कभी-कभी मुझसे ऐसी ही बातें कर लिया करो। मेरा हौसला बढ़ता है।'' हँसकर फिरोजजहाँ बोलीं।

''जानती हूँ।'' सिपतुन भी हँस पड़ी।

सिपतुन अपनी जख्मी उँगलियों में मरहम लगा पट्टी बाँधने लगी। कल से कलमेवाली उँगली में कुछ ज्यादा ही तकलीफ है। दो दिन से उसने एक लंगर नहीं डाला है। सच पूछो तो अम्मीजान वाला हाल उसका भी है। किसी काम में दिल नहीं लगता है। अब तो उसे भी महसूस होने लगा है कि कोई तीसरा घर में हो जिससे कभी माँगकर पानी पी ले। अपना सिर दबाने को कह सके। यही सब सोचते-सोचते वह तख्त पर लेट गयी और उसकी आँखें झपक गयीं।

ख्वाब में सिपतुन ने देखा वह एक जंगल में पेड़ों के बीच चल रही है। जंगल है कि खत्म होने का नाम ही नहीं ले रहा है। उसके पैर थक गये हैं। वह बैठकर सुस्ताना चाहती है, मगर पेड़ों के नीचे जड़ों के आसपास कीचड़-ही-कीचड़ है। वह परेशान-सी इधर-उधर ताकती है, फिर रास्ता ढूँढ़ती है और अन्त में हाँफती-सी तने से पीठ टिका खड़ी हो जाती है। एकाएक कौवों का झुण्ड आता है। पूरा आसमान उनसे भर उठता है। वह घबरा जाती है। चारों तरफ अँधेरा छा जाता है। डरकर वह आँखें बन्द कर लेती है। तभी उसके कानों में किसी पंछी के गाने की आवाज पड़ती है। वह डरते-डरते आँख खोलती है, तो क्या देखती है कि एक सुनहरा सुन्दर पंछी डाल पर बैठा गा रहा है। रास्ता रोशनी से भरा है। कीचड़ की जगह सूखे पत्ते रास्तों पर पड़े हैं। पेड़ों की शाखाएँ बिना पत्तियों के हैं। जिनसे छनता आसमान बिलकुल नीला है। वह खुशी से आगे बढ़ती है ताकि जल्दी से घर पहुँचे, तभी एक बूढ़ा साधु आता नजर आता है। उसके हाथों में कशकोल है जिससे रोशनी फूट रही है। पास आकर ठहर जाता है। वह घबराकर आगे बढ़ती है। जहाँ उसको सीधी सीढ़ियाँ मिलती हैं जिस पर से वह उतरती नहीं बल्कि फिसलती-सी जैसे हवा पर सवार हो वह नीचे आ जाती है। नीचे बहुत बड़ा बाग है। सारे पेड़ तरह-तरह के फलों से लदे हैं। वहाँ एक कमरा बीचोंबीच में बना है। वह उधर बढ़ती है, अन्दर जाती है। पूरा कमरा बड़ी-बड़ी कन्दीलों और लैम्पों से भरा है। सारे लैम्प एक साथ

जल रहे हैं। वह भौचक-सी खड़ी रह जाती है। तभी तेज हवा चलने लगती है। लैम्पों और कन्दीलों की लौ फड़फड़ाने लगती है। तूफान की वजह से कुछ लैम्प बुझ जाते हैं, कुछ टकराकर टूटने लगते हैं। शीशों के टूटने से उसकी आँख खुल गयी। बड़ी देर तक सिपतुन समझ नहीं पायी कि वह है कहाँ? तभी कुछ टूटने की आवाज से उसकी सुध लौटती है और हड़बड़ाकर जो बावर्चीखाने की तरफ लपकी तो देखा बिल्ली दूध की पतीली में मुँह डालकर पी रही है और पास रखे दोनों काँच के गिलास जमीन पर टूटे पड़े हैं।

"अरे कमबख्त! तू कहाँ से आन मरी?" सिपतुन ने झाड़ू उठायी मगर बिल्ली सपड़-सपड़कर दूध पीती रही।

"पियो! आज जी भरकर पियो...किलो भर दूध आज तुम्हारे नाम..." झुँझलायी-सी सिपतुन बाहर आ गयी और खड़े-खड़े अपने को कोसने लगी कि पता नहीं कैसी ऊँघ आ गयी थी। बिल्ली सारा दूध पीकर बाहर निकली। सिपतुन को आँगन में खड़ा देख बड़ी बेचारगी से बोली, "म्याऊँ।"

"यह आपकी आखिरी दावत थी। जिन्दगी भर दरवाजा खुला छोड़ने की भूल नहीं करूँगी।" सिपतुन कहकर अन्दर गयी और बिल्ली दीवार की मुँडेर पर बैठ बड़े मजे से अपना बदन चाटने लगी।

शाम ढल चुकी थी। चाय के लिए कतरा भर दूध नहीं बचा था। वह परेशान-सी बाहर निकली ताकि गली में किसी आते-जाते को पुकारकर दूध मँगाए। गली सुनसान थी। वह नाउम्मीद-सी लौट आयी। फिरोजजहाँ अभी सो रही थीं। सिपतुन को उनका इस वक्त सोना बड़ा अटपटा-सा लगा। सब्जी के झाबे से नीबू निकाल वह सास की पसन्दीदा 'लेमन टी' बनाकर खुश-खुश उनके सिरहाने आयी और तिपाई पर प्याली रख उसने धीरे से उनका पैर दबाया, "अम्मीजान! उठिए, चाय पी लीजिए।"

फिरोजजहाँ उसी तरह लेटी रहीं। यह देखकर सिपतुन परेशान होकर उन्हें देखने लगी। उसको अपनी साँस रुकती-सी लगी। अम्मीजान का बदन सीधा था। गर्दन अलबत्ता बायीं तरफ मुड़ी हुई थी और अधखुली आँखें दरवाजे की तरफ टिकी थीं। सिपतुन ने नाक के पास हाथ लगाया। नब्ज देखी। उनका बाजू हिलाया, फिर पछाड़ खाकर सास की लाश पर गिरकर रोने लगी।

"यह क्या हो गया अम्मीजान! कुछ देर पहले तक तो आप अच्छी-भली थीं...मुझ पर कैसी गफलत छायी थी कि दोपहर में कभी न सोनेवाली मैं कैसी गहरी नींद में डूब गयी? आखिरी वक्त आपके हलक में पानी भी न टपकाया! इतनी

खामोशी से आप क्यों चली गयीं अम्मीजान? अब मुझे कौन पुकारेगा...? यह कैसी बिपता पड़ी है!"

सिपतुन जब फिरोजजहाँ के मुर्दा जिस्म से लिपटकर जी भरकर रो ली तो उसको होश आया कि अभी तो सामने बड़ी जिम्मेदारी पड़ी है। उसने चेहरा पोंछा। आँसू खुश्क किये। दिल को मजबूती से थामकर उसने सास की आँखें बन्द कर उन्हें सफेद चादर से ढँक दिया, फिर कमरे में जा अगरदान में अगरबत्तियाँ जला कर उसने उनके सिरहाने रखा। कुछ देर परेशान-सी खड़ी सोचती रही कि क्या करे। अगर पड़ोस में जाती हूँ तो लाश तन्हा रहती है। नहीं जाती हूँ तो जहीर को इत्तला कैसे हो? जब उसकी समझ में कुछ नहीं आया तो उसने घर का दरवाजा पाटोपाट खोल दिया और सारे घर की बत्ती जलाकर वह कुरान खोलकर बैठ गयी और ऊँची आवाज से तलावत करने लगी। जैसा उसको यकीन था, वही हुआ। घर का खुला दरवाजा और कुरानख्वानी की आवाज सुनकर पड़ोसी का माथा ठनका। घर आकर जो सुन-गुन ली, तो उसकी आँखें इस लावारिसी को देखकर भर आयीं। धीरे-धीरे करके औरतें जमा होने लगीं। कुछ ने वजू कर सिपारे पढ़ना शुरू कर दिया। कुछ मर्द भी अपने घरों से स्टूल-कुर्सी मँगाकर गली में बैठ गये। मौत की खबर पूरे मोहल्ले में फैल गयी थी। सिपतुन ने कुरान पढ़ना बन्द किया और उठकर डायरी से नम्बर ढूँढ़ा, फिर पड़ोसन से कहा—

"भाई साहब से इस नम्बर पर फोन कर के जुगनू से कह दें कि वह फौरन जाकर जहीर को इस हादसे की इत्तला दे दे!"

आधे घण्टे के अन्दर जहीर गली में दाखिल हो गया। उसके पैर मन-मन भर के हो रहे थे। दालान में पहुँचकर उसने दादी के कदमों पर सिर रख दिया और फूट-फूटकर रोने लगा। औरतों ने पर्दे के लिए मुँह पर दुपट्टे खींच लिये थे। सिपतुन ने बढ़कर बेटे के कन्धे पर हाथ रखा। जहीर ने चेहरा उठाया, फिर माँ से लिपटकर बोला—

"अम्मा! अब मैं किससे लड़ूँगा, मुझे कौन सँभालेगा?" बेटे के इस जुमले से सिपतुन के आँसू निकल पड़े।

जुगनू और रमेश बर्फ की सिल्ली लेकर पहुँच गये थे। फिरोजजहाँ के पलँग के नीचे उसको रख दिया गया। सिपतुन ने बेटे को दिलासा देकर कहा कि यह वक्त रोने का नहीं है। हिम्मत से काम लो और सारे रिश्तेदारों और दोस्तों को फोन कर दो कि कल शाम तक दादी दफन होंगी। मैं नहीं चाहती कि उनके आखिरी सफर में हमारी तरफ से कोई कोताही बरती जाए। जहीर ने सिर हिलाया और आँसू

पोंछता हुआ बाहर निकला।

फिरोजजहाँ की मिट्टी दफना दी गयी। आज उनको गये तीसरा दिन था। सेव्वुम तक घर में पुरसा देनेवालों का ताँता बँधा रहा। नयी-पुरानी बातों का जिक्र। कभी मरनेवाली की खूबियाँ गिनायी जातीं तो कभी नेकियाँ। कभी उनकी जवानी तो कभी जहीर का बचपन और उनके उन्स का जिक्र होता। गरज कि इस गहमागहमी में सिपतुन का गम बँट गया था। काम करते अगर आँसू निकल पड़ते तो कोई-न-कोई तसकीन भरे जुम्ले कह राहत दे देता था। मगर अब वे सब घरों को लौटने लगे थे, जो दूसरे शहरों से आये थे। एक उदासी भरा सन्नाटा घर में चक्कर लगाने लगा था। कल अलीगढ़ वाले भी चले गये। बस बड़ी भाभी चालीसवें तक रुक गयी थीं।

सिपतुन के कान हर वक्त बजते रहते थे, जैसे अम्मीजान उसको पुकार रही हैं। अक्सर वह चाय और खाने के वक्त भूल से उनकी प्याली और प्लेट लगा देती थी। फिर दुपट्टे से मुँह ढँककर रोने लगती थी। कहने को घर में अब भी दो औरतें मौजूद थीं मगर फिरोजजहाँ की खाली जगह नहीं भर सकती थी। वह रौनक और चहल-पहल घर से रूठी तो रूठी। उनको याद करके ऐसा कोई दिन नहीं था जब जमादारिन चाय पीते हुए रोती न हो। दूधवाला और फल-सब्जीवाला कहता न हो कि दादीजी के जाने से ड्योढ़ी की रौनक चली गयी।—कैसा कहत रहीं अरे देखो रामपाल दूध खालिस लाया करो...अरे मुए! यह कैसा फीके दानों का अनार उठा लाया? फल बेचते उम्र गुजर गयी मगर पहचान नहीं कि अनार सुर्ख ही भले लगते हैं?.......

चालीसवें में एक बार फिर घर भर गया। इन्सान मरने वाले के लिए रोता भी है और बेहतरीन पकवान भी उसी के नाम से खाता है। मेहमानों के जाने के बाद घर समेटने में हफ्ता लग गया। अब सिपतुन इतने बड़े घर में बिलकुल अकेली रह गयी थी। रात को अलबत्ता चहल-पहल हो जाती थी क्योंकि जहीर नौ बजे तक घर लौट आता था। उसके साथ कोई न कोई दोस्त होता। गयी रात तक बातें चलतीं फिर सुबह नहा-धोकर नाश्ता करके सब चले जाते। तन्हाई तो पहले भी कुछ इसी तरह की थी मगर अम्मीजान दोपहर का दुसरात थीं। अब गौरैयों के चहकते आँगन में अनार के नीचे बिछी चौकी खाली थी। वहाँ कोई बैठकर जिन्दगी की बिसात पर यादों की मोहरों को नहीं चलता था।

फिरोजजहाँ की मौत के बाद जहीर के अन्दर बड़ी जबर्दस्त तब्दीली आयी थी। अपने सख्त जुम्ले, जो वह दादी से कहता था, अब याद करके उसका दिल मसलता था।

कभी-कभी मन में इच्छा जागती कि पढ़ाई फिर से शुरू कर दादी का सपना पूरा कर दे, फिर मन में जलन उठती कि जो सपना ही एक झूठी दुनिया का हो, उसको पूरा करने से क्या लाभ? जिन्दगी का जो यथार्थ उसके हाथ लग चुका है, उससे अपने को अलग करना अब मुश्किल है। क्योंकि ये लोग वे हैं, जो जमीन से पैदा हुए हैं और हालात से जूझ रहे हैं। उन्हीं का साथी मैं हूँ। मैं भी तो हालात का शिकार एक खोयी हुई जन्नत का वासी हूँ। जिसने हवाई किले तो बहुत बनाये मगर ताश के पत्तों के घर की तरह सब ढह गये और अब वह उस मलबे का मालिक बनकर उन दबे ख्वाबों को ईंट-गारे के नीचे से नहीं निकाल सकता है। क्योंकि उस ख्वाब का सच कुछ और निकला।

सिपतुन ने धीरे-धीरे करके सास का सामान घर के हर कोने से समेटकर सहेजना और बाँटना शुरू कर दिया था। उसी में उसको बुकची में बँधी शतरंज की बिसात मिली। वह उसको हाथ में लिये बड़ी देर तक चुपचाप बैठी रही। सोचती रही कि यह खानदान की हर औरत के हाथ से गुजरती हुई मेरे पास पहुँची है। शायद घर की इन दीवारों की तरह यह बुकची भी उतनी ही पुरानी है। इसको फेंकना नहीं चाहिए बल्कि यह तो वह अमानत है जो हमारी विरासत के साथ जुड़ी हुई है, जिसमें हमारी पाँच पीढ़ियों की कहानी गुँथी हुई है। सिपतुन को याद आया कि एक बार सास ने बहुत झुँझलाकर कहा था।

'दिल बहलाने को कुछ तो चाहिए। तुम तो बस बर्तन-भाँड़े से दिल जोड़ चुकी हो।' तब सिपतुन ने दिल-ही-दिल में सास को जवाब दिया था।

'जो रिवाज जड़ पकड़ जाए, उसको तोड़ना बेहतर है अम्मी! आज मैं बेवा हूँ। तन्हा हूँ। गमजदा हूँ। इस बदकिस्मती में आपका साँझा है क्योंकि आप नसीम की माँ हैं मगर मेरे बेटे जहीर में मेरा कुछ भी साझा नहीं है। जिससे था वह मर गया। अब मैं इसकी माँ भी हूँ और बाप भी। खानदान की इस रिवायत को मैं तोड़कर रहूँगी इसलिए न मैं गम को दोहराऊँगी न ही मेरी आनेवाली बहू अपना शौहर खोकर शतरंज की बिसात पर एक नया खेल खेलेगी। वादा तो नहीं करती मगर हाँ बदकिस्मती की इस दास्तान का अन्त मैं जरूर बदलकर रहूँगी और कभी भी शतरंज को हाथ नहीं लगाऊँगी, चाहे आप जितने ताने मारें!'

सिपतुन ने बिसात की पोटली खोली। उसके मोहरों को वह देखना चाहती थी। महसूस करना चाहती थी कि यह कौन-सा जादू था जो जख्मों को भरता था। उसको एक पर्चा उसमें रखा दिखा। उसने उसको उठाया और उलट-पलटकर देख उसकी तह खोली। लिखावट अम्मीजान की लगी। लपककर चश्मा उठाया और आँखों पर लगा बेचैनी से कागज पर लिखी सतरें पढ़ने लगी—

सिपतुन!

तुमको जब यह खत मिलेगा मैं तुम्हारे पास नहीं रहूँगी। मैंने जिन्दगी भर तुमको हुक्म दिया है। तुमने एक शरीफ बहू की तरह मेरी बातें मानी हैं (कुछ नहीं भी मानी हैं)। मैं जानती हूँ कि अब अपने अन्दर की सुरंग में सफर करनेवालों की पीढ़ी धीरे-धीरे करके खत्म हो रही है। अब जमाना बदल गया है। सबके पास अपने-अपने तजुर्बे हैं। कोई किसी के नक्शे-कदम पर नहीं चलना चाहता। यह अच्छी बात है—अपना रास्ता खुद चुनना। तुमने हमेशा खामोश बगावत जारी रखी। मेरे पास रहकर भी मेरे रंग में नहीं रँग पायीं मगर मेरे खिलाफ कभी आवाज बुलन्द नहीं की। यह तुम्हारे किरदार की मजबूती की दलील है। जाते-जाते एक अदना-सा हुक्म है। यह मोहरे और बिसात मोहल्ले के उस अन्धे कुएँ में डलवा देना, जहाँ आजादी की लड़ाई में वतन से प्यार करनेवालों की कभी लाशें काटकर डाली गयी थीं। इसी कुएँ में दंगे-फसाद में बेगुनाहों के मुर्दा जिस्म भी डाले गये हैं। अब अपने खानदान की यह पोटली भी उसमें दफना देना। जानती हो इस कुएँ को खुदवाने वाले मेरे ससुर के वालिद थे। जिनकी माँ ने गाँव से आकर इस घर की बुनियाद डाली थी। तब यह कुआँ बहुतों की प्यास बुझाता था। अब घर-घर नल लग गये। जहीर ठीक कहता है, वक्त बदल गया है। इसलिए इस घर की तारीख को भी अपनी बदनसीबी का चेहरा बदलना होगा। मैंने तुम्हें बहुत प्यार किया है मगर सच जानो, जहीर से ज्यादा नहीं। जहीर तुमसे आगे का वक्त है, और इन्सान की बेबसी यह है कि न वह गुजरे वक्त को न आनेवाले वक्त को अपनी मुट्ठी में पकड़े रह सकता है। इसलिए अब मुझे कोई अफसोस नहीं है कि जहीर मेरी मर्जी का मुजस्समा नहीं बन पाया। वह तुम्हारा बेटा है। अपने कलेजे के टुकड़े को सँभालकर रखना। दुआगो।

तुम्हारी सास
फिरोजजहाँ बेगम!

सिपतुन के हाथ काँपने लगे। न चाहने पर भी आँखों से टप-टप कर आँसू बहने लगे। उसने खत तह किया और बिसात से मुँह ढाँपकर इस तरह रोने लगी जैसे सास के बदन से लिपटकर रोयी थी।

27

मुनिया का केस सिर्फ दुर्घटना बनकर रह गया। न टेम्पोवाला पकड़ा गया न किसी ने गवाही दी। चूँकि किसी ने रिपोर्ट दाखिल-दफ्तर करायी नहीं सो हजारों केस की तरह यह घटना भी आयी-गयी हो गयी। इस शहर के चार यार वकील, गुण्डे, नेता और पुलिस ने कुछ मुद्दों पर आपस में सहमति बना ली थी। इस तरह अन्धेर नगरी चौपट राज की तरह, भ्रष्टाचार से लिप्त मनमर्जी की एक व्यवस्था की नींव पड़ गयी थी। इस नाकेबन्दी से आम आदमी अपना दिल मसोसकर रह जाता मगर नक्कारखाने में तूती की आवाज किसी को सुनाई नहीं पड़ती थी। आखिर सुननेवालों ने कानों में तेल जो डाल रखा था। उनको सिर्फ वही दिखाई-सुनाई पड़ता था जो वह देखना-सुनना चाहते थे।

जग्गू झींगुर ने अभी-अभी जो नया ब्यूटी पार्लर अल्लापुर में खोला था उसका फीता इंस्पेक्टर त्रिपाठी ने काटा था। दो-तीन सम्मानित अतिथियों का मुफ्त में जो फेशियल हुआ था उनमें उस इलाके के विधायक जी की पत्नी भी थीं। भाजपा के सुन्दर लाल पाण्डे की प्रेमिका सूफिया खान थीं। कांग्रेस पार्टी के भूतपूर्व स्पीकर घनश्याम भटनागर की बहन इन्दु थीं और स्वयं जग्गू झींगुर की नयी ब्याहता रमा कटियार थीं। चाय-नाश्ता शामियाने के नीचे बड़े ताम-झाम से चलता रहा। एक-दो लोकल समाचारपत्रों के क्राइम रिपोर्टर भी थे। इसकी खबर सबसे पहले जुगनू पहलवान को लगी थी। वह भी इस तरह कि पी. सी. ओ. में कोई फोन करने आया था और बड़े विस्तार से मजा ले-लेकर उस जश्न का बयान कर रहा था, जिसमें कांग्रेसी विधायक विश्वकर्मा ने इतनी चढ़ा ली थी कि नशे की कैफियत में वह त्रिपाठी से लिपट गये थे। त्रिपाठी जैसे-तैसे अपने को छुड़ाएँ व मिन्नत करें।

"मेरी जान, जानेमन, जाने तमन्ना, जाने जिगर...अभी न जाओ छोड़कर, अभी तो कुछ हुआ नहीं।"

"अबे छोड़! हुआ के बच्चे! अबे जब झेल नहीं पाता है तो क्यों पीता है?" इतना कहकर त्रिपाठी ने बाहर तैनात सिपाहियों को आवाज दी—

"नेताजी क़ा घर छोड़ आओ। नेताजी कोई सेवा का कहें तो कर दियो, जादा उल्टा-पल्टी न कियो...इ कृपा कर देइहैं तो एक रात मा सिपाही से दीवान हो जाबो।"

जुगनू के दिमाग में घण्टी बजने लगी। समझ गया कि जग्गू कटियार उर्फ झींगुर ने धन्धा चलाने के लिए ब्यूटी पार्लर खोला है। यहाँ भी वह सब कुछ उसी सफाई से करेगा जैसा कि वह गाँव की कमसिन लड़कियों को आयुर्वेद परिचारिका बना दूसरे शहरों में बिकवाने का धन्धा करता था। उसमें भी त्रिपाठी ने उसको मुक्ति

दिलायी थी वरना तो आई.जी. पन्ना लाल ने इसकी खाट ही खड़ी कर दी थी। उनको भी इसकी कारगुजारियों का पता तब चला था जब उनके ही महकमे के किसी सिपाही की लड़की गलती से जग्गू के हरकारे पकड़ ले गये थे। जग्गू तब बेमौत मारा जाता मगर उल्टी-सीधी झूठी खबरें दे-देकर उसने एस. पी. सिटी और एस. एस. पी. को यह समझा दिया था कि वह लड़की रास्ता भटक गयी थी। इस बीच उसने राम-खिलावन कांस्टेबिल को इस तरह धमकाया कि वह अपने बयान से मुकर गया और बेटी से भी कहलवा दिया कि मैं घर का रास्ता भूल गयी थी। शंकित तो अफसर हुए। उन्हें यह भी पता था कि त्रिपाठी कई तरह के खेल खेलता है मगर वह उसको अभी तक रँगे-हाथ पकड़ नहीं पाये थे। क्योंकि कोर्ट-कचहरी, बाजार-हाट, नेता और गुण्डों में उसकी गहरी पैठ थी। बात पता लग जाती थी कि क्या हुआ मगर सबूत पुलिस त्रिपाठी के खिलाफ कभी जमा नहीं कर पायी, उसका ठोस कारण था सम्बन्धों का जाल, जो हर व्यक्ति के स्वार्थ पर निर्भर था।

"अरे साहब! उसके खिलाफ बोलकर गला कटवाना है?" गवाही देने से जब इनकार होता।

"नैतिकता भी कोई चीज होती है!" उसकी इस बात पर कोई जलकर कहता।

"नैतिकता का अर्थ जानते हैं आप? उसका अर्थ है अपनी और अपने घरवालों की सम्पूर्ण तबाही। फिर सच बोलकर हमको मिलना भी क्या है?" गवाह आगा-पीछा समझाता।

"किसी की जान बचेगी। एक सच सामने आएगा, लोगों का विश्वास बढ़ेगा।" नैतिकता उसको पिलायी जाती।

"कौन से लोग? किसकी जान? पूरे देश में क्या हो रहा है, हमसे छुपा है? आपके खुद के महकमे में जो हाथ बाँधे पुलिस खड़ी की खड़ी रह जाती है या अपनी छत्रछाया में दंगे-फसाद कराती है? आप पहले अपने महकमे को ठीक करें, फिर जनता से ईमानदारी और सच्चाई की आशा करें!" ईमानदार पुलिसवालों को जूता पड़ जाता।

"यही तो समस्या है कि भ्रष्टाचार से लड़ने की कोई सामूहिक शक्ति, जो आन्दोलन का रूप धर ले, वह पनप ही नहीं पा रही है। यही कठिनाई हर क्षेत्र में है—क्या पुलिस, क्या राजनीति, क्या बाजार, क्या जनता। एक उद्दण्डता है जो अपराधियों में बढ़ रही है।" निराशा से भर कोई कह उठता!

"यह रिपोर्टरों से जाकर पूछो जो ऐसी खबरों को मुखपृष्ठ पर छापकर प्रसिद्धि

का लोभ उनमें जगाते हैं। मिलिए जाकर दुनिया के हर बड़े-छोटे अपराधी से जो जानते हैं कि जिस हथियार ने उन्हें पैदा किया है वही हथियार उनकी जान लेगा। इसलिए गुमनामी की मौत मरने से कहीं अच्छा है चर्चित होकर मरना...दूर क्यों जाते हैं—रद्दी और टूटे-फूटे सामान घरों से कबाड़ीवाले के हाथ इसलिए बेचा जाता है कि वह खरीदता है ताकि उन चीजों को बना-सँवार कर ठगाई का धन्धा चलता रहे। मगर इस दीदादिलेरी को क्या कहेंगे जो आजकल डिफेक्टिव साड़ियों की सेल का चल रहा है। साथ ही खरीदनेवालों को सावधान भी किया जा रहा है कि नकली माल से बचें और हमारी मोहर देखकर खरीदें...अब आप बताएँ, हमारी गिरावट नैतिक स्तर पर कहाँ पहुँच गयी है? हम ऐबों को और बेहुनरी को स्थापित करने लगे हैं?''

ऐसे विकट समय में जब अच्छाई और बुराई पंजे लड़ाना बन्द कर दें, आलोचकों को इतना दहला दिया जाए कि वह मुँह सिल लें। सूक्ष्म दृष्टिवालों की आँखें फोड़ दी जाएँ। जागरूक दिमागवालों को पागल, सनकी कहकर उनकी हर समझदारी का मजाक उड़ाया जाए। ऐसे समाज में तब किनका राज्य स्थापित होगा। इन्हीं त्रिपाठी, जग्गू, जमील और विश्वकर्मा जैसों का। उन्हीं का बोलबाला होगा। तब शिक्षा न्यूनतम जरूरत मान ली जाएगी और सुरक्षा उच्चतम। तब खर्चा हथियार खरीदारी और एटमबम पर होगा। हर छोटे-बड़े नेता की जान इतनी कीमती होगी कि इनको हथियारबन्द बॉडीगार्ड से लेकर ब्लैक कैट की जरूरत पड़ेगी। इनकी एक अकेली जान के लिए बीस-बीस एम्बेसेडर पेट्रोल फूँकती, रास्ते बन्द करवाती, आम आदमी को धमकाती किसी तूफानमेल की तरह गुजर जाती हैं। इनसे होगा नयी नस्ल के भविष्य का निर्माण, यह प्रवाहित करेंगे मुर्दा पड़ती धमनियों में रक्त-संचार? यह तो खुद अपने ऊपर डॉक्टरों की फौज बिठा लेते हैं, और नहीं जानना चाहते हैं उन घटनाओं को जब ऑक्सीजन, दवाइयों के बिना नवजात बच्चे और प्रसूति कक्ष में जवान माँएँ दम तोड़ती हैं। उस दिन इसी शहर में बिलकुल ऐसा कुछ घटा था जो हिन्दुस्तान के किसी भी शहर में घट चुका होगा या घटनेवाला होगा। जब चौकियों और थानों में झाड़ू लग गयी थी। क्या बड़ा अफसर और क्या कांस्टेबल सब के सब आलाकमान की सुरक्षा में तैनात हो चुके थे। तब बन आयी थी चोर, उचक्कों, जेबकतरों, ठगों, बलात्कारियों, अपहरणकर्ताओं की और शहर के गुंजान मोहल्लों से उठती सिसकियाँ, चीख़ें और चीत्कारें किसी के कानों के पर्दे न फाड़ पायी थीं। अनुशासन, सुरक्षा, शान्ति की जरूरत एक बिन्दु पर केन्द्रित हो गयी थी।

इन घटनाओं का—जिसमें जवान विधवा रेवती का उसी के मोहल्ले के जवान लड़कों द्वारा सामूहिक बलात्कार हुआ, दो कमसिन लड़कियों का अपहरण, कई घरों में डकैती और चोरियों का कोई जिक्र किसी भी समाचारपत्र में नहीं था। सारे रिपोर्टर

तलब कर लिये गये थे मूर्ति अनावरण के समारोह में, जहाँ आलाकमान को अपनी सुरक्षा को नजर में रखते हुए बटन दबाकर पर्दा हटाना और मूर्ति पर पुष्प-वर्षा करनी थी। उसी के चित्र और रपट हर भाषा के हर छोटे-बड़े अखबार में छपे थे। दूसरे दिन पुलिस इतनी थकी और बेहाल थी कि उसके पास अपने ही शहर के लिए समय नहीं था क्योंकि आलाकमान की वापसी थी। रिपोर्ट लिखी गयी या नहीं, 'फर्स्ट एड' सुविधा मिली या नहीं? यह सब देखने के लिए कोई जज उस बेंच पर मौजूद नहीं था जो न्याय की अदालत में यह फैसला लिखता कि आज की तारीख में इस शहर पर हुए अत्याचार और अनुशासनहीनता का कारण उसी शहर के रखवाले हैं, जिनको देश के चलानेवाले ने अपनी व्यक्तिगत रक्षा के लिए प्रयोग किया। इस जुर्म की सज़ा पर उसको बा-मशक्कत उम्रकैद की सज़ा सुनाई जाती है। मगर यह सब कुछ नहीं हुआ। घटनाएँ दबा दी गयीं, क्योंकि पुलिस अपने ही पाले हुए गुण्डों को, जो मुखबिरी का भी काम करते हैं, हर बार प्रताड़ित नहीं कर सकती है।

यह शहर मर रहा है, इसकी चिन्ता किसी को नहीं है। न उनको थी जो यहाँ से निकलकर सत्ता के सिंहासन पर बैठे, न उनको रही जो इस शहर की नैतिकता की नब्ज बन लेखन में धड़कते रहे। वे भी इस शहर से मुँह तोड़ वातानुकूल ऑफिसों में आसीन हो गये। न उन जवानों को जो अच्छे दिमाग और डिग्रियाँ लेकर भविष्य सँवारने पूरे जहाँ में फैल गये। न वे जो अपनी फैक्टरियाँ और कारखाने बाहर खोल बैठे। दरअसल यह शहर तो रिटायर और बूढ़े थके लोगों का शहर हो चुका है। जहाँ की इमारतें बिना मरम्मत के और दीवारें पान की पीक से उगलदान बनी हुई हैं। जहाँ सड़कें बरसात और बेईमानी की बौछार से गड्ढेदार और धँसी हुई हैं। जहाँ की गलियों में कूड़े के पहाड़ बने हुए हैं और नगर महापालिका के दफ्तर चन्द रुपयों के खातिर खसरा पर से मालिकों के नाम बदलते रहते हैं। जहाँ टेलीफोन विभाग गलत कनेक्शन जोड़ भारी बिल दूसरों के कन्धों पर डाल पहले वालों से बँधी रकमें ऐंठते हैं और बिजली घर से आये मीटर रीडिंग करनेवाले मीटर बन्द कर सड़क से तार जोड़कर अपना जेब खर्च निकालते हों, उस शहर में अब अतीत के अलावा बचा क्या है?

कचहरी जहाँ जजों की बेंच खाली रहती है। फैसला सुनने की तमन्ना लिये गाँवों, कस्बों से आये किसान, कहार परलोक सिधार जाते हैं मगर उनको न्याय नहीं मिलता है और वकील हँसकर कहता है—श्रीमान यह सिविल मैटर है। दीवानी में तो पीढ़ियाँ खर्च हो जाती हैं, तब जाकर फैसले होते हैं। आप क्या जानें कोर्ट की प्रोसिडिंग? फैसले की जल्दी है तो फौजदारी वकील करिए।—और फौजदारी वालों की मजबूरी सुनिए, वे कहेंगे, अरे सब्र करें अभी साला...रिश्वतखोर आया हुआ है। इसकी पुलिस विभाग से साँठ-गाँठ है। हम मुकदमा हार जाएँगे। बेकार में बदनामी

होगी। कुछ महीने ठहरें। इसका ट्रांसफर होते ही हम पेशी में हाजिर हो जाएँगे। अब न्यायपालिका तक को लोक शंकित दृष्टि से देखते हैं। अस्पतालों में दस डॉक्टरों की जगह कुल तीन डॉक्टर ड्यूटी पर होते हैं। वे भी अपनी बिसात से ज्यादा मरीजों को इसलिए देखते हैं क्योंकि उनके अन्दर की नेकी उनको मजबूर करती है वरना उनके थके बदन और रतजगा से फूली आँखें देखकर कोई भी यह नहीं कह सकता कि यह सरकारी डॉक्टर हैं या स्वयं रोगी? उन्हीं के भाई-बन्धु, डॉक्टरी की कसम भूल अपनी प्राइवेट प्रैक्टिस के जरिये मरीज की कीमत पर बेतहाशा पैसा कमाते हैं।

ऐसे बिगड़े शहर की जुल्फों को सँवारने के लिए जहीर, मुरली, सलमान, जगन्नाथ, रमेश, बसन्त हर समय अपनी पीछे की जेब में छोटा-सा कंघा रखते थे। जाने कब जरूरत पड़ जाए, मगर ऐसा शहर जो अपनी गहराई और फैलाव में बरगद हो उसकी लटों को सुलझाना क्या इतना आसान काम था? ठीक उसी तरह जैसे बरगद की छाया के नीचे कोई पौधा पनप नहीं सकता है फिर इस शहर में यह कैसे अपनी छोटी-सी आशा के साथ जी सकते थे? या आशा बचती या फिर वे जिन्दा रह पाते। यह अहसास इन सारे मित्रों को था। इसलिए घर-गृहस्थी जमाने का इनका कोई इरादा नहीं था। जिन्दगी ने उनको जिस तरह कूटा-पीटा था, उससे आहत ये जवान अब एक ही इच्छा रखते थे कि जहाँ अन्याय हो रहा हो, वहाँ न्याय दिला सकें। जहाँ अत्याचार हो रहा है, उसके विरोध में आवाज उठा सकें। जहाँ कोई किसी को सता रहा हो उसको मुक्ति दिला सकें तो दिलाएँ। ऐसे ही हाशिये में पड़े कुचले रौंदे लोग उनके परिवारी हैं। इसी अन्तःकलह के कारण उनके दिल व दिमाग में सदा उखाड़-पछाड़ मची रहती थी। लोग इनसे घबराते भी थे। प्यार भी करते थे। जलते भी थे। कोसने भी देते थे। इनकी निन्दा करनेवाले जरूरत पड़ने पर सहायता माँगने इनके पास भी पहुँच जाते थे।

•

दो दिन गुजर गये थे मगर छब्बन तमोली की बहन का कोई पता नहीं चल पा रहा था। कहीं से कोई खबर नहीं मिली थी। वह घर से मीर खान के घर उनके बेटे के खतने में ककेर पान की ढोली देने शाम को निकली थी। घर ही कितना दूर था। दस मिनट का रास्ता था। देर भी लगी तो घण्टा-आधा घण्टा, यहाँ तो दिन बीत गये। वक्त पर पान न पहुँचने के कारण मीर खान के घर से तकाजा आया कि मेहमान आ चुके, तब घर में छब्बन की अम्मा के कान खड़े हुए। पान भिजवा कर वह लड़की को कोसने बैठ गयी कि मुरदार कहाँ चली गयी? कहीं खाला के घर फतेहपुर बिछुआ तो नहीं निकल गयी। अगर गयी होगी तो कसम से इस बार उसके पैर तोड़कर धर दूँगी। इसी मुगालते में रात कट गयी। सुबह-सवेरे छब्बन बहन

को लेने खाला के घर पहुँचा।

"अरे नहीं छब्बन! रुखसाना पिछली ईद की डाँट-फटकार के बाद फिर कभी इधर नहीं आयी।" खाला ने हैरत से कहा।

"फिर खाला, कहाँ गयी होगी?" छब्बन फिक्र में डूब गया।

"अल्लाह जाने?" खाला सिर पकड़कर बैठ गयी।

"अच्छा मैं चलता हूँ" छब्बन इतना कहकर घर लौटा। इस खबर को सुनकर कि रुखसाना वहाँ नहीं है, सब परेशान हो उठे। छब्बन ने मुरली से कहा। और मुरली के जरिये यह बात बाकी लोगों को भी पता चल गयी। सबके दिमागी घोड़े दौड़ने लगे कि उस शाम रुखसाना के साथ हुआ क्या होगा? बात कहीं और की नहीं बस दस घरों के बीच की दूरी की है। आखिर भावापुर और निहालपुर कोई चौक सिविल लाइंस थोड़ी है। इसलिए हाथ किसी मोहल्लेवाले का है या फिर रुखसाना खुद किसी के साथ निकल गयी होगी। उम्र भी चौदह-पन्द्रह साल की है। इस दौर में बेवकूफी हो जाना मामूली बात है। बहुत सोचने के बाद सलमान बोला—

"मुझे लगता है। यह काम तेजू का है!"

"तेजू कौन?" जहीर ने पूछा।

"तेजू यानी तेजबहादुर, उसी मोहल्ले के आसपास, समझो लूकरगंज में उसके बाप की दुकान है। अभी-अभी जवान हुआ है। मसें भीगी हैं। उसको मैंने कई बार दादागिरी करते देखा है। उसका अड्डा साइबर कैफे है!" सलमान ने चीजों को जोड़ते हुए ठहर-ठहरकर कहा।

"हम क्या जानें बाबू सारे दिन तो दुकान पर रहते हैं।" छब्बन बोला।

"कौन ऐसा भाई है, जो चौबीसों घण्टा बहन की हिफाजत करता है...चलो हमारे साथ। अगर उसकी हरकत है तो वह फौरन उगल देगा क्योंकि अपराध की दुनिया का यह नया नाम है।" जुगनू ने तेजी से कहा।

सातों जब साइबर कैफे पहुँचे तो तेजबहादुर दो लड़कों के साथ खड़ा मिल गया। सलमान को देखकर वह थोड़ा-सा विचलित हुआ। फिर बातों में लग गया। उसके चेहरे से पता चल गया था कि वह कुछ घबरा-सा गया है। सातों पनवाड़ी की दुकान पर खड़े हो गये। बीड़े गालों में दब गये। सिगरेटें भी स्टाइल में पकड़ ली गयीं। फिर एक साथ आगे बढ़कर उन्होंने तेजबहादुर को घेर लिया। यह देखकर तेजबहादुर ने दोनों लड़कों को जाने का इशारा किया और ब्लैक बेल्ट वालों की तरह पोज बनाकर खड़ा हो गया।

"रुखसाना कहाँ है?" रमेश ने पहल की।

“कौन रुखसाना?” तेजबहादुर की तेवरी पर बल पड़े।

“वही जिसको तुमने परसों अगवा किया था।” सलमान बोला।

“मैंने ऐसा कुछ नहीं किया था।” तेजबहादुर ने अपने लम्बे बाल झटके।

“ए चूजे, तू अभी-अभी अण्डा फोड़कर निकला है। ज्यादा चेचड़ा मत चमका वरना गालों पर वह रहपटा दूँगा कि बत्तीसी निकलकर हाथ में आ जाएगी”, रमेश ने अपने बाजुओं को सहलाया।

“देखिए, आप बेकार में मुझसे पंगा ले रहे हैं।” तेजबहादुर ने चेतावनी दी।

“यह बात है तो फिर लो।” सलमान ने झन्नाटेदार झापड़ रसीद किया।

“यह...यह क्या कर रहे हैं आप?” साइबर कैफे वाला लपककर बाहर आया।

“चुपचाप अपनी जगह पर बैठो वरना धुन के रख दूँगा, समझे।” जुगनू ने आस्तीन चढ़ायी।

“बोलता है या दूँ एक और?” सलमान ने कहा।

“बताता हूँ...मगर यहाँ से चलिए!”

“चलो...कहाँ चलना है?” बसन्त ने कहा और सब आगे बढ़े। कुछ दूर चले थे कि आवाज कानों से टकरायी।

“हैण्ड्ज़प।” तेजबहादुर के हाथ में पिस्टल थी।

“दूध के दाँत अभी टूटे नहीं और चुनौती दे रहे हैं अपने बाप को।” जहीर जो पास खड़ा था कराटे वाला हाथ उसके हाथ पर मारा और पिस्टल छीन ली।

“सरवा बकलेठवा, बकैती करै चला है। अब पहले जी भर कर पीटो,” कहकर सलमान और रमेश ने उसको जी भरकर घूँसे-लात जमाये। उसके होठों के किनारे से खून निकल आया, जिसको उसने आस्तीन से पोंछकर बड़ी खूँखार नजरों से सबको घूरा।

“रुखसाना कहाँ है?” इस बार जहीर ने पूछा।

“मुझे नहीं पता, कितनी बार कहूँ? कौन रुखसाना, मैं क्या जानूँ।” तेजबहादुर ने क्रोधित हो कहा। गली का वह हिस्सा सन्नाटे में था। इसलिए भीड़ नहीं जमा हुई वरना तो घर के खिड़की-दरवाजे भी खुल जाते।

“मैं तुम्हें छोड़ूँगा नहीं।” सलमान ने उसके लम्बे बाल खींचे।

“देखिए...आप लोग मेरे साथ बहुत ज्यादती कर चुके हैं। मैं पुलिस में रिपोर्ट कर दूँगा।” तेजबहादुर ने दर्द से बिलबिलाते हुए कहा।

“पुलिस क्या करेगी हमारा, बोल?” जगन्नाथ ने ताव में आकर एक लात जमायी।

“उल्टा तुमही फँस जाबो, समझे! जाबो जेल, बजउबो गिटार!” छब्बन एकाएक तड़प कर बोला।

"मैं कुछ नहीं जानता। मैंने कुछ नहीं किया, वह तो...।" तेजबहादुर कुछ कहते-कहते रुक गया।

"वह तो क्या? बोलो वरना तेरे घर ले जाकर जूताकारी करूँगा या फिर चौराहे पर नंगा खड़ा कर दूँगा!" जहीर ने उसका बाजू पकड़ा।

"मेरा नाम न आने पाए, तो मैं बताऊँगा।" तेजबहादुर ने अपनी हार मान ली।

"वादा..." सलमान बोला।

"उसको मैंने चन्दू के साथ जाते देखा था।" तेजबहादुर ने बताया।

"सच बोल रहे हो?" जहीर ने उसकी आँखों में सीधे देखा।

"जी!" उसकी आँखें भर आयी थीं। तेजबहादुर ने गर्दन हिलायी।

"फिर यह पिस्टल यह हुलिया काहे के लिए?" जहीर ने पूछा।

"बस! शौकिया है...आप सब मेरा विश्वास कीजिए।" तेजबहादुर ने कराहते हुए कहा।

"ठीक है। जुगनू तुम इसको पी.सी.ओ. ले चलो। हम चन्दू से निबटकर आते हैं।" जहीर बोला।

"मुँह पोंछ लो अपना। ठण्डा पीना है?" जहीर ने जेब से रूमाल निकालकर देते हुए कहा।

"मैं बुरा लड़का नहीं हूँ जो ऐसे घटिया काम करूँ।" तेजबहादुर ने शिकायती लहजे में कहा।

"तो बुरा हुलिया क्यों बना के रहते हो, जो किसी को तुम पर शक हो? अमेरिकन फिल्म का असर है क्या? और इस पिस्टल का लाइसेंस है तुम्हारे पास?" जहीर ने कुरेदा।

"नहीं।" तेजबहादुर धीरे से बोला।

"आयी कहाँ से?" सलमान ने पूछा।

"तस्करी गुड्स जो आते हैं, वहीं से ली थी।" तेजबहादुर बोला।

"अच्छा चलो!" जुगनू की मोटरसाइकिल पर तेजबहादुर और बसन्त बैठकर दरियाबाद की तरफ चल दिये। जहीर, रमेश, सलमान और छब्बन तमोली चन्दर को देखने करामत की चौकी जाने के लिए मुड़े।

चन्दर अपनी दुकान पर समोसे बनाता मिल गया। चारों को देखकर उसके हाथ-पैर फूल गये। इलाहाबाद का ऐसा कोई बदमाश या पुलिसवाला नहीं था जो इनकी कार्यशैली न जानता हो। चारों बेंच पर जाकर बैठ गये।

"यार चन्दर! गर्म-गर्म समोसे खिला।" जहीर ने कहा।

"देता हूँ बाबू।" चन्दर बड़ी मुस्तैदी से समोसे छानने लगा।

"आज तेरी घरवाली नहीं दिख रही है?" सलमान ने इधर-उधर देखते हुए पूछा।

"नैहर गयी रही तीज मा, अभी नहीं लौटी।" चन्दू ने समोसे पलटे।

"तभी कोठरी में ताला मारे हो?" मुरली बोला।

"हाँ, अकेले हैं।" चन्दू बोला।

"जरा चाभी देना।" रमेश ने हाथ बढ़ाया।

"काहे के लिए?" चन्दू घबराकर बोला।

"थक गये हैं, मोटरसाइकिल चलाकर आये हैं, जरा कमर सीधी करनी है।" जहीर ने कहा।

"लागत है चाभियो लेकर नैहर चली गयी का?" चन्दू घबराहट में जेब टटोलने लगा।

"अच्छा!" इतना कहकर जहीर उठा और उसने सामने लटकती चाभी ली और ताला खोलने की कोशिश करने लगा।

"अरे...अरे इ का करत हो बाबूजी...कउनों के घर मा जबरदस्ती करबो का?"

"लेटना है। बताया तो" कहकर जो जहीर ने दरवाजे के पट खोले तो धक से रह गया। सामने पलँग से बँधी एक लड़की मूर्छित-सी पड़ी थी। उसके मुँह पर अँगोछा बँधा था। इस बीच चन्दर भागने को हुआ, मगर सलमान ने लपककर उसे पकड़ लिया। मुरली ने जमकर चाँटे पर चाँटे मारे।

"नासगाड़े हमार बहिन का हियाँ छुपाये रहा।" छब्बन गुस्से से बोला और चन्दू की तरफ झपटा! चन्दू ने भागने की कोशिश की।

"अगर कुछ उल्टा-सीधा किया तो इसी कड़ाही में तुमको तलकर रख दूँगा। समोसा बेचना भूल जाओगे।" जहीर ने कड़ाके की आवाज में कहा।

"बाबू, अपनी कसम ई काण्ड मा हमार हाथ बिलकुल नहीं है...यह तो खुदै आइके आराम करै लगी।"

"तुमका घन्टा घर की नोक पर बैठाय देबै!" छब्बन ने चन्दू का गिरेबान पकड़ झिंझोड़ा।

चन्दर का नाटक तब तक चलता रहा जब तक रुखसाना होश में नहीं आ गयी। छब्बन ने तो बहन को देखते ही पहचान लिया था मगर रुखसाना से सही बात पता लगानी थी। परेशान रुखसाना अटक-अटककर सारी बात कह गयी कि चन्दू ने छब्बन के घायल होने की झूठी खबर दे उसको यहाँ लाकर बन्द कर दिया था। तब चन्दर गड़बड़ा गया। बगलें झाँकने लगा और चुप्पी साध ली।

"साले, अब बोल तू क्या कहता है। यह सही कह रही है या नहीं?" सलमान ने पूछा और लात-घूँसों की बारिश कर दी।

"अबहिन अइसन कूटब कि होश ठिकाने होइ जाई।" मुरली ने चन्दू के कूल्हे पर लात जमायी।

"देखो! इसने यहाँ दाँत से काटा। यूँ पेट पर लात जमायी। मुझे कितना नुकसान पहुँचाया। मैंने भी बाँध दिया।" चन्दू ऊटपटाँग बकने लगा।

"तमोलिन को पकड़ोगे तो वह चूना भी नहीं लगाएगी?" रमेश ने कहा और आगे बढ़कर एक साथ कई लात जमायीं।

"असली चूना तो अब हम तुमको लगाते हैं।" सलमान ने आँखें तरेरीं और उसको मुर्गा बना दिया।

"अब काटो सात साल की जेल।" जहीर ने गुस्से में कहा।

"मैंने हाथ भी नहीं लगाया...पूछ लो...यह तो खुद बड़ी कटखनी है।" चन्दू ने झुके-झुके उल्टा इल्जाम लगाया।

"चल थाने।" जगन्नाथ चिढ़कर बोला और कमर से बेल्ट निकाल सड़ासड़ पीठ पर जमायी। लल्ली का गुस्सा मन में फुंकारे मारने लगा था।

"यार बतिया यहीं दबाय दो, बड़ी बदनामी होई थाना पुलिस मा। ई ससुर के नाती बहुत बेहया बेसरम है। एका कोई अन्तर न पड़ी औ हमार घर वाले मुँह दिखाये के काबिल न रहिहें।" छब्बन ने मुरली के कान में धीरे से कहा। मुरली ने सलमान और जहीर से कहा। कुछ पल वे सोचते रहे कि क्या करें? थाना जाने में बात छुपी नहीं रहेगी। फिर लड़की की इज्जत सही-सलामत है। बात यहीं दफन कर दी जाए तो अच्छा है।

"यही रास्ता है कि साले तुम आपन चाय की गुमटी बेचकर लड़की की शादी कराओ वरना साले तेरा जीना हराम कर देंगे।" जगन्नाथ ने फैसला सुनाया।

"बाबूजी, हम तो भूखन मर जाबै, यही दुकनिया से हम बड़ी मुसकिल से अपना परिवार पालित है।" चन्दू गिड़गिड़ाने लगा।

"तुझे इतनी गन्दी हरकत करने से पहले सोचना चाहिए था।" जहीर ने कहा।

"अबै तुम्हार बिटिया का लेकर अगर हम भाग जाई तो तुम्हरे ऊपर का बीती, बोल?" मुरली ने भड़ककर कहा।

"बाबूजी हम मर जाबै..." चन्दू ने रोते हुए जुगनू के पैर पकड़े और बोला, "यह तो आपका बड़ा उपकार है कि आप पुलिस मा हमार रपट और रुखसाना का बयान नहीं दिलवाइन वरना हमार जमानतौ न होत। अब हमार दसा देखत भये आप उचित फैसला कर दें। ओका हम कोसिस कर पूरा करबै।"

"एक और डायलाग।" जहीर ने घृणा से कहा।

"साले अपनी बात से फिरना मत।" बयाने के तौर पर जगन्नाथ ने चलते-चलते दो जोरदार झापड़ चन्दू के गाल पर रसीद किये। सब कोठंरी से बाहर निकले।

"साला सब मामला लुड़िस होय गवा!" इतना कहकर चन्दू सिर पकड़कर बैठ गया।

चारों दरियाबाद की तरफ चल पड़े ताकि तेजबहादुर की खैर-खबर ले उसको आजाद करें और धन्यवाद भी दें कि उसने मार तो खायी मगर काम की बात भी बतायी; और सच पूछो तो मदद भी जबर्दस्त की है। वरना इतनी जल्दी पता लगना कठिन था। केस पुलिस के हाथ में जाता तो वह दोनों पार्टियों से पैसा ऐंठती।

वे जब पी. सी. ओ. पहुँचे तो वहाँ नजारा ही दूसरा था। तेजबहादुर, बसन्त और जुगनू के साथ बैठा कहकहे लगा रहा था। इसका मतलब था कि तीनों में दोस्ती हो गयी थी। सारी बातें जहीर की जबानी सुन तेजबहादुर बोला—

"तकदीर को आप लोगों से मिलवाना था सो इसी बहाने...वैसे इतना तो मुझे मेरे गणित के पण्डित जी ने भी नहीं मारा था जितना भाई साहब आप लोगों ने मुझे लादी की तरह पछाड़ा है।" तेजबहादुर हँसते हुए बोला।

"चलो अन्त भला तो सब भला। आखिर इतना काम का छोटा भाई मिलता भी कहाँ?" रमेश ने कहा और उठ खड़ा हुआ और जोर की अँगड़ाई तोड़ी। उसी के साथ सब खड़े हुए। जुगनू रोकता रहा मगर सबका मन अब नहा-धोकर सुस्ताने को चाह रहा था। थकन भी काफी हो गयी थी। न चाहने के बावजूद मारपीट भी की और जोर-जबर्दस्ती भी करनी पड़ी। ऐसा न करते तो शायद सीधी उँगली से घी भी न निकलता।

28

पुरुषोत्तमदास टण्डन पार्क में बहुजन समाज पार्टी के उम्मीदवार कोमल सिंह का बड़ा जोरदार भाषण चल रहा था। कई दिनों से छोटी-मोटी रैलियाँ शहर के विभिन्न हिस्सों में निकल चुकी थीं। बहुत से साइकिल सवार और रिक्शाचालक रुककर भाषण को सुन रहे थे। भीड़ अच्छी थी। बोलनेवाले की आवाज में जोश था। भविष्य के लिए

किये गये वादों का न समाप्त होनेवाला सिलसिला था। तालियों की गड़गड़ाहट के साथ भाषण समाप्त हुआ और भीड़ बाढ़ के पानी की तरह फैल गयी। रमेश और जुगनू इस रेले में फँसकर रह गये थे। आजकल शहर में जुलूस, नारे, पोस्टर के अलावा कोई और हलचल नजर नहीं आ रही थी। हर पार्टी अपने को बेहतर और साफ-सुथरी दिखाने में एक-दूसरे से बाजी मारने के लिए छलाँगें मार रही थी।

जुगनू को ला बुक हाउस में मिश्रा वकील से मिलना था, जो उसकी मौसी की लड़की का केस देख रहा था। उसने कहा था कि मैं छः से साढ़े सात तक वहाँ रहूँगा, तुम आ जाना। अब घड़ी आठ बजा रही थी। जुगनू दो चित्ते में पड़ गया कि जाए या न जाए। आखिर तय यह पाया कि चलते हैं। एक नजर पान की दुकान पर डाल लेंगे शायद ला बुक हाउस बन्द होने पर वह उधर टहल रहे होंगे और न मिलने की सूरत में एक-एक आइसक्रीम सूतकर लौट आएँगे। अभी वह भीड़ चीरते आगे बढ़े ही थे कि उनको रोक लिया गया।

"कागजाद दिखाओ?" सिपाही ने कहा।

"क्यों चेकिंग चल रही है क्या?" रमेश ने पूछा।

"हाँ, खासकर बुलेट की...।" सिपाही बोला।

"अच्छा, तो हमसे यह दाँवपेंच?" जुगनू बोला।

"भूल गये उस दिन का वादा...हाँ?" रमेश बोला।

"पचास रुपया खर्च हो गया लगता है...क्यों?" जुगनू बोला।

"अरे साहब आप...मैं तो मजाक कर रहा था!" सिपाही ने खिसियाकर एड़ी बजाकर सैल्यूट किया।

"अच्छा साले, अब हम चलते हैं!" जुगनू बोला और मोटरसाइकिल स्टार्ट की। वह मन-ही-मन सोच रहा था कि पुलिस किस हद तक अपने चरित्र में गिर गयी है। अपने काम से चुस्त होना तो दूर अपनी याददाश्त तक में कितनी कमजोर हो चुकी है। जब जुगनू ला बुक हाउस पहुँचा तो काफी देर हो चुकी थी, मिश्रा का कहीं पता नहीं था। खिन्न मन से वह कुछ देर खड़ा रहा फिर लौटने के इरादे से आगे बढ़ा! पीछे से किसी ने उसे पुकारा तो वह मुड़ा।

"अह हा ओमेश जी! क्या हाल हैं?"

"ठीक-ठाक हूँ! तुम सुनाओ, कैसा चल रहा है काम?"

"मेरा काम ही क्या है। दुकान खोलकर बैठा हूँ।" जुगनू ने कहा।

"तुम्हारे लाभ में ही जाता है कि अब लोग चिट्ठी-पत्री लिखना नहीं चाहते हैं। हर बात फोन द्वारा झटपट कह देते हैं। पचाना कोई नहीं चाहता।" ओमेश ने कहा।

"समय बदल रहा है, सुविधाएँ हैं तो लोग उसका उपयोग करेंगे ही।" जुगनू

ने जवाब दिया।

"दरअसल सबको जल्दी बहुत है। आपको भी जल्दी थी...चले जा रहे थे!" ओमेश ने कड़वाहट से कहा।

"आप तो हमसे ज्यादा तेज हैं। पूरे दो माह में मार्केट की पूरी बिल्डिंग तैयार और छः महीने बाद अड़ाअड़ा धड़ाम!" जुगनू को बात लग गयी सो उसने ईंट का जवाब पत्थर से दे मारा।

"मैं तो इस तरह की कबड्डी खेलता नहीं हूँ। अपने काम से मुझे बहुत प्यार है। मेरी सारी महीन लकीरें दरअसल बहुत अहम लकीरें होती हैं जो बेहद गहरी खिंचती हैं। काश, उन्हें पढ़ने की समझ आप में होती। और हाँ वह मेरा नहीं किसी और मूर्ख का काम था जो अपने सब्जेक्ट को जानता ही नहीं। अब उसके लिए मैं क्या कर सकता हूँ?" ओमेश के चेहरे पर तिरस्कार उभरा।

"आप वास्तुविद् हैं। लकीर पढ़ना आपका काम ठहरा...वैसे ममफोर्डगंज में जो सुखीराम धर्मशाला है वह आप ही की तो बनवायी हुई है न?" जुगनू ने जहर से बुझे स्वर में पूछा।

"बिलकुल। मैं ही उसकी माँ हूँ। वह मेरा क्रियेशन है। मैंने पूरे कंसेप्ट को जन्म दिया। जैसे सोचा था वैसा कागज पर ड्रा किया और वैसी ही शानदार इमारत बनकर सामने आयी।" ओमेश का पूरा वजूद आत्म-प्रशंसा से भर उठा।

"मगर अफसोस! उसमें बिजली के पाइप डालना ही भूल गये, पंखे के पॉइण्टस् कमरे के सेण्टर की जगह दरवाजे के पास दिये। वाह क्या कमाल की गल्तियाँ हुईं आपसे...? शायद इन्हीं महीन लकीरों की वजह से न।" रमेश बड़ी देर से चुप था, एकाएक फट पड़ा।

"आप लोग दरअसल बड़े कमजर्फ इन्सान हैं। आपने यह नहीं देखा कि उस ठेकेदार ने बाकी चीजें किस लगन से पूरी करवा दीं!"

"बेचारे घासीराम का तो पटरा बिठा दिया आपके ठकेदार ने...बनी दीवारें फिर खुदीं और छत को खोदकर छड़ें ढूँढ़ी गयीं जिसमें पंखे के कुण्डे लटकाये गये। एक की जगह चार खर्च हो गये।" रमेश ने तीली लगायी।

"बक्काल वाली जहनियत है आप लोगों की। हमेशा नफे-नुकसान की बातें करते हैं। यार कभी तो इन्सानियत की और हमदर्दी की बातें करना सीखो।" ओमेश बिफर गया।

"आखिर ओमेश, तुम्हारी सारी हमदर्दी गलत लोगों के साथ क्यों रहती है? मेरा झगड़ा तुमसे इसी बात पर हमेशा होता है।" रमेश ने कहा।

"गलत को गलत कहने से तुम डरते क्यों हो?" जुगनू ने चिढ़ाया।

"मैं और डर?" ओमेश ने कहा और तल्खी से हँसा। उसके चेहरे पर बेबसी

भरी तरलता फैल गयी...।

"खैर छोड़ो! यह बताओ आजकल किस प्रोजेक्ट पर काम कर रहे हो?" रमेश ने पूछा।

"आराम!" उसने गहरी साँस ली फिर धीरे से कहा, "काम है कहाँ?"

"तुम खाली नक्शा बनाने तक क्यों नहीं अपने को सीमित रखते हो? कंस्ट्रक्शन की जिम्मेदारी लेते हो और उसी में मात खाते हो।" जुगनू का क्रोध शान्त हो गया था।

"मगर आमदनी तो उसी से होती है। नक्शा बनवाने का कौन कितना दे देता है। हर आदमी मुफ्त बनवाना चाहता है। मैं भी कहाँ तक मुफ्त बनाऊँ?" ओमेश की आवाज की पहलीवाली अकड़ अब थकन में बदल गयी थी।

"अच्छा ओमेश—चलते हैं, फिर मुलाकात होगी।" जुगनू ने कहा।

"ठीक है...मगर मित्र! यह सब एक दिन मेरे काम का लोहा मानेंगे।" ओमेश ने गहरी आवाज में कहा।

"क्यों नहीं, रिजवी बिल्डर भी तो इलाहाबाद का एक बड़ा नाम बम्बई में चमक रहा है।" रमेश ने उसके कन्धे थपके! ओमेश की आँखें चमक उठीं। होठों पर हल्की-सी मुस्कान दौड़ गयी।

ओमेश बड़ौदा से आर्किटेक्ट की डिग्री लेकर छः साल पहले इलाहाबाद लौटा था। जगन्नाथ के साथ वह आठवीं कक्षा तक पढ़ा था, फिर कॉलेज बदला तो कभी-कभार इनकी टकराहट आते-जाते हो जाती थी मगर बचपन की दोस्ती बरकरार थी। कुछ दिनों तक ओमेश की शान ही निराली थी। एलचीको रेस्तराँ में बैठकर वह बड़ी अदा से होठों में सिगरेट दबा अपने उन साथियों के बीच बैठता जो अपने जीवन में बहुत ज्यादा कुछ कर नहीं पाये थे।

"जानते हो, सिविल लाइंस के इस चर्च का जोड़ कहीं और नहीं है। क्या इमारत है यह बात तुम्हें इस तरह समझ में आएगी कि आर्किटेक्ट इज़ द मदर आफ आल आर्ट्स...हर कला का उसमें समावेश है। चित्रकला, मूर्तिकला, शीशाकारी, गचबरी...।"

"मगर साहित्य तो नहीं?"

"वहाँ लफ्फाजी का कोई स्थान नहीं है। साहित्य केवल कल्पना है और वास्तुशास्त्र एक यथार्थ। आप खाली जगह में धीरे-धीरे एक अस्तित्व को उभरता देखते हैं फिर एकाएक उस रिक्त स्थान पर एक भव्य इमारत बन जाती है जैसे हमारे शहर का हाईकोर्ट...उसको न आप नकार सकते हैं, न झुठला सकते हैं।

साहित्य में कहाँ इतनी ताकत कि वह करोड़ों को अपने साथ समो सके...इलाहाबाद विश्वविद्यालय देखो...जिसकी शानदार इमारत में कला-विज्ञान-दर्शन-कानून-इतिहास-अर्थशास्त्र-भाषा न केवल पढ़ाई जाती है बल्कि हर साल हजारों लड़के शिक्षित होते हैं और स्वयं विद्वान चिन्तन-मनन करते हैं। इन्सानों को सामूहिक मंच हमेशा वास्तु-शास्त्र ने दिया है। यह हमारी सभ्यता एवं संस्कृति की कसौटी है।'' ओमेश अपना ज्ञान बघारता।

''भरद्वाज आश्रम और आनन्द भवन भी तो बड़े महत्त्वपूर्ण स्थान हैं।'' कोई मित्र बीच में बोल उठता।

''महत्त्वपूर्ण तो संगम भी है। मगर वहाँ इमारत नहीं है। मैं कला की बात कर रहा हूँ। इस मामले में इलाहाबाद बड़ा गरीब है...मुगल भी क्या दे पाये इस शहर को? खुसरू बाग और किले में ऐसी कोई खास बात नहीं है।''

उसकी इन बातों से बहुत दिनों तक जगन्नाथ भी बड़ा प्रभावित रहा, खासतौर पर तब जब उसने नैनी में एक फैक्टरी की बड़ी इमारत ले जाकर दिखायी थी जो उसने खुद बनवायी थी। बहुत दिनों तक मित्रगण वहाँ के चक्कर अक्सर लगाकर आते। सबके मन में उत्साह था। मगर कुछ वर्षों बाद ही उसकी टकराहट उन मुद्दों पर होने लगी जहाँ पर उसकी नैतिकता मिलावट करने, गलत तखमीना देने और धोखाधड़ी करने पर रोक लगाती थी। वह मुँहफट होकर टोक देता था। उसके यह तेवर मान्य नहीं थे। ठेकेदार से लेकर, सप्लायर, मजदूर और स्वयं मालिक उससे चिढ़ जाते थे। क्योंकि वह उनकी इच्छा के बावजूद कोई गलत कदम नहीं उठाता था। उसकी बुराइयाँ चारों ओर शुरू हो गयीं। काम मिलना बन्द होने लगा। कुछ दिनों बाद उसकी दिमागी हालत यह हो गयी कि वह हर इमारत के सामने बैठकर उसकी अच्छाई और बुराई नोट कर किसी से भी बात करना शुरू कर देता था। सारे दिन वह सिविल लाइंस में घूमता रहता था या फिर पेड़ के नीचे बैठ आल सेण्ट्स चर्च को ताकता रहता और बुदबुदाता रहता था—एशिया का बेहतरीन नमूना, विलियम एमरसन का नायाब कारनामा! कभी-कभी रामबाग पैलेस की तरफ निकल जाता और बारहदरी में बैठ गंगा के पुल पर से गुजरने वाली ट्रेन की आवाज सुनता। वह दिमागी तौर पर थोड़ा-सा खिसक गया था। बड़ी कड़वी बातें उन दोस्तों से करता जिसको उसने कभी घास नहीं डाली थी। आज वही दोस्त उससे कन्नी काटने लगे थे। वह कमा रहे थे। जिन्दगी चला रहे थे। वह कहीं और देख रहा था। उसकी उलझनें और परेशानियाँ कुछ और थीं।

ओमेश न्यायमूर्ति सोमेश पारुथी का इकलौता बेटा था। जज साहब चाहते तो यही

थे कि वह उनके साथ मिलकर हाईकोर्ट में प्रैक्टिस करे, मगर उनकी इच्छा के विरुद्ध ओमेश ने एल-एल.बी. करने की जगह बड़ौदा स्कूल ऑफ आर्किटेक्ट ज्वाइन किया। उस समय एडवोकेट सोमेश पारुथी शहर के गिने-चुने वकीलों में से एक थे। बेटे को अपनी इच्छानुसार नहीं बना पाये। आरम्भ की कामयाबी देख खुश भी थे। उनके जज बनते ही बेटे का सितारा डूब गया। उनके बँगले पर आज रात को हमेशा की तरह एक बड़ी दावत का इन्तजाम था जिसमें उनके बचपन के दोस्त समीर मोजमदार का लड़का विशेष रूप से बुलाया गया था। सतीश मोजमदार कुछ हफ्ता पहले ही एस. एस. पी. होकर इलाहाबाद आया था। उनके दिल में कुछ चटखा था जिसकी किरचें उन्हें चुभी भी थीं, लेकिन यह सोचकर वह खुश हुए कि सतीश भी तो उनका अपना ही बेटा है। फिर दूसरों की ख़ुशी में ख़ुश होना अपने दुख से निकलने की एक राह भी तो है।

महफिल कुछ इस तरह गर्म हुई कि न्यायमूर्ति और दूसरे जज व एडवोकेट भूल गये कि डी. जी., आई. जी. पुलिस, कलक्टर, कुलपति के अलावा उनका बेटा ओमेश भी वहाँ मौजूद है और मुँहबोला बेटा सतीश मोजमदार भी। असली कमजोरी तो इन इलाहाबादियों की यही है कि जब भी पीकर बहकेंगे तो युनिवर्सिटी के दिनों पर आकर जरूर टिकेंगे। वही इस वक्त हो रहा था। सभी गिलास के साथ ऊँचे-ऊँचे कहकहे लगा रहे थे।

"अरे भाई जब हम एम. ए. कर रहे थे तो श्यामलाल हमारा जूनियर था। उसका एक और साथी था याद करो जनवादी लीडर केसरीराम का दादा राजाराम। याद आया बड़े सीधे-सादे सज्जन आदमी थे। वह सावन का महीना था, आसमान में छेद, झमाझम बरसात और साहब सीनियर्स ने जूनियर्स को ऑर्डर दिया कि नंगे बदन फुटबाल खेलो, श्यामलाल और राजाराम का हाल बुरा..." डी. जी. कगला सिन्धू बोले और बड़े खुले मन से हँसे!

"इससे ज्यादा तो बात उस मुकाबले की मजेदार है जहाँ से तुमने गालियाँ सीखी हैं। जब तुम सर सुन्दर लाल में थे और मैं पी. सी. बनर्जी हॉस्टल में, क्या मुकाबला चलता था, वह भी युनिवर्सिटी की खूबसूरत लड़कियों का नाम ले-लेकर...फिर पी. सी. बनर्जी हॉस्टल का आदान-प्रदान गंगानाथ हॉस्टल से, हालैण्ड हाल का, डायमण्ड जुबली से" कुलपति विश्वनाथ तिवारी ने अपने पुराने मित्र डी. जी. सिन्धू से कहा और दोनों यादों की पगडण्डी पकड़ कहीं दूर निकल गये।

"एक बात थी यार। हमने कभी ऐसी हरकत नहीं की, जो ओछी या अपराध के दायरे में आती हो, जो आजकल हो रही है। मुझे याद आ रहा है, मेरे बड़े भाई बताते थे कि प्रॉक्टर कर्नल तिवारी के पास जब लड़कियों के दुपट्टा खींचने की शिकायतें जाती थीं तो अक्सर वह अकेले में लड़कों से मजाक करते हुए कहते थे,

''सालो दुपट्टा खींचकर छोड़ क्यों देते हो, हम तो उसका कमरे में पर्दा डाल लेते थे!'' न्यायमूर्ति सक्सेना ने कहा, जिस पर जोरदार कहकहा पड़ा।

''अच्छा! अच्छा, तभी आपने भाभी जी से जान पर खेलकर भी ब्याह रचाया, दुपट्टा घर में सजा लिया।'' कुलपति कह उठे।

''यह तो बताओ सतीश, तुमने लव मैरेज की है या अरेंज्ड।'' एकाएक आई. जी. कपूर ने पूछा।

''सर! लव-कम-अरेंज!''

''वण्डरफुल!''

''अरे इससे तो पूछो, इसने क्या गुल खिलाये थे इलाहाबाद युनिवर्सिटी में?'' कलक्टर के. जी. वर्मा बोले।

''खाना लग गया है।'' अरदली ने इत्तला दी!

''आइए जनाब...आओ बेटे सतीश आयम प्राउड आफ यू।'' सोमेश पारुथी ने कहा।

''थैंक्यू अंकल! सब आप लोगों की ही ब्लेसिंग्स हैं।''

''अब तुम आ गये हो! इस बिगड़े शहर की ज़रा कानखिंचाई करो। बड़ा बुरा हाल है। जिस किस्म के मुकदमे आ रहे हैं उससे तो यह शहर पहचाना नहीं जाता है कि कभी यह शिक्षा-नैतिकता और साहित्य का सेण्टर रहा होगा? इसने इस कण्ट्री को बेस्ट प्रोडक्ट दी जो आज हर क्षेत्र में अपनी धाक जमाये हुए हैं...आई फील नाउ-अ-डेज़...सो लो...एनी हाऊ यू आर हियर!''

''बहुत मुश्किल है अंकल अपने विभाग के लोगों से लड़ना। यह तो बहुत बड़ा सच है कि जब-जब पुलिस ने चाहा और उसको ईमानदारी से कर्तव्य निभाने की छूट मिली, तब-तब उसने जान पर खेलकर जनता की सेवा में जान भी गँवायी है, मगर जब उसको उसका कर्तव्य निभाने ही न दिया जाएगा तो वह कुण्ठित तो होगी। ऊपर का करप्शन चारों तरफ तो फैलेगा।''

''सम वे यू आर राइट।'' न्यायमूर्ति पारुथी बोले।

इस पूरी दावत और काकटेल में ओमेश पारुथी कटा-कटा रहा। सतीश की खातिर वह कुछ देर बैठा जरूर रहा। उससे बातें भी कीं फिर फोन के बहाने वह जाकर अपने बेडरूम में लेट गया। उसको अपने सीने पर बड़ा बोझ लग रहा था। उसने नीबू पानी मँगाकर पीया फिर बेचैनी से टी. वी. खोला, उसमें भी दिल न लगा तो उसने अपने दोस्त को फोन मिलाया।

''कैसे हो ललित? बिजी हो! अच्छा मैं फिर फोन करूँगा।'' कहकर ओमेश ने फोन रख दिया।

''किसी के पास मेरे लिए समय नहीं है और मैं...क्या करूँ? कहीं कोई काम

नहीं है...मैंने जो सीखा, जितना सीखा वह तक तो मैं खर्च नहीं कर पाया, मुश्किल से तीन इमारतें बना पाया। एक कोल्डस्टोरेज, एक फैक्टरी और एक धर्मशाला। मगर दुश्मन कितने पैदा कर लिये सिर्फ इसलिए कि मैं कहीं भी गोलमाल करने को तैयार न था...मुझे उठाकर डस्टबिन में डाल दिया गया है जैसे मेरा कोई वजूद नहीं है। घर-बाहर सिर्फ अपमान।" ओमेश ने कमरे के चक्कर लगाये फिर दराज से निकालकर उसने एक गोली मुँह में डाली, पानी पीया और आँख बन्द कर लेट गया।

सतीश जब उससे मिलने कमरे में गया तो वह औंधे मुँह गहरी नींद में डूबा हुआ था। सतीश के साथ ओमेश की माँ थीं जिनकी आँखें डबडबाकर रह गयीं। आगे बढ़कर उन्होंने उसे चादर ओढ़ायी और बत्ती बुझाकर सतीश के साथ बाहर निकलीं। अपने चेहरे पर मुस्कुराहट ला पूछ बैठीं—

"इन्दु को कब ला रहे हो? अब तो उसे देखने की इच्छा बढ़ गयी है।"

"बस, अगले माह आ जाएगी। माँ, बाबा भी साथ आ रहे हैं!"

"यह तो बहुत अच्छा है कि भाई और भाभी भी आ रहे हैं। बेटे! फिर आना, मैं इन्तजार करूँगी!"

"आऊँगा, आण्टी!"

सतीश के जाने के बाद ओमेश की माँ बड़ी देर तक चुपचाप बैठी रहीं फिर थके कदमों से बेडरूम की तरफ बढ़ीं। उनका दिल एक तरफ हिमालय की चोटी पर यह सोचकर चढ़ जाता था कि पति हाईकोर्ट के जज बन गये हैं और दूसरी तरफ लड़के का हाल देख वह तंग कन्दराओं में अपने को फँसा पातीं। जीने और मरने के बीच झूलती उनकी काया अक्सर उनके बस में न रहती और निढाल-सी बिस्तर पर पसर जाती थीं।

"खाना खा लीजिए," नौकर ने कमरे के बाहर से कहा।

"नहीं रामदीन, मेरा मन अच्छा नहीं, मैं खाना नहीं खाऊँगी।"

रामदीन इनके गाँव का है जिसको सोमेश पारुथी अपने साथ तब लाये थे जब वह बारह साल का था, अब इस जवान को इस कुटुम्ब से इतना प्यार हो गया है कि उनके दुख-सुख को ही अपना दुख-सुख समझता है। बिना खाये उसने भारी मन से रसोई समेटी। बाकी नौकर-चाकर खाकर जा चुके थे। होटलवाले आये थे इसलिए काम जल्द निबट भी गया वरना बर्तन धोते रहते तो रात के दो बज जाते। क्वार्टर में जाने से पहले ओमेश के कमरे की सुनगुन लेना वह नहीं भूला।

शहर में इस बात की चर्चा जोरों पर थी कि नया एस. एस. पी. बड़ा सख्त ऑफिसर है। नाक पर मक्खी नहीं बैठने देता है। आई. पी. एस. है। सीधे गृह मन्त्रालय से

उसका सम्बन्ध है। कोई स्टेट पुलिसवाला नहीं है जो घिसट-घिसटकर जिले का चक्कर लगाता बरसों बाद तरक्की की एक सीढ़ी चढ़ पाता है। अगर ऐसा न होता तो इंस्पेक्टर त्रिपाठी तो ऐसा ताण्डव रोज करवाता कि शहर का बच्चा-बच्चा तक पानी माँगने लगता। बिना औकात के तो यह हाल है और जो हाकिम बन जाता तो जूतियों में दाल बँटवाता। काश! इस दरोगा पर कप्तान साहब की बिजली टूटे, यह अन्याय करना बन्द कर दे। उधर त्रिपाठी की जीवनचर्या पर कोई फर्क नहीं पड़ा। उसने इससे ज्यादा ईमानदार और पगले थाना प्रभारियों के राज में अपनी मनमानी जी भर कर की है। आदमी अगर अक्ल का इस्तेमाल खुल कर करे तो वह हर कानून के बन्धन को ढीला कर बड़े से बड़ा अपराध करके भी स्वतन्त्र घूम सकता है। उसका खुलेआम कहना था—

"मूरखों के लिए जेल है सालो। या तो अपराध करो नहीं और माँ-बहन की डुपटिया लपेट चूड़ियाँ पहन बैठ जाओ और जो करो तो ऐसा कि सबकी अँखियन में धूल झोंको कि जीवन भर तुमका पकड़ न पावें।" उसकी यह बात सुनकर कोई पूछ बैठता।

"का हो उस्ताद! जहिरवा व ओकीं मित्र मण्डली का कुछ एलाज करबो या फिर बिना आँगुस के हाथी की तरह घूमै देबो!"

"ओकरे...जब चाहो डण्डा घुसाये दें। मादर...को पकड़ै मा कितनी देर लागत है? शहर मा दंगा, असामाजिक तत्त्वों की शान्ति के नाम पर ठाँय ठाँय...फिस! याद है गुलाबबाड़ी के रहमनुआ का हम का हाल किये रहे? साले का चूतड़ फटकर माघ मेला गोदाम हो गया रहा। रिपोर्ट आयी कि इनकाउण्टर मा मारा गवा। काहे का इनकाउण्टर? अरे हम सारा चक्रव्यूह रचे रहे। ऊ जो गुलबाबा रहा, राजन उर्फ काले बम का चेला। भरी दोपहरिया में बहादुरगंज चौकी के सामने मार गिरावा यह कहकर कि साला हम पर गोली चलाय का आवत रहा जबकि सब जानत रहे कि हम धोखे से बुलाये रहै कि सुधीश टार्जन के पकड़वाये मा हमरी मदद करो। बदले में हम कल्लू कुँजड़ा वाले केस मा फाइनल रिपोर्ट लगवाये देबै। ससुरा आय गवा झाँसे मा...। देखते जाओ...कैसा बेहतरीन जाल बनाय के इन सारे चिरकुटवन का पकड़ित है और तड़पाय-तड़पाय के मौत के घाट उतारित है।...तुम लोगन बच्चे हो, नाहीं जानत हो कि पुलिस का पावर का है। जऊन टाइम हम सोच लेइत है भोले शंकर की सौगन्ध सारी खोपड़ी झनझनाय जात है।"

"अरे प्रभु! पूरा इलाहाबाद न सही मगर दुइ-चार मोहल्ला मा तो तुम्हार आज्ञा बिना पत्ता नाहीं हिलत।"

"अगर हमहूँ इलाहाबाद विश्वविद्यालय में पढ़ के निकला होइत तो आज हम भी आई. पी. एस. आफिसर होइत और इस पूरे शहर का हिलाय डालित।"

"इतना कम है का गुरु! डी. जी., आई. जी., एस. एस. पी., सबै का तो पानी पिलाये हो। उ कूकुर की औलाद जो आवा रहा अलीगढ़ से ट्रांसफर होइ के, का नाम रहा...?"

"रामसिंह तोमर एस. पी. ...कराय दिया ट्रांसफर...बड़ा हुकुम चलावत रहा जैसे हम ओकर जोरू रहे साला...मादर...।"

"देखो अब सतीश मोजमदार की अम्मा तुमसे बचत है कि नाही।"

"हँसौ न खीं खीं। ई इलाहाबाद हमार सहर है...बाप हमरे गाँव के रहे तो का, माई तो खालिस इलाहाबादी रही। रहत रहे अरैल माँ, जमुना के पुल के नीचे, मल्लाह बस्ती में और अब देखो, कहाँ रहित है?"

"तुलाराम बाग मा...दुई मंजिला मा...।"

"यह हुई न बात!"

"अब प्रभु! हमार मुश्किल भी हरो! हमरे नाम उ घर करवाय दो! एक बार एलाट हो जाय न, तो उ बूढ़े का सन्तोष पड़ जाय और हमका भी... अकेली जान है मगर जी अटका है दो कमरे के घरै मा!"

"चलो अब, देख लेंगे आखिर हो तो तुम अपने आदमी।"

"अच्छा चलें?"

"ऐ हो राम सेवक, आजकल राजरानी कहाँ है?" त्रिपाठी के स्वर में शक्कर घुल गयी।

"ब्याह गयी...। आजकल ससुराल मा है...जोगी टोला।"

"कहो हम बुलाये हैं। जो साली खसर-मसर करे तो कह देना कि फिर हम ओकी जगह ओके मर्द का बुलवाय लेबै हाँ...चलो अब तुम!" त्रिपाठी ने अँगड़ाई ली।

राम राम! उस आदमी ने हाथ जोड़ा। उसके जाने के बाद त्रिपाठी मेज पर पैर फैला कुर्सी पर गर्दन पीछे कर लेट गया। उसके दिमाग में राजरानी बारिन का गठा-गठा शरीर साड़ी में लिपटा याद आने लगा। उस रात जाने क्यों वह मेरे पंजे से छूट गयी वरना तो...बात मामूली थी। नाली के पानी के चलते कहा-सुनी हो गयी और औरतों में मारपीट! एक पार्टी ने आकर थाने में रपट लिखवा दी। जब वहाँ सिपाही पहुँचा तो दोनों तरफ ने वह हो-हल्ला मचाया कि सिपाही कुछ पूछने का अवसर ही न निकाल सका, न कुछ खास उसके पल्ले पड़ा। तब इंस्पेक्टर त्रिपाठी को जाना पड़ा था। वहीं पर उसने राजरानी को अपनी लड़ती चिल्लाती माँ के पीछे खड़ा देखा था। मन-ही-मन त्रिपाठी बोला था कि—इ लौंडिया बड़ी मस्त है! एकर तो वही एकै एलाज है...कई बार बहाने से वह चक की उस गली में एक चक्कर लगा आता था। वहीं यह रामसेवक मिला था। चाय-पानी को पूछ लेता था। उसी

से पता चला कि बुढ़िया बारिन की लौंडिया अपने चाचा के घर गयी है, मास भर बाद लौटेगी। उधर जाना छूट गया वरना तो गली से निकल दाहिने बाजूवाले हलवाई की दुकान पर समोसा खाता और जीरो रोड बस अड्डे के सामने से निकल मानसरोवर टाकीज पर आकर पान के बीड़े बनवाता था। आज दो माह बाद रामसेवक दिखा तो राजरानी की याद आ गयी। त्रिपाठी राजरानी के सपने में डूब बड़े-बड़े खर्राटे लेने लगा।

29

एस. एस. पी. सतीश मोजमदार के बँगले-कम-ऑफिस में मिलनेवालों की तादाद बढ़ रही थी। "साहब अभी बाथरूम में हैं, आप अन्दर बैठिए" कहता सिपाही सबको लम्बे कमरे में पड़ी कुर्सियों पर बिठा रहा था। बाहर नीली बत्ती वाली एम्बेसेडर तैयार खड़ी थी। ड्राइवर गाड़ी को पोंछ रहा था। दरोगा और चन्द पुलिसवाले गाँव से आये लोगों से बात कर रहे थे। अन्दर छोटे कमरे में एक तरफ कम्प्यूटर पर सादे लिबास में एक आदमी बैठा काम कर रहा था। सामने पड़े लकड़ी के सोफे पर कुछ औरतें घूँघट काढ़े बैठी थीं जिनके मर्द विजिटर रूम में जा चुके थे।

सुबह के साढ़े नौ बजनेवाले थे। एक सफेद मारुति वैन बँगले में दाखिल हुई और एक अधेड़ औरत कुछ फाइलें लिये हुए वैन से उतरी। उसके पपोटे फूले हुए थे और आँख और नाक सुर्ख हो रही थी। पलकों और चेहरे पर फैली नमी साफ बता रही थी कि औरत किसी ऐसी कठिनाई में है जिसका सम्बन्ध सीधा उसकी भावना से जुड़ा हुआ है। दीवान का ध्यान उसकी पोशाक और चाल-ढाल से उसकी तरफ खिंचा और जिज्ञासावश उसने पूछा—

"आपको एस. एस. पी. साहब से मिलना है?"

"जी! शाम फोन पर बात हुई थी। उन्होंने दस बजे बुलाया था।"

"आप चलकर कमरे में बैठें, बसे साहब तैयार होकर आते हैं।" हवलदार ने कहा और उसके साथ आगे बढ़ा। अन्दर कमरे में महिला को बिठाकर दीवान छोटे कमरे में लौटा और कुर्सी खींचकर बैठ गया। मेज पर रखा फोन उसने घुमाया।

"सर! जिस औरत की बात आप कर रहे थे, वह आ गयी है। साहब से मिलने...हाँ मँझोला कद, गोरा रंग...सफेद मारुति से ही आयी है!" दीवान ने फोन

पर फुसफुसाया।

"ठीक है। उस पर नजर रखो। उसके साथ कोई और भी आया है?" उधर से आवाज आयी।

"जी नहीं, सिर्फ ड्राइवर था। वह गाड़ी लेकर बाहर खड़ा है।"

"ठीक है।" उधर से फोन रख दिया गया।

एस. एस. पी. साहब ठीक दस बजे घर से निकले और विजिटर रूम में दाखिल हुए। उन्हें देखकर सभी इन्तजार करनेवाले अपनी जगह से उठ खड़े हुए। वह औरत भी नमस्ते कर बैठ गयी। सतीश मोजमदार ने मेज पर लगी अर्जियाँ देखनी शुरू कर दीं, पास में खड़े पुलिसवाले ने बजते फोन को उठाया और सतीश की तरफ बढ़ाया।

"एस. एस. पी. मोजमदार बोल रहा हूँ...कहिए? हाँ, मैडम आ चुकी हैं। मैं उनका केस देखता हूँ।" सतीश ने उस औरत की तरफ नजरें उठायीं और फोन रख दिया और अर्जी पर नजर गाड़े-गाड़े बोले—

"प्यारेलाल...! क्या परेशानी है इनकी?"

"बोलो...खुद बताओ।" दीवान प्यारेलाल ने सामने खड़े आदमी से कहा।

"कप्तान जी! हमार भैंसिया जौन खूँटे में बँधी रही, ओका पड़ोसी समरसिंह उखाड़ के फेंक दिहेन कल शाम का...जो हमार घरवाली बोली तो लठैत आय गये और कहा-सुनी में हमार आगे की दिवरिया बैठ गयी। भैंस का भी पता नहीं है। हम गरीब आदमी हैं। हमार खर्चा-पानी वही रही!"

"क्या मामला है?" सतीश ने पास खड़े दीवान को देखा।

"तफ्तीश हुई। बात सही निकली। मार-पीट करने के अपराध में उनको पकड़ लाये हैं!"

"ठीक है। आपको समरसिंह या तो भैंस लौटाएँगे या भैंस की कीमत और साथ ही टूटी दीवार भी बनवाएँगे वरना कीमत चुकता करेंगे।"

"बहुत-बहुत धन्यवाद साहेब! हम तो...का कहें अब...अच्छा राम-राम साहब!" वह देहाती अँगोछे से आँख-मुँह पोंछता पर्चा लेकर बाहर निकला!

वह औरत डबडबायी आँखों से न्याय होता देख रही थी कि किस तेजी से फैसला बाँटा जा रहा है। बिना हील-हुज्जत के, सिर्फ पुलिस द्वारा हुई छानबीन पर, लगता है कि यह अफसर जैसा सुनने में आया है, वैसा ही है। यह जरूर मेरी मदद करेगा। मुझे निराश नहीं होना चाहिए। एक के बाद एक मुसीबत का मारा खड़ा होता और सुनवाई के बाद चला जाता है। न सबूत न सवालपेची, सब कुछ तफ्तीश के भरोसे, अनुभवपूर्ण दृष्टि से तौला जा रहा है। एक-एक करके सारे लोग कमरे से निकल गये। सबके बाद सतीश मोजमदार उस औरत की तरफ मुखातिब हुआ।

“हाँ...आपका केस मैंने अपने ए. एस. पी. गौरव को सौंपा है। आप उनसे कल मिली थीं?”

“जी, वह कहते हैं कि यह क्रिमिनल नहीं सिविल केस है। उसमें पुलिस कुछ नहीं कर सकती है।” औरत ने काँपती आवाज से कहा।

“जरा शाहगंज थाने लगाओ...” सतीश मोजमदार बोले।

“हाँ, त्रिपाठी, मकान नम्बर 16/26 की क्या रिपोर्ट है?” कहकर सतीश ने बटन दबाया। इंस्पेक्टर त्रिपाठी की आवाज गूँजी।

“सर वह औरत जो वहाँ रह रही है वह उस मकान की मालकिन है। और वही काबिज भी है। उसकी दो लड़कियाँ हैं। बीस और चौबीस साल की और जो अनवर सुल्ताना है, वह दरअसल झूठ बोल रही है। यहाँ पर न कोई दीवार तोड़ी गयी है, न कोई नया दरवाजा लगा है। वैसे अनवर सुल्ताना जी झूठा केस बना बड़े-बड़े अफसरों से मिल रही हैं। यह इनका घरेलू मामला है। दोनों देवरानी-जेठानी हैं।”

“बताइए जी, अब मैं कैसे उन जवान लड़कियों को घर से बाहर निकालने का ऑर्डर दूँ? रिपोर्ट यह है। आपने सुनी! आपके देवर के वह बच्चे हैं। कुछ तो ख्याल करें!”

“एक बार इंस्पेक्टर त्रिपाठी के अलावा आप किसी और से भी इनक्वायरी कराएँ...मैं उन्हें घर से निकालने को कब कह रही हूँ। देखिए, यह नक्शा है। हमारे घर के बीच में लम्बी ऊँची दीवार है। उसमें एक दरवाजा था। इन्होंने वह दीवार तोड़ घर एक कर लिया है। मैं अपने हिस्से की बात कर रही हूँ। मेरी बात पर किसी को यकीन क्यों नहीं हो रहा है? मैं एक माह के लिए अपनी बूढ़ी माँ के पास गयी थी। पीछे यह बदलाव हो गया!” अनवर सुल्ताना ने बेबसी से कहा।

“आप कुछ कह रही हैं। वह लेडी कुछ और कह रही है। अब किसकी बात मानूँ...? यह बताएँ अपने घर की कुंजी है आपके पास?” सतीश मोजमदार ने पूछा।

“जी! मगर उन्होंने ताला बदल दिया है। मैंने पुराने दरवाजे की झिर्रियों से देखा कि आँगन एक हो गया है। आप विश्वास करें मेरा...यह रहे मेरे कागजात... ।” अनवर सुल्ताना ने फाइल आगे की।

“इसको रखें और एक बार ए. एस. पी. से फिर जाकर मिलें। मैं इस बीच उनसे बात कर लेता हूँ। फिर आप पुलिस मुख्यालय में आ जाएँ”, कहकर सतीश कुर्सी से उठ गये। उठते-उठते कह गये–

“मुकदमा दर्ज कर लो!” उनसे इस फैसले की उम्मीद अनवर सुल्ताना को न थी। वह टूटी-सी कमरे से बाहर निकली।

अनवर सुल्ताना बेघरबार हो चुकी थीं। टूटे दिल से वह सोच रही थीं कि उनकी देवरानी मुनव्वर बेगम ने जमील और त्रिपाठी के साथ यह षड्यन्त्र रचा और अब खुद उनको सब झूठा कह रहे हैं। मेरे सच पर इतने सवाल, इतनी छानबीन और कुछ देर पहले फैसले किस तरह से एकतरफा सच सुनकर सुनाये जा रहे थे? मोहल्लेवाले सच ही कह रहे थे कि त्रिपाठी का आना-जाना वहाँ है। जमील से मुनव्वर का दोस्ताना है। अब उस घर का मुख्य आकर्षण वह लड़कियाँ हैं। यह बातें सुनकर अनवर सुल्ताना का सिर शर्म से झुक जाता था। वह भी विधवा थीं। दोनों भाई रेल-दुर्घटना में साथ-साथ गये थे। इन अफवाहों पर अनवर सुल्ताना ने कभी यकीन न किया था मगर आज? सबसे बड़ी झूठी तो वही साबित हो गयीं। घर के सिवा उनका ठिकाना इस शहर में है भी कहाँ? विधवा, बिन औलाद के एक मामूली उस्तानी की सुनवाई कहीं नहीं। उनकी आँखों से आँसू उबल पड़े। अपने दोस्त के घर वह टिकी हैं। उन्हीं के मियाँ की यह कार है। अहसान दर अहसान से वह दबती चली जा रही हैं। कहनेवाले तो यह भी कहते हैं कि जमील अंसारी ने अपने दोनों भानजों से लड़कियों की बात तय कर दी है। दहेज में घर के दोनों हिस्से माँगे हैं जिसका बन्दोबस्त त्रिपाठी और जमील कर रहे हैं। जितने मुँह उतनी बातें।

ए. एस. पी. के साथ अनवर सुल्ताना ने जाकर अपना घर दिखाया। नया फोड़ा सड़क की तरफ वाला दरवाजा और बीच की दीवार भी। रिपोर्ट तैयार हो गयी और एस.एस.पी. की मेज पर पहुँच गयी कि शिकायत सही थी। त्रिपाठी की तफ्तीश गलत थी। दीवार के टूटने और नया दरवाजा बनने का निशान साफ जाहिर है। मसाले की गन्ध और सीमेण्ट और पुताई की ठण्ड अभी ताजा है। मगर दूसरी पार्टी का कहना है कि यह घर हमारा है। हम उसकी मरम्मत करवा रहे हैं। अगले माह लड़की की शादी है। दोनों एक ही तरह के कागजात दिखा रही हैं। समझना मुश्किल है कि कौन सही है और कौन गलत। मोहल्लेवालों की हमदर्दी अनवर सुल्ताना के साथ है। बेहतर है कि पुलिस इस समस्या को दीवानी केस के खाते में डाल दे।

दो सप्ताह बाद जब अनवर सुल्ताना एस.एस.पी. के ऑफिस चौथी बार पहुँचीं तो उनको सतीश मोजमदार का जवाब सुनकर बड़ा आश्चर्य हुआ। जब उन्होंने कहा कि पुलिस आपकी इस सिलसिले में कोई मदद नहीं कर सकती है क्योंकि जो एफ. आई. आर. आपने लिखवायी है उससे क्रिमिनल केस नहीं बनता है!"

"क्या यह क्रिमिनल केस नहीं है कि किसी की गैरहाजिरी में उसके मकान की दीवार तोड़ दी जाए?"

"यह सिविल मैटर है। अगर मारपीट होती तो जरूर पुलिस मदद करती मगर..." अनवर सुल्ताना वहाँ से निराश हो सिविल लाइंस महिला पुलिस थाने में गयीं मगर वहाँ की इंचार्ज त्रिपाठी के खिलाफ कोई कदम नहीं उठाना चाहती थी।

उसका विचार था कि त्रिपाठी बेहद ईमानदार, कर्मठ और जिद्दी आदमी है। एक-दो महिला संगठन जो शहर में सक्रिय था वहाँ भी गयीं मगर हर जगह ढाक के तीन पात। अनवर सुल्ताना टूटी हुई दोस्त के पास लौटीं और किराये के मकान की तलाश शुरू कर दी।

इस केस की खबर उड़ती-फिरती जब जक जहीर की मण्डली तक पहुँची तब तक अनवर सुल्ताना हँडिया डोई खरीद किराये के मकान में शिफ्ट हो चुकी थीं। ऐसी दर्दनाक दास्ताँ सुन-देखकर पूरे मोहल्ले की साँस अपनी जगह चन्द सेकेण्ड के लिए ठहर गयी थी कि जाने कब किसकी शामत यह वकील, पुलिस, गुण्डे और स्थानीय नेताओं द्वारा आ जाए? उन्हीं मोहल्लेवालों की जबानी यह कहानी बाहर फूटी थी। एक ही इन्सान के दो चेहरे थे। शैतान और फरिश्ता। जो मुफ्त का माल पाता इनका उम्र भर का गुलाम बन जाता और जो अपना माल खोता वह इनसे इतनी घृणा करने लगता था कि इनका नाम सुनते ही उनके मुँह से लाहौल निकलता। मन ही मन कोसता मगर उसकी आह न जमील को लगती न ही त्रिपाठी को लगती थी। उलटे उनका प्रभाव-मण्डल घर से मोहल्ले और मोहल्ले से दूसरे मोहल्ले तक इस तरह फैल रहा था कि कुछ मार खाये लोगों को विश्वास हो गया था कि एक दिन इनका असर पूरे शहर में अपनी धाक जमा लेगा।

"यह एस.एस.पी. तो बड़ा फजूल आदमी निकला?" सलमान बोला।

"सतीश नाम के लोग अच्छे कब होते हैं!" जहीर ने लम्बी साँस खींची और सिर झुका लिया।

"सुना है इसी हरामखोर त्रिपाठी के बाकी सहकर्मी इंस्पेक्टर इसको सर कहते हैं। सिविल जज यादव इसको देखकर खड़ा हो जाता है। इसके सारे मुकदमे उसी की कोर्ट में जाते हैं। फैसला इसी के पक्ष में होता है। कभी-कभी मुझे यह बातें कहानी-किस्से की तरह गढ़ी हुई लगने लगती हैं, तो कभी ताज्जुब होता है कि यह सब कैसे मुमकिन है? अरे कुछ तो सही-गलत होता है।" सलमान बोला।

"साला सुअरिन की औलाद है।" मुरली ने मुँह बनाकर कहा।

"हम जा कहाँ रहे हैं?" जगन्नाथ ने लम्बी साँस खींची।

"अँधेरी गुफाओं में..." रमेश ने मजाकिया लहजे में कहा ताकि माहौल का तनाव कुछ कम हो। मगर कोई हँसा नहीं, उल्टे उन सबने घूरकर रमेश को देखा और वह खिसियाकर रह गया।

ओमेश पारुथी को बड़ी उम्मीद थी कि नये बननेवाले सिनेमा हाल का प्रोजेक्ट उसको मिल जाएगा। उसने बड़ी मेहनत से फाइल तैयार की और प्रोजेक्ट जमा कर दिया। इण्टरव्यू में कई लोग आये थे। उसने पूरी ईमानदारी से प्रोजेक्ट पर बात की थी। इण्टरव्यू में बैठे सभी सदस्य खुश थे। जब नतीजा बरामद हुआ तो पता चला कि प्रोजेक्ट उसको नहीं मिला है। निराशा में वह सीधे ऑफिस में घुस गया और हार्डवेयर के सबसे बड़े सप्लायर भगवान स्वरूप से भिड़ गया। पता चला कि उसके दिये कोटेशन से बहुत लो प्राइज में दूसरी पार्टी हाल बनाने को तैयार है। ओमेश तैश में था, बोल गया कि अगर उसके साथ आप बर्बाद न हुए तो मेरा नाम बदल डालिएगा। न वह आर्किटेक्ट है न ही सही अर्थों में ठेकेदार, बल्कि वह बहुत बड़ा ठग है। भगवान स्वरूप को ओमेश एक बिगड़े दिमाग का झक्की वास्तुविद् लगा जो दलीलें बहुत देता है। अपने बाप एडवोकेट सोमेश पारुथी की तरह जो अब जज बन गये हैं और बड़े ईमानदार और अक्लमन्द मशहूर हैं।

ओमेश बुरी तरह से टूट गया था। दिला चाहा कि डिग्री फाड़कर फेंक दे और सड़क के किनारे बैठ पत्थर या गिट्टी तोड़ने लगे। उस दिन उसका दिल इतना घबराया कि बिना कार्यक्रम के उसने रामा में बैठ पहली बार शराब पी और नशे की कैफियत में लड़खड़ाता घर पहुँचा था। उसका दिल तो चाह रहा था कि वह रेल की पटरी के नीचे लेट जाए या फिर पुल पर से नदी में कूदकर जल-समाधि ले ले। उसकी हालत इतनी बुरी थी कि दरबान उसको सँभालकर अन्दर ले गया। रामदीन तब तक सोया नहीं था। वह चुपचाप पीछे के रास्ते से ओमेश को ले जाकर कमरे में लिटा आया।

दूसरे दिन ओमेश लगभग दोपहर में जागा। पहले से ज्यादा दुखी। बदहवास-सा शाम को सिविल लाइंस में बेमकसद घूमता रहा। विण्डो शापिंग के बहाने वह भटक रहा था मगर उसका दिमाग बड़ौदा के अपने क्लासमेट के साथ उलझा था, जो उसका लोहा मानते थे। सतीश मोजमदार की कार जब सड़क से गुजरी तो ओमेश अपने में खोया सड़क पार कर रहा था। सतीश ने कार रुकवाकर ओमेश के न-न करने पर भी उसको बिठाया और घर की तरफ कार मुड़वायी। ओमेश कुछ झुँझला गया था मगर कुछ पल बाद सहज हो उठा। घर पहुँचकर वह इन्दु भाभी से बातों में लग गया। सतीश ने खाना खाया और ओमेश को घर पर ही छोड़कर जरूरी मीटिंग में पुलिस मुख्यालय चला गया।

कई दिनों से सतीश को जहीर का ख्याल बराबर आये चला जा रहा था। जब उसका ट्रांसफर इलाहाबाद हुआ तो उसने सोचा था कि जाते ही जहीर का पता

लगाएगा और उससे मिलेगा, मगर चार्ज लेने के बाद उसको कुछ याद नहीं रहा। आज परेशान ओमेश को देखकर जाने कैसे जहीर का ख्याल आ गया। इस बीच कई बार जहीर ने याद आकर उसको बहुत बेचैन किया था। खासकर तब जब उसको पता चला कि वह दो साल के लिए रेस्टीकेट कर दिया गया। उसकी हिम्मत ही नहीं पड़ती थी कि वह जहीर से मिले। उल्टा हरदम धुकधुकी-सी लगी रहती थी कि कहीं जहीर उससे टकरा न जाए। आखिरी मुलाकात जब भी उसकी आँखों के सामने तैर जाती तो उसको लगता कि वह बड़ा अवसरवादी और घोर पापी है। उसने ऑफिस पहुँचते ही ए. एस. पी. का नम्बर घुमाया और उससे कहा—

"गौरव! मुझे जहीर अहमद नाम के आदमी की तलाश है। आज से छः वर्ष पहले वह युनिवर्सिटी में था। जैसे ही पता चले, तुम मुझे मेरे मोबाइल पर फोन कर देना।"

"जी सर!" कहकर ए. एस. पी. ने फोन रख दिया। उसके दिमाग में जहीर अहमद की छवि तैर गयी, जो अकबरपुर में रहता है। जिसकी मण्डली पुलिसवालों, विशेषकर त्रिपाठी ऐण्ड कम्पनी के बीच काफी चर्चित है। मगर वह और युनिवर्सिटी? उसकी तो बिसातखाने की दुकान है। एस. एस. पी. साहब उसकी खोज क्यों कर रहे हैं? अगर कोई और हुआ तो? उसने फोन मिलाकर करैली थाना के दरोगा को यह काम सिपुर्द कर दिया। दो घण्टे बाद दरोगा ने उसी जहीर अहमद की वंशावली पेश कर दी। उसको सुनकर ए. एस. पी. ने एस. एस. पी. सतीश को इत्तला दी कि जहीर नामक आदमी का पता चल गया है।

"उसको फौरन खबर भेजो कि मैं मिलना चाहता हूँ।"

"यस सर।" गौरव ने कहा।

सब इंस्पेक्टर जब पता पूछता-पूछता जहीर के घर पहुँचा तो मालूम हुआ कि जहीर वहाँ नहीं है। दुकान पहुँचा तो वहाँ भी नहीं। फिर जुगनू पहलवान के पी. सी. ओ. पहुँचा तो पता चला कि वह लल्लन मियाँ इमरतीवाले के घर गया हुआ है। उनके यहाँ किसी की मौत हो गयी है। सब इंस्पेक्टर वहाँ पहुँचा और जहीर को तलाश करने के बाद उससे जाकर बोला—

"कप्तान साहब ने आपको याद किया है सर! पाँच बजे घर पर मिलेंगे।"

"क्यों भई? हमसे कौन-सा जुर्म हो गया?" जहीर ने छूटते ही कहा।

"नहीं सर! वह आपसे मिलना चाहते हैं।" इंस्पेक्टर ने शालीनता से जवाब दिया।

"तो उनसे कहो घर आएँ? कायदा तो यही है कि मिलने की चाहत रखने वाला मिलने जाता है, न कि वह बुलवाता है...हम किसी के बुलवाने पर कहीं नहीं

जाते। खास कर पुलिसवालों के तो हरगिज नहीं। माफी माँगकर हमारी तरफ से कह देना।'' जहीर ने दो-टूक कह दिया।

''ठीक है साहब! आपका मेसेज दे दूँगा।'' इंस्पेक्टर ने कहा।

जहीर सोच में पड़ गया कि शहर-कप्तान मुझे क्यों बुला रहा है? क्या त्रिपाठी ने फिर कोई नया लफड़ा किया है? इधर तो हमने उसके फटे में पैर भी नहीं डाला! अनवर सुल्ताना के केस के पास तो फटके भी नहीं। छब्बन तमोली की बहन रुखसाना का केस तो अपने-आप निबट गया और किसी को कानोंकान खबर नहीं हुई, फिर? जहीर ने गर्दन झटकी और कहा–

''जाए ऐसी तैसी में, जब कर नहीं तो डर नहीं।''

लल्लन मियाँ इमरतीवाले की दुकान ठीक घण्टाघर के बायीं तरफ जानेवाली सड़क पर थी। जिसके बायीं तरफ ठठेरी बाजार था। घण्टाघर के पीछे जूते की कई दुकानें हैं। उन्हीं में से एक दुकान कल्लन मियाँ जूतेवाले की थी, जहाँ से जहीर जूते खरीदता था। वैसे तो ठीक चौराहे के कोने पर कभी बाटा हुआ करती थी, एक से एक जूते के शो केस वाली दूसरी दुकानें भी मौजूद थीं, मगर बात कुछ कल्लन मियाँ के साथ जम गयी थी। जहीर की देखा-देखी बाकी साथी भी कल्लन मियाँ के ही ग्राहक बन बैठे थे। लल्लन और कल्लन के मँझले भाई फुन्नन की मौत अचानक हार्टफेल होने से हो गयी, जिनकी रँगरेजी की दुकान मोहम्मदअली पार्क से कुछ दूरी पर थी।

ये तीनों भाई पेशे से भिश्ती थे। कई पुश्तों तक मश्क में पानी भर घर-घर पहुँचाते थे। मगर अब वह जमाना कहाँ? इसलिए जिसको जहाँ नौकरी मिली, उसने उसी को अपना पेशा बना लिया। मेहनत और लगन ऐसा रंग लायी कि दस-पन्द्रह साल के बाद उनकी अपनी दुकानें चालू हो गयीं। किसी के पास चार तो किसी के पास पाँच नौकर हो गये। कल्लन मियाँ के जूते की दुकान से लल्लन मियाँ की इमरती की दुकान तक सब पहुँच गये और इस तरह घरेलू रिश्ता गहरा बन गया। सतीश मोजमदार को जहीर का जवाब सुनकर बहुत अजीब-सा लगा। पिछले चार वर्षों में उन्होंने इनकार शब्द किसी के मुँह से सुना नहीं था। इसलिए कहा जा सकता है कि उन्हें बुरा लगा। खासकर उस दब्बू इमेजवाले जहीर के मुँह से, जिसको वह अपने दिमाग में बसाये था। सतीश ने ए.एस.पी. को फौरन बुलाया।

''तुम इस शहर में पिछले तीन वर्षों से हो। जरा जहीर के बारे में बताना यह क्या करता है?''

''सर! वैसे तो यह बहुत अच्छे खानदान से है। इसके दादा स्वतन्त्रता सेनानी थे। पुराने कांग्रेसी हैं। इनका काफी बड़ा घर अकबरपुर में है, लेकिन जहीर का उठना-बैठना अपने बराबरवालों में नहीं है। वजह तो पता नहीं लग पायी लेकिन

जो खबर हाथ लगी है, वह यह कि इसने इण्टर के आगे पढ़ाई नहीं की और बिसातखाने की दुकान खोल ली है।'' गौरव ने बताया।

''शादी, बच्चे, बीवी?'' सतीश ने आगे जानना चाहा।

''नहीं सर, बस एक माँ है'' इतना कहकर ए.एस.पी. गौरव हँस पड़ा। उसकी हँसी देख सतीश मोजमदार ने उसको सवालिया नजरों से घूरा।

''क्या बात है?''

''सर! पाँच-छः लड़कों की एक मण्डली है। कुछ कमाते हैं। कुछ बेकार हैं। जिन्दगी की मुख्य धारा से अलग मगर क्रिमिनल नहीं बल्कि आम लोगों की सहायता करना इनका उद्देश्य है। इसलिए जनता में, खासकर छोटे वर्ग में, इनकी बड़ी पूछ है मगर...''

''मगर क्या?'' सतीश ने नजरें घुमायीं!

''शहर के चन्द गुण्डे, एक-दो पुलिसवाले, वकील और कुछ व्यापारी इनसे जन्म का बैर रखते हैं। अगर उनका बस चले तो इनको कच्चा चबा डालें। मगर उनके लिए इन पर हाथ धरना भी इतना सरल नहीं है क्योंकि इनकी लोकप्रियता जो है सो है, साथ ही इनसे उनकी शत्रुता सबको पता है। वैसे इंस्पेक्टर त्रिपाठी ने कई बार षड्यन्त्र रचा मगर जाने कैसे बात फूट गयी और ये लोग निकल भागे।'' गौरव ने संक्षेप में ब्यौरा दिया।

''किस तरह की मदद करते हैं?'' सतीश ने दिलचस्पी दिखायी!

''सर! बड़े अफसोस से कहना पड़ता है कि इंस्पेक्टर त्रिपाठी ने इस शहर में पुलिस मोहकमे की नाक नीची करने में कोई कोर-कसर नहीं छोड़ी है। कहाँ तो मल्लाह बस्ती में इसकी झोंपड़ी थी और कहाँ अब तीन-तीन मकान हैं। बच्चे किसी और शहर में कॉन्वेण्ट में पढ़ रहे हैं। आसपास के गाँव में आम-अमरूद के कई एकड़वाले बाग हैं। ऐसा सुनने में आता है।'' गौरव ने कहा।

''तो अब तक हमारा विभाग करता क्या रहा?'' सतीश ने कटाक्ष किया।

''सर! उसकी इन गतिविधियों की खबर ऊपर तक पहुँचती कहाँ है और कोई भी ऑफिसर इस स्तर पर उतर भी नहीं सकता है। आखिर अपराधों और समस्याओं का यही एक स्तर तो नहीं है। मैं भी चाहकर कुछ नहीं कर पाता हूँ। हाँ, कोशिश जरूर करता हूँ मगर पुलिस—वह भी अच्छे पुलिस और उनकी ईमानदारी लोगों को विश्वास नहीं दे पाती या यह कहें कि हमारी बदनामी इतनी हो गयी है कि उसको एक या दो पुलिसकर्मी की अच्छाई धो नहीं पाती है।'' गौरव ने अफसोस से कहा।

''इन खाकी वर्दीवाले गुण्डों से तो हम पुलिसवाले खुद त्रस्त हैं। तुम इंस्पेक्टर की कह रहे हो, मैं आई. जी. और डी. जी. के स्तर पर करप्शन का ब्यौरा तुम्हें दे सकता हूँ। मुफ्त सामान लेना कभी उपहार के रूप में तो कभी दादागिरी के रूप

में, थानों से रुपया समेटवाना...तुम सुभान सिंह आई. जी. को तो जानते हो? सहारनपुर में उन्होंने क्या किया...लकड़ी के कामवालों को त्रस्त कर दिया था। उनकी पत्नी एकाएक वुडवर्क की सप्लायर बन गयी। मुफ्त फर्नीचर पीस उठवाती और उसको विदेशियों के हाथ बेच देती। डी. जी. खन्ना की पत्नी को साहित्यकार बनने की धुन सवार हो गयी। एक पत्रिका के सम्पादक ने उन्हें चने की झाड़ पर चढ़ा दिया और हर माह उनकी तुकबन्दी छापता। जिस थाने पर उनका फोन जाता, वहाँ का काम था कि बाजार से पैसा बटोर पत्रिका को देना। मगर उन पर हम उँगली उठाते डरते हैं क्योंकि उनके पास पावर है। आम व्यापारी, स्मगलर, नेता का कच्चा चिट्ठा है। मिनट भर में किसी को भी ये अन्दर करा सकते हैं या ऊपर पहुँचा सकते हैं। यह भ्रष्टाचार केवल पुलिस मोहकमे में नहीं रह गया है बल्कि हर क्षेत्र में, यहाँ तक कि लोग अब धर्म को भुनाने में भी नहीं झिझकते बल्कि उसकी भी मार्केटिंग होती है। यह टी. वी. सीरियल, कहानी से ज्यादा हमको जेवरात, कपड़े, फर्नीचर और सड़ीगली परम्पराओं की दुकान लगते हैं, जो जेहनों में जहर डाल रहे हैं। कभी शरीफ घरानों की औरतें इस तरह सजती थीं, जैसे आज खाना पकाती गृहिणी किसी के ब्याह समारोह में जाने के लिए सजती हो—जैसे कोई कोठे पर मुजरा करने जाते वक्त?'' सतीश ने कड़वाहट से कहा।

''सर! इन बातों ने तो इलाहाबाद जैसे शहर की कुछ लड़कियों को लगभग बर्बाद कर डाला है। अभी साल भर पहले हमने दो ब्यूटी पार्लर्स पर छापे मारकर लड़कियाँ बरामद की थीं। फैशन शो के नाम पर लड़कियों को पकड़कर जबर्दस्ती ब्लू फिल्म बनायी जाती है। यह सब काम हमारे महकमे की मर्जी से होता है, क्योंकि उनका भी हिस्सा लगता है।''

''अच्छा, यह बताओ, इस त्रिपाठी का कनेक्शन कहाँ तक है?'' सतीश ने पेपरवेट घुमाते हुए पूछा।

''सच या झूठ, कहा यही जाता है कि दिल्ली तक है। गृह मन्त्रालय में इसके गाँव का कोई है। जैसे कचहरी में यादव जज...जितने मुँह उतनी बातें मगर मेरा अनुमान है कि यह केवल हवा बाँधता है और असलियत में यह अपराधी मनोवृत्ति का आदमी है, जो गलती से पुलिस में आ गया है!''

''ठीक!'' सतीश मोजमदार आखिरी वाक्य सुनकर हँस पड़े।

ए. एस. पी. गौरव दत्ता प्रोफेसर दत्ता का सबसे छोटा बेटा है और सतीश मोजमदार की बुआ का लड़का। यह बात किसी को पता नहीं है। उसका सबसे बड़ा कारण है कि प्रो. दत्ता का बड़ा लड़का अमेरिका का शहरी बन गया और माँ-बाप को वहीं बुला लिया। बहन मंजरी कानपुर में ब्याही है और गौरव की दूसरी पोस्टिंग इलाहाबाद हुई है। वह पढ़ने में जितना लापरवाह था, नौकरी करने में उतना ही चौकस

है। इसलिए जो पुराने लोग हैं वह तो गौरव को पहचानते हैं मगर पन्द्रह साल की उम्र से वह बड़ी बहन के पास भोपाल में रहा जिसके कारण उसका वह रिश्ता इलाहाबाद से नहीं बन पाया जो वहाँ के रहनेवालों का बन जाता है। उनका घर अरसा हुआ बिक गया था। मोहल्लेवालों के लिए वह एक भूली-बिसरी कहानी बन गये थे।

ए. एस. पी. गौरव के जाने के बाद सतीश गहरी सोच में डूब गया। जहीर तक अगर पहुँचना है तो उसके घर जाना होगा और जो त्रिपाठी तक पहुँचना होगा तो फिर उसकी एक प्लानिंग करनी पड़ेगी। इस इलाहाबाद शहर की सफाई जरूरी है।

30

सूरज अभी-अभी निकला था। उसकी लाली पेड़ पर गिरकर अधपके अनारों को बड़े प्यार से सहला रही थी। तकिया पर सिर रखे जहीर को लग रहा था जैसे वह एक पेण्टिंग देख रहा हो। चिड़ियों के शोर से आँगन गूँज उठा था। अण्डा देने का मौसम था। नये जोड़ों को घोंसला बनाने की जल्दी थी। इसलिए कुछ ज्यादा ही तत्परता उनमें आ गयी थी। हर चीज को उठाकर वह उड़ना चाह रहे थे। चाहे तागा हो या पन्नी का टुकड़ा, फूल झाड़ू का तिनका हो या कपड़े की कतरन—हर कूड़ा, जो उनका मुलायम बिछौना बन सकता था, जिसमें वे अण्डा से सकें, उसको वे घर की तस्वीरों, पंखों के कड़े और कारनिसों के पीछे जमा कर रही थीं।

"कितना अजीब है कि घर के आँगन में छोटा-सा अनार और अमरूद का पेड़ भी है मगर उन पर किसी भी चिड़िया को घोंसला बनाना पसन्द नहीं है। शाखाओं को छोड़ उन्हें कमरों में रहना भाता है...शायद अब चिड़ियों ने भी धूप, पानी, हवा से बचना सीख लिया है। शत्रु पक्षियों से उन्हें खतरा मोल लेना पसन्द नहीं आता।"

अभी जहीर नींद के हल्के खुमार में डूबा सोच की तहों में गुम था कि दरवाजे की कुण्डी खड़क उठी। सिपतुन के हाथ आटे से सने थे। जब तक वह उठती, मुरली ने उठकर दरवाजा खोल दिया। अपने सामने सिपाही खड़ा देख वह अकबका गया और जरा झुंझलाकर बोला—

"अब का है? तुम्हरे त्रिपाठी का हमका बुलावे के सिवा कोई और काम नाहीं है का, जो मुँह-अँधेरे तुमका दिहेन? साला मुर्गीचोर...अब तुम्हार थोबड़ा देख सारा

दिन खराब समझो। जा—सीधे जा कह दे कि यहाँ कोई नहीं मिला, सब ओका लकड़ी दे गये हैं।........."

"जहीर साहब का यही मकान है? एस. एस. पी. साहब मिलने आये हैं। बाहर कार में बैठे हैं?" इंस्पेक्टर ने मुरली की बात अनसुनी कर कहा।

"बड़े कप्तान साहिब?" मुरली तेजी से मुड़ा और लपककर जहीर की तरफ बढ़ा। उसको झिंझोड़कर बोला, "अबे जहीर, उठ। हम तो कहित हैं भाग, त्रिपाठी का बाप तुमसे मिलै आवा है।"

जहीर पहले तो कुछ समझ नहीं पाया, फिर उसको पन्द्रह दिन पहले वाली बात याद आयी। मन ही मन चिन्तित तो हुआ कि यह नया बखेड़ा कहाँ से आ गया, मगर ऊपर से शान्त बना रहा। कमर में तहमद की गिरह कस उसने सिरहाने से कुर्ता उठाकर पहना और सिपतुन से बोला—

"अम्मा, पुलिस अफसर आय रहे हैं। जल्दी से घर समेट दो।" सिपतुन हाथ धो चुकी थी। उधर जहीर बाहर निकला, इधर मुरली ने जल्दी-जल्दी बिस्तर तह कर पलँग आँगन के परले तरफ खड़ा किया और मुँह धोने गुसलखाने की तरफ बढ़ा।

सिपाही के साथ जहीर ने तेजी से रास्ता पार किया और चौड़ी मैदानवाली गली की तरफ मुड़ा, जिधर नीम के पेड़ थे। उसी के नीचे नीली बत्तीवाली गाड़ी खड़ी थी। आसपास के पान-चाय की दुकानवाले कुछ जिज्ञासु नजरों से मोटर को देख रहे थे। उनकी आँखों में हल्का-सा सहमापन भी था। इधर-उधर जाने कहाँ से छोटे लड़के कार देखने जमा हो गये थे। घरों की खिड़कियों से भी आँखें लगी हुई थीं। जहीर जब करीब पहुँचा तो एस. एस. पी. सतीश मोजमदार ने कार से उतर जहीर से हाथ मिलाया। यह देखकर सबकी जान में जान आयी। गर्दन थोड़ी-सी अकड़ भी गयी। जहीर और सतीश बात करते हुए गली में चले गये तो एक-दो लोग मोटर के पास पहुँच ड्राइवर और सिपाही का हालचाल पूछने लगे। चायवाले ने मलाई डाल दो गिलास चाय भिजवायी। पूरी गली का मूड बदल चुका था। अलसाये कुत्ते भी चौकन्नी आँखों से सब कुछ देखते हुए खड़े अपनी दुम हिला रहे थे। पनवाड़ी ने भी रेडियो तेज कर खुशबूदार बीड़े लगा मोटर की तरफ भिजवाये।

एस. एस. पी. मोजमदार जब घर में दाखिल हुए तो मुरली को सामने खड़ा पाया। हुलिया और चेहरे-मोहरे से उसको नौकर समझा मगर जब जहीर ने उसका परिचय अपना दोस्त कहकर कराया तो सतीश ने बढ़कर हाथ मिलाया। मुरली इसके लिए कतई तैयार न था। उसका सारा बदन झनझना उठा। उसके चेहरे से साफ पता चल रहा था कि वह बहुत ज्यादा प्रभावित हो गया है। उधर सिपतुन का दिल

धुक-धुक कर रहा था कि वह त्रिपाठी मुआ जान का अजाब बुलाते-बुलाते खुद टपक पड़ा। अब देखो आगे क्या बनता है।

"अम्मा, कहाँ हो तुम, आओ न!" जहीर की आवाज सुन कुछ झुँझलायी-सी सिपतुन बावर्चीखाने से सिर ढँके निकली।

"माता जी नमस्ते, मैं सतीश हूँ जहीर का सहपाठी...इसने मुझे पहचाना नहीं ...यह भी कितना बदल गया है?" सतीश मोजमदार ने हाथ जोड़कर कहा।

"जीते रहो!" झिझक के साथ सिपतुन ने कहा और बेटे को आँखों ही आँखों में इशारा किया।

"आइए, अन्दर चलते हैं।" माँ का इशारा पा जहीर सतीश को गोल कमरे की तरफ ले गया। मुरली ने लपककर दरवाजा खोला।

"मैं चाय भेजती हूँ।" कहकर सिपतुन ने राहत की साँस ली। उसका पर्दा करना न करना सब बराबर था। बेटा बाप की तरह हर नाम हरम के आगे लाकर खड़ा कर देता है। कहूँ भी क्या मालकिन भी मैं ही हूँ इस घर की और नौकरानी भी?

सतीश चुपचाप बैठे कमरे में लगी बड़ी-बड़ी तस्वीरों को देख रहे थे। जिनके चेहरे अतीत की कहानियाँ कह रहे थे। जिसकी फुसफुसाहट से सतीश की आत्मग्लानि और बढ़ गयी थी। गलती किसकी थी, इसको रेखांकित करने का समय पीछे छूट गया था। क्योंकि सजा भुगतकर भी बेगुनाह मुजरिम अपना खोया समय वापस नहीं पा सकता था। उसने चित्रों से नजरें हटाकर जहीर को देखा। जो किसी गहरी सोच में डूबा था। शायद अपने खोये अतीत को दोहराने में जो सिर्फ उस तक ही सिमट चुका था।.........

"मैं तुम्हें कभी नहीं भूल पाया..." सतीश ने कहा तो चौंककर जहीर ने उसको देखा। दिल में कुछ टूटा। उसने नजरें झुका लीं।

"मैं तुम्हारे लिए कुछ करना चाहता हूँ...इसको प्रायश्चित्त समझ लो या कुछ और मगर मुझे गलत मत समझना।" सतीश की बात सुन उसी तरह जहीर बैठा रहा मगर उसके चेहरे की सख्ती में एक नर्म पर्त जरूर घुल गयी। कुछ देर बाद उसने गहरी साँस लेकर कहा।

"जो था वह कब का मर चुका है। उसको भूल जाइए। मुझे आपसे कुछ नहीं चाहिए।" जहीर की आखिरी बात सुन पीड़ा की एक लकीर सतीश के चेहरे पर खिंची, तभी कमरे में चाय की ट्रे लेकर मुरली दाखिल हुआ। सतीश ने पहलू बदला और सहज हो हल्के से मुस्कुराया।

जहीर के अन्दर गुजरे तूफान की प्रतिध्वनियाँ हाहाकार मचाये हुए थीं। पूरे छः साल किसी ट्रेन की तरह धड़धड़ाते से उसके दिल व दिमाग पर से गुजर रहे

थे। जितना वह सहज होने की कोशिश कर रहा था उतना ही वह असहज होता जा रहा था। ठहरे पानी में सतीश ने आकर लहरों के कितने बड़े-बड़े दायरे बना दिये थे! इस भँवर में वह न चाहने के बावजूद डूबता जा रहा था!

इंस्पेक्टर त्रिपाठी आज बड़े मन से नहाया था। ठण्डी शीशी से उसने आँवले का तेल निकाला, सिर पर खुद ही चम्पी की, फिर आईने में अपनी सूरत निहारते हुए उसने काफी मन से कंघी की और मूँछों के बालों को कंघे से सँवारा। एक आध भौंह के बाल जो बढ़कर आँख के पपोटे पर गिर रहे थे उसको काटा और नाक के बाल कुतर डाले फिर तौलिया से मुँह गर्दन झाड़-पोंछकर उसने वर्दी हैंगर से उतारी और खिड़की से बाहर एक नजर फेंक उसने आस्तीनों में हाथ डाल बटन लगाये।

सोचने लगा—'आज बड़े कप्तान एस. एस. पी. साहब ने हमें तलब किया है। जरूर कोई मामला है। जान गये होंगे कि इस शहर की 'रूहें रवाँ' इंस्पेक्टर श्यामलाल त्रिपाठी है। जिसके बिना चौक में पत्ता तक नहीं हिलता है। शाहगंज, मिनहाजपुर, पत्थरगली, नखास पर सूरज नहीं निकलता है। बहादुरगंज, जानसेनगंज, जीरो रोड पर हवा नहीं चलती। खुलदाबाद, मुट्ठीगंज, अतरसुइया, दरियाबाद में मुर्गा बाँग नहीं देता है। अरे श्यामलाल, इन बड़े-बड़े आई.पी.एस. ऑफिसरों की जब-जब फटी है तूने उन्हें सिला है। यह शहर तेरा है प्यारे! तू इस इलाके का बेताज बादशाह है। अब चल और हलाल कर मुर्गे को, जैसे पर नोचे थे तूने कमिश्नर साहब के ....जब वह फँस गये थे अपने प्रेमकाण्ड में...। पहुँचा दिया था लौण्डिया को बेडरूम में और प्रेमी को हवालात के पीछे। यह अलग बात थी कि ऐन मौके पर उनकी मेम साहब आ गयीं और वह लड़की ससुरी निकली उनकी जानकार। तब हमने ही झूठी कहानी गढ़ी थी।' त्रिपाठी ने खिड़की से बाहर ताका। उनकी सवारी धो-पोंछकर चमका दी गयी थी।

सतीश मोजमदार ने घर के अन्दर ही त्रिपाठी को बुला लिया। त्रिपाठी इस इज्जत अफजाई से टेढ़ी चाल चलता हुआ अन्दर गया। ड्राइंगरूम में साहब पहले से बैठे अखबार पढ़ रहे थे। सैल्यूट मार त्रिपाठी खड़ा रहा। साहब ने पाँच मिनट बाद अखबार से नजरें हटा त्रिपाठी को ताका और मन-ही-मन कहा—यह तो अपनी ही पीढ़ी का लगता है। फिर अखबार सामने मेज पर रख बोले—

"त्रिपाठी! मैंने तुम्हारे अनुशासन, न्याय और ईमानदारी के बहुत चर्चे सुने हैं।"

"जी", त्रिपाठी सटपटा गया कि यह प्रशंसा है या कटाक्ष?

"सुना है तुम अपने थाने के आसपास से कभी कोई चीज नहीं खरीदते हो, एक कलम भी लेना होता है तो निरंजन की तरफ निकल जाते हो ताकि डरकर या चापलूसी में कोई दुकानदार तुम्हें रिश्वत देने की कोशिश न कर सके?" सतीश ने खुरदुरी नजरों से त्रिपाठी को घूरा।

"यस सर!" त्रिपाठी घोड़े की उल्टी चाल का सिर-पैर समझ नहीं पाये।

"सुना, तुम फटा जूता पहनते हो और तबीयत से साधु हो। मांस, मछली, दारू, औरत को हाथ नहीं लगाते?" सतीश ने त्रिपाठी को घूरते हुए कहा।

"जी सर!" त्रिपाठी ने चकराकर कहा और मन-ही-मन उलझ पड़ा कि आखिर एस. एस. पी. साहब क्या कुबूलवाना चाह रहे हैं?

"थोड़ा-बहुत कभी-कभार कुछ केसों में पैसा लेते हो मगर बड़ा एमाउण्ट। छिछोरों की तरह पान-सिगरेट पर अपना ईमान नहीं बेचते...राइट!" सतीश ने पैंतरे इस्तेमाल किये।

"सर! आप सीधी बात करें। यूँ जूता न लगाएँ।" त्रिपाठी एकाएक टूटा हुआ सतीश मोजमदार के पैर पकड़ बैठा और समझ गया कि साहब लाइन हाजिर करने वाले हैं, मगर...मगर यह क्या कह रहे हैं साहब?

"उठो! मैं तुम्हारे बारे में सुनकर बहुत खुश हूँ। तुम जैसे कर्मठ पुलिसवालों ने ही समय-समय पर सुख-चैन और जान की कुर्बानी दी है। इसलिए मैं चाहता हूँ तुम्हारी तरक्की हो...किस थाने का प्रभारी बनना पसन्द करोगे?" सतीश ने पूरी गम्भीरता से कहा।

"साहब जी!" त्रिपाठी हक्का-बक्का।

"सोचकर परसों तक बताना, अब जाओ।" सतीश ने दोबारा अखबार उठा लिया।

"यस सर!" एड़ी बजा त्रिपाठी ने सैल्यूट मारा और रबर के गेंद की तरह सीने के अन्दर उछलते अपने दिल को कमरे से बाहर निकलते ही दोनों हाथों से पकड़ लिया। चेहरे पर पसीना छलक आया था। खुशी की जगह उस पर बौखलाहट तारी हो गयी थी।

सुबह अखबार में छपी खबर बड़ी दर्दनाक थी। भगवान स्वरूप हार्डवेयर व्यापारी द्वारा नये बन रहे सिनेमा हाल 'मायालोक' की छत ढोला खुलने के साथ धड़धड़ा कर गिर पड़ी। लगभग पन्द्रह मजदूर घायल हो गये और दस मर गये। पूरे इलाके में हंगामा मच गया। अखबार में खबर छप जाने के बाद सबकी जबान पर एक ही बात थी कि बिल्डिंग मैटीरियल ठीक नहीं लगाया गया होगा। मजदूर यूनियन

और स्थानीय नेता भगवान स्वरूप के सिर पर डण्डे बजाने लगे थे कि मृतक मजदूरों के परिवारवालों को हर्जाना दो। दूसरी तरफ कुछ जिम्मेदार नागरिकों ने बिल्डर और ठेकेदार को जेल भेजने की माँग करना शुरू कर दी थी। भगवान स्वरूप अपना माथा पीट-पीटकर जैसे कह रहा हो—"महँगा रोये एक बार सस्ता रोये बार-बार।"

ओमेश ने जब खबर पढ़ी तो बड़ी देर तक खामोश रहा फिर साइट देखने चल पड़ा। उसको दुख इस बात का था कि जिस बात को उसने मना किया था वह मानी नहीं गयी और चन्द रुपयों की बचत के चलते कीमती जानें चली गयीं। कितने बेगुनाह परिवार बेरोजगार और बेसहारा हो गये। वह साइट की हालत देख, अस्पताल की तरफ गया ताकि घायलों को देख सके और उनकी देख-रेख में अगर कमी हो रही हो तो वह उनकी कुछ सहायता कर सके। मरीजों की हालत सचमुच बहुत गम्भीर थी। उनके बचने की भी कोई उम्मीद डॉक्टरों को नहीं थी। ओमेश का दिल चाह रहा था कि वह आर्किटेक्ट-कम-बिल्डर मिल जाए तो उससे पूछे कि तुम गेहूँ की रोटी खाते हो या फिर खून पीते हो? काम नहीं आता तो सीख लो। उसके अन्दर आक्रोश भीषण रूप धर रहा था। अपनी बेबसी का अहसास बढ़ रहा था। उसको महसूस हो रहा था कि जैसे वह एक पिंजड़े में बन्द हो और आजादी के लिए तड़प रहा हो, उसकी तरह जाने कितने लोग व्यवस्था के कैदखाने की तीलियाँ तोड़ना चाहते हैं मगर छटपटाकर रह जाते हैं, क्योंकि इस देश में पूँजीपतियों का राज्य है। चाहे वह छोटे हों या बड़े। उन्होंने यहाँ के हर उस व्यक्ति विशेष से हाथ मिला रखा है जो उसको लाभ पहुँचा सकता है।

भगवान स्वरूप का सिनेमा हाल बनाने का सपना अधूरा रह गया। उलटा उसको लेने के देने पड़ गये। आर्किटेक्ट भाग चुका था। उसका पता जाली साबित हुआ और भगवान स्वरूप के हाथों में हथकड़ी पहनने की सम्भावना बढ़ गयी। वकील, पुलिस, नेता को पैसा खाने का मौका मिल गया था। तीनों मुक्ति के नये-नये हथकण्डे बताते और केस को ज्यादा उलझाते जाते थे। भगवान स्वरूप की जेब तेजी से खाली हो रही थी। चालाकी में न उसने अनुबन्ध पर हस्ताक्षर किये थे न इन्होंने। मैल दोनों के दिलों में था। अब पुलिस कागज माँग रही थी। पास में कुछ था नहीं। केस भी किस पर दायर किया जाता, जब किसी तरह का कोई सबूत न था। टेण्डर कमेटी में जो लोग बैठे थे वह भी मुजरिम करार दे दिये गये और उनको भी पब्लिक एवं प्रेसवालों ने मुख्य दोषी करार दे दिया था।

सतीश मोजमदार ने जहीर से किसी दिन घर आने का वायदा ले लिया था। इन्दू को भी खास तौर से समझा दिया था कि उनको देखकर नाक-भौं चढ़ाने की जरूरत

नहीं है। वह सब अच्छे इन्सान हैं और मुझे पसन्द हैं इसलिए जब वे आएँ तो उनका हुलिया देखकर तुम्हें कोई सवाल मुझसे पूछने की जरूरत नहीं है। इन्दु ने गर्दन हिला दी। ओमेश से वह मिल ही चुकी थी। उसकी बातें भी किसकी समझ में आती हैं। बात कुछ जवाब कुछ। पता नहीं क्यों उससे बात करते हुए लगता था कि वह यहाँ नहीं कहीं और है। और उसी दुनिया के अनुसार वह जवाब दे रहा है।

जहीर अपनी मित्र-मण्डली के साथ इतवार की सुबह एस. एस. पी. के बँगले पहुँच गया। जहीर के अलावा किसी को नहीं पता था कि इस दोस्ती कहे जानेवाले सम्बन्ध के पीछे कौन-सा यथार्थ छुपा हुआ है। इसलिए अपनी-अपनी तरह से सोचते हुए सब सोफे पर बैठ गये। नौकर ने गिलासों से भरी ठण्डे पानी की ट्रे सबके सामने घुमायी। सतीश ने इन्दु का सबसे परिचय कराया। सबने नमस्ते सलाम की और इन्दु यह कहकर अन्दर चली गयी कि मैं चाय भिजवाती हूँ। एक औपचारिक खामोशी छा गयी। जहीर को छोड़कर कोई भी अपने को उस घर में फिट नहीं पा रहा था। सबसे बुरा हाल मुरली और बसन्त का था। जो समझ नहीं पा रहे थे कि वह किस कोण से बैठें और किधर देखें। सतीश का पुलिस में चौथा साल था। कुछ पढ़ाई और कुछ अनुभव ने फेस रीडिंग करना तो सिखा दिया था, साथ ही मुजरिमों को तोड़ना और ताड़ना जहाँ वह सीख गया था, वहीं पर अपना मतलब निकालने के गुण को भी अच्छी तरह जान चुका था। यहाँ तो मामला कुछ-कुछ जज्बाती भी था। वह वास्तव में जहीर के लिए कुछ करना चाहता था। सतीश खामोशी से उनके मन में चल रहे द्वन्द्व और उनके चेहरे पर फैली असहजता को ताड़ते हुए बड़े अपनेपन से बोला, "इलाहाबाद क्रिमिनल शहर होता जा रहा है। तुम लोगों की राय लेना चाहता हूँ कि आखिर इस समस्या से निबटा कैसे जाए ताकि सिचुएशन काबू में लायी जा सके?" सबने एक-दूसरे की तरफ देखा और खँखारकर रह गये।

"तुम लोग मुझे पुलिस अफसर मत समझो। मैं जहीर का दोस्त हूँ तो तुम सबका भी मित्र हूँ...गिव मी अ हैण्ड...तुम्हारी मदद से मैं बहुत से अपराधियों को पकड़ सकता हूँ जो अभी तक पुलिस को गुमराह करते आये हैं। मैं जानता हूँ कि पुलिस दूध की धोयी नहीं है मगर इस महकमे में कुछ ठीक-ठाक लोग भी हैं जो अपना कर्तव्य निभाना जानते हैं। वह नागरिकों की भलाई चाहते हैं। शहर में ला ऐण्ड ऑर्डर चाहते हैं। जनता को विश्वास दिलाना चाहते हैं कि पुलिस उनकी है। उनकी सुरक्षा और सेवा उसका लक्ष्य है...। अब क्या कहूँ? ज्यादा बोलूँगा तो तुम लोग कहोगे कि मैं भाषण देने का शौकीन हूँ।" इतना कह सतीश कुछ झेंप-सा गया। उसको निराशा हाथ लगी थी। उसने दिमाग में उम्मीदों का पुल बना लिया था कि एस. एस. पी. के घर पहुँचकर वे पिघलेंगे। नतमस्तक या दण्डवत् नमस्कार की मुद्रा न भी अपनाएँगे तो भी इस बात का महत्त्व तो समझेंगे ही कि उनको पुलिस अफसर

ने बुलाया है और उनकी तरफ दोस्ती का हाथ बढ़ाया है। मगर यहाँ तो सब मिट्टी के माधव बने बैठे हैं। जहीर की दोनों भवें अलबत्ता माथे पर सिकुड़कर एक होना चाहती थीं। उसके चेहरे का तनाव कह रहा था कि वह कुछ बोलनेवाला है मगर मन के भीतर चल रहे द्वन्द्व से अभी जूझ रहा है। सतीश नजरें झुकाकर यूँ ही मुस्कुराने लगा। एक-दो पल खामोशी से गुजर गये।

''आप शहर को साफ-सुथरा बनाना चाहते हैं। अपराधियों को जड़ से उखाड़ फेंकना चाहते हैं। वह भी हमारी मदद से...? आपको शायद पता नहीं है कि इस शहर की आधी आबादी न सही मगर आपके मोहकमे के आधे से ज्यादा लोग, कुछ वकील, व्यापारी और शहर के छँटे हुए क्रिमिनल हमको गुण्डा समझते हैं। उन्हें हमसे शदीद नफरत है। उनकी पूरी कोशिश रहती है कि हमको किसी तरह फँसा दें और जिन्दगी भर जेल में सड़ने को डाल दें। मगर वे अभी तक ऐसा कर नहीं पाये! ऐसी हालत में जब हम स्वयं क्रिमिनल कहे जाते हों, आपकी क्या मदद कर सकते हैं? आपके पास कानून की ताकत, डण्डे का जोर, धाराओं का जाल, नेताओं का समर्थन, बाजार का धन सभी कुछ है। ऊपर से इलाके की सारी सूचनाएँ आपके टेबल पर बिखरी हैं। कुछ तो लुका-छुपा नहीं है पुलिस से?'' जहीर की बातों ने जहाँ सतीश के चेहरे पर सियाह साया डाला वहीं पर बाकी टोली का खोया विश्वास जाग उठा कि उनको अपनी पुरानी लाइन पर ही चलना है। समझौते का कहीं कोई सवाल नहीं उठता।

''जनाब! पुलिस का मुखबिर बनना कोई मुनासिब बात नहीं है।'' सलमान कह उठा।

''अरे...प्लीज! आपने मेरी बात का गलत मतलब ले लिया है...मैं इस बारे में कुछ कहना चाहूँगा कि आप जो काम अपनी तरह से करते हैं उसमें पुलिस सहयोग देना चाहती है या यूँ समझें कि उसी नजर से मैं खुद केसों को देखना चाहता हूँ ताकि मैं सही नतीजे पर पहुँचूँ, और उसके लिए मेरा आप लोगों से सहायता माँगना बुरा है क्या? थाना कमेटी में जो सदस्य हैं वे खुलकर सामने नहीं आते। यह कई बार मैंने नोटिस किया है।'' सतीश ने उनके दिलों में बैठे अन्देशों को भाँपते हुए कहा।

''आप अपने महकमे में छँटाई करें न पहले...देखिए एस. पी., दरोगा, दीवान सिपाही क्या करते हैं? फिर ऊपर नजर डालें कि आई. जी., डी. सी. पी., डी. आई. जी. किस तरह केस सुलझाते हैं?'' रमेश ने वार किया।

''शहर की व्यवस्था को देखें। यहाँ पहले पुलिस, फिर फौजदारी मुकदमों का वकील गरीब, आवारा, बेकार लड़कों को भूखे भेड़िए की तरह पालते हैं। उनका पूरा क्रिमिनल कैरियर बनाकर उनको हर तरह से पुख्ता बनाते हैं। फिर उनको जहाँ

चाहते हैं, इस्तेमाल करते हैं। उनके खाते में चोरी, जेबकतरी, हत्या, लूटमार, बलात्कार के जुर्म दर्ज होते हैं क्योंकि उनको शह दे-देकर या डरा-धमकाकर उनसे पहले जुर्म करवाया जाता है और बाद में पीठ ठोंकी जाती है। उन्हें थाने और कचहरी से छुड़वाकर हमेशा के लिए अपना जरखरीद गुलाम बना लिया जाता है। कम उम्र लड़कों से हुई एक मामूली गलती की माफी उन्हें यहाँ नहीं मिलती, उन्हें सुधारने की जगह उसको बुनियाद बनाकर उनको अपराध की सड़क पर हाँक दिया जाता है। इसको कैसे रोकेंगे?'' जहीर का पारा चढ़ गया था।

''शुरूआत तो कहीं से करनी पड़ेगी। मैं मानता हूँ कि सवाल उठाना एक अच्छी परम्परा है मगर किसी एक सवाल को पहले हल करना जरूरी भी तो है?'' सतीश ने अपने चढ़ते तेवर को दबाते हुए सुलझे स्वर में कहा।

''यह तो सही है!'' जगन्नाथ मिश्र ने गर्दन हिलायी।

''तो क्या करें?'' बसन्त यादव बोल पड़ा।

''जहीर, तुम पुलिस क्यों नहीं ज्वाइन कर लेते हो?'' सतीश के मुँह से निकल पड़ा।

''जी?'' जहीर बुरी तरह चौंक पड़ा।

''हाँ, अभी तुम्हारे पास एक साल बाकी है। क्यों नहीं चांस लेते हो... इससे...?'' सतीश ने प्रोत्साहन दिया।

''अब बहुत देर हो चुकी है। मैं बहुत आगे निकल आया हूँ, पीछे लौटना नामुमकिन है।'' जहीर ने कुछ रूखे स्वर से कहा।

''कुछ भी इस दुनिया में नामुमकिन नहीं है। इतनी निराशा ठीक नहीं है।'' सतीश ने कहा।

''मैं निराश नहीं हूँ। अतीत मैंने अपने से काटकर अलग कर दिया है। जहाँ हूँ, वहीं से अब इस शहर को देखना चाहता हूँ।'' जहीर ने उकताये लहजे से कहा।

''अगर तुम लोगों में से किसी के मन में पुलिस की नौकरी के प्रति जरा भी आकर्षण है तो कहते झिझकना मत।'' सतीश ने प्यार से कहा।

''जिस व्यवस्था से लड़ना होता है उससे बाहर ही रहना चाहिए वरना इन्सान खिचड़ी बन जाता है।'' यह कहते हुए जहीर ने माथे पर आये बाल हटाये।

''आपने पूछा सर! हमको अच्छा लगा। बस इतना ही काफी है। अब आप बताओ, आगे करना क्या है?'' बसन्त यादव ने पहलू बदलकर पैर सीधा किया।

''मैं तो अपनी बात कह चुका हूँ कि जब तक इस शहर में हूँ, मुझसे जो कुछ हो सकेगा, करूँगा क्योंकि यह शहर मेरा भी है और मुझे इससे लगाव भी है।'' सतीश ने कुछ इस तरह कहा कि बात दूसरों के दिल तक पहुँच गयी। सभी के चेहरों पर चढ़ा तनाव का मुखौटा उतर गया और उन्होंने एक-दूसरे को अर्थपूर्ण दृष्टि

से देखा।

"तब तो साहब हम एक बात कहै की आज्ञा माँगेंगे कि आप एक सप्ताह हस्ताक्षेपी अपराध रजिस्टर और नगर में होंए वाले अपराध को हर क्षेत्र में गश्त लगाय के मिला लें, खुदै पता लगा लेंगे कि कितनी रपटें दर्ज की गयी हैं।" मुरली ने बड़ी हिम्मत कर अपनी बात कह दी। उसकी इस बात पर सतीश ने चौंककर उस लड़के को ध्यान से देखा।

"सर! आपका त्रिपाठी के बारे में क्या ख्याल है?" सलमान बोला।

"त्रिपाठी चालाक बेवकूफ है। उससे निबटना बहुत आसान है। मगर वे जो बहुत चालाक हैं, कत्ल करते हैं मगर सबूत नहीं छोड़ते हैं, उनसे निबटना बेहद मुश्किल है। वे इस शहर में भी मौजूद हैं। जिनकी कथनी और करनी में बड़ा फर्क है, जिनके बारे में तुमको भी पता नहीं है। वह दरअसल दोधारी तलवार, दो मुँहों साँप हैं। उनसे सीधा निबटना हमारे लिए मुश्किल भी है और मुश्किल नहीं भी है।" सतीश ने तीखे स्वर में कहा।

"सर! अपने घर में सेंध लगाना जितना आसान है उतना ही मुश्किल भी, इस बात को यदि हम समझते न होते तो सब इंस्पेक्टर अशोक मिश्रा ने कई केसों में स्वयं पुलिसवालों के हाथों में अभी तक हथकड़ी पहना दी होती। बाबूराम हवलदार सच बोलने पर मारा न जाता। मुट्ठीगंज प्रभारी सुरेश कुमार का ट्रांसफर ऑर्डर रातोंरात न आ जाता। एस. एस. पी. सुनील दत्त और आई. जी. प्रवीण को दिल्ली तलब न किया जाता। राधेश्याम बीड़ी केस में छानबीन के ठीक उस समय, जब उनकी तफ्तीश मुकम्मल हो चुकी थी, मीरगंज में सुन्दरसिंह तेली मारा न जाता। यह सब देखकर अपना दिल तो नौकरी करने से ही हट चुका है।" जगन्नाथ मिश्र ने कहा।

"तुम लोगों को पुलिसवालों के बारे में इतनी सूचनाएँ कहाँ से मिली हुई हैं?" सतीश हँसा।

"यह शहर जो मुल्क के मानचित्र पर अपना सिक्का गाड़ चुका था, उसको नीचा दिखाने के लिए जिस नीति का सहारा लेकर इस शहर की मेरुदण्ड तोड़ी गयी है, उसकी चश्मदीद गवाह हमारी पीढ़ी भी है। हमने झेला है वह सारा षड्यन्त्र! दीमक की तरह चाट गयी इस शहर को दिल्ली की सियासत और नयी नस्ल को लगभग अपंग बना गयी।" जहीर ने घृणा से भरकर कहा।

"अच्छा तो अब हम फिर कब मिल रहे हैं?" सतीश ने बड़ी खूबसूरती से मीटिंग का खुलासा किया।

"हम तो बेकार हैं सर! जब याद करिएगा, चले आएँगे।" जगन्नाथ हँसा।

"अच्छा जहीर! माँ को मेरा प्रणाम कहना। मैं किसी दिन शहर का चक्कर

लगाता हुआ बिना बताये तुम्हारे घर टपक पड़ूँगा। तुम रहो या न रहो। माँ के हाथों का लौकी का हलवा खाये बिना लौटूँगा नहीं...कह देना माँ से।'' इतना कह सतीश ने जहीर से हाथ मिला उसको गले लगाया। सब उठ गये। एस. एस. पी. सतीश उन्हें छोड़ने दालान तक आये। यह देखकर बाहर खड़े इक्के-दुक्के सिपाहियों ने सैल्यूट मारी। मोटरसाइकिलों पर लदे छहों सिविल लाइंस की तरफ मुड़ गये। आज उनके अन्दर की पर्तदार दुनिया में हल्का-सा भूचाल आया था। जमी पर्तें ऊपर-नीचे ताश के फेंटे हुए पत्तों की तरह हो गयी थीं। रमेश का दिल सबसे ज्यादा बेचैन था। उसका सपना जैसे उसको फिर से आवाज दे रहा हो। फर्राटे भरती दोनों मोटरसाइकिलें तन्दूर रेस्तराँ के सामने जाकर रुक गयीं।

''अब जरा मुर्गा चीरा जाए!'' जगन्नाथ ने बालों को सँवारते हुए कहा।

''भूख चमक उठी है।'' बसन्त यादव ने इतना कहकर रेस्तराँ का दरवाजा खोला और अन्दर दाखिल हुआ। नीचे काफी भीड़ थी। वे सब ऊपर जाकर बैठ गये। धीरे-धीरे करके खाना लग रहा था। उनके बीच कोई खास बातचीत नहीं चल रही थी बल्कि अपनी-अपनी तरह से सब सोच रहे थे कि सतीश मोजमदार पर कितना भरोसा किया जा सकता है?

31

जंगल की आग की तरह यह बात विरोधियों में फैल गयी कि एस. एस. पी. साहब ने खुद जहीर और उसके लफंगे दोस्तों को घर पर बुलाकर चाय-पानी कराया है। यह बात तैरती हुई जब त्रिपाठी के कानों तक पहुँची तो वह ऐसा चौंका जैसे एक साथ बिच्छुओं ने डंक मारा हो। कुछ देर सुन्न बैठा रहा, फिर अपने-आप से बोला।

'का हो त्रिपाठी! यह नया एस. एस. पी. तुम्हार उल्लू तो नाही खींचत है? कबड्डी एक पाले से खेली जात है न कि दो पाला से? ई बाबू तो दोनों तरफ से तू तू करत है। परसों हमका बुलाईन और आज उस साले जहीरवा का...आखिर हमसे यह चाहत का है?' फिर कुछ देर मूँछ मरोड़ने के बाद बोला, 'और जो जानो हमका मूरख बनावै की सोचत है तो यह भी जान ले कि इलाहाबादी होत बड़े फसादी हैं।'

''तो चलें?'' खबर लानेवाला सिपाही उठने को हुआ तो त्रिपाठी ने गर्दन हिला कर जाने की आज्ञा दे दी। सिपाही सलाम बजा बाहर की तरफ मुड़ा। उसका चेहरा

उतर गया था। मन फीका-फीका हो उठा। मन ही मन बोला—

'कित्ती दूर से हम खबर ले के आये रहे। न कुछ बोलिन न चालिन, अरे चाय-पानी तो सभै पीवाते हैं। कउन भूखा-प्यासा आवत है केही के द्वारे? मगर बात लोकाचार की है। सारा पेट का धन्धा ऐही के मारे चलत है वरना कउन जान खतरे में डालत है।'

"अबे ठहर तो!" त्रिपाठी की आवाज गूँजी। जाते-जाते सिपाही ठहर गया। त्रिपाठी ने उसको बैठने को कहा और लम्बी साँस खींचकर बोला—

"और कउन-कउन साला आवत है बँगला मा अपनी माँ...?"

"हमार तो ड्यूटी कल से लगी है।" हवलदार के दिल में कील अभी धँसी हुई थी, सो रूठे स्वर में बोला।

"अच्छा, ध्यान रखना और हाँ...फलाने के यहाँ से तन्दूरी चिकन बँधवाय लियो।"

"जी!" हवलदार के दिल में धँसी कील खटाक से बाहर आन गिरी। बाँछें खिल गयीं।

"घर में सब राजी खुशी है न?" त्रिपाठी ने लगावट भरे स्वर से पूछा।

"सब आपकी कृपा है!" सिपाही ऊपर से नीचे तक भीग चुका था।

"तो फिर चलो," कहकर त्रिपाठी ने फोन घुमाया। हवलदार हाथ जोड़कर थाने से बाहर निकला।

"कउन, मोहन्ती...मैं त्रिपाठी बोल रहा हूँ...कानपुर गया हुआ है? वहाँ का नम्बर दे।" कहता हुआ त्रिपाठी नम्बर नोट करने लगा। फोन रखकर उसने जेब से सैल निकाल कानपुर फोन मिलाया।

"...कस बे मोहन्ती...साले वहाँ कैसे पहुँच गवा?" त्रिपाठी हँसा, फिर आगे बोला, "जल्दी आओ, हियाँ तुम्हार बड़ी जरूरत है...ठीक है।" कहकर त्रिपाठी ने लम्बी साँस खींची, फिर बड़ी ऊबी नजर अपने चारों तरफ डाली।

थाने में दो सिपाही एक मरगिल्ले-से आदमी को हथकड़ी पहनाये दाखिल हुए और एक तरफ खड़े हो गये। वह आदमी जवान था मगर गरीबी और गन्दगी से बेहाल नजर आ रहा था। त्रिपाठी ने उसको ऊपर से नीचे तक घूरा, फिर सिपाहियों की तरफ देखा।

"पाकेटमार है। स्टेशन पर पकड़ा था। कहता है मैं तो भीख माँग रहा था।"

"लगाओ दस-पाँच, सब कुछ सच-सच उगल देगा।" त्रिपाठी ने उस आदमी को घूरते हुए कहा।

“काहे आप मारेंगे? हमारा जुर्म क्या है?” उस आदमी ने अकड़ते हुए कहा।

“सुना नहीं सिपाही ने क्या कहा...कि तुम पाकेटमार हो।” त्रिपाठी चीखा।

“ओके कहे से का हम पाकेटमार हो जाएँगे? जब हम खुद कह रहे हैं कि हम पाकेटमार नहीं, भिखमंगे हैं तो आप विश्वास क्यों नहीं करते हैं?” वह आदमी रुआँसा होकर बोला।

“ऐसे कमजोर केस काहे हमार थाना में लाते हो तुम लोगन...तुमको भी डण्डा घुसाए की जरूरत पड़ गयी है का?” त्रिपाठी कहीं की झुँझलाहट कहीं उतार रहा था। इसी बीच वह आदमी चकराकर जमीन पर ढेर हो गया।

“यह लेव...करो अब बात!” त्रिपाठी अपनी जगह से उठा और उस आदमी के पास आकर खड़ा हो गया, फिर ठोकर से मारकर बोला—

“नाटक कर रहा है...उठता है कि नहीं?”

वह आदमी उसी तरह बेसुध पड़ा रहा। त्रिपाठी को चिन्ता हुई। उकड़ूँ बैठ कर उसने आदमी की नब्ज टटोली। सिपाही ने पानी छिड़का मगर...त्रिपाठी ने कहा, “लगता है गया!”

दोनों सिपाही परेशान हो गये। वह उस आदमी के नाक के पास हाथ लगा कर देखने लगे फिर नब्ज टटोली और घबराकर त्रिपाठी को ताकने लगे। “आप कुछ करें साहब।”

“अरे थाना को हस्पताल समझे हो का? एमरजेन्सी वार्ड है, जो साहब कुछ करें? लगता है सारे रोगी यहीं दम तोड़ेंगे आकर। तुम लोगन के राज मा...अब तुम्हइ लोगन बताओ का करी इस लहास का?” त्रिपाठी ने एक हाथ कमर पर रखकर दूसरा हवा में नचाते हुए कहा।

“अब हम का करी? अच्छा-भला आवा रहा। आप तो खुद भी पूछताछ किहिन रहे की नहीं?” एक सिपाही हड़बड़ाकर बोला।

“हम तो मुकर सकित है।” त्रिपाठी ने मक्कारी से कहा।

“अरे?” वह अवाक् हो त्रिपाठी का मुँह देखने लगा।

“और नहीं तो का? तोहरे में दम हो, तो हमार बार उचार लेव।” त्रिपाठी के तेवर चढ़ गये।

“सर जी! आपकी पाटदार आवाज सुन के मुजरिमन का पेशाब छूटत है। ई साला, मादर...दुनिया ही छोड़ गवा?” दूसरा जो चुपचाप खड़ा था एकाएक ठट्ठा मारकर बोला। इस गुस्ताखी पर त्रिपाठी ने उसको तेज नजरों से घूरा और एक जोरदार थप्पड़ उसके मुँह पर दे मारा, फिर बड़ी घृणा से बोला—

“इन्हीं...इन्हीं कारणों से पुलिस बदनाम है। मरे हुए आदमी का मखौल उड़ा रहा है साला। करूँ क्या लाइन हाजिर?” त्रिपाठी ने सिपाही की गर्दन दबोची।

"माई-बाप गलती भई...क्षमा करें...हम तुम्हार सेवक।" सिपाही हड़बड़ा गया। वह त्रिपाठी के इस अति मानवीय पैंतरे को देखकर और भयभीत नजरों से ताकता हुआ हाथ जोड़कर खड़ा हो गया।

"पहिले मुसीबत उठाओ, फिर घर तक छोड़ने जाओ। इतना कह त्रिपाठी मुड़ा मगर उसको इस ख्याल से राहत मिली कि दो सिपाही और तबेले में उसकी धुन पर हिनहिनाने के लिए शामिल हो चुके थे। दोनों सिपाहियों ने अपनी खैर इसी में समझी कि वह चुपचाप त्रिपाठी की हाँ में हाँ मिलाएँ और किसी तरह इस पाकेटमार भिखमंगे की लाश के जंजाल से निकलें। त्रिपाठी ने अपनी उँगलियाँ नचायीं। कठपुतलियाँ हरकत में आ गयीं।

दूसरे दिन अखबार के तीसरे पन्ने पर उस भिखमंगे की लाश की फोटो छपी थी, इस खबर के साथ कि नशीले पदार्थ का सेवन नगर में बड़ी तेजी से बढ़ रहा है। यह लावारिस लाश स्टेशन के पास पायी गयी, जिसकी जेब में स्मैक का खाली पैकेट पाया गया। पढ़नेवालों ने उस खबर को अपने-अपने तरीके से लिया और कुछ समर्पित पत्रकारों ने रातोंरात एक बड़ा लेख बड़ी मेहनत से 'ड्रग' पर तैयार किया, कुछ तस्वीरें जुटायीं। लेख में इस बात पर अफसोस जाहिर किया गया था कि बेकार जवान किस तरह अपनी कुण्ठा को नशीले पदार्थों के हवाले कर अपने को मौत के कगार पर ले जा रहे हैं। उसको पढ़कर वास्तुविद् ओमेश पारुथी सबसे ज्यादा परेशान हुआ। क्योंकि इस शक्ल का आदमी उसको सप्ताह भर पहले ही सिविल लाइंस में मिला था। उसने जब 'मैंगोशेक' का गिलास उस भिखमंगे पगले को देना चाहा था, जो वह खुद पीने जा रहा था, तब उस जवान ने बड़ी बेचैनी से गर्दन इनकार में हिलाकर बड़ी धीमी आवाज में कहा था—

"रोटी।"

"भूख लगी है?" ओमेश ने पूछा था, फिर बिना घूँट भरे गिलास को वहीं काउण्टर पर छोड़ वह उस आदमी को लेकर दूसरी तरफ बढ़ा था, जहाँ छोले-भटूरे की रेहड़ी लगी हुई थी। रेहड़ीवाले ने जिन नजरों से उसको देखकर पत्ता उसके हाथ में थमाया था उससे ओमेश को अहसास हो गया था कि इसको सब पहचानते हैं। जब वह जेब से पैसे निकालकर रेहड़ीवाले को देने लगा तब उसने हँसकर कहा—

"इस भिखमंगे की तो किस्मत खुल गयी साहब वरना...।"

बेचैनी से अखबार बन्द कर ओमेश उठा और टैरेस पर टहलने लगा। उसके दिमाग में एक ही हथौड़ा पड़ रहा था कि यह मौत नशे से नहीं भूख से हुई है। यह वही पगला लड़का था जिसको मैंने उस दिन...मैं...मेरी आँखें कैसे धोखा खा

सकती हैं? रेखाओं को मैं पहचानता हूँ। उसके चेहरे के कण्टूर्स ऐसे ही तो थे। ओमेश पारुथी के अन्दर व्यथा का एक समन्दर हरहरा उठा जिसमें आक्रोश भी शामिल था। इस व्यवस्था में कुछ भी सच नहीं है। कोई भी इन्सान अपनी जिन्दगी नहीं जी पाता है। यह अखबार क्या रिपोर्ट छापना चाहते हैं। ...यही कि जो रोटी नहीं खा सकता वह नशे की अय्याशी करता है? कुछ भी ठीक नहीं है, इस शहर में...?

नाश्ते के लिए नीचे से पुकारा गया मगर ओमेश ने अनसुना कर दिया। आखिर ट्रे सज कर ऊपर आ गयी। आमलेट, टोस्ट, दलिया, फल और चाय। वह भरी ट्रे को गौर से देखता रहा। उसके ओठ काँपने लगे और एकाएक वह फूट-फूटकर रोने लगा। उसकी नजरों के सामने एक ही चेहरा पीड़ा से भरा घूमता रहा। एक ही कसक उसका दिल मसलती रही कि वह उस जवान को घर क्यों न ले आया। वह सर्वेण्ट क्वार्टर में पड़ा रहता, माली या रामदीन का हाथ बँटाकर कुछ खा-पी लेता, मगर मरता तो नहीं। ओमेश आजकल गहरे डिप्रेशन से गुजर रहा था। उसी डिप्रेशन का यह नतीजा था कि वह हर बात का इलजाम अपने ऊपर लेकर अपने को कुसूरवार ठहराता था।

"नाश्ता नहीं किया आपने?" नौकर भरी ट्रे देखकर बोला।

"भूख नहीं है...ले जाओ।" इतना कहकर ओमेश अपने कमरे की तरफ चला ग़या। नौकर चुपचाप नाश्ते की ट्रे उठाकर नीचे उतरा और रसोइये ने पूरा नाश्ता उठाकर ड्राइवर को दे दिया, जो गाड़ी पोंछकर पेड़ के तने से टेक लगाये खड़ा था।

"समझो, तुम्हार खातिर नहीं बल्कि छोटे साहिब का गयी रात सँभाले का मेहनताना है।" रामदीन ने मुस्कुराते हुए कहा।

"तुम्हार मर्जी जो चाहो नाम दे लेव, हमका तो खाय से मतलब है।" ड्राइवर ने कहा और तेजी से टोस्ट कुतरने लगा।

उधर ओमेश का दिल व दिमाग उसके काबू में नहीं था। बदन में दर्द की लहरें उठ रही थीं। सिर चकरा रहा था। एकाएक उसको महसूस हुआ जैसे सीने में चुभन-सी हो रही है। बदन पसीने से सराबोर हो गया। उसने घबराकर लम्बी-लम्बी साँस लीं और अपने को सोफे से घसीटकर पलँग तक ले गया। मेज की दराज खोल उसने हड़बड़ाहट में गोलियाँ निगलीं और सीधा लेट उसने आँखें बन्द कर लीं। उसको कमजोरी ने इस तरह दबोचा था कि बहुत चाहने पर भी न वह किसी को पुकार सका न घण्टी बजा सका।

ओमेश की माँ को पूजा करते हुए जाने क्यों बेटे का चेहरा नजरों के सामने घूमता लग रहा था। दिल बेचैन था। किसी तरह पूजा समाप्त कर वह ओमेश के कमरे में पहुँचीं ताकि बेटे को सही-सलामत देखकर तसल्ली कर लें। पर्दा हटाकर उन्होंने देखा ओमेश सो रहा है। उन्होंने चैन की साँस ली और उल्टे पैर लौटने लगीं।

फिर मन किया कि आगे बढ़कर बेटे का सर सहला उसको जगा दें। देर तक सोने की उसको आदत नहीं है। जब कभी सोता है तो उठकर हमेशा सिरदर्द की शिकायत करता है। मगर माँ आधे दूर जाकर लौट आयी। यह सोचकर कि जाने सारी रात सोया भी है या नहीं, हो सकता है सुबह-सुबह ही पलक झपकी हों, यूँ कच्ची नींद जगाना ठीक नहीं है। अपने से वार्तालाप करती ओमेश की माँ अपने कमरे में वापस लौट आयी।

रमेश जब से सतीश मोजमदार से मिला था तब से उसके अन्दर दबी इच्छा उसको लगातार व्याकुल बनाये हुए थी। उसका सपना पूरा हो सकता है। वह पुलिस महकमे में आ सकता है। कुछ नहीं तो स्पेशल पुलिस ऑफिसर की आनरेरी पोस्ट तो हासिल कर सकता है। अगर यह भी न हुआ तो थाना कमेटी में अपने मोहल्ले का प्रतिनिधित्व तो कर सकता है। कम-से-कम इस बेकारी की हालत से तो निकलेगा, लोगों की नजरें तो बदलेंगी। मगर यह सब वह खुद कैसे कहे? मित्रगण जाने उसकी जरूरत को किस रंग में लें?

एस.एस. पी. सतीश कुमार से मिले अब तो हफ्ता गुजर गया है। जहीर ने तो इस बीच कुछ कहा नहीं, न उसके बारे में न उसके प्रस्ताव के बारे में, मगर दूसरों ने भी कोई टीका टिप्पणी नहीं की। माना कि हम पुलिस को घास नहीं डालते हैं मगर पुलिस पुलिस में भेद करना तो जानते हैं। आखिर इन हरामखोरों बल्कि आदमखोरों से बचते-बचाते जो हम यहाँ तक पहुँचे हैं, वह कोई अकेले अपने बलबूते पर नहीं बल्कि कर्मठ और सच्ची सोचवाली पुलिस की सहायता के चलते। भले ही ईमानदार पुलिसवाले की गिनती कम हो मगर उनके बाजुओं में इतना दम तो है कि इस भ्रष्टाचार की दीमक लगे विभाग को ढहने से बचा रहे हैं। अनेक भ्रष्टाचार काण्डों का पर्दाफाश करने में अपनी उपस्थिति दर्ज करा रहे हैं इसलिए मुझे यकीन है कि सतीश मोजमदार...अरे भाई किसी को आजमा लेने में कौन-सा पाप लग जाता है? हम कौन से उसके हाथों में कठपुतली की तरह नाचनेवाले हैं? बूँद-बूँद कर घड़ा भरता है। यदि हर क्षेत्र से उठे लोग आपस में हाथ नहीं मिलाएँगे तो यह दुनिया चलेगी कैसे? हम जरा-जरा-सी बात पर किसी को हाशिये पर तो नहीं डाल सकते? मुझे...मुझे तो सतीश मोजमदार में कोई खराबी नजर नहीं आती है। किसी को आती हो तो आए। मुझे उसकी परवाह नहीं करनी है। आखिर कब तक मैं अपनी स्थितियों से समझौता करता रहूँगा? कब समाप्त होगा यह नाकामी का सफर? केवल मेरा नहीं हम सबका भविष्य अधर में लटका है। कहीं कोई प्रकाश दूर-दूर तक नजर नहीं आता है, जो हमारी सार्थक उपस्थिति इस शहर के पन्ने पर दर्ज कराए?..........

रमेश अपने से वार्तालाप करता, लड़ता-झगड़ता अपनी सम्भावना तलाश कर रहा था। वह चाहता तो दोस्तों से बात कर सकता था मगर वह दिखाना नहीं चाहता था कि वह अपनी वर्तमान स्थिति से पूरा का पूरा टूट चुका है। इस टूटन का कोई लम्बा-चौड़ा इतिहास न था, बस कम्पनी बाग में मिले दोस्त और उसका नन्हा-सा परिवार—पत्नी और एक बच्चा। जीवन का सुख उन तीनों के चेहरे से टपक रहा था। कपड़े की कड़क क्रीज और कालर की अकड़, चौड़े सीने पर मक्खन की तरह बिछी हल्की पीली कमीज, उस पर उड़ती नीले रंग की टाई और सुरमई मायल नीले रंग का गर्म सूट। उस पर चमचमाते काले जूते। यह सब किस लड़के का सपना नहीं होता है मगर बरसों हो गये एक तरह के हुलिये में जीते चले जाने की बोरियत। वही रंग उड़ी जीन्स और ऊपर झबले की तरह ढीली टी शर्ट या झोले की तरह बदन पर फरफराती कमीज जिसके ऊपर के तीन बटन हमेशा खुले होते हैं, जाने हालात से टकराने के लिए पत्थर जैसा सीना जमाने को दिखाने के लिए या फिर यह भी एक स्टाइल था दुनिया के सफेद खुशपोशों को ठेंगा दिखाने का?

रमेश की तरह सब अपनी-अपनी तरह से सतीश मोजमदार के बारे में सोच रहे थे। उनके दिमागों में कई प्रश्न जल-बुझ रहे थे। वर्तमान स्थिति से टकराकर वह अपना नागरिक कर्तव्य अवश्य पूरा कर रहे थे मगर इस सारे संघर्ष का कोई खातिरख्वाह नतीजा सामने नहीं आ रहा था। भ्रष्टाचार कम होने के बजाय ज्यादा खूँखार हो उठा था। गरीबी एक नयी परिभाषा अपने लिए तलाश कर रही थी। जबान स्वादिष्ट व्यंजनों की याद जिह्वा पर सँजोये चटखारेदार भाषा का प्रयोग कर रही थी, जिसमें मुरव्वत नाम की चीज बाकी नहीं बची थी। सुरक्षा और शान्ति सलाखों के पीछे कैद थी। न्याय दफना दिया गया था। केवल सत्ता के जूतों की चरमराहट कई-कई सुरों में सुनने को मिल रही थी। यह सत्ता केवल सरकार नहीं थी बल्कि नौ दौलतिये भी थे, जो किसी को भी खरीदने का दम भरने लगे थे। इसलिए सिक्के की टनटनाहट का नगमा हर कोई सुनने को व्याकुल था। ऐसे माहौल में उपदेश तो दूर, सही बात भी सुनने को कोई तैयार न था। जब तक खुद उस पर आफत न टूटती हो। ऐसे आत्मकेन्द्रित वातावरण में कोई जिए कैसे?

उधर जहीर जहर का प्याला पीकर अपनी जिन्दगी का रंग बदल चुका था। उसको सतीश की बातें कहीं से प्रोत्साहित नहीं कर रही थीं। उसका ख्याल था कि यह लोग दूसरों का इस्तेमाल अपने लक्ष्य तक पहुँचने के लिए करते हैं। चाहे घी सीधी उँगली से निकालना पड़े या टेढ़ी उँगली से, उनका काम हर हालत में होना चाहिए। बसन्त यादव को यही समझ में नहीं आ रहा था कि एस. एस. पी. को हमारे जैसों

की क्यों जरूरत पड़ गयी। आखिर कहलाते तो हम लफंगे ही हैं। जबकि उनके पास हथियार-पहरेदार की कोई कमी है? सलमान की कोई राय नहीं बन पा रही थी। उसको सतीश मोजमदार के अगले कदम का इन्तजार था। उसका ख्याल था कि एक-दो महीनों में दूध का दूध पानी का पानी हो जाएगा। मगर जगन्नाथ मिश्रा को इन सारी बातों से कुछ लेना-देना नहीं था। वह तो यही समझ रहा था कि इस शहर ने जाने कितने एस. एस. पी. को झेला होगा। यह भी ट्रांसफर होकर कहीं चला जाएगा। जब तक है, चाय-नाश्ता करने में हर्ज क्या है? मोहकमे को बदलने का दम उसमें है नहीं। आखिर उससे बड़े-बड़े सूरमा बैठे हैं इस तालाब में, जानते हैं चंचल मछली को कैसे जल के बाहर फेंका जाता है। इसलिए जुगनू पर कोई खास असर नहीं था। अलबत्ता मुरली बौखलाया हुआ था। उसको तो यही बात बहुत बड़ी लग रही थी कि वह पुलिस अफसर के घर गया और उसकी मेहरारू ने चाय-पानी को पूछा। उसके दिमाग से वह शाम किसी तरह उतरने का नाम नहीं ले रही थी।

उधर सतीश ने सारी रिपोर्ट जमा कर ली थी। त्रिपाठी की बढ़ी औकात को सिर्फ कुतरने की नहीं बल्कि उसको छठी का दूध याद दिलाने का पूरा इन्तजाम कर लिया था। इसमें कोई शक नहीं था कि एक मामूली इंस्पेक्टर के सम्बन्धों की धमनियाँ शहर के हर बड़े बँगले में दाखिल हो पूरे दमखम के साथ धड़क रही थीं। उनको काटना जितना मुश्किल था, उतना ही आसान। जितना पेचीदा था, उतना ही मामूली, और इन सारी बातों पर सतीश मोजमदार ने काफी सोच लिया था। वादे के मुताबिक त्रिपाठी की तरक्की हो गयी और वह कोतवाली का एस. एच. ओ. बना दिया गया।

बरसात का मौसम नहीं था तो भी आकाश पर इस खबर की धड़धड़ाहटभरी बिजली चमक रही थी। बारिश के बिना ही लोगों को महसूस हो रहा था कि उनका घर ढह गया है। पुलिस विभाग में भी दो तरह की प्रतिक्रियाएँ थीं। जो खुश थे वे सोच रहे थे कि अब पाँचों उँगली घी में और सर कढ़ाई में है। जो दुखी थे वे कोस काट रहे थे। बाजार में इस खबर से हड़बोंग-सा मच गया था। चाहने न चाहने पर उपहारों के थाल त्रिपाठी के घर पहुँच रहे थे। जहाँ पर त्रिपाठी को कुछ व्यापारी पगड़ी पहनाकर सम्मानित कर, उनकी आरती उतार, उन पर से सिक्के निछावर कर चुके थे। कुछ व्यापारियों ने शबाब और शराब दोनों का इन्तजाम किया था ताकि दोनों की धार का पैनापन अपना जलवा ढलती रात में दिखा सके। मीरगंज के उस बन्द गली के बड़े मकान में तेजाबबाई की अदाएँ बिजली बन-बनकर त्रिपाठी के सीने पर टूटती रहीं और गिलास भर-भरकर मतलबी लोग त्रिपाठी को शराब में सराबोर करते रहे। यह गोपनीय महफिल थी। इसलिए बड़े गिने-चुने लोग मुजरा देखने बुलाये गये थे। सुबह चार बजे जब देखने-सुननेवाले मसनदों पर लुढ़क खर्राटे

भरने लगे तो साजिन्दों ने हाथ रोके और तेजाबबाई ने एक जोरदार अँगड़ाई तोड़ आठों उँगलियाँ चट-चट कर बजायीं और पैर आगे कर एक लम्बी साँस भरी।

"चल बेटी, अब थोड़ा आराम कर ले," कहती हुई अधेड़ उम्र की औरत ने उसके पैरों से घुँघरू खोलते हुए कहा!

"हाँ, बुआ!" तेजाबबाई ने खड़े होते हुए कहा और बुआ ने छोटी-सी अटैची में घुँघरू नोटों की पोटली के पास रख उसको बन्द किया।

त्रिपाठी ने कोतवाली का चार्ज लेते ही अपने कमरे के सामनेवाला दरवाजा, जो अरसे से बन्द था, खुलवाया और वहाँ पर चिक डलवा दी। कुर्सी पर अधलेटा-सा हो सामने जामा-मस्जिद और उसके नीचे की दुकानों और आने-जानेवाले को ताकता रहता था। यह उसका सबसे बड़ा अरमान था। यह रुतबा इतना बड़ा न हो मगर जगह के हिसाब से यह स्थिति लाजवाब थी। सामने बजाजा पट्टी, उधर बहादुरगंज, इधर नखासकोना। सच पूछो तो यह इलाका बाजार का डेल्टा प्रदेश था। कौन-सी चीज की दुकान थी, जो इस जगह और इस जगह के आसपास न थी। सबसे बड़ी और अनहोनी बात यह थी कि म्युनिसिपल मार्केट का बिसातखाना सामने था। जहाँ से जहीर को डण्डे मरवाता हुआ कभी भी घसीटवाकर बुला सकता था। वह इस इलाके का इंचार्ज था। भले ही एस. पी. शहर कोतवाल हो मगर जो हैसियत थानेदार की है, उसका पसँगा भी ये अफसर नहीं होते हैं। त्रिपाठी ने अपने पंजे कसना शुरू कर दिया ताकि जहीर और उसके गुर्गों की गर्दन एक दिन नाप सके।

32

त्रिपाठी ने मन ही मन ठान ली थी कि जहीर और उसके चेलों को अरदब दिलवाना बहुत जरूरी हो गया है। उसके खुफिया और खास चेले क़ासिम उर्फ खूनी पंजा और रंजन उर्फ सुतली बम को बॉस का इशारा मिल चुका था। कई दिनों से वह दोनों मौके की ताक में थे कि कब यह लफंगे मस्तियाएँ और यह अपना काम कर गुजरें। लाख चौकन्ना रहने के बावजूद हर बार मौका हाथ से निकल जाता और दोनों झुँझला कर रह जाते थे। आज चौथा दिन था। कल रात त्रिपाठी ने उनकी माँ-बहन जी

भरकर तौली थी। कई बार किसिम-किसिम की गालियाँ देकर उनका अपमान भी किया था। उन दोनों की खोपड़ी भन्नायी हुई थी। उनका बस चलता तो उन सबकी ऐसी-तैसी करके मट्ठा पिला देते ताकि किसी को मुँह दिखाने के काबिल न रहते, मगर साले सब-के-सब एक से एक तगड़े हरामी पूत हैं। उल्टा पिल पड़ें तो जान छुड़ानी मुश्किल हो जाए।

"बात अरदब देय की न होत तो कब का मामला निबट जात।" तंग आकर कासिम बोला। उसके काले भुजंग चेहरे पर चेचक के गहरे दाग थे। दाहिने गाल पर चाकू के घाव का गहरा निशान था। खूँखार आँखें और मुँह पान से हमेशा लाल रहता था। वह रंगीन फूलदार कपड़ा पहनने का बहुत शौकीन था। पहली नजर में जो भी उसको देखता था उसे गहरा झटका लगता था।

"यार कासिम भाई, हम सोचित है कि एक-आध का निबटाइन दिया जाए और खेल खत्म किया जाए।" रंजन उर्फ काला बम बोला। उसकी बड़ी-बड़ी आँखों में लाल-लाल डोरे पड़े थे। रंग उसका भी काला था। बदन कासिम की तरह कसरती नहीं बल्कि गोल-गोल पिलपिला-सा था। नीचे का होठ कटा हुआ था। गर्दन पर भी चाकू के कई निशान थे। इसलिए वह हमेशा रंगीन रूमाल गर्दन में बाँधकर रखता था। दोनों की इन यादगार पहचानों के कारण त्रिपाठी इनको खुलकर नहीं खेलने देता था। बड़े मौके से इन्हें निकालता था, जब इमरजेन्सी हो वरना यह हाँफते कुत्तों की तरह शराब के भट्ठे पर पड़े सुस्ताते रहते और कुल्हड़ लगा अपना समय काटते या फिर कसरत कर बदन में मचे उत्पात को शान्त कर लेते थे। विवाह हुआ नहीं था। साझे में एक खटकनिया मिल गयी थी, जिसके पास कभी-कभार चले जाते थे। कासिम का हाथ चाकू चलाने और रंजन का बम फेंकने में महारत रखता था। इसलिए जवान चेले-चापड़ उनसे गुर सीखने भी आते रहते थे। उनकी खुशामद भरी तारीफें सुन उनको गहरा आत्मसन्तोष मिलता था, इसलिए वह उन्हीं के साथ अधिक समय गुजारते और अपने को भरापूरा महसूस करते थे।

कासिम उर्फ खूनी पंजा का शागिर्द गेंदा तेली ऐसा जबर्दस्त चाकूबाज निकला है कि कानपुर में उसने अपना झण्डा गाड़ दिया है। हर जगह गेंदा तेली की चर्चा जोरों पर है। पिछली बार आया था अंग्रेजी शराब की बोतल और काजू अखरोट का थैला लेकर। वह भी अपनी मारुति वैन में, उसकी यह शान देखकर कासिम का जिगरा गज भर का हो गया था। आखिर यही तो उसकी पाली-पोसी औलादें हैं। वरना पन्ना पासी के लड़के हीरा के पुलिस द्वारा मारे जाने पर वह बिलख-बिलख कर न रोता। आखिर उसने हीरा को गोद ले रखा था। पन्ना की कच्ची झोंपड़ी पक्के कमरे में बदल गयी थी। सुख के दिन आने ही वाले थे कि हीरा गऊ घाट पर धर लिया गया और बात खत्म। तब से कासिम ने छुपकर काम करना शुरू कर दिया

और त्रिपाठी भी यही चाहता था कि तुरप का इक्का उसके पास वक्त-जरूरत सुरक्षित रहना चाहिए।

रंजन उर्फ सुतली बम पेशे से मल्लाह था। उसका मन नाव खेने और मुसाफिरों को इस पार से उस पार ले जाने में नहीं लगता था। एक बार त्रिपाठी किसी का पीछा करने के लिए उसकी नाव में सवार हुआ था। तैरते मुलजिम को उसने बीच धारा में डुबकी लगाकर पकड़ा था और कमर की बेल्ट पकड़कर खींचता नाव तक लाया था। त्रिपाठी यह देख इतना खुश हुआ था कि उसने मुँहमाँगा पुरस्कार देने की बात कह दी थी। सुनकर रंजन हँसा था, फिर धीरे से बोला, "साहब, कोई ऐसा काम बतावें जेमा जिन्दगी ठाठ से गुजरे...इस मल्लाहगिरी में कउनो पोसपान नहीं है।"

उसकी बात सुनकर श्यामलाल त्रिपाठी ने गर्दन हिलायी। भागते मुजरिम को पकड़ने का श्रेय खुद लिया और रंजन को जब-तब थाने बुलाकर इधर-उधर की बातें कर उसकी थाह लेने लगा। जब त्रिपाठी को इत्मीनान हो गया कि पट्ठा इधर-उधर नहीं भागेगा और आँख बन्द कर उनके कहे पर चलेगा तो उसने पहला बम दो जातियों के बीच उठी बहस के दौरान दारागंज में फेंकवाया, जिसका भारी इनाम नकद नोटों के रूप में रंजन को मिला था। इतने नोट देख रंजन बौखला गया। जी भरकर दारू चढ़ायी, गालियाँ बकीं और लुढ़ककर सो गया। त्रिपाठी के काम के चलते उस पर कई बार कातिलाना हमले हुए और हर बार वह बच गया। उसकी गर्दन ही नहीं बदन पर भी जख्मों और गोलियों के गहरे निशान हैं, जिनको छुपाकर रखना ही उसके हक में जाता है। दोनों ने धन इतना कमा लिया है कि अब वे यह काम न भी करें तो चैन से बुढ़ापा गुजार सकते हैं।

दोनों आपस में आज की रात का प्रोग्राम बनाने लगे—जब जहीर दुकान बन्द कर बाहर निकलता है, तब बम फोड़कर उसका घेराव गली में करना ठीक रहेगा। जो लौण्डा जहीर के साथ रहेगा उसको खदेड़ते हुए उसके मोहल्ले तक ले जाएँगे। यह सब सोचकर वह शाम ढले बिसातखाने के दरवाजे के आसपास टहलने लगे। भीड़ वहाँ इतनी रहती है कि आते-जाते ग्राहकों और दुकानदारों को इतनी फुर्सत नहीं थी कि वे इनकी नोटिस लेते, सो यह फलों की रेहड़ियों के बीच में इस तरह खड़े हो गये कि इनके चेहरों पर पास की दुकान पर लगे छत्तुर की छाया पड़ रही थी। अपने समय से जहीर बसन्त के साथ निकला, पीछे जुबैर और रमेश थे। जुबैर सबको सलाम कर निकल गया और तीनों मोटरसाइकिल पर आगे-पीछे बैठकर मुरली के मामा को देखने निकले। रंजन और कासिम ने भी अपना मोर्चा सँभालने में फुर्ती दिखायी और कोने में खड़ी बुलेट पर बैठ गये। कासिम बुलेट चला रहा था। भीड़ से गुजरती दोनों गाड़ियाँ आगे-पीछे साइकिलों, मोटरों, रिक्शों और पैदल चलनेवालों

को बचाती खुद बचती बड़ी सावधानी से बढ़ रही थीं।

कर्बला चौराहे पर सन्नाटा था। बम फेंका जा सकता था मगर जगह ठीक नहीं थी। पुलिस फौरन हरकत में आ जाती। आगे बढ़ जब मोटरसाइकिल भावापुर की तरफ मुड़ी तो रंजन ने हाथ घुमाकर बिना छर्रेवाला बम का गोला जहीर की मोटरसाइकिल के सामने फेंका। धुएँ का गुबार उठा और आँखों में मिर्चें-सी लगीं। इस अकस्मात् हमले से जहीर घबरा गया। उसकी पकड़ मोटरसाइकिल पर ढीली हुई। धुएँ से गली भर गयी थी। जहीर ने मोटरसाइकिल अन्दाजे से किनारे लगायी और इंजन बन्द कर वह बोला—

"घबराने की बात नहीं है...यह किसी लड़के की शरारत है।"

"मारो चाकू...निकाल दो सालों की अँतड़ियाँ" कासिम की आवाज गूँजी जिसको सुनकर तीनों के बदन में एकाएक सनसनाहट-सी दौड़ गयी और तीनों मोटरसाइकिल से उतर लगभग कूदकर अन्धाधुन्ध दौड़ पड़े। आगे धुआँ कम हो गया था मगर अँधेरा फैला था। बुलेट उनका पीछा करती बढ़ रही थी। निहालपुर वाली गली में थोड़ी-बहुत रोशनी थी। बायें हाथ को जहीर के घर की तरफ रास्ता जाता था। घर जाना तीनों को और भी खतरनाक लगा। वे तीनों पुरवा की तरफ कब्रिस्तान वाली गली की तरफ दौड़ गये। बुलेट भी तेज आवाज के साथ उनका पीछा करती भागी।

"कउन है...?" तकियादार की आवाज दौड़ते कदमों को सुनकर गूँज उठी, मगर बुलेट की तेज आवाज के साथ दब गयी।

कब्रिस्तान में पहुँचकर तीनों बिखर गये थे। कब्रों के बीच दौड़ती बुलेट लगातार उन्हें ढूँढ़ने की कोशिश कर रही थी। उसकी हेड लाइट से बचने के लिए तीनों कभी पेड़ के पीछे छुपते, कभी मकबरे की आड़ लेते, तो कभी किसी पक्की कब्र के पीछे छुपते। उनका सीना साँस की तेज़ी से धौंकनी बना हुआ था। जहीर रेंगता हुआ जानशाह बाबा के मजार के पीछे छुप गया। जानकी बाई के मजार तक बुलेट कई चक्कर लगा चुकी थी। कब्रिस्तान में बँधे घोड़े हिनहिनाने लगे। जहीर को बसन्त और रमेश की फिक्र लग गयी थी। बसन्त और रमेश कहाँ हैं, जहीर समझ नहीं पा रहा था।

"अबे सालो! बहुत बड़े गुण्डा की लटकन बनते हो, आओ बाहर। अपनी माँ के बिल में घुस गये क्या?" कहकर उन्होंने हवाई फायर किया। दुबके परिन्दे एकाएक चीखते हुए अँधेरे में फड़फड़ाने लगे।

झींगुर की आवाज इस चीख-पुकार में दब गयी। कुछ देर वह बुलेट का इंजन

चालू किये खड़े रहे फिर यह कहकर चीखे, "कब तक बचोगे सालो, हम तुम्हारे चक्कर में लग गये हैं। आज नहीं फिर कभी। बकरे की माँ कब तक खैर मनाएगी?"

उनके जाने के कुछ देर बाद धीरे-धीरे कब्रिस्तान का माहौल अपनी पूर्व स्थिति पर लौटा और चारों तरफ खामोशी छा गयी। तीनों का बदन पसीने से सराबोर हो रहा था। उनकी रीढ़ की हड्डियों में गोली और चाकू के वार के इन्तजार में गहरी पीड़ा लहरा रही थी। अपने को मौत के मुँह से बचाने की इस मशक्कत में उनके शरीर की सारी ताकत निचुड़ गयी थी। जो जहाँ था, वह वहीं बैठ गया। इस तरह दस-पन्द्रह मिनट गुजर गये।

जहीर आड़ से बाहर निकला और धीरे-धीरे आगे बढ़ा। चिलबिल के पेड़ के पास पहुँचकर वह ठहर गया और सुनगुन लेने लगा। कुछ देर बाद अँधेरे से जहीर की आँखें अभ्यस्त हो गयी थीं। जानकी बाई के मजार के पास कोई है। उसने गौर से देखा तो लगा कि बसन्त है, जो घुटनों में मुँह डाले सुबक रहा है। वह पेड़ की आड़ से निकल दबे कदमों से बसन्त की तरफ बढ़ा, जो पक्की कब्र के बड़े से चबूतरे की दीवार से टेक लगाये बैठा था।

"बसन्त...रो रहे हो?" जहीर की आवाज सुन बसन्त फफक पड़ा।

"रो काहे रहे हो? मैं मरा नहीं हूँ।...हम बच गये यार...वे दोनों बुजदिल भाग गये।" जहीर ने बसन्त को लिपटाते हुए कहा मगर वह खुद भी परेशान था।

"जहीर!" एक सरगोशी-सी गूँजी।

"रमेश!" जहीर ने धीरे से जवाब दिया फिर अँधेरे में ताका। सामने से कोई आता दिखा।

"हम इधर हैं।" जहीर ने धीरे से कहा। उसी के साथ पैरों की पदचाप करीब आ गयी। रमेश ने बसन्त को सुबकता देखा तो अपना डर भूल उसके सर पर ममता भरा हाथ फेरने लगा।

तीनों कुछ देर बैठे रहे। उनकी साँसें संयत हो गयीं। भय का मँडराता साया उनके सिर से गुजर गया तो वह कुछ सोचने की स्थिति में लौटे कि अगला कदम क्या लेना चाहिए। तय यह पाया कि यहाँ भी ठहरना ठीक नहीं है। पिछवाड़े से निकल जाना ही बेहतर है। बसन्त सँभल चुका था। दोनों धीरे-धीरे जहीर के पीछे चलने लगे। कालाडाणा कब्रिस्तान से निकल तो आये थे मगर सवाल था कि इतनी रात में घर जाना ठीक रहेगा। रात के दस बज रहे थे। हो सकता है वे जहीर के घर के दरवाजे के दोनों तरफ खड़े उसका इन्तजार कर रहे हों। कुछ देर वह अपने में उलझे खड़े रहे, फिर जहीर ने कहा—

"करैली की तरफ चलते हैं। इस वक्त वहीं जाना मुनासिब होगा क्योंकि वहाँ हमारे एक जाननेवाले का घर है।"

तीनों चुपचाप आगे बढ़ने लगे। सोये कुत्ते जाग उठे। उनके भूँकने से तीनों के बदन में जिन्दगी की गर्मी आयी। थोड़ा-बहुत हौसला बढ़ा। सामनेवाले फिरोजी मकान के सामने काफी भीड़ थी। तीनों उसी तरफ बढ़ गये। किसी शिया मुसलमान का मकान था। उनके यहाँ मर्दानी मजलिस अभी-अभी खत्म हुई थी। बाहर देग पर मसालेदार चाय उबल रही थी। तीनों सामने पड़ी कुर्सियों पर बैठ गये। चाय की ट्रे जब उनकी तरफ आयी तो तीनों ने लपककर प्लास्टिक का गिलास उठाया।

"यतीम तो मैं हूँ मगर यतीमी क्या होती है उसका अहसास आज जिस गहराई से हुआ इससे पहले कभी महसूस नहीं हुआ था।" जहीर ने अपने जज्बात पर काबू पाते हुए चाय का घूँट भरा। उसको अम्मा की फिक्र लग गयी थी। पता नहीं मुरली घर पहुँचा होगा या नहीं? उसके रहने से कम-से-कम एक आदमी की गिनती तो बढ़ी है घर में, वरना...

"घरवाले परेशान हो रहे होंगे।" रमेश ने कहा।

"यह हो सकता है कि हम या तो दरियाबाद पी. सी. ओ. पर पहुँचें या फिर अतरसुइया जुगनू के घर। यही दो मोहल्ले यहाँ से करीब हैं।"

"मगर जाएँगे कैसे?" रमेश बोला?

"इस वक्त पैदल जाना सबसे बेहतर होगा।" जहीर ने कहा और उठ खड़ा हुआ, तीनों सलाम-दुआ करते आगे बढ़े।

सड़क पर सन्नाटा था। तीनों फुटपाथ पर मकानों से सटते हुए निकले। गोल चौराहे पर पहुँच उनका तनाव कुछ कम हुआ और वह दरियाबाद की तरफ बढ़े। जुगनू पी.सी.ओ. में ही बैठा मिल गया। तीनों को थका परेशान देख उठ खड़ा हुआ।

"इतनी रात गये वह भी पैदल, सब कुशल-मंगल तो है?"

"घर चलो फिर बताते हैं!" जहीर ने कहा।

"चलो!" कुछ चिन्तित-सा जुगनू बोला, फिर अपने को रोक नहीं पाया तो पूछ बैठा, "तुम्हार मोटरसाइकिल कहाँ है?"

"गम खाओ जरा, एक साथ सब सुनना।" बसन्त के चेहरे पर हल्की-सी मुस्कान फैली। जिससे जुगनू का तनाव कुछ कम हुआ। उसने जहीर को अपने पीछे बिठाया और भाई के स्कूटर की चाबी रमेश को थमायी।

जुगनू की गली में जैसे ही सब दाखिल हुए, दो-तीन अद्धे एक के बाद एक उनके इधर-उधर आकर गिरे। रमेश और बसन्त के हाथ-पैर ढीले हो गये। जहीर को पछतावा हुआ कि अपनी मुसीबत हम यहाँ क्यों ले आये? तो भी उसने पूछ लिया—

"यह क्या है भाई?"

"कुछ नहीं यार बस...आजकल बन्दरों को जाने क्या सूझा है। जब हम गुजरते हैं, जाने कहाँ से अद्धा खींच के फेंकते हैं। वह तो कहो हर बार निशाना चूक जाता है वरना...आज तो हद ही कर दी है। इतनी रात को भी हमारी बाट जोह रहे थे।" इतना कह जुगनू अन्दर घर में दाखिल हुआ और तख्त पर फैला सामान समेट जहीर को बैठने को कह रमेश और बसन्त की तरफ बढ़ा जो स्कूटर खड़ा कर रहे थे।

"चाय, शरबत या खाना?" नमस्ते करती हुई जुगनू की छोटी बहन सामने आ खड़ी हुई।

"ठण्डा पानी!" रमेश ने कहा और सामने पड़ी कुर्सी पर बैठ गया। बसन्त ओसारे में रखी पानी की बाल्टी की तरफ बढ़ा और मुँह-हाथ धोने लगा। तभी एक अद्धा ओसारे की सीढ़ी के पास आकर गिरा और उसी के साथ बसन्त के हाथ में पकड़ा पानी से भरा लोटा गिरा।

"अब तो इ मजाकबाजी कुछ ज्यादा ही आगे बढ़ रही है।" जुगनू झुँझला कर आगे बढ़ा और उसने आदमकद लोहे का दरवाजा बन्द किया।

"कुछ पूछो न, आज गेहूँ धो के फैलाये रहे, मुट्ठी भर-भर के कुछ खाइन कुछ छितराइन...जाने कहाँ से यह वानर सेना हमार जान का आये मरी है।" जुगनू की अम्मा का झुँझलाया स्वर गूँजा।

"त्रिपठिया साला तो नय भेज दिहेस?" रमेश किचकिचाये से स्वर में बोला।

"सिर बहुत पिराय रहा है।" बसन्त ने मुँह पोंछते हुए कहा।

"आखिर कुछ बतइहो कि कहाँ से मुँह पिटवाय के आय रहे हो तुम लोगन?" बसन्त का चेहरा देख जुगनू का धैर्य चुक गया था।

"पहले जबान सँभाल, घर में बैठा है।" जहीर ने जुगनू की बहन को वहाँ खड़ा देख धीरे से कहा।

"अम्मा कह रही हैं–सबका खाना परोसत हैं।" बहन इतना कहकर रसोई की तरफ माँ का हाथ बँटाने चली गयी। उसके जाने के बाद जुगनू ने जहीर की तरफ देखा।

जहीर ने लम्बी साँस खींची मगर कुछ बोला नहीं। उसके चेहरे पर कई रंग एक के बाद एक आकर गुजर गये। रमेश ने बसन्त की तरफ देखा जिसकी आँखों में वहशत तैर गयी थी। उसने जुगनू की तरफ देखा, फिर भरे गले को साफ करते हुए बोला–

"का बताई, जान बची लाखो पाये।"

"दुइ बदमाश हम तीनों को मारे आय रहे...पहले बम चलाइन फिर खदेड़त

हमका गली-गली दौड़ाइन। आखिरमा गोली मारे की कोशिश किहिन...इ कहो कब्रिस्तान और अँधेरे के कारण प्राण बचि गये।" इतना कह बसन्त चुप हो गया और बाकी बात रमेश ने तफसील से बतायी जिसको सुनकर जुगनू सन्नाटे में आ गया। बड़ी देर तक उसके मुँह से शब्द नहीं निकले। उसकी चौकन्नी आँखों में भय, क्रोध और बेबसी की लहरें बन-बिगड़ रही थीं। उसने कई बार थूक निगला, फिर उठकर अन्दर घर में चला गया।

चाय की ट्रे लेकर छोटी खड़ी थी। तीनों के चेहरे पर फैली चिन्ता देख वह चुपचाप भाई की तख्त पर चाय रख लौट गयी। जुगनू कपड़े बदल तहमद और बनियान में लौटा, फिर धीरे से बोला—"तुम लोग भी फ्रेश हो जाओ। तब तक मैं अशोक मिश्रा को फोन कर मोटरसाइकिल की खबर लेता हूँ। कहीं त्रिपाठी उसको उठाकर लावारिस माल में न डलवा दे या फिर फर्जी केस में न चाँप दे कि बैठे-बिठाये हजारों की चपत लग जाए।"

रमेश घर के आँगन की तरफ बढ़ा और जी भर कर नहाया। इस बीच अशोक मिश्रा से बातचीत हो गयी थी। उसने सिपाही को मोटरसाइकिल की खैर-खबर लाने के लिए भेज दिया। बसन्त और जहीर भी कपड़े बदलकर ओसारे के फर्श पर बिछी चटाई पर बैठ चुके थे। गर्म-गर्म फुल्के उतर रहे थे। सब्जी, अचार और खीर के साथ खाना खाते हुए चारों बहुत चाहने के बावजूद सहज बने नहीं रह पाये और हँसी-मजाक की जगह बेमन से खाना जहरमार कर रहे थे। माँ को समझते देर न लगी कि कोई चिन्ता इनको मथ रही है। पूछने से वे बताने से रहे सो वह अपनी तरह से कुरेद-कुरेदकर इधर-उधर की बातें कर वातावरण में छाया बोझिलपन कम करती रहीं।

खाने के बाद चारों जमीन पर बिछे गद्दों पर लेट गये। रमेश ने तो घर फोन कर दिया था मगर बसन्त के पड़ोस में फोन नहीं हो पाया था। सभी थके थे। लेटते ही नींद में डूब गये। सुबह के लगभग जुगनू की नींद टूट गयी। रात की घटना से उपजी चिन्ता फिर उसके सामने मुँह बाये खड़ी थी कि उनकी जिन्दगी कितनी सुरक्षित रह गयी है इस शहर में और उनका परिवार? आखिर यह सब कब तक चलेगा?

भोर की रोशनी फूट गयी थी। मोबाइल बजने से सबकी नींद टूट गयी। फोन इंस्पेक्टर अशोक मिश्रा का था। मोटरसाइकिल उसने रात को ही उठवाकर घर में रखवा दी थी और अम्मा के पास कहला दिया था कि चिन्ता की कोई बात नहीं है, जहीर काम के कारण जुगनू के घर रुक गये हैं। अभी फोन रखा ही था कि

सलमान और मुरली पहुँच गये। उनकी आँखों में भी जिज्ञासा के भाव थे। जुगनू ने दबे स्वर में दोनों को रात की घटना बतायी। सुनकर दोनों ठगे-से रह गये। उनका सिर चकरा-सा गया। बार-बार एक सवाल सिर उठा रहा था कि त्रिपाठी की खुराफात दिन-ब-दिन बढ़ती ही जा रही है। उसके दीदों का पानी मर चुका है। खून सफेद हो गया। इन्सान कहे जाने के काबिल नहीं है वह। न उसको कानून का डर है न किसी कानूनदाँ का, क्योंकि वह जानता है कि कानून केवल अपराधियों और नेताओं की सुरक्षा के लिए प्रयोग किया जाता है, आम इन्सान को न्याय देने के लिए नहीं। ऐसे दमघोंटू माहौल में कोई जिये कैसे?

"अब का सोचत हो?" मुरली बोला।

"सोचै समझे खातिर बचा का है? मरै का तो हर हाल मा है...डरबो तो मरबे करबो न डरबो तबौ मरबे करबो।" जुगनू ने जलबला कर कहा।

"त्रिपाठी हमारे वास्ते कोई समस्या नहीं। उ तो बाहरी मामला है। ओका हम पहले से रद्द कर बैठे हैं। ओसे डरे हमार दुश्मन। साला नामर्द बनकर हमरे पीछे लगा रहत है हरदम...हटाओ इन सबका, बहुत झेला है बचपन से इनका आतंक।" मुरली ने कहा।

"मगर आ बैल मुझे मार वाली बेवजहा की शान भी नहीं दिखानी है।" जुगनू ने कहा।

"जो पंजा लड़ाना चाहता हो, उससे इनकार की गुंजाइश भी कहाँ बचती है?" सलमान हँसा।

"दस बातों की एक बात कि इनके आगे झुकना नहीं है। अगर झुक गये तो बेमौत मारे जाएँगे। इसलिए किसी तरह का समझौता करना बेकार है।" जहीर ने कहा।

"बस एलर्ट रहे की जरूरत है।" रमेश ने कहा।

"नहा लो भइया, माँ पूरी छानत है।" छोटी ने आकर बताया।

"हाँ, अब घर चलना चाहिए, अम्मा परेशान हो रही होगी।" जहीर ने चौंक कर कहा।

"भौजी तो हमका कल रात रो-पीट लिये होइहैं।" बसन्त ने कहा और उठकर आँगन की तरफ बढ़ा।

धूप पीपल के पत्तों को छूने लगी थी। गली में उजाला भर गया था। मोहल्ले की चहल-पहल ने घरों के दरवाजे खोल दिये थे। मन्दिर में बजती घण्टी की आवाज हवा अपने साथ फैला रही थी। रात के आतंक की चादर फट चुकी थी और सूरज का गोला हर घर में झाँक उसका हालचाल लेने की कोशिश कर रहा था। नाश्ता करके सब अपनी-अपनी दिशा की तरफ निकले। रमेश और बसन्त ने तय किया

कि वह आज का पूरा दिन घर में ही गुजारेंगे ताकि घर वालों को तसल्ली हो जाए। जहीर भी अपने को थका-थका-सा महसूस कर रहा था तो भी उसको घर और दुकान जाना आज के दिन जरूरी था। कल शबरात थी। कुछ शौकीन लड़कियाँ इस दिन के लिए भी आकर खरीदारी करना पसन्द करती हैं। कुछ नहीं तो तरह-तरह की मोमबत्तियों के पैकेट ही खरीदकर ले जाती हैं।

जहीर जब गली से बाहर निकला तो उसका मन पत्ते पर पड़ी शबनम की बूँद की तरह थरथरा रहा था। कल रात की घटना से वह हिल गया था। भय से ज्यादा जो चीज उसको परेशान कर रही थी वह था अपमान-बोध। अपने शहर में कोई दौड़ा-दौड़ा कर मारे, अपनी मर्जी के खिलाफ जानेवालों को धमकाए, यह लोकतन्त्र तो नहीं है। यह तो फासिज्म का कस्बाई रूप है जहाँ हिटलर और मुसोलनी का पर्याय बना एक सिरफिरा उस पुराने शहर को हाँक रहा है जो शहर अपने सरोकारों में बेजोड़ रहा है। जिसने एक से एक आला दिमाग दिये हैं। जिन्होंने हर क्षेत्र में कीर्तिमान स्थापित किये हैं। वहाँ पर नयी नस्ल का यह हाल हो रहा है कि उसको अपनी जान के लाले पड़ गये हों? आखिर यह नयी बदनसीब लावारिस पीढ़ी जाए तो कहाँ जाए?

33

पिपिहरी की तेज नुकीली आवाजें एक बार फिर गली-कूचों में गूँजने लगीं। सड़कों पर सिर मुँड़ाये, कन्धे पर बच्चा बिठाये, गाँव-कस्बे से आये लोग शहर में बिखर गये थे। जहाँ-तहाँ बैठकर केला खाते और सड़क पर छिलका उछाल देते। इन्हीं के बीच नागा बाबाओं का झुण्ड भभूत मले जब कहीं से गुजरता तो औरतें झेंपकर अपना मुख दूसरी ओर फेर लेतीं। बस अड्डे, स्टेशन पर यात्री लगातार आते-जाते दिख रहे थे। माघ मेला शुरू हो गया था। संगम पर नहान जारी था। कुछ नहान के बाद लौट रहे थे। कुछ वसन्त पंचमी तक रुकना चाह रहे थे ताकि मकर-संक्रान्ति और अमावस्या के दिन भी डुबकी मार तीनों महत्त्वपूर्ण नहानों से अपने तन-मन को शुद्ध कर लें। इसलिए परिवहन विभाग ने मेला स्पेशल बसें चलवा दी थी जो खचाखच भरी आतीं और खचाखच भरी वापस जातीं। यही हाल ट्रेनों का था। शहर की जनसंख्या दुगुनी हो गयी थी।

उधर संगम पर गाँव से आये जजमानों की भावना देख पण्डे पूजा कराने के लिए उनको प्रोत्साहित करते और तब तक पीछा न छोड़ते जब तक वह पूजा करने पर राजी न हो जाते। मोटा असामी देख नाव में बैठकर पूजा कराने का भी प्रयोजन है, इसका सुन्दर विवरण देते। उनके तख्तों पर लगे झण्डे और फरफराती हुई पताका उनकी महिमा का मुक्त कण्ठ से बखान करती। लाल अंगारों से भरी सुलगती लकड़ी के पास बैठे नागा झुण्ड में बैठ गाँजे की चिलम पीते। दूरदराज से आये चेलों के संग गूढ़ वार्ता करते, या फिर आँख बन्द कर धूनी रमा लेते। स्कूल-कॉलेज के लड़के सर्दी के इस मौसम में मेला घूमने की गर्ज से आते। उनकी आँखें इधर-उधर भटकती रहती थीं। दूर-दूर से आये स्त्री-पुरुष गंगास्नान कर शताब्दियों से चली आ रही परम्परा को निभाने में अपनी भागीदारी दर्ज कराते। खुला आकाश, छलछलाती गंगा की छाती, उन्मुक्त वातावरण, ऐसे में कौन ऐसा मूर्ख होगा जो अपने अन्दर के पंछी को कैद रखेगा। जमीन की गन्ध से सराबोर इस विरासत को सब अपनी-अपनी तरह से जी रहे थे, जिसकी महक विदेशी पर्यटकों तक को संगम की तरफ खींच लायी थी।

बाँध के ऊपर पुलिस के तम्बू लगे थे। भीड़ की इस बाढ़ को कई रास्तों में बाँट दिया गया था ताकि बिना धक्का-मुक्की के श्रद्धालु संगम तक पंक्तिबद्ध होकर पहुँच जाएँ। मेला एस. एस. पी. अपने तम्बू के सामने खड़े बीस फीट नीचे घाट के किनारे फैले मेले को देख रहे थे। पण्डों के तख्त भीड़ से छुप गये थे। खाने-पीने की दुकानों पर भी झुण्ड के झुण्ड लोग खड़े थे। दरोगा, सिपाही 'ला ऑर्डर' के चलते चारों तरफ बिखरे थे। मेला एस. एस. पी. अपने तम्बू में गये जहाँ पर एक शानदार भोज का इन्तजाम चल रहा था। शहर के सम्मानित एवं असामाजिक तत्त्व, जिनका अपना एक व्यक्तित्व था, उन सब लोगों का यहाँ दिन-रात आना-जाना था। दारू और मुर्गे का कोई हिसाब न था। जेब से कुछ जाना नहीं था, इसलिए अतिथि-सत्कार का दस्तरख्वान खुला था। पास के दो तम्बुओं में एस. एस. पी. साहब के पुराने मित्रगण अपने परिवार के संग ठहरे हुए थे। जंगल में मंगल मुहावरा उनको यहाँ आकर समझ में आया था। शहर के छोटे-मोटे व्यापारी भी इस समय अपना नफा-नुकसान देख रहे थे, इसलिए काले धन की थैली खोल बैठे थे।

•

कल ईद थी। एक बार फिर पुलिस को अपनी मुस्तैदी का इम्तहान देना था। अलविदा की नमाज खैरियत के साथ जुमा के दिन गुजर गयी थी। अब ईद चुनौती बनी सामने खड़ी थी। कोतवाली के सामनेवाली मस्जिद में नमाज हमेशा सड़क पर होती है। लगभग आधा किलोमीटर तक सफें बिछ जाती हैं। ऐसे मौके पर पुलिस

तमाम रास्तों की नाकाबन्दी कर देती है। पैदल के अलावा कोई सवारी आ-जा नहीं सकती। कई बार होली और मोहर्रम भी साथ-साथ पड़ चुके हैं और पुलिस को अनुशासन रखने में दाँतों पसीना आया है। कई वर्षों से रमजान और नहान भी कुछ दिनों की कमीबेशी से साथ-साथ पड़ रहे थे।

आज चाँद रात थी। चौक की दुकानें देर रात तक खुली रहीं। खरीदारी चलती रही। दर्जियों की मशीनें अपनी सुई के संग कपड़ों पर दौड़ रही थीं। जूते-चप्पल वाले एक-से-एक नमूना ग्राहकों को दिखा रहे थे। बिसातखाना भी खुला था। जहीर की दुकान पर भी खासी भीड़ थी। इस बार ईद के मौके पर खास तौर से उसने कटक से चाँदी के जेवर मँगवाये थे। जिनको देखकर जवान लड़कियाँ तो दूर उनकी माँएँ दीवानी हो रही थीं। उनका चाव देख जहीर को दिल-ही-दिल में हँसी आ रही थी। उसके सारे सेट रात तक बिक गये थे। जहीर जब दुकान का शटर गिरा बाहर निकला तो बाजार की चहल-पहल में कोई फर्क नहीं पड़ा था। उसने घर के लिए कुछ सामान खरीदा और अकबरपुर की तरफ चल पड़ा।

ईद के दिन सुबह से पुलिस सावधान थी। ईद की नमाज जब तक खत्म नहीं हो गयी और भीड़ छँटकर ट्रैफिक सड़क पर चालू नहीं हो गया, एस. पी. सिटी और कोतवाली प्रभारी को चैन नहीं पड़ा। कई मुखबिरों ने इत्तला दी थी कि कुछ गुण्डे सुतली बम फेंककर हिन्दू-मुसलमान फसाद के मंसूबे बना रहे हैं। उस खबर ने पुलिस को सचेत कर दिया था। उनकी गर्दन तो नापी गयी सो अलग, आसपास के बाकी लोफरों को भी शक की बिना पर अन्दर कर दिया गया। इलाहाबाद के लिए दंगे-फसाद कोई नयी बात नहीं मगर इधर कुछ वर्षों से इन मुठभेड़ों में कमी आयी है। आखिरी बड़ा दंगा नखासंकोने के पासवाली गली में ताड़ीखाने के सामने जरा-सी जमीन के टुकड़े को लेकर भड़का था कि यहाँ दालमोठ वाला बिठाया जाए या फिर पानवाला। उस दंगे के बाद वह ताड़ीखाना बन्द हो गया और मयंक हस्पताल खोल दिया गया। फसाद का यह पहला फल था जो इतना मीठा निकला।

ईद की शाम को जहीर के घर सारे दोस्त अपने परिवार के साथ जमा थे। आज बैठक खोली गयी थी। धुले पर्दे और फूलदार चादरें बिछायी गयी थीं। सब हँसी-मजाक के साथ सेवइयों के मजे ले रहे थे। रमेश के घर से कोई नहीं आया था। इतने वर्षों के बाद भी रमेश की माँ के कलेजे में रूही वाली बात धँसी थी, जिसका दूर-दूर तक कोई सम्बन्ध जहीर से नहीं था तो भी उस घटना से अपने को वह मुक्त नहीं कर पा रही थी। रमेश को उनका यह व्यवहार खलता भी है मगर कुछ बोलता नहीं, अगर बोले भी तो उसकी सुनेगा कौन? जुगनू की माँ और

मौसी जहीर से बहुत स्नेह रखती हैं। इसी तरह उसकी बहन को भी जहीर अपने भाई से कम नहीं लगता। बसन्त का भाई शरद और रामकली भाभी बसन्त के सभी मित्रों को आदर प्यार देते हैं। उसी तरह मुरली के मामा-मामी भी सबसे स्नेह करते थे। मगर सलमान के घर का हिसाब कुछ अलग है। राबिया के अलावा उसकी किसी से पटती ही नहीं सो इस वक्त वही भाई के साथ आयी हुई है। सिपतुन को राबिया बहुत पसन्द है, मगर वह उम्र में जहीर से पूरे दस वर्ष छोटी है, इसलिए बात मुँह से निकालना ही उसको बेकार लगता है।

"अरे यह क्या कर रही हो?" सिपतुन ने टोका।

"बर्तन समेट रही हूँ आण्टी।" राबिया ने जूठे प्याले एक के ऊपर एक ट्रे में रखते हुए कहा।

"वह तो ठीक है मगर तुम यह सब न करो बेटी, मैं उठाती हूँ।" सिपतुन इतना कह जब तक अपनी जगह से उठती तब तक शरद की पत्नी ने उठकर ट्रे राबिया के हाथ से ले ली।

"भाभी के रहते ननद जी काम क्यों करेंगी।" इतना कह शरद की पत्नी कमरे से बाहर निकल गयी।

"भाभी आप भी," कहती राबिया अपनी जगह बैठ गयी। सिपतुन उठकर बाहर निकली तो देखा शरद की पत्नी तेजी से बर्तन धो रही है।

"नहीं, बहू नहीं...कभी-कभी आती हो, चलो अन्दर बैठो। मुझे शर्मिन्दा न करो।" सिपतुन इतना कहती हुई जब तक बावर्चीखाने की तरफ बढ़ती तब तक राबिया बाकी बर्तन उठाये भाभी के पास पहुँच गयी और दोनों मिलकर सिपतुन के न-न करने के बावजूद काम में लगी रहीं। सिपतुन हारकर पानदान की तरफ बढ़ी। पान की गिलोरियाँ बना उसने मेज पर लौंग-इलायची के साथ खासदान में रखीं। फिर जहीर को आवाज देकर वह बावर्चीखाने की तरफ बढ़ीं। तभी दरवाजे की घण्टी बज उठी। उसका अनुमान सही निकला, चन्दा आयी थी। उसने कपड़े का थैला और सेवई के साथ पूरे घर का खाना उसको पकड़ाया।

"आज बड़ी रौनक लगी है!" चन्दा बोली।

"घर में लोग हों तो घर भी हँसता है।" सिपतुन ने कहा।

"अच्छा चलते हैं," कहती हुई चन्दा ने सलाम किया और दरवाजे के बाहर निकली।

"अच्छा आण्टी, अब मैं [illegible] चलती हूँ।" तौलिया से हाथ पोंछती राबिया बोली।

"खाना खाकर जाना।" सिपतुन ने प्यार से इसरार किया।

"नहीं आण्टी, अम्मी घर पर अकेली हैं। मैं थोड़ी देर का कहकर आयी थी।

अब चलने दें।'' राबिया ने लचका लगा दुपट्टा कन्धों पर ठीक से जमाते हुए कहा।

''सलमान, राबिया को छोड़कर वापस आ जाना बेटे।'' सिपतुन ने राबिया के माथे पर आयी लट सँवारते हुए कहा।

''नहीं आज नहीं, घर पर अब्बू ने कुछ लोगों को खाने पर बुला रखा है।'' कहता हुआ सलमान राबिया को लेकर बाहर निकला।

''अम्मा, इनको मैं रिक्शा दिलवाकर अभी आता हूँ।'' जहीर ने कहा।

''तुम बैठौ, हम जाइत है।'' कहता हुआ मुरली उन दोनों के साथ हो लिया।

आज जहीर को दादी की कमी बहुत खल रही थी मगर कहकर भी क्या करता। मरा इन्सान वापस नहीं आता है। उसकी यादें रह जाती हैं। उनके हाथ की बनी किवामी सेवई का मजा ही कुछ और था। वह मजा अब जबान कभी नहीं चख पाएगी। जहीर को उदास देखकर सिपतुन समझ गयी कि पोते को दादी की याद आ गयी है। खुद सिपतुन को लगता है कि अम्मीजान के न रहने पर यह घर पहले की तरह चहकता नहीं है। वह बातूनी थीं सो तरह-तरह की बातें होतीं। खबरें सुनी जातीं। उस पर नुक्ताचीनी होती और फिर सिपतुन को टोहके लगातीं कि तालेवाले की लड़की लिल्लाह अपनी जबान तो खोलो। तुम चुप रहती हो और दर्द मेरी जबान में होता है।

जहीर को कई बार कुलसुम का ध्यान आया। वह कहाँ होगी? उसके घर का खर्च कैसे चल रहा होगा? क्या तारा से पूछूँ? नहीं, नहीं, तारा से पूछना ठीक नहीं है। फिर तारा का घर जहाँ है, वहाँ पर जाना भी तो एक मुसीबत है। बड़े अजीब किस्म के लोग वहाँ रहते हैं। किसी ने पूछ लिया कि आप उसको क्यों पूछ रहे हैं तो मैं क्या जवाब दूँगा? खाना खाने के बाद एक-एक करके मेहमान चले गये। मुरली और जहीर कमरे में अकेले रह गये। दोनों ने एक-दूसरे की तरफ देखा, फिर नजरें झुका लीं। कुछ कहना-सुनना बेकार था। दोनों चुपचाप अपनी-अपनी जगह पर बैठे रहे।

''जहीर!'' किसी ने दरवाजे के बाहर से पुकारा।

''कौन है?'' सिपतुन ने आँगन से पूछा मगर कोई जवाब नहीं मिला।

''का है खाला?'' मुरली कमरे से निकल आया।

''लगा किसी ने जहीर को आवाज दी है। जब पूछा तो कोई जवाब नहीं मिला।''

''देखित है।'' कहता मुरली आगे बढ़ा, तभी फिर किसी ने पुकारा।

''जहीर!''

''कउन है?'' कहते हुए मुरली ने दरवाजा खोला। सामने एक अधेड़-सा आदमी खड़ा था। उसके चेहरे से परेशानी टपक रही थी।

"क्या जहीर जी का मकान यही है?" उसने पूछा।

"हाँ, और आप...?" गर्दन हिलाकर मुरली ने पूछा।

"मुझे उससे बहुत जरूरी काम है। कहिएगा सुरेन्द्र के घर से नन्कू चाचा आये हैं। वह मुझे जानता है।" उनकी आवाज में घबराहट थी।

"क्या बात है?" कहता हुआ जहीर भी बाहर निकल आया।

"जहीर, मैं तुम्हारा नन्कू चाचा...।"

"अरे चाचा, आप इस वक्त...बाहर क्यों खड़े हैं...अन्दर आइए न...क्या बात है? सब कुशल-मंगल तो है?"

"कुशल नहीं है। मैं किसी तरह तुम्हारा मकान तलाश करता यहाँ तक पहुँचा हूँ सिर्फ यह कहने के लिए कि नगर निगम के सभासद लप्पू ने हमारे पत्थरगलीवाले घर पर जबर्दस्ती कब्जा जमा लिया है। घर में गुण्डे भर दिये हैं। नगर निगम के कागजात में हेरा-फेरी तो की है जो बहुत बड़ी समस्या नहीं है बेटे, क्योंकि असली कागजात हमारे पास हैं; मगर हमारी जान को गुण्डे लग गये हैं। हर तरह की धमकी फोन पर दे रहे हैं। विधायक भी शायद मिले हुए हैं...सुरेन्द्र आ रहा है कल सुबह—घर उसी के नाम है। तुम उसको स्टेशन से सीधे घर ले आना...बस यही कहने मैं यहाँ आया था। बाकी बातें फिर होंगी।" नन्कू चाचा इतना कहकर तेजी से मुड़े।

"ठहरिए चचा, मैं आपके साथ सड़क तक चलता हूँ।" जहीर उनके साथ बढ़ा।

"नहीं, नहीं, तुम यहीं ठहरो। मैं नहीं चाहता कि मेरे साथ तुम्हें कोई देखे।" इतना कह नन्कू चाचा चले गये। मुरली ने दरवाजा बन्द किया और प्रश्न भरी नजरों से जहीर को देखा।

"क्या बात है जहीर?" सिपतुन ने पूछा।

"सुरेन्द्र के घर की कोई परेशानी है। नन्कू चाचा लखनऊ में रहते हैं। सुरेन्द्र के पिता को फालिज है। वह उठ-बैठ नहीं सकते और माँ तो दिन भर घर में रह कर उनकी देखभाल करती है। हाँके-पुकारे को एक नौकर है।" इतना कहकर जहीर ने लम्बी साँस खींची।

मुरली अन्दर कमरे में जाकर लिहाफ में घुस गया। जाड़ा काफी बढ़ गया था। जहीर ने घड़ी की तरफ देखा, एक बज रहा था। उसने बत्ती बुझायी और बिस्तर पर दराज हो गया। कमरे में खामोशी थी। घड़ी की टिक-टिक की आवाज उभर रही थी।

"ई नया नाम लप्पुवा कहाँ से टपक गवा?"

"बहुत पुराना नाम है। यह इन्हीं लोगों का साथी है। सब एक थैली के

चट्टे-बट्टे हैं।'' जहीर ने धीरे से कहा।

''हम सोचत रहे कि कल तुम सब माघ मेला आते, मगर इ काम तो बहुत जरूरी है। कहो तो कल दुकान न लगाइ?'' मुरली ने चिन्ता जतायी।

''सुरेन्द्र के आने के बाद कुछ तय किया जाएगा। अभी सो जाओ।'' जहीर ने कहा। मुरली चुप हो गया मगर उसका दिमाग कई दिशाओं में सोच रहा था। उसकी आँखों से नींद उड़ गयी थी। जहीर का भी यही हाल था।

सुरेन्द्र स्टेशन पर जहीर को देखकर बहुत खुश हुआ। फोन पर घर के बारे में उसको चचा ने बता दिया था, मगर यह नहीं बताया था कि जहीर उसको लेने आएगा। सुरेन्द्र जरा भी नहीं बदला था। थोड़ा मोटा जरूर हो गया था। चेहरे पर अफसराना शान आ गयी थी। घर पहुँचकर सुरेन्द्र चाय पीकर नहाने चला गया। वह नहाकर आया तो नाश्ता मेज पर सिपतुन ने लगा दिया, मगर सुरेन्द्र ने कहा–

''खाना-पीना बाद में पहले चलो स्टेनली रोड। वहाँ मेरा दोस्त वकील रहता है। उसने कुछ काम कर रखा है। उससे पहले मिलना बहुत जरूरी है।''

''चलो,'' जहीर ने कहा और दोनों बाहर निकले। मुरली रेहड़ी लेकर माघ मेले की तरफ चल पड़ा।

सुरेन्द्र और जहीर जब वकील के घर पहुँचे तो वहाँ शहर की मशहूर बीड़ी 'अलाव' का मालिक बैठा था। कागज तैयार थे। सुरेन्द्र ने उसको चेक किया और हस्ताक्षर कर दिये। नन्कू चाचा भी पहुँच गये थे। बड़े भाई की जगह उन्होंने हस्ताक्षर किये। चेक और नकद रुपया गिना गया और पत्थरगली का वह मकान बिक गया जिस पर लप्पुवा ऐण्ड कम्पनी ने अवैध कब्जा कर दहशत फैला दी थी। जहीर को पहली बार महसूस हुआ कि समस्या के हल में केवल अक्ल और हिम्मत की जरूरत नहीं पड़ती है बल्कि इन्सान की पोजीशन भी काम आती है।

''आप चलें, अब वह मेरा घर है। उसको खाली कराना मेरा काम है।'' अलाव बीड़ी वाले ने कहा।

सुरेन्द्र और जहीर बाहर निकले तो नन्कू चाचा पीछे-पीछे आये। उनके चेहरे पर अब भी घबराहट थी। इसकी वजह सुरेन्द्र समझ रहा था कि चचा पिछले एक सप्ताह से गुण्डों और सफेदपोशों की कारगुजारियाँ सह रहे थे। उन्होंने सुरेन्द्र के कन्धे पर हाथ रखा और धीरे से बोले–

''मकान सस्ते में गया कोई बात नहीं। हमारा सिरदर्द तो खत्म हुआ और सुनो तुम अब घर मत आना। अभी हालात ठीक नहीं हैं। आज शाम की गाड़ी से निकल रहे हो न?''

"जी... माँ-बाबूजी को मेरा प्रणाम कहिएगा...इस तरह बिना उनसे मिले वापस जाना बड़ा अटपटा लग रहा है मगर आपका कहना है सो जा रहा हूँ। अगले माह आऊँगा..." सुरेन्द्र ने झुककर चचा के चरण-स्पर्श किये।

"जीते रहो।" नन्कू चाचा ने सुरेन्द्र की पीठ थपथपायी!

जहीर और सुरेन्द्र बाहर निकले। जहीर का दिमाग आनेवाले खतरे की बू सूँघ चुका था। मकान तो बिक गया था मगर अब शहर के दो गैंग के बीच जो तनाव उभरेगा, उसमें कहीं हालात बिगड़ न जाएँ। अलाव बीड़ीवाला इंस्पेक्टर त्रिपाठी के विरोधी गैंग का आदमी है। नया-नया पैसा आया है। इसलिए सम्बन्ध बढ़ाने और जायदाद बनाने का कोई अवसर हाथ से नहीं जाने देता। मन में विधायक बनने का भी अरमान है। पिछली दीवाली और मिलादुननबी के दिन इसने क्या जबर्दस्त रोशनी करवायी थी। अरसे बाद इलाहाबाद में लाल मोहम्मद बीड़ीवाले के बाद किसी ने इतनी अच्छी सजावट और शानदार गेट बनवाये थे। दूर-दूर के मोहल्ले से लोग रोशनी देखने आये थे।

सुरेन्द्र ने घर पहुँचकर जमकर नाश्ता किया। सिपतुन से जहीर की शादी कर देने पर जोर डाला और फिर कमरे में जाकर बिस्तर पर लेट आँखें बन्द कर लीं। जहीर की समझ में नहीं आया कि दुकान जाए या घर में रहे। फिर कुछ सोचकर वह बाहर निकला, ताकि शहर की भी खैर-खबर ली जाए। दुकान पर दो घण्टे बैठ वह घर की तरफ बढ़ा। रास्ते में दिल चाहा कि एक चक्कर पत्थरगली का लगा ले, मगर कुछ सोचकर इरादा टाल दिया।

सुरेन्द्र अभी सो ही रहा था। जहीर भी आराम करने तख्त पर लेट गया। सारी रात वह सो नहीं पाया था। एक बजे के लगभग सुरेन्द्र जागा। पहले चाय पी फिर सैल फोन से चाचा से बात की। वहाँ शान्ति थी। चाचा ने शाम को आने को कहा है क्योंकि वह सुबह की ट्रेन से लखनऊ निकलनेवाले हैं। सुरेन्द्र के माँ-बाबू के पास उन्होंने अपनी फैक्टरी में काम करनेवाले दो भरोसे के लड़कों को छोड़ दिया है और सिक्योरिटी गार्ड का इन्तजाम कर दिया है। यह सब सुनकर जहीर को अच्छा भी लगा और दिल में कुछ टूटा भी। बुरा इसलिए लगा कि एक मामूली आदमी न्याय पाने या अपने अधिकार को हासिल करने के लिए बरसों कोर्ट-कचहरी के चक्कर लगाता है या फिर हारकर हथियार डाल देता है। यहाँ पर पलक झपकते सब कुछ हल हो गया।

रात को खाने के बाद जब दोनों स्टेशन के लिए निकलने को हुए तो नन्कू चाचा आये। वह बहुत खुश नजर आ रहे थे। इधर-उधर की बात कर तीनों बाहर निकले। स्टेशन पहुँचकर सुरेन्द्र अपने डिब्बे में घुसा तो अपनी सीट पर किसी को अपना इन्तजार करते पाया। जहीर परेशान हो उठा कि कहीं यह लप्पुवा का भेजा

आदमी तो नहीं है, मगर जब उसने बताया कि वह 'अलाव' वालों का एक पैगाम लेकर आया है, तब जहीर ने इत्मीनान की साँस ली। सन्देश था कि मकान पर कब्जा शाम के छः बजे मिल गया। सभासद के आदमियों ने कागजात देख सुलह-सफाई से बात समाप्त कर दी। कोई झंझट नहीं हुआ।

"शुक्रिया कहिएगा, मेरा वकील उनसे बात कर लेगा और जब मैं अगले माह आऊँगा तो उनसे मिलूँगा।" सुरेन्द्र ने हाथ मिलाया और वह ट्रेन से उतर गया।

"बड़ी मछली छोटी मछली को खाती है। शायद भूख की मजबूरी से मगर यहाँ देखो—मेरे पिता और माँ की हालत देख इन लोगों ने जंगल कानून अपना लिया था। समझा था घर हड़प कर जाएँगे, मगर जब उनका भी बाप उनके सामने आ खड़ा हुआ तो इनकी भूसी छूट गयी। बम फोड़ना, डराना-धमकाना, सब कुछ भूल गये और फौरन कब्जा छोड़ भाग खड़े हुए। यह है आज का इलाहाबाद।" सुरेन्द्र ने बेहद कुढ़े हुए लहजे में कहा।

"सिधाई का जमाना नहीं है...हर जगह यही सब हो रहा है। बड़ा छोटे को दबा रहा है। शरीफ मारा जा रहा है। और इलाहाबाद में तो मकान पर कब्जे का अच्छा चक्कर चल गया है। पहले एलाटमेण्ट का था, फिर अवैध कब्जा लेने का था। अब सीधे घर में दाखिल हो रहने का सिलसिला बना लिया है भाई लोगों ने।" जहीर ने दुखी स्वर में कहा।

"दिल्ली में इससे ज्यादा है। बम्बई में उससे भी ज्यादा। बात पैसे की है। जमीन चन्द साल में दुगुना पैसा देती है। सारा मामला यह है कि बाप बड़ा न भैया सबसे बड़ा रुपइया!" सुरेन्द्र हँसा।

"इतने साल बाद मुलाकात हुई इसकी खुशी है।" जहीर ने घड़ी की सुई पर निगाह डाली।

"मैं तो यार हमेशा से तेरी कम्पनी पसन्द करता हूँ। अच्छा कभी आना... यह रहा मेरा कार्ड।" सुरेन्द्र ने कार्ड दे जोर से जहीर को लिपटाया फिर धीरे से कहा, "दुनिया घूमने के बाद भी अपनी गढ़िया बहुत याद आती है।"

गाड़ी ने रेंगना शुरू कर दिया। जहीर ने हाथ हिलाया। दरवाजे पर खड़ा सुरेन्द्र मुस्कुराया। जहीर पुराने दिनों की यादों में डूबा स्टेशन से बाहर आया। सर्द हवाएँ मुँह पर तमाचे लगा रही थीं। सड़क किनारे कुछ लोग पुराने टायर जमा कर आग ताप रहे थे।

दूसरे दिन सुबह उठते ही मुरली ने अल्टीमेटम दे दिया कि आज सबको संगम पर आना है। बारह बजे के करीब पाँचों संगम की तरफ चल पड़े। वहाँ पहुँचकर जहीर

का मूड बदल गया। शंख की आवाजें थोड़ी-थोड़ी देर बाद फिजा में फैल रही थीं और पण्डालों में अखण्ड कीर्तन चल रहा था। बीच-बीच में हर-हर महादेव की आवाजें भी गूँज रही थीं। पण्डों ने उन्हें घेर लिया, ''इधर आओ, हम विधिवत् पूजा करा देंगे।''

''नाव पर पूजा करने से चौगुना पुन्य मिलेगा।''

''क्षमा करें महाराज, जो पाप करने में आनन्द है, वह पुन्य कमाने में नहीं।'' उसकी पुन्य-पुन्य की रट सुन आखिर जुगनू चिढ़कर बोल पड़ा–''इसलिए हम पापियों पर आप उपकार करने की कृपा न करें।''

भीड़ में सबकी नजरें मुरली को ढूँढ़ रही थीं। पाँच मिनट बाद मुरली ग्राहकों से घिरा नजर आ गया। पास जाकर रमेश ने सूचना दी और बाकी ने दूर से हाथ हिलाया। मुरली उन्हें देखकर मुस्कुरा पड़ा। फिर काम में डूब गया। वे सब निश्चिन्त हो मेला घूमने का आनन्द लेने लगे। हवा ठण्डी जरूर थी मगर मौसम बहुत सुहावना था। गर्म धूप छिटकी हुई थी। आसमान साफ था। रंग-बिरंगी साड़ियाँ होली के रंग की तरह चारों तरफ बिखरी हुई थीं। लाल माँग और टिकुली से सजा माथा जहाँ-तहाँ भीड़ के बीच जगरमगर कर रहा था।

''रमेश, वह देख तेरा दंगल...हो जाए!'' बसन्त हँसा।

''आज कुश्ती तू लड़, तेरी तेलमालिश मैं बाद में करूँगा!'' रमेश ने कहा।

''सलमान यार, तेरे बाल बहुत बढ़ गये हैं। आज आया है तो सिर ही घुटवा ले!'' जुगनू ने भी चुटकी ली सामने नाई को उस्तरा चलाते देख।

''लट तो जहीर बाबू की माथे पर झूलत है...हाय-हाय!'' बसन्त ने सीना पीटा।

''वह देख कौन आ रहा है सामने।'' जहीर के कहने से सबने मुड़कर देखा और एक साथ मुस्कुरा पड़े। चूरनवाला यहाँ भी पुड़िया बेचने में मगन था और अपना पुराना राग अलाप रहा था, ''उम्र पचपन, मजा बचपन।''

जहीर, बसन्त, सलमान, रमेश, जगन्नाथ गंगा का सबसे साफ किनारा तलाश कर जी भरकर डुबकियाँ लगाकर, अब बदन पोंछ रहे थे। उनके पेट में चूहे कूद रहे थे। कपड़े पहन वह मुरली के पास पहुँचे ताकि कुछ देर उसकी बिक्री बन्द करवा पेट-पूजा कर ली जाए फिर वह श्रद्धालुओं की सेवा में लग जाए। मुरली इस बात पर राजी नहीं हुआ, उल्टा भर-भर पत्ता दोस्तों को फल की चाट बनाकर देने लगा। वे पत्ते पकड़ कुछ दूर रेत पर जाकर बैठ गये और मजा ले-लेकर चाट खाने लगे। उनकी भटकती नजरें चारों तरफ का जायजा ले रही थीं। कभी स्नान करने वालों पर पड़तीं तो कभी आने-जानेवालों पर, कभी दुकानदारों और ग्राहकों पर। तभी सलमान बोला–

"वह देखो सामने, शहजादा सलीम तशरीफ ला रहे हैं!"

"उनके साथ यह हसीना कौन है आलमपनाह?" रमेश बोला।

"बीरबल, तुम्हें क्या हो गया है। शहजादे सलीम के साथ और कौन होगी सिवा अनारकली के?" जहीर ने कहा।

"जहाँपनाह, जान की अमान पाऊँ, मगर यह कनीज नहीं कोई ब्याहता लगती है...तानसेन तुम देखो...नहीं तो मानसिंह इस सिलसिले से तुम जाकर जरा छानबीन करो!" जगन्नाथ बोला।

"बेशक! मुझे बीड़ा उठाना चाहिए। सुहागिन औरतों के साथ यह मनमानी ...मैं इसका सिर धड़ से अलग करके अभी लौटता हूँ।"

"ठहरो!" रमेश ने कहा और फिर कचालू खानेवाली तीली को रेत में खोंसते हुए बोला–

"मानसिंह, अपनी तलवार म्यान में रख लो। यह वक्त जंग का नहीं बल्कि रास व रंग का है! कृष्ण-राधा-लीला का है! खुद भी देखो और हमको भी देखने दो कि आखिर सलीम इस कनीज के साथ बगावत के कौन से मनसूबे बना रहा है?" जगन्नाथ बोला।

"जैसी जहाँपनाह की मर्जी!" बसन्त ने कहा।

इसी के साथ उन सबका ठहाका गुब्बारे की तरह फटा। कुछ फल अँतड़ियों में जाकर ठण्डक पहुँचा रहे थे, कुछ माहौल उनको सहला रहा था। जिससे उनका बचपन उनमें लौट आया था। कुछ देर वे सब त्रिपाठी को देखते रहे, फिर बसन्त बोला–

"त्रिपाठी आज वर्दी में नहीं है तो कुछ इन्सान जैसा लग रहा है।"

"हाँ, देखने में बिल्कुल देवानन्द की तरह हैण्डसम भी लग रहा है। अगर कद मँझोला है तो क्या हुआ?" रमेश ने चुटकी ली।

"इस बिगड़ैल बच्चे की उम्र क्या होगी?" जहीर ने कुछ सोचते हुए पूछा।

"होंगे जनाब, तीस से पैंतीस साल के।" सलमान ने अन्दाजा लगाया।

"अरे नहीं, यह हरामजादा मानो न मानो हमारे साथ ही पैदा हुआ है। न हमसे बड़ा न छोटा।" जगन्नाथ ने गहरी आवाज में कहा।

"कई शैतान मरे होंगे तब यह पैदा हुआ होगा खबीस की औलाद!" सलमान ने कहा।

"शेर अर्ज है!" जहीर ने कहा–

"इरशाद...इरशाद।" इस पर सबने हाथ आगे कर कहा।

> "पैदा हुई पुलिस तो इबलीस ने कहा
> लो आज हम भी साहिब ए औलाद हो गये"

"जवाब नहीं इस शेर का, शायर ने कलेजा निकालकर रख दिया है," जुगनू ने मुशायरे के अन्दाज में सिर धुना।

"इबलीस नहीं, रावण की औलाद है रावण की।" मानो न मानो यह औरत न इसकी पत्नी है न बहन! यह लक्ष्मण-रेखा के बाहर आयी कोई बेहद मजबूर औरत है। उसके चेहरे और आँखों के भाव देखो।" रमेश ने कहा।

"हो सकता है। इसमें ताज्जुब की कौन बात है। अपहरणकर्ता, बलात्कारी, डाकाजनी, दंगा-फसाद, जिस्मफरोशी, नशाबाजी में या तो इनका हाथ होता है या फिर यह सीधे यह सब खुद करवाते हैं। यह भारतीय पुलिस है।—स्वतन्त्र भारत की, भारत महान की! सो हर मामले में आजाद और घमण्डी। बिक यह आसानी से जाती है। खरीदी यह आसानी से जाती है। मौके पर यह चुप रह जाती है। कत्ल गारत-गरी यह करती है। हर आफत से यह बच जाती है। फलती-फूलती यह है। इसका तो कोई सानी नहीं है इस दुनिया में...यह लोगों के लिए नहीं बल्कि लोग इनकी खुशहाली के लिए पैदा किये गये हैं।" जहीर ने बेहद तलखी से कहा।

उसकी बात सुनकर कोई बोला नहीं। सभी उस बात की सच्चाई को समझ रहे थे। रोज ही वह पुलिस को देखते थे कि किस-किस स्तर पर वह लोगों से मुठभेड़ करती है जिसका पता उनके बड़े अफसरों को नहीं लग पाता है। ठीक उन जजों को जो कचहरी में बैठ फैसले सुनाते हैं मगर नहीं जानते हैं कि वकीलों ने झूठ को कितना बड़ा सच बनाया है या वास्तव में सच को सच की तरह पेश किया है। निचले स्तर पर वकील और पुलिस किस तरह से आम लोगों का शोषण करते हैं, इसका रोजनामचा अखबार वाले भी नहीं छापते हैं, जब तक बड़ा कुछ घट नहीं जाता है। छोटी-मोटी चोरियाँ, औरतों से बदतमीजियाँ, खाने-पीने में मिलावट, नकली दवा बेचना, यह तो रोज की छुटपुट वारदातें हैं। कहाँ तक कोई छापे, कहाँ तक शिकायत करे और जो सच पूछा जाए तो इस तरह के अपराध और भ्रष्टाचार दैनिक क्रियाओं का एक अंग बन गये हैं और अब व्यवस्था के ताने-बाने, क्योंकि यही सब राष्ट्र और अन्तर्राष्ट्रीय स्तर पर घट रहा है। संयुक्त राष्ट्र हो या मानव अधिकार, हर वह परिषद्, हर वह संस्था, जो बुराई को रोकने के लिए बनी थी, निष्प्राण होकर रह गयी है। उसकी रिपोर्टों की परवाह कौन कर रहा है? बुद्धिजीवियों की आलोचना को सुन कौन रहा है? सब पर प्रश्नचिह्न लग चुके हैं। घुटन बढ़ गयी थी। मूड बिगड़ चुका था। देखकर सलमान को चुहल सूझी। एकदम से चहका, एक शेर अर्ज है—

"अजाब-ए-कब्र से बढ़कर पुलिस वालों का डण्डा है......."

मुरली ने सारा माल बेच लिया था। ग्राहक उसकी रेहड़ी से निराश लौट रहे थे।

उसने रेहड़ी पर प्लास्टिक डाला और दोस्तों के पास जाकर खड़ा हो गया। उन्होंने उसको बड़ी अजनबी आँखों से देखा जैसे पहचानते ही न हों। कुछ देर मुरली कमर पर हाथ रखे उनको घूरता रहा फिर सिर हिलाकर आगे बढ़ा और रेहड़ी की तरफ मुड़कर उसको ठेलता हुआ आगे बढ़ा। पीछे से मुरली-मुरली कहकर रमेश ने पुकारा भी मगर वह रुका नहीं। पाँचों समझ गये कि कृष्ण कन्हैया रूठ गये हैं, सो उसके पीछे दौड़े।

"मुरली भाई! कमाई अच्छी हो गयी तो यूँ तोताचश्मी...हम मर जाएँगे और तुम्हें खबर तक न होगी!" सलमान बोला।

"अमाँ यार! इतना गुस्सा वह भी दोस्तों से? ठहरो तो जरा!" बसन्त ने कहा, मगर मुरली उसी तरह रेहड़ी को ठेलता आगे बढ़ता रहा।

"यार मुरली, कुछ रहम खा। तेरे लिए सारे दिन हम यहाँ बैठे रहे और तू जरा-सा मजाक सहन नहीं कर पाया। माना कि थका हुआ है, तो हम बदन दाब देंगे न!" जहीर की बात सुन मुरली का दिल पिघला। वह वाकई बहुत थक गया था। दो हाथ को चार हाथ बनाकर वह सबका उदर भर रहा था। सबकी फरमाइशें सुन रहा था। उसको भी आशा थी कि मित्र मण्डली उसको देखकर कहेगी—

'मुरली आ गया।'

'आओ यार कब से इन्तजार कर रहे थे।'

'इधर बैठो और बोलो क्या खाओगे?' मगर किसी ने यह सब नहीं पूछा। उसके चेहरे पर जहीर ने जब मुस्कान ला दी तो जीत उसी की हुई, सो जहीर बोला—

"अब घर चला जाए।"

"भैया, अब हम लोगन का चलै देव वरना तो...", जगन्नाथ ने कहा और मोटरसाइकिल पर बैठा। बसन्त और सलमान उचककर बैठे और फर्राटे भरते निकल गये। मुरली, रमेश और जहीर साथ चलते रहे।

"रेहड़ी रख के आइत है, तुम लोगन चलो।"

"सीधे घर आना।" जहीर ने रमेश को बिठाया और आगे बढ़ गया। थका मुरली रेहड़ी को सड़क पर ढकेलता गुनगुनाता आगे बढ़ रहा था। उसको काफी दूर जाना था। वह आज बहुत खुश था। सारा माल बिक गया था। घरवाले इतनी रेजगारी देखकर खुश हो जाएँगे और वह नहाकर रिक्शा पर बैठ पान चबाता अकबरपुर की तरफ बढ़ जाएगा और बड़े से पलँग पर गोड़-हाथ फैलाकर सोएगा।

34

मुरली जिस किराये की कोठरी में मुट्ठीगंज में रहता था, उसको मालिक मकान ने जब खाली करा लिया तो उसको छोड़ वह अब भावापुर आ गया। नयी कोठरी का हाल खस्ता था। बरसात में तो टपकती ही थी, जिसको किसी न किसी तरकीब से मुरली ने ठीक कर लिया था तो भी वह रहने के काबिल कमरा नहीं रह गया था। इस जगह की एक ही खूबी थी कि म्युनिसिपैलिटी का नल पास में था। इस समय खाली पड़ा था। मुरली उसके नीचे बैठ बड़े मन से नहा रहा था और किसी और मोहल्ले में किराये का कमरा ढूँढ़ने का मन बना रहा था। जहाँ धूप की अच्छी व्यवस्था हो। कमरा हवादार हो। जब से मामी बीमार पड़ी हैं, उनका बाहर निकलना छूट गया है। अँधेरे कमरे में अपने बिछावन पर पड़ी-पड़ी खाँसती रहती हैं। दीवार की सीलन उनको नुकसान पहुँचाती है। यह बात मुरली अच्छी तरह समझ चुका है। तभी कमरा जल्द-से-जल्द बदलना चाहता है। उनकी देखभाल भी ठीक तरह से नहीं हो पा रही थी।

अस्पताल जाने से मामा-मामी दोनों इतना घबराते थे कि जहीर टेस्ट वगैरह करा ही नहीं पाता था। इसी बीच पैर में चोट लगने और इन्फेक्शन के चलते पस पड़ा और उसी में मामी एकाएक चल बसीं। सभी दोस्तों के समझाने पर गँडेरी मामा किसी तरह डॉक्टर को दिखाने को राजी हुए। पैसे की कोई परेशानी न थी। जहीर और जुगनू पूरा खर्चा उठाये हुए थे। आज दो सप्ताह से ज्यादा हो गया था, मुरली ने दुकान नहीं लगायी थी। श्मशान घाट से लौटकर उसकी जबान पर जैसे ताला-सा लग गया था। कोई चीज अच्छी नहीं लगती थी। मन में बार-बार पछतावा उभरता कि अगर समय रहते वह कमरा बदल लेता तो मामी न मरतीं। वह अन्दर-अन्दर घुटता रहता था। उसका हँसता चेहरा कुम्हला गया था।

"मुरली, गँडेरी मामा को घर लेके चलते हैं। अम्मा ताकत की चीजें देंगी बनाकर तो मामा पनप जाएँगे।" जहीर ने मुरली के कुम्हलाये चेहरे को देखकर एक दिन कहा।

"अरे नहीं, अम्मा को परेशान करै की का जरूरत है? हम हैं न।" मुरली कहता।

"तुम कितनी देर घर पर रहत हो कि उनकी देखभाल कर पउबो?" बसन्त ने पूछा।

"का बे, तुम्हार दिमाग फिर गवा है का? नखरे काहे दिखावत हो? का थप्पड़ खाये का मन होय रहा है?...चलो उठाव गँडेरी मामा को और बिठाओ रिक्शा पर...जहीर के घर जाये का दिल नहीं तो चलो हमरे घर।" जुगनू पहलवान को

ताव आ गया।

"रिक्शा लाई का?" रमेश ने कहा।

"तुम कब आये?" बसन्त ने पूछा।

"अभी, क्यों?" रमेश जाते-जाते रुक गया।

"यार! इम्तहान करीब है और तुम इधर-उधर डोलते रहते हो। रेगुलर से ज्यादा प्राइवेट में मेहनत करनी पड़ती है।" सलमान बोला।

"कल तुम लोग खुर्रीखाट पर सोये थे का, जो हाथ धोकर हमार पीछे पड़ गये हो? मामा को देखने आवा है। अभी चला जावै।" रमेश ने इतना कहा और बाहर निकला। उसके लिए आगे पढ़ना जरूरी था। बिजनेस के लिए पूँजी न थी। दुकानदारी की समझ न थी। बस अब नौकरी ही की एक आस थी। श्रीवास्तव जी ने ए. जी. ऑफिस में लगवाने का वादा किया था मगर शर्त थी कि वह कम से कम बी. ए. की डिग्री तो ले ले चाहे थर्ड डिविजन ही सही। जगन्नाथ ने कह रखा था कि मार्कशीट नयी बन जाती है। बस बाबू का हाथ गर्म करना पड़ता है। एक-दो नम्बर से जहाँ अटकोगे नोट का धक्का लगाकर आगे कर देंगे।

रिक्शे पर गँडेरी मामा और मुरली बैठकर आगे बढ़े। मोटरसाइकिलों पर बकिया लोग भावापुर से अकबरपुर की तरफ बढ़े। जहीर ने मोटरसाइकिल तेजी से भगायी ताकि घर पहले पहुँचकर अम्मा को इत्तला देकर आँगन के किनारेवाला कमरा खोलकर दालान साफ करने को कह दे ताकि मामा एक कोने में आराम से रह सकें। वह बहुत दिनों से अम्मा से कह रहा है कि एक लड़की हाथ बँटाने को रख लो, मगर अम्मा को नौकरों के हाथ का काम पसन्द नहीं था। अब एक लड़का घर के काम के लिए जरूरी हो गया है। कल ही जुबैर से कहता हूँ कि या तो अपने छोटे भाई को भेजो वरना कोई और लड़का दो। घर पहुँचकर जहीर ने मुरली के मामा की आमद का जिक्र माँ से किया। सिपतुन के दिल में जो भी गुजरा हो मगर ऊपर से वह बड़ी खनदापेशानी से बोली—

"हाँ, हाँ, मैं अभी सारा सुबीता करे देती हूँ। तुम निसाखातिर रहो।"

"अम्मा, खाना सब यहीं खाएँगे, मैं बाजार से जाकर ले आऊँगा। बस तुम गँडेरी मामा के लिए मूँग की खिचड़ी बना देना।"

"घर में पक जाएगा। तुम बेकार में हलकान मत हो।" सिपतुन बोली।

"अम्मा! एक बात कहूँ?"

"बोलो।"

"बुरा न मानना।" जहीर इतना कहकर कुछ पल रुका फिर बोला। "अब यही मेरी दुनिया है। यही मेरे लोग हैं। इस खानदान की परवरिश तुम्हें करनी है। इसी में मेरी खुशी है।" इतना कहकर जहीर बाहर निकला। सिपतुन बेटे की बात

सुन तड़प गयी। आँखों में भर आये आँसू उसने खामोशी से पी लिये।

पन्द्रह मिनट बाद सब पहुँच गये। सूना आँगन भर गया। घर की खामोशी रौनक में बदल गयी। हँसी-मजाक, टाँग खिंचाई, दोहत्थड़ की आवाजों के बीच भरी-पूरी सी सिपतुन बैठी उन दिनों की याद में खो गयी जब वह नयी-नयी यहाँ आयी थी। शादी के मेहमानों से घर भरा था। हरदम छेड़छाड़, खातिर मुदारात चलती रहती थी। जाने कब जहीर जाकर बाजार से खाना ले आया। उसके पीछे मामा का बिस्तर और कमरा बाकी लोगों ने ठीक-ठाक कर दिया और खिचड़ी खिलाकर उन्हें लिटा दिया था। इस कमरे की सबसे बड़ी खूबी यह थी कि इसका दूसरा दरवाजा गली में खुलता था और आना-जाना बाहर गली से सीधा कमरे में हो सकता था। मामा से अगर कोई मिलने वाला आए तो बिना घर में दाखिल हुए भी वह मामा के पास उठ-बैठ सकता था। मुरली पहले जितना झिझक रहा था वही मामा को लाकर यहाँ उतना ही खुश था।

"यार मुरली! तू अब दुकान लगाना छोड़ और जहीर का हाथ बँटा।" बसन्त बोला! मुरली हँस पड़ा।

"क्यों बे, हँसा क्यों?" बसन्त ने पूछा।

"कुछ नाहीं।" मुरली गम्भीर हो उठा।

"कुछ तो है जिसकी पर्देदारी है।" सलमान बोला।

"भैया जो दूसर को ख़िलाय-पिलाय में सुख मिलत है ओका हम झुमका, बुन्दा लाली बेचकर न पइबै।" उसकी इस बात को सुनकर सब चुप हो गये। मुरली तो इलाहाबाद की गलियों का शहजादा है। वह अपने समय का इब्नेबतूता है। बिना यात्रा किये वह कैसे एक दुकान के काउण्टर के पीछे बैठ सकता है। सबको एक साथ महसूस हुआ कि सारी मोहब्बतों के बाद हर इन्सान का अपना निज होता है, जो अपनी तरह जीने की भी तमन्ना रखता है। उस पर अधिकार जमाना अतिक्रमण भी है और मोहब्बत के नाम पर ज्यादती भी है।

सलमान की बेकारी की समस्या अब भीषण रूप ले चुकी थी। बड़ी बहन की शादी हो गयी थी। उसकी धूमधाम और खाने का जायका अभी तक सबको याद है मगर यह बात भी सबकी समझ में आ गयी थी कि दो आमदनियाँ एकाएक घर आना बन्द हो चुकी हैं और छोटी बहन के हाथ पीले करना अभी बाकी है। शहर का हाल यह था कि नौकरी के अलावा बाजार में हर चीज मौजूद थी। जब एम.ए.,

पी-एच.डी. बेकार घूम रहे थे तो बी. ए. पास सलमान की पूछ कहाँ होनेवाली थी? उसके दिल में टीस उठी। काश! वह डॉक्टर बन सकता।

उस वक्त अगर भैया मेरी फीस अदा कर देते तो मैं डॉक्टरी पढ़ सकता था और फिर उनका सारा कर्जा उतार देता। इस बीच मुझे किसी-न-किसी अस्पताल में आराम से नौकरी मिल सकती थी मगर आर्ट से बी. ए. पास को तो सिर्फ ठोकरें मिलीं। धोबी का कुत्ता न घर का रहा न घाट का। ऊपर से ताने सहते-सहते वह लगभग बेहया हो गया था। उन्हीं दिनों बहनों के साथ बाजार गया। वहीं गुड़िया मार्केट में उसकी मुलाकात जहीर से हुई। फिर कभी किसी मिलाद या ईद, बकरीद की नमाज में टकरा गये। दरियाबाद की और अकबरपुर की दूरी ही कितनी थी। फिर जब दिल मिल जाए तो सारी दूरियाँ कम हो जाती हैं। उस वक्त दोनों टूटे थे। एक-दूसरे का सहारा बन बैठे। जहीर के पास कई ख्वाब थे जो एक साथ चकनाचूर हुए। सलमान के पास सिर्फ एक ख्वाब था। वह भी घरेलू सियासत की नजर हो गया था। भाई इंजीनियर थे। फर्म भी ठीक थी। तनख्वाह अच्छी थी। भाभी के आने के बाद वर्गों की असमानता का प्रश्न उठ खड़ा हुआ। हम गरीब और पिछड़े बना दिये गये। वे एडवांस और अमीर हो गये। भाई को मेरा छोटे-मोटे स्कूल में काम करना पसन्द न था। हमेशा भड़क जाते थे कि उनकी इस शहर, इस मोहल्ले में इज्जत है जो मैं छोटी मोटी नौकरी कर खाक में मिला दूँगा। उनकी बातें सुनकर अक्सर अम्मा कह उठतीं—

''चित भी मेरी पट भी मेरी! अरे तुम जब बीवी को लेकर अपना चूल्हा-चक्की अलग कर चुके हो तो हमारे मामले में क्यों कूदते हो?''

''वह भी तो अहमक है जो भाई से डरता है। अरे करता क्यों नहीं है नालायक अपनी पसन्द की नौकरी।'' अब्बा चिढ़कर कहते। वह पहले ही कह चुके थे कि वह तीनों बच्चों को केवल बी. ए. कराने की जिम्मेदारी लेते हैं मगर बाद की इच्छाएँ सबको खुद पूरी करनी हैं। इसी रस्साकशी में सलमान भटक गया। आगे बढ़ने का रास्ता उससे गुम हो गया। वह सारे दिन इधर-उधर भटकता रहता था। उसकी रीढ़ की हड्डी भाई के आतंक ने तोड़कर रख दी थी वरना ट्यूशन करके भी वह एम. ए. की फीस जमा कर सकता था। लड़कर माँ से फीस ले सकता था मगर उन दिनों सब पर भाई के खौफ का जलवा छा गया था या फिर वह सब गृह-युद्ध से भी डरते थे। खासकर भाभी की जबान से, जो कैंची की तरह चलती थी। जिसमें बुझे तीर का जहर भरा रहता। वजह जो भी रही हो मगर समय तो हाथ से निकल चुका था। उन्हीं दिनों एक दिन सलमान फोन करने जगन्नाथ के पी.सी.ओ. पहुँचा। फोन पर बात ज्यादा कुछ देर हो गयी, सलमान को कुछ अन्दाजा नहीं लगा। जेब में पैसे कम थे। उस दिन वह उधार करके चला आया। दूसरे दिन देने गया तो

जुगनू ने लेने से इनकार कर दिया यह कहकर, रात गयी बात गयी। जगन्नाथ खुद भी दिलदार किस्म का लड़का था। दोस्ती होते देर नहीं लगी और सलमान का यह दोस्त फिर इस तरह से जहीर का दोस्त भी बन गया। जगन्नाथ दो-तीन साल इन सबसे बड़ा था मगर देखने में छोटा लगता था। मुरली इन सबसे छोटा था मगर चेहरे पर पक्कापन था, शायद हालात के कारण जहीर, बसन्त, सलमान लगभग एक उम्र के थे जिसमें रमेश इन तीनों से साल भर छोटा था मगर बदन के देखते सब पर भारी पड़ता था।

न्यायमूर्ति सोमेश पारुथी पर आफतों का पहाड़ टूट पड़ा था। उनके जवान बेटे ओमेश पारुथी की अचानक मौत हो गयी थी जिसके अन्तिम संस्कार की तैयारी चल रही थी। मिलनेवालों की भीड़ से बँगला भरा हुआ था। ओमेश की माँ को बेटे की मौत से इतना गहरा सदमा लगा था कि उनकी हालत उस स्थिति में पहुँच गयी कि डॉ. को फौरन एम्बुलेन्स बुलवाकर उन्हें अस्पताल ले जाना पड़ा। खबर मिलते ही सतीश मोजमदार बँगले पर पहुँच चुका था। उसने बड़ी तत्परता से सब कुछ सँभाल लिया था। सन्देह की जो भी गुंजाइश थी, वह डॉक्टरों ने कार्डियक अरेस्ट का सर्टीफिकेट देकर खत्म कर दी थी। यह तो सब ही जानते थे कि ओमेश हमेशा एक जहीनी दबाव में रहता था। उसका काम भी ठीक-ठाक मर्जी के मुताबिक नहीं था। जो लोग उसको झक्की, बिगड़ैल, बड़े बाप का बेटा कहकर उसकी निन्दा करते थे, वे सब उस समय उसको सच्चा, ईमानदार कहकर याद कर रहे थे। सतीश का मन बड़ा भारी-भारी-सा हो रहा था। कहीं जाकर वह अकेले बैठ रोना चाहता था। समीर पारुथी अपनी गरिमा बनाये सब कुछ अकेले सँभाले हुए थे। इन्दु घर आयी औरतों से पुरसा ले रही थी। करीबी रिश्तेदार अभी पहुँचे नहीं थे।

जहीर ने जब सुबह 'एक जीनियस की मौत' शीर्षक से लोकल पेपर की पहली हेडिंग पढ़ी और ओमेश का चित्र देखा तो उसके अन्दर चट्टान-सी चिटकी और कई पत्थर टुकड़े की तरह बिखरकर उसके सीने में एक साथ चुभ गये। उसका दिल दुख रहा था कि काश! ओमेश कुछ वर्ष और जी लेता जब तक हालात बदल जाते और वह अपनी मर्जी के मुताबिक वास्तुकला में अपने ज्ञान का सिक्का जमा पाता ...बेटे का उतरा मुँह देखकर सिपतुन ने पूछा, "क्या बात है? सब खैरियत तो है?"

"एक जान-पहचानवाले की मौत की खबर छपी है।" इतना कहकर जहीर ने अखबार माँ की तरफ सरकाया और खुद उठकर कमरे की तरफ बढ़ गया।

चन्दा ने आँगन में झाड़ू लगाना शुरू कर दिया था। मुरली मामा के कपड़े धो कर बाल्टी उठाये गुसलखाने से निकला था और आँगन की अलगनी पर कपड़े

फैलाने लगा। सिपतुन ने अखबार पर से सिर उठाया और केतली से चाय उँड़ेल मुरली की तरफ बढ़ायी। मुरली ने घूँट भरने से पहले पूछा, "जहीर कहाँ है?"

"कमरे में है।" कहकर सिपतुन उठी और बावर्चीखाने की तरफ बढ़ी, उसके मन में उथल-पुथल मच गयी थी। जहीर की जान को हमेशा खतरा लगा रहता है। उसका दिल खौफ में डूबने लगता है। इस खबर को पढ़कर उसको दूसरी चिन्ता लग गयी कि जवान भी बेवक्त मरने लगे हैं। वह भी हार्ट अटैक से?

दोपहर का सन्नाटा फैला तो घर साँय-साँय करने लगा। दालान की चौकी पर लेटी सिपतुन की आँख लग गयी। सपने में उसने देखा कि वह फटेहाल गली-दर-गली कुछ तलाश करते हुए भटक रही है। एकाएक एक वीरान मैदान में उसको बड़ा-सा कुआँ नजर आता है और वह लपककर उसकी तरफ बढ़ती है। जिस उम्मीद से वह उधर बढ़ती है उतनी ही गहरी निराशा उसको हाथ लगती है। वह कुआँ अँधेरे में डूबा था। वह आँख फाड़कर बोगची तलाश करना चाहती मगर वहाँ पर उसको कुछ नहीं दिखाई पड़ रहा था। एकाएक कुएँ की सियाही पानी की चमक में बदल गयी और उस पानी पर अनेक चेहरे तैरते नजर आये। उनके बीच वह सिर्फ अपनी सास को पहचान पायी जो बड़े प्यार से उसकी तरफ देख रही थीं। उसने चाहा कि वह उन्हें पुकारे तभी पानी गायब हो गया और कुएँ में कसैला धुआँ भर गया। उसने घबराकर चेहरा उठाया और अपने चारों तरफ देखा तो उसको फलों से लदे दरख्त नजर आये। वीराना गायब हो गया था। सरसब्ज बाग सामने था। उसके बदन पर चिथड़े की जगह कीमती कपड़े थे। चारों तरफ़ परिन्दे चहचहा रहे थे। उनकी आवाज अजब रस घोल रही थी। वह आगे बढ़ती है ताकि पेड़ से फल तोड़े, तभी सारे पेड़ एकाएक गायब हो जाते हैं और चारों तरफ नीले पानी से भरी-भरी झीलें उसको घेर लेती हैं। उन्हीं झीलों में से एक झील से एक नाव उभरती है। वह आगे बढ़कर उसमें बैठने लगती है।........तभी उसकी आँख खुल जाती है।

"गँडेरी मामा की तबीयत एकाएक खराब हो गयी है।" जहीर परेशान-सा उसका शाना हिला रहा था।

"तुम कब आये?" सिपतुन ने ख्वाब से निकलते हुए पूछा। उसका सिर अब भी घूम रहा था।

"अभी घर में घुसा तो पता चला, मुरली सवारी लेने गया है। मैं उनको लेकर अस्पताल जा रहा हूँ।"

"ठीक है।" सिपतुन इतना कहकर गुसलखाने की तरफ बढ़ी और ठण्डे पानी की छींटें मुँह और आँखों पर डालीं। उसका सिर बड़ी बुरी तरह से दर्द कर रहा

था। सपना उसके दिमाग पर अभी तक तारी था, जिससे वह कई तरह के मतलब निकाल रही थी।

अस्पताल पहुँचते-पहुँचते गँडेरी मामा की तबीयत ज्यादा बिगड़ गयी। डॉक्टर राउण्ड पर थे। एक-एक करके सभी मित्र अस्पताल पहुँच गये। मुरली की सिट्टी-पिट्टी गुम थी। वह किसी बच्चे की तरह सुबक रहा था। उसकी हालत देखकर जहीर का मन किया कि उसको एक जोरदार झापड़ मारे मगर मौका महल न था, सो खून का घूँट पीकर रह गया। डॉक्टर मामा की जाँच में लग गये और जहीर के साथ सबका ध्यान मुरली की बचकाना हरकत से हटकर मामा की सलामती की तरफ मुड़ गया।

डॉक्टर ने मामा को अस्पताल में भर्ती कर लिया और कई तरह के टेस्ट लिख दिये। एक इंजेक्शन लगाया और दो गोलियाँ फौरन खिला दीं जिससे मामा को तुरन्त आराम मिल गया। जहीर घर की तरफ लौटा ताकि माँ को खबर दे सके फिर उसको आज दुकान जाना भी जरूरी था क्योंकि माल दुकान में लगभग खत्म हो गया था। जयपुर से कुछ बनावटी जेवरात भी मँगाये थे। वह भी शाम तक पहुँचनेवाले थे। जहीर चलने को हुआ तो सलमान और रमेश उसके पीछे बैठने को आगे बढ़े। रमेश के मन में जो बात उमड़ रही थी उसको वह जहीर से आज कहने की हिम्मत जुटा रहा था। इसीलिए वह साथ चल पड़ा ताकि मौका देखकर वह बात छेड़ देगा, खास कर इस मुद्दे के बहाने कि त्रिपाठी थानेदार बना दिया गया है, वह भी थाने चौकी का नहीं बल्कि कोतवाली का, जो सबसे महत्त्वपूर्ण जगह है।

सिपतुन ने मोटरसाइकिल की आवाज गली में सुनते ही दरवाजा खोल दिया। खैरियत मालूम करके वह हमेशा की तरह बावर्चीखाने में डूब गयी। रमेश और सलमान सुबह का अखबार उलटने-पलटने लगे और एकाएक उनकी नजर ओमेश पारुथी के चित्र पर पड़ी तो वह चौंक पड़े।

"यार यह खबर तो बहुत बुरी है।" सलमान बोला।

"पता नहीं कैसे मैं सुबह अखबार देखना ही भूल गया।" रमेश ने धीरे से कहा।

"तुम्हारा क्या प्रोग्राम है?" सलमान ने पूछा।

"कुछ खास नहीं, बस दुकान पर जाना जरूरी है। माल आनेवाला है।" जहीर ने कहा।

"तो फिर जहीर, हमको इजाजत दो, जरा सिविल लाइंस तक होकर आते हैं ...अब तो सब खत्म हो गया तो भी ओमेश के बँगले पर पहुँचना इस वक्त जरूरी है।" सलमान भरे गले से बोला।

"इसकी मौत ने तो सारा दिमाग झनझनाकर रख दिया।" रमेश ने उठते हुए कहा।

"कुछ खाते तो जाओ।" सिपतुन चाय की ट्रे लेकर निकली तो उसने सलमान और रमेश को टोका।

"हाँ, अम्मा ठीक तो कह रही है।" जहीर ने धीरे से कहा और नहाने के लिए गुसलखाने की तरफ बढ़ा, तभी दरवाजे की कुण्डी बज उठी।

"कौन?"

"दीवान मोहन सिंह। जहीर घर पर है?"

"हाँ, है।" जहीर ने दरवाजा खोलकर कहा।

"थानेदार साहब कोतवाली बुलाये हैं।" दीवान ने कहा।

"अच्छा।" जहीर ने धीरे से कहा। रमेश और सलमान दरवाजे पर पहुँच चुके थे।

"साथ लिवाय के आने को बोले रहे!" दीवान बोला।

"कहना साहब नहा रहे हैं।" जहीर ने शरारत से कहा।

"का कहें?" दीवान अचकचाकर बोला।

"जाओ और त्रिपाठी को बोलना—साहब नहा रहे हैं...वह बात समझ जाएँगे ...समझे।" जहीर ने इतना कहकर दरवाजा दीवान के मुँह पर बन्द किया और तीनों ने जोरदार कहकहा लगाया।

"यह नहीं सुधरेगा।" सलमान बोला।

"यह सुधरेगा तब जब हम सतीश मोजमदार से हाथ मिला लें।" रमेश बोला।

"तो मना कौन कर रहा है? कल सतीश का फोन भी आया था कि एक नयी कमेटी बन रही है। कमेटी आफ लाइजिंग ग्रुप के नाम से, जो साम्प्रदायिक दंगे-फसाद को रोकने के लिए पीस-कमेटी का रोल अदा करेगी, कह रहा था—मैं तुम्हारा नाम डाल रहा हूँ। मैंने मना कर दिया। अगर तुम चाहो तो फोन कर लेना।" जहीर ने बड़े सहज भाव से कहा और तौलिया उठा गुसलखाने की तरफ बढ़ा। उसकी बात सुन रमेश सन्न रह गया। जिस बात को कहने की भूमिका वह कई दिनों से बना रहा था वह इतनी आसानी से हो गयी जैसे कोई समस्या ही न थी।

"अब चलो न, सोच क्या रहे हो?" सलमान ने खाली प्याली रखी।

"हाँ, चलना तो है।" एकाएक भरपूर खिलखिलाहट के साथ रमेश बोला।

"इस बेमौका हँसी का मतलब?" सलमान ने पूछा।

"थाना अध्यक्ष श्री श्यामलाल त्रिपाठी!" रमेश ने हाजिरजवाबी से कहा।

"स...साला!" सलमान ने कहा और घर से बाहर की तरफ बढ़ा।

"अस्पताल कुछ ले जाना है?" सिपतुन ने चाय के बर्तन समेटे और जरा

ऊँची आवाज में पूछा।

"नहीं!" गुसलखाने से जहीर ने जवाब दिया।

कोतवाली में काफी गहमागहमी थी। त्रिपाठी का दरबार सजा हुआ था। सबको जहीर का इन्तजार था। हर कोई शेखी बघार रहा था कि अब बच्चू हाथ जोड़े पहुँच ही रहा होगा। अरे साले का पायजामा गीला हो गया होगा। कोतवाली से कोई बुलाए और वह आने से इनकार कर दे, इतनी हिम्मत किसी माई के लाल में नहीं है। त्रिपाठी इन बातों को सुन-सुनकर फूलकर कुप्पा हो रहा था। ख्यालों में जहीर को कई-कई तरह से प्रताड़ित करने में व्यस्त था। खुशामदी खीसें निपोरे बैठे थे। उनमें से कोई केवड़े में डूबा पान पेश कर रहा था तो कोई चमचम का कुल्हड़ पेश कर रहा था। अधमुँदी आँखों से त्रिपाठी टाँग पसारे चिक से बाजार का दृश्य देख रहा था। पीले बल्ब जल उठे थे। अजान की आवाज के साथ कबूतरों का आखिरी झुण्ड मीनारों और गुम्बदों पर रैन बसेरा ले चुका था।

"क्या खबर है?" दीवान के कमरे में दाखिल होते ही एक मुसाहिब बोला। उसकी आवाज पर चौंककर त्रिपाठी ने गर्दन घुमायी और आँख के इशारे से पूछा।

"कहलाइन हैं कि कहो साहब नहात हैं...।" दीवान बोला।

"क्या बक रहे हो तुम, कुछ पता है?" दूसरा मुसाहिब बोला।

"कहा कि थानेदार साहब फौरन बुलाइन है मगर बोले...'इतना कहबो तो प्रभारी जी समझ जइहैं।' इतना कहकर दरवाजा बन्द कर लीहिन।" दीवान बोला।

"साले की हिम्मत बहुत बढ़ गयी है।" एक बोला।

"चींटी की जब मौत आती है न तो उसके पर निकलने लगते हैं।" दूसरे ने लुकमा दिया।

"आप भी प्रभारी जी, अरे वह बन्दा दीवान के बुलावे से नहीं आएगा जनाब! पूरी गारद भेजें। अब तो आपके पास पावर ही पावर है। किसी केस में फँसवा सकते हैं।"

"यह मुसलमनटा साला आपकी शराफत का नाजायज फायदा उठा रहा है।"

अभी यह सब बातें हो रही थीं कि एस. एस. पी. ऑफिस से कागज लिये सिपाही पहुँचा और रिसीव करवाकर वह लौट गया। त्रिपाठी के खास चेले हीरालाल ने जो कागज पढ़ा तो उसके हाथ के तोते उड़ गये। उसने बाहर से फोन कर त्रिपाठी को सूचना दी।

"सर, यह महफिल समाप्त करें, एस. एस. पी. साहब के यहाँ से पर्चा आया है।"

"ठीक है।" त्रिपाठी ने कहा और फोन रख धीरे से कहा—"आप लोग चलें

मुझे गश्त पर जाना है।''

सब एक-एक करके उठने लगे। जब कमरे में सन्नाटा हो गया तब इंस्पेक्टर हीरालाल अन्दर पहुँचा और कागज सामने रखा। त्रिपाठी ने उसको पढ़ा और उसका चेहरा पहले लाल फिर पीला पड़ गया। रमेश की तरफ से लिखी एफ.आई.आर. की कॉपी थी जिसमें रमेश को बेजा परेशान किये जाने की शिकायत थी। एफ. आई. आर. घण्टा भर पहले दारागंज पुलिस स्टेशन पर दर्ज करायी गयी थी जिसकी कॉपी एस. एस. पी. के ऑफिस से होती यहाँ पहुँची थी। त्रिपाठी ने चकरायी नजरों से हीरालाल को देखा।

''अब आप थाना प्रभारी हैं...सब इंस्पेक्टर त्रिपाठी नहीं, ये सारी बातें अब आप पर शोभा नहीं देतीं सर।'' हीरालाल ने समझाया।

''यह रमेशवा है कौन?'' कुछ देर बाद त्रिपाठी ने पूछा।

''जहीर का साथी।'' हीरालाल ने गहरी साँस भरी।

''माजरा क्या है?'' त्रिपाठी का तेज दिमाग भन्ना उठा। उसमें कई बातें एक साथ आ-जा रही थीं। उसकी छठी इन्द्री कह रही थी कि वह किसी षड्यन्त्र में फाँसा जा रहा है, तभी एक फर्जी प्राथमिकी पर त्वरित कार्यवाही हुई है। मगर इस षड्यन्त्र का रचनेवाला कौन है? किसमें इतनी हिम्मत है? एकाएक जहन में सतीश मोजमदार का चेहरा उभरा और त्रिपाठी गम्भीर हो गहरी सोच में डूब गया।

35

सतीश मोजमदार को जिस समर्थन की जरूरत थी वह उसको रमेश द्वारा मिल गया था। इसलिए उसने एक तीर से दो शिकार कर लिये थे। रमेश द्वारा प्राथमिक रिपोर्ट लिखवाकर उसने त्रिपाठी के विरोध में सबूतों को जमा करने का अभियान छेड़ दिया था। दूसरी ओर उसने रमेश को स्पेशल पुलिस ऑफिसर बनाने का सिलसिला जोड़ लिया था। उधर अपने विश्वसनीय ए. एस. पी. गौरव दत्ता द्वारा उसने ठण्डे बस्ते में पड़ी वह सारी रिपोर्ट और फाइलें निकलवाना बहुत पहले से शुरू कर दी थीं, जिसको त्रिपाठी ने समय-समय पर दबवा दिया था। नये शोशे के बिना पुराने केस खुल नहीं सकते हैं और खासकर ऐसा केस जो त्रिपाठी के लिए नासूर बन जाए, जिसको लेकर वह विवेक खोकर ऊटपटाँग हरकत करने पर मजबूर हो जाए।

रमेश के अन्दर की दुनिया ही बदल गयी थी। इसको सबने महसूस किया और इसका स्वागत भी किया। रमेश का मन पढ़ने में दुगुने जोश से रमने लगा। साफ-सुथरे कपड़े पहन वह स्पेशल पुलिस अफसर का कार्ड जब जेब में रखता तो उसकी छाती फूलकर कुप्पा हो जाती थी। इस बात की खबर जब त्रिपाठी को लगी तो वह जले पैर की बिल्ली की तरह दर्द से छटपटा उठा और उसका सन्देह यकीन में बदलने लगा कि एस. एस. पी. साहब जरूर कोई बड़ा खेल खेलनेवाले हैं। तभी उन्होंने एक मामूली-सी प्राथमिक रपट पर मुकदमा दायर कर दिया है यानी कि एक आम आदमी जिसकी सुरक्षा की जिम्मेदारी पुलिस के कन्धे पर है, वह आम आदमी उस पुलिसवाले को कचहरी के घेरे तक खींच ले गया। यह अन्धेर ही तो है। इस बढ़ावे का अंजाम बहुत बुरा होनेवाला है, इस बात को एस. एस. पी. साहब कब समझेंगे, पता नहीं। मगर एक गलत परम्परा का चलन उन्होंने डाल दिया है। इससे जो रोब दबदबा जनता पर पुलिस का है वह खाक में मिल जाएगा। जूते में दाल बँटेगी। पुलिस अंकुश का पंजा ढीला हुआ नहीं कि कोई किसी की नहीं सुनेगा। चोर-उचक्के दनदनाते घूमेंगे-फिरेंगे और आम आदमी मामूली सिपाही के कन्धे पर हाथ रखकर अबे-तबे से बात करेंगे। कोई ला ऐण्ड ऑर्डर नहीं रहेगा। तब यह गृह मन्त्रालय के चक्कर काटेंगे और जरा-जरा-सी घटना के चलते बड़ी संख्या में फोर्स माँगेंगे और हम जैसे उस तबाही के आने तक हाथ पर हाथ रखकर बैठे नहीं रहेंगे। अभी सतीश मोजमदार हमको जानते नहीं हैं। भले ही बंगाली बाबू ने मछली का झोल बचपन से खाया-पचाया हो मगर त्रिपाठी वह चिकनी मछली है जो किसी के जाल में फँसनेवाली नहीं। हाथ लगाया नहीं कि फिसल गयी। यह बात मोशाय को तब पता चलेगी जब बिस्तर बाँधेंगे। इस हरामी जहीर के दिन भी अब पूरे हो गये हैं। ईंट का जवाब पत्थर से मिलने वाला है। बच्चू घबराओ नहीं, यह इलाहाबाद है। यहाँ के चूहे तक वर्दीवाले गुण्डे हैं। कमर कस लें तो खलिहान के खलिहान चट कर जाने में माहिर हैं। फिर तुम क्या चीज हो एस.एस.पी. साहिब, जो त्रिपाठी से पंगा ले रहे हो? जहीरवा के लिए तो एक दंगा और एक-दो गोली काफी है। सूअर की मौत मरेगा अपनी ही मोरी में...।

त्रिपाठी के दिमाग में जहीर को गहरी चोट पहुँचाने की योजना ने आकार ग्रहण कर लिया था। कानपुर से मोहन्ती भी पहुँच गया था। गुप्त रूप से योजना दिन, तारीख, समय के साथ तय हो गयी थी। यह लड़ाई अब सीधी न होकर त्रिकोण का रूप धर चुकी थी, जिसमें त्रिपाठी, सतीश मोजमदार और जहीर था। बात पुलिस की भी थी और पुलिस और नागरिक के बीच की भी थी, जिसमें जीतना त्रिपाठी चाहता था। एक गहरी सनसनाहट चारों तरफ फैल चुकी थी। खासकर उनके बीच जिनके कानों में रमेश की प्राथमिकी और रमेश के स्पेशल पुलिस ऑफिसर बनने

की खबर पहुँच चुकी थी। वे सब भले ही एक-दूसरे से कह रहे हों कि यह खबर कुछ हजम नहीं हुई मगर अन्दर कहीं वे सचेत हो गये थे। इस शहर ने ईमानदार पुलिस अफसर का अनुशासन और खुशहाली भी देखी है, जिसमें सुरक्षा और शान्ति थी। इसलिए दूर की बात सोचकर उन्होंने त्रिपाठी के पास बैठक लगाना कम कर दिया था। त्रिपाठी को उनके बदले व्यवहार की कोई परवाह न थी। उसके सामने उनकी औकात क्या थी। जब चाहे इन मतलबी यारों को जूते की नोक से मसल सकता है। उन सबका कच्चा चिट्ठा उसको मालूम है।

मुरली के मामा की तबीयत सँभल गयी थी। डॉक्टर ने उनको कल डिस्चार्ज करने को कह दिया था। मुरली ने आज रेहड़ी लगायी थी ताकि जहीर पर खर्चे का बोझ ज्यादा न बढ़े। इधर दो हफ्ते से वह मामा के साथ अस्पताल में ही था। आज मामा ने खुद उससे कहा कि वह काम पर जाए। दोपहर तक जुगनू मामा के पास रहेगा फिर सलमान आ जाएगा। मुरली निश्चिन्त हो सड़क गली के चक्कर लगाने निकल गया। उसको अरसे बाद आजादी का अहसास हो रहा था। खुला आसमान, फैली सड़कें, सवारी की रेलपेल इन्सानी स्वरों का कोलाहल और मेहनत के पसीने की छलछलाहट। उसके अन्दर से गाने के बोल निकल रहे थे–

"एक रसगुल्ला कड़ाही में फट गया जी
फट के जलेबी से लिपट गया जी"

मुरली अपनी रेहड़ी अभी मोड़ ही रहा था कि एक ट्रक धड़धड़ाता हुआ उसकी रेहड़ी को धक्का मारता गुजर गया। उसकी रेहड़ी उलट गयी जिसको सीधा करने के लिए वह झुका ही था कि लगभग दौड़ता हुआ ट्रक उसके ऊपर से निकल गया। चौड़ी सड़क पर इस समय भीड़ नहीं थी। इक्का-दुक्का लोग चलते-चलते ठिठक गये तभी तीसरी, चौथी, पाँचवीं ट्रक भागती हुई गुजर गयीं। वहाँ उपस्थित कोई भी व्यक्ति ट्रक का नम्बर नोट नहीं कर पाया था मगर सब इस दौड़ से आतंकित हो उठे थे। कुछ पल बाद तीन राहगीर और एक रिक्शाचालक मुरली की चिपकी लाश को घेरे ट्रकवालों को गाली दे रहे थे। ट्रक कहाँ से आये कहाँ चले गये, सबके लिए हैरत की बात थी। सब कुछ पलक झपकते हो गया मगर दुर्घटना के एक घण्टे बाद तक कोई पुलिस का आदमी वहाँ नहीं फटका। गश्त करती एक पुलिस गाड़ी ने सड़क पर लगी भीड़ का कारण जानने की चेष्टा की और उसी के बाद पुलिस हरकत में आ गयी। लाश पहचानी नहीं जा सकती थी। पूछताछ करने पर एक-दो लोगों ने बताया कि वह मुरली फलवाला था। लाश का पंचनामा बना, घटनास्थल की तस्वीर ली गयी। ट्रकों को पकड़ने का आदेश जारी हुआ और मुरली के घर

का पता मालूम क़िया जाने लगा ताकि इस दुर्घटना की खबर देकर उसकी भुर्ता लाश को अन्तिम संस्कार के लिए उनके हवाले कर दिया जाए।

चन्द घण्टों बाद ही मुरली की लाश से बदबू फूटने लगी थी मगर रात तक पुलिस मुरली का ठिकाना न ढूँढ़ पायी। सुबह के अखबार में छपी खबर सबने पढ़ी तो एक साथ सबका माथा ठनका। रात को जब तक नींद नहीं आयी तब तक मुरली का इन्तजार सब जहीर के घर और अस्पताल में करते रहे थे। मन के अन्दर कई तरह की शंकाएँ घिर आयी थीं। अब जो खबर फलवाले के कुचलने की पढ़ी तो किसी को सन्देह न रह गया कि यह उनका मुरली नहीं है। सभी एक साथ सिविल लाइंस थाना पहुँचे। उनके दिल धड़क रहे थे। गला सूख रहा था। सबके मन में एक ही प्रार्थना उभर रही थी कि वह जिसको देखने आये हैं वह मुरली न हो। मगर वह मुरली ही था। उसकी कुचली लाश से एक हाथ छिटककर दूर जा गिरा था जिसमें वही घड़ी, अँगूठी थी जो मुरली ने बड़े चाव से जहीर की दुकान से ली थी।

मुरली का हाथ देख, सारे मित्रों पर क्या गुजरी, यह तो बस वही जानते हैं। मगर ऊपर से सबने बड़ी हिम्मत और सहिष्णुता दिखायी। जो भी मुरली के शरीर का बचा अस्तित्व था एक गठरी की शक्ल में पड़ा था। रमेश ने तुरन्त इस हादसे की खबर सतीश मोजमदार के सैल फोन पर दी जिसको सुनकर सतीश सन्नाटे में आ गया। एक तनाव दर्द की लहर बन माथे से टकराया जो यह साफ कह रहा था कि त्रिपाठी ने उस प्राथमिकी रपट का जवाब शव के पंचनामा के रूप में दे दिया है। बिना कोई उत्तर दिये सतीश ने सैल बन्द कर दिया और दो पल चुपचाप बैठा रहा, फिर एकाएक सिविल लाइंस थाने फोन मिलवाया।

"मुझे इस दुर्घटना की सारी डीटेल चाहिए और उन ट्रकवालों का पूरा पता ...शाम को पाँच बजे मुझे फोन करना।" सतीश ने कहा और गहरी साँस ली। मगर उसका चेहरा तमतमाया हुआ था। कुछ देर वह चुपचाप बैठा रहा फिर गौरव का नम्बर डायल कर उससे लम्बी बातचीत की और घण्टी बजा जनसम्पर्क अधिकारी को हुक्म दिया कि त्रिपाठी को जहाँ कहीं हो, खबर भेजो कि फौरन हाजिर हो।

त्रिपाठी इस बुलावे की प्रतीक्षा में बैठा था। इस धमाकेदार घटना पर सवाल-जवाब तो होगा ही। इसका इन्तजार उसको कल दोपहर से था। दिल में घबराहट थी। अभी तक जिन अफसरान के वह मुँह चढ़ा था, इसलिए कि उनकी दुखती रग पर उसका हाथ था। यहाँ मामला उल्टा था। कप्तान साहब का हाथ उसकी गर्दन तक पहुँच सकता था। मन में उथल-पुथल लिये वह कोठी पर पहुँच गया। तीन घण्टे इन्तजार कराके सतीश ने त्रिपाठी को जब बुलाया तब तक उसके अंजर-पंजर ढीले हो चुके

थे। अफसरों का मुँहलगा अपनी इस हालत पर पेंच-ताव खाता अन्दर पहुँचा। सतीश मोजमदार किसी फाइल में डूबे थे। बिना सिर उठाये बोले–

"कहो त्रिपाठी–सब कुशल-मंगल!"

"जी साहब! सब आपकी कृपा है।" डरा-सहमा त्रिपाठी इतना कहकर अपनी अनुभवी आँखों से साहब का चेहरा टटोलने लगा।

"त्रिपाठी, मैंने तुमको एक खास काम से बुलवाया है। कटघर में कोई औरत हंगामा बेगम के नाम से रहती है...कई शिकायतें उस मोहल्ले से आ रही हैं कि उसकी बेटियाँ अच्छे चरित्र की नहीं हैं, जिससे मोहल्ले की बाकी लड़कियों पर बुरा असर पड़ रहा है। ...असल में यह मेरा व्यक्तिगत काम है, क्योंकि किसी प्रिय मित्र को इन लड़कियों से काफी कष्ट पहुँचा है। थाना तुम्हारा नहीं है, तो भी यह काम तुमको सौंप रहा हूँ ताकि तुम निजी तौर पर दिलचस्पी लेकर सही स्थिति बताओ ...अब तुम जा सकते हो।" कहकर सतीश फाइल में डूब गये।

"जो हुक्म सरकार का।" सलाम कर एड़ी बजा त्रिपाठी चकराया-सा बाहर निकला। वह तो फटकार, कटाक्ष, धमकी, घुड़की और पुलिस लाइन भेजे जाने की उम्मीद से आया था, मगर यहाँ तो साहब लगावट की बात कर रहे थे।

"त्रिपाठी महाराज! तुम्हार दिमाग जरूरत से ज्यादा चलत है। अब ओका थोड़ा आराम करे देव वरना बेमतलब के पेंचबाजी में हलकान हो जइबो–समझे कि नहीं?" त्रिपाठी ने हीरो होण्डा स्टार्ट करते हुए मन-ही-मन कहा और सड़क पर आकर सिर को यूँ झटका जैसे बेकार के विचारों को सड़क किनारे फेंक देना चाह रहा हो।

दुर्घटना महात्मा गाँधी मार्ग पर हुई थी। जहाँ छः बजे सुबह के बाद ट्रकों का 'नो एण्ट्री जोन' है फिर यह ट्रकें साढ़े सात बजे आयीं कहाँ से? किसने भेजीं? इसको दुर्घटना न कहकर हत्या कहना चाहिए। यह सोची-समझी साजिश के तहत हुआ है और यह सब कराया है त्रिपाठी ने...त्रिपाठी के अलावा और कोई नहीं हो सकता इस हादसे के पीछे। जहीर के मन-मस्तिष्क में गम के बावजूद सवाल उभर रहे थे। रमेश कर्नलगंज थाना गया हुआ था मगर हाथ कुछ नहीं लगा था। स्वरूपरानी मेडिकल कॉलेज की मरचरी के सामने जहीर थका-थका-सा सोच में डूबा बैठा था। लाश में कुछ बचा नहीं था, तो भी खानापूरी के लिए वह पोस्टमार्टम के लिए भेजी गयी थी। पोस्टमार्टम के बाद ही लाश सिपुर्द की जाएगी। जुगनू का मन भी इस धक्के से बैठ गया था। जहीर का दिमाग सन्न रह गया था।

"मैं साले इस त्रिपाठी का काम तमाम कर के ही चैन से बैठूँगा। उसकी गर्दन

काट कर चाहे सूली पर चढ़ना पड़े...बहुत होय चुकी साली आँख-मिचौली।'' एकाएक बसन्त पर जाने कैसे बैठे-बैठे गुस्से का दौरा पड़ गया।

''तुम ठीक कहत हो बसन्त। इ रोज-रोज की चकल्लसबाजी से हम भी तंग आ गये हैं।'' सलमान दाँत पीसकर बोला। जहीर ने सूजी आँखों से दोनों को देखा मगर चुप रहा। जगन्नाथ ने अलबत्ता यह कहकर झिड़क दिया–

''चुपचाप बैठे रहो। सतीश मोजमदार को रमेश फोन लगाय तो गवा है।''

''भूलो नहीं कि वह भी पुलिस है। हमार नहीं त्रिपठिया कमीने का साथ देई।'' सलमान ने मुट्ठी भींचते हुए कहा।

''पुलिस को जूता मारै की सजा मा जादा से जादा का होई?'' कहता हुआ बसन्त उठा और बाहर गेट की तरफ बढ़ा।

''इ सब का होत है...? काहे बौराय गये हो तुम लोगन?'' जगन्नाथ को इस बार सचमुच इन दोनों की नादानी पर ताव आ गया। उसने आगे बढ़कर बसन्त का हाथ पकड़ा।

''हमका रोको न तुम लोगन ई टाइम। हमरे सिर पर खून सवार है...! साला बौलण्ट। ओह दिन दौड़ाय-दौड़ाय के हम लोगन का कैसे हल्कान किये रहा और कल...कल सवेरे-सवेरे मुरली का चपवाय दिहिस...। अन्याय की तो हद पार होय गयी है। हम ई पण्डित के बच्चे का सारा अगला-पिछला हिसाब अभै जाके बेबाक कर देबै।'' बसन्त ने गुस्से में कहा और जगन्नाथ का हाथ झटक आगे बढ़ा।

''ठीक तो कह रहा है बसन्तू! क्यों सहें हम अन्याय? जैसा उसने किया है, वैसा ही वह भुगते। हमारी शराफत अब हमारी कमजोरी बनती जा रही है।'' सलमान कुण्ठित स्वर में बोला और आगे बढ़कर बसन्त का हाथ थाम उसको घसीटता हुआ कह उठा, ''इनसे कहो यह अपनी अहिंसा नीति अपने पास रखें और पेड़ के नीचे बैठकर मजीरा बजा गावें। 'ईश्वर अल्लाह तोहरे नाम, सबका सन्मति दे भगवान'।''

''अगर एक भी कदम किसी ने आगे बढ़ाया तुम दोनों में से, तो खुदा की कसम खाकर मैं कहता हूँ कि इस वक्त इतनी मार लगाऊँगा तुम दोनों को...कि छठी का दूध याद आ जाएगा।'' जहीर ने कड़े स्वर में चेतावनी दी। दोनों ने एक साथ मुड़कर जहीर को देखा। जहीर का चेहरा गुस्से से लाल था। आँखों से चिनगारियाँ फूट रही थीं। बसन्त और सल्लन ने बेबसी से एक-दूसरे को देखा और कुछ पल बाद टूटे हुए से धीरे-धीरे कदम उठाते मरचरी की दीवार के पास लगे पेड़ के तने से टिक वहीं जमीन पर बैठ गये।

''होश के नाखून लो...। त्रिपाठी तो इस समय हमारी घात में बैठा है, तिल को पहाड़ बनाने के लिए। हमारा एक भी गलत कदम उठा नहीं कि वह बिसात पलट देगा।'' जहीर ने बेहद नर्म लहजे में कहा और अन्दर से उठती रुलाई को

बरबस रोका।

"जहीर ठीक कहत है। रमेश सतीश मोजमदार के पास गवा है। ओकर ईमानदारियो दूध की तरह सामने आय जाई मगर अभी...जब तक अन्तिम संस्कार नहीं होय जात है, हमका अपने ऊपर कण्ट्रोल करै का चाही।" मिश्रा बोला। फिर चिढ़ कर कहा, "तुम खाबो जूता, जाबो जेल।"

"लड़ने के लिए उम्र पड़ी है।" जहीर ने लम्बी साँस खींचकर कहा और सलमान का कन्धा प्यार से थपथपाया।

बसन्त और सलमान जहीर का कहा मानकर लौट तो आये थे परन्तु उनके शरीर में आक्रोश का पारा अभी भी दौड़ रहा था। इस बात को जहीर और मिश्रा दोनों देख रहे थे। बसन्त कभी एक पैर फैला रहा था फिर उसे सिकोड़कर दूसरा फैला रहा था। सलमान लगातार सीने पर हाथ बाँधे बगल के पास का मांस मसल रहा था। उसके जबड़े फूल पिचक रहे थे।

"कल बॉडी मिलेगी।" इस खबर के साथ उन सबका इन्तजार खत्म हुआ और वे थके-हारे-से घर की तरफ बढ़े।

जब सूखे होठ और उतरा चेहरा लिये सब घर पहुँचे तो सिपतुन को कुछ पूछने की जरूरत नहीं महसूस हुई और उसने मुँह ढाँपकर रोना शुरू कर दिया। कल सुबह मुरली के फैलाये कपड़े आँगन की अलगनी पर लटके हवा में हिल रहे थे। सबकी नजरें उसी पर टिकी थीं। सुबह से रुके बाँध को अब ज्यादा देर तक रोकना मुमकिन नहीं था।

"अपने को सँभालो...अव जो होना था नह तो हो चुका...अब अस्पताल जाकर मामा की खबर लो। पता नहीं उनका जी कैसा होगा?" सिपतुन ने दुपट्टे से आँखें खुश्क करते हुए कहा।

मामाजी का ख्याल सबको था। जाने की हिम्मत किसी की नहीं पड़ रही थी। अभी तो मुरली के न आने का बहाना बना देंगे, मगर जब वह घर में रहेंगे और मुरली को नहीं देखेंगे तब क्या होगा? एकाएक जगन्नाथ अन्दर की घुटन से ऊब कर खड़ा हो गया और तेज स्वर में बोला–

"कल की कल देखी जाएगी, अभी तो गँडेरी मामा के पास चलना चाहिए। सुबह से वह अकेले होंगे।"

"हाँ, जो सामने का सच है उसी को स्वीकार करना उचित है।" इतना कह कर बसन्त उठा और चलने के लिए बाहर मुड़ा।

"पहले तुम लोग नहा लो फिर जाना।" सिपतुन ने कहा। रमेश के बढ़ते

कदम रुक गये। सिपतुन ने कई जोड़े कपड़े जहीर की अलमारी से निकालकर दालान की चौकी पर रखे और छोटी-बड़ी तौलियाँ कुर्सी के हत्थे पर डालीं।

रात के लगभग जब यह सारा झुण्ड मामा के वार्ड में पहुँचा तो पता चला कि शाम को एकाएक उनकी साँस उखड़ने लगी तो सीनियर डॉक्टर ने उनको वार्ड से दूसरे कमरे में शिफ्ट कर दिया। नर्सों और डॉक्टरों की ड्यूटी बदल गयी थी इसलिए कोई नहीं बता पाया कि एकाएक उनकी तबीयत बिगड़ने का कारण क्या था। एक मरीज ने अलबत्ता उन्हें परेशान देखकर बताया कि शाम को कोई उनके पास आया था और किसी के मृत्यु की सूचना देकर चला गया था। उसी के बाद उनका हाल बेहाल हुआ था वरना वह अच्छे-भले लेटे थे।

"कौन हो सकता है?" सलमान बोला।

"होगा कौन, उसी त्रिपाठी का कोई मुखबिर होगा।" जगन्नाथ ने दाँत पीस कर कहा।

"हाँ, जुगनू तुम ठीक कहते हो। वह हमारी खोज खबर तो रख रहा होगा, जब मामा को उसके आदमी ने अकेला देखा होगा तो यह खबर दे दी होगी।" बसन्त यादव बोला।

"इस त्रिपाठी को माफ करना अब मेरे बस में नहीं है।" जुगनू ने कहा।

"किसी के बस में नहीं रह गया है। इस दगे साँड़ ने तो हद पार कर दी है।" रमेश बोला।

"पता नहीं मामा के दिल पर क्या गुजरी होगी।" जहीर बोला।

"जिस तरह उन्हें यह खबर तोड़ गयी है, उससे तो लगता है कि...।" इतना कह सलमान रुक गया। उसका गला रुँध गया था। बाकी की आँखें भी भर आयीं। जहीर के माथे की नस तन गयी थी।

सुबह चार बजे के करीब नर्स ने खबर दी कि मामा नहीं रहे। इस खबर ने सभी दोस्तों की कमर तोड़ दी। पैर मन-मन भर के हो गये। एक परिवार नगर के मानचित्र से सदा के लिए गायब हो गया। अब उसका नामलेवा कोई नहीं बचा। कितना विचित्र है यह मौत का खेल? जहीर ने हस्पताल के मृत्यु प्रमाण-पत्र पर हस्ताक्षर कर शव को उठाया और श्मशान घाट की तरफ जाने की तैयारी में लग गया। रमेश ने लगभग छः बजे के आसपास सतीश मोजमदार का नम्बर लगाया मगर उसका सैल फोन बन्द था। रमेश के हिसाब से यह दूसरी हत्या थी जो त्रिपाठी के खाते में जाती है।

पिछले चार-पाँच दिनों में तीन मौतें। यह बड़ा अजीब अनुभव था। ओमेश

की मृत्यु दिमागी झटका थी, मगर मुरली और मामा की आकस्मिक मौत ने दिल को लहूलुहान कर दिया था। किसी का काम में दिल नहीं लग रहा था। मुरली का मासूम चेहरा आँखों के सामने घूम जाता था। उसकी निश्छल हँसी और चमकती आँखें सबको बेकरार किये दे रही थीं। जहीर को मुरली की मौत में एक ऐसी चुनौती नजर आ रही थी जो त्रिपाठी ने इन लोगों को दी है। जिसका मतलब है लड़ाई, वह भी घमासान लड़ाई। अंजाम शायद क्या, यकीनन तबाही है। यह लड़ाई मुझे अकेले ही लड़नी होगी। जो चाहे इस युद्ध में शरीक हो सकता है मगर बात मेरे और त्रिपाठी के बीच में उसी बुनियादी मुद्दे पर होगी। इसलिए उससे लड़ना मुझे ही पड़ेगा, सिर्फ मुझको।

त्रिपाठी के दिल में गड़ी फाँस काफी हद तक बाहर निकल आयी थी। कम-से-कम वह जहीर के दिल को छेदने में कामयाब तो हुआ। किसी में बूता नहीं है जो यह पता लगा सके कि इस दुर्घटना के पीछे किसका हाथ है और ये ट्रकें कहाँ से आयी थीं और कहाँ चली गयीं। अब रही कटघर की हंगामा बेगम की बात, उसका भी पता तो चल गया है कि औरत जब जवान थी तो बड़ी हसीन थी। किसी रईस की रखैल थी। उनका पूरा खानदानी घर हथिया बैठी है। उनकी बेगम के मरने के बाद वह बिना रोक-टोक के घर में दाखिल हो गयी। तब ये लड़कियाँ छोटी थीं। इनकी परवरिश उसी ने की। अब लड़कियाँ जवान हुई हैं तो हंगामा बेगम के भी कान कुतर बैठी हैं। जो मकान माँ ने हथियाया था उसकी मरम्मत, साज-सज्जा भी तो होनी चाहिए। वह कहाँ से हो, सो लड़कियों ने हंगामा की दी छूट और बढ़ावे पर पैसेवाले घरों के लड़कों पर डोरे डाल जवान लड़कों के बापों की जेबें खाली करवानी शुरू कर दी थीं। इतना भर ही पता चला और उसी को उसने सतीश मोजमदार को बता दिया है। अब वह कह रहे हैं कि बहाने बना तुम जाओ, असली खबर लाओ कि वहाँ किन लोगों का आना-जाना है। सो पता लगाने वहाँ जाना तो पड़ेगा। आखिर एस. एस. पी. साहब ने प्रभारी बनाया है। मान-सम्मान दिया है। खाने-कमाने का अवसर बढ़ाया है। उनकी सेवा तो करनी ही पड़ेगी। फिर यह उनका व्यक्तिगत काम जो ठहरा।

सिविल लाइन्स थाने का प्रभारी एस. एस. पी. के बँगले में पहुँच चुका था। परसों उसकी दी खबरें सतीश मोजमदार ने रिकॉर्ड कर ली थीं और कहा था कि उन पाँचों ट्रक ड्राइवरों का हलफिया बयान ले लो। वैसे तो इस दुर्घटना में किसी परिवार वाले ने क़िसी प्रकार की कोई रपट नहीं लिखवायी है। तो भी इस केस की पूरे ध्यान से छानबीन करनी है। इसका पता किसी को न चलने पाए और आज जो खबर

मय सनद सबूत के प्रभारी लेकर आया था वह चौंकानेवाली थी।

"साहब, हाथ तो त्रिपाठी का है मगर उसका आतंक इतना है कि गवाह अदालत तक आ भी पाएँगे या नहीं, इस पर मुझे सन्देह है।"

"देखो फर्जी अर्जी डाल दो और इस केस को पूरा खोल दो। त्रिपाठी से घबराने की कोई बात नहीं है। अभी तो उसके खिलाफ सबूत इकट्ठा हो रहे हैं। जब पकड़ा जाएगा तो सलाखों के पीछे से कभी नहीं निकल पाएगा। तब गवाहों को निडर होकर सामने आना ही होगा। उसके खिलाफ एक-दो सबूत नहीं हैं बल्कि हजार से ऊपर केस हैं। जिसमें त्रिपाठी ने न केवल धाँधली की है बल्कि हत्या, रिश्वत, अपहरण, कत्ल, कब्जा, बलात्कार जाने क्या-क्या कर डाला है। विश्वास नहीं होता है कि इतना बड़ा क्रिमिनल पुलिस डिपार्टमेण्ट में, पुलिस की वर्दी पहने बैठा है?"

"सर! यही तो सबसे बड़ी विडम्बना है। एक बार आप लेडी कांस्टेबिलों से भी...अब आप से क्या कहें।"

"सब समझ रहा हूँ, महिलाएँ विशेष रूप से उसके हाथों प्रताड़ित हैं...यह भी जानता हूँ कि वह अपने शत्रु अफसरों का ट्रांसफर तक करवाने में सक्षम है। इसकी पहुँच गृहमन्त्रालय तक है।" सतीश हँसा।

"जी सर!" प्रभारी भी धीमे से मुस्कुराया।

"हम छोटे-मोटे लोगों की पहुँच भी थोड़ी-बहुत है।" सतीश ने कटाक्ष भरे स्वर में कहा।

"क्या बात. करते हैं सर आप!" प्रभारी सतीश के स्वर की कड़वाहट से विचलित हो गया।

"तुम चलो!" सतीश ने हँसकर कहा।

"जी सर।" प्रभारी के कमरे से निकल जाने के बाद सतीश ने गहरी साँस भरीं और जैसे अपने से कहा हो, "यहाँ अन्याय की प्रक्रिया जिस तेजी से चलती है, उस तीव्रता से न्याय की प्रक्रिया पूरी नहीं होती है।"

सतीश मोजमदार के दिमाग में ओमेश का हँसता चेहरा, उलझे बालों के साथ पिछले पाँच दिनों से ज्यों-का-त्यों जमा हुआ था। एक जवान जो बिल्कुल बेगुनाह था, उसको इस व्यवस्था ने कैसा खत्म कर डाला? न वह बचा न उसकी माँ जो जवान बेटे की आत्महत्या का सदमा न झेल पायी। जिन्दगी भर न्याय की खोज करने वाले समीर पारुथी ऊपरवाले के अन्याय के सामने घुटने टेक बैठे। अब त्रिपाठी ने अपने प्रतिशोध का निशाना सबसे कमजोर वर्ग के लड़के को किस आसानी से बनाया है। सतीश मोजमदार यही सब सोचता हुआ कुछ देर कागज इधर-उधर करता रहा फिर उठकर घर के अन्दर गया।

36

जहीर मुरली और मामा का शव लेकर जब रसूलाबाद मसान घाट पहुँचा तो जुगनू को अपना इन्तजार करता पाया। उसने सारा इंन्तजाम कर रखा था। गंगा घाट पर पहले से चार चिताएँ जल रही थीं। उनके सगे-सम्बन्धी ढाल पर बैठे थे। कुछ लोग सामने बारादरी में नजर आ रहे थे। जहीर, सलमान, बसन्त वैन को वहीं खड़ी बस के साथ लगवाकर नीचे उतरे और धीरे-धीरे चलते हुए रेलिंग के पास आकर खड़े हो गये। मलमल की मटमैली चौड़ी धोती की तरह नदी बह रही थी। पानी की सतह पर कोई हलचल न थी। सूरज की किरणें उसकी छाती पर चाँदी नहीं बिखेर रही थीं। जहीर ने घबराकर नजरें पानी से हटाकर सुलगती चिताओं पर डालीं जो धीरे-धीरे बुझने लगी थीं। उनके धुएँ और चिटखती चिनगारियों के पीछे से नदी की छाती पर खिंचा पुल दूर से आशा का धुँधलाया साया लग रहा था।

गोल फूस के छप्पर के नीचे मल्लाह बैठे हँसी-मजाक कर रहे थे। एक-दो समाचारपत्र पढ़ने में व्यस्त थे। दुकान, जो गिनती भर की थीं, उन पर भी एक-दो लोग बैठे बातें कर रहे थे। जहीर की नजरें उस नजारे से वापस लौट आयीं और वैन पर टिक गयीं जहाँ पर मामा और मुरली नश्वर शरीर में बदल चुके थे। उनकी आत्माएँ कहाँ होंगी इस वक्त? हमारे साथ या परलोक में? जहीर की तरह सब अपनी-अपनी सोच में डूबे हुए थे।

एक साथ दो चिताएँ सज गयीं। जहीर को अपनी दोनों आँखें पनडुब्बी की तरह गंगा में गोता लगाती हुई महसूस हुईं। सबने एक साथ मुरली की चिता में आग दी और बहुत रोकने-थामने के बावजूद अपनी सिसकियों पर काबू नहीं पा सके। दुख के साथ सब कुछ हार जाने जैसा भाव उन्हें अपनी निर्बलता का अहसास बुरी तरह दिला रहा था। खड़ी बस में लोग वापस जा चुके थे। उनकी जगह यह पाँचों बैठे सामने नारंगी पीली लपटों को ताक रहे थे। जैसे-जैसे चिता बुझने की ओर बढ़ रही थी वैसे-वैसे उनकी आँखें खुश्क हो यथार्थ को स्वीकार करने की तरफ बढ़ रही थीं। धैर्य अपनी जगह गम से डूबे दिल में बनाने लगा था। सब कुछ स्वाहा हो जाने का सच उनके सामने था।

आज इतवार था। जहीर अकेला ही घर से बाहर निकला। पैदल बेमकसद वह घूमता हुआ घण्टाघर चौक की तरफ बढ़ गया। दुकानें बन्द थीं। माहौल में एक खालीपन बिखरा था। घण्टाघर के नीचे हमेशा की तरह बुलबुल लड़ानेवाले लड़कों का गोल बैठा था। जहीर उधर मुड़ गया और खड़े होकर खेल देखने लगा। गन्दे कपड़े के

टुकड़े पर बेसन पड़ा था। कुछ दाने भी, जिन्हें बुलबुलें चुग रही थीं। शर्त बँध गयी। पार्टियाँ चौकस हो उठीं और जंग का ऐलान हो गया। शायरी की दुनिया में चहचहाती बुलबुल अब पेट की खातिर रणक्षेत्र में उतर आयी थी। जहीर बड़े गौर से बुलबुल के पैंतरे देख रहा था। लड़कों की खुशी और जोश में भरी चीखें भी सुन रहा था। पटखम-पटखी और चोंच लड़ाने के बाद एक बुलबुल हार गयी। तेज शोर उठा और हारे हुए ने जेब से पैसे निकाल जीते हुए के सामने रखा और बुलबुल के थके शरीर को अपनी उँगली से हल्के-हल्के सहलाने लगा। जीती बुलबुल उत्तेजना में अपने पिंजड़े में अब भी फुदक रही थी।

"एक का न उड़ायो दुइनों को उड़ाय देव।" एक लड़के ने कहा और इसी के साथ बहस छिड़ गयी। बुलबुलें लड़ चुकी थीं। अब लड़के अपने-अपने तरीके से आपस में भिड़े हुए थे।

"जीती बुलबुल हमेशा उड़त है।" दूसरे ने अपनी बात रखी।

"नहीं हारी," कहकर लड़के आपस में गुत्थमगुत्था हो गये। इस धींगामुश्ती के मचे दंगल के बीच दोनों पार्टीवाले अपना-अपना पिंजड़ा सँभाल घण्टाघर के पीछे से अपने घरों को निकल गये। जहीर ने बढ़ती लड़ाई को देखकर सोचा कि वह बीच-बचाव या डाँट-डपटकर सबको अलग करे, मगर फिर कुछ सोचकर चुपचाप आगे बढ़ गया।

मुरली के बिना उसका दिल कहीं नहीं लग रहा था। मुरली ही तो था जिसने इस दुनिया से उसका परिचय कराया था। जिन जगहों पर जाने के लिए उसका दिल मचलता था, वहाँ-वहाँ मुरली उसको ले गया। एक ऐसे माहौल को उसने दिखाया था जो इतना जीवन्त था कि उसकी सहजता को देख जहीर पुराना रखरखाव भूलने लगा था। जो बोली वह बोलना नहीं जानता था, उसको बोलने लगा था। गली-कूँचों में जिन्दगी कैसे चहकती और रोती है, इसका अन्दाजा उसको कतई न था, मगर मुरली ने बताया कि हमारे अलावा भी लोग हैं जो हर तरह के समझौते और बगावत के साथ जीते हैं। दादी और मुरली ने नदी के दो किनारों की तरह उसके दोनों तरफ दो मानवीय समानान्तर रेखाओं को खींचा था जो वर्गों की असमानता के बावजूद अपनी थीं। अपनों के ही दो रूप थे। अब इन दोनों तरह के इन्सानों की आदत जहीर को पड़ चुकी थी। मुरली के चले जाने के बाद उसको हर कामकाजी या आवारा लड़के में मुरली ही नजर आता था। एक विचित्र सम्मोहन से वह बँध जाता था।

घण्टाघर से आगे बढ़ वह जानसेनगंज की तरफ बढ़ा फिर बायीं तरफ गली में मुड़ गया, जहाँ गब्बर का घर था। उसने घर पहचानने की कोशिश की, फिर एक मकान के सामने जाकर रुक गया। धीरे से पुकारा, "गब्बर...गब्बर!"

खिड़की से गब्बर का उलझे बालोंवाला चेहरा निकला। जहीर को देखकर वह

हँसा और नीचे भागकर आया। इधर-उधर देखकर उसने इशारे से पूछा—साइकिल कहाँ है? उसकी इस अदा पर जहीर मुस्कुरा पड़ा।

"मैं तुमसे मिलने आया था।"

"क्यों?" उसकी भवें थोड़ी-सी सिकुड़ीं। आँखों में प्रश्न उभरा और चेहरे पर आश्चर्य।

"पता नहीं।" जहीर ने सिर्फ इतना कहा और उसके सिर पर हाथ रख उसको प्यार से सहलाया। फिर हाथ उठाकर इशारा किया और चलने को हुआ। गब्बर उसी तरह अपनी फटी नेकर और गन्दी टाँगों के साथ खड़ा रहा। इस बीच वह थोड़ा लम्बा जरूर हो गया था। जहीर के दिल में कुछ तड़पा। उसने मुड़कर एक बार फिर गब्बर को देखा और मुस्कुरा पड़ा। इस बार गब्बर भी हल्के से मुस्कुराया। जहीर लम्बे-लम्बे डग भरता आगे गली की तरफ बढ़ गया।

जहीर से बुरी सिपतुन की हालत थी। सिपतुन की घरेलू जिन्दगी में मुरली का दाखिला इतना हंगामाखेज नहीं था जितना उसका एकाएक चले जाना। उसके मामा का आना सिपतुन को अटपटा जरूर लगा था, मगर पिछले चन्द महीनों में घर की रौनक में जो इजाफा हुआ था उसने सिपतुन के दिल में मामू-भानजे के लिए उन्स पैदा कर दिया था। अब उनका जाना इतना खल रहा था कि सिपतुन को लग रहा था कि वे लोग आये ही क्यों थे?

मित्रों की टोली दूसरे-तीसरे दिन जहीर के घर पहले की तरह जमा जरूर होती थी मगर हँसी-मजाक, खाने की फरमाइशें कोई नहीं करता था। रमेश ने इस बीच सतीश मोजमदार से तफसील में बात कर ली थी। उसका कहना था कि इस केस से त्रिपाठी बचकर नहीं निकल सकता है। तुम लोग बिल्कुल शान्त रहो ताकि वह और पेंच-ताव खाए। इधर मैं इस दुर्घटना की पूरी छानबीन करवा रहा हूँ। सुनकर बसन्त और सलमान सिर हिलाकर रह गये। उनकी समझ में बात आ गयी थी कि उनके हो-हल्ला मचाने से वह सबक त्रिपाठी को नहीं मिल पाएगा जो सबक उसे उसके पुलिस विभाग का अफसर देगा।

सलमान ने शाम को बताया कि रेवती और उसके भाई शंकर को उसकी माँ मुनव्वर शाह बाबा के मजार पर ले गयी थी। पिछले पन्द्रह दिन से दोनों भाई-बहन वहीं जंजीर में बँधे हैं। माँ भी वहीं रह रही है। सुनकर सबको धक्का-सा लगा। इस खबर से साफ जाहिर था कि बलात्कार की घटना का बुरा असर दोनों भाई-बहन पर पड़ा है। इलाज की उचित व्यवस्था न होने के कारण दवा के बाद दुआ पर माँ विश्वास ले आयी होगी। सबने एक-दूसरे की तरफ देखा और हिम्मतगंज की

तरफ चलने को उठे।

लूकरगंज और हिम्मतगंज के बीच जी. टी. रोड इस समय खाली पड़ी थी। श्री झूले बाबा के मन्दिर के सामने मुनव्वर बाबा के मजार का दरवाजा था, जहाँ दरवाजे के दोनों तरफ गुलाब की मालाएँ और अगरबत्ती लिये लोग बैठे थे। अन्दर कुछ भिखमंगे बैठे थे। कुछ दूर चलकर मजार की दीवार शुरू हो गयी। सामने मदरसा था। दीवार पर लगी सलाखों से मजार के चारों तरफ लेटे-बैठे रोगी नजर आने लगे जिनके पैरों में जंजीर और ताला पड़ा था।

"आप लोग अन्दर जाकर ज्यारत करें।" किसी बुजुर्ग ने पास से गुजरते हुए कहा।

"जी," सब बायीं तरफ मुड़े और अन्दर चहारदीवारी के पास जो पेड़ था वहाँ चप्पलें उतार वह बाबा साहब के करीब पहुँचे और उनकी आरामगाह के सामने झुके। फिर उन्होंने मरीजों के चेहरे देखने शुरू कर दिये।

"बुजुर्गों के मकबरे में बड़ी कुव्वत होती है। जब तक हसन हुसैन अपने बाबा के मकबरे से चिपकते रहे तब तक उन पर जहर का असर न हुआ। इसलिए मैं भी शाह बाबा के कदमों पर बेटे को लायी हूँ कि उसकी दीवारों की छुअन से इसके बदन का रोग जाता रहे। ऐ शाह बाबा, मेरे बेटे को ठीक कर दो।" एक बुढ़िया बहुत धीमी आवाज से सामनेवाली औरत से कह रही थी जो इनको देखने आयी थी।

जो भी मरीज कहे जानेवाले लोग, क्या मर्द क्या औरत वहाँ बँधे थे, सब कहीं खोये हुए थे। कोई खम्भे से चिपका बैठा था। कोई दीवार से लगा खामोश खड़ा था। कोई दीवार से लगा बैठा था तो कोई फर्श पर लेटा था। भीड़ के बावजूद एक खामोशी थी। अजीब तरह की रहस्यमय शान्ति थी। महसूस हो रहा था कि वहाँ बैठे लोग वहाँ बैठे रहने के बावजूद वहाँ नहीं थे। सलमान को ही रेवती फर्श पर लेटी नजर आयी। माँ पास बैठी थी। सब उसके पास पहुँचे। वह बसन्त को जानती थी। देखते ही बोली—

"कस भैया, कइसे आना हुआ?"

"मौसी, रेवती अब कैसी है?" बसन्त ने रेवती पर निगाह डालते हुए पूछा।

"इहाँ जब से लाये हैं तब से चिल्लाना बन्द होय गवा है। पखाना-पेशाब को भी बताती है।" माँ ने आँख में आये आँसुओं को सिर पर पड़ी साड़ी के पल्लू से इस तरह पोंछा कि किसी को पता न चले।

"शंकर कहाँ है?" बसन्त ने पूछा।

"वह...वह कोने में खड़ा है।" सबकी नजर उधर उठ गयी। जिधर एक जवान लड़का कमीज-पैण्ट पहने, बेल्ट लगाये, टाँग फैलाये कुछ इस तरह खड़ा था जैसे

दरवाजे पर रंग का ब्रश चला रहा हो। दोनों पैरों पर जूते के साथ भारी कपड़ा लिपटा था जिसमें मोटी चेन ताले के साथ पड़ी थी। बसन्त उठा और शंकर की तरफ गया मगर शंकर उसकी तरफ देखे बगैर टूटे फर्श से सिटकी, माचिस की तीली, सिगरेट का पैकेट जो भी कूड़ा उस दरवाजे की झिर्री से अन्दर आया था, उठा-उठाकर बड़े सलीके और सधे हाथों से लोहे के दरवाजे के दराजों में इस तरह फँसा रहा था जैसे पेण्ट करने से पहले मसाला भरते हैं। शंकर पेण्टर था। उसकी हरकत कुछ देर बसन्त देखता रहा और सुनने की कोशिश करता रहा कि आखिर वह मुँह ही मुँह में क्या बड़बड़ा रहा है। बहुत कोशिशों के बावजूद कुछ वाक्य सुनने को मिले जिसको सुनकर बसन्त का सिर घूम गया।

"तेरी बहिनिया का गुंडा लै जाय...हम भी देखत हैं।"

बसन्त उखड़ा-उखड़ा-सा मौसी के पास वापस आकर बैठ गया। फिर जेब से निकालकर जुगनू ने रुपये बसन्त को थमाये और मौसी को नमस्ते कर उठ गया। उसी के साथ रमेश, सलमान और जहीर भी उठ गये। बसन्त ने मौसी के हाथ में रुपये रखे जो वह ले नहीं रही थी। मगर बसन्त को पता था कि घर का हाल कमानेवाले लड़के के नीम पागल हो जाने के बाद क्या होगा। वह फिर आने का वादा कर बाहर निकला। शंकर ने उसके घर एक बार रंग-रोगन का काम किया था। तब की जान-पहचान थी। फिर जब रेवती के साथ दर्दनाक घटना घटी तो शंकर मदद माँगने आया था। बहुत चाहने के बाद भी उसकी कोई मदद नहीं हो पायी थी। इसकी तकलीफ सबको थी मगर करें भी क्या?

मन भी अजीब चीज है। जिधर मुड़ जाता है वहीं की जमीन की पर्तों में अपनी जगह बनाने लगता है। गटर जैसी जिन्दगी जीनेवालों के फेर में पड़ गया तो एक के बाद दूसरा नाता जोड़ने लगा। आकाश पर उड़ने की जगह जमीन में खोह बनाने लगा। जहीर सोच में डूबा था। बसन्त वहीं से अपने घर निहालपुर की तरफ मुड़ गया जहाँ पर उसके काकू रहते थे। उसका मन बिखर चुका था। उसी का क्या सभी के दिमाग में अब लल्ली का भविष्य प्रश्नचिह्न बना खड़ा था। मुकदमा न आगे बढ़ रहा था न उसमें जीत की कोई उम्मीद किसी को नजर आ रही थी। जिस वकील से मिश्रा ने बात की थी वह तारीख पर तारीख ले रहा था। पिछली बार जब जगन्नाथ ने कुछ झुँझलाकर पूछा था—

"आखिर कब तक आप सिर्फ मुकदमे की बदलती तारीख बताते रहेंगे?"

"मैं क्या करूँ? इस कचहरी में रोज तो छुट्टी और स्ट्राइक करा दी जाती है। फिर रुपये का लेन-देन। किसी वकील के पास मुकदमे की तारीखें बहस के लिए ज्यादा लग गयीं। तैयारी है नहीं सो उसने रजिस्टर मँगवाया, कहा देखो कोई वकील तो नहीं मरा? अगर मरा हो तो कण्डोलेंस करवा दो।"

“इस तरह तो...,” जुगनू ने आक्रोश दबाते हुए कहा।

“नया ऑर्डर आया है कि मुकदमे जल्दी निबटें। मैं तब तक कोर्ट से अपील भी नहीं कर सकता हूँ जब तक कचहरी में मुकदमा पक न जाए।” वकील ने कहा।

“फिर किया क्या जाए?” जहीर ने पूछा।

“अगर आप लोग बुरा न मानें तो मैं एक लतीफा सुना सकता हूँ?” वकील ने पूछा।

“जरूर!” जहीर ने तिलमिलाते हुए कहा।

“किसी जंगल में एक शेरनी का बलात्कार हो गया। आरोप एक चूहे पर आया। यह जानकर सारे चूहे जंगल छोड़ने लगे। उन्हें जाता देखकर ऊँट ने पूछा कि क्या बात है जो तुम लोग जंगल छोड़कर जा रहे हो? चूहों ने डरते-डरते सारी बात कह दी। सुनकर ऊँट भी जंगल छोड़ने लगे। यह देखकर चूहों ने परेशान होकर पूछा कि आप लोग क्यों भाग रहे हैं? इस पर ऊँटों ने घबराकर कहा कि हमको बीस साल लग जाएँगे यह साबित करने में कि हम चूहे नहीं ऊँट हैं।” इतना कह कर वकील ने लम्बी साँस ली। इस लतीफे पर कोई हँसा नहीं।

“फिर न्यायालय बन्द क्यों नहीं हो जाते हैं। क्यों गलत उम्मीद जगाते हैं?” सलमान झुँझलाकर बोला।

“यह केस कुछ ऐसा है कि मैं आपको अँधेरे में नहीं रख सकता हूँ। मेरे खानदान में भी एक ऐसा ही हादसा हुआ मगर सिवा बदनामी, थकन, पैसे की बर्बादी के कुछ भी हाथ न लगा। इसलिए मेरा कहना मानें, इस हादसे को भूल जाएँ और लड़की के हाथ पीले कर दें। इस मुल्क में जो अदालतों का हाल है उसमें बलात्कार के बहुत कम मुकदमों में कामयाबी मिली है और मुजरिम को सजा।” वकील ने बहुत संजीदगी से राय दी। उसकी बात सुन जुगनू सोच में पड़ गया कि यही बात मौसी भी कहती है कि लल्ली को ब्याह दो। मगर इस अन्याय को पी जाने का मन नहीं बना पाता हूँ। अब यह वकील भी हकीकत को झेलते हुए वही दलील पेश कर रहा है।

“थोड़ा सोचने का मौका दें।” कहकर जुगनू और जहीर उठ खड़े हुए थे।

वकील की उन बातों ने जितना उस दिन निराश किया था उससे ज्यादा निराशा आज जवान विधवा रेवती को देखकर हुई। अभी तो उसका पति रेल-दुर्घटना में मरा था। वर्ष भी तो पूरा नहीं हुआ था कि यह आफत टूट पड़ी। उसके घायल मन पर कितना गहरा आघात लगा होगा? रास्ते से एक-एक करके सब अपने घरों की तरफ मुड़ने लगे। जहीर अकेला ही घर लौटा। उसने दुकान हफ्ते भर के लिए बन्द कर दी थी।

दशहरे की चहल-पहल एक बार फिर शहर में फैल गयी। इस बार चौकी और रामलीला देखने का उत्साह किसी में नहीं बचा था। हमेशा की तरह नुक्कड़ के पान की दुकान, रूप पान भण्डार शाम को बन्द रहती क्योंकि रामलीला में वह सीता बनता था। बजाजा पट्टी में लाला हौजरी की भी दुकान बन्द हो जाती थी, क्योंकि उसको राजा दशरथ बनना होता था। रामलीला खेलने का यह नशा दस-बारह दिनों तक चढ़ा होता और किसी होटल से बैरा तो किसी दफ्तर से चपरासी तो किसी पाठशाला से कोई अध्यापक तो किसी घर से कोई लड़का गायब रहता। छुट्टी मिले या न मिले, माँ-बाप झिड़कें या रूठें, उनकी सेहत पर कोई असर नहीं पड़ता था।

आज हिवेट रोड से चौकी को निकलना था। दल में लक्ष्मीबाई, सुभाषचन्द्र बोस, चन्द्रशेखर आजाद, चीन-भारत और भारत-पाकिस्तान में शहीद हुए वीरों पर भी झाँकी बनायी गयी थीं। सारी सुरक्षा के बावजूद शरीर लड़कों के एक झुण्ड ने अपने मोहल्ले के हलवाई के लड़के की दुम में, जो हनुमान बना था, मिट्टी के तेल से भीगा कपड़ा रख, आग लगा दी। दुम फरफर कर जलने लगी। बनावटी दुम खींच कर हनुमानजी चौकी से कूद पड़े और माँ, बहन तौलने लगे। इस दृश्य से मजा लेती जनता और पुलिस तब होश में आयी जब किसी ने मौके से फायदा उठाकर लक्ष्मण बने रघुनन्दन व्यास को सीने पर गोली मार दी। उसके हाथ से धनुषबाण छूटा और उसने सीना हाथ से दबाया। बाजे-गाजे में गोली की आवाज पटाखा समझ ली गयी मगर जब लक्ष्मण सीधे-सीधे हाथी के हौदे से नीचे सड़क पर गिरे तो भगदड़ मच गयी। लोग समझ नहीं पाये की लक्ष्मण आखिर गये कहाँ? चूँकि राम व सीता ने लक्ष्मण का सीना खून उगलते देखा था, सो वे चीख पड़े।

पुलिस हरकत में आ गयी। चौकियाँ उसी गति से आगे बढ़ती रहीं। लक्ष्मण को उठाकर पुलिस सीधे अस्पताल की तरफ भागी, जहाँ रघुनन्दन व्यास मृत घोषित कर दिया गया था। दुश्मनी निभाने का यह कौन-सा अवसर चुना था अपराधी ने, जो सुनता दाँतों तले उँगली दबा लेता था। व्यास के घर में इस पुरानी दुश्मनी से जो भी कोहराम मचा हो और जाननेवालों का मन जितना भी दुखा हो मगर शहर के रुटीन में कोई फर्क नहीं पड़ा था। पुलिस पहले से ज्यादा चौकन्ना हो गयी थी। बाकी दल और दुर्गा-पूजा आयोजन उसी तरह चलते रहे।

इतवार का दिन, दरियाबाद कठघरे में पतंग उड़ानेवाले जमा थे। इस मौसम में शहर का कोई कब्रिस्तान नहीं बचता जहाँ मोहल्ले के लड़के जमा होकर पेंचें न लड़ाते हों। कई बार लड़कों का बुलावा जुगनू तक पहुँचा कि उस्ताद हो जाए एक-एक पेंच, मगर उसका मन नहीं हुआ। कई तरह की परेशानियाँ मन को घेरे हुए थीं।

हाथ भी इन दिनों तंग था। उसने पी. सी. ओ. में कैसेट की दुकान भी खोल ली थी जो दीवार में अलमारी फिट करवाकर चल पड़ी थी। आगे जो योजना वह बना रहा था, उसके लिए जगह बड़ी चाहिए थी। इसी सोच-विचार में वह डूबा था। ऊपर से लल्ली की चिन्ता उसको खाये जा रही थी। मौसी भी हर दूसरे-तीसरे दिन आकर अपनी बात किसी न किसी बहाने से दोहराती जिससे जुगनू दबाव महसूस करता! ऐसे में वह क्या पतंग उड़ाए, क्या पेंच लड़ाए? कई दिनों से वह किसी से मिला भी नहीं था। उसकी खोज-खबर लेने जहीर पहुँच गया।

"फिक्र क्यों करते हो जुगनू, सब ठीक हो जाएगा...चलो जरा बसन्त के घर होकर आते हैं। आज छुट्टी का दिन है, शरद भी घर पर होगा।" जहीर ने जुगनू को चिन्ता में डूबा देख कहा।

"नहीं जहीर, तुम चलो मुझे कुछ काम है।" जुगनू ने कहा।

"अच्छा, फिर मैं चलता हूँ", कहकर जहीर उठ तो गया मगर अब उसका दिल भी बुझ गया था।

शरद की तबीयत पिछले दिनों खराब थी। जहीर तब जा नहीं सका इसलिए जहीर का बसन्त के घर जाना जरूरी था। बसन्त उसको सीधे घर की छत पर ले गया, जहाँ जाड़े की धूप फैली थी। कई घरों के अन्दर का नजारा भी देखने को मिल रहा था। भौजी ने जहीर की पसन्द की लस्सी ढेर सारी मलाई डालकर बनायी थी। शरद को जहीर के पास बैठना भाता था। सो भूल गया कि काम पर भी जाना है। आसपास के घरों से जिन्दगी से भरी आवाजें लगातार हवा में तैर रही थीं। उसी के साथ रेडियो पर गाने भी चल रहे थे। जहीर की आँखें बार-बार छटककर सामनेवाले घर की छत पर चली जाती थीं, जहाँ पर तीन-चार लड़के पतंग उड़ा रहे थे।

"ढील दे ढील...जइसने उ हींची...तुमहूँ हींच दियो हाथ ओके कट जाई।"

"हटा ले बे।"

"बहुत लम्बी पतंग है, हटा ले, आके छत पर पटक देबै।"

"हींच ले बे—हींच...।"

"लम्बी कर........लम्बी कर...।"

"थपती बाँध, थपती बाँध।"

"अब चक्कर खिला, चक्कर खिला।"

"तिरछा मार तिरछा।"

"वह काटा तिरछा मार के...।"

"इनकी चिल्लाहट से कोई अपनी छत पर बैठ नहीं सकत है। न बच्चन लिख-पढ़ सकत हैं।" झल्लाया-सा शरद कह उठा। तभी शोर उठा और शरद ने

मुड़कर देखा।

"वह देखो, साला पतंग उड़ात-उड़ात गिर गवा।"

थोड़ी देर की हलचल के बाद फिर वही शोर फिजा में गूँजने लगा। जहीर ने मुस्कुराकर शरद को देखा और आसमान पर निगाह डाली, जहाँ पर रंगीन पतंगें बड़ी मस्ती भरी इतराहट से हवा में पेंगें ले रही थीं।

"हाय रज्जा वह काटा...!"

"कित्ता तेज मंझा है। दूसरवाले का मंझा काट दीस...अभिनय तो खरीद कर लावा रहा। एह मारे काट दीस।"

"आज तो तौकयाला, तिरंगा, अतरंगा, दो बाछ, नीली, चौपन्ना सभी उड़त हैं।"

"तौकयाला तिरंगे को काट दीस, अब लपटाओ ओका।"

"काहे लड़ाए बे?" दूसरी छत से लड़का चीखा।

"तहीं तो कहे रहे कि लड़ाओ।" पहला डरकर बोला।

"हम सद्दी से रहे तुम काहे काटे?" साथी ने जवाब दिया।

"जबर्दस्ती नहीं काटा, पेंच पड़ गयी, कट गयी।" दूसरे ने हँसते हुए कहा।

"हट जा बे, हट जा लपटा लिया।" विजयी स्वर उभरा।

"हमार पतंग दे।" रुआँसा स्वर गूँजा।

"काहे देई, हम लबझावा है।" जीता लड़का गर्दन अकड़ाकर बोला।

"नाहीं बे तुम देव हमका हमार पतंग, एक रुपया की खरीदकर लाये रहे।" हठ भरी आवाज एक छत से दूसरी छत पर फाँदी।

"काहे देई, तुम दूसर से काहे लड़ायो?"

"काहे देई, हम लबझा लिया, हम न देबय।" जीता लड़का ऊँचे स्वर में चीखा, तभी छत पर उसकी माँ आयी। पहले साड़ी का पल्लू कमर में बाँध बेटे और उसके साथियों को घूरती रही फिर धूप में सूखती लकड़ी उठाकर उसने बेटे को पीटना शुरू कर दिया। पतंग मंझा गया भाड़ में, जीतकर जो दो पल पहले उसने दोस्तों में अपनी इज्जत बनायी थी वह माँ ने सबके सामने उतार ली। दूसरी छत के लड़के हो-हो कर हँसने लगे। लड़के के सारे साथी सिर पर पैर रख अपनी-अपनी छतों पर भाग गये। उसको पिटता देख शरद बोल उठा—

"एक-दो हमार तरफ से भी लगाओ..सारे दिन पतंगबाजी...न पढ़त है और न घर का कोई काम करत है।"

जहीर को एकाएक मुरली याद आ गया। एक दिन घर की छत पर चढ़कर उसने रात को पतंग उड़ायी थी। पूरे चाँद की रात थी। सफेद चाँदनी पूरे वातावरण को प्रकाशमय बनाये थी। मुरली पतंग को इस तरह ऊँची कर रहा था जैसे वह

पतंग की जगह चाँद को लबझाकर नीचे ले आएगा! एकाएक सद्दी खत्म हो गयी। हवा बन्द होने के कारण पतंग भी फिजा में अटक गयी। यह देख मुरली ने सद्दी का छोर पानी के पाइप से बाँध दिया।

"यार मुरली, तूने तो कमाल कर दिया।" जहीर उसकी इस उस्तादी पर ताज्जुब में पड़ गया था।

"दिन भर काम करे के बाद, शौक तो एही टायम पूरा करै का पड़त है।" मुरली बच्चों की तरह हँसा था। पतंग चाँद के पास वैसे ही टँगी थी। सद्दी तनी हुई थी। दोनों छत से नीचे उतरे। उस रात जहीर को लगा था कि खुशी हासिल करने के कितने तरीके हैं और हुनर के कितने रूप?

सुबह उठते ही दोनों छत पर पहुँचे। चाँद का कहीं पता न था। नारंगी आसमान पर पीले सूरज का गोला धीरे-धीरे पेड़ों, इमारतों के बीच से उभर रहा था। पतंग को तलाश करती आँखें एकाएक मस्जिद की ऊँची मीनार पर जा टिकीं, जिस पर पतंग अटकी हुई थी। सुबह की हवा ने उसको अपने साथ उड़ाया होगा। जहीर और मुरली पतंग देख कहकहा मारकर हँसे।

"क्या हुआ? हँसत काहे हो?" बसन्त ने ताज्जुब से जहीर का मुँह ताका।

"अब चलना चाहिए।" इतना कहकर जहीर उठ गया।

37

जहीर के दिल में जाने एकदम से क्या आया जो घर में पुताई का काम शुरू करवा दिया था। कमरों में रखा हुआ सामान बाहर निकल आया। जिसमें बहुत कुछ बोसीदा और बेकार हो चुका था। सिपतुन सारे दिन जरूरी और गैर-जरूरी चीजें छाँटती रहती थी। रोज कबाड़ीवाला कुछ न कुछ लेकर जाता था। जहीर अच्छी हालत में दिखनेवाले सामानों को बाँटने पर उतारू हो गया था। सिपतुन को याद नहीं आ रहा था कि पुताई का काम घर में आखिरी बार कब लगा था। वह कितनी बार घर की बुनियादी सफाई के बारे में सोच चुकी थी मगर पुरानी चीजों को छाँटने की हिम्मत उसमें अम्मीजान के सामने नहीं पड़ सकती थी। यह तो जहीर की मर्जी थी, जिसमें उसकी मर्जी भी शामिल हो गयी थी। जहीर के दिल पर मुरली की मौत ने ऐसा गहरा जख्म लगाया था कि उसके अन्दर का उमड़ता आक्रोश कितनी बार उसको उकसाता था

कि पुराना बकस खोल, दो नली बन्दूक निकाल, श्यामलाल त्रिपाठी को गोली से भून दे; मगर विवेक उसको दिलासा देता था कि ऐसी ऊलजलूल हरकतों का अन्त बड़ा दर्दनाक होता है। खासकर माँ का चेहरा देख उसका उफनता आक्रोश ठण्डी फुहारों में बदलने लगता और आँखें बन्द कर वह अल्लाह की बारगाह में दुआ माँगता।

"मुझे भटकने मत देना यारब। मुझे सीधा रास्ता दिखा। हर बुराई से मुझे बचा। मुरली के गम को कोई शक्ल ऐसी दे जिससे मैं सँभल जाऊँ। मुझे सुकून दे। मुझे सब्र दे। मेरा गुस्सा ठण्डा कर दे मेरे माबूद!"

जहीर ऊपर से जितना शान्त दिखता था, अन्दर से उतना ही खौलता रहता था। हर पल वह तड़पता रहता था। इस ख्याल से कि उसने इस दुश्मनी की कितनी बड़ी कीमत अदा की। यह भी एक वाहियात आदमी को छकाने में...? मगर उसने भी हमारा कहाँ पीछा छोड़ा? हरदम हमारी खोज-खबर लेता रहता था। कहाँ तक कोई किसी को टाले और संयत बना रहे? जुल्म सहने की भी एक सीमा होती है। हम दब्बू बनकर अगर उसकी हुकूमत स्वीकार कर लेते तो आज अपराधियों की पंक्ति में हमारा भी शुमार होता। हरदम डर-डरकर जीते और उस अन्धी गली से निकलकर कभी रोशनी भरे रास्ते पर नहीं चल सकते थे। किसी को दुख पहुँचाने से अच्छा है कि आदमी खुद दुख सह ले मगर कोई गलत काम न करे।

आज सारी तरक्की के बाद सतीश को आखिर ग्लानि घेर ही लेती है। उसने खुद स्वीकार किया कि वह इन वर्षों में कभी भी चैन से नहीं रहा और यहाँ आकर मुझे खोजता रहा। ठीक है। उसने मेरा पता हासिल कर लिया मगर मुझे नहीं पा सका है। हो सकता है, उसकी यह खोज ताउम्र जारी रहे। इसलिए नहीं कि मैं उसको अभिशाप दे रहा हूँ या उससे नाराज हूँ बल्कि यह गुजरे समय का सच है, जो लगातार टीसता रहेगा; क्योंकि मैं वैसा नहीं रह गया, जैसा था या उस हादसे से कुछ हासिल करने के लिए मैं ठहरा नहीं रहा बल्कि उस हादसे ने मुझे दूसरा आदमी बना दिया। मानता हूँ वह आदमी मेरा यथार्थ नहीं था। मैं वही हूँ जो हादसे से पहले था। मुरली की मौत ने मुझे झिंझोड़ डाला है। मेरा बनावटी कवच उतर गया है और अब मेरा रोष, मेरा आक्रोश पीड़ा में बदल चुका है। एक गहरी व्यथा की नदी में ढल चुका है। जो मुझे जला नहीं रही है बल्कि एक शान्ति का अहसास जगा रही है। उसका मन्द गति में बहना अपनों के बीच मुझे एक अजीब सुख की अनुभूति दे रहा है। अब मैं समझ सकता हूँ कि मेरे घर की औरतों ने किस चिराग की लौ को जलाये रखा था। और उसकी रोशनी से ऊर्जा और शक्ति को हासिल करती, कितने साबित कदमों से चलती रही हैं। न गलत समझौते किये, न गलत फैसले लिये और अब मुझे बहुत कुछ साफ-साफ नजर आ रहा है। वक्ती हालात

की मार से मैं अपने-आप से भागता, दौड़ते-दौड़ते पहाड़ की चोटी पर पहुँचकर ठहर गया हूँ। और वहाँ से अब अपने छोड़े रास्ते के पेच व खम उसके ऊबड़-खाबड़ दुर्गम राहों को देख रहा हूँ, जहाँ मेरे पैरों के निशान कहीं नजर नहीं आ रहे हैं। मगर मेरे दिल की तरह मेरे पैर भी लहूलुहान हो चुके हैं। अब मैं अपनी दूसरी यात्रा आहिस्ता-आहिस्ता रास्ते को हमवार बनाकर तय करूँगा ताकि उस पर मेरे बाद चलनेवाले को एक पगडण्डी नजर आए। दरअसल अब मैं अपने दुख-सुख के लिए नहीं जीऊँगा बल्कि दूसरों के दुख-सुख में अपनी खुशी का अक्स देखूँगा।

जहीर लगातार अपने से बातें करता एक ऐसे रास्ते की तलाश में था जिस पर चलकर वह खोया सुकून हासिल कर सके। अपनी इच्छाओं को तरतीब देकर मंजिल की निशानदेही कर सके कि आखिर उसको पहुँचना कहाँ है। अपने साथ हुए अन्याय की उस आग को दादी की मौत ने राख बना दिया था और अब मुरली की मौत ने उन सारी आक्रोश भरी प्रतिक्रियाओं पर पानी डाल दिया था।

शाम को जहीर घर में अकेला था। पुरानी किताबों को अलमारी खोलकर देख रहा था, जिसमें उसके बुजुर्गों के हाथ से लिखी कुछ गजल, कसीदे की पाण्डुलिपियाँ थीं। उन्हीं में परदादा डॉ. सगीर की एक पाण्डुलिपि भी अंग्रेजी में मौजूद थी, जो आम बीमारियों और उनके उपचार के बारे में थी। घरेलू नुस्खे भी उर्दू में लिखे मौजूद थे। उन्हें देखकर जहीर अन्दर से हिल गया। मैं कहाँ भटक रहा था अब तक? दादीजान ठीक ही कहती थीं कि मैं वहाँ रहता हूँ जहाँ मुझे नहीं होना चाहिए...कितनी जिम्मेदारी है मुझ पर...और यह सब...? इतना कहते हुए उसने पाण्डुलिपि उठायी और धीरे से कहा, "अब मैं यहीं रहूँगा जहाँ मुझे रहना चाहिए था, दादीजान! यह आपसे मेरा वादा रहा।"

सिपतुन बेटे को किताबों में उलझा देखकर कई बार उल्टे पैर लौट गयी और अब चुपचाप जाकर खाने की मेज पर रखी सब्जी की टोकरी में से बैंगन निकालकर काटने लगी। रमेश को बैंगन, आलू, टमाटर की सब्जी पसन्द थी। सलमान को नेनुवा की और जगन्नाथ को अरवी, बसन्त को करैला की। सो हर दिन किसी एक की पसन्द की सब्जी सिपतुन बनाती थी ताकि लड़कों में खाने का चाव बना रहे। मुरली को घिया बण्डे की मसालेदार सब्जी बहुत पसन्द हुआ करती थी। जिस दिन से मुरली इस दुनिया से गया, बण्डा फिर घर नहीं आया। कई बार सब्जी खरीदते हुए ठेलेवाले ने पूछा भी—"आजकल बण्डा नहीं पकावत हो बीबी, का बात है...लाइत तो हम बढ़िया देखै के है?"

"जो शौक से खाता था वही नहीं रहा तो पकाऊँ किसके लिए?" रोज-रोज के सवाल से तंग आकर एक दिन सिपतुन ने सब्जीवाले से कह ही दिया।

"अम्मा, चाय बना दो।" थका-थका-सा जहीर दालान में आकर बैठ गया—

"अभी लायी।" कहती सिपतुन उठ गयी और जाते-जाते कह भी गयी।

"मुझे तुमसे कुछ जरूरी बातें करनी हैं।"

"ठीक है।" कहकर जहीर ने माँ की तरफ देखा।

थोड़ी देर बाद दो प्याली चाय और बिस्कुट लेकर सिपतुन लौटी। उसके अन्दर कई दिनों से कुछ उमड़-घुमड़ रहा था। शाम ढल रही थी। जहीर किसी गहरी सोच में डूबा हुआ था। सिपतुन बेटे की उदास कैफियत देखकर मन मारकर बैठ गयी। एकाएक जहीर ने लम्बी साँस खींचकर कहा, "हाँ अम्मां! बोलो, कुछ कहना चाह रही थीं तुम?"

"हाँ," सिपतुन ने धीमे से कहा और खाली प्याली मेज पर रखी।

"बोलो, चुप क्यों हो गयीं?" जहीर ने थकी आँखों से माँ को देखा।

"क्या कहूँ...तुम खुद समझदार हो। बाप दादा की विरासत के मालिक अब तुम हो। इसको बचाना, ठीक रखना और आगे बढ़ाना अब तुम्हारे ऊपर है...।" इतना कहकर सिपतुन चुप हो गयी, इस डर से कि कहीं बेटा पहले की तरह तैश में न आ जाए।

"समझ रहा हूँ अम्मा।" जहीर धीरे से बोला तो सिपतुन का हौसला बढ़ा।

"यह मकान है इसको...मेरा मतलब है...हम कुछ दूसरी तरह से इसका इस्तेमाल कर सकते हैं...जैसे स्कूल खोल सकते हैं या फिर लावारिसों को...।"

"अम्मा, तुमने तो मेरे दिल की बात कह दी। कई दिनों से मैं सोच रहा था कि ऐसा क्या करूँ जिससे मेरे दिल को सुकून मिले। मगर समझ नहीं पा रहा था। तुमने तो राह दिखा दी...।" बीच में बात काटकर जहीर जोश में बोला। उसके बाकी शब्द सीने में घुटकर रह गये कि...।

"अम्मा, तुम्हें अब कभी दुख नहीं पहुँचाऊँगा। दादी को मैंने बहुत दुख दिये हैं। अब मैं समझ गया हूँ कि अपने बुजुर्गों के बनाये रास्ते पर चलकर ही मंजिल तक पहुँचा जा सकता है। मैं कर तो वही रहा था मगर...मगर उसका अन्दाज मुनासिब नहीं था। मुझे अब अपनी जद्दोजहद का अन्दाज बदलना होगा। आज जरूरत किसी बुनियादी बदलाव की है। अम्मा, तुम ठीक कह रही हो। मुझे अपनी विरासत पर चलना है। कुर्बानी, खिदमत, वफादारी जो मेरे बुजुर्गों ने अपने वतन और समाज के लिए की थी, उसको मुझे भी अंजाम देना है।"

सिपतुन के दिल में बेटे की तरफ से इत्मीनान की चाँदनी फैल गयी। बरसों बाद उसकी आँखें सितारे की तरह चमकीं और होठों पर जिन्दगी से भरपूर मुस्कुराहट कौंधी। उसने बड़े दिल से बरसों बाद खाना पकाया और आटा गूँधकर इस ख्याल से थाल में ढँक दिया कि लड़कों के आने के बाद गर्म-गर्म चपाती तवे पर सेंकेगी। इन दिनों हर काम वह कर्तव्य समझकर निभा लेती थी। मुरली की मौत ने उसको

अन्दर से तोड़कर रख दिया था। हर पल जहीर के लिए फिक्रमन्द रहनेवाली माँ जहीर की जगह मुरली की लाश देखकर टूट गयी थी। गम से भी और अहसान से भी कि उसने दोस्ती निभायी और जहीर की जगह खुद मौत के मुँह का निवाला बन गया।

सुबह-सुबह मोहन्ती के कानों तक खबर पहुँच गयी कि उसके पाँचों ट्रकों के ड्राइवर पहचान लिये गये हैं, जिसमें से एक ने सारा खुलासा पुलिस को दे दिया है और खुद लापता है। इस खबर ने मोहन्ती का पारा गर्म कर दिया। उसने त्रिपाठी को फोन पर बताया। सुनकर त्रिपाठी ने मीठी झिड़की दी।

"काहे को चिन्ता करत हो, हम हैं न? तुमका हमरे ऊपर विश्वास नहीं रहा?" त्रिपाठी ने कुछ खिंचे स्वर से कहा।

"चिन्ता इ कारण से है कि कउनो तुमरे पीछे लग गवा है। बेकार का झमेला हमका अच्छा थोड़ी लागत है। किसी तरह बात सँभालो वरना हमार काम-धन्धा बैठ जाई।"

"तोहार गुस्सा जाए एलीफेण्ट के एल पे। लग गवा है, तो हमार का उखाड़ लेई? भुलाय दियो का, कानपुर रोड पर मारुति से टक्कर? कौन बचाये रहा तोका? वह हमहिन रहे।" त्रिपाठी ने अपनी बात चबा-चबाकर कही।

"हाँ-हाँ याद आय गवा।" कहकर मोहन्ती ने फोन पटका और बड़बड़ाया।

"एक मुसीबत से छुटकारा पावे की इतनी भारी कीमत चुकावै का पड़ी, अगर ससुरे यह जानित होइत तो कबहूँ तुम्हार सहायता न लेइत...हर महीने कउनो न कउनो साला, पचड़ा आय खड़ा होत है...इ बार हम खुद चाहित हैं कि पुलिस हमका पकड़ ले, जो यमराज के करतूत खुल जाई...दूसरन का रास्ता बतावै, आपन कुकुर से चोथवावै...न दिन चैन न रात...अरे हम ट्रांसपोर्ट खोले हैं पेट पालै की खातिर मगर इ त्रिपठिया साला...एकी मइया का कुत्ता नोचै! हमका अपनी तरह पूरा अपराधी बनावै पर तुला है।........"

जमील वकील को जब यह खबर मिली कि ट्रकवाली बात लीक हो गयी है तो उसके कान खड़े हुए। वह सीधा कांग्रेस विधायक विश्वकर्मा के पास पहुँचा ताकि हालात का सही अन्दाजा लगे। विश्वकर्मा लोगों से घिरा बैठा था। जमील भी सलाम करके बैठ गया। थोड़ी देर बाद विश्वकर्मा अन्दर गया। उसके दो सेकेण्ड बाद जमील भी उठकर अन्दर की तरफ बढ़ा। जनता की सुनवाई वाले बड़े हाल से मिला वातानुकूलित

कमरा था जिसमें विश्वकर्मा विशेष अतिथियों से मिलता था। जमील भी खास ही था। आखिर त्रिपाठी का आदमी था और कभी-कभार ही आता था।

"कोई खास बात?" विश्वकर्मा ने पूछा।

"समझो तो खास वरना बेकार!" जमील अंसारी ने गद्देदार सोफे पर अपने को गिराते हुए कहा।

"कैसे?" विश्वकर्मा ने धोती सँभाल, टाँग उठा घुटने पर रखी और तलवा सहलाते हुए पूछा।

"इधर हालात कुछ हमारे खिलाफ दिख रहे हैं!" जमील अंसारी ने उँगली में लगा चूना चाटते हुए कहा।

"वह कैसे?" विश्वकर्मा चौंका!

"त्रिपाठी ने अब हमारी सुनना बन्द कर दी है और...।" जमील अंसारी कुढ़ा कुढ़ा-सा बोला।

"तुम्हार जगह कउनो नवा वकील पाल लिहेस का?" हो-होकर विश्वकर्मा हँसा।

"तुमका बड़ा मजाक सूझा है। जो कौनो केसवा में फँस जाबो तो रोवत न बनी।" जमील ने विश्वकर्मा को घूरा।

"आखिर का भवा, कुछ फूटबो?" विश्वकर्मा गम्भीर हो गया।

"यही कि कई बार समझाया कि इन सूअर की औलादों पर खाक डालो मगर नहीं, जब से चार्ज मिला है तब से जहीर का बुखार कुछ ज्यादा ही सिर पर चढ़ गवा है।" जमील ने गुस्से से हाथ मटकाया।

"भवा का है...बतिया का है यार, सफा बोलो न?"

"अब का बतायी, अरे वही कुरमी का पिल्ला मुरली, जहीर का जिगरी दोस्त ओका मोहन्ती की ट्रक से कुचलवावे की का जरूरत रही?...आ बैल मुझे मार। एस. एस.पी. साहिब भीतर-भीतर तफतीश करवाय रहे हैं।" जमील अंसारी ने माथे पर उँगली रगड़ते हुए कहा।

"काहे? मुरली उनका कउन लगत रहा जौन उनका तफतीश करावै का पड़ गयी?"

"होश में हो की नाहीं? पुलिस के डियूटी है छानबीन करना, का जब कउनो कुछ लगे तबहिने पुलिस ड्यूटी निभावै?" जमील चिढ़ गया।

"ड्यूटी पुलिस कैसे निभावत है, ओका हमका न समझाओ! हम पूछित है कि अनवर सुल्ताना का किस्सा चुटकी बजावत मा दबवाय दीहिन। सिनेमा हाल वाला किस्सा खुद एस.एस.पी. साहिब खारिज किहिन हैं। रामरस्तोगी की दुकान का मामला भी सुलट गवा। फिर ई कुँजड़ा मुरली काहे गले की हड्डी बन गवा है?"

''इन लकड़साँगड़ों का शहर में बहुत अच्छा हवा-पानी जम चुका है। अभी चुनाव में हरामजादों को खड़ा कर दो अपने खिलाफ, तो तुम्हार जमानतौ बचावै कठिन हो जइहे...समझेव नेताजी।'' जमील ने इस तरह कहा कि विश्वकर्मा की भवें तन गयीं।

''भाँग-वाँग चढ़ाय के आये हो का, जो मुँहना में आवत है अण्टबण्ट पेले जाय रहे हो?''

''अण्डबण्ड नय बोलित बल्कि सबै का सोचित है। तबै भरी दोपहरी में दौड़ के आवा है कि हम तो समझाय के हार मान चुके हैं। अब तुम त्रिपाठी को ऊँच-नीच समझाओ कि गुरु सारे कानून को डण्डे की तरह हाथ में ले लिहिन हैं। खुद तो फँसबै करिहैं, साथ में हमहूँ का लै डुबिहें।'' जमील ने तंग आये स्वर में कहा।

''लेव ठण्डा पियो। हम इन लोगन से निबटकर त्रिपाठी को कनफुसियर लगाइत है।'' विश्वकर्मा ने पहलू बदलते हुए कहा, फिर धीरे से बोला—''चार्ज सँभाले के बाद कुछ अधिकय दिमाग खराब होय गवा है ओकर। अपने आपे मा नहीं रह गवा है। बड़े कप्तान साहब ने भी बड़ी तत्परता दिखायी ताकि वाहवाही मिले... तरक्की का चांस लगे।'' विश्वकर्मा ने सोचते हुए बड़ी गम्भीरता से गर्दन हिलायी।

''आदमी भ्रम का शिकार हो जात है तो ओसे औरही-बौरही हरकत होय जात है। हमका तो आपन फिकर होत है, बड़ी मुश्किलों से बड़ी बहन की बात एक घर में पक्की हुई है। दो माह बाद शादी है। खुद तो आपन फैमिली को आबाई वतन रूपौली में बसा बच्चों का एडमीशन करा दिहिन बनारस।'' जमील ने उतरे चेहरे से कहा फिर ठण्डी साँस भर बड़ी उदासी से कहने लगा, ''जानित है नेताजी, त्रिपाठी बड़ा घाघ है। यहाँ तो जो कुछ है सबै सामने है।''

''अब समझ में आवा कि तुम काहें खातिर परेसान हो...त्रिपाठी साला रसान रसान चलै के मारै आज यहाँ तक पहुँचा है...परेसान न हो...चलो, फिर भेंट होत है।'' इतना कहकर विश्वकर्मा उठ तो गये मगर उनका दिमाग बँट गया था। जानता था कि इस समय शहर की हवा उल्टी दिशा में बह रही है। ऐसे समय में तो शान्त बैठना ही उचित था, मगर साले मुरली का लफड़ा जाने कहाँ से आन पड़ा। ये लड़के तो दिलों पर राज करते हैं। वह तो कहो जन-आन्दोलन नहीं छेड़ा किसी ने वरना तो...।

जमील अंसारी का मन विश्वकर्मा से मिलकर हल्का नहीं हुआ। अन्दर-अन्दर एक बेचैनी उसको लगातार परेशान कर रही थी कि कुछ अशुभ घटकर रहेगा। कुछ घटकर रहेगा, इसी बेकरारी के चलते वह देवीशंकर की दुकान पर पहुँच गया। ऊपर से तो वह काम लेन-देन का करता था मगर अन्दर-अन्दर सारे धन्धे करता था। चाहे नकली दवाओं का होलसेल विक्रेता या कच्ची शराब के ठेके का मालिक, उसके

लिए सब बराबर था। आखिर सूद पर रुपया चलाता था। इसलिए चमड़ी जाए मगर दमड़ी न जाए पर उसका विश्वास था। जमील को इस समय देखकर उसका माथा ठनका। वैसे तो त्रिपाठी के बारे में वह खुद जानता था कि उसका समय ठीक दिशा की तरफ नहीं जा रहा है मगर काम-धन्धे में तो यह सब चलता रहता है। गद्दी से उठकर देवीशंकर अन्दर कमरे में गया जहाँ पर रंजन उर्फ सुतली बम्ब और कासिम उर्फ खूनी पंजा पहले से बैठे दारू पी रहे थे। यह दोनों ज्यादातर अण्डरग्राउण्ड काम करते थे। त्रिपाठी के खास चेलों में से थे। इस वक्त किसी लड़की की खबर लाये थे, ज़िसका इन दोनों ने बनारस से अपहरण किया था। अब उसको कहाँ पहुँचाना था, इसी बाबत बात करनी थी। वक्त-जरूरत यह भेस बदलते रहते थे। इसीलिए जमील उन्हें पहली नजर में पहचान नहीं पाया। जब उन्होंने सलाम किया तो कासिम की छः उँगली और रंजन का कटा होंठ नजर आया।

"कहो चंगू-मंगू का हाल है?" जमील अंसारी ने पूछा।

"सब आपकी कृपा है!" दोनों हँसे। कई मुकदमों में वकील साहब ने बरी कराया था। उनके अहसानों से लदे थे।

"तुम लोग चलो फिर आना।" इतना कहकर देवीशंकर बैठ गया। वे दोनों पिछली गलीवाले दरवाजे से बाहर निकल गये।

"मैं दिमागी तौर से बहुत उलझ गया हूँ। जज यादव का ट्रांसफर हो गया है दूसरी बेंच में, मेरे सारे मुकदमे लटक गये। ऊपर से त्रिपाठी खेत खाये गधा, मार खाये जुलाहा वाला शोशा छोड़कर बैठा है।" जमील ने परेशानी में आँख मलते हुए कहा।

"हाँ, भाई! सुन तो हम भी बहुत कुछ रहे हैं। कभी-कभी तो लगता है कि अपना धन्धा तो चौपट हो जाएगा।" देवीशंकर ने गद्दी पर पहलू बदलते हुए कहा।

"तुम्हारा तो दूसरा पुश्तैनी काम भी है सूद पर रुपया चलाना मगर मैं तो बेमौत मारा जाऊँगा। अपराधी तब तक साथ देते हैं जब तक उनके आगे कुछ डालते जाओ, जहाँ भूखे छूटे नहीं कि वे तुम्हारे ऊपर पिल पड़ते हैं। यह बायीं आँख अलग फड़क-फड़ककर पेट में हौल पैदा कर रही है।" जमील अंसारी ने कहा।

"राम राम! शुभ-शुभ बोलो। ऐसा कभी नहीं होगा।" देवीशंकर ने कुछ घबराये स्वर में कहा। उसको जमील की परेशानी देखकर लग रहा था कि बात गम्भीर है!

"हाँ, मना तो मैं भी रहा हूँ कि कोई आफत न टूटे मगर आसार अच्छे नजर नहीं आ रहे हैं।" जमील ने फिक्रमन्द आवाज में कहा।

"मैं सोच रहा हूँ कि कुछ दिनों के लिए वैष्णो देवी निकल जाऊँ, सारे पचड़ों से दूर...।" देवीशंकर निराशा भरे स्वर में बोला।

"अरे! वैष्णो देवी से कभी तो लौटबो?" जमील अंसारी ने झुँझलाकर कहा।

"उस दीमक मोहन्ती से कहो न कि अपनी रखैल को भेजे ऊपरवालों के पास, छम्मकछल्लो चुटकी बजाते में इस एस.एस.पी. का ट्रांसफर करवा देगी और सब ठीक हो जाएगा। साँप भी मर जाएगा और लाठी भी नहीं टूटेगी... ।" देवीशंकर ने कुछ सोचते हुए कहा।

"हाँ, ऐसा ही कुछ करना पड़ेगा वरना...अच्छा मैं चलता हूँ त्रिपाठी से मिलकर बात करनी पड़ेगी।" कहता हुआ जमील उठ गया। उसका दिल व दिमाग कहीं लग नहीं रहा था। उसको शहर के आसार कुछ अच्छे नजर नहीं आ रहे थे।

दुकान से जमील बाहर सड़क पर निकलकर अपने स्कूटर के पास कुछ देर खड़ा रहा फिर कुछ सोचकर कोतवाली की तरफ मुड़ गया। मन में जो उलझन और डर है उसको लेकर वह साफ-साफ त्रिपाठी से बात कर लेगा। आगे उसकी मर्जी... ।

जमील अंसारी उर्फ कट्टा अपनी धुन में चलता चला जा रहा था। उसको इस बात का कतई अहसास नहीं था कि बब्बू मियाँ उसको लगातार पीछे से आवाजें लगा रहे हैं। तंग आकर बब्बू मियाँ ने रिक्शेवाले से कहा।

"अरे अहमक पुकार वकील साहब को।"

इस बार अपना नाम सुनकर जमील चौंके और उन्होंने स्कूटर की रफ्तार कम करते हुए इधर-उधर ताका तो उन्हें बब्बू मियाँ नजर आ गये। दिल ही दिल में जमील ने लाहौल पढ़ी और ऊपर से खुशमिजाजी दिखाते हुए स्कूटर सड़क के किनारे रोका।

"अमाँ तुम तो ईद के चाँद हो गये हो?" बब्बू मियाँ ने रिक्शे से उतरते हुए कहा।

"कहो चचा। क्या हालचाल हैं? सब खैरियत तो है न?" जमील ने बब्बू को सलाम कर पूछा।

"खुशखबरी ही खुशखबरी है मियाँ...मैं बिब्बी यानी तुम्हारी चची को तलाक देना चाहता हूँ... ।" बब्बू मियाँ ने गर्दन अकड़ा हाथ की उँगलियों से माथे पर आये बालों को समेटते हुए कहा।

"नाराजगी क्या है?" जमील ने अपनी झुँझलाहट पर काबू पाते हुए कहा।

"अरे मैंने उससे निकाह पढ़वाया था न कि उसके खानदान से...हर दिन कोई-न-कोई टपका रहता है। पुलाव जर्दा पक रहा है। दावतें उड़ रही हैं...मैं भरना भरते-भरते तंग आ गया हूँ। तुम कुछ तरकीब निकालो ताकि इससे पिण्ड छूटे।"

"सोच लीजिए चचा, मैं तो फीस की लालच में तलाक दिलवा दूँ मगर आप तनहा तो नहीं रह पाएँगे। फिर निकाह करेंगे। खर्चा होगा। वह औरत भी जाने कैसी

निकले...वही बात होगी कि आओ छोड़ बाओ में फँस गये...। इसलिए चची की हरकतों को दरगुजर कीजिए। उनकी खिदमत पर नज़र रखिए।" जमील ने जान छुड़ाने के लिए कहा।

"बात तो तुमने पते की बतायी मगर...।" अभी बब्बू मियाँ इतना ही कह पाये कि आवाज गूँज उठी।

"अब्बा...।"

"देखा, इन गुस्ताखों को? पुलिस भी कुछ नहीं कर पायी इन नबकारों का।" बब्बू मियाँ ने घूँसा ताना!

"मगर मैं कर सकता हूँ। क्रिमिनल अफेयर्स का वकील हूँ न। सबको अन्दर करवा दूँगा। ऐसा मुकदमा दायर करूँगा कि इनको भागने का रास्ता नहीं मिलेगा!" जमील ने स्कूटर की तरफ बढ़ते हुए कहा।

"कर दो मुकदमा...ठोंक दो इन पर नालिश!" बब्बू मियाँ ने मसूढ़े पीसे।

"फीस लगेगी।" जमील ने आखिरी हथियार उठाया!

"उसकी परवाह मत करो, यह लो सौ रुपया एडवांस बाकी कल घर आकर ले जाना...अच्छा चलता हूँ।" बब्बू मियाँ ने जेब से नोट निकाला और जमील की जेब में डाल दिया।

"आराम से जाइए और बेफिक्र होकर सोइए। मैं हूँ न चचा..." जमील ने सौ का नोट जेब में सँभाला और मुस्कुराते हुए स्कूटर स्टार्ट किया। रिक्शा बब्बू मियाँ का आगे बढ़ा ही था कि आवाज उभरी—

"अब्बा!"

जमील जब कोतवाली पहुँचा तो लाल कागज में लिपटा सामान लेकर त्रिपाठी कहीं बाहर जाने की तैयारी में थे। जफर को देखकर ठिठके और बोले, "इस वक्त कैसे वकील साहब?"

"जरूरी बात थी।" जमील त्रिपाठी के स्वर के रूखेपन का बुरा मानते हुए बोला।

"रात को मिलते हैं। अभी मुझे किसी केस की तफतीश के लिए जाना है। मामला जरा ऊपरवालों का है वरना टाल देता...ऐ हीरा लाल इनका बिठाओ, चाय-वाय पिलाओ। तब तक हम लौटकर आइत है।" इतना कहकर त्रिपाठी कमरे से बाहर निकले। उसकी यह बेरुखी जमील को नागवार गुजरी। वह ठहरा नहीं। उल्टे पैर लौट स्कूटर पर बैठा और घर की तरफ चल पड़ा। मन-ही-मन अपने को समझाने लगा।

"तुम्हें क्या फिक्र जमील! एक इंस्पेक्टर न रहेगा तो क्या पुलिस विभाग खत्म हो जाएगा? वैसे भी पकड़ा त्रिपाठी जाता है तो उसमें तुम मियाँ जी दुबले काहे,

शहर के अन्देशे से...बेहाल हो रहे हो। कुछ ऐसा-वैसा हुआ तो तुमसे क्या लेना-देना। फिर कौन-सा तुमने कत्ल किया और करवाया है? बस मुजरिमों के मुकदमे ही तो लड़े हैं। कोई कानून थोड़ी तोड़ा है। कोई अपराध थोड़ी किया है जो इस तरह छटपटा रहे हो?"

जमील का सर दर्द से फटा जा रहा था। उसमें भी वह अपने बचाव की तरकीबें सोच रहा था। घर पहुँचते-पहुँचते उसको तेज बुखार आ गया। किसी तरह स्कूटर लॉक कर वह घर में घुसा और जाते ही पलँग पर कटे शहतीर की तरह ढह गया। उसके दिमाग में जाने कौन-कौन से मुजरिमों और बेगुनाहों की तस्वीरें गड्डमड्ड हो रही थीं। उन्हीं के बीच खीसें निपोरे श्यामलाल त्रिपाठी खड़ा आँखें तरेर रहा था।

"कस बे मुसलमनटे! सुना है कानून की पढ़ाई के साथ बम भी घर में बनवाता है? जिस दिन पकड़ लिया रँगे हाथ...हाथ-पैर तोड़कर, चालान भिजवाऊँगा, तब जाबौ जेल और छिलबो कटहर..."

श्यामलाल जब नया-नया सिपाही भर्ती हुआ था, मल्लाहों का खून बदन में मौजें मारता था। कुछ पुलिस में भर्ती हो जाने की इतराहट, कुछ जवानी का जोश, कुछ आसपासवालों का बढ़ावा कुल मिलाकर उन सबने त्रिपाठी को सातवें आसमान पर चढ़ा रखा था। हाईस्कूल का फार्म भरते हुए उसने श्यामलाल के आगे त्रिपाठी खुद जोड़ दिया था। वही सरनेम अब उसकी पहचान बन गया था। बड़ी जात का सूचक! उसका बस चलता तो वह अपना खानदान, माँ-बाप सबको बदल डालता। उसके अन्दर विद्रोह हमेशा फनफनाता रहता था। बचपन से लेकर जवानी तक उसने भूख, अत्याचार, बेगारी, बीमारी बहुत कुछ अरैल की मल्लाह बस्ती में रहकर सहा था। उसी ने उसको शिक्षा की तरफ प्रेरित भी किया था। एक दब्बू शोषित लड़का, कैसे विद्रोही बन गया। कभी-कभी स्वयं त्रिपाठी को विश्वास नहीं होता था। अक्सर उसको अपने मास्टर ताराचन्द का वाक्य याद आता—

"श्यामलाल प्रतिक्रियावादी बन चुका है। समाज के ठेकेदारों से बदला लेते-लेते वह अपने से बदला लेने पर उतारू हो चुका है वरना पुलिस की नौकरी में रहकर अपराधी मनोवृत्ति को बढ़ावा देना जरूरी न था। उसको तो कुछ और साबित करना था मगर..."

श्यामलाल त्रिपाठी यह बातें एक कान से सुनकर दूसरे कान से उड़ा देता। अगर कोई ज्यादा ही आलोचना पर उतर आता तो उसकी माँ-बहन तौलते हुए कहता—"तब कहाँ रहे भँड़वो तुम, जब हमार बहिन दवा के बिना मर गयी रही? छोटा भाई दूध के लिए बिलखत रहा? काहे हमार झोपड़न पर पुलिस रेड होत रही?

और यही पुलिस ससुरी हमार बहू-बेटी को उठा ले जात रही? तब तुम आये रहे हमार सहायता को? अब हमार बारी है इन सफेदपोशन के मुँह पर कालिख पोतै की तो तोहार काहे फट रही है? जैसा हमरे साथ हुआ, हम वैसा ही जवाब देइत है। अउर सुनो इन उपदेश पिलाये वालन का हम आपन बाल बराबर नाहीं समझित।''

वही सितम झेले श्यामलाल ने अपनी नौकरी के अल्पकाल में तरह-तरह के डोरे डाल अपना गैंग बना लिया था। डरा-धमकाकर जमील को काबू में कर लिया फिर देवीशंकर को यह अहसास दिलाकर कि तेरा कंजूस बाप तुम सबको चूस रहा है, होश में आ और गद्दी हथिया फिर बताऊँगा आसमान से पैसा कैसे झमाझम छप्पर फाड़कर बरसता है। उधर विश्वकर्मा के लोहारी हथौड़े को सियासत का रंग चढ़ाने लगा। अनपढ़ विश्वकर्मा कहाँ तो तवा, खुरपी बनाता था, कहाँ चुनाव लड़ विधायक बन गया है। इन दस वर्षों में जितने अजूबे थे सब इलाहाबाद में त्रिपाठी के हाथों घट गये थे। विधायक सुन्दरलाल पाण्डेय अलबत्ता श्यामलाल का साथी था। साथ-साथ पढ़े थे। उसी की देखा-देखी श्यामलाल ने अपने नाम के आगे त्रिपाठी लगा बाजार से जनेऊ खरीद गर्दन में डाल लिया था। मन-ही-मन अक्सर कहता था—

''बहुत सुनी इन सबकी डुगडुगिया। बहुत नाचे बन्दर की तरह इनकी ताल पर, अब तो हम बजाएँगे डुगडुगिया और यह सब नाचेंगे हमारे इशारों की धुन पर...। मल्लाह हूँ। मुझसे ज्यादा कौन समझ सकत है नदिया की धार और उफान को, ओमें तैरती मछली को जाल में कैसे फँसावा जात है...यह बड़े लोग...यह पैसेवाले जोंक...सबको नाकों चने न चबवाया तो हम अपने बाप के पूत नाहीं।''

श्यामलाल ने कभी कोई नेक काम किया हो, ऐसा उसको याद नहीं। उसका तो दर्शन ही अलग था। उसका अनुभव कुछ और बताता था। तभी वह अक्सर कहता था कि मैं तो अन्याय के पक्ष में हूँ। न्याय पानेवाला तो भला आदमी होता है मगर जिसको उसके किये की सजा मिली है उससे कानून न कभी पूछता है कि कस हो तुम? किस मजबूरी से ऐसा काम अंजाम दिये हो? घृणा करना बहुत आसान है अपराध से, पाप से, झूठ से, मगर क्या उस परिवेश को बदलने की कोई कोशिश ई लोग करत हैं? बात करत हैं स्काटलैण्ड यार्ड की ईमानदारी, निष्ठा की, मगर का पुलिस को अपनी ड्यूटी अपना कर्तव्य निभाये दिया जात है? अरे हमसे सुनो, भारतीय पुलिस नेताओं की चाकर, भारतीय पुलिस पैसावालों की दलाल, भारतीय पुलिस कानून की पतुरिया फिर हम काहे अपनी जान जोखिम मा डालकर एक मिडिल पास की लालच मा जान गँवाय दें? हम तो छोड़ के जाएँगे आधे दर्जन घर, सात-आठ दुकानें, कई बीघा खेत-खलिहान, फलों के बागान...अरे जब हमार सात पीढ़ी चना चबाय के भूखी रही है तो फिर सात पीढ़ी ऐय्याशियो करी। का हम

दुख-दर्द उठावे का पट्टा लिखवा के आवा है कि सदा सेवक रहबै? सदा मजदूरी करबै? जेका ईमानदारी भाती है उ लड़े जाकर भ्रष्टाचार के विरुद्ध...हमार इतनी उमर गुजर गयी मगर न भ्रष्टाचार समाप्त हुआ न अपराध...हम तो एक बात जानित है, वह है लोकाचार!"

त्रिपाठी की इन बातों का रस लेनेवाले बड़ी संख्या में थे। जानते थे कि इस परिवेश में थोड़ी-बहुत बेईमानी चलती है, अगर न चले तो व्यवस्था ठप्प हो जाए; मगर वही सब जब बड़े रूप में हाहाकार मचा दे तब बात न्याय-अन्याय की, नैतिक-अनैतिक की, झूठ-सच की उठ खड़ी होती है। और यही जीवन-संग्राम इलाहाबाद में हर गली-कूचे में छोटे-बड़े पैमाने पर लड़ा जा रहा था।

38

मनकामेश्वर मन्दिर की सीढ़ियों से उतरते हुए जहीर सोच रहा था कि अपना यह इलाहाबाद दरअसल मठों-मन्दिरों, मजारों और मकबरों का शहर है। जहाँ पेड़ से लगी चार इंच की मूर्ति से लेकर पुराने मन्दिरों की आलीशान इमारतें हैं। जहाँ पीरों और मुरीदों की सूफियाना गुनगुनाहट है। पीपल का यह पेड़ कब से यूँ खड़ा-खड़ा सबकी मनौतियों को सुनता अपने अन्दर इन्सानी लालसाओं को सँजो रहा है। किसी का भेद किसी के सामने नहीं खोलता है। समय खाद बन इस पुराने मन्दिर में महक रहा है। सरस्वती घाट से अलग टूटी सीढ़ियाँ गंगा तक जा रही हैं जहाँ पुरानी दीवार का अवशेष बचा हुआ है। कहते हैं यहाँ से जोधा बाई इस शिव मन्दिर के दर्शन करने आती थीं। वह कौन-सी आरती गाती होंगी? क्या वह इस इलाहाबाद के लिए भी दुआ माँगती थीं जिसका नाम उनके पति सम्राट अकबर ने प्रयाग से बदल अल्लाहाबाद रखा था? उनकी प्रार्थना में क्या आनेवाली पीढ़ियों के लिए भी शुभकामनाएँ थीं?

पाँचों मित्र नया पुल बनता देखने आये थे। मनकामेश्वर रमेश का प्रिय मन्दिर था, जहाँ सभी को जाना पड़ता, उसी तरह जैसे लेटे हनुमान के दर्शन किये बिना हनुमान घाट से जगन्नाथ नहीं लौटता था। बसन्त उससे आगे था। असली अक्षयवट किले में कैद होकर रह गया था मगर उसकी डाल तो पेड़ का रूप धर चुकी थी। उसके दर्शन के लिए वह जरूर जाता था और अन्दर सीढ़ियाँ उतर भूमितल में

बार-बार देखी मूर्तियों को निहारता। फिर वापस आकर किले के उस अहाते में पत्थर की बनी बेंच पर बैठ बड़े गौर से बरगद के वृक्ष का निरीक्षण करता जैसे वह बहुत बड़ा वनस्पति विशेषज्ञ है और अक्षयवट के इस अंग पर शीघ्र ही अपना शोधग्रन्थ पूरा करनेवाला है। जहीर इन स्थानों पर टहलते हुए अकसर सोचता था–"नाम बदलने का शौक शायद इन्सानी कमजोरी है तभी मिण्टो पार्क का नाम बदल मदनमोहन मालवीय पार्क हो गया है। वहाँ से क्वीन विक्टोरिया की मूर्ति हटा दी गयी और वह शिलालेख जाने कहाँ पटक दिये गये। शायद पुलिस लाइन में, जिस पर हमारी गुलामी की पहली तहरीरें अंकित की गयी थीं। आखिर हम अपनी ऐतिहासिक सच्चाइयों से घबराते क्यों हैं? इतिहास को बदल डालने से क्या वास्तव में अतीत बदल जाएगा? नया इतिहास रचने की जगह हम खँडहरों को बिसमार करने में इतनी रुचि क्यों लेते हैं? क्या यादें मिटायी जा सकती हैं? वे बातें जो सीना-ब-सीना चलती हैं, उन्हें कभी भुलाया जा सकता है?"

मुरली की मौत का घाव धीरे-धीरे भरने लगा था। रिसते घाव की जगह वह यादों में जाकर जिन्दा हो गया था। जब-जब पुरवाई हवा बहती तो सूखता जख्म फिर से टीसने लगता था। यह दर्द उन सबकी जिजीविषा में बदलता जा रहा था। जो उनको ठोस धरातल पर खड़े होने की प्रेरणा दे रहा था। रमेश की परीक्षा चल रही थी। वह पेपर देने में व्यस्त था। सलमान थका-हारा सा इधर-उधर काम की तलाश में फिरता रहता था। श्रीवास्तव साहब ने ए.जी. ऑफिस में एप्लीकेशन लगवायी थी मगर बुलावा अभी तक नहीं आया था। जुगनू की जिन्दगी में कोई तब्दीली नहीं आयी थी, सिवा इस बात के कि उसकी मौसी की लड़की की बलात्कारवाली फाइल फिर खुल गयी थी, और उसका मुकदमा अब सरकारी वकील रामप्यारे लड़ रहे थे। खबर में उत्साह था, जिसको सुनकर जहीर की भी तन्द्रा टूटी और थके सोये शेर एक बार फिर उठकर जद्दोजहद की तैयारी करने लगे। उनके अन्दर का सोया लावा फिर खदबदाने लगा और उनकी मोटरसाइकिलें फिर से शहर में न्याय का दरवाजा खटखटाने के लिए दनदनाने लगीं।

गुलाबी जाड़े की शुरूआत थी। मौसम बदल रहा था, जिसका असर सिपतुन पर भी पड़ा। बावर्चीखाने की रौनक लौट आयी और आँगन पकवानों की खुशबू से भर उठा। रात का खाना खाने सब दोस्त आठ बजे तक घर में जमा हो जाते और ग्यारह बजे एक-दूसरे से रुखसत होते। किसी-किसी दिन घण्टों मुरली को याद करते। दिन

में सब अपने काम में लगे होते। जहीर को लगने लगा था कि उसने माँ की तरफ से काफी लापरवाही बरती है। अब उन्हें ज्यादा तकलीफ देना मुनासिब नहीं है। यह सोच आदत के बदलाव के साथ बाकी साथियों में भी नजर आने लगी थी। मिजाज से खिलन्दड़ापन गया तो चाल-ढाल और रहन-सहन में भी एक तरतीब-सी आ गयी। पहले दुनिया को जूते की नोक पर रखकर चलते थे, अब अहसास जागा कि दुनिया के बीच से होकर गुजरते हैं, इसलिए आसपास का ध्यान रखना भी बहुत जरूरी है। मुरली की मौत ने बेशक उनके अन्दर का बचपना उनसे छीन लिया था। इसलिए अब बड़ों को लाड़ दिखाने और विद्रोही मुद्रा में खड़े होने का खुमार भूल चुके थे। उनको लगने लगा था कि एकाएक वे परिपक्व हो गये हैं। उन पर घर का, माँ-बाप का कर्जा है जिसको उन्हें इसी जीवन में उतारना है। उनके अन्दर का आक्रोश अब तर्कसंगत सोच में बदल रहा था। जहाँ ललकार, पुकार, चुनौती का कोई अर्थ नहीं रह गया था बल्कि उस परिसंवाद की उन्हें तलाश थी जिससे वह अपना और दूसरों का जीवन सुधार सकें, मगर उन्हें गलत समझौता अब भी मंजूर न था।

सिपतुन के दिल में कई बार ख्याल आता कि जहीर को अब घर बसा लेना चाहिए। दोस्तों के बीच जीना अच्छा है मगर एक वक्त ऐसा जरूर आएगा जब दोस्तों का साथ भी एक-एक करके छूटने लगेगा, जिसकी शुरूआत हो चुकी है। बदलते वक्त की रफ्तार एक जैसी नहीं रहती है। समय न खुद एक-सा रहता है न किसी शख्स को अन्त तक वैसा बना रहने देता है। इसीलिए हर उम्र का एक मोड़ है और मोड़ पर एक नये इन्सानी रिश्ते की शुरूआत होती है ताकि इन्सान तन्हा न रहे बल्कि भरा-पूरा नये-पुराने रिश्तों के साथ दुःख-सुख को बाँटे। यह बातें कैसे जहीर से कही जाएँ? उसको खुद समझना चाहिए वरना इस घर की वीरानी बढ़ती ही जाएगी। अभी तो मेरे बदन में ताकत है। मैं सब कुछ समेटे हुए हूँ मगर कल...?

'कल!'—वास्तव में सबकी समस्या है कल क्या होगा, इसी खौफ से त्रस्त लोग भाग रहे हैं ताकि वह सब कुछ जमा कर लें जो कल उन्हें सुख दे सके। आज की पीड़ा इसीलिए मन को भाती है कि उसमें एक आशा छुपी होती है। कड़ी धूप भी भली लगती है क्योंकि इस संघर्ष का उद्देश्य ही छाया की तलाश होती है और उसी तलाश में तो बसन्त, जहीर, जुगनू, सलमान, रमेश भटक रहे हैं। किसी को क्या वह मंजिल मिली है जिसकी चाहत उसने की थी? प्यार माँगा तो वह मृगतृष्णा की तरह छला गया। रोजी-रोटी तलाश की तो वह कूहेकाफ की परी की तरह दुर्लभ हो गयी। सुख, शान्ति, सुरक्षा की माँग की तो वह कहर बनकर टूटी। न्याय, अनुशासन, नैतिकता की बात की तो उसका मखौल उड़ गया। फिर आदमी क्या

सिर्फ खाए, बच्चा पैदा करे और मर जाए? यह लड़के उन आम मर्दों की तरह नहीं थे जिनकी जरूरतों की सीमा इतनी संकीर्ण थी बल्कि यह क्षितिज पार जाना चाहते थे और उस मंजिल तक न पहुँच पाना ही इनका दुख था जिसको सिपतुन भी समझती थी। मगर इसका यह मतलब हरगिज नहीं था कि इन्सान उन कुदरती खुशियों से भी मुख मोड़ ले जो उसका हिस्सा, उसका अधिकार है?

सलमान के वालिद की तबीयत अचानक खराब हो गयी। पता चला नकली दवा से रिएक्शन हो गया है। डॉक्टरों ने उनको सँभाला। सलमान की माँ का विश्वास होम्योपैथी के डॉक्टर पर ज्यादा था सो उनसे सलाह-मशविरा किया। ऐसी हालत में सलमान को अपनी बेकारी खलने लगी थी। उसने आव देखा न ताव, वहीं एक डॉक्टर के यहाँ कम्पाउण्डर की जगह खाली देख पहुँच गया। दवा लपेटना, भरना और पुड़िया बनाना उसको शुरू में अखरता मगर बाद में मजा आने लगा। उसने कुछ होम्योपैथी की पुस्तकें भी पढ़ना शुरू कर दीं। जब जहीर को पता चला तो वह ठट्ठा मारकर हँस पड़ा।

"नीम हकीम खतर-ए-जान!"

"उड़ाओ मजाक...हँस लो, मगर एक दिन देखना मैं कम्पाउण्डर से डॉक्टर बन जाऊँगा! तब अपाइण्टमेण्ट लेते रहोगे मगर मैं समय नहीं निकाल पाऊँगा।"

"दोस्तों से यह बर्ताव...राम राम!" बसन्त कान पकड़ता।

"तुम तो इसका साथ दोगे, आखिर सुनयना को भी तो दिखाने आना ही पड़ेगा।" जहीर की इस बात पर सब खिलखिला उठे।

"क्यों चौपाये जानदार नहीं हैं क्या?" सलमान खिसिया गया। फिर बोला—"एक शे'र अर्ज है—

मर्द हो तो किसी के काम आओ
वरना खाओ पियो और चले जाओ।"

"मुकर्रर इरशाद...वाह क्या पते की बात कही है।" जहीर ने हाथ उठाकर कहा।

"वक्त बताएगा प्यारे! अभी हँस लो।" कहता हुआ सलमान उठ खड़ा हुआ।

"कस भइया, काहे उठ गये?" बसन्त बोला।

"क्लीनिक जाने का समय है प्यारे...अब हम नौकर हैं नौकर।" कहता हुआ सलमान बाहर की तरफ मुड़ा।

"यह तो गया डॉक्टर के पास, अब हम लोग चलते हैं इसके अब्बाजान को देखने, आज पन्द्रह दिन से ऊपर हो गया है उनको बीमार हुए।" जहीर ने कहा।

"यार यह डुप्लीकेट मेडिसिन की अच्छी मुसीबत खड़ी हो गयी। इससे पहले हमने कभी नहीं सुना था कि दवाएँ भी नकली बनती हैं?" बसन्त ने कहा।

"देखते जाओ–कलयुग है प्यारे!" रमेश ने कहा।

"मुरली ने हमको गम में ऐसा डुबोया था कि सलमान के घर तक जाना भूल गये...खैर चलो...पास से फल-बिस्कुट वगैरह ले लेते हैं।" कहता हुआ जुगनू उठ खड़ा हुआ। उसी के साथ रमेश, बसन्त, जहीर भी उठे और बिसातखाने से निकल सड़क पार करने लगे।

जहीर हल्के-हल्के गुनगुना रहा था–

गर तू इश्क में बर्बाद नहीं हो सकता
जा तुझे, कोई सबक याद नहीं हो सकता........

•

कटघर में हंगामा बेगम का मकान था तो गली में मगर अन्दर जाकर खासा कोठीनुमा था। बड़े-बड़े दरोवाले दालान, फैला आँगन उसमें फूलों की लतर और अन्दर कुशादा कमरे। पूरे घर को देखकर त्रिपाठी की आँखें फैल गयीं। तीनों लड़कियाँ देखीं तो रही-सही कसर भी पूरी हो गयी। सफेद रंग, लाल-लाल गाल, काजल लगी आँखें, माथे पर झूलती लटें और ऊपर से लगावट भरी अदाएँ। त्रिपाठी तो हजार जान से हंगामा पर आशिक हो गया। क्योंकि उसी रोशनदान से वह इन अप्सराओं का नजारा कर सकता था। लड़कियाँ इतनी तेज थीं कि त्रिपाठी को लगा कि उसी को बेचकर रख देंगी। ऊपर से बात-बात पर अंग्रेजी बोल रही थीं। कामचलाऊ अंग्रेजी त्रिपाठी लिख-पढ़ लेता है, मगर बोलना तो दूर गिटपिट सुनते ही उसमें हीन भावना घर कर जाती थी। कभी-कभार साफ हिन्दी बोलना पड़ जाए तो जबान दर्द करने लगती है और काहे दर्द न करे? जो मिठास अपनी बोली में है उसका कोई जवाब है?

त्रिपाठी गया था हंगामा बेगम के घर कुछ देर के लिए मगर ठहर गया पूरा दो घण्टे। चाय, समोसा फिर रसमलाई और फिर मलाई जैसे चेहरे जिन्हें ताकते हुए वह पान चबाते-चबाते कई बार अपनी ही जबान काट बैठा। गर्ज कि हंगामा को बढ़ती उम्र में एक आँखसेंकू मिल गया और त्रिपाठी को अपने इस शहर में एक ऐसा ठिकाना जो मखमली भी था और फरहतबख्श भी। पूरी मुलाकात में उन्हें यह याद ही नहीं रहा कि वह यहाँ आये किस उद्देश्य से थे। दिमाग से एस.एस.पी. सतीश मोजमदार निकल चुके थे। अब दीवानगी सवार थी कि कल किस बहाने से दोबारा आया जाए। वह चिन्ता भी जाती रही जब बड़ी अदा से हंगामा बेगम ने कहा–

"ए त्रिपाठी जी, खुदा आपका भला करे, जरा अपनी कोतवाली के सामने

की दुकानों से शमामा और खस के इत्र ले आइएगा, अरसा हो गया है इस बदन ने खालिस इत्र नहीं लगाया है और बुरा न मानें तो एक बात कहूँ..."

"अम्मी आप भी।" बड़ी लड़की बोल पड़ी।

"अम्मी आप भी क्या? कौन त्रिपाठी जी अपनी जेब से देनेवाले हैं...ऐसी मामूली सौगातें दुकानदार इनके हुजूर में खुद भिजवाते होंगे।" हंगामा ने बेटी को डपटा!

"ऐसी बात है तो फिर मेरे लिए मग्ज़े बादाम तेल मँगा दें न, कब से कह रही हूँ। आप सुनती ही नहीं हैं कि मेरा सिर दर्द करता है।" छोटी लड़की इठलायी।

"अरे भाई मुझसे कहो न।...बोलो अपनी-अपनी फरमाइशें...कौन-कौन-सी चीजें चाहिए? सब कल पहुँच जाएँगी...अच्छा अब हम चलते हैं।" इतना कहकर त्रिपाठी बाहर निकले। आँखों के सामने गन्दी गली नहीं उन खूबसूरत लड़कियों के चेहरे तैर रहे थे। मन ही मन वह सतीश मोजमदार को दुआएँ दे रहे थे कि क्या ड्यूटी सौंपी है। जवानी की कसम, मजा आ गया। ऐसी तरावट तो जूही, चमेली और मोगरा के फूलों को सूँघने के बाद भी नहीं मिलती है।

त्रिपाठी कोतवाली की तरफ न मुड़कर सीधे घर पहुँचे और नहा-धोकर लुंगी बाँधी। फिर बर्फ डाल एक पेग बनाया और लम्बा घूँट भरा। तभी नौकर ने कहा कि कोतवाली से कई बार फोन आया था। त्रिपाठी ने सुना-अनसुना कर दिया। इसी आजादी के मारे वह कोतवाली के ऊपर रहने नहीं गये। नौकरी जरूर करते हैं मगर चौबीसों घण्टों की ताबेदारी के लिए नहीं। फिर कत्ल, चोरी, बलात्कार हर रोज का झमेला है, कौन उनके जाने से रुक जाएगा। दुनिया का खेल है। यह सब जिस दिन रुक गया समझो पुलिस की जरूरत खत्म। इसलिए बरसो राम धड़ाके से। जितना होगा भ्रष्टाचार उतना बढ़ेगा लोकाचार। इस दर्शन को अपनानेवाले त्रिपाठी इस वक्त मस्ती में गा रहे थे–

जौ मैं होता रानी, गेंदवा, गुलबवा
अटक रहता मैं तोरे जुड़वा मा...तोरे...

यह बेसुरा अलाप काफी देर तक चलता रहता अगर हीरालाल न आ जाता। उसको देखकर त्रिपाठी ऐसा चौंका जैसे साँप लहराता देख लिया हो। एकाएक झुँझला के बोला–

"कहो हीरालाल, तुम्हार बीवी-बच्चा नहीं हैं का, जो हरदम ड्यूटी करै के वास्ते मरे जात हौ? जाओ, अपने घर जाओ और हमका भी आराम करै देव, समझे की नहीं।"

"आप तो बस", हीरालाल झुँझलाया फिर संयत हो बोला–"एस.एस.पी. के बँगले से कई बार फोन आवा रहा। साहब तलब करे रहे मगर आप तो आजकल

बिना बताये चल देत हैं। पता नहीं कहाँ गये रहे हमका संकट में डालकर।"

"साले हमका सिखावत हो? कल भोर मा चला जाबै, कउन-सा पहाड़ टूटत है जो एस.एस.पी. बुलाइन है की रट लगाये हो। साला मादर...। हमसे बन्दरबाट करत है! समझत है कि हम लल्लू हैं जो ओकरे झाँसे में आ जाबै! ऊ हरामजादे का नाम न लियो, समझे! ओकर नाम सुनकर हमें आगी लगि जात है। हमरे खिलाफ एफ.आई.आर. दर्ज हुई। हँसी-खेल नहीं है।...पहली बार इ शहर मा हमरी चुटिया मूँड़े एही सतीशवा रमेश का उस्तरवा थमाइस है। बीना मिश्रा का केस खुलवाइस है। का हमका सुनगुन नहीं लगत? जरा पकड़ मा आ जाय तो ऐसा पटखनी दे के डण्डा घुसउबै के बच्चू को हमेशा याद रही कि केसे पाला पड़ा रहा...तुम अब का बइठे-बइठे मसान जगावत हो...जाओ!" त्रिपाठी ने फर्राटेदार गाली देना शुरू कर दिया। हीरालाल अपना माथा पकड़े सोच रहा था कि अब आगे बात करना बेकार है।

"ऐ हीरालाल! जात-जात मेहतराना या खटिकाना से कौनो को भेज दियो। बुरे काम के लिए साली का बुरी है।" त्रिपाठी ने लड़खड़ाती जबान से कहा।

हीरालाल कई अन्य मुद्दों पर बात करने आया था मगर त्रिपाठी की स्थिति देख उठ गया। यह खबर तो सबको लग गयी थी कि त्रिपाठी के खिलाफ छानबीन चल रही है। लोगों के पुराने केसों की बन्द फाइलों की धूल झाड़ी जा रही है। जबान खोले तो कोई कैसे खोले कि सतीश मोजमदार यह सब करवा रहा है जबकि उसी ने तो त्रिपाठी को यह सम्मान दिया है। कोतवाली का प्रभारी बनना कोई मामूली बात नहीं है। ऐसा आदमी भला क्यों त्रिपाठी का पत्ता काटेगा जबकि आधे शहर के लोग तो त्रिपाठी को सतीश कुमार का ही आदमी समझते हैं। कुछ ने तो यह तक कह दिया कि उस रेहड़ीवाले को कुचलवाने में स्वयं एस.एस.पी. ने त्रिपाठी को संकेत दिये थे। वह भी इन शरीफ गुण्डों को सबक सिखाना चाहता है, जो पुलिस को बदनाम करने में हमेशा आगे-आगे रहते हैं और त्रिपाठी को नाकों चने चबवा रहे हैं।

दूसरे दिन त्रिपाठी साहब के बँगले पर पहुँच गये। सतीश मोजमदार ने उनको फौरन तलब कर लिया। एस.एस.पी. का हँसता चेहरा त्रिपाठी को एक बार फिर दगा दे गया। सन्देह डाँवाडोल होने लगा जब सतीश मोजमदार ने हाथ बढ़ाया मिलाने के लिए और फिर बड़े अनौपचारिक ढंग से पूछा—

"तो हाँ, क्या बना भाई हमारे काम का...?"

"साहब, एक बार जाने से सब समझ में आनेवाला घर नहीं है वह। लड़कियाँ

बहुत तेज हैं। एक-दो बार समय निकालकर जाऊँगा और जल्द ही सूचना दूँगा।''

''तो फिर समय निकालो न...जितनी देर करोगे हमारे दोस्त की जेब उतनी ही हल्की होती जाएगी और हाँ कोई तरकीब निकालो इनको सबक सिखाने का।'' सतीश ने बड़ी बेतकल्लुफी से एक आँख दबायी।

''जी सर! उसके लिए आप चिन्ता न करें। मैं काफी हूँ।'' इस अभिव्यक्ति पर त्रिपाठी लहालोट होकर बोला।

''ठीक है।'' हाथ उठाकर सतीश ने सैल्यूट का जवाब दिया और सिर फाइलों पर झुका लिया।

आज इंस्पेक्टर अशोक मिश्रा का फोन जुगनू के पास पहुँचा तो वह सारी बातें सुनकर चौंक पड़ा। यह खबर डिस्ट्रिक्ट मजिस्ट्रेट और कलक्टर के कान में डालनी बहुत जरूरी थी। इससे कई लोगों के बिगड़े काम बन सकते थे। श्यामलाल त्रिपाठी का भ्रष्टाचार में दूसरा जुड़वाँ भाई बहुजन समाज पार्टी का कार्यकर्ता रामसेवक सिंह था जो दरअसल जमीनखोर था। जमीनों को लेकर बड़े-बड़े घपले कर रहा था। अवैध कब्जा और फिर उसको सस्ते दरों में बेचना। इसमें वह अकेला नहीं बल्कि नगर महापालिका के कुछ सभासद भी शामिल थे जिसमें लप्पुवा का नाम सबसे ज्यादा चर्चित था। खुलेआम रिश्वत लेता और दो बन्दूकधारी बॉडीगार्ड लेकर चलता था। बहुत दिनों से वह जुगनू का पीछा कर रहा था कि किसी तरह उसको फँसाकर त्रिपाठी से जूते लगवाये जाएँ क्योंकि जुगनू ने अपने पड़ोसी को ऐसी जमीन खरीदने को न केवल मना किया था बल्कि रामसेवक को जी भरकर खरी-खोटी भी सुनायी थी। मगर तब जुगनू यह नहीं जान पाया था कि यह काम इतने बड़े पैमाने पर फैल गया है और तीन सौ पैंसठ प्लॉट बिक चुके हैं फर्जी कागजों और नाममात्र के शुल्क स्टैम्प के साथ!

अशोक मिश्रा उन पुलिसवालों में था जो जनहित और जनसेवा पर विश्वास करते हैं। कई बार वह कह भी चुका था कि महकमे में रहकर अपनों से लड़ना समन्दर में रहकर मगरमच्छ से बैर करने जैसा चुनौतीपूर्ण और कठिन काम है। अभी तो थोड़ी-बहुत हम सेवा कर भी लेते हैं। लड़ने पर तो त्रिपाठी और उसके गैंग की तरह कोई भी बेईमान पुलिस साथी जाने किस षड्यन्त्र में हमको एक नाकारा और आवारा पुलिसवाला बड़ी आसानी से साबित कर सकता है। इसलिए वह सीधा न भिड़कर अब ऐसी खबर इन भ्रष्टाचार विरोधी योद्धाओं को जरूर बता देता था। अशोक मिश्रा का ट्रांसफर कोतवाली से सिविल लाइंस थाने कुछ रोज पहले ही हुआ था। अशोक मिश्रा की तरह ऐसे कई दीवान और इंस्पेक्टर, सब-इंस्पेक्टर थे जिन्होंने

हिम्मत करके अपने प्रभारी की गैरकानूनी बातों को मानने से इनकार कर दिया था। इस पर कई बार हो-हल्ला भी मचा था मगर खुद प्रभारी ने अपनी साख खराब न हो जाए, इस डर से बात दबा दी और वह बातें ऊपर तक नहीं पहुँचीं।

बड़े पुलिस अफसरों की समस्याएँ दूसरी थीं। उनका मिलना-जुलना समाज की उस क्रीम से होता था, जहाँ इस तरह के छोटे और वाहियात जुर्म की सम्भावना नहीं बनती थी। उनकी निगाहें जहाँ टिकती थीं वह 'अपर क्लास क्राइम' में आता था। जनता उनसे रौब खाती थी। धड़ल्ले से उन तक पहुँच नहीं पाती थी। दूसरी तरफ समाज़ के ठेकेदार और सम्मानित-जन उनको बड़े-बड़े फंक्शन में बुलाना फख्र की बात समझते थे। दरोगा हवलदार सीधे जनता से मुठभेड़ करते थे। उनके बीच रहते थे। उनसे उनका स्तर का संवाद बनता था। इसलिए छोटा मझोला भ्रष्टाचार भी अपना रूप लेता था, जिसमें शत्रुता व मित्रता का भी बड़ा अहम पुट रहता था। अशोक मिश्रा इन दोनों तरह के वर्ग से अलग था। उसी की तरह इंस्पेक्टर संजय उपाध्याय, अफजल हुसैन और सब इंस्पेक्टर नर्बदा सिंह था, जो पुलिस की वर्दी की लाज रखने के लिए जान भी देने को हाजिर रहते थे। उन पर भी लोग जान छिड़कते हैं। मगर ऐसे कर्मठ लोग फायदा पहुँचानेवालों की पंक्ति में बहुत पिछड़ जाते हैं और उनका नाम कोई नहीं लेता है सिवा उनके जो उनके किये न्याय को पाते हैं और मन ही मन उनका गुणगान करते हैं।

त्रिपाठी कटघर की उस गली में जब मुड़ा तो उसके हाथ में इत्र की शीशी, मिठाई की टोकरी और पत्ते में मोतिया का गजरा था। खुशबूदार पान की लपटें मुँह से निकल रही थीं। दरवाजे पर पहुँचा तो अन्दर से कहकहों की आवाज बाहर तक आ रही थी। कालबेल पर हाथ रखा तो उठाना भूल गया।

"कौन है!" झुँझलायी-सी छोटी लड़की सामने खड़ी थी। उसको देखकर त्रिपाठी का हाथ घण्टी पर ही जमा रह गया।

"अंकल दरवाजा खुल चुका है।" उसके इशारे पर उन्होंने हाथ हटाया और अन्दर दाखिल हुए।

"अखखा त्रिपाठी जी, आइए आइए..." मुँह में पान घुलाते हंगामा बेगम कहती आगे बढ़ीं।

"आज बड़ी चहल-पहल है?" त्रिपाठी ने खुशमिजाजी दिखायी।

"हाँ, बच्चियों के दोस्त आये हैं...।" हंगामा बेगम ने माथे पर आयी लट को हटाते हुए कहा।

"अच्छा तो यह सँभालिए अपना पैकेट!" त्रिपाठी ने एक खास अदा से कहा।

"वाह! आप तो वादे के पक्के निकले...क्या खुशबू है!" आलमआरा ने एक खास अदा से त्रिपाठी को देखा। उम्र में वह त्रिपाठी से कोई आठ-दस साल बड़ी होंगी मगर बनाव सिंगार के चलते बड़ी लुभावनी लग रही थीं। त्रिपाठी उस सिद्धान्त का आदमी था जिसके लिए उम्र की कोई कैद नहीं थी। छोटी-बड़ी सभी उम्रवालियों को वह अब तक इस्तेमाल कर चुका था। फिर यहाँ पर तीन-तीन खिले गुलाब थे। मसल मशहूर है कि शेर के साथ बदकारी करो, जंगल खुद-ब-खुद कब्जे में आ जाएगा।

"कहीं घूमने का प्रोग्राम बनाइए त्रिपाठी जी...इस चहारदीवारी में तो मैं घुट कर रह गयी हूँ। न दिन चैन न रात...जवान लड़कियाँ कहाँ छोड़कर जाऊँ मगर आपकी बात अलग है...आपके साथ जाने में कोई हर्ज नहीं है।" हंगामा बेगम ने इठलाकर कहा।

"कहाँ चलेंगी?" त्रिपाठी ने पूछा और मँझली लड़की को ढूँढ़ती उसकी आँखें इधर-उधर भटकीं। फिर मन-ही-मन बोला, "रानी लौंडिया फँसानी है तो उसकी माँ को पहले शीशे में उतारो।"

"अब यह भी मैं बताऊँ? आप भी बड़े कमाल के आदमी हैं।" हंगामा बेगम ने रूठने का स्वाँग रचा। तभी त्रिपाठी के सैल की घण्टी बज उठी!

"हलो, हाँ, अच्छा मैं पहुँच रहा हूँ।" त्रिपाठी ने कुछ उलझकर कहा।

"क्या हुआ!" हंगामा बेगम रंग में भंग पड़ता देख पूछ बैठीं।

"एक कत्ल हो गया है। मौका-ए-वारदात पर पहुँचना होगा!" त्रिपाठी ने उठते हुए कहा।

"अच्छा त्रिपाठी जी, बजाजा तो आपके पास है। इतना कर सकते हैं कि एक लालपोत का सूट मँगवा लें।" हंगामा ने त्रिपाठी का कोट अपनी उँगलियों से बड़े प्यार से झाड़ते हुए कहा। जैसे उस पर बेअदब धूल के कण आकर जम गये हों।

"ठीक है।" त्रिपाठी ने दिलफरेब मुस्कान चेहरे पर लाकर कहा और कमरे से बाहर निकला, तभी दरवाजे की घण्टी बज उठी। दरवाजा खुला तो अन्दर आनेवाले का चेहरा देखकर त्रिपाठी का चेहरा लाल हो गया। दिमाग भनभना उठा। वह शीघ्रता से आड़ में हो गया और जग्गू झींगुर मँझली लड़की के साथ दूसरे कमरे की तरफ हाथ में डोलची उठाये चला गया।

"यह यहाँ कैसे?" अचकचाकर त्रिपाठी ने पूछा।

"जैसे आप यहाँ।" हंगामा बेगम ने खिलखिलाकर कहा।

"आप जानती हैं यह कौन है?" त्रिपाठी ने कुछ बताना चाहा।

"बिल्कुल!

कौन होगा इस शहर में हमसे भी ज्यादा बाखबर
हमको सारे बेवफाओं के पते मालूम हैं।

एक शहर में रहकर कौन किसको नहीं जानता है और फिर सबसे मिलना-जुलना भी तो पड़ता है। कभी कोई काम अटके तो बताइएगा। पलक झपकते ही अंजाम पा जाएगा...अच्छा आदाब! परसों इन्तजार रहेगा।''

हंगामा बेगम ने मुस्कराकर कहा। त्रिपाठी ने भी हाथ उठाकर आदाब किया और दरवाजे से निकल गली में आया। उसका सारा नशा हिरन हो चुका था। अब उसकी समझ में आ गया था कि एस.एस.पी. साहिब इस घर में काहे के लिए भेजे रहे और हम...रहे ससुरे चूतिया...धत् तेरी के!

39

जिन्दगी रुकती-ठहरती अपनी तरह से फिसल रही थी। मौसम एक के बाद एक चोला बदल रहे थे। नदी उसी मन्दगति से बह रही थी। पेड़ सूखकर भी नये अंकुर फोड़ रहे थे ठीक इन्सान की तरह जो दम तोड़कर दूसरे इन्सान के लिए इस दुनिया में जगह बना रहे थे। कहीं कुछ रुक नहीं रहा था। आज के दिन की तरह इसी अपने पुराने घर में जाने कितने त्यौहार अपना रंग-रूप दिखाकर गुजर गये होंगे। यादें जरूर इन्सान के जहन में ठहरती हैं। बार-बार गुजरे लम्हे को इन्सान याद करता है। जैसे उस ईद में कितनी रौनक थी। जब दादी जिन्दा थीं तो उनको खुश करने के लिए मुरली ने कत्थई रंग का पठानी सूट बनवाया था। नहा-धोकर कंघी-काजल करके वह बड़े अदब से सुबह-सुबह आया था ताकि दादीजान को सलाम कर सके और उसने किया भी बड़ी अदा से...।

''आदाब अर्ज है दादीजान!''

''जीते रहो बेटे! माफ करना मैंने तुमको पहचाना नहीं।''

''दादी आपको ईद मुबारक हो!'' मुरली झेंपी हँसी हँसा। जिससे दादी को उसका सामनेवाला खरगोशनुमा दाँत दिख गया। चश्मा लगाकर बोलीं—

''अऐ है। यह तुम हो मुरली? पूरे चिलगोजा लग रहे हो...अरे मियाँ अपने रंग से मेल खाता कपड़ा किसने खरीदवा दिया तुम्हें?''

''इस पर यह रंग कितना फब रहा है!'' जहीर ने जल्दी से कहा और मुरली

को प्यार से देखा।

"लो पकड़ो अपनी ईदी, ईद तुम्हें मुबारक हो!" दादी ने दस रुपया मुरली को थमाया।

"यह बेईमानी है। मुझे पाँच उसको दस!" जहीर बोला।

"पाँच उसको ईदी का मिला है। पाँच उसकी इस 'अदा' पर मैंने दिया है।" दादी ने कुछ इस तरह कहा कि एकबारगी सब खिलखिलाकर हँस पड़े थे और उस दिन से मुरली का नाम 'चिलगोजा' पड़ गया था।

दालान के तख्त पर लेटा जहीर पुराने दिनों को याद कर रहा था। आज ईद थी। अम्मा ने बस थोड़ी-सी सेवई भून ली थीं। ईद मनाता कौन? मुरली को मरे साल भी तो नहीं गुजरा है।

रमेश लगातार नौकरी की तलाश सेकेण्ड क्लास ग्रेजुएट होने की सर्टिफिकेट के साथ कर रहा था। नौकरी की उसको कितनी जरूरत है, इसका जिक्र वह कई बार सतीश से बातों-बातों में कर चुका था। मगर सतीश सिर्फ गर्दन हिलाकर रह जाता था। इधर कई माह से वह गुस्से के मारे न मीटिंग में गया न सतीश को फोन किया। मन ही मन कहता—

'यह सारे पुलिसवाले एक थैली के चट्टे-बट्टे होते हैं। इनकी दोस्ती भली न दुश्मनी। बस मतलब के यार हैं।'

रमेश के घर में उसकी शादी को लेकर भी झमेला उठ खड़ा हुआ था। बहन की ननद की लड़की माँ और पिताजी को पसन्द आ गयी थी। वे लड़की के साथ नकद धन और दहेज के नाम पर ढेरों सामान दे रहे थे। कई बार रमेश ने कहा भी कि मुझ बेकार में ऐसा क्या है जो वह अपनी लड़की बलिदान करने पर आमादा हैं?

"वह समझती हैं, तू खुफिया पुलिस में अफसर है। मोटी तनख्वाह और ऊपर की आमदनी है!"

"बताया नहीं कि यहाँ सब ठन-ठन गोपाल है, कैसा अफसर कहाँ का अफसर?" रमेश अपने बाल नोचने लगता। यह भी एक वजह थी उसके परेशान होने की कि वह स्पेशल पुलिस अफसर क्या बना सबने मोटी मुर्गी समझ लिया है?

उसकी इस बात का सबसे ज्यादा मजाक बसन्त उड़ाता था कि और खिंचवाओ माँगे की वर्दी में फोटो और लगाओ बैठक में फ्रेम में मढ़कर तो फिर भुगतो अपनी करनी का फल। कई बार मजाक से इतर जहीर ने गम्भीरता से सोचा कि वह सतीश से रमेश के लिए कहे मगर जाने क्या सोचकर रुक जाता था। श्रीवास्तव चचा के

घर अलबत्ता इस बीच में वह कई चक्कर लगा आया था मगर अर्जी का कोई जवाब नहीं मिला था।

आज सुबह रमेश को एस.एस.पी. के ऑफिस से सन्देश मिला कि ठीक चार बजे बँगले पर पहुँच जाए। सुनकर रमेश का दिमाग भन्ना गया। दिल में विद्रोह उठा कि नहीं जाता क्या कर लेंगे कप्तान साहब, मुर्गे की तरह हलाल तो नहीं कर डालेंगे। मगर तीन बजे पता नहीं क्या सोचकर वह तैयार हुआ और जुगनू की मोटर साइकिल ले ठीक समय पर बँगले पर हाजिर हो गया। पन्द्रह मिनट के इन्तजार के बाद सतीश ने उसको अन्दर बुलाया। अन्दर कमरे में एक-दो पुलिस अधिकारी बैठे थे।

"यह हैं रमेश कुमार। पिछले एक साल से स्पेशल पुलिस अफसर की जिम्मेदारी निभा रहे हैं...इनकी मदद की वजह से हमने कई केस वर्क आउट किये हैं। जिसमें रामआसरे हत्याकाण्ड झूँसी, पन्द्रह अगस्त की डकैती नैनी में और कोमोलिका अपहरण काण्ड जो जार्जटाउन में हुआ था।" सतीश ने परिचय दिया।

"वण्डरफुल!" दोनों ने एक साथ कहा। रमेश चकराया-सा खड़ा रहा कि यह सब उसने कब किया, फिर ध्यान आया कि रात के खाने पर सतीश ने कई बार उसको अकेले बुलाकर यूँ ही गपशप की थी। थोड़ी-बहुत इन केसों के बारे में बातचीत हुई थी। पता नहीं कौन-सी बात उसमें काम की निकल आयी।

"आपको यदि हम पुलिस विभाग में लेना चाहें तो आपको हमारा यह ऑफर मंजूर होगा।"

"सर!" रमेश सिर्फ इतना कह पाया। उसके चेहरे पर जिन्दगी से भरपूर मुस्कान फैल गयी।

"पुलिस डिपार्टमेण्ट में कुछ वैकेन्सी भरी जानी हैं। उसमें आप तुरन्त प्रार्थनापत्र दे दें। बाहर आपको सारी जरूरी सूचनाएँ रामसिंह दे देगा।" उनमें से एक पुलिस अधिकारी बोला।

"जी।" इतना कहकर रमेश ने सतीश की तरफ देखा और फौरन ही नजर फेर ली। उसकी आँखें जज्बात की शिद्दत से छलकनेवाली थीं। इससे पहले कि सतीश कुछ कहता रमेश तेजी से मुड़ा और कमरे से बाहर निकल आया। जेब से रूमाल निकालकर उसने आँखें पोंछीं और सामने बैठे रामसिंह की तरफ देखा।

रमेश का दिल बल्लियों उछल रहा था और कूचों फिसल रहा था। बड़ी मुश्किल से उसने अपने को संयत किया और मन ही मन सौगन्ध खायी कि अगर यह नौकरी उसको मिल जाती है तो वह पुलिस विभाग में अपना नाम रोशन करके रहेगा। उसको बेकरारी थी जहीर के पास जाकर सब कुछ बताने की, मगर कुछ सोचकर रुक गया—'जोर का झटका हल्के से लगे...सो जिस दिन वर्दी पहनूँगा, उस

दिन जाऊँगा और करारा झटका दूँगा!'

बसन्त के बड़े भाई शरद यादव ने लोन के लिए बैंक में अप्लाई किया था। वह अर्जी मंजूर हो गयी और उसको डेरी खोलने के लिए ऋण मिल गया। बसन्त यादव की शामत आ गयी। भाई-भौजाई दोनों बसन्त यादव के पीछे हाथ धोकर पड़ गये।

"कब तक तुम भागे-भागे फिरिबो—अयँ?" भौजी दोनों हाथ कमर पर रखकर बोलीं।

"हमसे इ डेरी-वेरी न चली, बताइत है।" बसन्त ने रूठे स्वर में कहा।

"फिर हम क्यों उनकी सेवा करें? सुनते हो जी, काजल और सुनयना को उठाकर बेच दो।" भौजी गुस्से से गुर्रायी।

"बेच के देखो, फिर बताइत है।" बसन्त ताव में आ गया।

"का बतउबो तुम, बोलो तो?" भौजाई हाथ में उठायी झाड़ू पटककर बोली।

"तुम्हार छोरा-छोरी को लेके भाग जाबै, हाँ।" बसन्त गुस्से में कह उठा।

"यह तो खुसखबरी है। जब लेके भागै का अरमान है तो उनका खिलावै की जिम्मेदारी तुम्हार..." न चाहते हुए भी शरद की पत्नी की गुस्से में हँसी निकल गयी। जिसको देखकर पहले बच्चे हँसे, फिर शरद, फिर स्वयं बसन्त।

"लूमड होय गये हो, जबान चलावै का सलीका नय आवा।" भौजी ने बसन्त के कान उमेठे।

"अब हमसे दादा यह सब काम नहीं सँभलेगा। तुम्हार मन है, तुम जमावो, हम तुम्हार मदद कर देबै।" बसंन्त ने दोनों हाथ जोड़ते हुए कहा।

"ठीक है। तुमसे बहस बेकार है।" शरद ने तंग आकर कहा।

"ई न सुधरी।" भौजी भी निराशा से सिर हिलाकर बोलीं।

इतनी सारी बातों के बाद बसन्त आँगन में पड़े पत्थर पर बैठकर मन भर नहाया, फिर अँगोछे से बदन पोंछ वह कपड़ा पहनने लगा। मन ही मन चिन्तित था कि जुगनू, जहीर तो पहले से कमाते थे। अब सलमान भी थोड़ा-बहुत कमाने लगा है। बस मेरा और रमेश का ही कुछ नहीं बन पा रहा है। कपड़ा पहनकर वहीं नीम के नीचे पड़ी खाट पर बैठ गया। हवा अच्छी चल रही थी। उसने भीगे बालों को झटका और कंघे से उनको सँवारने लगा।

दरवाजे की कुण्डी बड़ी जोर से खटकी। सिपतुन ने उठकर दरवाजा खोला तो ठिठककर पीछे हट गयी। चेहरे का रंग उड़ गया मगर जब पुलिसवाले ने झुककर

पैर छुआ तो उसको लगा कि चेहरा पहचाना-पहचाना-सा है। मगर यह सतीश मोजमदार नहीं है। उसने दुपट्टे के पल्लू से आँखें मलीं। तभी जहीर भी उठकर दालान से आँगन में उतरा। वह पुलिसवाला आगे बढ़कर बोला—

"आई ऐम इंस्पेक्टर रमेश कुमार, थाना शाहगंज!" हाथ मिलाने को बढ़ाया।

"क्या?" जहीर ताज्जुब से बोला।

"यस बॉस!" रमेश ने कहा और जहीर ने उसका हाथ पकड़ छाती से लगा लिया। फिर जाने हँसते-हँसते दोनों दोस्त रोने क्यों लगे।

"रमेश, मैंने तो तुमको पहचाना ही नहीं...कब मिली नौकरी?" सिपतुन ने चश्मा लगाते हुए पूछा।

"आज ही ज्वाइन करना है।" रमेश ने झुककर सिपतुन के पैर छुए।

"इतनी बड़ी बात तुमने छुपायी कैसे?" जहीर ने उसको प्यार से देखते हुए पूछा।

"तभी तो भरपूर खुशी का अहसास दे रहा हूँ। अब चलो सलमान, बसन्त और जुगनू से मिलकर आता हूँ।" रमेश के अन्दर भरी शरारत चेहरे पर नाच उठी!

"सबको यहीं बुला लो।" सिपतुन बोली!

"नहीं अम्मा जी, आज मुझे अपनी तरह यह खबर दोस्तों को देने दीजिए।" कहता रमेश हँसने लगा।

जहीर तैयार होकर रमेश के साथ निकला और दोनों मोटरसाइकिल पर बैठ पहले बसन्त के घर पहुँचे और जोर से कुण्डी खटखटायी। अन्दर से आवाज आयी, "कौन?"

"पुलिस।"

"पुलिस?"

"हाँ, पुलिस आयी है। बसन्त यादव के नाम वारण्ट है...इंस्पेक्टर त्रिपाठी ने बुलाया है।"

"अच्छा, अभी तोका बताइत है। वारेण्ट लाये हो या अपने त्रिपाठी की..." बाकी बात गाली में पूरी हो गयी। दरवाजा खोला तो सामने जहीर और रमेश को एक-दूसरे के कन्धे पर हाथ रखे मुस्कुराते पाया।

"कैसी रही?", जहीर ने पूछा।

"अच्छी! मगर यह बताओ कि..." बसन्त हक्का-बक्का था!

"जोर का झटका धीरे से लगा!" रमेश ने कहा।

"नहीं भैया, हमरे लिए तो बम फटा है। हाथ के तोते तो पूरे के पूरे उड़

गये...इ सब कब हुआ, कैसे हुआ, क्यों हुआ?" बसन्त यादव ने तरंग में आकर कहा।

"सारी भेद की बातें जुगनू के पी.सी.ओ. पर बताऊँगा।" रमेश बोला।

"आ जा, मेरी गाड़ी पर बैठ जा।" जहीर ने मोटरसाइकिल स्टार्ट की।

छत पर कपड़े उठाती भौजी ने जो पुलिसवाले के साथ बसन्त को बैठे देखा तो लगभग रुआँसी नीचे उतरी और स्नानघर का दरवाजा पीटते हुए बोली, "सुनते हो जी, बसन्त को पुलिस ले गयी है।"

"का?" शरद चौंका।

"हाँ, सच कहत हैं। हम अपनी आँखों से देखा है।" भौजी ने कहा।

"अरे घबरावत काहे हो? अशोक मिश्रा आय होई।" शरद उसी तरह बन्द दरवाजे के पीछे से बोला।

उधर तीनों जुगनू के पी.सी.ओ. पहुँचे तो जुगनू किसी से फोन पर बात कर रहा था। दुकान के शीशे से जहीर के साथ पुलिसवाले को देखकर बोला, "यह कौन है? इसकी शक्ल रमेश से कितनी मिल रही है।"

"सलमान को गलत दवा देने के इल्जाम में त्रिपाठी ने पकड़वा दिया है। जहीर को तो पकड़ा ही पकड़ा अब तुमका पकड़े आयी है।" बसन्त ने हड़बड़ायी आवाज से पी.सी.ओ. में आकर कहा।

"का बक रहे हो...? त्रिपाठी बौराय गवा है का?...अभी हम सतीश मोजमदार को फोन लगाइत है कि इ का बदतमीजी है।" जुगनू गुर्राया।

"लेव वह पी.सी.ओ. की ओर आय रहे हैं।" बसन्त डरकर बोला।

"यार बसन्त, तुम आदमी हो या पायजामा?" जुगनू को बसन्त के डरने पर तैश आ गया था।

"आयम इंस्पेक्टर रमेश कुमार...हाउ डू यू डू! यह रहा तुम्हारी तलाशी का वारण्ट..." रमेश ने गम्भीरता से कहा।

"सा...साले! हमका अप्रेल फूल बनाये आये हो...तभी कहें कि पुलिसवाला रमेश से कितना मिलत है...कहाँ किसको बेवकूफ बनाने जाय रहे हो?" जुगनू ने उसका फैन्सी ड्रेस समझकर पूछा।

"आज ही दस बजे शाहगंज थाने में ऐज ए इंस्पेक्टर रिपोर्ट करनी है।" रमेश मुस्कुराया।

"वाह मेरी जान, जियो। तुमने आधा सपना नहीं, पूरा सपना पा लिया है। अरे कैलाश...जा आधा किलो गर्म जलेबी शाह जी के यहाँ से ले आ...वाह, यह हुई

न कुछ बात।" छलछलायी आँखों से जुगनू ने रमेश के दोनों गाल थपथपाये फिर बोला।

"बहुत सुन्दर लग रहा...पूरा अमितभवा लगत है।" बाकी बात गला रुँध जाने से अटककर रह गयी।

चारों मित्र भावुक हो उठे थे। जिस पुलिस ने उनको सुबह से शाम तक तंग किया था, बेमतलब दौड़ाया था, आज उसी विभाग में उनमें से कोई वर्दीवाला बन गया है। जुगनू की भावनाओं का ज्वार जब कम हुआ तो बोला, "एक शानदार पार्टी होनी चाहिए।"

"माँ, बाबूजी कुछ कर रहे हैं। मगर मैं चाहता हूँ एक ऐसी पार्टी हो, जिसमें वह सब कर्मठ पुलिसवाले आएँ, जिन्होंने न केवल हमारा साथ दिया है बल्कि इस शहर को हर तरह से सँभाले रखा है।" रमेश ने सीना फुलाकर कहा।

"यह ठीक है। इससे बढ़िया मौका और क्या होगा!" जुगनू बोला।

"सलमान के घर जाना बेकार है। साढ़े आठ हो रहे हैं, वह तो क्लीनिक निकल गया होगा।" जहीर ने कहा।

"तो फिर उसको फोन कर हम अकबरपुर पहुँचें।" बसन्त बोला। चारों बाहर निकले और दरियाबाद से अकबरपुर की तरफ दोनों मोटरसाइकिलें जोड़ों को लेकर चल पड़ीं।

सलमान को सिपतुन ने पहले ही खबर सुना दी थी। जैसे ही उसने मोटर साइकिलों की आवाज सुनी बाहर निकला और लपककर रमेश से लिपट गया।

"देर में ही सही, हमने अपने ख्वाबों की ताबीर पा ही ली।"

पाँचों ने मेज पर बैठकर नाश्ता किया और एक-एक करके अपने-अपने काम की तरफ निकल गये। सिपतुन को महसूस हुआ कि वह जहीर की दुनिया से जुड़कर अब पाँच पूतों की एक ऐसी माँ है जिसको जिन्दगी के आखिर के दिनों में ही सही थोड़ा-बहुत सुख तो मिला। आज जहाँ इन्हें नौकरी मिली है वहीं पर इनका घर बसते क्या देर लगेगी। जिस दिन घर बसा, समझो यह जिन्दगी में दाखिल हो गये। नये रिश्ते, नयी मोहब्बतें, इनको नये-नये तजुरबे देगी, तब यह भरपूर जिन्दगी का सुख लेंगे।

त्रिपाठी को जब रमेश के इंस्पेक्टर बनने की खबर मिली तो उसको एकाएक विश्वास नहीं हुआ। जब खबर की हकीकत का पता चला तो उसके सीने पर साँप लोट गया। सिर पर गर्मी-सी सवार हो गयी। चेहरे से भाप निकलने लगी। कई बार हीरालाल कह चुका था कि आप एक बार अपना ब्लडप्रेशर चेक करवा लें। आँखों का यूँ

फूला रहना, बात-बात पर गुस्सा आना ठीक नहीं है। मगर हर बार त्रिपाठी ने उस मुँहचढ़े को घुड़क दिया। लेकिन आज मुँह का स्वाद इतना बिगड़ा हुआ था कि सुलाखी के यहाँ की 'लौंगलता' उनको भा नहीं रही थी। जबकि यह उनकी हमेशा से पसन्दीदा मिठाई रही है।

"ब्लड प्रेशर तो हमार तबैहिनै बढ़ गवा है जब से उ झींगुरवा का हम हंगामा बेगम के घर देखा है। एके दिन पूरे हों चुके हैं। ई लंगुरवा किसी-न-किसी दिन हमरे हाथन से मारा जायगा। जब हम मुनिया के फेर में पड़े थे तब ओका लहटाय के हमसे दूर लै गवा। अब हम ई घर में पाँव पसार के रहा चाहित है तो साला हुवऊँ रंग में भंग डालय के लिए पहुँच गवा।"

त्रिपाठी अब पहलेवाला त्रिपाठी नहीं रह गया था। यह सब महसूस करने लगे थे। वह कड़कपन, वे तीखे तेवर, वह फुर्ती अब पुरानी कथा-कहानियों को दोहराने में खर्च होने लगी थी या फिर भविष्य का जो नया कार्यक्रम समय के बदले परिप्रेक्ष्य में उसको बनाना चाहिए था वह बनाना भूल गया था और वही पुरानी परिपाटी इस बदलते सन्दर्भ में अपना अस्तित्व खो रही थी। यह तो बहुत बड़ा सच था कि समय के साथ हर काम को नया रूप देना पड़ता है वरना वक्त की जरूरत पर जो चीज पूरी नहीं उतरती वह बिसरा दी जाती है, मगर यह सच त्रिपाठी स्वीकार नहीं करना चाहता था कि वह अपनी हरकतों में पुराना पड़ चुका है। उसकी दलीलें अब अपराध की दुनिया के लिए चुनौती नहीं रह गयी हैं। पुलिसवालों के ये सारे लटके-झटके अब सबको पता चल चुके हैं। नये लड़के अपराध और भ्रष्टाचार के संसार में कुछ नया अनुभव करना चाहते हैं। इसीलिए वह जग्गू झींगुर की तरफ ज्यादा आकर्षित होते हैं। स्वयं जग्गू झींगुर जुर्म की दुनिया में नयापन लाने के लिए हरदम उतावला रहता है, क्योंकि इसमें पकड़े जाने का भय कम और कमाने का अवसर ज्यादा होता है।

सतीश मोजमदार अपने इलाहाबाद में की गयी कारगुजारियों से काफी मुतमईन था। उसने इधर जो सबसे बड़ा कारनामा रमेश कुमार की मदद से अंजाम दिया था, वह था अध्यापिका अनवर सुल्ताना का घर उनको वापस दिलवाना। मुकदमा लम्बा खिंच सकता था, मगर सी.डी. की मदद से सारी रिपोर्ट मिल गयी और मुनव्वर बेगम पर अपनी जेठानी को परेशान करने के जुर्म में पचास हजार रुपया हर्जाना और बीच की दीवार को बनाने का ऑर्डर दे दिया। इस फैसले से मुनव्वर से ज्यादा गहरा धक्का जमील अंसारी को लगा था।

इस घटना से त्रिपाठी पर एक और मुकदमा बन गया। जमील अलबत्ता सख्त

बीमार पड़ गया। उसका बुखार टायफायड में बदल गया। जमा पैसा खर्च होने लगा। कचहरी जाना तो छूट गया था। गुण्डे-लफंगे सब छिटक गये थे। देवीशंकर और विश्वकर्मा और सुन्दरलाल पाण्डेय भी नजर फेर चुके थे मगर फोन करने पर जमील से जबानी चिकनी-चुपड़ी बातें करते थे, जिससे न दवाएँ आ सकती थीं न पेट भर सकता था। अब जो थोड़ा-बहुत भरोसा था वह त्रिपाठी का था, जो कभी गल्ला तो कभी साग-सब्जी और कभी-कभार देखने आने पर थोड़ा-बहुत नकद थमा जाता था। त्रिपाठी ने इतना रुपया जमा कर रखा था जिससे उसकी कई पुश्तें आराम से बैठकर खा-पी सकती थीं। मकान, बाग, खेत सब बीवी-बच्चों के नाम से था। जिनको आज तक न किसी ने देखा था न जाना था। जमील ने जायदाद के सारे कागज बनाये थे इसलिए वह सब कुछ जानता था और यह भी जानता है कि आज के समय में कोई किसी गैर के लिए इतना भी नहीं करता है जितना त्रिपाठी गिरे वक्त में उसके साथ कर रहा है। शायद इसलिए कि कल कचहरी कोर्ट में जरूरत पड़ने पर वही सबसे भरोसेमन्द साबित होगा।

कल शाम को त्रिपाठी सतीश मोजमदार को हंगामा बेगम का सारा कच्चा-चिट्ठा दे आया था। कुछ सच और कुछ बढ़ा-चढ़ाकर। सतीश को बहुत दिनों से ड्रग और लड़कियों की सप्लाई की खबरें मिल रही थीं। त्रिपाठी को तो मुगालते में डालने के लिए वह काम सौंपा था ताकि उसको महसूस हो कि एस.एस.पी. उसको पसन्द करते हैं। यह मुगालता बहुतों को चक्कर में डाले हुए था। अब तो लोग इन्तजार कर-करके थक गये थे और भूल गये थे कि त्रिपाठी को लेकर बड़े साहब छानबीन कर रहे हैं। एक साल से ज्यादा गुजर गया था। सतीश को पता था कि सबसे बढ़िया समय हमला करने का वही होता है जब दुश्मन गाफिल हो और इधर त्रिपाठी को भी अन्दाजा होने लगा था कि कुछ होना-हवाना नहीं है, इसलिए चैन की बंसी बजाओ! मगर उसका चैन तो जग्गू ने छीन रखा था। वह चक्कर में था कैसे झिंगुरवा को फाँसा जाए। इसी उधेड़बुन में वह नये-नये मन्सूबे बनाता रहता था!

एक दिन उसकी मुलाकात पुलिस मुख्यालय में इंस्पेक्टर रमेश से हो गयी। उस पर नजर पड़ते ही त्रिपाठी का मुँह कड़वा हो उठा, मगर रमेश ने बड़े सम्मान से 'जयहिन्द सर' कहा तो त्रिपाठी को भी जवाब देना पड़ा और हालचाल भी पूछना पड़ा। उसी में वह पूछ बैठा कि जहीर और बाकी लोगों का क्या हाल है? रमेश ने बताया कि सलमान एक क्लीनिक में बैठने लगा है।

"बहुत अच्छे...शरीफों की तरह कमाय-धमाय रहे हो अब?" त्रिपाठी ने रमेश को घूरा।

"जी सर! कोई बिगाड़ता है। कोई बनाता है। यह तो दस्तूर-ए-दुनिया है।" रमेश ने हँसकर कहा।

''हाँ, हाँ, क्यों नहीं, जहीर ही तो कहता था कि तुम डाल-डाल हम पात-पात ...कहना कभी आकर मिले।'' त्रिपाठी ने गर्दन अकड़ाकर कहा।

''जी सर!'' रमेश ने कहा और नमस्ते करके कमरे से बाहर निकला। त्रिपाठी उसको दूर तक जाते देखता रहा, फिर बरामदे से उतर वह अपनी जीप की तरफ बढ़ा। मन ही मन सोचने लगा कि आज मुझे इसको देखकर वैसा गुस्सा नहीं चढ़ा जैसा पहले चढ़ता था, आखिर क्यों?

त्रिपाठी की जीप जब चौक से गुजर रही थी तो उसको जग्गू झींगुर हंगामा बेगम की मँझली लड़की के साथ दिखा—सिल्क सेण्टर के सामने से कपड़ों का बण्डल थामे हुए। लड़की किसी बात पर हँस रही थी। उसके मोती जैसे दाँत चमक रहे थे। जग्गू ने उसके कान में कुछ कहा तो वह झेंप गयी। त्रिपाठी का दिल उलटने लगा। उसने तय कर लिया कि आज या कल रात तक रास्ता साफ करना है उस इलाके में दबिश डालकर। झिंगुरवा अपने पड़ोसियों की खैरख्वाही में निकलेगा तभी साले को लपेट दूँगा। त्रिपाठी का दिमाग बड़ी तेजी से काम कर रहा था।

''उस्ताद यह पंजा कउन दिन काम अइहे? इशारा करो, झिंगुरवा को हम मसल के रख देबै...यूँ।'' एक दिन कासिम उर्फ खूनी पंजा ने त्रिपाठी को 'हौली' में कुल्हड़ पर कुल्हड़ देसी खाली करता देख उसके मन की थाह ले ली थी।

''अबे जा, ऊँट की गर्दन ऊँटै खुजाय सकत है कुत्ता नाहीं।'' त्रिपाठी दम्भ में भर बोल उठा!

हीरालाल ने जब सुना तो समझ गया कि साहब जी अपना आपा खो चुके हैं। अब उनको ईश्वर भी नहीं समझा सकता। मल्लाह खून तूफान से टकराये बिना अब चैन से नहीं बैठ सकता है। आगे भगवान ही मालिक है।

40

अटाले के चायखाने में कैरम खेला जा रहा था। बारी के अनुसार थोड़ी-थोड़ी देर बाद खिलाड़ी बदल रहे थे। मीठा समोसा और चाय पीते लड़के बातों में उलझे हुए थे। मगर उनकी नजरें कोने की मेज पर बैठे सुधीश टार्जन और कुप्पी की तरफ बार-बार उठ जाती थीं। उनकी बातें शोर के बीच कट-कटकर कानों तक आधी-अधूरी पहुँच रही थीं। माहौल से लापरवाह सुधीश कुप्पी से पूछ रहा था—

"कहो पहलवान, कित्ते का ठेका मिला रहा?"

"ठेका-वेका का होत है?" कुप्पी ने कन्धे उचकाये।

"फिर काहे रेत दियो महतारी की गर्दन?" सुधीश टार्जन ने भवें उचकायीं!

"साली कुतिया रही। मोहल्ला मा बड़ी किचकिच मचाये रही। सो काम तमाम कर दिया।" कुप्पी ने बड़ी सहजता से कहा जैसे कुछ हुआ ही न हो। सुधीश ने उसके इस जवाब पर चौंककर उसके जवान चेहरे को देखा और मन ही मन बोला, यह उम्र और यह हौसला!

दो दिन पहले शरीफन नाउन की हत्या इसी अटाले में किसी ने करके लाश घूरे पर डाल दी थी। घूरे पर लेटी सुअरनी और उसके बच्चों के बीच औंधी पड़ी शरीफन को दोपहर तक कोई देख नहीं पाया था। उसकी साड़ी उसी के बच्चों ने पहचानी जो उसको सुबह से ढूँढ़ रहे थे। पुलिस कातिल का पता लगाती, उससे पहले सुधीश ने कुप्पी से सारी बातें उगलवा ली थीं। लइक कबाबवाले से सुधीश की पत्ता खेलने के चलते गाढ़ी छनती थी। उसी से मिलने-मिलाने सुधीश अटाले का चक्कर दूसरे-तीसरे दिन लगा लेता था। कुप्पी से बात कर सुधीश उठा और चायखाने के बाहर निकल गया।

अटाले में घर-घर बीड़ी बनती है। शरीफन नाउन भी टाँग फैला सूप जाँघों पर रख दिन भर बीड़ी बनाने में मस्त रहती। मियाँ गुड़ मण्डी में मजदूरी का काम करता था। वह बदन से हाथी था मगर अकल से गधा। शरीफन ने जिस घर में कमरा किराये पर ले रखा था उसी गली में चार-पाँच मकान छोड़ सुब्हान टेलर मास्टर का घर था। अब जरूरत कहो या हिसाबदारी सुब्हान की आँखें अधेड़ उम्र में जवान नाउन से जा टकरायीं। शरीफन तीन लड़कों की माँ थी। सुब्हान टेलर के पास ईद-बकरीद कपड़े सिलवाने जाती थी। मगर जब से नैन चार हुए थे सुब्हान बढ़िया से बढ़िया सूट उसको सिलकर पहनाने लगा। यह सब काम की आड़ में काफी दिन तक चलता रहा। एक दिन सुनार ने टूटी झुमकी ले जाते हुए सुब्हान टेलर की बीवी से पूछ लिया कि मुख्तार के अब्बा ने जो सोने का हार बनवाया था वह अच्छा लगा? इस एक बात ने जो भी अनकहा था सब कह सुनाया। सुब्हान की बीवी ने अपना झोंटा नोच डाला और मशीन पर बैठे मियाँ की पीठ पर दो हत्थड़ जमाकर बोली—

"मूँडीकाटे! इस उम्र में मुँह काला करे का शौक भवा है, जब आँगन मा पोता-पोती खेलत हैं?"

यह उद्गार आनेवाली घमासान लड़ाई की पूर्व सूचना साबित हुई। सुब्हान इससे पहले जवानी में धोबिन पर आशिक हो चुका था। शरबतिया को उसने नहीं बल्कि शरबतिया ने उसको छोड़ा था। वह बीवी के चीखने-चिल्लाने से डर गयी थी। इस बार सुब्हान इन गीदड़ भभकियों से भयभीत होनेवाला नहीं था। सुब्हान भी

कपड़ा सिल-सिलकर थक चुका था। हाथ का हुनर बेटे मुख़्तार को सिखा दिया था। घर-गृहस्थी जमा दी थी। बैंक में अपने नाम रुपया था। अब उसको किसी का डर नहीं था। चाहत का उसूल है कि जितना उस पर पहरे लगाओ उतना ही वह फड़फड़ाती है। पाबन्दियों में पनपती है। बीवी के तेवर इधर चढ़े उधर मियाँ के पैंतरे बदले। कब तक बीवी की जली-कटी सुनते, सो सुबह नहा-धोकर निकलते और सीधे शरीफन की नयी कोठरी की तरफ चल पड़ते, जो उन्हीं के कहने से उसने तीन गली छोड़कर ली थी। हलवा शीरमाल का नाश्ता करते। बदन दबवा प्यार मोहब्बत की बात कर सारा दिन गुजार उसके मियाँ के लौटने से पहले अपने घर वापस हो लेते।

कुछ दिन मियाँ-बीवी में तनातनी चली। 'जाएँ मेरे ठेंगे से' जैसा तेवर चला मगर एक दिन गुब्बारा सँभल न पाया और फट गया। मुख़्तार की माँ पर उस शाम जैसे जिन्नात आ गये। मियाँ चिकने-चुपड़े बन, महकते से जब ताजा मुस्कान के साथ ड्योढ़ी पार करने लगे तो एकाएक उसके तन-बदन में आग लग गयी। जलती लकड़ी चूल्हे से निकाल दौड़ पड़ी। बहू ने बीच-बचाव उठकर न किया होता तो सुब्हान टेलर के सिर पर आज गहरा जख़्म लगता। बहू ने बड़े लड़के को दौड़ा मुख़्तार को नुक्कड़ की पान की दुकान से बुला भेजा, जहाँ वह शाम को आधा घण्टा खड़ा हो यार-दोस्तों से गप मार सारे दिन की थकन दूर करता था।

काली माई के इस रौद्र रूप को अपनाकर मुख़्तार की माँ ने पीछे लौटने के सारे दरवाजे बन्द कर लिये। उसने कसम अल्लाह पाक की खायी कि इस बूढ़े आशिक को वह चैन नहीं लेने देगी। रोज सुबह-शाम मियाँ को सलवाते सुनातीं। कभी नाश्ता न देतीं, तो कभी खाने से भरी सेनी आगे से खींच लेतीं। इन बातों का असर मुख़्तार की शादीशुदा जिन्दगी पर भी पड़ने लगा था। वह थका और मायूस रहने लगा था। बच्चे भी डरे-सहमे दादा-दादी का मुँह ताकते रहते। सारे मोहल्ले में बदनामी फैल चुकी थी। यह सब देखकर मुख़्तार कभी-कभी तैश में आ जाता और उल्टा-सीधा सोचने लगता। एक बार उसका दिल किया कि वह उस नाउन को खरी-खोटी सुनाकर अच्छी तरह धमका आये मगर उसको लगा कि अम्मा जब सब कुछ करके हार गयीं तो फिर मेरी क्या बिसात?

अब शरीफन के तीन की जगह पाँच बच्चे थे। लोगों की जबान को कौन रोक लगा सकता था। कहनेवाले कह देते थे कि दोनों की शक्लें सुब्हान से मिलती हैं! यह मजाक जब-तब लोगों के बीच चलता रहता था। कुप्पी का बचपन से सुब्हान के घर आना-जाना था। मुख़्तार की माँ उसका बड़ा ख्याल करती थीं। बासी-ताजा खाना जो भी होता वह माँ को देती। गिरे वक्त में पैसे-कौड़ी से भी मदद करती थी। कुप्पी उनकी परेशानी देख-देखकर कुढ़ता था। नमक हलाली का मौका तलाश

कर रहा था। बुरी संगत में पड़ चुका था। इसलिए आदतें भी उल्टी-सीधी पड़ चुकी थीं। मुख़्तार को उसका घर आना बुरा लगता था मगर वह कुछ कह नहीं पाता था। एक दिन मुख़्तार कैरम क्लब में बैठा था। वहाँ कुप्पी पहुँच गया। सलाम कर सामनेवाली बेंच पर बैठ गया।

"कुछ काम हो तो बताओ बड़े भाई?"

"कैसा काम?" मुख़्तार ने उल्टा उससे सवाल किया।

"कहो तो एक-दो लप्पड़ जमाय दें, जो इससे बात न बनैगी तो उठाकर साली को चाकू घोंप दें। आखिर कब तक इ सब चलैगा? साला सारा मोहल्ला गन्धाय गवा है।"

"तुम का बात कर रहे हो, हम समझ नहीं पा रहे हैं।" मुख़्तार इतना कह जल्दी से उठ गया। वह ऐसी जगहों पर आकर कभी बैठता नहीं था। मगर एक ग्राहक का इन्तजार करना था।

"हम सब इन्तजाम कर लिये हैं।" कहकर कुप्पी मुस्कुरा दिया।

माँ की हत्या के बाद तीनों लड़के सारा दिन आवारागर्दी करते। इसी के चलते छोटी बहन ने एक दिन भूख-प्यास से बिलबिलाते दम तोड़ दिया। उससे बड़ी साल भरवाली रेंगती सड़क पर पहुँच गयी। मोहल्लेवालों ने उस दिन खासी ममता दिखायी मगर शरफू से कह दिया कि या तो वह घर बैठ बच्चा पाले या फिर यहीं कहीं कोई काम ढूँढ़े। बड़े लड़कों के भरोसे इस नन्ही-सी जान को छोड़ना अब खतरे से खाली नहीं है। शरफू पहले ही कौन-सा शरीफन के मरने से खुश था। अब लड़की के इस तरह से गुजर जाने से वह टूट गया। लड़के उसके काबू में कभी न थे। अब तो वह हाथ से निकल चुके थे। गुड़ की मण्डी के सामने एक बूढ़ी भिखमंगन से बात तय हो गयी कि वह सारे दिन लड़की की देखभाल इस शर्त पर करेगी कि उसको शरफू पेट भर खाना रात को खिला दिया करे। बात पक्की हो गयी तो शरफू ने वहीं गुड़ मण्डी में कोठरी किराये पर ले ली। दस से पाँच की उम्रवाले लड़के पीछे छूट गये। उन्हें अटाला छोड़ना पसन्द न था।

लड़की के पास रहने से भिखमंगन की आमदनी में इजाफा हुआ। खाना मुफ्त मिलने से बचत भी होती। कभी-कभार तीनों लड़के जिनका नाम शरीफन ने बड़के, मँझले, छुटके आसानी के कारण रख रखा था, अपनी बहन और बाप से मिलने आ जाते थे। उनका आना फकीरन को बुरा लगता था। उसको हरदम धड़का लगा रहता कि कहीं यह तीनों कुतरपिल्ले उसकी बढ़ी हुई आमदनी का जरिया न उससे छीन लें। इसलिए वह कुछ महीनों से अपने साथ लाठी रखने लगी थी। नमक-मिर्च लगा

बाप से एक की चार लगाती। कभी-कभी उनको पिटवाने में कामयाब हो जाती। इस सबके बावजूद उसके भीख के कटोरे से रेजगारी लेकर भागनेवाले लड़कों को वह बहुत दूर तक दौड़ा नहीं पाती थी! कोसती, काटती लौट आती और शाम को दुगुना हर्जाना बाप से भरवाती। बेचारा नकद पैसा अदा कर बच्ची को उठा कोठरी में लौटता और रोटी ठोंकता! उधर तीनों लड़के कूड़ा बीन, कभी हाथ की सफाई दिखा अपना पेट भर लेते थे।

जहीर को पुराने कपड़ों के बक्स खोलने पर बाप और दादा के कुछ शेरवानी और सूट पसन्द आये थे, जिन्हें वह अपने नाप का करवाना चाह रहा था। इस काम में सुब्हान टेलर मास्टर का कोई जवाब नहीं था। एक दिन शाम को वह अटाले की तरफ निकला। किसी का बताया पता पास था। अटाले की तरफ मुड़ते ही उसको चार दरवाजोंवाला बड़ा-सा घर दिखा। जिसके चर्चे उसने जरूर सुने थे कि अटाला का एक बीड़ी बनानेवाला कारीगर गरीबी से तंग आकर मजदूर के रूप में किसी जमाने में मध्यपूर्वी देशों की तरफ निकल पड़ा और अब इतनी दौलत कमा ली है उसने कि अबूधाबी में रहने के बावजूद अपने मोहल्ले में एक शानदार कोठी बनवायी है। कोठी सचमुच शानदार थी मगर अटाला...?

अटाले की गलियाँ गोबर की गन्ध और कीचड़ से बजबजा रही थीं। पास में 'कमेला' होने के कारण घर-घर मवेशियों की चर्बी जलायी जाती जिसको साबुन बनाने एवं अन्य कई उपयोगी उत्पादनों में प्रयोग किया जाता। उसकी तेज महक से हवा भारी हो उठी थी। इस मोहल्ले से पैसेवाले और पढ़े-लिखे लोग नये बने मोहल्ले करेली की तरफ जा बसे थे। जिससे यह मोहल्ला मजदूरों, कस्साबों, पनवाड़ियों, वेल्डिंग और मरम्मत करनेवाले कारीगरों के साथ उन सारे इन्सानों को समेटे हुए था जो समाज के हाशिए पर पड़े थे। अपनी भाषा-बोली और अभिव्यक्तियों में उन्मुक्त अपनी तरह जीने में स्वतन्त्र। इसलिए इनको अन्य मोहल्लों की तरह उस टकराहट का सामना नहीं करना पड़ता था जो दूसरी जगह अनेकता और विभिन्नता के कारण इन्सान को विकसित करने में मददगार साबित होता था। यही सारी बातें सोचता आखिरकार काफी घूमने, भटकने के बाद जहीर सुब्हान दर्जी के दरवाजे पर पहुँच गया था।

"अब्बा ने काम करना बन्द कर दिया है..." मुख्तार ने धीरे से कहा।

"फिर?" जहीर निराश हो उठा।

"अगर आप मुझ पर भरोसा रख सकें तो मैं अब्बा की तरह ही आपको मुतमईन करने की कोशिश करूँगा।" मुख्तार ने बड़ी शालीनता से कहा।

"आपकी जबान अटाला में रहने के बावजूद बड़ी साफ है?" जहीर ने हैरत से पूछा।

"अटालची भाषा तो..." इतना कहकर मुख्तार हँसा फिर बड़े नर्म लहजे में बोला, "कपड़े आप लोगों के सिलते हैं जनाब तो जबान भी तो आपकी ही बोलेंगे।"

जहीर शेरवानी देकर लौटने लगा तो उसको महसूस हुआ कि उसकी कनपटी पर शब्दों के ढेले बड़ी जोर से आकर लगे हैं। सामने स्कूटर रिपेयर करते लड़के ने पास खड़े बीड़ी जलाते आदमी से कहा—

"अबे ओ अब्बा, दुई ठो जला न!"

जहीर गली से निकल सड़क पर आया। चौड़ी सड़क की छाती पर ट्रैफिक दौड़ रही थी। सड़क के किनारे गिरे पेड़ के पास तीन छोटे लड़के बकरी के बच्चे से खेलते हुए दुलार दिखा रहे थे :

ऐकी अम्मा सींग वाली
बड़के बड़के थन वाली
दूध देवे गयी है साली
एका भूखा छोड़ के नानी

"अबे ओ बड़के! इधर तो आ बे।" सामनेवाले दुकानदार ने पुकारा। उसमें से एक लड़का दौड़ा-दौड़ा दुकान की तरफ गया।

"यह राख उठाके फेंक आ।"

"कुछ खाय को देबो न?"

"पहले काम कर बे।" दुकानदार ने झिड़की दी। बड़का तेजी से राख जमा करने लगा। दोनों भाई भी बकरी के बच्चे को छोड़ उसका हाथ बँटाने पहुँच गये।

सुधीश टार्जन बालू के ठेकेदार का सबसे छोटा बेटा था। उसका बाप बदमाशों का बदमाश था। मल्लाह नदी के पेट से बालू निकालते और यह उन पर कब्जा कर उन्हें डरा-धमका भगा देता था। सुधीश को बाप के यह तौर-तरीके पसन्द नहीं थे। इसके बावजूद उसको देख सब यही कहते थे—बाप नम्बरी बेटा दस नम्बरी। पुत्तन केवट से सुधीश का बड़ा याराना था। उसी के चलते वह एक दिन बाप से भिड़ गया। ठेकेदार तो सुधीश से ज्यादातर चिढ़ा ही रहता था। कमाई-धमाई कुछ करता न था, ऊपर से जेब खर्च के लिए हमेशा हाथ फैलाये रहता। ताश में बाजी जीत लेता तो फिर कहने क्या? एक से एक फैशनवाला कपड़ा खरीदता। धूप का चश्मा लगा वह ज्यादातर घूमता था। ठेकेदार को उसकी इस आदत से बहुत चिढ़ थी। अक्सर कह उठता—

"आँधर बने काहे फिरत हो?"

"तुम पैंसा गिनो।" सुधीश चिढ़कर बाप से कहता!

ठेकेदार को बेटे द्वारा पुत्तन की तरफदारी बिल्कुल न भायी। गुस्से में आकर उसने बेटे को घर से निकल जाने को कह दिया। सुधीश ताव में था। घर छोड़कर वह सीधा विधायक विश्वकर्मा के घर पहुँचा सिर्फ बाप को जलाने के लिए। विश्वकर्मा की उसके बाप से दोस्ती थी। आपस में खूब पटती थी। विश्वकर्मा ने सुधीश को मुँहबोला बेटा बना रखा था। शराब के ठेके के चलते दोनों की दोस्ती में दरार आ गयी थी। बालू के ठेके को लेकर त्रिपाठी से भी कुछ नोक-झोंक हो गयी थी। विश्वकर्मा ने मुरारीलाल के बेटे को जो अपने घर आया देखा तो उसकी खूब आवभगत की और दिल की भड़ास निकालने के लिए बाप को इस तरह बेटे के निकाल देने पर बुरा-भला भी कहा। जोश में आकर उसने सुधीश से कहा कि वह जब तक चाहे रहे और मन करे तो किसी काम में साझेदारी भी कर ले। यही असली बात थी जो सुधीश को यहाँ लायी थी। शराब की ठेकेदारी शुरू हो गयी। उधर बाप जलता इधर सुधीश और विश्वकर्मा फूले न समाते।

एक रात विश्वकर्मा किसी पार्टी में गया था। खूब चढ़ाकर लौटा था। अपने होश-हवास में तो था नहीं। सोते सुधीश के साथ कुछ ऐसी हरकत करने की कोशिश करने लगा कि सुधीश भौंचक रह गया। सुन तो वह बहुत कुछ चुका था मगर अफवाह समझकर उसने ऐसी बातों पर कान नहीं धरा। आज जब उसके साथ घटा तो वह लज्जित हो उठा। मन हुआ उसी समय घर छोड़ दे मगर रात काफी बीत गयी थी। खून का घूँट पीकर वह इस फैसले के साथ ऊपर छत पर जाकर लेट गया कि कल ही अपना कोई ठिकाना खोज लेगा। दूसरे दिन उसको लइकवा का बुलाया पत्ता खेलने के लिए सुबह-सुबह मिला तो वह खुश हुआ। अपना बैग ले बिना कुछ कहे घर से शाम ढले अटाले की तरफ निकल गया।

सुधीश का अटाला आने का यह दूसरा-तीसरा चक्कर था। उसको यह मोहल्ला सोबतिया बाग और धूमनगंज से बिल्कुल अलग लगा था। गयी रात तक चहल-पहल होती। होटल के कारण आना-जाना लगा रहता। जगह-जगह सिर जोड़ दो-तीन लोग बैठे गप लगाते रहते थे। उस रात जमकर पत्तेबाजी हुई और लगभग दो बजे महफिल बरखास्त हुई। सबके जाने के बाद लइकवा ने सुधीश से पूछा—

"चाहो तो घर चलो वरना दुकान के सामने पड़ जाओ, खाट डलवाय देइत है।"

"यहीं ठीक रही।" सुधीश बोला।

सड़क किनारे खुले आसमान के नीचे यूँ लेटने का सुधीश का पहला अनुभव था। थका हुआ था सो लेटते ही सो गया। भोर में शोर-शराबे से उसकी आँख खुल

गयी। अटाले की सुबह जिन्दगी से भरपूर थी। रिक्शों की घण्टियाँ, स्कूटर की भरभराहट, मोटरों का हार्न, साइकिल के पहियों की साँय-साँय, भट्ठियों से उठते धुएँ की लहर और बच्चों की चिल्लाहट और दौड़ने-भागने ने सुधीश को उठने पर मजबूर कर दिया। सुधीश ने जोरदार अँगड़ाई तोड़ी और आती जम्हाई को मुँह फाड़कर लिया। फिर तकिया के नीचे से सिगरेट निकाल सुलगाया। अभी वह एक-दो कश ही ले पाया था कि एक लड़का भाप उड़ती चाय का गिलास सामने लिये खड़ा था। सुधीश को आज की सुबह कुछ अलग किस्म की लग रही थी, जिसमें सड़क घर का आँगन बनी हुई थी।

चाय खत्म कर उसने सिरहाने से कमीज उठाकर पहनी। खाली सिगरेट का पैकेट नाली की तरफ उछाला और बिस्तर लपेट पलँग कबाब कार्नर की दीवार से लगा खड़ी किया और उस पर लिपटा बिस्तर टिका, सिगरेट की तलाश में गुमटी की तरफ बढ़ा। नहाने की इच्छा जोर मार रही थी। उसने मन ही मन अपने बाप और विश्वकर्मा को बड़ी मोटी-सी गाली दी।

''अबे सुधिशवा कहाँ पोलो मारे जा रहा है?'' पीछे से लइक ने आवाज दी।

''क्यों बे साले लइकवा, हमका लावारिस समझ के, सड़क किनारे लिटाय दियो, साली नींदो नहीं आयी रात भर,'' सुधीश ने मसखरी की।

''तुमही तो कहे रहे कि खुली हवा में सोवे की आदत है। सो हम लिटाय दिया। अब जबरदस्ती में हमका काहे हड़कावत हो...चल घर चल, नहाय-वहाय के कुछ खाय-पी ले। बात तो होइतै रही।'' लइक ने कहा और दोनों गुमटी की तरफ बढ़े। सिगरेट लेकर लइक सुधीश के संग अपने घरवाली गली की तरफ मुड़ा। सुधीश का दिमाग उलझा हुआ था। उसको जल्द से जल्द अपने रहने का इन्तजाम करना था। उसकी परेशानी को बिना सुने लइक अपनी तरह से समझ चुका था। गर्मी काफी थी। धूप निकल आयी थी। दोनों चुपचाप चलते रहे। फेरीवाले सड़क पर निकल आये थे। कुछ गलियों की तरफ ठेले मोड़कर हाँक लगा रहे थे। बड़ी-बड़ी जामुनों से भरा ठेला पास से गुजरा—

काली कल्लो आय गयीं
हँसती खेलत आय गयीं

सुधीश ने जब लइक का घर देखा तो उसको लगा कि सड़क किनारे सोना ज्यादा अच्छा था। घर हवादार होने के बावजूद चारों तरफ से घिरा था। नाश्ता लइक ने बड़े प्यार से कराया। दही-जलेबी खाकर सुधीश मस्त हो गया। अब प्रश्न सामने था कि आज का दिन वह कैसे गुजारे जो काम बन जाए। जबसे उस बीड़ीवाले का मकान सफेद हंस की तरह पंख फैलाये इस मोहल्ले में देखा था, तब से उसके दिल में इच्छा प्रबल हो उठी थी कि ऐसी ही भव्य अट्टालिका का मालिक उसको

बनना है। मगर कैसे? बाप से फूटी कौड़ी मिलने की अब उम्मीद नहीं है। विश्वकर्मा के नाम से ही उसको मतली आने लगती है। एक-दो यार दोस्त हैं तो उनसे मदद लेना या उनके पास इस समय खाली जेब जाना उचित नहीं है! बाप की ठेकेदारी के चलते इतनी शत्रुता मार्केट में पनप गयी थी कि वह पुत्तन केवट के साथ मिलकर अगर चाहे भी तो बालू की ठेकेदारी नहीं कर सकता है। बाप को पता चला नहीं कि वह दल-बल के साथ उसके ढेर पर कब्जा जमा लेगा और पुत्तन को उठा पुलिस के हवाले कर देगा। वह अपने काम को लेकर बड़ा सख्त जान है। इलाके के लोग उसके इन्हीं सब कारनामों से डरते हैं।

नकली नोटों का धन्धा बुरा नहीं मगर अभी नहीं शुरू किया जा सकता। पिछले महीने ही तो पुलिस का छापा पड़ा था। गढ़ी कलाँ के उस घर से लाखों के नोट बरागद हुए थे। नकली सिरप का रैकेट भी टूट गया। अब तो एक ही रास्ता है कि किसी आढ़ती धन्ना सेठ का लड़का-लड़की अपहरण कर फिरौती उसूल की जाए। कुप्पी काम का लड़का है। उसमें अकड़ की जगह निष्ठा ज्यादा है। वह अन्धा होकर उसका हर काम कर सकता है। सारे दिन अपने में उलझा बाजार-हाट घूमता, जगह-जगह रुकता-मिलता, सम्भावना तलाश करता फिरता रहा। मन में विचार उठा कि क्यों न जमीन हड़पी जाए कहीं किसी बाबा की कब्र झूठमूठ की बनाकर या फिर किसी पागल फकीर को यह कहकर बिठा दिया जाए कि यह पहुँचे बुजुर्ग हैं जिधर उँगली उठा देंगे, उस दिशा की ओर काम बनेगा या फिर कोई मूर्ति रख घेरा बना पूजा-अर्चना शुरू कर माल हथियाने की योजना बनायी जाए। मगर यह धन्धा बहुत सुस्त रफ्तारी का है। जगह-जगह वैसे ही भगवान की मूर्तियाँ जमी हुई हैं। पुलिस विभाग को जाने क्या हो गया है कि अरसे से कोई काम ही नहीं थमाया है।

रात के लगभग नौ बजे वह कबाब कार्नर लौटा। लइक अपनी दुकानदारी में व्यस्त था। वह चुपचाप स्टूल उठा एक क़ोने में बैठ गया, जहाँ से सड़क साफ दिख रही थी। आते-जाते लोगों को निहारते-निहारते उसके दिमाग में विचार कौंधा कि क्यों न विश्वकर्मा काकू को ब्लैकमेल किया जाए। इस विचार के आते ही वह खुशी से खिल उठा। कौन-सा साला अपना सगा है। सगा होता भी तो क्या? उसकी करतूतें ऐसी हैं कि उसको निचोड़कर तेल निकाला जा सकता है।

खाने के बाद सड़क और दुकान के बीच सुधीश की खाट बिछ गयी। धीरे-धीरे मोहल्ला अँधेरे में डूबने लगा। सड़क पर सन्नाटा पैर पसार रहा था। ऊपर खुले आसमान पर तारे छिटके थे। उसने योजना बनानी शुरू की। वह विश्वकर्मा से जाकर खुद मिले या फोन पर बात करे? इसमें उलझा रहा। उसने आँख बन्द कर ली। जैसे ही झपकी लगी, लोहे का दरवाजा पीटने से खुल गयी।

"लल्लुवा...ओय लल्लुवा...बेटवा दरवज्जा खोल।"

"ऐ लल्लू उठ ना..."

"अबे लल्लू, उठ बे! दरवज्जा खोल, इतनी देर से चिल्लाइत है।"

"साला...मादर..." आखिरी मनुहार तक आते-जाते गालियों की झड़ी लग गयी। सुधीश को हँसी आ गयी। नींद उसकी आँखों से भाग गयी। उसने सिरहाने से सिगरेट की डिबिया निकाली और आसमान ताकते हुए सिगरेट के हल्के-हल्के कश लेने लगा।

"अबे अब्बा, इतनी रात गये कहाँ से आय रहा हो?" झुँझलाहट भरी आवाज उभरी।

"पहले दरवज्जा खोल फिर हम बतावें कि तेरी..."

इस शोर के बाद खामोशी छा गयी। सुधीश ने सिगरेट का बचा टोटा उछाला और करवट बदल सोने की कोशिश करने लगा। सड़क का सीना खाली था। हवा अपना मुलायम दुपट्टा लहराती शहर घूमने निकली। जिसका नर्म स्पर्श सारे दिन भट्ठी के आगे बैठे नानबाइयों, ऐले की आँच को सहते बावर्चियों, धूप की तपिश को सहनेवाले मजदूरों, लोहा पीटते कारीगरों और गली सड़क पर फिरते फेरीवालों के थके बदनों को सहला रहा था। सड़क किनारे खड़े पेड़ सारे दिन के उड़ते धूल-धुएँ से घबराये अब राहत का साँस ले, अपनी शाखाओं को हवा के हवाले कर शान्त मुद्रा अपनाये थे। रात की खामोशी को तोड़ती कभी किसी नवजात के रोने की आवाज उभरती। घूरे पर सोये सूअरों की टोली और नाली के पास पड़े ऊँघते कुत्ते कुनमुना कर फिर पड़ जाते। भोर के लगभग सुधीश की आँखें नींद से बोझिल हो बन्द हुईं और वह रातोंरात नगर का सबसे धनाढ्य आदमी बनने का सपना देखने लगा।

41

शहर में मिट्टी से बने रंग-बिरंगे खिलौनों की दुकानें सज गयी थीं। खील-बताशे के ढेर के साथ दीयों और शक्कर के खिलौनों को सजाये औरतें दुकानदारी कर रही थीं। सिर पर चिथड़ा बाँधे पुताईवाले सीढ़ियों पर चढ़े कूची फेर रहे थे। लक्ष्मीपूजा के लिए अपने-अपने पूजा-घर को नया रूप देने में सब व्यस्त थे। दीवाली उपहार

भी सम्बन्धों के हिसाब से खरीदे और दिये जा रहे थे। मन्दिर सज रहे थे। पुजारी पूजा-अर्चना की तैयारी में लगे थे। एक उत्सव खत्म नहीं होता है कि दूसरा शुरू हो जाता है। इन्हीं तीज-त्यौहारों की वजह से बाजार की रौनक है। ऊपर से मुफ्त उपहार और बम्पर ऑफर के चलते फैली उत्तेजना से सहज रूप से बिक्री करनेवाले दुकानदारों का पटरा बैठा हुआ था। वे अपनी दुकानों पर बैठे चुपचाप इस आधुनिकता को देख रहे थे जो प्रचार पर पूरी तरह निर्भर हो चुकी थी। एक तरफ लोगों में खरीदारी का शौक बढ़ रहा था। दूसरी तरफ खाली जेबों के बावजूद नयी चीजों को देखने का लोभ बढ़ रहा था।

ऐसे आकर्षणों के बीच बड़के, मँझले और छोटे का दिल तरह-तरह की चीजें खरीदने को मचल रहा था। शरफू ने उनके हठ पर नये कपड़े सिलवा दिये थे। पटाखों की दुकान पर ले जाकर गड्डे, मेहताब, अनार और फुलझड़ियाँ भी दिला दी थीं। छोटे ने मिट्टी की रंग-बिरंगी गुजरिया खरीदी थी। छोटी बहन को कमर पर टाँगे-टाँगे वह सड़क पर बने गेट और सजे मन्दिरों को भी देख आये थे। शरफू को उनका घर आना बड़ा भला लग रहा था। पूरी और सब्जी उसने बड़े चाव से बनायी और मिठाई के साथ बेटों को पेट भरकर खिलायी। तीनों उस रात कोठरी में सोये मगर सुबह उठते ही बिना बाप से कुछ कहे सड़क नापने निकल गये। बाप दिल मसोसकर रह गया।

सुधीश की इन तीनों लड़कों पर नजर थी। पिछले एक सप्ताह से वह उनकी कारगुजारियाँ देख रहा था। कभी-कभार समोसे-कचौड़ी खिला, कभी सालन-रोटी दिला सुधीश ने उनसे अच्छी मित्रता गाँठ ली थी। विश्वकर्मा को उसने फोन किया था। पता चला कि वह लखनऊ गया हुआ है। आज उसको सुबह लौटना था। सुधीश ने उससे शाम को मिलने का कार्यक्रम बनाया। घर की जगह वह ऑफिस पहुँचा।

सुधीश को देखकर विश्वकर्मा झेंप-सा गया मगर ऊपर से लाग-लपट की बात करता शिकवे-शिकायत करने लगा कि आखिर उससे बिना बताये वह कहाँ चला गया था। वह परेशान था। कई जगह पुछवाया भी मगर कोई समाचार कहीं से न मिल पाया। अन्त में बड़े दुलार से पूछने लगा—

"कैसे हो बेटवा?"

"काकू..."

"हाँ...बोलो...बोलो का चाही?"

"काकू आप विधायक हैं। सब जन विधायक जी विधायक जी कहकर जीभ

सुखाय लेत हैं...का अच्छा लगी कि लोग जानें आप...मान-मर्यादा एक बार गयी तो अगले चुनाव में एक्कौ वोट न मिली! आप सोच-समझ लें।'' सुधीश ने पल-पल चेहरे के भाव बदलते हुए कहा।

''हम का सोची बेटवा...अब का बताई...तुम आपना मुँह बन्द रखौ बस!''

''हर बात का दाम होत है काकू...अगर हमार आबरू उ दिन आप लूट लेते तो...हम केहू को मुँह दिखाये काबिल न होइत आज...'' इतना कह सुधीश ने अपना सिर झुका आँसू पोंछने का नाटक किया।

''अब का बताई...नशा में...हमका क्षमा करो बेटवा...बोलौ हम का करैं तुम्हरे लिए?'' विश्वकर्मा का दिल कच्ची मिट्टी की तरह पिलपिला हो उठा। चेहरे पर शर्मिन्दगी के भाव उभरे। यही सुधीश चाहता था। कुछ पल स्थिति को तौलता रहा, फिर एकाएक अपनी जगह से उठ विश्वकर्मा से लिपट गया।

''काकू...हमका आपन कच्ची शराबवाली भट्ठी दै देव...सच कहित हैं...तुमका मुनाफा ही मुनाफा मिली काकू।''

''का?'' विश्वकर्मा कुछ देर सन्न बैठा रह गया। जैसे उसको साँप सूँघ गया हो। फिर उसकी बात समझ में आयी कि बनवारी लाल का लौण्डा कउन-सा सौदा कर बैठा है। सच कहा है किसी ने कि बाप नम्बरी तो बेटा दस नम्बरी!

सुधीश का उपनाम 'टार्जन' उसके बाप ने यूँ ही नहीं रखा था। बचपन से वह किसी एक बात पर टिकता न था। एक डाल से दूसरी डाल पर पहुँचने का मतलब था लंगूर का इन्सानी रूप टार्जन।

सुधीश को शराब की भट्ठी का कब्जा क्या मिला उसकी दुनिया ही बदल गयी। उसके अन्दर के वे सारे छुपे दरवाजे खुल गये। भट्ठी पर बैठ उसने बहुत महत्त्वपूर्ण लोगों की डोरियाँ उँगली में पकड़ना शुरू कर दीं! कुप्पी को बहला-फुसलाकर वह अपने साथ ले आया था मगर वे तीनों छोकरे उसको झाँसा दे अटाले से किसी और मोहल्ले की तरफ निकल गये थे।

बकरीद करीब थी! बकरों की आवाजें सुनाई पड़ने लगी थीं। आसपास के गाँव से भी अपने-अपने पाले-पोसे बकरों को लेकर चिकवे मंसूर पार्क, हटिया और घण्टाघर पर जमा होने लगे थे। आजकल मवेशी बाजार में जो सबसे बड़ी तब्दीली आयी है वह है जानवरों की सजावट पर ध्यान देना। पहले तन्दुरुस्त, बिना ऐब के चर्बीले बकरे खरीदे जाते थे जिनका हाथ-पैर, खुर, आँख, कान सब सही सालिम हो। अब उनकी इस खूबी को जबानी बताने के साथ उनके गर्दन, पैर में घुँघरू बाँधते और जो बकरियाँ होतीं तो उनके गले में लाल-हरी-पीली किरन का हार और सर पर फुन्ना

बनाकर ताज लगा देते। बाप के साथ आये बच्चे इनको देख खिलौना समझ खुश होते थे।

"दुइनों का कितना लेबो?" दो चर्बीले बकरों का मोल-भाव शुरू हुआ। चिकवे ज्यादा से ज्यादा कमाई करना चाह रहे थे। इस भीड़भाड़ में तीनों भाई बड़ी देर से मौके की ताक में थे। झुटपुटे के समय जैसे ही लाइट गयी और बाजार एक पल के लिए अँधेरे में डूबा, तब तक वे तीनों मँझले कद के बकरे की रस्सी काट उसके कान दोनों तरफ से पकड़ गलियों के तहखानों में दौड़ गये। बिजली आने के बाद क्या हुआ, उन्हें इसकी फिक्र नहीं थी। वह तो बकरे की गर्दन में नयी रस्सी डाल चक और बहादुरगंज के घरों के दरवाजे-दरवाजे अपना माल दिखाते फिर रहे थे। बाकी चिकवों से चूँकि उनका दाम कम था, इसलिए थोड़ी देर बाद ही बकरा बिक गया। बड़े-बड़े नोट उन्होंने पहली बार छुए थे। उनका सीना जोर-जोर से धड़क रहा था। चेहरे पर खुशी थी।

"कहाँ रखबो बड़के?"

"देखत जाओ।" बड़का बोला और दोनों भाइयों को इशारा कर आगे बढ़ा। रसूलपुर पहुँच उसने दम लिया। मलाईवाली चाय नमकीन बिस्कुट के साथ पी और बड़ी शान से पहली बार दाम अदा किया।

"पिक्चर देखते हैं।" मँझला बोल उठा।

"चलो।" बड़के ने हातिमताई बनकर गर्दन हिलायी।

तीनों ने पिक्चर देखी। फिर मदीना होटल गये, जहाँ फकीरों के साथ जाने कितनी बार खाना खा चुके थे। आज मेज पर सजा तन्दूरी मुर्गा खाया। फिर छुटका तने पेट के साथ बोला—

"बड़के। अब्बा को एक पत्ती दें, चलें?"

"हाँ रे, हमार पहली कमाई है।" तीनों गुड़ की मण्डी की तरफ चल पड़े। रात के आखिरी पहर का सन्नाटा सड़कों गलियों में फैलने लगा था।

हनीफ मोहम्मद की जान पर बन आयी थी। उसकी पार्टी की दुश्मन पार्टी सत्ता में आ गयी और उसी पार्टी का एक मेम्बर मुख्यमन्त्री बन गया। हनीफ का कच्चा चिट्ठा खुलने लगा। दो सौ कम्पनियाँ जो केवल नाम की थीं, उनके जरिए हर तरह का व्यवसाय चल रहा था। नये केसों को लेकर एक बार फिर हनीफ मोहम्मद जेल में था। उसका कार्यालय तोड़ डाला गया और उसके दो सफेद घोड़े एक-दूसरे के साथ खेलते सारे दिन कब्रिस्तान में कब्रों पर घुड़दौड़ लगाते थे। विधायक जी ने कब्रिस्तान के एक कोने में शीट डलवा अस्तबल बनवा रखा था। बेचारा तकियादार

नयी कब्रों की तब तक रखवाली करता जब तक लीपी मिट्टी सख्त न हो जाती। जिनके मुर्दे वहाँ दफन थे वह अपनों की टूटी कब्र देख लाख गुस्सा हो, मगर हनीफ मोहम्मद के खिलाफ आवाज उठाने की हिम्मत नहीं कर पाते थे। मरों के लिए जिन्दा मर जाएँ, यह किसको अच्छा लगेगा?

पक्की कब्रें बनाने का मतलब है कि तकियादार के पेट में लात मारना। शबरात से पहले कब्रों पर मिट्टी चढ़ाने में जो पैसे हाथ आते हैं वह भी न मिलें तो फिर यह लोग जिएँ कैसे? शबरात की रात ही तो कब्रिस्तान मोमबत्तियों की रोशनी से झिलमिला उठता है। हलवे पर बुजुर्गों के नाम की नजर दे बाकी रात लोग इबादत में गुजार देते हैं। अपनी ख्वाहिश को पर्चे पर लिख उस चिट को गीले आटे में लपेट मुँह-अँधेरे हजरत खिज्र तक पहुँचाने के लिए गंगा-पुल पर औरतें अपना-अपना वह आटे का गोला पानी में डालती हैं। रात को पत्तों पर दीया रख पानी के धार पर छोड़ देती हैं। ये मान्यताएँ क्या केवल मन की शान्ति और मनौतियों के लिए होती हैं या फिर इनमें सौन्दर्यबोध की वह ललक भी शामिल होती है, जो इन्सानों की सोच का हिस्सा है और प्रकृति का अनुसरण भी कि हर काम एक सलीके से किया जाए, जैसे कुदरत ने इस कायनात को चरिन्द-परिन्द, पेड़-पौधे, पहाड़-नदी से सजाया है। उसमें जड़ता न आ पाए। इसलिए मौसम के बदलते रूप के साथ खानपान, फल-फूल, किस्मों और विभिन्नताओं का भी ध्यान रखा है।

मोहर्रम का चाँद दिख गया था। साल की शुरूआत का कल पहला दिन था। शिया मुसलमानों की जरूरत के मुताबिक दुकानदारों ने सामान लाना पन्द्रह दिन पहले से शुरू कर दिया था। रोशन बाग की दुकानें काले, हरे रंग के कपड़ों से उबली पड़ रही थीं। जो भी बुर्कापोश औरत उधर से गुजरती, गद्दी पर बैठे दुकानदार पुकार उठते—

"बहिन जी, मोहर्रम के लिए बेहतरीन काली जाली का थान आया है...एक नजर देख तो लें।"

"आपाजान! काले रंग में बेहतरीन सूट आये हैं।"

"बाजी, आप चाहे खरीदें न मगर देखने के दाम थोड़े लगते हैं!"

नगाड़े-ताशे-मशाल और याली-याली की आवाजों के साथ कागज का बना बड़ा ताजिया उठाये लोग आगे बढ़ रहे थे। सुन्नी मुसलमानों का जुलूस रोशनबाग से निकल अब नूरुउल्लाह रोड पर पहुँच रहा था। पुलिस अश्वारोही और पैदल सिपाही

सड़क पर फैले थे। नुक्कड़ पर जीप खड़ी थी। दस दिनों तक इस तरह के जुलूस कोतवाली के दायें-बायें वाले मोहल्ले से रोज निकलनेवाले थे। सुरक्षा का कड़ा इन्तजाम जानसेनगंज चौराहे पर भी था, जहाँ से दूसरा ताजिया उठना था। इसके अलावा अटाला, सब्जी मण्डी, शाहगंज, रानीमण्डी, शाहनूर अलीगंज से भी छोटे-छोटे ताजियों का जुलूस निकलता था। ताजियों के बनानेवाले हुनरमन्दों के दिल में कौन-सी उपलब्धि का भाव उपजता होगा जब वे अपने बनाये झिन्ने रंगीन कागजों और महीन सीखों से बने ताजियों के पीछे भीड़ उमड़ती देखते हैं।

दरियाबाद, बहादुरगंज, रानीमण्डी से शियों के दस्ते मातम करते चाँदी के अलम और कमख्वाब, मखमल, साटन के पटकों के साथ निकलते जिस पर जरदोजी और सलमा सितारे का बेहतरीन काम होता। शमामा इत्र से उसके सफेद गिलाफ को, जो अपने बड़े से तिरछे पल्लू के साथ बाँस पर चढ़ा होता, बसाया जाता। खिचड़े की देगें चढ़तीं और सफेद चाँदनी के लगे हजरत हुसैन के नाम वाले फर्श पर हर बैठनेवाले को खाने को दिया जाता। मसालेदार चाय के बड़े-बड़े पतीले चढ़ते और नौहा पढ़नेवाले दस्तों को रास्ते में रोक उनका स्वागत-सत्कार होता। चक से शिया और सुन्नियों का मिलकर दस्ता निकलता। हजरत असगर का झूला निकलता जो प्यासे शहीद हुए थे। आबिद-ए-बीमार की याद में हँसली-बेड़ी चाँदी की उस कैद की लोहे की भारी जंजीरों का रूपक बन गले और पैर में बच्चों के डाली जाती। सक्का उस प्यास की याद में बनाया जाता जो हक की लड़ाई के दिनों की सबसे बड़ी सज़ा थी कि पानी पर पहरा और कतरा भर पानी भी पीने की मनाही थी। दस दिन तक कर्बला की घटनाओं को बाँचा जाता—कभी मर्सिया, सोज, नोहे और मजलिसें पढ़कर और कभी उन घटनाओं को खान-पान द्वारा व्यक्त करके श्रद्धा व्यवत की जाती। इस सारी गहमागहमी में बड़के, मँझले और छुटके की चाँदी थी। जहाँ जाते वहाँ प्रसाद मिलता, खाने-पीने को भरपेट और बदले में कभी-कभार कोई काम करना पड़ जाता था।

इस समय दस्ते को दुलदुल व अलम के साथ जीरो रोड से गुजरना था। दस्ता मज्जु मियाँ के इमामबाड़े के सामने रुककर नौहा जरूर पढ़ता था। इस बीच जुलजना अन्दर इमामबाड़े में ले जाया जाता, जहाँ औरतें दुलदुल को दूध-जलेबी खिला नयी मुरादें माँगतीं या फिर पूरी हुई मुरादों की ख़ुशी में फूलों की चादर, रेशमी दुपट्टे और पैसे निछावर करती थीं।

इस समय मोहल्ले के हिन्दू-सुन्नी-शिया सब अपने-अपने हाथों में प्रसाद लिये खड़े थे। भरत की दादी की मन्नत पूरी हुई थी। उसका लड़का बीमारी से ठीक हुआ था। रोजे के यादव का छोटा लड़का नैनी जेल से कत्ल के मुकदमे से बाइज्जत बरी हुआ था। नयी बहुएँ औलादों के लिए चादर में गिठा बाँध रही थीं। कुछ लड़के

छोटे बीमार भाई-बहनों को गोद में लेकर दुलदुल बने घोड़े के नीचे से निकल रहे थे। दुलदुल सीढ़ी देख बिदक गया। उसके खुर चिकने सीमेण्ट पर फिसल रहे थे। भरत की दादी ने जल्दी से अपने घर से चौड़ा पटरा मँगवाया। उसके रखते ही जुलजना ऊपर चढ़ गये और इमामबाड़े के सामने आकर रुक गये।

बाल खोले औरतें बिना सवार के हुसैन का घोड़ा देख रोने लगीं। सोग में जेवर, नाक की लौंग, हाथ की चूड़ियाँ वे चाँद रात को ही उतार देती हैं। मेकअप तो दूर पान तक नहीं खातीं और तेल कंघी भी नहीं करतीं। वे सीने पर हाथों से लय के साथ मातम करती हुई नौहा पढ़ रही थीं—

अब आया है दुलदुल
शब्बीर के मरने की खबर लाया है दुलदुल!
अब आया है दुलदुल!.......

मुन्ना बाबू ने कसकर घोड़े की लगाम पकड़ रखी थी। वह पूरी तरह चौकन्ने थे कि कोई ऐसी हरकत न हो जाए जिससे घोड़ा एकाएक औरतों और बच्चों के बीच में बिदक जाए। इसलिए वह भीड़ को दूर रहने की हिदायत दे रहे थे। आखिर साल पर घोड़ा इक्के और ताँगे में जोता जाता है और वक्त जरूरत पीठ पर चाबुक की मार भी सहता है। वही घोड़ा हुसैन की सवारी बन कपड़ों, जेवर, फूलों से सजाया जाता है और घास की जगह दूध जलेबी खाने को दिया जाता है। इस आवभगत से घबराकर कभी-कभी घोड़ा भड़क जाता है और लात मार बैठता है। मुन्ना बाबू तब तक तनाव में रहते जब तक दुलदुल ने सबके बर्तन को जुठला मुँह न मोड़ लिया। वह बड़ी सावधानी से जुलजना को पकड़े-पकड़े बाहर निकले और पटरे पर से सँभालते हुए उतारकर सड़क पर आये। दस्ता आगे बढ़ा। नौहा पढ़ते लोगों के बीच में बड़के, मँझले, छुटके के हाथ भी मातम करते आगे बढ़ रहे थे। कुछ लोग ज्यारत करने आगे बढ़ते या पंजे पर हार डालना चाहते तो पटका झुका दिया जाता, जिसको चूमकर और आँखों से लगाकर लोग अपना सम्मान दे फिर मातम करने लगते। नौहे की आवाज दस्ते के आगे बढ़ने के साथ-साथ मद्धिम पड़ती जा रही थी।

चील की तरह बड़के की नजर मातम करने के साथ अपना शिकार ढूँढ़ने में लगी हुई थी। एक बुजुर्ग ने आँसू पोंछने के लिए अपने मलमल के कुर्ते से रूमाल निकाला। उसी के साथ दस रुपये का नोट भी निकल सड़क पर गिरा। बड़के ने झपटकर उठाया और उनका बाजू छूकर कहा—

"दादा मियाँ, आपका नोट।"

"जीते रहो।" बुजुर्ग ने चौंककर जेब टटोला, फिर अहसान भरी नजरों से बड़के के सिर पर हाथ रखा। यह दस रुपया शायद उनके रिक्शे का किराया होगा

जो बेटे या बहू ने दस्ते को बड़े इमामबाड़े तक पहुँचाने के बाद घर लौटने के लिए दिया होगा। उन बुजुर्ग के साथ आसपासवालों ने भी बड़के की ईमानदारी को दिल ही दिल में सराहा।

मातम करता दस्ता जब आगे मुड़ा तो गली तंग थी। लोग एक-दूसरे से सट गये थे। पैर भी गन्दगी से बचा रहे थे। इस खोये से खोया छिलने में बड़के ने पीछे की जेब से वह पर्स निकाल लिया जिस पर उसकी नजर तब से थी जब पर्स निकाल उस आदमी ने गजरा खरीदा था। पर्स ले बड़का दस्ते की उल्टी दिशा की तरफ मुड़ गया। दोनों भाई उसी के पीछे हो लिये और एक सन्नाटी जगह पहुँचकर बड़के ने पर्स निकाला। नोटें गिनीं और वह पर्स बिना कुछ सोचे-समझे, कि उसमें लाइसेंस या शिनाख्ती कार्ड होगा, उसने नाबदान में डाल दिया और तीनों सुलाखी की दुकान की तरफ कचौड़ी सब्जी खाने बढ़ गये।

जहीर ने आगे पढ़ने का मन बना लिया था। उसके मन में रह-रहकर यह ख्याल भी आने लगा था कि बिसातखाने की यह दुकान बेचकर वह कोई और काम शुरू करे। कई बार उसका दिल चाहता कि वह किताब की दुकान खोल ले। कम-से-कम वह अपनी पसन्द की किताबें तो इस बहाने पढ़ पाएगा। खासकर तब जब ध्यान दो तो पता चलेगा कि स्टेशन को छोड़कर किताबों की दुकानें किसी भी मोहल्ले में नहीं हैं। साइबर कैफे हैं। रेस्तराँ हैं। दवा और गल्ले की दुकान है। मगर उस किताब नाम की कोई दुकान नहीं है जिसको पढ़कर इन्सान अपने को खोजता, पाता और समझता है। मैं खोल भी लेता हूँ तो खरीदेगा कौन किताबें? इन मोहल्लों में समाचारपत्र तक बाँटकर पढ़ा जाता है। किराये पर सस्ते रूमानी, जासूसी उपन्यास जहाँ पढ़े जाते हों वहाँ पर महँगी किताबें खरीदने का कोई संस्कार नहीं है। घर का खर्चा और जिम्मेदारियाँ देख वह अपना इरादा बदल डालता। इस दुकान की बिक्री भी शुरू में क्या थी। अब इतने वर्षों बाद जमी है। इस वक्त इसको उखाड़ना किसी भी तरह से मुनासिब न होगा।

इसी सोच को लेकर मन्थन करते हुए जहीर ने बजाजा पट्टी के शुरू में कोनेवाली पहली दुकान का चक्कर लगाया। जहाँ कैलेण्डर, जन्त्री, धार्मिक पुस्तकें, उर्दू अखबार और हिन्दी, अंग्रेजी, उर्दू की पत्रिकाएँ थीं। कुछ अन्य विषयों पर भी पुस्तकें मौजूद थीं। जब जहीर वहाँ पहुँचा तो दुकान तकाकर मालिक नमाज पढ़ने गये हुए थे। जहीर खड़ा-खड़ा रिसालों के पन्ने पलटता रहा। लगभग आधे घण्टे बाद बड़े मियाँ तशरीफ लाये। कुर्ता-पायजामा, टोपी और सफेद सलीके से कटी दाढ़ी और काले फ्रेम की ऐनक के साथ कन्धों पर चारखाने का रूमाल। उनके चेहरे पर

नूर था। अजीब-सी शान्ति थी। जहीर ने बरबस हाथ उठा उनको सलाम किया।

"चचा कैलेण्डर चाहिए था, साथ ही जन्त्री भी..."

"अच्छा...अच्छा।" कहकर उन्होंने गर्दन हिलायी।

"चचा आपकी दुकान बड़ी मौजूँ जगह है। बिक्री तो खूब होती होगी?" जहीर ने हाथ में पकड़ा रिसाला वापस रखते हुए कहा।

"नहीं बेटा! अब इनके खरीददार रोज-ब-रोज कम होते जा रहे हैं...मैं भी सोचता हूँ जब तक जिन्दा हूँ, दुकान खोले रहूँ। भूला-भटका जो मेरी दुकान की तरफ आता है वह नाउम्मीद न लौटे। सच पूछो बेटा, आज आमदनी सिर्फ चाकू चलाने में है या फिर इस सिर से टोपी उस सिर पर रखने में है। यह किताबें किरदार की बुलन्दी की बात बताती हैं। पैसा कमाने का गुर नहीं सिखा पाती हैं। तभी इनके खरीददार कम हैं। हम तो गुजरे वक्त की निशानियाँ हैं। जाने कब मिट जाएँ।" बड़े मियाँ ने कुछ इस अन्दाज से कहा कि जहीर को महसूस हुआ कि उसने पके फोड़े पर हाथ रख दिया है।

जहीर ने कैलेण्डर और जन्त्री ली। पैसे अदा कर उसने बड़े मियाँ को सलाम किया, जो टीन की अपनी कुर्सी पर बैठ सामने जाने क्या देखने की कोशिश में लगे थे। उनकी बोलती आँखों का पीछा करते हुए जब जहीर ने सामने चौक की गहमागहमी पर निगाह डाली तो देखा घण्टाघर की घड़ी हमेशा की तरह बन्द थी मगर पाँचों तरफ से आमदोरफ्त जारी थी।

जहीर को महसूस हुआ कि बात उतनी ही नहीं है जितनी दिख रही है बल्कि उससे कहीं ज्यादा गहरी है। जो उसकी समझ में फिलहाल पूरी तरह से नहीं आ पा रही है।

42

जग्गू झींगुर को किसी ने गोली मार दी। यह खबर आग की लपटों की तरह पूरे शहर में फैल गयी। हिन्दू-मुसलमान दंगे की आशंका में चौक, बहादुरगंज, बताशा मण्डी, लोकनाथ, नखासकोना, घास की सट्टी, गढ़ी सराय की दुकानें फटाफट बन्द होने लगीं। राहगीर जल्द-से-जल्द घर पहुँचने के लिए उतावले हो उठे। सुधीश टार्जन कभी भी अपने गैंग को लेकर इन इलाकों का दौरा कर सकता है। डरे हुए जग्गू

के लोग इस खबर को सुन बदहवास हो उठे थे और अपने-अपने ठेकों और अड्डों पर पहुँचना चाहते थे ताकि किसी भी तरह की आफत से वह बचे रहें। बहुत-सी दुकानें तो खुद जग्गू झींगुर की थीं, जिस पर उसके आदमी इन इलाकों पर नजर रखने के लिए बैठते थे। एक-दो भिखमंगे भी जग्गू के लिए मुखबिरी करते थे। वे भी अपनी गुदड़ी और कटोरा लेकर स्टेशन पहुँच टिकटवाली खिड़की के सामने सोये मुसाफिरों के बीच दम साधकर लेट गये थे।

इलाहाबाद के यह दोनों गुण्डे अपने हुलिया और रहन-सहन में आधुनिक थे सो जवानों का समर्थन इनको मिला हुआ था। इनकी चालें यही जानें वाली कैफियत को लेकर पुरानी पीढ़ी के बदमाश इनसे घबराते भी थे और रोब भी खाते थे, क्योंकि इनके पास अपराध के नये फार्मूले ही नहीं बल्कि नवीनतम हथियार और दौड़ता पैसा भी था। जग्गू पेट भरने के लिए बदमाश नहीं बना था बल्कि वह एक आरामदेह जिन्दगी का मालिक बनना चाहता था। उसकी अभिलाषा नीली बत्तीवाली एम्बेसडर में चलने की थी। उसने सफेद मारुति वैन में नीली बत्ती लगवा भी ली थी, जिसको लेकर वह झूँसी, हँडिया, फूलपुर, लालगंज तक घूम भी आता था मगर उसकी इस हरकत पर जल्द ही रोक लगा दी गयी थी। इंस्पेक्टर त्रिपाठी ने भी उसको खरी-खोटी सुनायी थी। सब कुछ सुनकर जग्गू को गुस्सा आया था कि फिर इस लोकतन्त्र का क्या लाभ जहाँ नागरिक अपनी इच्छाओं के साथ जी न सके? जग्गू ने एक जीवन-शैली, कपड़ों से लेकर अपराध तक अपनायी थी, जिसके अनुयायी लावारिस, बेकार जवान बिना अपराधी बने अपना चुके थे।

बिसातखाने में जब यह खबर सनसनाती गोली की तरह पहुँची तो दुकानदारों में भगदड़ मच गयी। जहीर ने पहला सवाल साथी दुकानदार से यही किया कि आखिर जग्गू को मारा किसने?

"जिसने भी मारा हो मगर उसके गैंगवाले गम-गुस्से में आकर कहीं दुकानों में आग लगाना न शुरू कर दें। फिर हिन्दू-मुसलमान दंगे के बहाने बात सदा की भाँति पी.ए.सी. और मुसलमान के बीच रह जाएगी।" बदहवास-सा दुकानदार शटर गिराता बोला।

"अफवाह भी तो हो सकती है।" उसका डर देख जहीर बोला।

"नहीं जहीर, यह अफवाह नहीं है। कोतवाली से भी दो पुलिस भरी वैन निकली हैं और रेपिड एक्शन फोर्स भी बुला ली गयी है। अभी-अभी मैं सब कुछ सुनकर आ रहा हूँ।"

"मैं जरा बाहर निकलकर देखता हूँ। कहीं यह किसी की शरारत न हो।" कहकर जहीर बाहर निकला।

बजाजा पट्टी की दुकानें भी फटाफट बन्द हो रही थीं। दूसरी तरफ निकला

तो देखा फलों के ठेले अपना रुख मोड़ रहे थे। पुलिस भी सड़क पर नज़र आ रही थी। कर्फ्यू लगने की आशंका भी कुछ दुकानदारों को थी। जहीर की समझ में आ गया कि जरूर दाल में कुछ काला है। उसने भी अन्दर आकर दुकान बन्द करने के लिए बाहर लगा सामान हटाना शुरू कर दिया। दुकान का शटर गिरा वह जुबैर के साथ बाहर निकला और मोटरसाइकिल पर बैठ कोतवाली के सामने से गुजरा। वहाँ का माहौल तो सचमुच गवाही दे रहा था कि कुछ अनहोनी घटी है। सायरन बजाती जीपें जाती दिखीं, जिसका मतलब था घटना केवल जग्गू की मौत तक सीमित नहीं है। आगे बढ़कर उसने कुरान की रहल बेचनेवाले बुजुर्गवार से पूछा—

"चचा, बात क्या है?"

"साहबजादे सीधे घर जाइए, त्रिपाठी पकड़ा जा चुका है।" उन्होंने दबी जबान से कहा।

"कब?" जहीर पूरे वजूद से चौंक पड़ा।

"जाइए...मेहरबानी करके आप यहाँ खड़े न हों।" बुजुर्गवार ने कुछ झुंझलाये लहजे से कहा और पहले की तरह तेजी से सामान उठाते रखते रहे। उनके चेहरे पर पुराने दंगों की दहशत उभर आयी थी।

जहीर उनकी परेशानी समझ गया और सीधे घास की सट्टी की तरफ चल पड़ा। माहौल में सचमुच एक बदहवासी थी। आधे से ज्यादा दुकानें बन्द हो चुकी थीं। फुटपाथ पर फैले खाने-पीने के ठेलेवाले, बनियान, बेबी सूट, कटपीस और हर माल मिलेगा दस रुपया जैसी दुकानें पूरी तरह सिमट चुकी थीं। सड़कें धीरे-धीरे करके खाली हो रही थीं। जहीर का जहन उलझ चुका था। सही बात जानने के लिए वह बेचैन था मगर अब किसी से कुछ पूछने की हिम्मत उसमें नहीं थी। बात समझ में आ गयी थी। एक साथ दो बड़े हादसे हुए थे। जग्गू की हत्या और त्रिपाठी का गिरफ्तार होना। दोनों खबरें अहम थीं, जो बता रही थीं कि शहर की फिजा खतरनाक मोड़ पर पहुँच चुकी है और कभी कुछ घट सकता है। बारूद के इस ढेर में कोई भी चिनगारी फेंक सकता है।

जहीर घर की तरफ न मुड़कर जुगनू के पी.सी.ओ. की तरफ बढ़ा। बक्सवाली गली में उसी तरह ठोंक-पीट जारी थी। आगे जाकर हलवाई की दुकान पर तीन-चार लोग खड़े आपस में बातें कर रहे थे। उनके चेहरे पर एक खास किस्म की चिन्ता फैली नजर आ रही थी। जहीर का दिल चाहा कि पूछे, फिर टाल गया। मन में यह बात भी आ रही थी कि कहीं त्रिपाठी की गिरफ्तारी में सतीश मोजमदार का हाथ तो नहीं है? इस सिलसिले से सतीश को फोन करना जहीर को मुनासिब नहीं लगा। रमेश को तो फोन हरगिज नहीं करना चाहिए। बेहतर है जुगनू के पास पहुँचकर किसी तरह अशोक मिश्रा को फोन लगाया जाए। यही सबसे बेहतर रहेगा।

जहीर गलियों से गुजरता आखिर जुगनू के पी.सी.ओ. पहुँच ही गया। जुगनू के चेहरे पर भी हैरत और आँखों में बेचैनी थी। जहीर को देखकर वह हँसा जरूर, फिर धीरे से बोला—

"त्रिपाठी ने आखिर जग्गू का इन्काउण्टर कर ही दिया। वह भी भरे बाजार में, दिन दहाड़े, हजारों लोगों के बीच में।"

"कब?" जहीर का सारा बदन उत्तेजना से भर उठा!

"यही कोई ढाई बजे दिन में...।" जुगनू फिर हँसा।

"मगर त्रिपाठी किस जुर्म में पकड़ा गया?" जहीर ने हैरत से पूछा।

"सुनोगे तो कहोगे कि किस्सा है...फिल्मी सिचुएशन है...हुआ यूँ कि आई. जी. साहब की गाड़ी गुजर रही थी, जब त्रिपाठी की जीप दूसरी ओर से आ रही थी। एकाएक जीप झटके से रुकी, त्रिपाठी कूदा और कमर से सर्विस पिस्तौल निकाल, जाते हुए जग्गू पर पीछे से धाँय-धाँय कर गोली बरसा दी...।

"यानी कि इस बार त्रिपाठी के नाटक का फ्लॉप शो था?" जहीर ने गम्भीरता से कहा। उसके चेहरे पर चिन्ता की गहरी लकीरें उभर आयी थीं।

"आई.जी. हक्का-बक्का कि यह किस किस्म का एनकाउण्टर है?" जुगनू ने कहा।

"घटा कहाँ यह सब?" जहीर ने अपनी आँखें उठायीं और जुगनू के चेहरे पर गाड़ दीं।

"सिविल लाइंस में। इस खबर से पूरा चौक थर्रा गया...तुम्हारे आने के बस पाँच मिनट पहले अशोक मिश्रा यहाँ से उठकर गया है। काफी घबराया हुआ था। त्रिपाठी की गिरफ्तारी कोई मामूली घटना नहीं है।" जुगनू ने सिर हिलाते हुए कहा।

"यह सब तो ठीक है, जुगनू मगर त्रिपाठी यह कहकर साफ बरी भी हो सकता है कि जग्गू एक नामी गुण्डा था, जिसको पकड़ने के लिए ऐसा करना पड़ा। सो मैंने गोली चलायी। उसकी वही बरसों पुरानी थ्योरी इस बार फिर उसको बचा ले जाएगी।" जहीर ने तल्ख हँसी हँसकर कहा।

"मगर इस बार नहीं...क्योंकि एक आदमी जो सड़क पर जा रहा है उसको एकाएक तभी शूट किया जा सकता है, जब वह जेल से भागा हो या किसी की हत्या कर फरार हो, मगर यहाँ तो ऐसा कुछ नहीं था। यहाँ तक कि जग्गू झींगुर हिस्ट्रीशीटर भी नहीं था। जिस त्रिपाठी के कारण उसका नाम थाने के रजिस्टर तक में नहीं आ पाया था, वही त्रिपाठी को लपेट ले गया।" जुगनू जहीर की निराशा से उद्वेलित हो बोला। उसकी आँखों में खुशी थी।

"हमको फिजूल की माथा-पच्ची करने से क्या हासिल होनेवाला है भला? हमारी मर्जी से तो इस शहर का लॉ एण्ड ऑर्डर मेनटेन होता नहीं। फिर काहे की

फिक्र? जो होगा आगे, सामने आ ही जाएगा...यह बताओ रमेश कहाँ है? उसका कोई फोन आया था?'' बेहौसला आवाज में जहीर नें कहा। उसके चेहरे पर कई तरह के भाव मिट-बन रहे थे।

''नहीं, लगा होगा नगर सुरक्षा अभियान में?'' जुगनू कटाक्ष भरे स्वर में कह जोर से हँसा। जहीर उसकी बात पर सिर्फ मुस्कुरा पड़ा।

शहर के लोग जितना भयभीत थे। उतना कुछ हुआ नहीं, शायद इसलिए भी कि उनके भय ने नगर में अपने-आप अनुशासन ला दिया था। पुलिस का भारी मात्रा में कई मोहल्लों में फैल जाना भी इसका कारण था। स्थानीय सान्ध्य समाचारपत्रों, रेडियो, न्यूज बुलेटिनों और कई तरह के माध्यमों ने खबर को बड़ी मुस्तैदी से शाम ढले तक अपने पाठकों और सुननेवालों तक फैला दिया था। कोतवाली में हीरालाल ने 'साहबजी' का कमरा बन्द कर दिया था और मुँह लटकाकर बाहर पड़ी बेंच पर घुटने मोड़कर कुछ इस तरह बैठ गया था जैसे कहना चाह रहा हो कि हमार तो सब कुछ बर्बाद होय गवा।

बीते कल से ज्यादा आज का दिन सनसनाहट लिये हुए था। जब जग्गू की लाश के चित्र के साथ कोतवाली थाना प्रभारी श्यामलाल त्रिपाठी की गिरफ्तारी की भी खबर बड़े जोरदार तरीके से छपी थी। अखबार की दुनिया में अरसे बाद इतनी जबर्दस्त खबर ने तहलका मचाया था। समाचारपत्र हाथों-हाथ बिक गये थे। जग्गू की शवयात्रा सुबह ग्यारह बजे के लगभग बड़ी-धूम से निकाली जानेवाली थी। पुलिस ने पूरा बल इस बात पर लगा दिया था कि यह शवयात्रा न निकले और चुपचाप श्मशान घाट में उसका अन्तिम संस्कार कर दिया जाए। बात अगर आई.जी. के स्तर की न होती तो इस शहर का रंग इस समय कुछ और होता। त्रिपाठी के चमचे सबका नातका बन्द कर देते। मगर हाय रे भाग्य! इस समय श्यामलाल त्रिपाठी, यानी प्रभारी कोतवाली बेली हस्पताल में डॉक्टरी चेकअप के बहाने नजरबन्द थे। उसके साथी पुलिस अफसर लीपापोती की कोशिश कर रहे थे ताकि पुलिस विभाग की बदनामी न हो मगर जब कत्ल बीच चौक में हो तो आई.जी. उस सच से कैसे आँख मूँद सकते थे? बात दबाने से यह शहर उनका बाजा बजा सकता था, इसलिए त्रिपाठी की निकासी को कोई न रोक पाया और वह पुलिस कस्टडी में वहीं पहुँच गया जहाँ उसने बहुतों को पहुँचाया था। जल्दी जमानत होने के आसार भी नजर नहीं आ रहे थे। आखिर कानून जानने वाले ने गैर कानूनी हरकत की थी।

त्रिपाठी के स्टेपनी कहे जानेवाले विधायक विश्वकर्मा, सूदखोर देवीशंकर और वकील जमील अंसारी बेल लेने क्या जाते, उल्टा अपनी-अपनी खैर मना रहे थे।

सुधीश टार्जन ने हनुमान मन्दिर पर पचास रुपये के बेसन के लड्डू चढ़ाये कि वह आरोप से बच गया। गर्ज कि जो जिस तरह से त्रिपाठी को जानता था वह वैसा ही विचार प्रकट कर रहा था।

सतीश मोजमदार अखबार पर नजर गाड़े सोच रहे थे कि जिसको पकड़ने के इतने मन्सूबे बने थे, वह खुद ब खुद इन करतूतों के चलते अपने ही जाल में फँस गया। सच कहा है किसी ने कि अपराधी जीवन बड़ा छोटा होता है। ए.एस.पी. गौरव ने सतीश को फोन किया तो सतीश सिर्फ इतना कह पाया, "त्रिपाठी को हमारे अलावा भी कोई और ताकत वाच कर रही थी, जो हमसे फुर्तीली निकली और हमारे काम को उसने आसान बना दिया।"

जग्गू की पत्नी रमा कटियार के समझ में नहीं आ रहा था कि त्रिपाठी ने अपने प्रिय चेले को क्यों मार गिराया। सूफिया खान भी दमबखुद थीं कि हमनिवाला हमप्याला दोस्तों को एकाएक क्या हो गया? कुछ अखबारों ने मानवीय पक्ष को लेकर रमा कटियार का समर्थन करते हुए त्रिपाठी को सज़ा दिये जाने का समर्थन किया था। कुछ ने त्रिपाठी की सराहना की थी कि उसने गुण्डागर्दी खत्म करने की वीरता तो दिखायी। सब अपनी-अपनी तरह से बोल-बतिया रहे थे मगर तीनों विभाग पुलिस, प्रेस, कोर्ट अपनी-अपनी कार्रवाई पर चल रहे थे। उन्हें इससे कोई मतलब नहीं था कि दूसरा क्या बोल, लिख, छाप रहा है।

कोतवाली में तीन सप्ताह बाद ही नये प्रभारी ठाकुर नौरंग सिंह ने अपना चार्ज सँभाल लिया। सब कुछ रोज की तरह चलने लगा। हवा श्यामलाल त्रिपाठी को उड़ाकर ले गयी तो उसके साथ उसके चेले-चापड़ भी गायब हो गये। हीरालाल के दिल में अलबत्ता यह सब देख हूक उठती थी कि अगर साहब जी बेकार की बातों में न पड़ते तो यह नौबत न आती। एक दहाई का बदहवास अध्याय इस शहर का कहने को खत्म हुआ था मगर बुनियादी तौर से कुछ नहीं बदला। वही पुरानी चोरबाजारी, वही जिस्मफरोशी, वही मिलावट, वही रिश्वत बस आतंक का पर्दा भर चाक हुआ था। जिससे ईमानवालों का गिरता मनोबल सँभल गया और उनका विश्वास फिर से जी उठा था कि वाकई खुदा के घर में देर है मगर अन्धेर नहीं।

वक्त कब दबे पाँव धीरे-धीरे दिनों पर से भागता हुआ वर्ष पूरा कर लेता है, इसका कोई हिसाब नहीं रख पाता है। जैसे सतीश मोजमदार को इलाहाबाद आये दो साल गुजर गये और अब उसका तीन वर्ष के लिए बोसनिया जाना हो गया था। वह बहुत खुश था। न्यायमूर्ति पारुथी ने जब उसको गले लगाकर कहा, "आइ ऐम प्राउड ऑफ यू" तो उसको सचमुच अच्छा लगा। आठ वर्ष की नौकरी में सबसे

कामयाब ये दो साल थे, जो उसने इलाहाबाद में गुजारे थे। इस सन्तोष के साथ वह अपने वतन जौनपुर की तरफ छुट्टी मनाने चला गया।.....

सतीश को विदाई देने के लिए जहाँ उसका पूरा स्टाफ फूलों के बुके व हार लेकर पहुँचा था वहीं शहर के कई महत्त्वपूर्ण लोग प्लेटफॉर्म पर आये थे। जहीर और उसकी मण्डली भीड़ से दूर खड़ी थी। सबसे मिलते हुए हार पहनते, गुलदस्ते लेते हुए जब सतीश मोजमदार रमेश, जुगनू, बसन्त, सलमान के पास पहुँचा तो वह थोड़ा भावुक हो उठा था। जहीर को गले लगाते हुए उसकी आँखें छलछला उठीं, उसने जहीर को बड़ी गर्मजोशी से लिपटाया। "यू आर ग्रेट यार! देखो अब कब मुलाकात होती है।"

जहीर को उसका यह वाक्य इस समय जाने क्यों इतने गहरे छू गया कि उसकी भी आँखें छलछला गयीं और उसने धीरे से कहा, "तुमने इस शहर का कर्ज चुकाया...यह हम कभी नहीं भूलेंगे... ।"

सतीश मोजमदार ने एक बार मुड़कर सबको अभिवादन किया और डिब्बे में चढ़ गया। प्रयागराज धीरे से रेंगी और फिर शहर इलाहाबाद को छोड़ती हुई पूरी रफ्तार से दिल्ली की तरफ चल पड़ी।

घटनाएँ तेजी से घट रही थीं या यूँ कहा जाए कि एक समय था जब सब कुछ टूट रहा था, अब समय ने करवट बदली तो सब जुड़ने लगा। रमेश की शादी की बातें फिर से शुरू हो गयीं। जुगनू ने सचमुच पढ़ाई शुरू कर दी थी। उसने माँ और मौसी के बहुत जोर देने पर भी टका-सा जवाब दे दिया कि मैं अब आजाद जीवन कुछ वर्षों तक जीना चाहता हूँ। बसन्त यादव उसी तरह बेकार और अकेला था। उसका समय या तो जहीर के पास कटता था या फिर जुगनू के पी.सी.ओ. पर। अब शरद ने भी उसको टोकना बन्द कर दिया था।

एक दिन बसन्त को कटरे से गुजरता त्रिपाठी नजर आया था। पहली नजर में वह उसको पहचान नहीं पाया कि यह वही अकड़ा, ऐंठा इंस्पेक्टर है, जिससे आधा शहर घबराता था। कचहरी में शायद उसका मुकदमा था। सारे केस खुल गये थे। बेल पर छूटा हुआ था। नौकरी से निलम्बित था और यह सच बहुत कम लोगों को पता था कि इतने अल्प समय में एक-एक करके सारे मिलने-जुलनेवालों ने उसका साथ छोड़ दिया था। सारे चमचों ने मुँह फेर लिया था। लटकनों ने काँटा तलाश लिया था। उसने बड़ी हिम्मत से बदले समय का मुकाबला किया था। इस सबके बावजूद वह हंगामा बेगम और उसकी मँझली लड़की के प्रभामण्डल से मुक्त नहीं हो पाया था। त्रिपाठी का रिकार्ड था कि जो औरत उसको पसन्द आ जाती थी,

उसको बिना भोगे हुए उसको चैन नहीं मिलता था। इसी बेकली ने जग्गू पर गोली चलवायी थी।

त्रिपाठी के रात-दिन कैसे गुजर रहे हैं, इसको देखने की अगर किसी को फुर्सत थी तो वह था जमील अंसारी। चाहने और न चाहने की बहस में पड़े बगैर वह एक के बाद एक त्रिपाठी पर लगे आरोपों और केसों की फाइलें तरतीब दे रहा था। शहर के मशहूर क्रिमिनल लॉयर ने मुँहमाँगी कीमत पर त्रिपाठी का केस लेने की मंजूरी दे दी थी। चार-पाँच उनके असिस्टेण्ट इस चक्रव्यूह से त्रिपाठी को निकालने का रास्ता ढूँढ़ रहे थे।

समय इलाहाबाद शहर को ताश के पत्तों की तरह फेंट रहा था। घटनाएँ घट रही थीं। राजा, रानी और गुलाम की स्थितियाँ फिलहाल बदल चुकी थीं। कौन-सा पत्ता किसके हाथ लगा, यह शो होने के बाद ही पता चल सकता था। एक जिज्ञासा भरी उलझन पहेली की तरह सुलझने का इन्तजार कर रही थी। कोतवाली के आसपास के बाजार की नब्ज अलग तरह से धड़क रही थी। चौक घण्टाघर के चारों तरफ दूसरी तरह के सवाल लोगों के दिमागों में उभर रहे थे, जो आम इन्सानों की रोजमर्रा की जिन्दगी से सम्बन्धित थे। जवान लड़के गुण्डे क्यों बनते हैं? लड़कियाँ आत्महत्या क्यों करती हैं? दुकानदार डण्डी क्यों मारता है? ग्राहक मिलावट भरा सामान क्यों खरीदता है? जनता टैक्स क्यों देती है? नल क्यों सूखे हैं? चुनाव क्यों होता है? हम वोट क्यों देते हैं? नौकरियाँ क्यों नहीं मिलतीं? आर्थिक स्थिति बदहाल क्यों है? नयी भर्ती बन्द है केवल पुलिस और मिलिट्री को छोड़कर...इतने सवालों की भीड़ में आखिर एक काँटा निकल ही आया कि इन दो विभागों में लगातार जवानों की माँग क्यों रहती है? जवाब गूँजेगा...शान्ति...सुरक्षा...अनुशासन।

भूखे लोग बड़ा उपद्रव मचाते हैं। उनसे कहिए पेट पर पत्थर बाँध कर रहें। कर्मचारी अपनी माँगों के लिए हड़तालें करते हैं। उनसे कहिए काम करें और अपना बहुमूल्य समय न नष्ट करें। नयी पीढ़ी में आक्रोश बहुत है। उनसे कहिए अपनी सीमा में रहें और माता-पिता की आज्ञा मानें। विज्ञापनों में महिलाएँ दिन-ब-दिन वस्त्रविहीन होती जा रही हैं। आलोचना करनेवालों को बताएँ कि बाजार आपकी पसन्द का ही ख्याल रख ऐसा करता है। स्कूलों, विद्यालयों और विश्वविद्यालय में पढ़ाई नहीं होती। उनसे कहिए कोचिंग सेण्टर हर मोहल्ले में खुल रहे हैं, वहाँ जाकर शिक्षा प्राप्त करें। यह सब क्या हो रहा है? नयी व्यवस्था पुरानी परिपाटी पर कौन रख रहा है? उनसे कहिए इन्हीं सारी ज्वलन्त समस्याओं से रोज जूझने के लिए हमको पुलिस की दरकार होती है। जब कभी पुलिस हार जाती है तो आर्मी बुलायी

जाती है। जानते हैं यह जनता कही जानेवाली भीड़...आम इन्सान कहे जानेवाले ये लोग, जो बड़े खतरनाक दिमाग रखते हैं। उन पर काबू पाने के लिए तीन तिहाई बजट अनुशासन...सुरक्षा...शान्ति पर लग जाता है और ऊपर से ससुरा यह पड़ोसी देश—अपना कटा अंग—हर समय डण्डा किये रहता है।

सवालों की ट्रेन छुक-छुक करती पूरे हिन्दुस्तान का चक्कर लगाती हुई कोयला-पानी पेट्रोल लेने इलाहाबाद स्टेशन पर थकी-थकी-सी आकर खड़ी होती है। उतरते मुसाफिर संगम की तरफ पाप धोने के इरादे से बढ़ते हैं। एक शरीफ आदमी इलाहाबादी वार्तालाप को सुनते-सुनते तंग आकर कह उठता है—

"इलाहाबादी गाली बहुत बकते हैं।"

"कउन साला...कहत है कि इलाहाबादी गाली बहुत बकते हैं?"—कुली बैग सिर से उठाकर गुस्से में पटकता हुआ बोला। बेचारा मुसाफिर कुली के इस तेवर को देख बौखला उठा। कुली ने सिर पर रखा अँगोछा झाड़ा और बाबू को लाल-पीली आँखें दिखा कन्धे उचकाता हुआ बोला—

"ई ससुर का एही नहीं पता कि हर जगह हनुमानजी खड़े हैं मगर ई नगरी में आवत-आवत लेट गये हैं। यमुना जी बहत बहत एही स्थान पर आकर समाप्त भई हैं...अरे यह विश्राम नगरी है। पावन नगरी के रहनवालों को कहत है साला कि गाली बहुत बकत हैं। हम बहुत गम खावा वरना टाँग चीर के अबहिन बाबू के चूतर मा फलीता लगाय देइत।"

सवालों की ट्रेन काफी बरसों से इलाहाबाद स्टेशन पर रुकी हुई है। उसको जवाब का इन्तजार है। जवाब का मतलब था उसके टूटे-फूटे अंजर-पंजर की मरम्मत। उसके बिगड़े चेहरे का नया शृंगार। उसकी बन्द पड़ी धमनियों में नया प्रवाह। उसके घिसे पहियों का सुधार। उसकी खराब हुई पटरियों पर बिछायी जानेवाली नयी पटरियाँ...मगर अफसोस! वह ट्रेन आज भी इस इन्तजार में स्टेशन पर खड़ी उन मुसाफिरों का इन्तजार कर रही है जो अंग्रेजों के कभी न डूबनेवाले साम्राज्य से लोहा लेने की तरह इस नयी व्यवस्था को उखाड़ने का संकल्प ले, जो इलाहाबाद से दिल्ली तक भ्रष्टाचार की बजबजाहट से भर उठा है। मगर...दूर-दूर तक कोई मुसाफिर स्टेशन पर लुकाठी लिये खड़ा नजर नहीं आ रहा है। बस... इन्तजार है।

43

उत्तर प्रदेश में राष्ट्रपति शासन को लागू हुए अभी कुल दो सप्ताह ही गुजरे थे कि इलाहाबाद शहर से सारे छुटभइया गुण्डे-बदमाश जाने कहाँ लुप्त हो गये। शहर बड़ा खाली-खाली और उदास लगने लगा था। माहौल में व्याप्त तनाव टूट चुका था। इलाहाबाद का पुराना असली चेहरा अब साफ नजर आने लगा था। जिस पर चिन्ता की एक-दो गहरी लकीरें प्रश्नचिह्न बनी सोचनेवाले दिमागों को कई तरह के मसलों में उलझाये हुए थीं कि यह सफाई आन्दोलन किस आनेवाले तूफान का सूचक हो सकता है?

उत्तर प्रदेश के नामी बदमाशों को पकड़ने के लिए पुलिस अमला सक्रिय हो उठा था। अखबार कुछ ऐसे भेद खोल रहे थे जिनको पढ़कर लोग सन्न रह जाते। एक-दूसरे की हत्या कराने के लिए लाखों रुपये की सुपारी देने में नेतागण पीछे नहीं थे। आजादी के बाद आम नागरिक का मनोबल जिस तरह से गिर रहा था, उसके पीछे अविश्वास का एक ऐसा सिलसिला था जो लगातार देशभक्त नेताओं के चेहरे से नकाब गिराता जा रहा था। इतना आहत और टूटा भारतीय जनमानस तो उस समय भी नहीं था जब वह अंग्रेजों से लड़ रहा था। बढ़ती अनुशासनहीनता और भ्रष्टाचार पर पुनर्विचार करने के लिए राज्य स्तर पर वार्तालाप और बैठकें हो रही थीं। बड़े-बड़े पले गुण्डों को बिना मुकदमे के सजा देने की योजनाएँ बनने लगी थीं। कुछ संस्थाएँ इस फैसले से चिन्तित थीं और ऐसे कानून बनने पर अपना विरोध प्रकट कर रही थीं। उनका सन्देह करना भी सही था कि इसकी चपेट में बेगुनाह भी मारे जा सकते हैं। दूसरे इस सफाई आन्दोलन के चलते वे सारे कारनामे इन बदमाशों की मौत के साथ सदा के लिए दफन हो जाएँगे, जिनका सच मुकदमे की कार्रवाई के दौरान जनता के सामने आना जरूरी था। जिससे स्थिति का सही पता चलेगा मगर कुछ नेता और उनका प्रशासन, इसके विरुद्ध था क्योंकि उनको भय था कि इसके चलते उनकी सारी पोल खुल जाएगी। सो दिल्ली से उत्तर प्रदेश के बीच संवाद की एक हाटलाइन स्थापित हो चुकी थी, जो अपने को बचाकर सारा दोष असामाजिक तत्त्वों के सिर मढ़ रही थी।

इलाहाबाद में बहुत कागजी शेरों की हवा निकल चुकी थी। कुछ पकड़-धकड़ भी हुई, जिसमें हनीफ मोहम्मद को भी गुलबाबा के हत्यारे राजू उर्फ काला बम के कत्ल के जुर्म में पकड़ लिया गया। उधर गोरखपुर का सबसे नामी और पेशेवर गुण्डा पाण्डे पुलिस की गोलियों द्वारा गाजियाबाद में पुलिस इनकाउण्टर में मारा गया, जब वह अपने सुरक्षित अड्डे की तरफ जा रहा था। जिसकी खबर मुखबिर द्वारा पुलिस को अचानक मिल गयी थी। हनीफ मोहम्मद चूँकि विधायक भी था इसलिए पाण्डे

की तरह मारा नहीं जा सका और उस पर बाकायदा मुकदमा चलाया गया। जमानत पर छूटा तो विरोधी गुट द्वारा फेंके बम से बाल-बाल बचा। हनीफ के अनुयायियों में खौफ और मायूसी की लहर दौड़ गयी। कई जगहों पर बाजार बन्द रहे। आम आदमी को अपनी सुरक्षा की चिन्ता सताने लगी कि यही गुण्डे बदमाश उनको दंगे-फसाद से बचाने के साथ पुलिस के अत्याचारों से भी बचाते हैं। यह नहीं रहेंगे तो उनका हिमायती कौन होगा? पुलिस तो बिना गलती साबित किये डण्डे बजाती उन्हें हवालात में बन्द कर देगी और वह चीखते-चिल्लाते रह जाएँगे कि उन्होंने कोई अपराध नहीं किया है।

फौजदारी मुकदमों के वकीलों ने राज्यपाल शासन लगते ही ऐसा तोताचश्मी का सबूत दिया जिसको देख मँझोले बदमाशों ने भूमिगत हो जाने में ही अपनी खैर समझी। सुधीश टार्जन, कासिम उर्फ खूनी पंजा, रंजन उर्फ सुतली बम, सुधनवा उर्फ टिपरा, गौहर उर्फ खंजर ने पैंतरा बदल लिया। शरीफों की पंक्ति में बैठने के लिए न केवल अपना हुलिया बदला बल्कि अपने गुरगों से चारों तरफ यह उड़वाया कि उस्ताद ने तौबा कर ली है और नेकी के कामों में बाकी जिन्दगी गुजारने का फैसला किया है। सो पाँचों वक्त की नमाज पढ़ते हैं, अल्लाह के नाम पर खैरात करते हैं और बिना बाप की बच्चियों की शादी करा विधवाओं और यतीमों की सरपरस्ती करते हैं। मोहल्ले के मन्दिरों में घण्टियाँ बजने लगीं। अखण्ड कीर्तन की आवाजें आतीं और प्रसाद देते हुए पण्डित जी बताते कि पापी कब अपनी काया बदल ले, यह सब ऊपरवाले की कृपा है। इस तरह से दिल का सुकून ढूँढ़ने की राह पर चल पड़े बदमाश हथियार डाल जीने लगे थे। समय का तकाजा भी यही था।

इन सारी बातों का प्रभाव तो पड़ना ही था, सो पड़ा। तेजबहादुर जैसे लड़के भी अपनी केंचुली उतारने को व्याकुल हो उठे। चाय और पान की दुकानों और सस्ते रेस्तराँ में बुलबुलिया झाड़े लड़कों की भीड़ छँटने लगी थी। समय ने उनके सामने आईना रखकर उनके हुलिया का भविष्यफल बता दिया था। उनके अन्दर बहुत कुछ टूटा था। उनका आदर्श जो बदमाश अपने सारे आकर्षणों के साथ बन चुके थे, उनको चूहों की तरह बिल में घुसा देख उनका विश्वास तो टूटा, ऊपर से ख्यालों में बनाया हवाई किला भरभराकर गिर गया। बदले परिदृश्य में शहर ने एक गम्भीर मुद्रा अपना ली थी जिसमें उनका अस्तित्व स्वयं उनसे जवाब-तलब कर रहा था। उनकी मानसिक पीड़ा का कोई ओर-छोर न था। अधूरी पढ़ाई, बेकारी, गरीबी, जिम्मेदारी और भविष्य का अनिश्चित होना उन्हें बुरी तरह आतंकित कर रहा था। जिन परेशानियों से घबराकर वह आसान राह को अपनाने निकले थे, वह रास्ता ही गलत साबित हो गया। अब वह कहाँ जाएँ, क्या करें? कैसे जिएँ?

बहादुरगंज, अतरसुइया, मुट्ठीगंज, सब्जीमण्डी, नखासकोना, रानीमण्डी, अटाला,

धूमनगंज से निकले बदमाशों की जवान फौज चाहे वह रहीम राजा हो या शमीम काना, कल्लू शुक्ला हो या बेसू पासी—सब-के-सब किसी-न-किसी बहाने से मार डाले गये। बीस से पच्चीस साल की उम्रवाले ये जवान एक बेमकसद जिन्दगी को जीने के लिए मजबूर हुए थे। उनकी इस प्रतिक्रियावादी सोच ने उन्हें अपराधी बनाया और एक ही हल्ले में सबका सफाया पुलिस ने कर दिया, बिना यह सोचे हुए कि यह उन्हीं के द्वारा पाले हुए थे। उन्हीं के इशारे पर लूटमार, मारपीट, चोरी-चमारी, हो-हल्ला करते रहे थे। इन लड़कों के परिवारों से पुलिस की दोस्ती एकाएक शत्रुता में बदल गयी। ऊपर के दबाव के चलते पुलिस जब-तब इनके घरों की तलाशी लेने पर मजबूर थी। पुलिस का यह बर्ताव देख वे सब पुलिस से घृणा करने लगे थे। ऐसे परिवारों की दुर्दशा देख आसपासवाले कानों पर उँगली रख अपनी खैर मनाते। ऐसे माहौल में, जब इलाहाबादी समाज का मुहावरा ही बदल गया हो, जिसको पिछले सात-आठ वर्षों से ये मित्र ढूँढ़ रहे थे तो उनका सकपकाना भी लाजमी था। उनको श्यामलाल त्रिपाठी की कारगुजारियों की आदत-सी पड़ गयी थी। वह आदत उन्हें परेशान कर रही थी। खलिश-सी उठती कि अब किसका विरोध करें? पहाड़-सा दिन कहाँ और कैसे गुजारें? अपने को कैसे व्यस्त रखें?

जहीर को इसी बीच सुरेन्द्र का खत मिला कि वह इलाहाबाद पहुँच रहा है और नये बने होटल में ठहरनेवाला है। जहीर को सुरेन्द्र के आने की खुशी तो हुई मगर वह यह नहीं समझ पाया कि आखिर वह होटल में क्यों ठहरनेवाला है? उसके पिता का देहान्त हो गया था। माँ को वह अपने साथ ले गया था। यहाँ तक की सारी बातें जहीर को पता थीं मगर इलाहाबाद में आकर होटल में ठहरना, यह बात उसको हजम नहीं हो रही थी। तो भी वह सुरेन्द्र को स्टेशन लेने गया और फिर होटल की तरफ दोनों चल पड़े। जहीर के मन में जो बात बड़ी देर से घुमड़ रही थी, कमरे में पहुँचकर वह रुकी नहीं रह सकी और वह नाराज-सा पूछ बैठा—

"घर रहते इस होटल में ठहरने का मतलब?"

"अब मैं ही इस शहर के लिए पराया हो गया हूँ...कभी सोचा नहीं था कि इलाहाबाद मुझसे यूँ एकाएक छूट जाएगा।" काफी लम्बी खामोशी के बाद सुरेन्द्र ने जवाब दिया।

"मैं कुछ समझा नहीं?" जहीर ने पूछा।

"गढ़इयावाला घर भी बिक गया। न बेचता तो करता क्या? नौकरी मेरी दिल्ली में है। इलाहाबाद तो वैसे ही छूट गया था, मगर अवचेतन में एक रिश्ता पड़ा था कि मैं इलाहाबाद का हूँ। इलाहाबाद में मेरा आबाई घर है। मगर एक झटके

से समय ने मुझे काटकर इस शहर से अलग कर दिया।'' सुरेन्द्र ने बेहद गम्भीर स्वर में कहा।

''हूँ,'' जहीर ने अपने अन्दर की घुटी साँस को छोड़ा।

''यह शहर जो पीकदान बना हुआ है, जिसकी दीवारों, गलियों में मैंने खड़े होकर पेशाब किया है; आज मेरी यादों का एक अटूट हिस्सा बन चुका है। सोते-जागते यह शहर मेरे साथ चलता है। एक पीड़ा है जो मुझे न जीने देती है न मरने कि मेरा बचपन, मेरी जवानी, मेरी यादों का वह भरापूरा शहर, इसकी गलियाँ, स्कूल, पेड़ मुझसे जबर्दस्ती छीन लिये गये हैं। इस अपने शहर में अपने अजनबी होने का अहसास जीने के लिए मैं इस होटल में आया हूँ ताकि...खैर छोड़ो...यूँ मत देखो मुझे जहीर! जानता हूँ तुम्हारा घर मेरा ही घर है। मगर वहाँ जाकर मैं ज्यादा दुखी होता...तब मुझे अपना गढ़इया ब़हुत याद आता जहाँ पासी और भंगियों के घर थे। जहाँ जिन्दगी का सबसे सुन्दर कोलाहल मैंने सुना। जो दिल्ली में रहकर और योरोप-अमेरिका जाकर भी मुझे नहीं सुनाई पड़ा...मेरा शहर...जिसकी एक खास बू...एक विशेष खराहिन्द है। जिसकी बदबूदार कूड़ा भरी नालियाँ मुझे जीवन की लय से भरपूर लगती रही हैं। जिसकी भट्ठियों पर चढ़ी कड़ाही और छनती जलेबियाँ भोर के फूटने का जश्न मनाती अपनों का मुँह मीठा कराती हैं। जिसके वासी गालियों की बौछार से अपना प्यार और गुस्सा व्यक्त करते हैं और थकन को उतारकर हँस पड़ते हैं। ऐसा कोई शहर मुझे नहीं मिला जो अपनी तरफ मुझे यूँ खींचता...'' सुरेन्द्र इतना कह खामोश हो गया। जहीर की आँखें भर आयीं, मगर सुरेन्द्र की आँखों में एक पथरीलापन था। चेहरे पर फैली तरलता के बिल्कुल बरअक्स उसकी आँखें जहीर को उसकी दिमागी कैफियत का बयान लगीं।

चाय आ गयी थी। सुरेन्द्र ने चाय खुद बनायी। जहीर ने जेब से मोबाइल निकाला तो सुरेन्द्र के चेहरे पर मुस्कान तैर गयी, जिसको देख जहीर के चेहरे पर सवाल उभरा।

''कुछ नहीं...बस यह चीजें इलाहाबाद में इस्तेमाल होते देखकर अच्छा लगता है कि एक ट्रेडिशनल शहर अपनी जड़ता कहीं तो तोड़ रहा है।'' सुरेन्द्र कह उठा।

''माँ घर पर अकेले रहती है। फोन उनके लिए बहुत जरूरी है।'' कहकर जहीर ने घर फोन मिलाया और सिपतुन को सुरेन्द्र के आने की इत्तला दी।

''अब इसको जेब में रखो और सामने रखे फोन का इस्तेमाल कर अपने दोस्तों को बुलाओ, जरा गपशप मारी जाए। शाम को सिविल लाइंस का एक चक्कर लगा तुम्हारे घर चलूँगा, फिर खाना खाकर सीधे स्टेशन!'' सुरेन्द्र ने चाय की चुस्की भरी।

''बस दिन भर के लिए आये थे?''

"ये घण्टे कैसे निकाले हैं, यह मैं ही जानता हूँ! और मियाँ जहीर, प्यास एक गिलास से बुझती है पूरे समुन्दर से नहीं...। ये चन्द घण्टे कई साल के लिए काफी होंगे।" सुरेन्द्र ने कहा और कहकहा लगाया। उसका पुराना खिलन्दड़ा स्वभाव वापस आ गया था। आँखें शरारत से चमक रही थीं। होठ टेढ़े हो एक कटाक्ष भरी मुस्कान का अर्धवृत्त-सा बना रहे थे।

नाश्ता करके सुरेन्द्र बेड पर आँख बन्द करके लेट गया। जहीर ने अखबार खोला और उसमें डूब गया। तीसरे पन्ने पर बड़ी अहम खबर थी। सेशन से उम्र-कैद की सज़ा पाये हनीफ मोहम्मद बनाम राजू उर्फ काला बम हत्याकाण्ड में उसकी अपील को खारिज कर उम्रकैद की सजा बरकरार रखी गयी थी। उसी पन्ने पर नीचे दूसरी खबर थी कि हनीफ मोहम्मद ने सुप्रीम कोर्ट दिल्ली में इस फैसले के खिलाफ अपील दायर करने का विचार बनाया है। जहीर ने अखबार बन्द कर दिया। घड़ी देखी—साढ़े दस बज रहे थे। उसने उठकर कमरे की खिड़की से पर्दा हटाकर बाहर झाँका। आसमान साफ था। चीलों की उड़ान के बीच में रंगीन पतंगें नजर आ रही थीं। दरवाजे की घण्टी बजी। जहीर आगे बढ़कर दरवाजा खोलता, इससे पहले सुरेन्द्र ने उठकर दरवाजा खोला। बैरा था। ट्रे उठाने आया था। जब वह जाने लगा तो एकाएक चार चेहरे नजर आये—सलमान, रमेश, बसन्त और जगन्नाथ के, जिन पर नजर पड़ते ही सुरेन्द्र चौंक उठा। उसको लगा इन सबमें कुछ बदला है। क्या बदला है, यह पता नहीं चल पा रहा है। उसने जाते हुए बैरा से चाय लाने को कहा और सबको बड़े दुलार से बैठने को कहा। सुरेन्द्र की नजर में उभरी इबारत सबने पढ़ी और मन ही मन मुस्कुराये। अकेला सुरेन्द्र थोड़े था जो चौंका हो उन्हें देखकर। लगभग सभी जान-पहचानवालों को झटका लगता है। और लगता भी क्यों न? आखिर शहर का मुहावरा बदला था, जिसका प्रतिबिम्ब उनके चेहरे पर पड़ रहा था। जिसने उनके चौकन्ने भाव को चेहरे से पोंछकर वहाँ पर एक इत्मीनान भरा सुकून फैला दिया था। आँखों में हैरानी की जगह विश्वास उभर आया था।

"आजकल क्या कर रहे हो तुम लोग?" सुरेन्द्र ने बात का सिलसिला शुरू किया।

"कर तो सिर्फ रमेश रहा है। हम लोग तो काम ढूँढ़ रहे हैं!" बसन्त हँसा।

"क्या काम ढूँढ़ रहे हो?" सुरेन्द्र ने सीधा सवाल जड़ दिया।

"जो बनना चाहते थे बन नहीं पाये, अब कोई ऐसा रोजगार जरूर चाहते हैं, जो मुनासिब हो और..." सलमान ने धीरे से कहा।

"समझा!" सुरेन्द्र ने बड़ी गहरी नजरों से सलमान को देखा।

"कब तक रहने का इरादा है?" जगन्नाथ ने बात का रुख बदला।

"आज रात ही लौटना है। कल एक बहुत जरूरी मीटिंग है।"

"दिल्ली आने का बहुत मन है मगर बस सोच-सोचकर रह जाता हूँ।" जगन्नाथ हँसा।

"सब साथ में आओ, मगर जाड़े में आना ताकि घूम-फिर सको।" सुरेन्द्र बोला। इस बीच रमेश कई बार घड़ी देख चुका था। उसकी बेचैनी देखकर जहीर ने इशारे से पूछा। रमेश ने इशारे से जवाब दिया, फिर खड़ा होते हुए सुरेन्द्र से बोला—

"मैं चलूँगा। मुझे थाने में एक बजे से पहले पहुँचना है।"

"अरे यार! अभी साढ़े ग्यारह बजे हैं। जल्दी खाना खाकर तुम पौन बजे तक चले जाना!" सुरेन्द्र ने घड़ी देखकर कहा और ऑर्डर देने के लिए फोन उठाया।

"मैंने किसी को समय दे रखा था। वहाँ बारह बजे पहुँचना है। शाम को आता हूँ।" रमेश ने कहा और हाथ जोड़ दिये। बसन्त ने बरबस अपनी मुस्कान दबायी और जहीर ने गर्दन हिलाकर जाने को कहा और बसन्त को घूरा।

रमेश ने कमरे से निकल राहत की साँस ली। उसको सब-इंस्पेक्टर मालती को घर से लेना था, जिसका नाम उसने मन ही मन मधुमालती रख लिया था। उसकी तरफ देखते ही रमेश को लगता कि मधुमालती की फूलों से भरी लतर अपनी मदमाती गन्ध में उसको लपेट रही है। मालती की आँखों को भी उसने पढ़ रखा था, जिसमें चाहत की मद्धिम फुहार को उसने बरसता देखा था। रमेश का ददिहाल आजमगढ़ में था तो मालती गाजीपुर की। जब से रमेश को नौकरी मिली थी, रमेश की माँ को उसके विवाह की जल्दी थी। वह रमेश की बहू अपनी पसन्द की लाना चाहती थी। उधर रमेश मधुमालती की महक से घिर चुका था। रमेश के जाने के बाद सुरेन्द्र फिर अपने पुराने सवाल पर आ टिका और सीधे पूछ बैठा—

"मेरी जान-पहचान रेलवे में है। अगर तुमको उस विभाग में नौकरी मिल जाए तो कैसा रहेगा? या फिर कैण्टीन का ठेका?"

"अन्धा क्या माँगे, दो आँखें!" सलमान जोर से हँसा।

"अपना बायोडाटा दे देना।" सुरेन्द्र ने कहा।

"बसन्त का भी बायोडाटा दे दूँगा। इसकी मर्जी और शौक क्या है, यह आज तक मैं समझ नहीं पाया। बड़ा घिसा टइयाँ है।" जहीर बोला।

"जब मैं ही नहीं समझ पाया तो तुम कहाँ से समझ पाओगे।" इतना कहकर बसन्त हँसा, मगर उसकी हँसी के फीकेपन को सबने महसूस किया। सुरेन्द्र ने गर्दन हिलायी जैसे उसको सिरा मिल गया हो।

दोपहर का खाना खाकर सब कमरे में लौट आये। कुछ देर बैठकर सलमान, जगन्नाथ और बसन्त ने चलने की इजाजत माँगी। जहीर भी शाम को आने का वादा कर बाहर निकला। एक चक्कर उसको दुकान का लगाना जरूरी था। जगन्नाथ

को शाम को घर जाना था। लल्ली को देखने लड़केवाले आने थे। लड़का फतेहपुर का रहनेवाला था। वहीं एक स्कूल में अध्यापक था। घर की खेती-बाड़ी भी थी। लल्ली के बारे में उसको पता था। वह स्वयं खुले विचारों का मालिक था, परन्तु परिवार कट्टर ब्राह्मण मान्यताओंवाला था। इसलिए लल्ली के साथ हुई दुर्घटना का जिक्र करने को उसने स्वयं मना कर दिया था। जगन्नाथ का दिल गज भर का हो गया था यह सब सुनकर। उसको लगा था कि कहीं न कहीं भलमनसाहत का फल मिलता है। चाहे उसका रूप जो भी हो।

जहीर जब दुकान पर पहुँचा तो जुबैर किसी औरत से उलझ रहा था। जहीर को आया देखकर जुबैर चुप हो गया, मगर वह औरत फड़क उठी और उसने जहीर को आड़े हाथों लिया। जहीर चुपचाप उनकी फटकार सुनता रहा फिर उसने दबी जबान से उन्हें समझाते हुए कहा, "यह आँखों की दवा है। आपकी बेटी ने इसको केमिस्ट के यहाँ से खरीदा होगा। हम लोग दवाएँ नहीं काजल मसकारा रखते हैं!"

काफी देर बाद बड़ी बी दवा की दुकान और बिसाती की दुकान का बुनियादी फर्क समझने पर राजी हुई। जब राजी हुई तो दूसरा हठ शुरू कर दिया कि इसको तुम खरीद लो या चलकर दुकानदार से दूसरी दवा इसके बदले में दिलवा दो।

"यह ट्यूब आपने आधा इस्तेमाल कर लिया है। अब कौन खरीदेगा?" यह कहकर जहीर ने उसकी कीमत पढ़ी। कुल दो रुपये पचहत्तर पैसे थी। मन ही मन वह झुँझला उठा।

"मैं क्या करूँ दवा भी खरीदनी है और..." वह औरत बड़बड़ाने लगी।

"कौन-सी दवा खरीदनी है?" जहीर ने चिढ़कर पूछा।

"यह डॉक्टर का नुस्खा है।" बड़ी बी ने पर्चा जहीर को पकड़ाया।

"कुलसुम, उम्र बाईस साल..." उसके नीचे घसीट लिखावट में दो दवाएँ लिखी हुई थीं। जिनको जहीर पढ़ नहीं पाया मगर नाम पढ़कर चौंका जरूर।

"आइए मेरे साथ।" वह बाहर निकला और सामने की दुकान से उसने बड़ी बी को पूरे पचास रुपये की दवा दिलवायी और राहत की साँस ले सड़क पार करने लगा। तभी उसके दिमाग में घण्टी बज उठी कि कहीं कुलसुम अपनी कुलसुम न हो। वह जब तक सड़क पार कर उस बड़ी बी को ढूँढ़ता तब तक वह जाने कहाँ गुम हो गयी थी। जहीर की झुँझलाहट में अब गुस्सा भी घुल गया था। जुबैर उसका चेहरा देखकर समझ गया कि जहीर का मूड खराब है। इसलिए उसने चुप रहना ही मुनासिब समझा।

जहीर ख्यालों में डूब गया। पता नहीं कुलसुम कहाँ होगी। अकबरपुर का

किराये का मकान वे लोग छोड़कर जा चुके थे। कहाँ गये, किससे पूछता। कुलसुम का चेहरा उसकी आँखों के सामने तैरने लगा। मन उखड़-सा गया। पाँच बजे के लगभग सलमान और बसन्त अपना-अपना बायोडाटा लेकर दुकान पर पहुँचे। उन्हें देखकर जहीर का मूड ठीक हुआ। उसने चायवाले छोकरे से चाय लाने का इशारा किया और बायोडाटा पर नजर डाली।

"अब जो नौकरी मिलेगी वह करूँगा।" सलमान ने फैसला सुनाया।

"नौकरी तो मुनासिब मिलेगी, आखिर सुरेन्द्र कोशिश करेगा।" जहीर ने कहा।

"हमका तो तुम बेकारै घसीट लिये हो...हाईस्कूल-इण्टर पास केवल स्कूल के चपरासी बन सकत हैं।" बसन्त ने कुढ़े अन्दाज से कहा।

"रमेश ने आखिर प्राइवेट पढ़ाई करी न...तुम भी एक-दो साल में लगकर बी. ए. की डिग्री ले लेते तो बहुत अच्छा होता।" जहीर ने कहा।

"ओहि रमेश मुगदर से कहकर हम कांस्टेबिल न लग जाई? कय बार कहें और कितना तुम लोगन को समझाई कि हमार पढ़े लिखै मा दिल नै लगत।" बसन्त खिसियाकर बोला।

"हमार मानौ तुम पतंग की दुकान खोल लेव।" सलमान चिढ़ गया।

"उपले की न खोल लेई...जेका देखो ओहि हमका उपदेश पिलावत है...!" बसन्त ने गुस्से में हाथ मटकाया।

"बिगड़त काहे हो यार?" जहीर बोला।

"बिगड़ी न का? अरे हम बसन्त हैं, फिर रमेश कैसे बन जाई?" बसन्त ने चमककर कहा।

"बात तो तुम्हारी सोलह आने ठीक है। पर ई बताओ तुमका करे का का है? आज साफ-साफ बात कर लेव।" जहीर ने मुट्ठी काउण्टर पर मारी।

"हाँ नहीं तो, रोज-रोज की किचकिच खत्म होय।" सलमान स्टूल खींचकर बैठ गया। चायवाले ने चार गिलास चाय रखी।

"हमार मन चाहत है कि हम एक होटल खोली!" बसन्त ने कुछ शर्माते हुए कहा।

"होटल।" सलमान उछल गया। जहीर ने चौंककर बसन्त को देखा।

"तनिक ठहरो तो...बड़ा होटल नै...भोजनालय।" बसन्त इतना कहकर हँस पड़ा और जहीर के दिमाग में तेजबहादुर का चेहरा कौंधा जो कुछ नया काम शुरू करने की बात उस दिन कर रहा था। उसके पास पूँजी है, बसन्त के पास सपना। अगर दोनों मिल जाएँ तो बात बन सकती है।

"तो फिर सुरेन्द्र का आपन बायोडाटा देय की का जरूरत है?" सलमान कह उठा।

“और नाहीं तो का...।” बसन्त हँसा।

“अच्छा! जुबैर मैं चलता हूँ, तुम दुकान बन्द कर लेना।” जहीर उठता हुआ बोला।

“अच्छा जहीर अब हम भी चलते हैं। शाम हो रही है। जुगनू की तरफ भी जाना होगा!” इतना कह सलमान और बसन्त चलने को हुए।

“कल मुलाकात होगी।” जहीर ने हाथ हिलाया।

जहीर सुरेन्द्र को लेकर जब सिविल लाइंस पहुँचा तो शाम हो गयी थी। चौराहे पर घड़े के संग खड़ी औरत की मूर्ति गायब थी। वहाँ सुभाषचन्द्र बोस को खड़ा देखकर सुरेन्द्र हँसा। घड़ा खाली था। फव्वारा बन्द था। सिनेमा हाल के सामने खड़ी भीड़ धीरे-धीरे अन्दर दाखिल हो रही थी।

“अरसे से कोई फिल्म हाल में नहीं देखी।” सुरेन्द्र ने कहा।

“टिकट लूँ क्या?” जहीर ने पूछा।

“नहीं”, सुरेन्द्र हँस पड़ा।

दोनों पैदल चलते हुए कॉफी हाउस की तरफ बढ़े। कॉफी हाउस में शोर था। नेता किस्म के लोग बैठे थे। उनके साथ बन्दूकधारी भी थे। माहौल बड़ा उखड़ा-उखड़ा-सा था। कुछ पल सुरेन्द्र खड़ा रहा फिर मुड़ गया और बुकशाप की तरफ बढ़ा। अन्दर जाकर बड़ी तल्लीनता से पुस्तकें देखने लगा, फिर बिना कुछ बोले बाहर निकल आया। कुछ देर फुटपाथ पर खड़ा सामने कुछ तलाश करने की कोशिश में उलझा रहा। फिर घड़ी पर नजर डाली और मुस्कराकर जहीर से बोला, “चलो घर चलते हैं!”

जहीर सुरेन्द्र की आँखों में तड़पते पारे को देख चुका था। उसको यकीन था कि सुरेन्द्र के अन्दर भी यही पारा दौड़ रहा है जो उसके दिल व दिमाग में जाने किन विचारों को जन्म दे रहा होगा। जहीर को ऐसा महसूस हुआ जैसे पीड़ा का आबशार सुरेन्द्र के सीने से निकल उसके वजूद में बहती नदी में मिल चुका है। एक को अपने शहर के छूट जाने का दुख था तो दूसरे को अपने शहर के लगातार खोते चले जाने का दुख था। नदी में गिर गये मोती की तरह दोनों उसको ढूँढ़ने-पाने के लिए बेचैन थे।

44

लोहट्टी में जाड़े की नर्म धूप जमीन पर उतर आयी थी। चूल्हों से उठी बारीक धुएँ की लकीर बल खाती ऊपर हवा के संग कुछ दूर जा वृक्षों के बीच कहीं विलीन हो रही थी। चाय के साथ बासी रोटी खा बच्चे सामने के मैदान में खेलने लगे थे, जहाँ भैंसें खड़ी थीं। उपलों की पक्तियाँ घर के पिछवाड़े की दीवार पर सजी नजर आ रही थीं।

इस सड़क पर कुछ दूर आगे चलकर जो सबसे बड़ा मकान नजर आ रहा था, वह ठाकुर साहब चन्द्रभान जी पटाखेवाले का था। उनके यहाँ शादी की तैयारियाँ जोरों पर थीं। गौनहारिन भी खासतौर पर बुलायी गयी थी ताकि वह समधियों को जी भर गाली दे सके, जिससे माहौल चटपटा बना रहे। औरतें शाम के भोज में सजने- बनने की भी तैयारियाँ घर की जिम्मेदारी को निभाते हुए कर रही थीं। बारात दिल्ली से आनी थी। लड़का कुछ वर्षों विदेश में भी रह चुका था, इसलिए बरातियों के लिए आधुनिक खान-पान और आदर-सत्कार का भी प्रयोजन था। गौनहारिन खासतौर से बुलायी गयी थी सो उसने रस ले-लेकर दूल्हा की माँ, बुआ, बहन को घर के मर्दों के साथ लपेट दिया। फिर गाने लगी :

हाथी हाथी सोर मचा के
गदहा लेके आये हो
ऐ ससुर के बेटवा रे
मोरी गोरी ब्याहन आये हो?"

यह सब देख-सुनकर दूल्हा क्रोधित हो उठा। माहौल तरंग का था। उसी मौज-मस्ती में किसी ने कह दिया—

"तुलसीदास ने 'दोहावली' में लिखा है कि ब्रह्मा ने अमृत और विष को निचोड़कर गाली की रचना की है। यह गाली प्रेम और बैर दोनों की जननी है। इसको तो दूल्हे राजा, ज्ञानी ही लोग जानते हैं, गँवार नहीं, आप तो पढ़े लिखे हैं!" इतना कह उन्होंने दोहा भी पढ़ दिया—

अमिय गारि गारेउ गरल, गारि कीन्ह करतार।
प्रेम-बैर की जननि जुग, जानहिं बुध न गँवार।।

उनका इतना कहना था कि दूल्हे के चेहरे का रंग बदल गया। पिता ने बात मजाक में टाल दी मगर दूल्हा के ताऊ इस परिहास से क्रुद्ध हो उठे। इससे पहले कि बात बढ़ती और आपस में मनमुटाव तक जाती, गौनहारिन ने नाचना शुरू कर दिया और ताऊजी के पाँय लागूँ कहती हुई बोली—

"आपके लिए गाती हूँ गोपाल गारी, क्षमा करें समधी जी हमारे :

नैन बिसाल नउनियाँ भौं चमकावइ हो।
देह गारि रनिवासहिं प्रमुदित गावइ हो।
गावहिं सब रनिवास देहि प्रभु गारी हो।
रामलला सकुचाहिं देखि महतारी हो।''

शादी का माहौल था। जल्द ही रस्म व रिवाज और खाने के शुरू हो जाने से विष अमृत में बदल गया। सामने घरों के लड़के-लड़कियाँ खाने की तेज गन्ध के साथ परली गली से खिंचे-खिंचे सड़क की तरफ निकल आये थे। एक-दूसरे के कारण सटकर जमीन पर बैठकर वे सब सामने घर की सजावट और फूलों से लदी कार को देख रहे थे। मेहमान खाना खाकर एक-एक करके बिदा हो रहे थे। सबसे अन्त में आतिशबाजी का कार्यक्रम था जिसको देखने की किसी को मनाही नहीं थी। इसलिए लगभग आधे मोहल्ले के लोग उमड़ आये।

जमील अंसारी ने त्रिपाठी के साथ रहकर और फौजदारी मुकदमे का वकील होने के नाते बड़ी कम उमर में दुनिया देख ली थी। एक तरफ पी. ए. सी. के जुल्म भी इस शहर में देखे थे तो दूसरी तरफ टूटते हुए लोगों का मनोबल भी गिरते देखा था, इसलिए उसको त्रिपाठी का साथ कई अर्थों में बड़ा फायदेमन्द लगता था। त्रिपाठी का समय-समय पर उसको ठोहके देना खलता जरूर था, मगर वह जो बोलता था उसमें जीवन का कड़वा सच छुपा होता था। हजार बार वह सुना चुका था—

''अबे मुसलमण्टे! धन्यवाद दे कि इस नगरी में सुविधा शुल्क लगता है यानी कि रिश्वत चलती है वरना तो मुसलमानों का एक काम भी न हो पाता?''

त्रिपाठी की नयी-नयी मित्रता ने ही उसको शाहीन को फँसाने के लिए उकसाया था। शाहीन माँ-बाप की इकलौती औलाद थी। जमीन-जायदाद मकानवाली, उसके देखते जमील अंसारी के घर भुनाने को दाना भी न था। शाहीन को जमील ने ऐसा शीशे में उतारा कि वह अड़ गयी जमील से ब्याह करने के लिए। शाहीन के घरवालों को जमील का कच्चा चिट्ठा पता था। उन्होंने बेटी के भूख-हड़ताल की परवाह न की और निकाह की तारीख तय कर दी। यह देख जमील ने शाहीन के बाप के पास कहलाया—

''बरात तो आएगी आपके दरवाजे मगर अनार की जगह बम फोड़े जाएँगे।''

शाहीन के अब्बा इस धमकी को हल्के में नहीं ले सकते थे। वह इस बदजात की करतूत जानते थे। दूल्हा के घरवालों के कानों तक खबर पहुँची तो उन्होंने शादी ही तोड़ दी। मरता क्या न करता वाला हाल शाहीन के अब्बा का हुआ। इज्जत बच गयी कि उसी तारीख पर जमील बरात लेकर पहुँचा और दूर-करीबवालों ने

निकाह के बाद बाँटे छुहारे और मिस्री फाँकीं और लड़की को सदा सुहागिन बने रहने की दुआ दी। शाहीन के अब्बा बेटी के आगे हार जरूर चुके थे मगर वह भी कम न थे। अब उनको दामाद को हराना था। उन्होंने आव देखा न ताव, उठाकर सारे खेत और बाग बेच बैंक में अपने नाम से रुपये जमा करा लिया। एक मकान था। उसके एक तरफ जमील इस चालाकी में आकर रहने लगा कि उसकी चिकनी-चुपड़ी बातों से बिगड़े ससुर मान जाएँगे और वह धीरे-धीरे सारी मिल्कियत पर काबिज हो जाएगा।

शादी के छः माह बाद जब उसने जिन बोतल में उतार लिया तो उसको सच का पता चला। अपनी हार पर वह किचकिचा उठा। वह तो कुछ कर सकता नहीं था, इसलिए यही सोचकर उसने सन्तोष किया कि भागते भूत की लँगोटी ही सही, कम से कम घर तो अपने कब्जे में है। त्रिपाठी के गिरते प्रभामण्डल को देख उसका चिन्तित होना लाजमी था। जो कमाई वह आसानी से कर लेता है, त्रिपाठी के न रहने पर दर-दर भटककर करनी पड़ेगी।

बसन्त की भाभी की तबीयत पिछले कई दिनों से खराब चल रही है। गला भी खराब है और बुखार भी चढ़ा है। सिर में ऐसा दर्द है कि जी चाहता है मूसल से माथा कुचलकर रख दे। बाम माथे पर मला है मगर जब पल-दो पल के लिए ऊँघती है तो छत पर चढ़े लड़कों की चीख-पुकार से चौंक उठती है।

"और ऊँची कर लड़ाओ...और लम्बी कर उड़ाओ बे।"

"अर्रर रजा! का ऊँची उड़ान भरी है ने!"

"लटाई दिखा बे! लटाई दिखा..."

"वह काटा..."

"मंझा को और ढील देव न...अब हुई कुछ बात।"

"मंझा लूट लेव, जल्दी करो।"

"वह देखौ पतंग कटकर गिरी है पीले घर की छत पर।"

"ये नासपीटे सोने नहीं देंगे।" कहती हुई बसन्त की भौजी उठती और कराहती हुई दराज खोल थोड़ी-सी रूई नोचकर कानों में डाली और तकिया पर सिर रख आँख बन्द कर ली। दोनों बच्चे पास बैठे होमवर्क कर रहे थे। शरद सुबह दाल-भात बनाकर गया था। उसी को दोनों ने खाया है। माँ की परेशानी देख बेटे ने उठकर खिड़की के पट बन्द कर दिये। कमरे में आता धूप का तिरछा टुकड़ा गायब हो गया। लड़की ने कमरे में फैला अँधेरा देख बत्ती जलायी तो पता चला कि लाइट नहीं है। उसने जाकर खिड़की खोल दी। धूप फिर कमरे में घुस आयी और लड़की

ने कापी पर फैल गयी रोशनी में दोबारा गणित के प्रश्न हल करने शुरू कर दिये।

"सूखी गयी...सूखी गयी।" गली में गोली खेलनेवाला लड़का चीखा।

"अण्टी से मारा है।" दूसरा बोला।

"वह मारा टन...।" इसी के साथ रामकली की आँख खुल गयी।

"हट जा...फिर उड़ी।" इस आवाज के साथ लड़की ने माथा सहलाया, फिर हिसाब जोड़ा।

"साला हराय दे रहा है हमें।" शरद के लड़के ने उठकर खिड़की बन्द करनी चाही।

"तीन ठो बची है।" एक चीखा। उसी के साथ झुँझलायी बसन्त की भौजी उठी।

"तुम फिसड्डी हो।" एक ने दूसरे को चिढ़ाया। उसी के साथ हँसी उभरी।

"साले पदाय देबै...।" की आवाज के साथ बसन्त की भौजी पलँग से उठ स्नानघर की तरफ बढ़ी।

"चूक गयी साली...।" बाहर से तेज नुकीला स्वर उभरा।

"अउर पास...अउर पास।" बाहर से शोर खिड़की फाँद कमरे में कूद पड़ा और बसन्त की भौजी ने भरी बाल्टी खिड़की से बाहर उलट दी। दोनों ने पहले माँ को हैरत से देखा, फिर मुँह दबाकर हँसे।

"लेव अब खेलो जी भरकर तुम लोगन।" रामकली ने थोड़ा हाँफते हुए बाल्टी नीचे रखी।

"ई का भवा...ई पानी कहाँ से आवा?" की आवाज के साथ खिड़की बन्द कर भौजी ने चिटखनी लगा दी और बिस्तर पर लेट गयी। बिजली आ गयी थी। दोनों भाई-बहन बचा होमवर्क करने लगे। गली में भागते पैरों की धगधग के बाद खामोशी छा गयी।

आज अटाले में खूब रौनक थी। सड़क-नाली की सफाई के बाद चूना डाल दिया गया था। मोहल्ले में आज प्रदेश के मुख्यमन्त्री एवं विधायक सुन्दरलाल पाण्डेय का भाषण शाम चार बजे मजिदिया इस्लामिया कॉलेज में था। बड़े-बड़े बैनर लगे थे। पार्टी कार्यकर्ता और स्थानीय इन्तजाम कमेटी के लोग मुस्तैदी से कार्यक्रम को सफल बनाने के लिए हफ्ते भर पहले से जगह-जगह पोस्टर लगाकर पर्चे बाँट रहे थे। कॉलेज का ग्राउण्ड बड़ा था, इसलिए भीड़ भी खासी जुटानी पड़ती थी। सुधीश भी अरसे बाद आज अटाला आया था। लइक कबाब कार्नर पर वह बैठा उन तीनों लड़कों की तलाश भी करवा रहा था। जो यहीं पासवाले घूरे के साथ बने मिट्टी के

चबूतरे पर अपना अड्डा जमाये रहते थे! जिसको भेजा था उस लड़के ने कुछ देर बाद लौटकर बताया कि वे अब तीनों अपने पिता के साथ गुड़मण्डी की तरफ रहने चले गये हैं!

"चलो फिर भाषण सुन आएँ।" सुधीश टार्जन बोला।

"भाषण-वाषण हम जायके नहीं सुनते हैं...लाउडस्पिकरवा उनका कहा हम तक अबहीं पहुँचाय देई।" लईक ने कहा और स्पेशल चाय का गिलास सुधीश की तरफ बढ़ाया।

"कभी हमारी हौली की तरफ आओ...तुम से कम नहीं होती हमारी कच्ची शराब की बिक्री।" सुधीश टार्जन ने धूप के चश्मे के पीछे से आँखें नचायीं। उसके कान में पड़ा बुन्दा और कन्धे तक आते बाल एक साथ हिले।

"हम पीते तो नहीं हैं मगर आवेंगे किसी दिन जरूर।" लइक ने कहा और सुधीश की गर्दन में पड़ी सोने की मोटी-सी जंजीर को ताका।

भाषण शुरू हो गया था। पूरा मोहल्ला शान्त था। रेडियो, कैसेट बन्द थे। दुकानदार बड़े ध्यान से एक-एक बात समझने की कोशिश कर रहे थे। प्रदेश की सियासत भी अजीब रंग बदल रही थी। विधानसभा से आनेवाली खबरें सबको चिन्तित कर रही थीं, यहाँ तक कि व्यवस्था की आलोचना स्वयं प्रदेश के हृदय से उठने लगी थी। आपसी रंजिशें बढ़ रही थीं। बाबरी मस्जिद और रामजन्म-भूमि विवाद ने इलाके को दो फाँक करना चाहा, लेकिन कामयाब न हो पाये। मगर सतही तौर पर ही उन्होंने खाई खोदना शुरू कर दी थी। अब एक नया शगूफा है। जातिवाद के नाम पर बँटवारा! हर कौम को, हर धर्म को, हर सम्प्रदाय को अधिकार चाहिए। अपनी पहचान चाहिए। अपना चेहरा चाहिए, जो भारतवर्ष में सब जगह नजर आए। भला यह कैसे मुमकिन है? इनकी बातों का असर, हर इन्सान की अक्ल और समझ पर उसके विचार और संवेदना के स्तर के हिसाब से पड़ता है। कुछ आहत होते हैं। कुछ प्रतिशोध के लिए तड़प जाते हैं। कुछ प्रतिक्रियावादी हो जाते हैं और कोई खण्ड-खण्ड टूटते दिल व दिमाग को जोड़ने की कोशिश में उनका ध्यान बँटाते हैं कि तुम्हारे मुद्दे यह नहीं बल्कि ये सारे हैं कि प्रदेश के सारे कारखाने एक-एक करके क्यों बन्द हुए? फसलें, पाले, बाढ़, सूखे से कई वर्षों से खराब हो रही हैं। किसान भूखे हैं। उन्होंने अपने पशुओं के शरीर पर मेहँदी के छापे लगा जंगल में हँका दिया है कि खुद चरो, खुद जियो। ऐसे बुरे समय में सरकार का दायित्व क्या बनता है? क्या केवल गौमाता के नाम पर राजनीति करना या फिर किसान, धरती और पशु का पोषण करना?.

इन सारे सवालों से परे चार लड़के बैठे रोज की तरह लूडो खेल रहे थे। उनके रोज के रुटीन में इससे कोई फर्क नहीं पड़ रहा था कि किसने कब क्या कहा?

कौन आया कौन गया, उनकी बला से। उनके लिए जरूरी था कि मोबिल ऑयल की गन्ध और औजारों की कालिख से रँगे हाथों को आराम और दिमाग को यह दिलासा मिले कि यार कहीं तो अपनी गोट अपनी मर्जी से चल सकते हैं। इन चारों स्कूटर मेकैनिकों की तरह वह जवान भी था जो इस समय खुर्री खाट पर लेटा सो रहा था। उसका मन उदास है। वह अन्दर से बहुत परेशान है। पराये देश नहीं जाना चाहता, मगर मजबूर है। जब आया था तब जेबें भरी थीं। कम्बल, कपड़े, ट्रांजिस्टर, थरमस, लाइटर और कुछ घड़ियाँ उपहार के तौर पर उसके पास थीं। उसने आते ही बुलेट कसवायी थी मगर पिछले तीन महीनों में घर और घरवालों की जरूरत पूरी करते-करते पहले घड़ियाँ एक-एक कर बिकीं, फिर ट्रांजिस्टर, थरमस, कम्बल और अब बुलेट भी बिक गयी। खाली हाथ विदेश गया था। भरे हाथ देश लौटा था। अब सब कुछ खर्च कर फिर वही खाली हाथ वापस जा रहा है। उसके लिए तो वह मूल प्रश्न महत्त्वपूर्ण है कि आखिर उसको यहाँ रोजगार क्यों नहीं मिल सकता है। वह यहाँ रहकर इतना कमा क्यों नहीं पाता है कि न उसका कुटुम्ब भूखा सोए न कोई मँगता दरवाजे से खाली हाथ जाए। आखिर उसके साथ ऐसा क्यों नहीं हो पा रहा है?

पूरे तीन घण्टे बाद चीखता-चिल्लाता लाउडस्पीकर खामोश हुआ तो दम साधे हवा ने साँस ली। परिन्दों ने अपनी चोंचें खोलीं। ध्यान-मग्न सुन रहे दुकानदारों ने चायवाले लड़के को आवाज दी। स्पीच पर कान धरे राहगीरों ने अपनी साइकिल और दो पहिये चालू किये और दायें-बायें की सड़कें एकाएक जीवन के कोलाहल से भर उठीं। ऊँघते कुत्ते चैतन्य हो दौड़ने लगे। भीड़ से घबराये सूअरों ने कूड़ेदान का बिस्तर छोड़ा और गली-सड़क पर 'छुअन छुआई' खेलने लगे!

रमेश की माँ को मालती फूटी आँख नहीं भायी। उनका सपना था एक ऐसी बहू लाने का जो सारे दिन घर में रह उनके चारों तरफ घूमे। उनके इशारे पर चले। सजी-धजी रहकर घर की रौनक लगे। मगर मालती तो यह सब कर नहीं पाएगी। सड़क किनारे टोपी लगाये टाँग चौड़ी कर खड़ी, वह बहुत-सी महिला कांस्टेबिलों को देख चुकी थीं। वैसे भी औरतें मर्दाना कपड़ों में बस फिल्मों में अच्छी लगती हैं। रमेश को पहले की तरह अब माँ की पसन्द-नापसन्द की चिन्ता नहीं रह गयी थी। वह अपने पैरों पर खड़ा था। अपनी पसन्द की जिन्दगी जीना चाहता था। रमेश के पिता को मालती पसन्द आयी थी। उससे एक आशा भी बँधी थी कि अब दोनों लड़कियों को बिना जहेज के लड़के मिलने में आसानी होगी। वह बहुत कम बोलते थे सो मन की बात मन में रख उन्होंने रमेश को हरी झण्डी दिखा दी। रमेश की

बहनें अलबत्ता उसको पहली बार वर्दी में देखकर ठगी-सी रह गयी थीं। कहीं उनके मन में भी उड़ान भरने की तमन्ना तड़पी थी।

रमेश अक्सर बहनों को सिविल लाइंस बुला लेता था फिर चारों मिलकर कहीं कॉफी पीते थे। गाजीपुर में मालती के माँ-बाप को सूचना मिल गयी थी कि मल्ली ने अपना जीवन-साथी पसन्द कर लिया है। मालती ने रमेश की फोटो जब भेजी तो उसका छोटा भाई आकर रमेश को देख गया। माँ-बाप के मन में जो दुविधा थी, वह बेटे से रमेश के बारे में सुनकर जाती रही। मालती तो खुश थी। उसको इस बात की ज़रा भी चिन्ता न थी कि रमेश की माँ ने उसको अपनी बहू बनाने के लिए पूरे मन से स्वीकारा या नहीं। उन दोनों ने आपस में कुछ बातें तय कर ली थीं। जैसे कि वह करेली में बने नये शादी-हाल पायल, दुल्हन, शगुन, या मिलन में से किसी एक में पार्टी देंगे। खाने में कौन-कौन से पकवान होंगे, शादी का लहँगा कहाँ से खरीदा जाएगा और नथ-टीके की डिजाइन क्या होगी। दोनों के पास अपने पैसे थे। अरमान पूरे करने के लिए उन्हें दूसरे का मुँह नहीं देखना था।

किसी वी.आई.पी. के आने के कारण रमेश की ड्यूटी यादगार-ए-हुसैनी कॉलेज में जिस दिन लगी थी, उस दिन नखासकोने की वह दोनों चूड़ियों की दुकान उसने पहली बार नजर भरकर देखी थीं। चूड़ियाँ देखकर उसने तय किया था कि मालती के साथ कल ही सुहाग स्टोर आएगा। कॉलेज जाकर पता चला कि कॉलेज की यह बिल्डिंग दरअसल शायर अकबर इलाहाबादी का कभी घर हुआ करता था जिसको उन्होंने तालीमी इदारे को दे दिया। रमेश को सुनकर झटका लगा कि क्या इस इलाहाबाद में कभी ऐसा भी संस्कार मौजूद था जब मकानों पर कब्जा नहीं बल्कि सामाजिक कार्यों के लिए दान भी कर दिया जाता था? शायद ऐसे दर्जनों नाम हों जिन्होंने ढेरों समाजी कार्य के लिए अपने भवन दिये हों, जिसका मुझे पता न हो। मुझे तो इस बात का भी अहसास न था कि नौकरी में आने के बाद चीजें कितनी आसान हो जाती हैं। खासकर पुलिस विभाग में, उसके लिए बेईमान बनना जरूरी नहीं है। पुलिस से आम लोग मित्रता एवं सम्बन्ध बनाने के इच्छुक होते हैं। खासकर दुकानदार जो सलाम दुआ हर हाल में बनाये रखना चाहते हैं। हर वस्तु अच्छी और सस्ती और कभी-कभी मुफ्त मिल जाती है। ये शायद वे आसानियाँ हैं जो पुलिस को गुमराह बनाने में सहायक होती हैं। इसलिए इस भ्रष्टाचार में आधी जिम्मेदारी उनकी भी है जो पुलिस को गैरकानूनी काम करने के लिए प्रोत्साहित और हर तरह का लालच दे, उनका मनोबल तोड़ते हैं।

हर साल माघ मेले की तैयारी में कितना धन इस हाथ से उस हाथ जाने

रमेश ने देखा है! तेज रफ्तार से उलट रही गंगा की धारा को बरसों से लोग जानते हैं कि वह अपना रास्ता बदलती है मगर नदी की इस सहज प्राकृतिक प्रवृत्ति को लेकर गम्भीर वार्ताएँ आयोजित हो रही हैं। मेला से जुड़े अधिकारी चिन्तित हो उठे। उनका ख्याल है कि दस प्रतिशत मेला इधर और नब्बे प्रतिशत मेला उस पार अर्थात् झूँसी की ओर लगाना पड़ेगा। लोक निर्माण विभाग का मेला प्रखण्ड इस मुद्दे को लेकर परेशान है कि पाण्टून के पुल बनाने का बजट कम है और जरूरत इस बार छः की है, मगर बन पाएँगे केवल तीन पुल। एक और संकट है कि कटान की जो स्थिति है उससे तमाम प्रशासनिक शिविर भी उस पार ही लगाने होंगे। अधिशासी की शिकायत है कि पिछले वर्ष लोक निर्माण विभाग को माँग के अनुरूप धन का आबण्टन नहीं हुआ था, इसके कारण तैयारियों में काफी दिक्कतें आयी थीं। कटान का क्रम जिस तेज रफ्तार से हो रहा है उससे बहुत बड़ा कछारी क्षेत्र गंगा में समाहित होता जा रहा है। संगम नोज तक बनी पक्की सड़क का काफी हिस्सा पिछले दिनों गंगा में विलीन हो चुका है। इस सच को हर साल कितना भुनाया जाता है। यह सब समझना श्रद्धालुओं का काम नहीं है। उनकी आस्था है। वह मीलों की यात्रा कर हर हाल में संगम तक पहुँचते हैं।

पिछले कुछ दिनों से रमेश एक आम नागरिक की तरह नहीं बल्कि पुलिस की नजर से समाज में पड़ी गाँठों को पड़ते और खुलते देख रहा था। खराब पुलिसवाले तो खराब थे ही मगर मामूली कहलाये जानेवाले मजबूर लोग भी मौका-ब-मौका इस तरह की पैंतरेबाजी करते कि रमेश का विश्वास हिल जाता। पिछले सप्ताह ही की तो बात है कि सोवपाउडर बनानेवाले साझेदारों में फूट पड़ गयी। एक ने कर्नलगंज की पुलिस की मुट्ठी गर्म कर फर्जी रपट पर समन भिजवा दिया और दूसरे ने आबकारी विभागवालों से घुस-पैठ कर उसके घर ऑफिस पर इनकम टैक्स रेड पड़वा दी। दोनों जोश में थे। भूल गये थे कि एक-दूसरे के लिए गड्ढा खोदने का क्या अंजाम होता है? नतीजा सामने था। अब दोनों जेल में थे। एक-दूसरे पर किया चार सौ बीसी का मुकदमा दर्ज हो गया। जिसको वापस लेकर भी वे अब पुराने सम्बन्धों को बहाल नहीं कर सकते थे। पुलिस ने ऑफिस और कार्यशाला सील कर दी थी। इन सारी विपरीत हवाओं के बीच खड़े होकर उसको वह रास्ता चुनना था, जो सच की तरफ ले जाता हो। मगर कभी-कभी रमेश को लगता कि सच को ढूँढ़ने की प्रक्रिया कोई जरूरी नहीं है कि वह सच आपके हाथ लगे जिसकी तलाश में आप निकले हों और उसकी जगह आपको ऐसा यथार्थ दिख जाए जिसके सामने झूठ और सच की तलाश ही दम तोड़ जाए।

संगीत समिति में एक काव्य-गोष्ठी का आयोजन था, जहाँ शहर के माने हुए कवि स्थानीय श्रोतागण के साथ उपस्थित थे। दिल्ली से आये कुछ वरिष्ठ कविगण भी मंच पर विराजमान थे। कार्यक्रम सरस्वती गान और दीप जलाने के साथ सहज रूप से शुरू हुआ। सभी कवि ध्यान-मग्न हो अपनी कविता सुना और दूसरों की सुन रहे थे। मुशायरे की तरह यहाँ वाह-वाह और मुकर्रर इरशाद की आवाजें नहीं उठ रही थीं। जिसको अपनी कविता की प्रतिक्रिया देखनी होती वह अनुशासन से बैठे सुननेवालों के चेहरे पर उठते भावों को देख समझ जाता कि उसका फेंका तीर किसके दिल में कितना गहरा धँसा है या फिर निशाना चूक गया है। संचालनकर्ता अपने आगे-पीछे के सारे हिसाब बेबाक करता कवियों का परिचय दे रहा था। इस शहर ने पन्त, निराला, महादेवी को भी देख-सुन रखा था। उनके पहले और बाद की पीढ़ी को भी बाँच रखा था। अब नये खिले शब्दों की बानगी को भी उगते देख रहा था।

काव्य-गोष्ठी के समाप्त हो जाने पर आपस में मिलना-मिलाना शुरू हुआ और दिमाग में कुलबुलाते प्रश्न भी मचल रहे थे। जो अपना उत्तर पाना चाह रहे थे उनमें भाषा का प्रश्न सबसे मुखर था।

"कविता में इतनी कठिन भाषा का प्रयोग करना क्या उचित है?" एक श्रोता-पाठक ने आगे बढ़कर एक कवि से पूछा।

"क्यों? कविता हिन्दी भाषा की है तो हिन्दी में ही लिखी जाएगी।" कवि ने कुछ बुरा मानते हुए कहा।

"वह तो ठीक है परन्तु जो रस मन को बाँधता है, वह भारी शब्दों के आ जाने के कारण खण्डित होता है। आपको ऐसा नहीं लगता? भावना तो प्रवाह..."

"इस तरह से तो आप प्राचीन साहित्य को नकार ही देंगे? सबसे ज्यादा रस लेकर पढ़े जानेवाले रहीम, सूर, तुलसी को भी..." उसकी पूरी बात सुनने से पहले ही कट गयी!

"जरा ठहरिए महाराज। क्लासिक ग्रन्थ मानकर कुछ रचनाओं का पढ़ना एक अलग बात है और..." पाठक अभी अपनी बात पूरी कर भी नहीं पाया था कि कवि उत्तेजित हो उठा।

"वे रचनाएँ यदि साहित्य की सीमा में न आतीं तो पाठ्यक्रम में क्यों लगायी जातीं?"

"मैं आपसे यही निवेदन करना चाह रहा था कि किसी अध्यापक द्वारा साहित्य को समझना पड़े तो फिर...बात बन नहीं पाती। पत्रिका खरीदकर हम हिन्दी कक्षा में तो बैठने किसी विद्यालय में जाएँगे नहीं।" पाठक ने अपनी बात

साफ करते हुए कहा।

"सस्ता साहित्य पढ़ने में यदि आपकी रुचि है तो क्षमा करें, वैसा साहित्य मैं नहीं रच सकता।" इतना कह वह कवि चला गया। प्रश्न पूछनेवाला अपने में उलझा अपना रास्ता पकड़ आगे बढ़ गया, मगर उसकी उलझन सुलझ नहीं पायी। इन दिनों कहानी और कविता की भाषा कठिन से कठिनतर क्यों होती जा रही है? क्या लिखनेवाले आम इन्सान की बोली-भाषा पर अपनी पकड़ ही खो बैठे हैं या फिर उनके पास भावना का वह आबशार नहीं जो पढ़नेवालों को सराबोर कर दे और इस कमी को वह कठिन भाषा-शैली में छुपाने का प्रयास करते हैं?

गोष्ठी से निकले एक वृद्ध सज्जन आहिस्ता-आहिस्ता दरख्तों के नीचे से गुजरते हुए सोच रहे थे कि हमारे समय में परिमल और प्रगतिशील लोगों की जो भी आपसी रंजिशें थीं वह वैचारिक एवं सृजनात्मक थीं। एक सलीका था उसमें। व्यक्तिगत कुण्ठा की मात्रा कम से कम रहती थी। लेकिन आजकल दूसरों को सम्मान देना, उनकी रचना को ध्यान से सुनना, उसकी प्रशंसा करना एक गैरजरूरी मुद्दा बनता जा रहा है। जिसका मतलब है उसकी वाहवाही करना, जिससे कुछ लेना-देना नहीं है उसकी रचना पर दम साध लेना और जिसको सबक सिखाना है उसको किसी धुनके की तरह धुनकर रख देना—यह आज की परिपाटी है।

"रिक्शा...कितना लोगे भाई साउथ मलाका तक का?" वृद्ध सज्जन ने जाते रिक्शे को रोका।

"बैठो बाबूजी, जो ठीक लगे दे देना।" जवान रिक्शेवाला उनकी अवस्था देख खुले मन से बोला। मुँह में पान था। हैण्डिल पर चूना लगा था। रिक्शेवाले ने उनके बैठने के बाद चूना चाटा और रिक्शा आगे बढ़ाया।

सड़क के किनारे लैम्प जल चुके थे। कारों, साइकिलों और मोटरों के बीच से रिक्शा तेजी से रास्ता तय करने लगा। उछलती-कूदती उनकी कमजोर-सी काया रिक्शे के हुड को दोनों हाथों से मजबूती से पकड़े थी। हवा की नर्मी उनके बालों को तितर-बितर कर रही थी। उनके जेहन में पुराने बिम्ब उभर रहे थे। उन सारे कवियों और लेखकों की छवियाँ, जिनके साथ कॉफी हाउस में बैठकर लम्बी-लम्बी बहसें की थीं। जहाँ बन्ने भाई से मुलाकातें हुई थीं। श्रीपत राय, अमृतराय, अश्क से जी भरकर घुटी थी। देब, फिराक, एहतेशाम और एजाज से उर्दू-हिन्दी के मसले पर जी भरकर चोंचें लड़ी थीं। अरबी भाषा के प्रोफेसर रफीक से उनकी हैट लगाकर साइकिल पर चलते-चलते किताब पढ़ने की आदत पर चुहलें हुई थीं। फिरदौस फातमा और शैलकुमारी का सदर्शन मुखड़ा और उनसे साहित्य पर वार्तालाप, केमेस्ट्री के प्रो. मेजरपाल को उनके आनरेरी मिस्ट्रेट ऑफ मैरेज होने पर मजाक और उस भलेमानस का मुस्कुराना, कितने लोग, कितनी यादें...

रिक्शा सड़क पर मुड़ता, दौड़ता आखिर साउथ मलाका पहुँच गया! वह सज्जन उसी तरह गुमसुम अपने में खोये बैठे रहे। आखिर रिक्शेवाले ने पीछे मुड़कर खुद पूछा।

"कहाँ रोकें बाबूजी? जवाब न मिलने पर रिक्शेवाला पैडिल पर पैर मारता रहा। कुछ दूर चलकर उसने गति धीमी की और पूछा, "कुछ बताओ बाबूजी, कहाँ जाना है?"

उनका जवाब न मिलने और लगातार टकटकी बाँधे, सामने देखे चले जाने के कारण, उसने रिक्शा किनारे लगाया और उतरकर बोला, "साउथ मलाका आ गया है...हमका और कमाये जाना है बाबूजी! अब उतरो!"

वह वृद्ध सज्जन यादों के हिंडोले पर झूलते इस दुनिया से दूर जा चुके थे। आते-जाते लोगों ने जो उन्हें इस तरह बैठे देखा तो पास गये। कुछ देर में भीड़ लग गयी। उनका मोहल्ला था। छोटे-बड़े सब उन्हें पहचानते थे। बड़ा बेटा दौड़ा-दौड़ा आया और दूसरों की मदद से उन्हें रिक्शे से उतारा। जान को शरीर से निकले कुछ मिनट ही गुजरे थे। इसलिए बदन नरम था। हुड को पकड़े कसी उँगलियाँ थोड़ा-सा जोर देने पर खुल गयीं और मुड़े पैर थोड़ा-बहुत सीधे हुए!

रिक्शेवाले का चेहरा मुरझा गया था। उसने तो अपनी बोहनी समझकर इनको बड़ी खुशी-खुशी बिठाया था। ऐसा तो कभी उसने सोचा ही न था? बेटे के साथ मोहल्ले के दो-चार जवानों ने आगे बढ़कर उनको घर तक ले जाने में मदद की और अकेला रिक्शेवाला कुछ देर सकपकाया खड़ा रहा, फिर रिक्शा घसीट आगे बढ़ा। उसका मन स्थिर नहीं था। सवारियों से भाड़े को लेकर लड़ना उसके लिए रोज की बात थी! बिना किराया अदा किये उतर जानेवालों की माँ-बहन तौलना भी उसको आता था, मगर आज उसकी बिठाई सवारी के साथ ऐसा कुछ घट जाएगा कि उसके प्राण-पखेरू ही उड़ जाएँगे, उसने कभी सोचा नहीं था। उसने चलते-चलते पान की गुमटी से गुटका खरीदा और पैकेट फाड़कर पूरा का पूरा मुँह में डाल लिया। रास्ते में कई लोगों ने उसे हाथ दिखाया मगर वह किसी की पुकार पर नहीं रुका। खटाल पर पहुँच उसने रिक्शा जमा किया और मन ही मन बोला, "मान लेइत है कि आज शाम कोई कमाइए नहीं हुई।"

45

रमेश का शाहगंज थाने से ट्रांसफर अब मुट्ठीगंज थाना में कुछ दिनों पहले ही हुआ था। उसने अपना ऐसा दबदबा बनाकर रखा था कि थाना प्रभारी भी उससे सोच-समझकर ही बात करता था। वही केस उसको हैण्डिल करने को कहता जिसमें वह दूध-का-दूध पानी-का-पानी चाहता वरना लीपा-पोती वाले केस या तो रामसिंह यादव या फिर वह खुद निबटाता था। इस समय भी रमेश अन्दर कमरे में दो ठाकुर लड़कों की जमकर धुनाई कर रहा था जो किसी तरह कुबूल नहीं रहे थे कि आर्य कन्या कॉलेज के सामने वह रोज खड़े होकर लड़कियों को न केवल अपनी फब्तियों से परेशान करते थे बल्कि उन्होंने काजल श्रीवास्तव के अपहरण की योजना भी बनायी थी जिसमें सिल्लोदाई और बकरीदी रिक्शेवाला भी शरीक थे।

दोनों लड़कों के पिता जेबों में रुपया भर मुट्ठीगंज थाने का चक्कर लगा चुके थे, मगर हर बार रमेश कुमार ने उन्हें घुड़क दिया था। लोगों के बताने पर वे दोनों महिला पुलिस थाना सिविल-लाइंस भी पहुँचे थे मगर मालती ने उनको ऐसी फटकार लगायी थी कि दोनों अधेड़ मर्द अपना-सा मुँह लेकर लौट आये थे। दोनों इलाहाबाद के उभरते व्यापारी थे। एक का काम सुगन्धित जर्दे का था, दूसरे का पटाखे का। दोनों अपना माथा पकड़कर बैठ गये। जो जान-पहचान ठाकुर चन्द्रभान की पुलिस में थी वह श्यामलाल त्रिपाठी के न रहने के कारण खत्म हो गयी थी। हुकुमसिंह चौहान जर्दवाला हाथ गर्म करने की तरकीबें जानता था। मगर इस संकट की घड़ी में अच्छे-अच्छों ने गुनाह से तौबा कर राम नाम जपना शुरू कर दिया था। पराये माल पर भूल से भी निगाह नहीं डालते थे। उनके हाथ में तो सिर्फ पुलिसिया डण्डा था, मगर प्रशासन के पास एक ऐसी धारदार तलवार थी, जो म्यान से निकल आयी थी और सभी के सिर पर लटक रही थी। ऐसे समय में रमेश जैसे पुलिसवालों की बन आयी थी। जरा-सी गलती पर गर्दन नप जाती थी। उधर अशोक मिश्रा अतरसुइया में थाना प्रभारी हो गया था। उसने भी सड़क छाप मजनुओं का जीना दूभर कर रखा था। कोई झूठी शिकायत भी कर दे तो उसके बन्दे बाजा बजाने उसके पास पहुँच जाते। बहादुरगंज में संजय उपाध्याय सबके डण्डा किये हुए था। कर्नलगंज थाना में अमजद खान था जो अपराधियों के हाथ-पैर तोड़ने में माहिर था, उधर शाहगंज में कौकब मिर्जा और खुलदाबाद में रूमी यादव ने नातका बन्द कर रखा था। पूरा शहर जैसे कान पकड़कर उठक-बैठक कर रहा हो। हरकतें पुरानी थीं। मगर सजा सबको अब मिल रही है। ऐसे में करेली के प्रभारी मुख्तार आलम और सिविल लाइंस के राधाराम क्या कर सकते हैं? यही दो घोड़े पुराने अस्तबल के बचे हैं, बाकी तो इधर-उधर ट्रांसफर कर दिये गये हैं। अब यहँ चने की दो दाल

ईमानदारी के भाड़ में भुनकर किसके खाने और चबाने के काम आतीं?

दोनों लड़कों ने न केवल अपनी गलती स्वीकार की बल्कि उनके पैसेवाले बापों ने जुर्माने के तौर पर समझौते के समय शहर के दो सूखे पियाऊ, जो कभी किसी ने पुण्य कमाने के लिए बनवाया था, की मरम्मत करवा उसमें जानवरों के पीने के पानी का इन्तजाम किया और जगह-जगह जानवरों के पीने के पानी के हौदे रखवाने का वायदा किया। इस चेतावनी के साथ उन दोनों को छोड़ा गया कि फिर कभी भविष्य में उन्हें लड़कियों को छेड़ते देखा गया तो सीधे हवालात में बन्द कर दिया जाएगा। सिल्लोदाई स्कूल की नौकरी से गयी और रिक्शेवाले को स्कूल की लड़कियों को लाने-ले जाने पर पाबन्दी लगा दी गयी। इस तरह की सजाएँ जहाँ मौलिक थीं वहीं पर कुछ लोगों की परेशानी का कारण भी थीं कि अब गरीब मनई क्या खाएगा क्या कमाएगा। ऐसे कामों से ही तो पेट का धन्धा चलता है। उस पर रोक लग जाए तो कोई जिए कैसे? मुट्ठी भर लोग जो भी कहें। मगर सच यह था कि रमेश अग्रवाल ने अपना सिक्का कुछ ही दिनों की नौकरी में पूरे इलाके में जमा लिया था। इन सारे थानों में आपसी तालमेल गजब का था कि लोग गलती करते घबराने लगे थे कि यहाँ से छूटे तो वहाँ पकड़े गये। और अब तो चाय और पान के पत्ते पर सिपाही भी भुननेवाला नहीं है। अजीब सितम इस राष्ट्रपति शासन ने सब पर तोड़ा है।

जहीर को तेजबहादुर से मिलना बहुत जरूरी लग रहा था। भैयादूज, राखी और बकरीद के कारण उसको मौका नहीं मिल पा रहा था कि दुकान छोड़कर वह तुलाराम बाग की तरफ जाता। जुबैर को टायफाइड हो गया था। उसके न जाने पर जहीर को लगता जैसे उसका दाहिना हाथ कट गया हो। बसन्त मदद के लिए आता जरूर था मगर वह मदद दे नहीं पाता था। ग्राहक द्वारा माँगे सामान को वह पहले ढूँढ़ता फिर निकालता, तब तक जहीर खुद एक साथ दो ग्राहकों को निबटा लेता था।

आज जहीर जब घर लौटा तो बहुत थक चुका था। चौकी पर लेटा-लेटा वह छत की कड़ियाँ गिनता सोच रहा था कि मुझे अपनी अधूरी पढ़ाई पूरी कर लेनी चाहिए। माली हालात पहले की तरह इतने बुरे नहीं हैं कि वह सिर्फ कमाने की फिक्र में डूबा रहे। कुछ सोचकर वह उठा और अपने कमरे में जाकर उसने अलमारी खोली। अलमारी से निकली गन्ध उसको बहुत भली लगी। किताबें निकालकर उसने मेज पर रखीं, फिर कुर्सी पर बैठकर वह उनके पन्ने पलटने लगा। अक्षरों की जगह दादी जान का चेहरा उभरा। होठों पर एक नर्म मुस्कुराहट उभरी। उसने बड़े जतन से मेज पर किताबें सजायीं, लैम्प साफ किया और बिस्तर पर लेट दोनों हथेलियाँ

गर्दन के पीछे बाँध लेट गया। उसके जहन में सीनेट हाल की शानदार इमारत उभरी। फिर उसके सामनेवाला वह मोटे तने का बरगद का पेड़ याद आया। हरी-हरी घास का लान और अशोक के वृक्षों की फैली कतारें...एक-एक करके सारे दृश्य चलचित्र की तरह आँखों के सामने से गुजरने लगे। एकाएक सतीश के चेहरे पर आकर थम गये मगर इस बार पहले की तरह सीने में पीड़ा नहीं लहरायी। अब बोसनिया से उसके लौटने का समय आ रहा है। दो साल पलक झपकते गुजर गये। कहाँ तो जिन्दगी लँगड़ा-लँगड़ाकर चल रही थी। छः साल किसी शताब्दी की तरह लम्बे और उबाऊ हो उठे थे जिनको कन्धे पर लादकर चलाना था। मगर यह दो साल किस तूफानी मेल से आगे बढ़े हैं? कितनी घटनाएँ, दुर्घटनाएँ एक के बाद एक घटती चली गयीं। नाकारा कहे जानेवाले अपमानित लड़के कमाने लगे। सम्मान मिला तो घर बसने लगा। रमेश और मालती की जोड़ी कितनी शानदार लगती है, जब वर्दी पहन वह साथ-साथ खड़े होते हैं। उनके कन्धों पर चमकते स्टार, कमर पर कसी बेल्ट के साथ रिवाल्वर और...जहीर हँस पड़ा। एक दिन सलमान को भी कोई लड़की मिल जाएगी शायद रेलगाड़ी में बिना टिकट सफर करती हुई या फिर किसी स्टेशन पर दौड़कर डिब्बे पर चढ़ती हुई। वह अपने बहनोई के वालिद के चक्कर में अब आनेवाला नहीं है। उसका व्यक्तित्व कितना खिल उठा है। सच है अपनी कमाई हो, इज्जत हो तो चेहरे पर चमक आ ही जाती है। बसन्त का भी कुछ हो जाए तो मजा आ जाए। मैं कल बसन्त के संग अलोपीबाग जाऊँगा। फिर जाकर दुकान खोलूँगा चाहे जितनी देर हो जाए।

"जहीर, खाना लग गया है।" सिपतुन ने उसको पुकारा।

मेज पर दोनों अकेले थे। सिपतुन ने कई बार मुँह उठाया ताकि अपनी बात बेटे से कहे, मगर कुछ सोचकर रुक गयी। खाना खाते हुए जहीर तेजबहादुर के बारे में सोच रहा था। तभी सिपतुन ने खामोशी तोड़ी—

"इधर कई हफ्तों से घर कोई नहीं आ रहा है, सब खैरियत तो है?"

"आए कैसे? जाना तो मुझे चाहिए। रमेश के घर रस्में चल रही हैं, उधर लल्ली के ब्याह की तैयारियाँ, सलमान की ड्यूटी और बसन्त तो मेरे साथ दुकान पर नौ बजे तक रहता ही है। मैं चाहने के बावजूद कहीं नहीं जा पा रहा हूँ। इस हफ्ते तो जुबैर को देखने भी नहीं गया।"

"यह अकेलापन तो अब बढ़ता ही जाएगा।"

"यह तो है अम्मा।"

"बेटे, तुमने कभी सोचा है कि इस घर को भी चहल-पहल की जरूरत है?"

"समझता हूँ अम्मी, मगर अभी बहुत जिम्मेदारियाँ हैं।"

"जिम्मेदारियाँ तो बदलती रहती हैं वक्त के साथ...एक पूरी होती है, दूसरी

आ जाती है।" सिपतुन हँसी।

"वह तो है।"

"रमेश की शादी होनेवाली है। सलमान की भी नौकरी लग गयी है, वह भी कल घर बसाएगा और तुम...।"

"मेरा जब वक्त आएगा तो वह फर्ज भी पूरा हो जाएगा, अभी तो मेरे सामने बहुत से फरायज हैं।"

"अब सब तो निबट गया?"

"नहीं अम्मा! अभी मुझे अपनी अधूरी पढ़ाई पूरी करनी है, फिर कुछ सोचूँगा।" इतना कहकर जहीर उठ खड़ा हुआ। सिपतुन समझ नहीं पायी कि वह खुश हो या उदास?

रात को जहीर जब बिस्तर पर लेटा तो उसे भी अपने अकेलेपन का अहसास जागा। उसने नजर उठाकर दीवार पर टँगी तस्वीर को देखा, जिसमें मुरली फलों से भरी रेहड़ी के पीछे खड़ा हँस रहा है। उसने नजरें हटायीं और आँखें बन्द कर लीं। आँखों के सामने कुलसुम का चेहरा उभरा। दिल व दिमाग में बेचैनी उभरी कि आखिर कुलसुम कहाँ खो गयी जो इस शहर में आज तक मुझसे कहीं नहीं टकरायी? उस दिन जब उसके घर की तरफ गया था, मकान पर झूलते ताले को देखकर पड़ोसी से पूछा तो पता चला कि वे लोग मकान छोड़ बैगन टोला अपने मामू के घर चले गये हैं। अब बैगन टोले में वह जाकर कैसे कुलसुम को ढूँढ़े, किसी से पूछना भी तो मुनासिब नहीं है। इसी उधेड़बुन में जहीर काफी रात तक उलझा रहा। फिर उसने करवट बदली, लैम्प बुझाया और सोने की तैयारी में उसने आँखें बन्द कर लीं।

सुबह जहीर का सिर भारी था। उसका बिस्तर छोड़ने का बिल्कुल दिल नहीं चाह रहा था। कुछ देर आँखें बन्द किये लेटा रहा, फिर उठकर गुसलखाने की तरफ बढ़ा। घड़ी में साढ़े सात बज रहे थे। नहा-धोकर जब वह बाहर निकला तो गर्म चाय की प्याली मेज पर रखी थी। उसने घूँट भरा और तैयार होने लगा। उसको इतनी जल्दी जाते देखकर सिपतुन को ताज्जुब हुआ। नाश्ता भी तैयार न था।

"अम्मा, मुझे बसन्त को लेकर तुलाराम बाग जाना है। जरा जल्दी में हूँ, नाश्ता आकर करूँगा।" इतना कहकर वह बाहर निकला।

गली में बच्चे बस्ता उठाये स्कूल जाने के लिए रिक्शे में बैठ रहे थे। रिक्शेवाला उनके बस्ते को पकड़ उन्हें चढ़ने में मदद कर रहा था। आगे जाकर गली बन्द थी क्योंकि गधेवाला दर्जन भर मिट्टी लादे गधों के पीछे चाबुक लिये, उनकी लाइन फिट करता आगे बढ़ रहा था। जहीर ने मोटरसाइकिल रोक ली और गली

खाली होने का इन्तजार करने लगा। घड़ी साढ़े आठ बजा रही थी। बसन्त नौ बजे के लगभग घर से दुकान के लिए निकलेगा, उससे पहले मुझे उसके घर पहुँचना होगा। गधे गुजर गये तो सब्जी के ठेलेवाले आ गये। जहीर ने मोटरसाइकिल स्टार्ट की और तंग जगह में नाली से बचता-बचाता किसी तरह गली पार कर सड़क पर आ गया, जहाँ पहुँच मोटरसाइकिल फर्राटे भरने लगी।

जब जहीर बसन्त के घर पहुँचा तो वह बाहर निकल ही रहा था। जहीर को वहाँ देखकर उसका माथा ठनका। बसन्त कुछ पूछना चाहता था मगर जहीर ने उसको बैठने का इशारा किया और तेजी से मोटरसाइकिल मोड़ वह तुलाराम बाग की तरफ बढ़ा। कुछ देर बसन्त चकराया बैठा रहा, फिर सिर झटककर मन-ही-मन बोला—जो होगा सो देखा जाएगा। रास्ता भी दुकान का नहीं है। इस समय कुछ पूछना बेकार है। जहीर मन ही मन भूमिका बना रहा था कि बात कहाँ से शुरू करे जो तेजबहादुर के मन को भा जाए और बसन्त का सपना पूरा हो जाए। तुलाराम बाग पहुँच उसने तेजबहादुर के घर के सामने मोटरसाइकिल रोकी और हॉर्न बजाया। दूसरे हार्न पर नौकर निकला, जिसको देख जहीर बोला—

"तेजबहादुर।"

"अरे आप हैं, आइए आइए।" नौकर के पीछे तेजबहादुर बाहर निकल आया था।

"घर में अगर बात न हो पाए तो बाहर चलो।" जहीर ने कहा।

"हो पाएगी। आप ऊपर मेरे कमरे में चलिए।...सुन मुकुन्द, ऊपर चाय-नाश्ता लेकर जल्दी से आ।" नौकर से कहता हुआ खुश-खुश तेजबहादुर दरवाजे के पास वाली सीढ़ी पर चढ़ने लगा। मोटरसाइकिल की चाबी जेब में डाल जहीर और बसन्त उसके पीछे जीना चढ़ने लगे। ऊपर पहुँच दोनों की आँखें चमक उठीं। तेजबहादुर का कमरा बड़े ठाठ-बाट का था। ऐसी कोई चीज नहीं थी जो वहाँ मौजूद न हो। गद्देदार काले चमड़े का सोफा जिस पर उसने बैठने का इशारा किया, फिर खुद बैठता हुआ बोला—

"आज इधर कैसे भूल पड़े।" तेजबहादुर ने सलीके से कटे बालों पर हल्के से हाथ फेरा।

"बस, ख्याल आया तुम्हारे यहाँ चले आये।" जहीर ने प्यार भरे स्वर में कहा।

"और बसन्त भाई, आपके क्या हाल हैं?" तेजबहादुर ने पूछा।

"बढ़िया।" बसन्त हँसा।

"अब काम की बात हो जाए। कुछ दिनों पहले तुमने कहा था कि तुम अपना कोई काम शुरू करना चाहते हो, कुछ ऐसा ही बसन्त का भी इरादा है, तो मैंने सोचा क्यों न तुम दोनों मिलकर कोई ऐसा काम शुरू करो जो दोनों की पसन्द का

हो।" जहीर ने कहा।

"मैं तो भाई साहब! आइसक्रीम पार्लर खोलना चाहता हूँ। वह भी यंग लोगों के लिए जिसमें म्यूजिक का बढ़िया इन्तजाम हो।" तेजबहादुर ने हँसकर कहा।

"बसन्त भोजनालय खोलना चाहता है। अब यह दोनों चीजें एक साथ कैसे बन पड़ती हैं। यह बात करने से ही सुलझ सकती है।" जहीर ने कहा। बसन्त और तेजबहादुर ने एक-दूसरे को देखा। नदी के दो किनारों की तरह उनका व्यक्तित्व ही नहीं बल्कि नजरिया भी था।

"लीजिए—चाय लें।" नौकर के हाथ से तेजबहादुर ने उठकर ट्रे ली और जहीर की तरफ बढ़ायी।

बड़ी देर तक देश, शहर, परिवार पर बातें होती रहीं फिर तय पाया कि इस मुलाकात के बाद दूसरी मुलाकात तय की जाए जिसमें बसन्त और तेजबहादुर अपने सपने को साकार रूप में देखने की सम्भावना पर बातचीत करें। जहीर जब लौटने लगा तो उसको महसूस हुआ कि उसके सिर से एक और जिम्मेदारी का बोझ उतर गया है। अब इन्तजार करना होगा कि यह दोनों किस नतीजे पर पहुँचते हैं।

जहीर जब बिसातखाने में दाखिल हुआ तो आसपास के दुकानदारों ने इत्तिला दी कि सुबह से कई ग्राहक आकर लौट चुके हैं, जिसमें उस दिन वाली बड़ी बी भी थीं जो जबर्दस्ती आँखों की ट्यूब जहीर के सिर मढ़ना चाह रही थीं। सुनकर जहीर बेचैन हो उठा। दुकान का शटर उठाकर वह सजावट में लग गया मगर उसकी नजरें बार-बार उठ जातीं कि कहीं वह बड़ी बी तो नहीं आ रही है। बसन्त ने सामानों पर से धूल पोंछना शुरू कर दिया था। इस वक्त घड़ी में बारह बज रहे थे। आधा दिन लगभग गुजर गया था। जहीर का दिल मचल रहा था कि बसन्त को छोड़कर वह विश्वविद्यालय का एक चक्कर लगा ले और फार्म के बारे में पूरी मालूमात कर आए, मगर मन मारकर रह गया कि कहीं इस बीच वह बड़ी बी आकर न चली जाए। दूसरी फिक्र उसको दुकान की भी थी। उसको जुबैर की कमी खल रही थी। आज पूरा डेढ़ महीना गुजर गया था। वह भी सारे दिन दुकान पर जमकर बैठने का आदी नहीं रह गया था। इसलिए वह इस बन्दिश से बुरी तरह थक चुका था। कहीं पर वह अन्दर ही अन्दर कट भी रहा था कि जुगनू के घर इतना बड़ा काम फैला है और वह दुकान पकड़े बैठा है।

दो बजे के लगभग वही बड़ी बी आती दिखीं। उन्हें देखकर जहीर ने अपनी बेताबी छुपायी। पास आकर उन्होंने झोले से पर्चा निकाला और जहीर की तरफ बढ़ाया। जहीर ने देखा उस पर नयी दवाएँ लिखी हुई थीं। जहीर ने उनको इशारा

किया और बाहर निकला। जब वह दवा दिलवा चुका तो बड़ी बी ने दुपट्टे के आँचल में बँधा सौ का नोट खोला और जहीर की तरफ बढ़ाया। जहीर इसके लिए तैयार न था। उसने लेने से इनकार किया तो बड़ी बी ने उसको नोट थमाते हुए कहा—

"बेटा, मैं बड़ी मुसीबत में हूँ। यह रखो, जब नहीं होगा तो तुमसे माँग लूँगी। अच्छा चलती हूँ।"

"कुलसुम आपकी कौन है?" जहीर ने आखिर पूछ ही लिया।

"मेरी छोटी बेटी है, आजकल मेरे पास आयी हुई है।"

"चलिए, मैं आपको घर तक छोड़ दूँ।" जहीर ने दिल की बात कह दी।

"नहीं, बेटा! मैं बहुत दूर रहती हूँ, तुम कहाँ जाओगे!" बड़ी बी ने कहा। जहीर ने उनके हाथ से थैला लिया और उनके पीछे-पीछे चल पड़ा। सब्जी मण्डी जाकर वह एक तंग गली में दाखिल हुईं जहाँ बिल्कुल अँधेरा था। शायद इसी कारण यह चुड़ैलवाली गली के नाम से जानी जाती है जहाँ सूरज की किरणें कभी इन घरों की ड्योढ़ी में दाखिल होने की जुर्रत नहीं कर पायी होंगी। लकड़ी का बोसीदा दरवाजा खोलकर बड़ी बी अन्दर दाखिल हुईं। ज़हीर की हिम्मत जवाब दे गयी थी। वह बाहर ही खड़ा रहा। जब बड़ी बी ने आवाज दी तो वह झिझकता हुआ आगे बढ़ा। तंग आँगन और उसके सामने एक कोठरी बनी थी।

"कुलसुम देखो, कौन आया है।" बड़ी बी ने कुछ इस तरह कहा जैसे वह पहले जहीर के बारे में बता चुकी हों।

"कौन है अम्मा?" एक कमजोर-सी आवाज उभरी।

"वही फरिश्ता जिसने उस दिन दवा दिलवायी थी।"

"आदाब!" वही आवाज फिर उभरी।

"आदाब!" जहीर ने अपनी बेकरार आँखें आवाज की तरफ उठायीं। धुँधली-सी रोशनी में एक कमजोर लड़की का चेहरा सामने था। जहीर ने गौर से चेहरा देखा। कुछ पहचानने की कोशिश की। जब उस अँधेरे की नजरें आदी हो गयीं तो उसको सब कुछ साफ दिखने लगा। वह लड़की नाम से कुलसुम जरूर थी, मगर जहीर वाली कुलसुम नहीं थी।

वहाँ से लौटते हुए जहीर का वजूद हिला हुआ था। वह घर और घर की बदहाली, उस पर से बूढ़ी औरत की बीमार जवान बेटी, गरीबी और लावारिसी। कितनी चीजें उस घर में एक साथ जमा हो गयी थीं। वह तेज कदम उठाता हुआ बाहर निकला और लम्बी-लम्बी साँसें भर वह हमदर्द दवाखाने के सामने से गुजरता हुआ मुश्ताक होटल की तरफ बढ़ा। उसका जी बड़े जोरों से मतला रहा था। उस घर का पूरा माहौल उसके बदन में तनाव-सा भर रहा था कि इस लम्बे-चौड़े शहर में इतनी तंग गलियाँ और घुटे हुए घर भी हैं। वह सामने पान की दुकान की तरफ

बढ़ा। तेजी से उसने बीड़ा मुँह में दबाया और थोड़ी देर वहीं खड़ा आते-जाते लोगों को देखने लगा। जाने कहाँ से उसको दादी की बतायी बात याद आ गयी। सामने वाली गली में जानकी बाई का घर था। वह शायरा भी थीं और रक्कासा भी। उन पर आशिक रघुनन्दन दुबे ने जलन के चलते छप्पन बार चाकू से वार किया था और वह अपने असली नाम की जगह 'छप्पनछुरी' के नाम से मशहूर हो गयी थीं। जिनका मजार कालाडाण्डा में उसने देखा था।

ध्यान बँटने और ताजा हवा में खड़े होने से जहीर की तबीयत सँभल गयी थी। उसको याद आया, दादी किसी उर्दू के प्रोफेसर से मिलने इन्हीं गलियों में से किसी एक में आती थीं। एक बार वह भी उनके साथ आया था। उसने खाली रिक्शे को रोका और उचककर उस पर बैठ गया। उसके दिल में एक हल्का-सा मलाल था कि वह कुलसुम को ढूँढ़ न सका।

जहीर जब दुकान पर पहुँचा तो जुगनू और तेजबहादुर को वहाँ बैठे देखा। दो-चार ग्राहक खड़े थे जिनको बसन्त सामान दिखा रहा था। जहीर के चेहरे पर फैला तनाव देखकर जुगनू को फिक्र हुई मगर पूछने पर जहीर ने कोई जवाब नहीं दिया। बसन्त और तेजबहादुर चले गये। जुगनू ने बताया कि शाम को माँ ने खाने पर बुलाया है। बाकी दोस्त भी जमा हो रहे हैं। जहीर ने वादा किया कि वह दुकान जल्द बन्द कर सीधा घर जाएगा और अम्मा को लेकर वह आठ बजे तक अतरसुइया पहुँचेगा। जुगनू जल्दी में था इसलिए फौरन उठ गया। उसके जाने के बाद जहीर दुकान में अकेला रह गया। आज उसका दिल सुबह से उखड़ा-उखड़ा-सा था। अब गहरी उदासी की पर्त में दब गया था। उसने अपने को बहलाने के लिए रखे सामान को फिर से तरतीब देना शुरू कर दिया। तभी उसको एक जनाना आवाज ने अपनी तरफ मुखातिब किया।

"भाई साहब, आपके पास गुलाबी रंग की लिपस्टिक होगी?"

"जी, ये रहे सारे शेड।" जहीर ने लिपस्टिक का गुच्छा आगे बढ़ाया। उस औरत के साथ उसका शौहर भी था, जो बड़ी दिलचस्पी से जहीर की दुकान में रखे सामान को ताक रहा था।

"यह शेड ठीक रहेगा...आप लगा के देख सकती हैं, सैम्पल है।" जहीर ने कहा।

"देखिए इधर, ठीक लग रही है?" उसने नकाब की ओट में लाली होंठों पर लगा अपने मियाँ का बाजू पकड़ा।

"यहाँ आईना भी है।" जहीर ने आईना आगे कर दिया। उस लड़की ने चेहरा मोड़कर नकाब उल्टा और लिपस्टिक लगायी।

शाम के साढ़े पाँच बजे ही जहीर ने दुकान का शटर गिरा दिया और थके

कदमों से बाहर की तरफ बढ़ा। उसको बुखार जैसा लग रहा था। मार्केट से निकल कर उसका दिल चाहा कि इस वक्त वह ऐसी जगह जाकर बैठे जहाँ गहरा सन्नाटा हो। जहाँ वह खुद अपने को सुन सके। अनमने मन से उसने मोटरसाइकिल बलुवा घाट की तरफ मोड़ दी। ईविंग क्रिश्चियन कॉलेज में जब वह पढ़ रहा था तो अकसर उसकी शाम यहीं गुजरती थी। यमुना किनारे पहुँच उसने इत्मीनान की साँस ली और पानी के पास जाकर खड़ा हो गया। बहाव पर अपनी नजरें गड़ा दीं। सूरज डूब गया था। फिजा में फैली रोशनी भी अब झुटपुटे में बदलने लगी थी। मगर उदासी कम नहीं हुई थी। उसने गहरी साँस ली। दिल की दुनिया भी अजीब दुनिया है। इतना कह उसने आँखें बन्द कीं और वहीं रेत पर लेट गया। प्रकृति की सरगोशियाँ मुखर हो उठीं। पत्तियों का हिलना, पानी का बहना, टिटहरी का एकाएक चीखना और शब्दों का दिमाग से निकल दिल के आँगन में उतरना..........

हर शाम दरवाजे ने इतना ही बताया
दिन भर मैं बन्द रहा, कोई नहीं आया
जाने क्यों चले गये बाहर ही बाहर से
गन्ध भरे झोंके...
जब भी चाहा खोल दूँ झरोखे।

चारों तरफ अँधेरा फैल चुका था। लैम्प पोस्ट की रोशनियाँ दूर से झिलमिलाती निराशा के घने अँधेरे में आशा के दीप जला रही थीं। जहीर उठकर बैठा और अँधेरे में यमुना को बहते देखता रहा। वह भूल चुका था कि उसे जुगनू के घर जाना है।

46

गौनहारिन बड़े ठस्सेवाली औरत थी। बाल विवाह उसका जिसके साथ हुआ था वह जवान हो जब काम ढूँढ़ने बम्बई गया तो फिर लौटा नहीं। गौनहारिन जागती औरत थी। शादी-ब्याह, तिलक, चौथ और तीज पर सज-धजकर जब गाने पहुँचती तो रसिक आँखों से बच नहीं पाती थी। लाख बचने-बचाने के बावजूद उसके दिल में भी अरमान अँगड़ाइयाँ लेते थे। बनारस के एक ब्याह में मोहन्ती से आँखें चार हो गयीं। मोहन्ती पत्नी-बच्चों वाला था। उसने गौनहारिन से विवाह कर उसकी माँग में सिन्दूर तो नहीं भरा था, मगर रहता उसी के साथ एक पति की तरह बनारस

में था और परिवार इलाहाबाद्र में रख छोड़ा था। गौनहारिन यह कहकर जीवन भर माँग सजाती रही कि मर्द तो एक ही बार औरत की माँग भरता है, औरत है जो जीवन भर अपनी माँग में सिन्दूर डालती है। इस कारण बड़ी-सी टिकुली के साथ उसकी माँग सदा दगदगाती नजर आती थी। ठाकुर साहब चन्द्रभान पटाखेवाले और एक-दो घरों का काम निपटाकर जब वह बनारस लौटने लगी तो उसको त्रिपाठी की सुध आयी कि आखिर वह इस बार न उससे मिलने आया और न ही किसी समारोह में दिखा?

गौनहारिन का सम्बन्धों को बनाये रखने पर अटूट विश्वास था। सो रिक्शे पर बैठ त्रिपाठी से मिलने उसके घर की तरफ चल पड़ी। माना कि त्रिपाठी का समय बुरा चल रहा है। इसका यह मतलब थोड़ी है कि उसको मित्र, नातेदार सब छोड़ बैठें। सड़क पर भीड़ थी। रिक्शेवाले की चेन एकाएक टूट गयी। रिक्शा आगेवाले से टकराकर रुक गया। गौनहारिन रिक्शे से नीचे गिरते-गिरते बची। उतरकर दूसरा रिक्शा किया और शहर की भीड़-भाड़, गली-सड़क, दुकान को ताकती रास्ता तय करने लगी।

घरों के आगे तंग चबूतरों पर खड़े लड़के चकई चला रहे थे। नर्म धूप का मजा लेते हुए लोग बसोले पर बैठे गन्ना चूस रहे थे। गुल्ली-डण्डा खेलने की जगह अब गलियों में उसको टीन के चौकोर टुकड़े में लकड़ी लगा छोटे लड़के-लड़कियाँ टेबिल टेनिस की तरह बॉल खेलते दिखे। गौनहारिन बचपन के शहर को अपने अन्दर जीती हुई जब त्रिपाठी के घर पहुँची तो दोपहर के बारह बज रहे थे। रिक्शे वाले से बोली, "पाँच मिनट खड़े रहो, वापस चलते हैं।"

"आओ भौजी आओ...इधर कैसे भूल पड़ी?" त्रिपाठी उसको देख चौंक गया।

"तुम्हार भैया फोन पर इत्तला तो दिये रहे कि नीलम इलाहाबाद जाय रही है...मगर तुम न स्टेशन लेने पहुँचे न भेंट-मुलाकात करने आये? तुम्हार जी तो अच्छा है?" गौनहारिन ने उलाहना भरे स्वर में कहा।

"बस... ।" त्रिपाठी इतना कहकर चुप हो गया। गौनहारिन ने उसके चेहरे पर नजर आ रहे भाव को देखकर कहा।

"जाड़ा-गर्मी तो आय-जाय वाली ऋतु है। सब दिन एक समान नहीं रहत हैं। तुम दिल छोट न करो। मुकदमा-उकदमा सब दब-दबा जाई। बस कुछ दिन गम खाये की जरूरत है।" इतना कहकर गौनहारिन चुप हो गयी। कमरा अस्त-व्यस्त था। शराब की कई खाली बोतलें पलँग के नीचे लुढ़की पड़ी थीं। प्याज और दालमोट फर्श पर बिखरी थी।

"मोहन्ती का धन्धा-पानी कैसा चल रहा है?" त्रिपाठी का खोया तेवर जाने कहाँ से एकाएक लौट आया। चेहरे पर पुरानी हँसी फैल गयी।

"ठीक है ऊपरवाले की दया से...अब तुम निकलो और एक-दुई दिन हमरे साथ बनारस में रहो, थोड़ा मन बदली।" गौनहारिन इतना कहकर उठी।

"बैठो न भौजी, जल्दी का है?" त्रिपाठी ने कहा।

"दो बजेवाली बस पकड़े का है...अब हम चलित है।" कहती गौनहारिन बाहर निकली और रिक्शे पर बैठी।

"चाय-खाना कुछ तो खा-पी के जातीं?" त्रिपाठी रिक्शे तक पहुँचकर बोला।

"अगली बार," कहकर नीलम गौनहारिन ने दोनों हाथ जोड़ दिये।

त्रिपाठी का मन गौनहारिन के आने से बदल गया था। मेहँदी, सुगन्धित मसालों, फूल की मिली-जुली शादी-ब्याह की विशेष महक जो वह अपने साथ लायी थी, अपने पीछे छोड़ गयी थी। मन तरोताजा हो उठा। जो उदासी की चादर उसने ओढ़ रखी थी, उसको उतार फेंका और गुसलखाने में नहाने घुसा। नौकर यह देखकर हीरो होण्डा धोने-पोंछने लपका। त्रिपाठी का सोया दिमाग जाग चुका था। उसने हल्के नारंगी रंग की कमीज और काली पैण्ट निकाली। बदन में पुरानी स्फूर्ति लौट आयी थी। चेहरे पर आफ्टर शेव लोशन लगाया और बिल्कुल नये अन्दाज से बाल काढ़े और देर तक अपना चेहरा आईने में ताकता रहा।

अब त्रिपाठी हीरो होण्डा पर बैठा कटघर की तरफ जा रहा था। उसके दिमाग में हंगामा बेगम की मँझली लड़की का खिला-खिला चेहरा तैर रहा था। गुड़हल के फूल की तरह लाल-लाल उसके गाल। कजलौटी बनी उसकी बड़ी-बड़ी आँखें। ऊपर से कटीला बदन। सड़क पर त्रिपाठी को इस तरह बन-सँवर कर जाते हुए लोगों ने देखा तो पहचान नहीं पाये।

कटघर पहुँचकर त्रिपाठी ने मोटरसाइकिल सड़क किनारे लगायी और गली में मुड़ गया। हंगामा बेगम का दरवाजा आज खुला मिला। अधखुले दरवाजे के पट को हाथ से धकेला और बिना आवाज दिये त्रिपाठी घर के अन्दर दाखिल हो गया। बरामदे में बैठा धोबी कपड़ों की गठरी बाँध रहा था। ठण्डी बोतलों की खाली क्रेट उठा एक छोकरा आँगन पार कर रहा था।

"आप?" कमरे से निकलती हंगामा त्रिपाठी को देख ठिठक गयीं। उनकी कुछ समझ में नहीं आया कि वह त्रिपाठी से कैसा व्यवहार करें?

"पहचाना नहीं? मैं श्यामलाल त्रिपाठी, ...कैसी हैं आप?" त्रिपाठी बरामदे में पहुँचकर बोले।

"अल्लाह का शुक्र है।" इतना कह हंगामा चुप हो गयीं।

"बैठने को नहीं कहेंगी?" त्रिपाठी ने शोखी से कहा।

"अरे...बैठिए न...आपका ही घर है।" कहती हुई हंगामा बेगम जैसे होश में आ गयीं।

"और बाकी सब कहाँ हैं?" त्रिपाठी ने इधर-उधर नजर दौड़ाते हुए कहा।

"स्कूल-कॉलेज गयी हुई हैं।" कुछ सहमे स्वर में मगर हँसते हुए हंगामा बोली।

"क्या पिलाएँगी?" त्रिपाठी ने कुछ पल बाद बड़ी लगावट से पूछा।

"चाय, शरबत, कॉफी...।" हंगामा ने सहज हो पूछा।

"शाम होती तो किसी और चीज की आपसे फरमाइश करता मगर अभी तो चाय चलेगी।" त्रिपाठी ने इतना कहा और सोफे से उठकर वह बड़ी बेतकल्लुफी से घर का चक्कर लगाने लगा। हंगामा बेगम अपनी घबराहट पर कुछ-कुछ काबू पाते हुए त्रिपाठी के इस तरह कमरों की तलाशी लेने का उद्देश्य समझने के लिए खुद उसके साथ हो ली। वह जग्गू की न हत्या भूली थी और न ही अखबारों में छपे त्रिपाठी की कारगुजारियों और उन पर बने सैकड़ों मुकदमों की संख्या भूली थी। उसका दिल बल्लियों उछल रहा था।

"घर तो बड़ा शानदार है आपका।" त्रिपाठी ने बरामदे में पड़े बेंत के खूबसूरत सोफे पर बैठते हुए कहा।

"बस, सब आपकी दुआ है।" हंगामा ने नौकर द्वारा रखी चाय की ट्रे अपनी तरफ खिसका केतली से प्याली में चाय उँड़ेलते हुए कहा। त्रिपाठी चाय पीते हुए खामोश रहा। बीच-बीच में वह सरसरी नजर कभी हंगामा पर और कभी दालान के बड़े-बड़े दरों की कारीगरी पर डाल लेता था। वह बहुत गम्भीर लग रहा था। एकाएक खाली प्याली को मेज पर रखते हुए बोला–

"इधर मैं बहुत उलझा रहा। आपके पास आने की फुर्सत भी नहीं निकाल पाया...भविष्य में फिर ऐसी भूल नहीं करूँगा।"

"जी।" इतना कह हंगामा रुकीं फिर लहजे में मिठास ला बोलीं, "मेरा अल्लाह और उसका रसूल गवाह है त्रिपाठी जी कि आपकी फिक्र चौबीसों घण्टों लगी रहती थी। आज आपको देखकर दिल को बड़ी राहत मिली कि आप खैरियत से हैं और सेहत से भले-चंगे हैं।" हंगामा में गया विश्वास लौट आया था और त्रिपाठी से पैदा भय भी अब काफी हद तक कम हो गया था।

"अच्छा जी, चलता हूँ।" त्रिपाठी ने बड़े आदर से दोनों हाथ जोड़ दिये।

"अपना घर समझकर फिर आइएगा त्रिपाठी जी।" इतना कहकर हंगामा ने अपनी जान छुड़ायी और दरवाजा बन्द कर राहत की साँस ली। उनके दिल में बार-बार यह बात उठ रही थी कि जग्गू की हत्या के बाद त्रिपाठी का इस तरह से उनके घर आना ठीक नहीं है।

जहीर का दाखिला बी. ए. सेकेण्ड इयर में हो गया था। वह सुबह दुकान से होता हुआ युनिवर्सिटी की तरफ निकल जाता था। शाम को वह सीधा दुकान ही लौटता था। जुबैर अपने छोटे भाई फरीद को भी दुकान पर लाने लगा था। फरीद जुबैर से भी ज्यादा चुस्त और समझदार था। उसको जब कोई बच्चा समझकर पुचकारता तो हल्के से मुस्कुराता और जब बहला-फुसलाकर किसी क्रीम या पाउडर का दाम कम करवाने लगता तो फरीद के चेहरे से बचपना गायब हो जाता और वह खालिस कारोबारी लहजे में उनको मुनासिब जवाब देकर खामोश कर देता। जहीर काउण्टर के पीछे स्टूल पर बैठा किताब पढ़ने में डूबा होता, बीच-बीच में उनकी बातें भी सुनता। उस वक्त उसको महसूस होता कि अगर यह बच्चे किसी खुशहाल घर में पैदा होते और अच्छे स्कूल में शिक्षा प्राप्त करते तो इनका भविष्य कुछ और होता। इसके बावजूद इन पर तरस नहीं खाना चाहिए। क्या पता आज के यह कमाऊपूत कल मेरी और जुगनू की तरह अपनी पढ़ाई फिर शुरू कर दें।

जहीर का दिमाग किताब से हट, भटकता हुआ सब्जी मण्डी की उस चुड़ैलवाली गली में चला गया, जहाँ बड़ी बी की बेटी कुलसुम हड्डियों का ढाँचा बनी अपने बिल जैसे घर में रहती है, जिसके आगे शानदार दोमंजिला इमारंत बनी है। शायद उस इमारत ने इस कच्चे मकान की सारी हवा और रोशनी रोक ली हो? उसने किताब बन्द की और काउण्टर पर आकर खड़ा हो गया। दोनों लड़के पीछे रखे स्टूल पर जाकर बैठ गये। शाम के छः बज रहे थे। बसन्त ने साढ़े छः बजे आने को कहा था। उसको श्रीवास्तव साहब का ध्यान आया। अरसा हो गया है, उनसे मिले हुए, जाने उनका क्या हाल हो। छब्बन तमोली भी इधर नहीं दिखा। उसकी बहन के ब्याह की बात चल रही थी। एकाएक उसको बब्बू मियाँ याद आ गये। बेचारे जब तक जिन्दा रहे रानीमण्डी में अपनी हरकतों से रौनक जमाये रहे। उनकी याद के साथ जहीर के चेहरे पर मुस्कान फैल गयी। आँखों के सामने से 'ऐलान' करता रिक्शा गुजरा और दाँत पीसते बब्बू मियाँ...

"कस हो जहीर, का बात है जो अकेले खड़े हँसत हो?" बसन्त जहीर को देखकर मुस्कुराया।

"कुछ नहीं, बब्बू मियाँ याद आ गये थे।" जहीर ने हँसते हुए कहा।

"हम समझे विश्वविद्यालय की कोई गुइयाँ याद आय गयी।" बसन्त मजाक पर उतर आया।

"यह बताओ, बात आगे बढ़ी?" जहीर ने पूछा।

"तेजबहादुर बहुत समझदार है और दिल का साफ भी। उसका बाप पूँजी लगाने को राजी हो गया है। नये कटरा में उनकी कोई जगह है। उसी को खाली कराके रेस्तराँ खोलेंगे," बसन्त बताने लगा।

"क्या कहने हैं। बसन्त कंचे मुबारक हो, कटरा तो अपना है। वहाँ तो फ़िराक़ जैसे अजीम शायर ने आलू-प्याज बेचा था! वाह, क्या खबर लाये हो मेरे यार! तबीयत खुश हो गयी।" जहीर ने बसन्त से हाथ मिलाते हुए कहा।

"सब तुम्हार मेहरबानी है जहीर।" बसन्त ने मीठी मुस्कान से कहा।

"हमारी नहीं मुरली की कहो जिसके दोस्त छब्बन की बहन को छुड़ावै गये रहे। और मुलाकात हो गयी तेजबहादुर से!" जहीर खिलखिलाकर हँसा।

"तुम्हार पढ़ाई कैसी चल रही है?" बसन्त ने विषय बदला।

"ठीक चल रही है। इम्तहान तो करीब आ रहे हैं मगर इतने साल जो बिना किताबों की पढ़ाई की है तो अब किताब में ध्यान लगाना जरा मुश्किल काम लगता है।" जहीर ने कहा।

"जुगनू भी बड़ी मेहनत करत है। हाईस्कूल निकाल ले जाई।" बसन्त ने गम्भीरता से कहा।

"शरद का क्या हाल है?"

"ठीक है...अभी हमार काम-धन्धा नहीं शुरू भवा मगर भौजी लड़की तलाशै मा लगी हैं। सच जानो यह भी हमरे समाज की बड़ी विडम्बना है जो गर्दन पकड़ थान पर बाँधे के लिए सब एकजुट होय जात हैं।"

"हाँ, बात तो सही कहते हो, जोड़ा बने या न बने।" जहीर ने चुटकी ली।

"और बस कुण्डली मिले का चाही।" इतना कहकर बसन्त चुप हो गया। सामने से दो लड़कियाँ सलीके से सर ढँके आयीं और साथ लायी लिस्ट के मुताबिक सामान लेकर चली गयीं। उनके बाद एक लड़की अकेले आयी। लो-कट गला और स्लीवलेस जम्फर-सूट, गहरा मेकअप मगर उसके बर्ताव में कहीं भी सस्तापन न था। अंग्रेजीदाँ लगती थी। बड़ी महँगी चीजें खरीदीं और थैला उठाकर जाने लगी, तभी एक औरत साड़ी लपेटे फूहड़पन से लिपस्टिक पोते, हार, चूड़ी, झुमका पहने आयी और बड़े बेतुकेपन से चीजें देखने लगी। कभी कुछ गिरा रही थी तो कभी कुछ खुला छोड़ रही थी। जुबैर और फरीद उससे परेशान हो गये थे।

"सारे दिन तरह-तरह की औरतें देखकर तुम्हार पसन्द तो गड़बड़ाय गयी होगी बन्धू?" बसन्त ने उस औरत के जाने के बाद पूछा।

"नहीं, पसन्द तो हर इन्सान की अपनी होती है। उसको राह चलते लोग थोड़ी तय करते हैं।" जहीर हँसा।

"हमका औरतन से बड़ी उलझन लागत है। इनसे आदमी का बोले, का बतियाए, हमका तो यही समझ मा नाहि आवत है।"

"रमेश से पूछो।" जहीर के स्वर में शरारत थी।

"ठीक कहत हो, मालती भाभी ओका का मिलीं कि हम सबका भूल गवा।"

बसन्त शिकायत भरे स्वर में बोला।

"एक दिन सलमान का भी यही हाल होना है और तुम्हारा भी।" जहीर हँसा।

सिपतुन के दिल में बेटे की शादी का अरमान तो था मगर उसके साथ एक धुकधुकी भी सदा लगी रहती थी कि अहमद खानदान की बनी रिवायत कहीं जहीर पर भी न लागू हो और वह...इससे आगे की बात सिपतुन सोच नहीं पाती थी। उसका सिर चकराने लगता था। वह अन्दर कहीं गहरे इस बात से खुश थी कि जहीर शादी से लगातार इनकार कर रहा है यानी कि वह मनहूस समय टल रहा है। वह परम्परा अब इस घर का भाग्य नहीं बन सकती है। अक्सर वह अपने को मन ही मन धिक्कारती कि वह कैसी खुदगर्ज माँ है जो बेटे की जिन्दगी के मोह में उसकी खुशियों पर ध्यान नहीं देती है। मगर सच तो यह था कि वह जहीर को इस घर में बूढ़ा होने की दुआएँ देती थीं। वह माँ थीं। उनकी ममता का यही सच था। जो जहीर की हर जरूरत से बड़ा था।

जहीर ने माँ के बारे में बहुत सोचा कि किस तरह उनकी तन्हाई दूर की जा सकती है, मगर कुछ पल्ले नहीं पड़ा। उसकी व्यस्तता दिन-ब-दिन बढ़ती जा रही थी। घर या लाइब्रेरी जहाँ भी बैठता वहाँ किताबें उसके साथ होतीं। कभी-कभी तो वह इस तरह से पढ़ाई में डूब जाता कि अम्मा से कुछ कह-सुन भी नहीं पाता था। बात करने को तरसती सिपतुन अम्मीजान की तरह 'चन्दा' को एक प्याली चाय पिला मोहल्ले भर के घरों की अच्छी-बुरी सुनती थी। शाम को जो जहीर के दोस्तों का जमघट लगता था, वह लगभग खत्म-सा हो गया था। रमेश की बदली कालाकाँकर हो गयी थी। उधर सुरेन्द्र ने सलमान को रेलवे का ठेका दिलवा दिया। वह बसन्त को पकड़ अपने साथ कानपुर ले गया। बसन्त का शौक पूरा हो रहा था। सलमान का काम शुरू हो गया था। सलमान ने अपने रेस्तराँ का नाम 'बासमती' रखा था। सलमान कहाँ तो अपमान भरा जीवन जी रहा था और अब हर इतवार की शाम पहुँच माँ-बाप के हाथ में रुपये रखने लगा था। भाई ने तिरस्कार भरे कटु शब्द बोले मगर सलमान, जो अब चिकना घड़ा बन चुका था, उस पर से फिसलते हुए नीचे आन गिरे। उलटा उसकी अर्थपूर्ण हँसी से भाई कुछ विचलित हो अपने कमरे में वापस चले गये थे। उनके इस तरह जाने पर राबिया मुँह फेरकर मुस्कुरा पड़ी थी।

वहीं कानपुर में एक दिन सलमान की मुलाकात रेशमा से हुई। कई बार टकराने से जो हल्की कशिश पैदा हो जाती है, वह दोनों के बीच आहिस्ता-आहिस्ता बढ़ते देख एक दिन बसन्त से जब नहीं रहा गया तो वह ताव में आ गया। उसने सलमान से कह दिया।

"देखो सलमान भाई! एक हाथ से दो तरबूज पकड़ै का जो तुम प्रयास करत हो ओसे हम डेराइत है कि कहीं दुइनों न लुढ़क जाएँ।"

"कौन-सा तरबूज? कैसा डर?" सलमान ने ताज्जुब से पूछा।

"यह 'बासमती' और वह 'मनवती'।" बसन्त ने कटाक्ष भरे स्वर में कहा।

"तेरा दिमाग चल गया है क्या कंचे?" सब कुछ समझकर भी सलमान ने अनजान बनते हुए कहा।

"हमका जो कहै का रहा सो कह दिया।" बसन्त इतना कहकर काम में लग गया। मगर सलमान सोच में पड़ गया कि बसन्त को उसके दिल की थाह कैसे मिली?

कई दिन से सिपतुन की तबीयत खराब चल रही थी। हमेशा की तरह वह दवा लेने से परहेज कर रही थी। जब बुखार तेज हो गया और वह नीम बेहोश-सी बिस्तर से लग गयी तो बेटे से बात छुप न सकी। पिछले दो दिन जहीर ने माँ के सिरहाने बैठकर गुजारे हैं। कई बार सोचा कि मुमानी को तार देकर अलीगढ़ से बुला ले, फिर कुछ सोचकर रुक गया।

"अम्मा, एक बात कहूँ?" बीमार माँ के सिर पर प्यार से हाथ फेरते हुए जहीर बोला।

"बोलो।" सिपतुन ने बेटे की तरफ देखा।

"एक बड़ी बी हैं। उनकी एक बीमार बेटी है, जो अब ठीक हो रही है। अगर आप इजाजत दें और पसन्द करें तो उनको बाहर का कमरा दे दूँ। आपका भी मन लगा रहेगा।" जहीर ने बताया।

"यह तुमको कहाँ मिली?" सिपतुन ने पूछा।

"दुकान पर।" जहीर बोला।

"जैसा मुनासिब समझो। औरतें हैं। उनकी जिम्मेदारियाँ कुछ अलग किस्म की होती हैं।" सिपतुन ने धीमे से कहा।

"तुम देख लेना अम्मा!" इतना कहकर जहीर उठ गया। उसके दिल का बोझ हल्का हो गया था। उसने कमरे में जाकर कपड़े बदले और पढ़ने का इरादा टाल वह सोने की तैयारी करने लगा। उसका बदन थका हुआ था। तो भी नसों में एक आरामदेह-सी कैफियत फैली हुई थी। उसको बिस्तर पर लेटते ही नींद आ गयी।

तेजबहादुर के 'साइबर कैफे' का काम शुरू हो गया था। सलमान के साथ बसन्त

के कानपुर चले जाने की खबर उसको लग गयी थी। उसको सुनकर तेजबहादुर ने राहत की साँस ली। उसके पिता पहले तो बसन्त को साथ लेकर काम शुरू करने पर काफी उत्साहित दिखे थे परन्तु बाद में जाने क्या सोचकर या लोगों द्वारा आगा-पीछा सुझाने से, वह साफ मुकर गये। बेटे ने बाप की बात सुन ली थी और दिल ही दिल में फैसला कर लिया था कि वह बाद में बसन्त को अपने साथ ले लेगा। एक बार अपना बिजनेस जमा नहीं कि वह अपने को पिता के हर दबाव से मुक्त कर लेगा। उधर जहीर इस तब्दीली से जहाँ खुश था वहीं पर उसको यह भी इत्मीनान था कि नये की जगह पुराने दोस्त के साथ साझादारी ज्यादा ठीक रहती है। एक-दूसरे को परखने के बाद कोई ऐसी-वैसी बात मन में नहीं रहेगी। बल्कि जबान पर आएगी और इससे समस्या के सुलझने में आसानी होती है और एक झटके से साझे की हाँडी का बीच बाजार में फूटने का डर भी नहीं रहता।

हंगामा बेगम की मँझली लड़की जब कॉलेज से लौटी और उसको त्रिपाठी के आने की खबर मिली तो भय की जगह उसका मुख गुस्से से लाल हो गया। जग्गू उसका दोस्त था। हजार तरह के काम निबटाता था। हल्का-फुल्का जो रोमांस था, उसको लेकर वह कभी दादागिरी नहीं दिखाता था। उसके अन्य ब्वॉयफ्रेण्ड भी थे, जिनके साथ वह घुलता-मिलता था। उसके साथ रहने से मित्रों में एक धाक जमी हुई थी। कोई चूँ करने की हिम्मत नहीं करता था। जग्गू की हत्या के बाद उन जलनेवालों ने उसको ताने दे-देकर और उसका मजाक उड़ा-उड़ाकर जीना हराम कर दिया है।

"अम्मी आपने उसको कोठी के अन्दर आने क्यों दिया?" मँझली का सारा गुस्सा माँ पर उतरा।

"अरे, मैं भला उसको कैसे रोक सकती थी? वह एक नम्बर का खतरनाक आदमी है। उससे बैर मोल लेना मौत को दावत देना है।"

"उसकी वर्दी छिन चुकी है। वह वेलनोन क्रिमिनल है। उसकी रिपोर्ट आपको कर देनी चाहिए थी। मेरे सामने आया तो मैं उसको घर से बाहर निकाल दूँगी।" मँझली ने इतना कहा और होठ काटने लगी।

"अजीब-सा लगता है मुझे...घूरेगा तो घूरता जाएगा। घण्टी बजाएगा तो बजाता ही चला जाएगा। थोड़ा पागल लगता है मुझे।" छोटी चिढ़कर बोली।

"थोड़ा? मुझे तो पूरा खिसका लगता है। अमेरिका में होता न तो अब तक इसको अस्पताल में इलाज के लिए भर्ती करा दिया जाता।" बड़ी ने घृणा से भर कर कहा।

हंगामा बेटियों की बातें सुन-सुनकर हौलती रहीं। उनको त्रिपाठी का कल

इतना मीठा बनना जाने क्यों खटक रहा था। सुबह से दोपहर तक वह घर में एक अदद नौकर के साथ अकेली रहती हैं। कहने को उनके पिता प्रणाम सिंह स्वयं दरोगा थे। जालिम भी और रिश्वतखोर भी। वह तो इन लड़कियों के बाप से आँखें चार हो गयीं तो आशिमा सिंह से हंगामा बेगम बन गयीं। निकाह के समय जो नाम बदला तो सबके मुँह पर ऐसा चढ़ा कि वह स्वयं अपना नाम भूल गयीं। वह इस मकान में बहुत से अरमान लेकर आयी थीं। मियाँ ने भी बच्चियों की माँ मर जाने के अरसे बाद औरत पायी थी सो हरदम हंगामा पर लहालोट रहते। घरवाले छूट गये। दोस्त अहबाब कम हो गये। हंगामा के दिन ईद और रात शबरात में ढल चुकी थी मगर बुरा हो हार्टअटैक का, जवानी में चल बसे। उनकी उम्र रही होगी मरने के वक्त पैंतालीस और हंगामा की होगी पैंतीस। उस हादसे को गुजरे पन्द्रह साल हो गये हैं। दिल बहलाना भी जरूरी था और जिन्दगी आगे चलानी भी थी। अकेली औरत ऊपर से तीन लड़कियाँ। हर कोई फन्दा डालने को तैयार। उससे बचने के लिए उन्होंने स्वयं मछली फँसाने के लिए काँटे में चारा लगा देना ही अकलमन्दी समझी। जग्गू से तो फायदा था मगर इस त्रिपाठी के पास तो अब कोई कामधाम नहीं है, उल्टा सरदर्द बनेगा। अब कौन इसके लिए रोज-रोज दरवाजा खोल अपनी मुसीबत बुलाएगा?

उधर त्रिपाठी ने कटघर के उस घर को अपना अड्डा बनाने का निश्चय कर लिया था। मुकदमे की पेशी, तारीख, कागज, बहस, जो भी जरूरी था, सब कुछ जमील देख ही रहा था। त्रिपाठी को विश्वास था कि सब कुछ इतना लम्बा खिंचेगा कि उसको सजा सुनाते-सुनाते कई जज मर-खप जाएँगे और अन्त में फाइल धूल चाटती किसी कोने में पटक दी जाएगी। इस मुगालते में वह तब तक रहना चाहता था जब तक उसके विरोध में खड़ा समय गुजर न जाए। इसलिए अब यह जरूरी है कि यह रुखे-सूखे दिन हंगामा बेगम की अनार वाटिका में गुजारे जाएँ। उन्हें पैसा चाहिए और मुझे उसकी मँझली लड़की।

शाम ढलते ही त्रिपाठी तैयार हुआ और कटघर की तरफ चल पड़ा। सुलाखी के यहाँ से लौंगलता मिठाई बँधवा ली थी। लाल पोत का कपड़ा और मगज-ए-बादाम की शीशी भी खरीद ली थी। जब वह हंगामा के घर पहुँचे तो हमेशा की तरह तेज संगीत चल रहा था। उन्होंने घण्टी बजायी। छोटी ने दरवाजा खोला। त्रिपाठी को देखकर उसको धक्का लगा और वह हड़बड़ा-सी गयी।

त्रिपाठी दरवाजा खुलते ही आगे बढ़ा। लड़की को हटकर जगह देनी पड़ी। हंगामा उनके दोबारा आने की उम्मीद चन्द दिन बाद कर रही थी मगर यह आफत

तो दूसरे दिन ही टपक पड़ी। अपनी नागवारी छुपाते हुए वह आगे बढ़ीं और तपाक से बोलीं–

"आइए त्रिपाठी जी, आइए।"

"यह सँभालें।" कहते हुए त्रिपाठी ने उसको मिठाई का डिब्बा थमाया। छोटी भागकर अन्दर गयी। थोड़ी देर बाद ही संगीत बन्द हो गया। हंगामा कुछ परेशान-सी हो गयी।

"चाय को नहीं पूछेंगी?" त्रिपाठी ने बड़ी नफासत से बैठते हुए पूछा।

"क्यों नहीं, अभी बनवाती हूँ।" हंगामा ने कन्धे से फिसलता दुपट्टा सँभाला।

"आप कहाँ की हैं हंगामा जी?" त्रिपाठी ने मनहूस खामोशी को तोड़ते हुए बात का सिलसिला आगे बढ़ाया।

"यहीं इलाहाबाद की लड़की हूँ, मेरा मतलब है मेरे पिता प्रणाम रिंह...," हंगामा इतना ही बोल पायी थीं कि त्रिपाठी ने पूछा–

"कौन प्रणाम सिंह?"

"दरोगा प्रणाम सिंह...वह...," हंगामा कुछ बतानेवाली थी कि फिर त्रिपाठी ने बात काटकर पूछ लिया।

"आपकी शादी सुहेल जी से कैसे हुई? जरूर आँख लड़ी होगी।" त्रिपाठी शरारत से हँसा।

"वह...वह...," कहते-कहते हंगामा रुक गयी। मँझली सामने आकर खड़ी हो गयी। उसका चेहरा गुस्से से लाल हो रहा था। उसने त्रिपाठी को घूरते हुए एकाएक कड़ककर कहा–

"गेटअप ऐण्ड गेटआउट...अदरवाइज़ आई विल फ़ोन टू आई.जी....हाऊ डेयर यू इण्टर माई हाउज़ लाइक दिस...गेटअप...।"

त्रिपाठी अपलक मँझली का चेहरा ताकते रहे। धीरे से मुस्कुराये और उठते हुए बोले, "गुस्से में तुम और सुन्दर लगती हो।"

"शटअप, इडियट!" मँझली ने पैर पटका।

"हंगामा जी, आप नहीं जानतीं, दरोगा प्रणाम सिंह का एक ऋण मुझे चुकाना है। जल्द ही चुकता करने एक दिन आऊँगा...अच्छा चलता हूँ।" त्रिपाठी बड़ी शराफत से उठे और हाथ जोड़कर दोनों के सामने खड़े हो गये। उनके चेहरे पर एक सख्त परत जम गयी थी। आँखें वह नहीं रह गयी थीं जो पहले दिख रही थीं। हंगामा मन ही मन किसी आनेवाले तूफान से काँप उठी।

त्रिपाठी के जाने के बाद दोनों बहनों ने मँझली की खूब पीठ ठोंकी। मँझली का हौसला तो जग्गू के साथ रह-रहकर यूँ ही आसमान के कुलाबे छूता रहता था। उसके हत्यारे को इस तरह डाँटकर घर से निकालने के बाद उसको राहत-सी मिली

और विश्वास भी बढ़ा। हंगामा बेगम अलबत्ता चकरायी-सी बैठी थीं। लड़कियों को खाली आँखों से देखकर सोच रही थीं कि कहीं त्रिपाठी उन्हें चारा न बना डाले।

रात के आठ बजे हमेशा की तरह तीनों के मित्र पहुँच गये और संगीत के साथ कॉफी के प्याले खाली होने लगे। नयी फिल्मों पर बातें हुईं। नये म्यूजिक कैसेटों का आदान-प्रदान हुआ। अध्यापकों को डफर और स्टुपिड कह उन्होंने किताबें इधर-उधर पलटीं। फिर स्कूल कॉलेज की वापसी का प्रोग्राम बना वे सब विदा हुए।

कुलसुम और बड़ी बी जब घर में दाखिल हुईं तो सिपतुन उन्हें देखती रह गयी। माँ इस बुढ़ापे में भी अच्छे डील-डौल की रोशन चेहरेवाली थी, मगर लड़की तो बिल्कुल हड्डी का ढाँचा थी। दोनों ने बाहरवाले कमरे में सामान लगा लिया तो बड़ी बी पास आकर बोलीं, "बेटी! यह मेरी सबसे छोटी औलाद है। पूरे ग्यारह बच्चों के बाद बची है। बड़ी खूबसूरत थी। सुसरालवालों का जुल्म सहते-सहते जब बोल गयी तो ससुरालवाले पुरानी मशीन की तरह मेरे सिर पर पटक गये। मेरे ही खाने के लाले थे बीबी...इसको कहाँ से खिलाती? खैर, काम करके कुछ कमा लेती हूँ ...अल्लाह जहीर मियाँ की उम्र बड़ी करे। हम बेकसों पर उन्होंने रहम किया। ऊपर वाले की सौगन्ध खाती हूँ, आपकी ड्योढ़ी पर पड़ी रहूँगी। जो खिदमत हो सकेगी इन हाथों से, करूँगी"—इतना कह बड़ी बी चुप हो गयीं। उनकी कहानी मुख्तसर थी मगर उसको उन्होंने किस तकलीफ से गुजारा होगा यह तो वही जानती होंगी।

सिपतुन ने उनको दिलासा दिया और दिल-ही-दिल में बोली कि भला इस उम्र में इनसे क्या काम होगा? बेटी इस कदर कमजोर है कि चलना दूभर है। इसका तो अच्छी तरह इलाज करवाने के साथ खाने-पीने का भी बहुत ध्यान रखना पड़ेगा। जहीर को भी जाने कहाँ-कहाँ से ऐसे ही लोग मिलते हैं जो मौत के दहाने पर खड़े होते हैं और उनको सँभालने की जिम्मेदारी मुझ पर डाल देता है। इस लड़की की मुझे गौरैया के घोंसले से गिरे बच्चे की तरह देखभाल करनी पड़ेगी!........

माँ-बेटी की सिपतुन को जितनी फिक्र थी, उनके हालात जितना खस्ता नजर आ रहे थे, उसके उलट सब कुछ अंजाम पाया। लड़की धूप और खुली हवा पा दो हफ्ते के अन्दर ही पनप उठी। जो खाती वह उसके बदन में लगता। यह दवाओं का असर था या फिर दुआओं का, सिपतुन समझ नहीं पायी। बेटी का चेहरा देख बड़ी बी भी हँसने-बोलने लगी थीं। उनकी हड्डियों में बड़ी जान थी। बर्तन साफ धोतीं और सब्जी बड़े सलीके से काटती थीं। कुलसुम ने भी कुछ हाथ-पैर चलाने शुरू कर दिये थे। जब कभी उसका दिल सँभलता तो वह माँ से चिमटा माँग आँगन में खड़े पेड़ों की थाल बना गुड़ाई कर देती थी। जहीर ने यह देख खुसरू बाग से

जाकर फूलों के पौधे ला दिये थे।

"बेटा जहीर, यह मेरे दामाद का पता है। चाहो तो उस बेमुरव्वत को एक पोस्ट-कार्ड डाल दो कि हम लोग तुम्हारे यहाँ हैं। कल को हमारी तरफ से कोई शिकायत न हो।" एक दिन बड़ी बी ने एक मुड़ा-तुड़ा कागज का पुर्जा जहीर को थमाते हुए कहा।

उन दोनों के आने से घर में रौनक आ गयी थी। घर के आँगन की तीन तरफ की क्यारियों में फूल के पौधे लहलहा उठे। जूही, चमेली की बेलें अपना कद निकालने लगीं। एक दिन परिन्दा बाजार जाकर बड़ी बी तोता खरीद लायीं और उसको अनार की डाल पर टाँगकर बोलीं–

"बीबी, घर की आयी बला यह परिन्दे अपने सिर ले लेते हैं।" सुनकर सिपतुन चुप हो गयी।

"मिट्ठू बेटे! बोलो 'नजीबी भेजो'।" सारे दिन मिट्ठू को बड़ी बी कुछ न कुछ सिखाती हुई हरी मिर्चें उसके पिंजड़े में डालती रहती थीं।

47

शिवकुटी चौकी में कुछ देर रुककर त्रिपाठी सदा की भाँति फाफामऊ-पुल के परली तरफ मुड़ गया। यह उसका पुराना अड्डा था गाँजे की चिलम चढ़ाने का। मुनवा पासी से उसका पुराना याराना था। जब त्रिपाठी पढ़ रहा था तब से वह मुनवा की तरफ निकल आता और दोनों प्याज, हरे मिर्चे वाली बेसन की रोटी, लहसुन की चटनी के साथ खाते जिसमें कच्चा कड़वा तेल ऊपर से पड़ा होता। खा-पीकर वह ऊचान पर बैठ नीचे पुल पर से आती-जाती सवारियों को देखते और दोनों तरफ फैली गंगा का नजारा लेते। दुनिया भर की बातें करते और शाम ढले त्रिपाठी अपने ठिकाने लौट आता।

त्रिपाठी आज मन से परेशान था। झुटपुटे का समय था। वह मुनवा को आवाज दे ऊपर जाकर बैठ गया और नीचे फैले ऊँचे गहरे मिट्टी के कटाव को देखने लगा। बरसात अभी-अभी शुरू हुई थी। बारिश की एक-दो छींटों ने जमीन को हरा कपड़ा पहना दिया था। सामनेवाले पुल पर त्रिपाठी की नजर पड़ी। वह सुनसान खड़ा था। उसको सबने छोड़ दिया था। न लोग पैदल चल रहे थे न मोटर, स्कूटर

भाग रहे थे, न ट्रेन दौड़ रही थी। वह वहीं घास और फैली गिट्टी पर लेट गया। ऊपर आकाश फैला था। पक्षी अपने घोंसलों को लौट रहे थे। त्रिपाठी ने उन पर से नजर हटा बायीं तरफ देखा जहाँ दरख्तों की कतार दूर से कनात की तरह लग रही थी। तरबूज की बेलों के बिना रेत ही रेत चारों तरफ फैली नजर आ रही थी, जिसके बीच कटी-फटी गंगा बिना आवाज बह रही थी। वह उठा और सीधा खड़ा हो नीचे पुल से जाती ट्रकों, बसों को देखने लगा।

"का हो थानेदार राजा, बहुत दिन बाद पधारे?" पास से मुनवा पासी का पड़ोसी गुजरा और त्रिपाठी को खड़ा देख रुक गया। मगर त्रिपाठी को दूर बढ़ते अँधेरे में जाने क्या टकटकी लगाये ताकता देख वह आगे बढ़ गया।

अँधेरा होने से कुछ क्षण पहले सारे लैम्प पोस्ट रोशन हो गये। वृक्ष, आकाश और सीमेण्ट का पुल कहीं अँधेरे में डूब गये। दूर से चमकती हेड लाइटों की कतार और पानी पर झिलमिलाता प्रकाश कहीं ठहर नहीं रहा था। सामने ढलान का उतार-चढ़ाव झींगुरों की आवाज से गूँज उठा।

"आओ, बैठो शामू।" मुनवा हाथ में चटाई लिये आया और उसको समतल जमीन खोज बिछाया।

"आज मन बहुत भारी है मुनवा।" त्रिपाठी ने बैठते हुए कहा और उसके भाई द्वारा लायी बोतल खोलने लगा।

"अब का भवा?" मुनवा ने दोनों गिलासों में बर्फ डाली।

"कल प्रणाम सिंह दरोगा की बिटिया दिखी रही...साली ऐश कर रही है।" इतना कह त्रिपाठी ने गहरी साँस ली।

"मिट्टी डालो।" कहकर मुनवा ने घूँट भरा। त्रिपाठी उसकी इस बात को सुनकर चुप रहा। गिलास में बर्फ हिलने की आवाज के साथ मन्दिर की घण्टी बज उठी। अँधेरा था। त्रिपाठी का चेहरा नजर नहीं आ रहा था। इसके बावजूद मुनवा श्यामलाल के मन का हाल समझ रहा था। ध्यान बँटाने के लिए उसने पूछा–

"भौजी और लरकन से कब से नहीं मिले हो?"

"दीवाली में गये थे।" त्रिपाठी धीरे से बोला।

"एक चक्कर लगाय आते।" मुनवा बोला।

"देखो, जो यहाँ के जंजाल से फुरसत मिले तो जाएँ।" त्रिपाठी ने गहरी साँस ली और बोतल खोल उसने दूसरा गिलास बनाया।

"बाकी तो सब देखभाल लिये हो न?" कुछ देर ठहरकर मुनवा बोला।

"हाँ! चूल तो सब कसी हैं मगर...।" इतना कह त्रिपाठी चुप हो गया।

"देख शामू! अब कोई नयी बिपदा मोल न लेना।" मुनवा ने फिर समझाया। उसकी बात पर त्रिपाठी चुप रहा। खामोशी में उनके शराब के घूँट भी एक-दूसरे

को सुनाई पड़ रहे थे।

"रोटी लाएँ?" मुनवा की पत्नी की आवाज आयी।

"नहीं।" श्यामलाल ने धीरे से कहा और पूरा गिलास हलक में एक साथ उँड़ेल लिया। कुछ देर सिर झुकाये बैठा रहा। फिर गर्दन उठा अँधेरे में मुनवा का मुँह ताकने लगा। ट्रक की हेड लाइट की आड़ी-तिरछी पड़ती रोशनी में उसकी निश्छल आँखें देख मुनवा की छाती में कुछ दरका।

"का बात है शामू?" बड़े प्यार से मुनवा बोला।

"कल हम न रहें तो पीछे अपनी भौजी और लरकन का ख्याल रखना।" श्यामलाल ने बहुत धीमे स्वर में कहा।

"मरैं तुम्हार दुसमन।" मुनवा कह उठा।

"जियरा तो एक न एक दिन जाए का है।" श्यामलाल ने ठण्डी साँस भरी। दोनों भावुक हो उठे थे। अपनी-अपनी भावना पर नियन्त्रण लगा रहे थे। मुनवा को मालूम था कि पिछले पन्द्रह वर्षों से श्यामलाल दरोगा प्रणाम को ढूँढ़ रहा है। उस काण्ड के बाद पूरा मल्लाह टोला हाथ धोकर प्रणाम सिंह की खबर लेना चाहता था। वह मरा तो अपनी मौत था मगर उसका परिवार लापता था। उसने श्यामलाल के मन में विद्रोह का बीज बोया था। प्रतिशोध की आग जलायी थी। आज उसकी बेटी से जिन्दगी के उस मोड़ पर मुलाकात हुई थी जब श्यामलाल खाली हाथ था। मुनवा को लगा कि अब श्यामलाल को ज्यादा नहीं पीनी चाहिए। खाली बोतल उसने ढाल की तरफ लुढ़का दी, फिर बड़े मगन स्वर में बोला—

"चल बे शामू, चल के कुछ खाय ले।"

"नहीं प्यारे, अब हम चलते हैं। फिर भेंट होई।"

"बैठो तो पाँच मिनट...।" मुनवा ने खाली गिलास चटाई पर रखा।

श्यामलाल उठ खड़ा हुआ। उसने दोनों हाथ उठा जोर की अँगड़ाई ली, फिर अँधेरे में ढाल की ओर जाकर खड़ा हो गया। लौटा तो बिना कुछ बोले उसने हाथ हिलाया और हीरो होण्डा स्टार्ट कर नीचे मेन सड़क पर उतर फर्राटे भरने लगा। मुनवा अचकचाया-सा दो पल खड़ा सामने देखता रहा, फिर गिलास उठा चटाई लपेटने लगा। उसको सदा की तरह आज भी श्यामलाल की चिन्ता लगी हुई थी। जब-जब वह चुप रहता है तब-तब उसके साथ कुछ-कुछ घटनेवाला होता है। आज पता नहीं...?

श्यामलाल त्रिपाठी पूरी सहजता के साथ मोटरसाइकिल चला रहा था। घर पहुँचकर उसने गाड़ी खड़ी की और अन्दर पहुँचकर उसने नौकर से बर्फ निकालने को कहकर

स्नानघर में जाकर खूब जी भरकर नहाया। बाहर निकल घड़ी पर नजर डाली, रात के नौ बज रहे थे। उसने तौलिया लपेटे-लपेटे गिलास में शराब डाली और बिना पानी मिलाये ढेर-सी बर्फ डाल पहला घूँट भरा और हल्के से मुस्कुराया। अलमारी खोल कुछ देर कमीज छाँटता रहा फिर हल्के नीले रंग की कमीज और बादामी पैण्ट निकाला। टी.वी. खोलकर वह सोफे पर बैठ गया। सामने मेज पर पैर फैला दिया, फिर नौकर को पुकारकर बोला–

"चम्पी कर हाथ जमाकर।"

श्यामलाल आँख बन्द किये बैठा था। उसका बदन एक खास मस्ती में पहुँच गया था। उसने शराब का आखिरी घूँट भरा और हाथ उठाकर नौकर को रोका। आईने के सामने जा बड़े मन से कंघी की और कमीज पहनने लगा। नौकर कमरे से बाहर जाते-जाते बोला–

"साहब, हीरा लाल शाम को आये रहे।"

त्रिपाठी ने कोई नोटिस नहीं ली। कपड़े पहन गुलाब का इत्र लगाया और दराज से निकालकर कुछ जेब में डाला। गुनगुनाता हुआ वह घर से बाहर निकला और कटघर की तरफ चल पड़ा। उसके सामने अब सिर्फ मँझली का चेहरा था। हमेशा की तरह उसने हीरो होण्डा गली के सामने पेड़ के नीचे खड़ी की और गली में दाखिल हुआ। उसके आगे बढ़ते ही लाइट चली गयी। जेब से उसने पेंसिल टार्च निकाली और आगे बढ़ा। दरवाजे पर पहुँच उसने घण्टी पर हाथ रखा, फिर उसको याद आया कि लाइट जा चुकी है। उसने दरवाजा भड़भड़ाया। कुछ देर बाद दरवाजा खुला। मोमबत्ती की रोशनी में त्रिपाठी को सामने खड़ा देख नौकर घबराकर पीछे हटा। मोमबत्ती हाथ से नीचे गिरने से बुझ गयी।

"कौन है?" आवाज उभरी।

"मैं हूँ त्रिपाठी।" इतना कहकर त्रिपाठी आँगन पार करने लगा। इनवरटर के कारण अन्दर कमरे की लाइट जल रही थी। बाकी घर में अँधेरा था।

"कौन है इरशाद?" मँझली कमरे से दालान में आयी। त्रिपाठी दालान के दर पर चढ़ ठीक उसके सामने जाकर खड़ा हो गया। मँझली झिझककर दो कदम पीछे हटी और कुछ कहने ही जा रही थी कि त्रिपाठी ने उसका बाजू पकड़ा और घसीटता हुआ दूसरे कमरे की तरफ ले जाने लगा। मँझली किसी नागिन की तरह तड़प उसकी गिरफ्त से निकल गयी मगर त्रिपाठी ने लपककर उसकी कलाई पकड़ ली।

"त्रिपाठी जी, यह आप क्या कर रहे हैं? छोड़िए उसका हाथ।" हंगामा बेगम ने आगे बढ़ गुस्से में कहा।

"छोड़ते हैं या नहीं कि करूँ पुलिस को फोन?" बड़ी लड़की ने धमकाया।

"जरूर!" इतना कह त्रिपाठी ने जेब से रिवाल्वर निकाला और डपटकर

कहा—"चलिए अन्दर और जो आप में से किसी ने चालाक बनने की कोशिश की तो यह मेरे साथ है।" कहता त्रिपाठी दूसरे कमरे में दाखिल हुआ। तभी मँझली ने उसकी कलाई में दाँत काट लिया। त्रिपाठी ने एक जोरदार रैहपट मँझली के गाल पर जड़ दिया। मँझली की आँखों के सामने तारे टूटे। उसी समय बिजली आ गयी।

"हरामजादी! बिलाई बने की जरूरत नहीं है वरना...," इतना कहकर त्रिपाठी ने उसको बिस्तर पर धकेला और दरवाजा बन्द किया।

"मम्मी...मुझे छुड़ाइए...प्लीज मम्मी...," मँझली आँख बन्द कर पूरी ताकत से चीख रही थी। बाहर दोनों बहनें और हंगामा तड़प रही थीं।

"त्रिपाठी जी....," कहती हंगामा दरवाजा पीटने आगे बढ़ीं मगर ठिठक गयीं। उन्हें छोटी-सी पिस्टल याद आ गयी। बेटी की जान उनको इस समय ज्यादा कीमती लगी। बेबसी से वह अपना सिर दीवार से पटकने लगीं। यह देखकर नौकर बाहर की तरफ लपका, फिर कुछ सोच पलटकर काँपता-सा खम्भे से लिपट खड़ा हो गया।

"फोन करो आपा!" छोटी लड़की ने बड़ी बहन से फुसफुसाकर कहा। बड़ी फोन की तरफ लपकी। फोन डेड था। उसने बेबसी से होठ काटे। तभी बिजली जोर से चमकी। छोटी डरकर बड़ी से लिपट गयी। हंगामा बेगम बेहोश हो नीचे लुढ़क गयीं। दोनों लड़कियाँ माँ की तरफ दौड़ीं। नौकर गिलास में पानी लाने मेज की तरफ बढ़ा।

बादल गरजने लगे। शाम से घिरी बदली टपाटप गिरकर आँसू बहाने लगी। हंगामा बेगम मुँह पर छींटे पड़ने से होश में आ गयीं और वीरान आँखों से सबका मुँह ताकने लगीं। बेटियों ने उन्हें सहारा देकर उठाया और अन्दर कमरे में ले जाकर बिस्तर पर लिटाया। फिर वे दोनों माँ के सीने पर सिर रख सुबकने लगीं। बत्ती दोबारा चली गयी थी। चारों तरफ अँधेरा छा गया। बिजली एक बार फिर जोर से कड़की और मूसलाधार बारिश शुरू हो गयी। इनवरटर भी साथ छोड़ गया था। इरशाद ने तेल का बड़ा लैम्प जला दालान में रख दिया। वक्त सबके दिलों पर मन भर पत्थर की तरह जमकर बैठ गया।

दो घण्टे के बाद त्रिपाठी बाहर निकला। तीनों अपनी जगह से उचकीं और अपने पर बहुत कण्ट्रोल करने के बावजूद हंगामा बेगम पलँग से उतर लगभग दौड़ कर त्रिपाठी की तरफ बढ़ीं और दोनों मुट्ठियों से उसके सीने पर घूँसे मारकर बोलीं, "कमीने! तूने उस मासूम को क्यों खराब किया?"

"बदजात औरत! काश, तू यह सवाल अपने बाप से करती।" कह त्रिपाठी ने उनके दोनों हाथ पकड़कर जोर से झटका दिया।

"मैं तुझे नहीं छोडूँगी।" कहकर वह फिर लपकीं तभी त्रिपाठी ने एक जोरदार झापड़ हंगामा के चेहरे पर दे मारा और रिवाल्वर तानकर बोला—

"कुतिया! मैंने तुझसे कहा था न कि मैं किसी दिन आऊँगा...आज मैं वही ऋण चुकाने आया हूँ अपने बाप, माँ और भाइयों की हत्या का...।"

"मैंने कुछ नहीं किया...त्रिपाठी पिस्टल नीचे करो" हाँफती-काँपती हंगामा खौफ से फैली आँख झपकाकर बोलीं।

बादल जोर से गरजा। पिस्तौल से निकली गोली खा हंगामा चकराकर जमीन पर गिरीं। लड़कियों ने गम और गुस्से से भरी नजरों से त्रिपाठी को घूरा और चीखती आगे बढ़ी ही थीं कि पाईट ब्लैंक रेंज से चलायी गोली खा माँ की लाश पर दोनों ढेर हो गयीं।

"गोली अन्दर दम बाहर हो गये घड़ी में सब गम बाहर" कहकर नफ़रत से त्रिपाठी ने दाँत पीसा! यह देख इरशाद पहले मुँह खोले खून उगलती लाशों को ताकता रहा, फिर डरकर भागा। त्रिपाठी ने हाथ घुमा उसकी पीठ पर फायर किया। वह आँगन में औंधा गिर पड़ा। बादल टूटकर बरस रहा था। त्रिपाठी ने घृणा से होठ सिकोड़कर कहा—"जब हमार जीवन नरक होय गवा तो तुमहूँ सब जाओ जहन्नुम मा।"

त्रिपाठी बरामदे से आँगन में उतरा, तेज बौछारें मुँह पर छर्रे की तरह लगीं और वह भीगता हुआ दरवाजे की तरफ बढ़ा। उसके बदन का उफान शान्त हो गया था। उसने बाल से बहते बारिश के पानी को हाथ से सूता और गली पार करता हुआ बोला, "अब जाइके मन मा ठण्डक पड़ी।"

दूसरा दिन शहर में दहशत फैलानेवाला साबित हुआ, जब एक-दूसरे की जबान से होती यह खबर हर कान में पहुँच गयी थी कि कटघर के सुहेल साहब की बीवी और तीन लड़कियों के साथ नौकर की हत्या कल रात बड़ी बेदर्दी से किसी ने कर दी है। पुलिस तफतीश कर रही है। मुँह-दर-मुँह गुजरती यह खबर अपने साथ कई तरह की अफवाहों से मिलकर और भी चटपटी और डरावनी हो गयी थी।

नगरवासियों का अपनी जगह घबराना उचित भी था। अच्छा-भला एक परिवार उठाकर मार दिया जाए तो बाकी की सुरक्षा का क्या भरोसा? कुछ लोग परेशान हो कह रहे थे कि जब तक राष्ट्रपति शासन रहा डर भी बना रहा। इधर पत्ता खड़का उधर बन्दा भड़का। कुछ आलोचना करते हुए नयी सरकार को कोस रहे थे कि सारा ध्यान तो अफसरों के तबादले पर मुख्यमन्त्री का लगा है। उनकी सरकार सुरक्षा शान्ति का बन्दोबस्त क्या कर पाएगी? पुलिस के कुछ न कर पाने की शिकायत तो सबको बनी ही रहती है मगर अब इस कटुता में कुछ लोग यह भी कली-फुन्ना लगा रहे थे कि फसाद की जड़ इंस्पेक्टर त्रिपाठी तो रहा नहीं, अब

देखते हैं कि थानेदार और कप्तान साहब हत्यारे का पता कब और कैसे लगाते हैं।

कटघर के इस हत्या-काण्ड का जिक्र रोज समाचारपत्रों में किसी-न-किसी बहाने रहता और उसी के साथ बढ़ते अपराध, भ्रष्टाचार एवं आतंकवाद पर आलोचनात्मक टिप्पणी और लेख भी छपते। पत्रकार खोज-खोजकर तथ्य और तर्क तलाश कर खबरें बना रहे थे। उसी में एक खबर और सनसनी फैला गयी कि थाने के हेड मोहर्रिर और थाने के पैरोकार की अजीब दादागिरी है। हेडमुंशी थाने में आनेवालों से मुँहमाँगी रकम माँगता है। अगर वह दीवान जी को रकम अदा नहीं कर पाता तो उसको दुत्कार दिया जाता है। ऊपर अपनी फरियाद करने पर जब पुलिस कप्तान अथवा डी. आई. जी. मामले में कोई आदेश देते हैं तो उस समय गिरगिट की तरह रंग बदल उसका खुलासा विपक्षियों से करके उनसे मोटी रकम ऐंठ लेता है। इस दीवान का सहयोगी पैरोकार बना हुआ है। जब कभी वह किसी के बारे में कोई डाक पाता है तो उसकी फोटोस्टेट कॉपी कराने के लिए जिसके विरुद्ध आदेश होता है, उसे दे देता है और इस तरह से अपनी दोनों जेबें भरता है। यहीं बात खत्म नहीं होती है बल्कि फरियादी की तरफ से की गयी शिकायतों पर पुलिस अफसरों अथवा न्यायिक मजिस्ट्रेट के आदेश पाने पर वादी से रकम की माँग करता है। वादी द्वारा अपनी लाचारी बताने पर उसे फाड़कर बहा देने की धमकियाँ भी देता है। कुछ सिरफिरे थाने के अव्वल हाकिम से फरियाद करने की हिम्मत जुटाते भी हैं तो बड़े साहब डपट देते हैं। वे बेचारे अपना-सा मुँह लेकर रह जाते हैं। पुलिसकर्मियों की अवैध उगाही से सभी परेशान हैं।

त्रिपाठी पर उसके किये पापों की सजा मिलने का खतरा गहराता जा रहा था। जमील अंसारी और वरिष्ठ एडवोकेट एक मुकदमा जब तक सँभालते तब तक दूसरा मुकदमा उनकी जान को खुल जाता था। एक बेंच से दूसरी बेंच, एक कमरे से दूसरे कमरे तक भागने, कागज को तरतीब देने और बहस, दलीलें देने में सबकी काँच ढीली हो रही थी। जहाँ रिश्वत चल सकती थी वहाँ चली जरूर मगर मामला कहीं आगे जाकर फँस जाता। त्रिपाठी का किस्सा इतना प्रसिद्धि पा चुका था कि उसके केसों को दायें-बायें करना दिन-ब-दिन कठिन होता जा रहा था। हवा विपरीत दिशा की तरफ बह रही थी। बहुमत की राय यही थी कि त्रिपाठी को सजा मिलनी चाहिए ताकि उसका अंजाम देख दूसरे पुलिसकर्मी कुछ सबक लें। कुछ अतिवादी तो चर्चा करते-करते यह भी कह जाते थे कि जो लोग इन कुकर्मों और अपराधों में त्रिपाठी के साथ लिप्त थे, उनको किसी कीमत पर छूट नहीं मिलनी चाहिए और सजा भी उनको बराबरी की मिलनी चाहिए ताकि सफेदपोश अपराधी भी चेतें कि उनको

पुलिस को फुसलाने जैसा अपराध नहीं करना चाहिए।

त्रिपाठी की मनोदशा क्या चल रही थी, इसका सही-सही अन्दाजा नहीं लग पा रहा था। कटघर के हत्या-काण्ड के बाद वह पहले से भी ज्यादा शान्त दिखने लगा था। जो उसके अन्दर की बर्बरता को नहीं जानते थे, उनका विचार था कि त्रिपाठी चूँकि चारों ओर से किसी सूअर की तरह घिर चुका है, अब उसका भागना नामुमकिन है। अपना अन्त सोचकर उसने हालात के आगे घुटने टेक दिये हैं। त्रिपाठी के ट्रायल का उन लोगों को काफी इन्तजार था, जो इब्नेसफी की जासूसी दुनिया पढ़ने के अभ्यस्त थे। उसको देखने-सुनने का अरमान भी लोग पाले थे कि जो इंस्पेक्टर चित भी मेरी पट भी मेरी की जीवन शैली जी चुका हो, उसको वकील कैसे सवालों में उलझाते हैं और वह उन सवालों से निकलने का कौन-सा रास्ता अपनाता है। त्रिपाठी सत्ता में न रहने के बावजूद दिमागों पर छाया था। उसकी चर्चा किसी न किसी बहाने कहीं-न-कहीं होती रहती थी!

सलमान की दूसरी बहन राबिया की भी शादी बड़ी धूमधाम से हो गयी। लल्ली भी फतेहपुर में खुश थी। जुगनू की छोटी बहन की जन्मपत्री मिलायी जा रही थी। व्यस्तता इतनी बढ़ गयी थी कि मुलाकातें आपस में बहुत कम हो पाती थीं मगर फोन द्वारा एक-दूसरे का हालचाल जरूर पूछ लिया जाता था। सब बिखरे जीवन को समेटने में लग गये थे। यह एक तरह से अच्छा भी था। आखिर आदमी कब तक ठोकर खाए। जुगनू और जहीर ने अपने-अपने इम्तहान पास कर लिये थे। विश्वास की नयी सीढ़ियाँ उन्हें नजर आने लगी थीं, जिन पर उन्हें चढ़ना था। जहीर ने एम. ए. में दाखिला ले लिया था। युनिवर्सिटी से लौटते हुए वह नये कटरे में साइबर कैफे के सामने मोटरसाइकिल जरूर रोकता और तेजबहादुर के साथ एक कप काफी जरूर पीता था। तेजबहादुर कैफे बड़े शानदार तरीके से चला रहा था। युनिवर्सिटी के स्टूडेण्ट्स की खासी भीड़ होती। फोन, ई-मेल और फोटो कॉपी की सहूलियतों के कारण यह पढ़े-लिखों का एक केन्द्र-बिन्दु बनता जा रहा था।

जहीर का सलमान अब्बासी के साथ पत्र-व्यवहार शुरू हो गया था। वह जहीर की बदली सोच और अपनी लड़ाई खुद लड़ने के जज्बे को व्यावहारिक रूप से फलता-फूलता देख बेहद खुश थे। हर खत में उसको प्रोत्साहन देते कि मुल्क का जो हाल है उसमें अच्छे अध्यापकों की जरूरत किसी भी लेखक, पत्रकार, अफसर, राजनेता से कहीं ज्यादा है। माँ और गुरु के बीच बढ़ता इन्सान दरअसल इन दोनों की मिलीजुली परवरिश का नतीजा होता है। माँ दिल में हमदर्दी, प्यार, त्याग और धैर्य का जज्बा भरती है और गुरु दिमाग को विवेक, ज्ञान, तर्क और कर्तव्य बताता

है। इसलिए एम.ए. खत्म कर फौरन किसी स्कूल या कॉलेज में लगने की कोशिश करो ताकि नयी पीढ़ी का नव निर्माण शुरू कर सको। जो आज बोओगे वही कल काटोगे।

जहीर को भी लगने लगा था कि व्यवस्था से लड़ने के साथ सृजन-कर्म को अपनाना भी जरूरी है। पिछले कई वर्षों से वे जूझ रहे हैं। मगर कुछ भी न बदल पाये। जितने भी ईमानदार पुलिसकर्मी थे, उन सबको रमेश कुमार के साथ ही हँडिया, रायबरेली, मिर्जापुर और दूसरे शहरों में भेज दिया गया। जो बदलाव आनेवाला था, वह फिर रुक गया। पुलिस फिर अपने पुराने ढर्रे पर चल पड़ी। नेता बन्दरबाँट का खेल खेलने लगे। गुण्डे नये नामों से उगने लगे। बाजार में पैसा कमाने के लिए उतरे व्यापारी नीच से नीच काम करने के लिए प्रतिबद्ध हो उठे। आज समाज का मुहावरा 'रुपया' था। रुपया ही ठनठनाता है। जिसके पास सिक्के हैं, उसी का सिक्का चलता है। यह मान्यता जब लोगों में पनपने लगे तब समाज-सुधारकों की आशा नयी पीढ़ी से बँधती है।

जहीर देख चुका था कि जिस शहर में माँ-बाप के रहते उनकी औलादें लावारिसों की तरह सड़क के पाठशाला में जीवन की तल्खियों का पाठ पढ़ती हों और जहाँ पढ़े-लिखे लड़के नौकरियों के न मिल पाने के कारण कुण्ठा के शिकार हो अपनी सम्भावनाओं के दरवाजे बन्द पाते हों, वहाँ पर एक छोटी-सी शुरूआत सिवा नंगे सवालों की शर्मनाक भीड़ के क्या दे पाएगी? मगर जवाब तो मुझे चाहिए इसी समाज में रहकर उन ठेकेदारों से, जिन्होंने इस अमानवीय व्यवस्था की संरचना में अपना योगदान किया है।

सलमान और बसन्त के चेहरे बदल गये थे। सलमान का टेढ़ा-मेढ़ा अदरकनुमा चेहरा भरभराकर सुन्दर लगने लगा था। इस बदलाव के बाद भी उसके दिल की दुनिया बसने से पहले ही उजड़ गयी। रेशमा के घरवालों को लड़का पसन्द नहीं आया। उसकी माँ ने बचपन में ही अपनी ननद के लड़के से बात पक्की कर रखी थी। लड़का डॉक्टर था। बेकार होता तो शायद सलमान का पल्ला भारी हो जाता मगर हाय गजब, कली चिटखते ही डाल से अलग हो गयी।

रेशमा की शादी में अब्दुल्ला दीवाना बन सलमान 'ताजमहल' का छोटा-सा लैम्प हाथ में उठाये पहुँचा। बसन्त ने मना भी किया कि यार यह 'मकबरा' है 'रंगमहल' नहीं। उस बेचारी को तुम यह उपहार देकर उसको और उदास क्यों बना रहे हो? मगर सलमान जानता है कि उसका यह तोहफा खामोश जबान में रेशमा से क्या कहेगा। यही कि एक शहंशाह ने दौलत का सहारा लेकर हम गरीबों की

मोहब्बत का उड़ाया है मजाक!

"देख सल्लू! अब प्रेम-वेम का ज्यादा नाटक मत कर...एक-दो बार की छोटी-सी मुलाकातों में वह अपना खानदान, बचपन की मँगनी आदि सब भूल जाती? यह शार्ट सर्किट हुआ था सोचकर भूल जा!"

"नहीं कंचे, इस 'डॉक्टर' शब्द ने कभी मेरा सपना छीना, कभी मेरी महबूबा। मैं सारे डॉक्टरों से नफरत करने लगा हूँ। अपने...।"

"बस सल्लन। उठ नहा-धो, सुबह के दस बज रहे हैं।" बसन्त ने कहा और झुँझलायी नजरों से सलमान को घूरा।

सलमान बसन्त को कैसे समझाता कि जब रिश्ते एकाएक मौसम की तरह बदल जाते हैं तो उस सच को जीनेवाले के दिल पर कैसी बिजली गिरती है। जानता हूँ कि जिन्दगी में जो हाथ आता है वही सच होता है और जो हासिल नहीं होता है वह तमन्ना कहलाती है। मिलना, चाहना, पाना फिर खोना, रोना, खोजना एक न समाप्त होनेवाला क्रम है और यह सिलसिला मेरे जीवन से जुड़ गया है। उस बेचारी रेशमा को कितना सहना पड़ा होगा। इस कंचे की बहन तो कोई है नहीं जो समझे कि लड़कियाँ अपने घर में भी अपनी मर्जी से नहीं, बाप-भाई के हुक्म से जीती-मरती हैं...आह बेचारी रेशमा! जिन्दगी भर कसक लेकर जिएगी कि मुझे न पा सकी और मैं...मैं...

सलमान कई हफ्तों तक मजनूँ बना काम-धाम छोड़े इधर-उधर स्टेशन पर घूमता रेल की पटरियों में फलसफा तलाश करता फिर रहा था। खून का घूँट पीकर बसन्त मन ही मन तय कर चुका था कि सलमान के बन-बन डोलने से पहले जहीर को बुलवा एक आध कनपटी पर रसीद करवा दिया जाए तो बच्चू की अक्ल सही जगह पर आ जाएगी। तभी एक दिन रेशमा सजी-धजी अपने दराज-कद डॉक्टर मियाँ के साथ दिख गयी। वह बहुत खुश थी। आँखें सितारों की तरह चमक रही थीं और होठों से फूल झड़ रहे थे। सलमान लपका मगर रेशमा शायद उसको पहचान नहीं पायी या फिर...सलमान ने अपने बढ़े शेव और मलगिजे कपड़े देखे। दोनों 'शताब्दी' पर सवार हो चल दिये। कुछ पल जाती गाड़ी को सलमान खड़ा अपलक घूरता रहा फिर कुछ सोचकर गर्दन हिलायी और काउण्टर पर कोहनी रख टिक गया। बसन्त सब कुछ ताड़ चुका था। इसलिए वह अपने को बहुत व्यस्त दिखाने का उपक्रम करने लगा। सलमान ने घूरकर बसन्त को ताका और गुस्से में चीख पड़ा, जैसे सारी गलती बसन्त की हो।

"देखना, तुम देखना। एक दिन इसी तरह मैं अपनी संयोगिता को पृथ्वीराज की तरह उठा ले जाऊँगा राजधानी पर बिठाकर..." इतना कह सलमान की आँखें भर आयीं। उसका विश्वास टूटा था। वह भ्रम बिखरा था जिससे उसने एक पुरानी

कहानी रेशमा को लेकर बुनी थी। बसन्त से सलमान का चेहरा देखा नहीं गया। जहाँ अपमान, हार और बेबसी के रंग साफ नजर आ रहे थे। अपने को बहुत रोकने के बावजूद आँखों पर बाजू रख सलमान फफक उठा। इससे पहले कि बसन्त उसका कन्धा हिलाकर कहता कि यह क्या बचपना है, यहाँ तमाशा मत बनो, चलो यहाँ से चलते हैं; उसमें न जाने कौन-सा विवेक जागा, धैर्य ने कौन-सा बाँध बनाया कि उसने अपनी आँखें पोंछीं और सहज हो उठा। फिर जैसे अपने से बोला हो।

"सपने मेरा साथ न दें तो क्या, मैं सपने देखना बन्द नहीं करूँगा।"

"अब कहेव तुम बुद्धिमानी की बात"—बसन्त ने मन ही मन कहा।

स्टेशन पर दूसरी ट्रेन आकर खड़ी हो गयी। सामानों से लदे मुसाफिर उतर रहे थे। स्टेशन कोलाहल से भर उठा। पाँच मिनट बाद ट्रेन चली गयी। उसकी जगह रेंगती दूसरी ट्रेन नहायी-धोयी आकर खड़ी हो गयी। चढ़नेवाले मुसाफिरों की संख्या बढ़ने लगी। फेरीवाले, चलते-फिरते स्टालवाले अपना सामान बेचने के लिए हाँक लगाने लगे। बसन्त और सलमान सब कुछ भूलकर इस शोर-शराबे में डूब गये। इस नश्वर संसार की सबसे बड़ी खूबी यह है कि यहाँ कुछ ठहरता नहीं है। इसलिए गहरे से गहरा लगा घाव कुछ पल बाद ही भरने की भूमिका अपना लेता है और इन्सान फिर जीने का हौसला पैदा कर लेता है। दुनिया की गति का यही एक भेद है जो उसकी परिक्रमा को अवरुद्ध नहीं करता।..........

48

कुम्भ मेले की तैयारियाँ युद्धस्तर पर चल रही थीं। कुम्भ मेले का प्रचार-प्रसार जमकर किया जा रहा था। सभी के मन में इस पावन मेले में सम्मिलित होने की ललक जाग उठी थी कि अगला मेला फिर बारह वर्ष बाद लगेगा, पता नहीं तब तक आदमी जिए या मरे, जिन्दगी का क्या भरोसा?

पाण्टून कार्यशाला में काम धड़ाके से चल रहा था। देश-विदेश से जनता उमड़नेवाली थी। बिना नये पुलों का निर्माण किये काम चलनेवाला न था। चक्रप्लेटें बिछाकर अस्थायी मार्गों की व्यवस्था लकड़ी और पीपे की मदद से जारी थी। मजदूर लगे थे। ठेकेदार चीख-चिल्ला रहे थे। कम पैसों में काम साधना था। यह अलग बात थी कि कुम्भ मेले का बजट करोड़ों में था। दुकानों के लिए पैमाइशें चल रही

थीं। बड़े-बड़े आचार्यों और साधु-सन्तों के लिए तम्बुओं की व्यवस्था बनायी जा रही थी। नागाबाबों के ठहरने का अलग तरह से इन्तजाम किये जाने की योजना पर विचार-विमर्श चल रहा था। घाटों की मरम्मत और साज-सज्जा का भी काम चालू था। आसपास के मजदूर गाँव कस्बे से कमाने इलाहाबाद की तरफ निकल आये थे। इन सारी तैयारियों को देखने का अपना मजा था। कुछ जिज्ञासु शास्त्री पुल पर से इसका नजारा लेते। कुछ वहीं पहुँच चाट-पकौड़ी खा घूमते संगम का आनन्द लेते।

समाचार-पत्र रोज की रोज खबर दे रहे थे। कितने घाटों और विभिन्न स्थलों पर गंगा-स्नान की व्यवस्था है। उसका नाम क्या रखा गया है, वहाँ तक पहुँचने की क्या व्यवस्था है, कौन से इलाके वाला कौन से पुल द्वारा संगम पर पहुँच सकता है, इन सारी सूचनाओं को मार्गों का चित्र बना छापा गया था। जैसे-जैसे कुम्भ मेले के आरम्भ होने की तारीख पास आ रही थी, लोगों में उत्साह और उमंग बढ़ती जा रही थी। भजन, कीर्तन, पूजा, व्रत, अपने-अपने विश्वास एवं स्थानीय रीति-रिवाजों के अनुसार शुरू हो गये थे। बाजार एक बार फिर बढ़िया कमाई की सोचकर अपनी दुकानें सजाकर बैठ गया था। फ्री गिफ्ट के प्रलोभन भी एक से एक लुभावने दिये जा रहे थे।

गंगा की सफाई एक ऐसा बड़ा मसला था जो शहर की गन्दगी से जुड़ा हुआ था। जल की प्रकृति है कि वह ढाल की तरफ बहता है सो शहर भर के गन्दे नालों का मुँह मोड़ भी दिया जाए तो यह पानी जाएगा कहाँ? सो नालों की सफाई यह सोचकर की जा रही थी कि कम से कम गन्दगी इन दिनों गंगा में मिले। इसी रोकथाम में और मूसलाधार बारिश ने यह कमाल दिखाया कि जल-स्तर ऊँचा हो गया और जार्जटाउन में पानी भरना शुरू हो गया। सुबह जो लोगों की आँख खुली तो कमरे के फर्श पर रखी चीजों को तैरता देखा। कुछ को शंका हुई कि ये सपना देख रहे हैं। कुछ ने दहशत से भर छत पर चढ़कर देखा तो सारा इलाका गन्दे पानी का चौड़ा नाला बन बदबू फैला रहा था।

घड़ी की सुइयों की तरह पानी भी तेजी से आगे-आगे भाग रहा था। अपने ही घरों की पहली मंजिल या फिर खुली छत पर लोग कैदी बन गये थे। नीचे का घर पूरा डूब चुका था। उधर संगम पर कुम्भ मेले के पावन पर्व के प्रथम दिवस पर लोग गंगा के जल में डुबकी लगा रहे थे। घाट का वातावरण अखण्ड कीर्तन के झाँझ-मजीरे से गूँज रहा था, जिसके बीच वैदिक श्लोकों की गुनगुनाहट शताब्दियों की यात्रा के बाद भी अपनी गर्मी व गरिमा खो नहीं पायी थी। किसी बाढ़ की तरह श्रद्धालुओं की भीड़, पैदल चलती बनाये रास्तों से घाट पर आकर बिखर रही थी। सब एक साथ थे मगर अपने-अपने में मग्न थे। पाप को धोने और पुण्य कमाने

की धुन में डूबे हुए।

नागाओं के नहान के अधिक समय तक खिंचने के कारण भीड़ को झूँसी की तरफ मोड़ दिया गया। बूढ़े और रोगी जो बड़ी कठिन स्थिति से जूझते किसी तरह यहाँ तक पहुँचे थे, वे इस खबर से परेशान हो उठे। उन्हें फिर लम्बा रास्ता तय करना था। अक्सर लोगों के पैर जवाब दे रहे थे मगर उन्हें बिना दर्शन किये जाना स्वीकार न था। इसलिए मरता क्या न करता, वे फिर उलटे पैर 'हर हर गंगे, हर हर महादेव' बोलते चल दिये। मेले-ठेलों में जो अक्सर होता है, वह यहाँ भी मौजूद था। औरतों से छेड़छाड़ और जेबकतरी। पुलिस के तैनात होने के बावजूद प्रश्न पेट का भी था सो अपराधी अपनी रोजी कमाने के लिए रोजगार क्यों छोड़ेगा? नागाबाबाओं को नँग-धड़ंग देख कुछ विदेशी पर्यटकों ने, जो हिन्दू धर्म के सारे अनुष्ठानों को अंजाम देने की लालसा पाले हुए थे, समझा कि वह भी कपड़े उतार सकते हैं। उनके नंगे फिरने पर बाकी लोग हक्का-बक्का और पुलिस होशियार! काफी देर बाद पुलिस उन्हें समझाने में सफल हुई। तब वे नागाबाबाओं की जीवन-शैली का भेद समझ पाये और अपने नंगे घूमने का अपराध भी!

शहरी भी कई गुना जनसंख्या बढ़ जाने के आदी हो चुके हैं। वे यह भी जानते हैं कि जब धर्म-कर्म के ऐसे दिनों में सहयोग की आवश्यकता ज्यादा होती है, उस समय छोटे-मोटे पंचूरिया सामानों और रिक्शेवाले अपना दाम इतना बढ़ा देते हैं कि आम आदमी कभी-कभी उनकी इस बेजा हरकत पर खीझ उठता है। मकान के किराये, होटलों के कमरे, फल, मिठाई जो भी जरूरत की चीज होती है वह श्रद्धालुओं के लिए भी दुगुने दाम में उपलब्ध होती है। धर्म एक आन्तरिक आवश्यकता है। आत्मा की उसी जरूरत को पूरी करने के लिए बड़ी संख्या में लोग पण्डों, मल्लाहों, दुकानदारों से लुटकर खाली जेब के साथ घर वापस जाते हैं। सिर्फ इस भावना के साथ कि उन्होंने कर्मकाण्ड जैसे-तैसे पूरे कर लिये और यही सन्तोष उनकी परम सुख अनुभूति होती है।

इन सारी बातों से परे गंगा की छाती और किनारे इतने अद्भुत दृश्य दूर से उपस्थित करते कि देखनेवाले एक आन्तरिक सुख से आन्दोलित हो उठते! रंगीन पताकाओं, वस्त्रों, दीपकों और फूलों का पानी पर फैलते तैरते बहना, नावों की पंक्तियाँ, तम्बुओं की कतार, धुओं की सफेद लकीरें, जलती लकड़ियों के लाल अंगारे और पीली लपटें, धूनी रमाये बैठे साधु-सन्त, हाथ देखते ज्योतिषी और सत्य वचन बोलते योगी यह सब मिलकर एक विचित्र लोक की संरचना करते हैं जिसमें रमना हर एक को अच्छा लगता है। उसे भी जो धर्म के समीप है और उसे भी जो सौन्दर्यबोध की चेतना रखता है।

जहीर और जगन्नाथ के अपने होश का यह पहला कुम्भ मेला था जो वे देख

रहे थे। इन्हीं मेलों में लोग एक-दूसरे से बिछड़ जाते हैं। खो जाते हैं। मर जाते हैं। मुरली आज नहीं है मगर उसकी छवि दिमाग में अंकित है। जो बनती, बिगड़ती, धुँधलाती फिर उभरकर आँखों के सामने झम से आकर खड़ी हो जाती है। रमेश, सलमान, बसन्त, अशोक मिश्रा और संजय उपाध्याय सब अपना-अपना कर्तव्य निभाने इलाहाबाद से दूर चले गये हैं। शायद जुगनू और जहीर की दुकान और पी. सी.ओ. न होते तो वह भी रोजी-रोटी कमाने कहीं चले जाते। अब वे जो गये हैं उनका याद आना जहाँ जरूरी है वहीं पर उनका न रहना खलता भी है। जहीर और जगन्नाथ कुछ देर मेले में ठहरे और बिना कुछ खाये-पिये लौट आये।

शहर में पुलिस फोर्स बँट गयी थी। जगह-जगह ड्यूटी लगी हुई थी। इस सबके बाद भी घटनाएँ घट रही थीं। बेनीपुर में पुलिस के दो सिपाही किसी जेबकतरे को दौड़ते हुए गली दर गली भाग रहे थे, जिसने कुम्भ मेले में आये व्यक्ति का जेब काट उसकी सारी जमापूँजी चोरी कर ली थी। मकान से निकल लोग पुलिस और जेबकतरे की यह दौड़ देख रहे थे जिसके कारण चोर को किसी घर में शरण लेने या किसी कमरे में घुस पलँग-तख्त के नीचे छुपने की आशा नहीं बची थी। शाम का धुँधलका फैलने से पुलिस भी परेशान हो उठी थी। इस दौड़ का नतीजा यह जरूर निकला था कि जेबकतरा पहचान लिया गया था। किसी ने सिपाही को बताया कि यह बब्लू है और जाकर अपनी प्रेमिका कंचन के घर छुपा होगा। दौड़ते सिपाही भी थक गये थे। गली के पत्थर उखड़े होने के कारण उनमें से एक को ठोकर लगी और वह गिरा तो दूसरे ने पलटकर पीछे देखा। बस, इस बीच वह जेबकतरा दायें गया या बायें, इसी में सिपाही उलझ गये। ठहरकर इधर-उधर ताकने लगे। एक बैठ अँगूठे की चोट सहलाने लगा।

"तुमको कैसे पता कि वह बब्लू ही है?" आखिर एक सिपाही ने उस आदमी से जिरह की।

"बब्लू इसी मोहल्ले का तो है। सबको पता है कि वह कंचन के साथ रहता है!"

"चलो बताओ, कंचनवा का घर किधर है?" सिपाही ने कहा।

"दीवान जी, जरा गम खाओ। अँधेरा होय जाय देव तो ठीक रही।" उस आदमी ने कान पर खुँसी बीड़ी निकाली और उसकी दुम कुतरी।

आसपास के किसी घर से दो प्याली चाय, दूसरे घर से नमकीन आ गया। दोनों सिपाही हाथ में पकड़ा डण्डा पास में रख वहीं घर के सामने चबूतरे पर बैठ, थकन उतारने लगे। चाय पीते वे दोनों सोच रहे थे कि इन जगहों को जितना जानो

उतना ही कम है। मछली का बना जाल है। भागते जाओ फँसते जाओ। दोनों अब खा-पी चुके तो डिकार ले उठे। उनके साथ चलनेवाला आदमी बीच रास्ते में पहुँचकर बोला, "देखो दीवान जी। दूर से बताएँगे बाकी काम खुद करना!"

"अबे चल तो आगे, डरता क्यों है साले।" सिपाही ने प्यार से कहा।

"मोहल्ले की बात है, कुछ समझा करो दीवान जी!" उस आदमी ने दबी जबान से कहा।

पुरवा की तरफ जानेवाली गली में मुड़ते ही उस आदमी ने इशारा किया और वापस लौट गया। एक बड़ा अहाता था जिसमें कुछ पेड़ों के झुण्ड झुटपुटे की रोशनी में दिख रहे थे। आगे बढ़कर दोनों सिपाही बिना दरवाजेवाली चहारदीवारी में घुसे। आगे बढ़े ही थे कि एकाएक सामने की कोठरी से एक औरत निकली और चापाकल के पास जा कपड़े उतारने लगी। वह कुछ पूछते इससे पहले ही वह औरत हैण्डपाइप चला बाल्टी भरने लगी और साथ ही सर पर लोटा भर-भर पानी भी डालने लगी। दोनों ने एक-दूसरे की तरफ देखा और बाहर खड़े होकर कुछ देर इन्तजार करने का सोचकर बाहर निकले ही थे कि तभी उन्हें किसी के अन्दर भागने की आवाज सुनाई पड़ी। जब तक वे दौड़कर अन्दर पहुँचते, देखा वही आदमी दीवार फाँद दूसरी ओर कूद गया है। वह औरत उसी तरह मलमल कर नहाती रही। दोनों सिपाही नाटक को समझ गये। ताव में आ मकानों के बीच से जाती गली से पिछवाड़े की तरफ दौड़े। उनका पारा गर्म हो गया था।

हल्का-हल्का अँधेरा फैल चुका था। सिपाही जब पीछे गली में पहुँचे तो वहाँ लड़के चिब्भीफोड़ खेल रहे थे। सिपाहियों ने उनसे पूछताछ शुरू कर दी और दूर खड़े एक लड़के ने बताया कि इधर से उसने किसी को कूदकर भागते देखा है। दोनों सिपाहियों ने एक-दूसरे को देखा और अँधेरी गली को ताका, फिर एक बोला– "इस बार फिर चकमा दे गया साला।"

लट्टू मुरारी की विधवा कंचन जानती थी। उसका मित्र बब्लू पूरे हजार रुपया लेकर घर लौटा था जो वह किसी हालत में गँवाना नहीं चाहती थी। उस दिन वह अगर नहाने न निकलती तो पुलिस अन्दर कोठरी में घुस बब्लू को पकड़ ले जाती और हवालात में बन्द कर देती जो वह नहीं चाहती थी। अभी तो वह तीन माह की जेल काटकर लौटा था। इस अहसान के बदले में कंचन ने कमाई का आधा पैसा मार लिया था। बब्लू को कमाई में से पाँच सौ देना खला भी नहीं। आखिर कंचन उसकी देखभाल भी तो करती है।

कुम्भ मेले की इस गहमागहमी में बड़के, मँझले और छुटके की बन आयी थी। ठाठ

से पूड़ी-कचौड़ी खाते कभी इस ढाबे पर नजर आते तो कभी उस ढाबे पर। आखिर ग्राहकों की इस भीड़भाड़ में हर दुकानदार को छोकरों की आवश्यकता थी जो दौड़-दौड़कर जूठी थाली हटा, मेज साफ कर सजी थाली जजमानों के आगे रखें। बड़के, मँझले और छुटके को बात बनाने का सलीका भी आ गया था। सो वह आदमी को देखकर बात करते थे। आदमी का जो धर्म हुआ उसी के अनुसार बोली भी बदल लेते थे। उनकी इन चालबाजियों को जो चुपचाप बैठा-बैठा ताकता, वह परेशान हो उठता कि यह बड़े होकर ठगी में किस-किस के कान काटेंगे, मगर जिनका साबका पहली बार इनसे पड़ता वह तीनों की मीठी-मीठी बातें और फुर्ती देख हँस पड़ता और फौरन काम में लगा लेता। इन तीनों ने उस शाम बब्लू को भागते देखा था। आज जब फिर बब्लू को ढाबे की भीड़ के पास ग्राहकों की टोह लेते देखा तो पास जाकर बड़के बोला।

"फूट बे! उस दिन बच गया तो समझ रहा है कि आज भी बच जाएगा?"

"तुझसे मतलब? तू कौन होता है चेपिद्दी?" बब्लू ने बड़के को झिड़क दिया।

"पुकारूँ क्या हवलदार को?" बड़के ने पूछा।

"अबे, अपनी उम्र देख पहले...तू होता कौन है?" बब्लू चमककर बोला।

"देख! मैं अपने इलाके में किसी दूसरे को नहीं देख सकता...समझा।" बड़के ने आँख मारी।

"समझा!" कहता बब्लू आगे बढ़ गया, मगर इस बीता भर छोकरे का यूँ गुर्राना उसको भला नहीं लगा।

जब कुम्भ मेला आरम्भ होना था तो काम था, चल रहा था तो काम था। अब खत्म हुआ तो काम न था। इस बहाने गरीबों, मजदूरों ने चार पैसे कमा लिये थे। बड़े लोगों ने तिजोरी और जेबें भर ली थीं। बड़के का मन गली-गली भटकने से ऊब गया था। चोरी, हाथ की सफाई, मक्कारी, झूठ बोल-बोलकर भी थक गया था। अब वह चाहता था कि कोई काम मिले जिसको वह दोनों भाइयों के साथ मिलकर करे और चैन से सोए। अभी तो उसकी करतूत किसी को पता नहीं हैं। जिस दिन उसको पुलिस और लोग जान लेंगे, उस दिन फिर वह जेल जाने से बच नहीं सकता है। सुना है पुलिस मारती बहुत है। ऐसा काम क्या करना जिसमें आदमी की इज्जत बीच बाजार में नीलाम हो जाए? अगर कोई बड़के की बातें सुनता तो यही कहता कि इसके पेट में दाढ़ी है या फिर बड़ों की बातों की यह नकल करता है, मगर हकीकत यह थी कि बिना रोक-टोक, बिना किसी बन्धन के जिस जिन्दगी को उसने जीकर अटाले से लेकर अतरसुइया और दरियाबाद से लेकर मुट्ठीगंज और इससे परे जाकर रकाबगंज, हिम्मतगंज, करैली, सिविल लाइंस, फाफामऊ और झूँसी तक डोलकर घूम ली थी। उसने यही बताया था कि अपना एक ठिकाना होना

चाहिए। अपना धन्धा होना चाहिए वरना सब अठन्नी या रुपया समझ उसको अँगूठे से ऊपर फेंक जमीन पर गिराने का मजा लेंगे।

बड़के ने उन सबसे कह-सुनकर, जिनके यहाँ उसने काम किया था, एक पान की दुकान खोलने की बात की मगर किसी ने उसकी इन बातों की तरफ ध्यान नहीं दिया। उसके कद और चेहरे को देखकर सबको लगता था कि यह एक जगह जमकर बैठनेवाला लड़का नहीं है। बड़के ने कुछ दिनों से फूलों की माला बेचने का धन्धा शुरू कर दिया। बहादुरगंज में हजरत अली की दरगाह पर जुमे-जुमेरात औरतों की खासी भीड़ रहती थी। जिनकी मन्नतें पूरी होतीं वे दूध के शरबत से हौज भरती थीं। वह फूलों के गजरे डण्डी में लेकर खड़ा हो जाता और मँझले, छुटके उन औरतों का हाथ बँटाने में लग जाते। इस तरह से उनकी दो दिनों में वहाँ से काफी आमदनी हो जाती थी। आज भी कोई महिला मनौती माँगने आयी थी। पहले अली की दरगाह पर सिर रखकर रोती रहीं। उनकी साथी औरतों ने मातम करना शुरू किया और नौहे की आवाज दरगाह के पुराने पेड़ों की शाखों में कलावा की तरह बँधने लगीं—

ऐ कुल के मददगार
मदद करने को आओ मुश्किल से छुड़ाओ!
फरियाद है फरियाद। दोहाई है दोहाई,
मुश्किल यह पड़ी है।
ऐ कुल के मददगार...

रात को जब मुजाविर ने औरतों के जाने के बाद दरगाह में ताला डाला और अपने घर की तरफ बढ़े तो बड़के, मँझले और छोटे ने भी अपनी कमाई गिनी और घर की तरफ चल पड़े, जहाँ उनका बाप रोटी सेंक उनका इन्तजार कर रहा था!

दूसरे दिन मिर्जा गालिब रोड पर रहने वाले सुल्तान साहब के घर से लड़के की बरात कल जानेवाली थी। आज रतजगा था। गुलगुले तले जाने थे। शाम को मिलाद रखा गया था। कई दिनों से यह तीनों उनके घर का चक्कर लगा रहे थे कि किसी तरह गोली फिट हो जाए तो एक हफ्ते के खाने-पीने के जुगाड़ के साथ नेग निछावर और इनाम का भी जुगाड़ लग जाएगा। आखिर सुबह को घर में कोहराम मचा कि आज काम करनेवाली अपने लड़के की बीमारी की वजह से नहीं आयी है। यह देख ड्राइवर ने तीनों को अन्दर हाँक दिया। बड़के का निकलता कद देख अक्सर घरों में उसको बाहर ही रोक दिया जाता था मगर यहाँ बात चूँकि तीनों भाइयों की थी सो घर के अन्दर जा वे जनानखाने में हाथ बँटाने में लग गये।

मर्दाने में मिलाद शुरू हुआ तो सब मर्द कायदे से फर्श पर जाकर बैठ गये

और पढ़नेवालों ने गुलाब के हारों को सामने रखा और लय के साथ पढ़ना शुरू किया–

या हबीब सलाम आलइका
या रसूल सलाम आलइका

मिलाद खत्म हुआ तो लड्डू बँटे और सबके जाने के बाद बिखरे सामान तीनों ने तेजी से समेटने शुरू कर दिये। अन्दर कढ़ाव चढ़ गया था। सुबह ही गुड़ के साथ आटा फेंटकर खमीर उठाने का इन्तजाम हो गया था। अब गुलगुले छन रहे थे। आँगन में मिरासिन ढोलक लेकर बैठ गयी थी। दो-तीन पासिनों ने आकर नाचना शुरू कर दिया था। उसी में वे गालियाँ भी गा रही थीं। कुछ देर गन्दे हँसी-मजाक के बाद लड़कियों का गोल बैठा जिसने फिल्मी और सुहाग गीत को मिलाकर नये तर्ज के नाच-गाने की शुरूआत की जिसको सुनने बड़ी-बूढ़ियाँ भी घेरे में आकर न सिर्फ बैठीं बल्कि तालियाँ भी आखिरी बन्द पर ढोलक के साथ बराबर से उन्होंने बजायीं!

मेरे नौशे के सेहरे में,
फूलों की सौ-सौ लड़ियाँ हैं
अम्मा, बाबा के अरमानों से
मालन ने गूँथी कलियाँ हैं
मेरे नौशे...

सुबह के लगभग यह महफिल खत्म हुई तो बारात के चलने की तैयारी शुरू हो गयी। बारात को भी सैय्यद सरावाँ जाना था। दो बसें आकर मकान के आगे लग गयी थीं। उनको फूलों से सजाना शुरू हो गया था। चाय की देग चढ़ गयी थीं। सब तरफ से चाय-चाय का शोर था। मँझले व छुटके दौड़-दौड़कर मेहमानों को प्याली थमा रहे थे। बड़का एक साथ दो काम कर रहा था। एक तरफ जूठी प्यालियाँ-प्रिच धो रहा था, दूसरी तरफ देग से चाय केतली में भर प्यालियों में उँड़ेल रहा था। ड्राइवर को इन तीनों से बड़ी हमदर्दी थी। उसका बस चलता तो इन तीनों को ऐसे घर में लगवा देता जहाँ इनका भविष्य सुधर जाता। काम के साथ थोड़ा पढ़-लिख भी जाते। उसने भी अपना बचपन बड़े कष्ट से गुजारा था। अगर सुल्तान साहब की अम्मी उसको घर न ले आती तो उस दिन वह बुखार में मोहम्मद अली पार्क के फुटपाथ पर दम तोड़ देता। अब वह नहीं रहीं। सुल्तान साहब उसका पहले से ज्यादा ख्याल रखते हैं। ऐसा ही कोई घर इन लड़कों को भी अपने में समेट लेता तो इनके भटकने के दिन समाप्त हो जाते।

बब्लू और कंचन की जोड़ी एक-दूसरे की मदद से खूब फल-फूल रही थी। आम और अमरूद के पेड़ों से घिरा वह बागीचा दरअसल अजय वीर सिंह का था, जिनके बच्चे बड़े होकर अमेरिका में बस गये थे। इस बीच अजय वीर सिंह और उनकी पत्नी का देहान्त हो गया। इस बाग की देखभाल की जिम्मेदारी कंचन के पति लट्टू मुरई पर थी। मगर वह भी लम्बी बीमारी झेलकर दो वर्ष पहले चल बसा। बाग उजड़ने लगा। पेड़ सूखने लगे। कंचन का दिल बागवानी में नहीं लगता था। गाँव लौटना बेकार था। सो कंचन अपनी मुसीबतों के दिन थोड़ा-बहुत जो फल होते, उन्हें बेचकर काट रही थी कि उसको एक दिन बब्लू मिल गया। अब दोनों एक-दूसरे की जरूरत बने दिन गुजार रहे थे। बब्लू को भी ठिकाना चाहिए था। कंचन को दो रोटी चाहिए थीं।

चन्द वर्ष पहले तक बब्लू चिड़ियों का पिंजड़ा तार से बहुत अच्छा गूँथता था। एक दिन में एक गोल पिंजड़ा बना वह आराम से लम्बी तानकर सोता था। उसका घर चकइया पर कब्रिस्तान के कोने में था। घर में दो बकरियाँ पली थीं। दूध की कमी नहीं थी। बाप पास ही एक गोदाम का चौकीदार था। वह भी पहले पिंजड़ा बनाकर ही रोजी कमाता था। जिन्दगी ठीक-ठाक गुजर रही थी। पता नहीं कैसे गोदाम में आग लगी या लगायी गयी, फिर पुलिस थाना हुआ। बाप की नौकरी जाती रही फिर एक दिन बैठे-बिठाये पुलिस और कुछ अनजान लोगों के बीच भिड़न्त हुई। जिसमें गोली, बम चले और उसका घर बर्बाद हो गया। बम ने माँ-बाप, बकरी और तोते को उसी दम खत्म कर दिया। बब्लू झोंपड़े में था नहीं इसलिए बच गया। इस घटना के बाद उसका मन मेहनत से ऐसा फिरा कि फिर उसने न कभी पिंजड़ा बनाया न ही मेहनत की कमाई खाने पर यकीन रखा। उठाई-गिरी, राहजनी करना शुरू किया तो उसको लगा कि इससे अन्दर धधकती आग काफी हद तक शान्त हो जाती है। जब वह सोचता कि माल चोरी चले जाने से फलाँ आदमी कितना परेशान हो रहा होगा तो उसको विचित्र प्रकार का सन्तोष मिलता कि मेरी तरह कोई और भी है जो बिना पाप किये सजा भुगत रहा है। भुगतने दो साले को, भटकने दो कुतरपिल्ले को...

विधायक हनीफ मोहम्मद को काफी राहत मिली जब उनकी पार्टी फिर से सत्ता में आ गयी। उनके केस फिर फाइल के अन्दर बन्द होने लगे और उन लोगों पर प्रशासन की कड़ी निगाहें टिक गयीं, जिन्होंने हनीफ मोहम्मद की बखिया उधेड़कर रख दी थी। पिछले कई वर्षों से राजनीति में ऐसे पैंतरे बदले जा रहे थे जिनका दूर-दूर तक किसी को ख्याल भी नहीं आ सकता था। पहले पार्टी और विचारधारा

के प्रति लोग समर्पित हुआ करते थे मगर अब अनुयायी कीमत अदा कर खरीदे जाते हैं। उनका ईमान किसी भी पार्टी पर नहीं होता बल्कि वे रातोंरात दौलत कमाने के लिए देश की सेवा करने के नाम पर सियासत में कदम रखते हैं। इसलिए अपनी कीमत लगते ही वह पुरानी पार्टी को छोड़ने में पल भर की देर नहीं लगाते हैं। इसलिए सबको विश्वास हो गया कि जब तक अपनी सरकार रहेगी, विधायक जी को विपक्ष का कोई माई का लाल हाथ लगाने की हिम्मत नहीं जुटा पाएगा।

विधायक जी ने सहज रूप से सब-कुछ इस तरह सँभाल लिया जैसे वे जेल से नहीं विदेश-यात्रा से लौटे हों। वही चहल-पहल, वही अवैध कब्जे, वही दाँव-पेंच। सब कुछ वैसा ही चल पड़ा जैसे चला करता था। कोई बोले तो उनकी बला से। ठीक उसी तरह जैसे एक सरकार के जाने के बाद दूसरी सरकार ने उन सारे सम्पादकों एवं पत्रकारों के नाम रकम के साथ छाप दिये थे जिन्होंने सरकार से पैसे ले मुख्यमन्त्री के बड़े-बड़े साक्षात्कार न केवल लिये, बल्कि छापे थे। उनका समर्थन इन व्यक्तियों ने विचार और उसूल के लिए नहीं किया था बल्कि पैसा लेकर अपना कलम बेचा था। उनको इस बात का दम्भ था कि कुछ साहित्यकार और पत्रकार कलम घिसते-घिसते अधमरे हो बुढ़ापे में अपना इलाज भी नहीं करा सकते हैं और भीख का कटोरा उनके उपचार के लिए मुख्यमन्त्री के आगे फैलाना पड़ता है। वही मुख्यमन्त्री का कार्यालय अपनी इच्छा से दस बार फोन कर उनसे अनुरोध करता है और बदले में उनकी लेखन की मनचाही कीमत भी पेश करता है, है न शर्म की बात? मगर किसके लिए—उनके लिए या इनके लिए? यह पेचीदा सवाल फिलहाल सदबुद्धिवालों पर छोड़ते हैं और देखते हैं कि उनका समर्थन किस पक्ष को मिलता है!

देश के नेताओं की इन कारगुजारियों को रेडियो, टी.वी. पर सुन-देखकर बब्लू, कंचन, बड़के, मँझले, छुटके या फिर वे सभी लोग जो अपना जीवन आरामदेह बनाना तो दूर, बुनियादी जरूरतें तक नहीं पूरी कर पाते हैं, जो रोज ईमानदारी को नंगा और बेईमानी को सफेद कपड़ों में सजा देखते हैं। वे आखिर क्यों सत्य वचन, नैतिक मूल्यों, सामाजिक मर्यादाओं, पाप और पुण्य, धर्म और अधर्म का फर्क समझ सीधा मार्ग अपनाएँगे? जब उनका जीवन स्वयं कठिनाइयों का भँवर है, तब वे अपने चारों तरफ नाचते हुए अमीरों, शरीफों के घूमते चेहरे देखकर कौन-सी मान्यता अपनाने का दृढ़ संकल्प लेंगे किसी नेता की शपथ की तरह?

49

श्यामलाल त्रिपाठी अपनी नजरों के सामने अपने को अतीत में ढलते देख रहा था। पहले कभी वर्दी पहनकर जब हीरो हाण्डा पर चढ़कर वह शहर का गश्त लगाता था तब उसने लोगों के चेहरे देखे थे। उनपर भय, जिज्ञासा, प्रशंसा का मिला-जुला भाव रहता था। उनके मन में जो हो मगर कानों में आवाज टकराती थी—थानेदार जी, राम राम। दरोगा जी प्रणाम। प्रभारी जी सलाम...फिर जग्गू की मौत के बाद भी यह सिलसिला टूटा नहीं। दुकानदार, जान-पहचान वाले हाथ उठा माथे पर लगा मुस्कुराते थे। मगर अब पास से गुजर जाओ, आँखें टकरा जाएँ, तो भी उनके चेहरे पर पहचान के भाव नहीं उभरते। औपचारिकता निभाने के लिए भी कोई राम, प्रणाम, सलाम की गोहार नहीं लगाता। सबने उसके अस्तित्व को नकार दिया। यह नगर अपना होकर भी कितना बेगाना लगने लगा है?

इन्हीं उदास क्षणों में उसको एक दिन अपना अरैल बहुत याद आया। बालू के टीले और मल्लाहों के पसीने से चमकती मछलियाँ, उनके माथे पर छलछलायी पानी की नन्ही बूँदें, जो उनके खून-पसीने की मेहनत से निचुड़ उनके शरीर का नमक रात-दिन बहाती थीं। मल्लाह बस्ती की कीचड़ भरी गलियाँ और झोंपड़ों में बासी भात की देगचियाँ। बीमारी फैलाने से एक के बाद एक मरते नवजात शिशुओं के नन्हे-मुन्ने शव! अपने स्वार्थ के लिए डरा-धमकाकर जवान तगड़े मल्लाहों से अवैध धन्धा और अनैतिक कार्य करानेवाले पुलिस दरोगा। अपनी ही बिरादरी की मेहनत पर कब्जा जमानेवाले धनवान मल्लाह! कहीं कुछ घट जाने पर, आवाज बुलन्द करने पर पुलिस का डण्डा! ठेकेदारों की शिकायत पर हवालात की सैर और औरतों की बेहुरमती...

इन सारे जोराजोरी के आगे क्या नन्दलाल केवट का लड़का श्यामलाल झुका कभी? उन सारे भँड़वों की औलादों तक का हिसाब साफ किया है श्यामलाल निषाद ने। आज भी इस शहर में मुझ पर कोई हाथ धर सके इसका बूता किसी में नहीं है। जब तक रहा अच्छे-अच्छों की हालत खराब करके रखी। जिसने गर्दन अकड़ाई उसकी ईंट से ईंट बजा दी। यह मेरे दिमाग की कबड्डी थी कि ऊपरवालों को पटखनी दे उनके सीने पर नीचे वाले को बिठाया। किसी ने चवन्नी की कमाई करनी चाही उसको रुपया कमवाया! दूरबीन बिना इस शहर को जो चाहे देखे तो उसको पता चलेगा कि इस दरोगा ने सड़क के किनारे पड़े लोगों को पचास गज की कोठरी का मालिक बना दिया, फिर उन सब आढ़तियों, धन्नासेठों और व्यापारियों का कहना ही क्या जो पहले से रुपयों की गद्दी पर बैठे थे। उनको नोटों के बिस्तर पर सुलाया। अब यह अलग बात है कि नोटों पर सोनेवालों के शरीर पर अक्सर घाव

हो जाते हैं। उसमें श्यामलाल निषाद का कोई हाथ नहीं। उसी तरह अपने भाग्य को मैंने स्वयं लिखा है, किसी मालिक, दानी, परोपकारी या अनाथालय के मैनेजर ने नहीं। इसलिए अपनी तकदीर का अन्तिम अध्याय स्वयं निषाद लिखेगा। श्यामलाल निषाद कोई अनपढ़ नहीं है। उसे जीवन के कड़वे कसैले अनुभवों के साथ काले गूँगे अक्षरों का भी ज्ञान है, जो बोलनेवाले को नयी बोली सिखा देते हैं। सोचनेवालों को नयी विचारधारा दे देते हैं। उन्हीं शब्दों के द्वारा श्यामलाल अपना फैसला लिखेगा, अपना अन्तिम फैसला।

श्यामलाल एक-दो बार जहीर से रास्ते में आते-जाते टकराया था। दोनों ने एक-दूसरे को भरपूर नजरों से देखा था। पहचान के भाव, सलाम-दुआ, कटाक्ष-कड़वाहट की जगह दोनों के चेहरे पर वही पुराने भाव उभरे थे। तुम डाल-डाल तो हम पात-पात। हीरालाल अलबत्ता जब मिलता तो हाथ जोड़ जरूर प्रणाम करता। उसका यह व्यवहार जहीर की समझ में नहीं आया तो भी वह उम्र में छोटा होने के कारण स्वयं हीरालाल को देख हाथ उठा देता। जहीर ने एम.ए. कर लिया और पी-एच.डी के लिए अपने को इनरोल करा लिया था। अब उसको नौकरी की तलाश थी। सारे स्कूल, कॉलेजों का हाल बेहाल था। स्वयं विश्वविद्यालय की स्थिति बुरी चल रही थी। उसका रोज का काम था कि वह यह पता लगाए कि किस स्कूल में जगह खाली है और किस कॉलेज से कोई अध्यापक रिटायर होनेवाला है। इसी के साथ उसने शहर के महत्त्वपूर्ण लोगों से मिलना-जुलना भी शुरू कर दिया था ताकि वक्त- जरूरत वे उसका ध्यान रख सकें। अपने पुराने कॉलेज ईविंग क्रिश्चियन कॉलेज भी गया और उन अध्यापकों से अपनी इच्छा दबे शब्दों में व्यक्त भी कर आया कि वह पढ़ाना चाहता है।

कुलसुम की सेहत सुधर गयी थी। उसका मियाँ जहीर का खत मिलने के बाद पत्नी से मिलने आया था। अपनी मजबूरी और माँ की जबान की कड़वाहट को दबे अल्फाज में बयान भी किया मगर कुलसुम को अपने साथ ले जाने पर राजी नहीं हुआ। बहुत पूछने पर कि आखिर बात क्या है, वह सिर्फ इतना कह पाया "भैया! इसको वहाँ ले गया तो फिर कब्र का मुरदा बन जाएगी। इसलिए इसका रहना उस समय तक यहीं ठीक है जब तक मैं इसको अलग रखने के काबिल न बन सकूँ।" उसकी बात माकूल थी। सबको माननी पड़ी। बड़ी बी को ऊपर वाले पर भरोसा था, जिसने उनकी डूबती नैया पार लगायी थी वही बेटी का घर भी आबाद करेगा।

परसों के अखबार में इन्स्पेक्टर रमेश कुमार के नाम के साथ एक खबर छपी थी कि कार चुराकर बेचनेवाले एक गिरोह को उसने पकड़ा है जो पिछले दस वर्षों से इलाके में सक्रिय था। इस बड़े कारनामे के एवज में पुलिस विभाग ने उसको सम्मानित करने की घोषणा की है। संजय उपाध्याय ने फर्जी रसीदी टिकट, नोटरी टिकट छापकर बेचनेवाले गिरोह को पकड़ा और अशोक मिश्रा ने बीस अवैध शराब विक्रेताओं को न केवल पकड़ा बल्कि उनके नकली शराब बनाने के भट्ठे को कब्जे में कर उन सबको हिरासत में ले लिया। पता लगा है कि देसी शराब के सेवन से कई बार लोग मरते-मरते बचे हैं। पत्रों एवं फोन द्वारा यह खबरें जब जुगनू और जहीर को मिलतीं तो उनके अन्दर बैठा घोड़ा हिनहिनाकर उठ खड़ा होता कि फल की परवाह मत करो, धर्म निभाते जाओ। जो तुम्हारे बस में है, उसमें कमी नहीं आनी चाहिए। बाकी सब सत्ताधारियों पर है कि वह कब तक अँधेर नगरी चौपट राजा के व्यवस्थापक बने रहने की क्षमता अपने में पाते हैं।

आजकल जहीर का मन बिसातखाने की तरफ जाने का बिल्कुल नहीं चाहता था। खासकर तब जब वह किसी लाइब्रेरी में एक बढ़िया पुस्तक के साथ, बैठकर निकला हो। उसके विचारों की एक शृंखला बनती थी जो बनावटी साज-सज्जा के सामान देख चिड़चिड़ाहट में बदल जाती थी। कुसूर उसका नहीं था बल्कि दो विपरीत नजरिये का था। एक सच्चाई की खोज में पर्दे, धूल और मन-मस्तिष्क का जाला साफ करने का मिजाज रखता था तो दूसरा बदसूरती को छुपा बदतर को बेहतर बनाने का दावा करता था। इस रस्साकशी में जहीर का झुँझला जाना एक सहज प्रक्रिया थी। चूँकि उसका स्वभाव एक सामाजिक अलोचक एवं समाजसेवी जैसा था इसलिए अपनी प्रकृति के चलते उसका झुकाव किताबों की तरफ होना कोई आश्चर्य की बात न थी। रोज-रोज की इस परेशानी से बचने का एक उपाय जहीर ने निकाल लिया। जुगनू और अम्मा से सलाह-मशविरा कर उसने अपनी बात कुलसुम और बड़ी बी के सामने रखीं। दोनों रजामन्द थीं। उन्हें तो अन्धा क्या चाहे, दो आँखें। वह बैठे-बिठाये मिल गयी थीं। कुलसुम ने पति को पत्र डाला कि जहीर भाई ऐसा सोच रहे हैं, क्या तुम्हें मंजूर है?

वह बन्दा खत पाते ही जवाब देने की जगह खुद बक्सा उठाये तीसरे दिन सुबह घर के दरवाजे पर मौजूद था। बाहर के कमरे से बड़ी बी अपनी पोटली निकाल गल्ले की कोठरी में बसोला डाल अपना सुभीता बनाने में लग गयीं। जहीर कुलसुम के मियाँ को लेकर दुकान पर पहुँचा और जुबैर को सारी बात समझायी। जहीर को अभी कुलसुम के मियाँ पर पूरा भरोसा क्या आधा भरोसा भी नहीं बन पाया था, मगर वह यह तजुर्बा इसलिए भी कर रहा था कि उसके इस कदम से कई लोगों को एक साथ लाभ पहुँचनेवाला था। जहीर का कासिम पर एतबार न करने के दो

कारण थे। एक उसका अपनी माँ से डरना और दूसरा अपनी ब्याहता बीमार औरत को बूढ़ी सास के हवाले कर हर फिक्र से आजाद हो जाना। ये दो कमजोरियाँ या गलती उसकी ऐसी थीं जो जहीर को डाँवाडोल किये हुए थीं।

सुधीश टार्जन पूरे शहर में छलाँगें लगा अपनी धाक जमाने की कोशिश में एक मोहल्ले से दूसरे मोहल्ले के बीच झूला झूल रहा था, मगर वह बात नहीं पैदा कर पा रहा था जो जग्गू झींगुर में थी। त्रिपाठी के कारण जग्गू ने शहर के बहुत महत्त्वपूर्ण लोगों के बीच बैठक जमाना और महफिल सजाना शुरू कर दिया था जिसके कारण उसका काम-धन्धा चल पड़ा था। सुधीश को त्रिपाठी की तरह कोई भी धाँसू पुलिसवाला अभी तक नहीं मिल पाया था जो उसका जिगरी दोस्त बन उसके काम-धन्धों में न केवल हाथ बँटाये बल्कि नये सम्पर्क-सूत्र उसको थमाये। एक-दो दरोगा और सिपाही साले मिले भी तो इतने टटपुजियाँ निकले कि बड़ा खेल खेलने का उनमें दम तो दूर, दृष्टि ही नहीं थी। चन्द रुपया जेब में रख वह सन्तुष्ट हो बैठ जाते थे। यही हाल कर्नलगंज थानाध्यक्ष का था। पहली चन्द मुलाकातों में उसने बड़ी-बड़ी योजनाएँ बनायीं, मगर जरा-सा किसी ने कुछ दिखाया कि बस राल टपक पड़ी और आगे की सारी योजना पर पानी फिर गया। यही हाल वकीलों का था। जमकर बैठते ही नहीं हैं किसी फाइल पर और ये नये उभरते व्यापारी इनको फ्री गिफ्ट, डिस्काउण्ट, लकी ड्रा, बम्पर सेल आदि से फ़ुर्सत मिले तो वे कोई बड़ा काम करने की सोचें।

अक्सर सुधीश सोचता कि त्रिपाठी एक तनावर दरख्त था। उसके गिरने से इतनी बड़ी क्षति अपराध की दुनिया को नहीं पहुँची जितनी पेड़ के गिरने के बाद उसकी गहरी जड़ों ने आसपास की जमीन पर उखाड़-पछाड़ मचा दी है और मीलों तक मिट्टी उखाड़ फेंकी है। उसी तरह जैसे आपातकाल लग जाने के बाद कुछ कटु अनुभव नौकरशाही को हुए थे और जिसके फलस्वरूप नौकरशाही ने नेताओं से अपने सम्बन्धों क़ो तोड़ा तो नहीं परन्तु बचकर पासा फेंका ताकि वे फँस न सकें, उलटा मन्त्रियों को फँसा सकें। कुछ वैसा ही अनुभव राष्ट्रपति शासन लागू होने के जमाने में अपराधियों एवं पुलिस को हुआ जिससे उनके विश्वास को गहरी चोट लगी कि अपराध की दुनिया बिना छतवाला एक ऐसा घर है जहाँ मुसीबतों के समय सर नहीं छुपाया जा सकता है और इसी कारण हर अपराधी फिलहाल कम खतरेवाला छोटा खेल खेलना चाहता है। ऐसे बेढंगे समय में सहयोग तो जब-तब मिलेगा मगर विश्वास नहीं। इसलिए इस गड़बड़झाले जैसे समय के बदलने का इन्तजार करना पड़ेगा। सुधीश टार्जन ने अपनी योजनाओं को थोड़े समय के लिए स्थगित कर दिया।

त्रिपाठी ने अपने उन सभी साथियों को, जो उसको बिसरा बैठे थे, साथ मिल-बैठने का न्यौता भेजा, जिसको पाकर सब ही अचम्भित हुए। कुछ को शंका हुई कि त्रिपठिया साले का कहीं से काम बन रहा है तभी...कुछ ने सर खुजाया कि ससुरा कहीं हमसे सहायता-वहायता तो नहीं माँगनेवाला है? कुछ ने खिल्ली उड़ाते हुए कहा कि रस्सी जल गयी है मगर साले में बल अभी बाकी है। कुछ ने झुँझलाकर कहा कि अब इस उल्लू की दुम से क्या लेना-देना है जो इसकी जी-हुजूरी कर अपना टाइम खराब करें।

इन सारी अभिव्यक्तियों के बावजूद कुछ की आँखों का पानी अभी पूरी तरह मरा नहीं था, इसलिए बीस में से पन्द्रह लोग वहाँ यह सोचकर पहुँचे कि तेल देखो, तेल की धार देखो। त्रिपाठी उस रात बड़े मूड में था। सबसे छेड़छाड़ कर रहा था। विधायक विश्वकर्मा को देखकर बोला—

"साले लोहट्टे! तेरा का हाल रहा...झोली में भूसी नहीं सराय में डेरा!...जिन्दगी भर गर्म लोहे पर हथौड़ी मार हथेली के छाले फोड़ता रहता। अब बोल, कैसा तेरा समय बदला मैंने। मोटाइ का मंगल है।"

"वह तो है।" विश्वकर्मा ने गर्दन हिला दी मगर अपने रुतबे के चलते कनखियों से दायें-बायें देखा कि उपस्थित जनों ने सुना तो नहीं।

अभी महफिल जमी ही थी कि लाँग सँभालता देवीशंकर पहुँचा और सोफे पर दोनों पैर उठा तोते की तरह बैठ नाक पर आये चश्मे को बराबर करता हुआ बारी-बारी से सबका मुँह देखता रहा। तभी कहकहा लगा त्रिपाठी ने उसकी पीठ पर धौल जमायी और कहा—

"कस बे सूदखोर! तेरा का हाल है दिलदरिया? जिन्दगानी गुजार देता लटाई चलाने गें और बहीखाता बनाने में। सरवा को कलम धरै का सहूर न रहा, मगर मेरी बतायी तरकीब से गुरू अब एक शानदार होटल और दो कारखाने के मालिक हो गये हो। बाकी का जाय दो वरना इनकम टैक्सवाले पहुँच जइहें।"

"अब बस करो, बहुत पी लिये हो।" खिसियाकर देवीशंकर बोला।

त्रिपाठी इसी तरह की ताने-तिशने से सबको आईना पेश करता रहा और पीता रहा, पिलाता रहा। उसकी बोलचाल, कपड़े पहनने का ढंग सबको आज अलग-सा लग रहा था। आखिर त्रिपाठी इलाहाबादी था। इलाहाबादियों का गुण उसमें मौजूद था—एक ही समय में दस तरह से अपने को व्यक्त करना—कभी अवधी में तो कभी नफीस उर्दू में, कभी स्थानीय बोली में तो कभी सरस हिन्दी में, कभी देहाती में तो कभी खिचड़ी भाषा में। सो त्रिपाठी स्वतन्त्र था आज की रात कि वह कौन-सी बोली बोले और किसको कौन से नम्बर का जूता लगाए।

रात के एक बजे जाकर महफिल समाप्त हुई। नौकर ने कमरे में बिखरा

सामान समेटा। लुढ़की बोतलों को बोरे में भरा। गिलासों को रसोईघर के कोने में लगाया। मुर्गे की हड्डियों, अधखाये जूठे कबाब, सलाद के टुकड़ों और छितरी दालमोट को समेट कूड़ेदान में डाल उसने सोफे पर गिरे जूठन को उठाया। वह अपने काम में इतना व्यस्त था कि उसको पता ही न चला कि उसके साहब जी कब बाहर निकले। हीरो होण्डा स्टार्ट होने की आवाज जो कानों से टकरायी तो वह हाथ का काम छोड़ खिड़की के पास पहुँचा। साहब जी तब तक आगे निकल चुके थे। उसने घड़ी देखी। दो बजनेवाले थे।

"इस समय साहब जी कहाँ चल दिये!" कहता हुआ वह मुड़ा और पीछे से जमीन का कूड़ा समेटने लगा।

बाहर सड़क बिल्कुल सुनसान थी। नौकर ने सारे घर में जलती बत्ती एक-एक करके बुझायी और बीच के कमरे का दरवाजा उढ़काकर बाहर बने चबूतरे पर आकर बैठ गया। उसके मन में कई तरह की बातें उठ रही थीं—"आज कितने दिनों के बाद साहब जी पालटी किये रहे! प्रसन्न भी दिखत रहे! घर मा रौनक लगी तो आपन जियरा भी लगा वरना..."

नौकर ने जोर की जम्हाई ली। उसकी आँखें नींद से मुँदी जा रही थीं। तभी फोन की घण्टी बज उठी। वह अपनी जगह से उठा और तेजी से दरवाजा खोल अन्दर लपका। मगर जब तक वह फोन उठाता, घण्टी बन्द हो चुकी थी। नौकर ने झुँझलाकर कहा—"धत् तेरी की"। अभी इतना कह वह मुड़ा ही था कि घण्टी फिर बज उठी। उसने हाथ बढ़ाया ही था कि घण्टी रुक गयी। उसने घूरकर फोन को देखा और पालथी मारकर वहीं बैठ गया। बिजली चली गयी थी। उसने उठकर मोमबत्ती नहीं जलायी। उसकी आँखें नींद से मुँद रही थीं। अभी वह ऊँघा ही था कि फोन की घण्टी फिर बज उठी। उसने बजने दिया। पूरी घण्टी बजकर दोबारा जब फिर बजी तो उसने रिसीवर उठाया।

"हलो!"

"यार त्रिपाठी, मेरी बात ध्यान से सुन" उधर से आवाज आयी!

"साहब जी नहीं हैं!" नौकर ने बताया।

"साहब जी नहीं है तो तू सुन त्रिपाठी, फोन मत रखना, बार-बार फोन मिलाते-मिलाते मेरी उँगली थक गयी हैं। सुन त्रिपाठी, ध्यान से सुन। जो मैं कहना चाहता हूँ...त्रिपाठी सुन रहा है न जो मैं कह रहा हूँ? उसको..." आवाज लड़खड़ा रही थी।

"कौन बोल रहे हैं आप? साहब जी कहीं गये हैं!" नौकर ने कहा।

"कहीं जाये की जरूरत नहीं है। हम विश्वकर्मा—तोहार मित्र अभी मरा नय है...ठहर मेरी बात सुन...ध्यान से सुन! मैं जो कह रहा हूँ वह समझ गया न...मैं

कह रहा था कि...'' विश्वकर्मा बिना रुके बोले जा रहा था। नौकर ने माथा पीटते हुए कहा–

''साहब जी को बता दूँगा।'' नौकर ने ऊँची आवाज में कहा।

''तुमका बतावे की जरूरत नहीं। अब विधायक विश्वकर्मा सबको डण्डा करेगा और...''

नौकर ने बीच में ही फोन रख दिया और बाहर निकला। सड़क सन्नाटी थी। पेड़ अलबत्ता हवा में झूम रहे थे। उसने दरवाजा भेड़ा और अन्दर आया। बत्ती अभी तक नहीं आयी थी। मच्छरों के झुण्ड अँधेरा पाकर नौकर के बदन से लिपट गये। उनके डंक से बिलबिला वह अपने को ही मार-मार कर गाली बकने लगा।

''ठहर साले...मरा न...कान पर भिनभिन...तू भी ले...लगता है आज तुम सबकी मौत आय गयी है...'' बड़बड़ाते वह नींद में डूब गया।

श्यामलाल त्रिपाठी तेज रफ्तार से साली सन्नाटी सड़क पर हीरो हाण्डा दौड़ा रहा था। एक-दो जगह चेक पोस्ट और सड़क किनारे खड़े सिपाहियों ने रफ्तार देख सीटी मारनी चाही मगर त्रिपाठी की हीरो हाण्डा पहचान यह सोच उसको नहीं रोका कि अब त्रिपाठी उनकी नहीं कानून की जिम्मेदारी है। वह कानून जो कोर्ट-कचहरी में आँखों पर पट्टी बँधी औरत के हाथों में पकड़े तराजू में कैद है।

श्यामलाल की रफ्तार से लग रहा था कि वह अपनी धुन में है। किसी आवेग में है। सोच के तेज चलने वाले वाहन पर वह सवार है। छोटी-बड़ी सड़कों, चौराहों, इमारतों, घरों के मोड़ों से चक्कर काटता हुआ अब वह नैनी-पुल पर पहुँच चुका था। जहाँ जाकर उसकी रफ्तार धीमी पड़ गयी थी। पुल भीड़ से फुर्सत पा शायद अभी-अभी खाली हुआ था। त्रिपाठी ने मोटर साइकिल रोकी और इंजन बन्द किया। नीचे उतरकर उसने हेलमेट उतारी और आगे बढ़ पुल की रेलिंग पर हाथ रखा। ठण्डे लोहे के स्पर्श से वह सिहर उठा। अपने इस तरह सिहरने पर उसे ताज्जुब हुआ। वह कुछ देर अँधेरे को घूरता हुआ खड़ा रहा। नीचे पानी से लबालब भरी यमुना बह रही थी! चलचित्र की तरह काले पर्दे पर बहुत-सी घटनाएँ, बहुत से चेहरे गुजर रहे थे!

चारों तरफ गहरी निस्तब्धता छायी हुई थी। पौ फटने में अभी बहुत देर थी। परिन्दे अपने घोंसलों में पंख दुबकाये बैठे थे। बड़े मद्धिम स्वरों में लहरों के बनने और टूटने की ध्वनि सुनाई पड़ रही थी और कभी-कभी हवा की थरथराहट त्रिपाठी को छूकर निकल जाती थी। त्रिपाठी के दिल में कुछ चटखा। भावना का ज्वार जो उसने सीने में बाँध रखा था, एकाएक प्रकृति की विराटता के सामने फूटकर बह

निकला। किसी बच्चे की तरह त्रिपाठी सुबक-सुबककर रो रहा था। ऐसा लग रहा था जैसे आज उसकी छाती टूटकर दो टुकड़े हो जाएगी। पूरा शरीर भावना के आवेग से बेंत की तरह काँप रहा था। कुछ देर बाद वह सामान्य स्थिति में लौटा। चुपचाप खड़ा यमुना के पानी में जाने क्या तलाश करता रहा!

"माई! याद है एक रोज तुम्हरे पास से खाली हाथ गये रहे इलाहाबाद नगर पर राज करे और आज फिर लौटे हैं तुम्हरी शरण मा...खाली हाथ आये हैं...जानत तो हो तुम हमका, हम केहू के ताबेदार नहीं। अब मरबे तो आपन मर्जी से...कउनो हिजड़े के पास इतना बड़ा कलेजा नहीं कि उ हमका हाथ लगावे आँख दिखावे!" इतना कह त्रिपाठी ने दोनों हथेलियों से चेहरा पोंछा और अँधेरे में यमुना के पानी को कुछ पल ताकता रहा। फिर एक गहरी साँस ले जेब से रिवाल्वर निकाला जिसमें केवल एक गोली बची थी। त्रिपाठी के चेहरे से करुणा की तरलता गायब हो गयी और चट्टान जैसी दृढ़ता उभर आयी। आँखों में गहरे तिरस्कार का भाव उभरा। होठ सिकुड़ गये!

"जिस साले मादर...में दम है वह श्यामलाल निषाद को अब पकड़कर देखे!" कह त्रिपाठी ने कनपटी पर रिवाल्वर रखा। आँखों के सामने तीनों लड़कों के चेहरे उभरे। मन में हूक के साथ ही सन्तोष भरी गुंजार उठी–

"सुखी रहो! हम कमाय के बहुत धर दिया है तुम लोगन के लिए!" कह उसने टिगर दबाया और यमुना में छलाँग लगा दी।

गोली की आवाज के बाद ही छपाक की ध्वनि गूँजी। फिर सब कुछ शान्त हो गया! यमुना उसी तरह प्रवहमान रही जैसे बरसों से बहती आयी थी। खाली पुल पर हवा उसी तरह अठखेलियाँ करती चलती रही जैसे रोज लोहे के खम्भों को छूती, पकड़ती, दौड़ती थी! पेड़ उसी तरह घटनाओं के साक्षी बने किसी रक्षक की तरह खामोश मगर होशियार मुद्रा अपनाये खड़े रहे मगर बादल तटस्थ नहीं रहे और रंग बदल बैठे। अमृत कलश उन्हीं बादलों के बीच से निकला और चारों ओर उजाला फूट पड़ा। नदी किनारे जीवन की चहल-पहल शुरू हो गयी। चिड़ियों की चहचहाहट के साथ जिन्दगी से भरपूर एक और दिन उगा, जो यह नहीं जानता कि आज उसके सादे पन्ने जैसे वक्षस्थल पर घटनाओं और दुर्घटनाओं की कितनी रपटें दर्ज की जानेवाली हैं।

50

सूरज की मुलायम नर्म धूप जब नैनी पुल पर अपना नारंगी लहँगा सँभाले उतरी तो उस समय सायकिल के कैरियर पर बँधे शव के साथ एक सवार पुल पार कर रहा था। उसकी निगाह दूर पर खड़ी मोटर सायकिल से जा टकरायी, जिसका सवार उसको आस-पास कहीं दिखा नहीं। पैडिल पर पैर मारता अपनी पत्नी का शव ले वह आगे बढ़ गया। सदमे और थकान से उसका रोम-रोम दुःख रहा था। मीलों की यात्रा तय करके आ रहा था मगर हालात से वह हारा नहीं था। उसके इस विश्वास का अन्दाजा पैडिल पर घूमते उसके सधे पैरों को देखकर कोई भी आसानी से लगा सकता था।

धूप के फैलते ही पुल पर आवाजाही शुरू हो गयी। पुलिस कण्ट्रोल रूम को सूचना मिली कि एक लावारिस मोटर सायकिल नैनी पुल पर खड़ी है। बिना देर किये पुलिस वहाँ पहुँच गयी। मोटर सायकिल को पहचानते देर नहीं लगी कि यह श्यामलाल त्रिपाठी की सवारी है। इत्मीनान की खातिर गाड़ी का नम्बर कन्फर्म किया गया और दो में से एक पुलिसवाला मोटर सायकिल चलाकर थाने की तरफ लौटा और दूसरा केवल मन की शान्ति के लिए आस-पास सुनगुन लेने लगा कि शायद इन्स्पेक्टर जी इधर-उधर कहीं गये हों। मगर इतने लम्बे पुल पर बीचोंबीच गाड़ी खड़ी कर कहाँ जाएँगे? मन में उठी शंका को वह सच मानने को तैयार न था। तो भी उसने पुल से नीचे बहती यमुना को ताका! उसने कुछ समय दरोगा जी के साथ गुजारा था। वह ऐसे आदमी नहीं थे कि हार मानकर जान दे दें। वह कुछ देर अपने में उलझा खड़ा रहा।

सबूत न मिलने के बावजूद पुलिस विभाग की अनुभवी आँखें स्थिति को आँक चुकी थीं कि त्रिपाठी ने अपनी जीवन-लीला समाप्त कर ली है। मगर विश्वास से तो तभी कहा जा सकता था जब लाश मिलती। क्या पता कि यह उसकी कोई चाल हो या फिर शरारत? खोजबीन के अपने तौर-तरीके पुलिस अपना चुकी थी। जगह-जगह मछियारों को सचेत कर दिया गया था कि कोई लाश मिले, तो फौरन सूचना देना। पुलिस विभाग द्वारा कोई भी सूचना देने से पहले ही शहर में त्रिपाठी की आत्महत्या की बात एक मुँह से दूसरे मुँह तक होती फैल गयी। जिसको सुन-सुनकर त्रिपाठी को अन्तिम बार, उस देर रात देखने का दावा करनेवालों की संख्या धीरे-धीरे बढ़ती गयी और कहानियाँ उलझी-सुलझी-सी बनती चली गयीं।

यह अफवाह कूदती-फाँदती जहीर के कानों में उस समय पहुँची, जब वह ईविंग क्रिश्चियन कॉलेज से अपना नियुक्ति पत्र लेकर लौट रहा था। मन हर तरह के दुख से पाक था। भटकने के बाद अपने ठिकाने लौटने की खुशी थी। उसके

अन्दर सुरक्षा और विश्वास का अहसास जाग उठा था। उसके पैरों के नीचे उसकी अपनी ठोस जमीन थी। उस समय ऐसी खबर का मिलना किस बात का संकेत था?

इस खबर को सुनकर वे सब सफेदपोश बड़े खुश हुए जिनको सम्मन आदि त्रिपाठी पर चलाये मुकदमों के चलते मिले थे। जो पेशी में बार-बार हाजिर हो अपनी फजीहत करवा चुके थे। उन्होंने भगवान् को धन्यवाद दिया कि चलो फसाद की जड़ समाप्त हुई। अब कैसा मुकदमा, कैसी पेशी? जहाँ मुँह भरा वहाँ नोटों की अफीम खा क्या पुलिस, क्या वकील सब अण्टागफील हो जाएँगे। लम्बी तानकर सोएँगे। त्रिपाठी जा चुका था मगर उसकी छाया उससे भी बड़ी होकर शहर के कई हिस्सों पर पड़ रही थी। जहाँ लोग बेचैन थे, चिन्तित थे।

जुगनू ने इण्टर पास कर लिया था। अब वह बी.ए. का रेगुलर विद्यार्थी होना चाह रहा था। उसके दाखिले को लेकर जहीर फिक्रमन्द था। बदनाम कॉलेजों में पलक झपकते दाखिला मिल जाएगा, मगर वहाँ न पढ़ाई होती है न ही ऐसा माहौल बनता है जिससे विद्यार्थी के व्यक्तित्व में कोई महत्त्वपूर्ण योगदान हो। ऐसे कॉलेजों में जाकर जुगनू को सिवा गुण्डागर्दी और अनुशासनहीनता के कुछ नहीं मिलनेवाला था। बहुत दौड़-धूप करने के बाद इलाहाबाद डिग्री कॉलेज में जुगनू को बी.ए. पार्ट वन में एडमिशन मिल गया। तब कहीं जाकर जहीर चिन्तामुक्त हुआ।

इन दिनों दोनों मित्रों की व्यस्तता इतनी बढ़ गयी कि उनका मिलना हफ्ता-पन्द्रह दिनों में होने लगा। दोनों के अपने यार-दोस्त भी बनने लगे थे। जुगनू के सहपाठी उसको भाईसाहब कहते थे मगर यारी जुगनू के साथ ही करते थे। नोट्स साथ बनाना, पिक्चर देखने निकल जाना, चाटवाले से लेकर करैला पत्ते-पत्ते भर खाना ......और उधर जहीर अपने कुलीग टीचरों के साथ कभी सिविल लाइंस काफी पीने निकल जाता तो कभी किसी सेमिनार में करेण्ट टॉपिक्स पर धुआँधार बहस करने में व्यस्त हो जाता। इस सबके बावजूद एक गहरे जुड़ाव का सिलसिला उनका बना हुआ था। सबको सबकी खबर रहती और वक्त-जरूरत वह एक-दूसरे के पास पहली-सी तड़प के साथ पहुँचते थे। उनके सामने अब नयी चुनौतियाँ भी आ खड़ी हुई थीं, जिनको पूरा करना भी उनके कर्तव्य में शामिल हो गया था। जैसे जहीर ने एक संस्था की नींव 'मुस्कान' नाम से डाली। जिसका काम था कामगार बच्चों को रात्रि पाठशाला में दो घण्टे पढ़ाना। यह काम उसने अपने घर से शुरू किया था, जिसके प्रथम विद्यार्थी बने थे जुबैर और उसका भाई ताहिर!

जहीर को यह काम भावना के स्तर पर जितना आसान लगा था, व्यावहारिक रूप से उतना ही कठिन लगने लगा। सारे दिन के थके लड़के ताश खेलने, देसी

चढ़ाने, खा-पीकर जल्दी सोने या फिर टी.वी. पर पिक्चर देखने के इतने आदी हो चुके थे कि उनको फिर सिर झुकाकर काले अक्षरों में अपना सर खपाना अर्थहीन लगता था। उनके जीवन का एक ही ठोस लक्ष्य था पेट भरना और जब वह मेहनत-मजदूरी करने से हल हो जाता था तो फिर क्या जरूरत है उन रास्तों की तरफ भागना जिसका कोई सम्बन्ध उनके रोज के जीवन से नहीं है। जहीर को यकीन था कि जिस दिन वह यह सच जान लेंगे कि उनकी मजदूरी उनको कम इसलिए मिलती है कि न वह पढ़ सकते हैं और न ही जोड़-घटा सकते हैं, उस दिन वे जरूर उसकी पाठशाला में अपना नाम दर्ज करवाने आएँगे।

जुगनू ने जहीर के साथ मिलकर 'मुस्कान' की दूसरी ब्राँच अतरसुइया में अपने यहाँ खोल ली थी, जहाँ उसने लड़कों-बच्चों के साथ प्रौढ़ शिक्षा को भी शामिल कर लिया था। उसको इससे सबसे बड़ा लाभ यह मिला कि छुटकी बहन की विदाई के बाद जो माँ अकेली रहते-रहते बदन-दर्द, सर-दर्द से परेशान रहती थीं, उनका अकेलापन दूर हुआ और वह स्वयं गुरु बन घर का काम-काज जल्द समेट अपने विद्यार्थियों के साथ बैठक जमाने लगी थीं। इससे उनकी अपने मोहल्ले में धाक जमने के साथ ही सम्मान में भी वृद्धि हुई मगर इसकी उन्हें जरूरत न थी। जो सबसे बड़ी बात उनके मन को भायी थी वह थी घर में खोयी रौनक के साथ चहल-पहल का लौटना!

सिपतुन भी अपनी मौजूदा जिन्दगी से बहुत खुश थी। जहीर को जब सूट में सजा-धजा देखती तो आँखों से बलाएँ ले मन-ही-मन अपने मियाँ नसीम अहमद को याद करती। जो इसी तरह किताबों को गोद में उठाये घर से निकलते और गोद में उठाये वापस लौटते। बेटे की तरफ से मुतमईन सिपतुन खाली वक्त में रिसाले पढ़ती। कुलसुम और बड़ी बी के आने से घर की रौनक ही नहीं बढ़ी थी बल्कि उसमें एक तरह की तरतीब भी आ गयी थी, जिसने सिर्फ चेहरों पर नहीं बल्कि घर में भी एक चमक ला दी थी। यह सब देखकर अक्सर सिपतुन अपनी सास फिरोजजहाँ को याद करतीं कि काश! अम्मीजान आज का दिन देखने के लिए चन्द साल और जिन्दा रह लेतीं ताकि देख पातीं कि उनका लगाया पौधा एक ताकतवर दरख्त बन चुका है जो जाड़ा, गर्मी, बरसात की मार सहकर भी अपने को उसी तरह जिलाये हुए है जैसा अम्मीजान चाहती थीं।

जहीर के व्यक्तित्व और खानदानी सिलसिले को देख अब लड़कीवालों की तरफ से पैगाम-पर-पैगाम आ रहे थे। मगर जहीर का ध्यान घर बसाने की तरफ नहीं था। यही हाल जगन्नाथ का था। माँ के बिगड़ने, रूठने के बावजूद जगन्नाथ छोटे भाई के ब्याह के लिए माँ से लड़की ढूँढ़ने को कहता। जब माँ इनकार में कहती कि पहले बड़ा भाई तो ब्याह करे तो वह भी चिढ़कर कह बैठता, "फिर बैठी रहो

इन्तजार में...एक दिन मैं ही अपनी पसन्द की कोई लड़की भाई के लिए ढूँढ़ लाऊँगा। तब नाक-भौं मत चढ़ाना।''

जहीर और जुगनू अपने आगे अपनी-अपनी माँ की एक भी न चलने देते। मगर बसन्त का पाला अपनी भौजी रामकली से पड़ा था। उसका मन अपने यादव समाज में जरा इतरा के चलने को कर रहा था। लड़कियाँ तो वह बहुत पहले से देख-छाँट रही थी। कई जगह चाय-खाना भी खा चुकी थी। जिन घरों से बहनापा जोड़ा था, वहाँ से होली-दीवाली मिठाई पकवान उपहार भी ले चुकी थी। प्रतीक्षा करते-करते जब वे सब हार गये तो बहाने-बहाने से रामकली से मिलने-मिलाने पहुँच जाते। इस समय रामकली के होश ठिकाने लग जाते। उसकी यह दुर्दशा देख शरद एक दिन बोल पड़ा, ''मना नहीं करता था कि यह सब न करो...अब ऋण उतारै की तुम्हार बारी है। करो आदर-सत्कार और बहानेबाजी।''

'''हमका एक लड़की पसन्द आय गयी है। तुम भी अपने प्यारे भैया को बुलाय के दिखाय देव। ताकि कल हमरे ऊपर लांछन न लगे कि...'' रामकली रूठे स्वर में बोली।

''ओके पसन्द की इतनी फिकर है; तो लाय देव ओका अपनी पसन्द की बहू का, तुम काहे चिन्ता में मरी जात हो?'' शरद ने रामकली को चिढ़ाने के लिए कहा।

''ठीक है!'' कह रामकली ने गर्दन हिलायी और चुपचाप रोटी बेलने लगी। दोनों भाइयों को लेकर इस समय उसका पारा चढ़ा हुआ था।

''इनकी जितनी फिकर करो, इ दोनों उतना ही बनत हैं। सीधी बात का घुमाय-फिराय के जवाब देइहें...हमसे का मतलब भाई। लाएँ देवरजी अपनी पसन्द की दुलहिन...अब रहे लगे हैं कानपुर मा। ऊँची दुकान बढ़िया पकवान। कौन जाने हमरे साथ महारानी जी रहेंगी भी या नहीं, जो हम चिन्ता में अभी से अपने को घुलाएँ?''

शरद पत्नी के चेहरे पर आते-जाते हाव-भाव को देख मुस्कुराये बिना न रह सका। मगर चुप रहा। ज्यादा छेड़छाड़ करने से बात बिगड़ सकती है। उसने बरबस जबान पर आते वाक्यों को रोका और पिछवाड़े की तरफ चला गया कि देखे सुनयना और काजल के क्या हाल हैं।

सरकार में एक बार फिर उथल-पुथल मच गयी। साझे की सरकार की यही सबसे बड़ी दिक्कत होती है कि वैचारिक भेदभाव बढ़ा नहीं, लाभ-हानि का बटखरा ऊपर नीचे हुआ नहीं कि दूसरा गठबन्धन करने को तैयार। एक पार्टी ने तोताचश्मी दिखायी नहीं कि साँझा सरकार गिरी। चैन से बैठना तो इन सत्ताधारियों को आता

नहीं। जैसे स्वतन्त्रता संग्राम के बाद दंगे शुरू हुए—कानपुर, इलाहाबाद, मुरादाबाद, फिरोजाबाद, अलीगढ़, भागलपुर, सूरत, बम्बई, गुजरात यह सिलसिला आज छः दहाई के बाद भी बन्द होने का नाम ही नहीं ले रहा है। आगे जाने कौन-सा प्रान्त कौन-सा शहर जल उठे? कभी भोपाल गैस काण्ड बन विपदा आन पड़ती है, तो कभी पंजाब अलगाववाद बन। कश्मीर है कि तबाह हुए चला जा रहा है। आखिर सियासी आतंक का यह विनाशकारी दौर कब तक चलेगा? देश के नागरिक हर दो माह बाद किसी-न-किसी बड़ी घटना के घटने से दहल उठते हैं। कभी रेल टकरायी तो कभी हवाई जहाज गिरा, तो कभी बाढ़ आयी, तो कभी सूखा पड़ा। नेतागण विदेशी हाथ बता-बता सारी समस्याओं को और उलझा देते हैं।

देश की अपनी घरेलू और आर्थिक समस्याएँ सुलझती नहीं हैं कि भारतीय सभ्यता एवं भारतीय राष्ट्र की आपसी टकराहट शुरू हो जाती है। अपनी दुकान लगाने के चक्कर में साँझी संस्कृति को कैंची से काट दो फाँक करने की साजिशें चालू हो जाती हैं। जो आम इन्सानों के वास्तविक मुद्दे नहीं हैं, उन पर मानसिक कसरत शुरू कर दी जाती है। खुद आग लगा आँसू पोंछने का दोगलापन अपना लिया जाता है। गरीबों के लिए कुछ करने की जगह आतंक में मारे लोगों के परिवार को मोटी रकमें देने का आश्वासन जारी कर दिया जाता है। हर उस जख्म पर उँगली रखी जाएगी जो नासूर बनने की स्थिति में हो ताकि समस्याएँ हल होने और घाव भरने की जगह रोग का एक उलझा गोला बन जाए, जिसको सुलझाने का ऐसा नाटक रचा जाए ताकि उस उपक्रम में समस्याएँ और उलझती जाएँ। जिस देश का यह सियासी-सामाजिक एजेण्डा हो जाए, वहाँ पर उन सबकी तो बन आएगी, जिनकी सोच टेढ़ी है, जो अराजकता में ही अपनी खुशहाली देखते हैं, जो खुद अपने और अपने परिवार तक सीमित रहते हैं और देश का दोहन करते हैं।

ऐसे विकट समय में यदि आम इन्सान मनोरोगी हो जाए या उग्र स्वभाव का बन जाए तो आश्चर्य नहीं होना चाहिए। ऐसे लोगों से शहर अटा पड़ा है, जिसमें सुन्दर हिजड़े का भी नाम लिया जा सकता है, जिसने नयी तरह की गुण्डागर्दी का चलन शहर में चला दिया है। उसके अपने तेवर, अपने आक्रोश थे। बात-बात पर ताली बजा लहँगा उठा सामनेवाले को ऐसा अपमानित करता कि वह उसका मुँह देखता ही रह जाता था। उसने दस-बीस चेले-चापड़ अपने स्वभाववाले पाल रखे थे। पैसे और इनाम मनमर्जी न मिलने पर वे सब ढोलक पीट-पीटकर मोहल्ला सर पर उठा लेते और तालियों को कान के आस-पास बजाकर गालियों की वह रंगारंग पिचकारियाँ मारते कि सुननेवाला या तो पगलाकर मन-माँगा धन दे देता था या फिर स्वयं गाली बक-बककर ऐसा हाथ-पैर चलाकर मटकता कि देखनेवाले दंग रह जाते। इस हुड़दंगबाजी को देख दुकानदार पहले से तयशुदा रकम सामने निकालकर रख

देते थे, ताकि न संवाद की स्थिति बने न हिजड़े अपनी ढोलक से कान फाड़ें। कुछ लोगों का ख्याल था कि ये हिजड़े नहीं हैं, बल्कि हिजड़े बन लोगों को लूटने निकला एक गिरोह है।

भिखमंगों का राजा पावरोटी था, जो अपनी शहाना चाल के कारण दूर से पहचाना जाता था। एक टाँग खराब और गर्दन टेढ़ी होने के कारण वह तिरछी नजर से सामनेवाले को देखता था। उसकी यह चाल किसी दम्भी सम्राट की-सी लगती थी। वह पाँच रुपये से कम भीख लेता ही नहीं था। देनेवाला बोल दे अगर तो फिर पावरोटी वर्तमान अर्थशास्त्र और भिखारी की दयनीय स्थिति पर आधे घण्टे या पैंतालीस मिनट से कम लेक्चर नहीं देता था। लोगों का ख्याल था कि यह किसी मायूस अर्थशास्त्री की एक ऐसी भटकती आत्मा थी जिसका सपना अध्यापन का था और वह पूरा न हो सका।

पिछले कुछ दिनों से चौक घण्टाघर के सामने एक पागल औरत अजीब से कपड़े पहन टहलती रहती थी। लोगों का ख्याल था कि यह खुफिया पुलिस की मुखबिर है। जो भी खरीदारी के बाद थैला उठाये दुकान से उतरता दिखता, वह ठहाका मार हँस पड़ती और उसके मुँह की तरफ हाथ उठाकर कहती, ''खरीद तो लिया है मगर पछताओगे।'' उसकी बात सुन कुछ ग्राहक कन्धा उचका उसको बुरा-भला कहते आगे बढ़ जाते। कुछ ठिठक सोच में पड़ जाते और कुछ पलटकर दुकान पर चढ़ते और खरीदा माल तुरन्त वापस करने लगते।

''जनाब, यह पागल है। सबसे यही कहती है।'' दुकानदार मौके की नजाकत देख खरीददार को समझाने की कोशिश करता।

''नहीं, आपका यह माल हमको नहीं खरीदना है।'' खरीददार फैसला सुनाता।

''बेचा माल हम वापस नहीं लेते।'' दुकानदार अब सख्ती से कह उठता।

''आपको लेना पड़ेगा।'' खरीददार चीखकर कहता और इसके बाद वह झों-झों होती कि पास के दुकानदार और खरीददार भी इसमें शामिल हो जाते।

तंग आकर एक सुबह दुकानदारों ने मिल-बैठकर आपस में सलाह-मशविरा किया। और अपनी शिकायत की अर्जी थाने में दी कि एक पागल औरत हमारे खरीददारों को नाहक परेशान करती है और कई बार उन पर कातिलाना हमला भी कर चुकी है। आप शीघ्रातिशीघ्र हमें इस संकट से बचाएँ और इस रिपोर्ट के नीचे सब दुकानदारों ने हस्ताक्षर कर दिये। कान पर जूँ न रेंगी। मजबूर हो दुकानदारों ने उपहार भेजा। साथ ही खाने-पीने का सामान और कुछ नकद भी। तब दो सिपाही पूछताछ करने डण्डा हिलाते पहुँचे।

जिस वक्त पुलिस उसकी तलाश कर रही थी, दुकानदार उसका हुलिया उन्हें समझा रहे थे। उस वक्त वह औरत बर्तन की दुकान के सामने काला कपड़ा पहने

खड़ी थी। बाल उसके बिखरे थे। उसका गन्दुमी चेहरा और लम्बी कत्थई आँखें कम खूबसूरत न थीं। उसको अन्दर के आवेश ने एक विशेष तीखापन भी दे दिया था। वह लटके बर्तनों की आड़ से पुलिसवालों को घूर रही थी।

"जा भाग यहाँ से बोहनी का समय है।" दुकानदार बार-बार उसे झिड़क रहा था।

"जाती हूँ।" एकाएक वह अपनी जगह से उछली और दुकान पर रखा लोटा, केतली, भगोना, गगरा, गिलास उठा-उठाकर आते पुलिसवालों की तरफ निशाना लगा फेंकने लगी। एक के सर पर पूरी ताकत से फेंका गिलास का किनारा धँस गया। वह सर पकड़कर वहीं खड़ा रह गया। आती-जाती सवारियाँ बर्तनों की इस बारिश से अपना बचाव ढूँढ़ने तेजी से मुड़ीं और पास वाले से टकरायीं। देखते-देखते सड़क पर हो-हल्ला मच गया, जिसके बीच खड़ी पगली चीख रही थी।

"अब आओ तुम मेरा कपड़ा नोचने...आगे बढ़ो तो बताऊँ...सर फोड़कर रख दूँगी।" बर्तन वाले ने जान पर खेलकर उस पगली को पीछे से जा दबोचा। वह छटपटायी। सिपाही ने साथी सिपाही को सँभाला जो अपने सर से बहता खून देख तेवराकर गिरा पड़ा था। आपस में टकरायी सवारियाँ अपनी-अपनी सफाई एक-दूसरे को दे रही थीं। राहगीर आँख बचा सड़क पर गिरे चमचमाते नये बर्तन उठा रफूचक्कर होने की ताक में थे। कपड़े वाले दुकानदार अपनी-अपनी गद्दी से उठ नीचे सड़क पर उतर आये थे। पगली ने पूरी ताकत से बर्तन वाले के हाथ में दाँत काटा। वह बिलबिलाकर पीछे हटा और पगली पूरी ताकत से ऊँचे-ऊँचे अट्टहास करने लगी। कुछ पल बाद कोतवाली से दंगा नियन्त्रण जीप सायरन बजाती पहुँच गयी। पलक झपकते तमाशा देखती भीड़ तितर-बितर हो गयी। अपनी तरफ बढ़ते इन्स्पेक्टर को देख पगली ने जोर की चीख मारी, फिर कपड़ा फाड़कर घृणा से बोली—"आओ, आओ, अपनी माँ और बहन के पास आओ..." इतना कह वह आगे बढ़ी चाहा कि इन्स्पेक्टर का मुँह नोच ले। तब तक आधा दर्जन महिला कांस्टेबलों ने उसको घेर लिया और जमकर चाँटें, लात, घूँसे चला उसको काबू में कर लिया और खींचकर वैन तक ले गयीं, जो कुछ देर पहले वहाँ पहुँची थी। वैन का दरवाजा खोल उन्होंने उसको अन्दर धकेला और तेजी से दरवाजा बन्द किया। दो पल वह अन्दर पड़ी हाँफती रही। फिर झपटकर उठी और वैन की जाली में उँगलियाँ फँसाकर चीखी, "तुम सब हरामियो .... !"

पुलिस बजाजा में लगी भीड़ को नियन्त्रित कर वापस लौट गयी। मगर वहाँ खड़े बहुतों को अशान्त बना गयी। खरीददार कुछ देर बाद दुकानों में इधर-उधर की सड़कों से आकर जुटने लगे। मनपसन्द सामान देखने और दुकानदार उन्हें माल दिखाने लगे। मगर जाने ऐसा क्या घट गया था जो पूरे बाजार को उदास बना गया

था। बड़के, मझले, छुटके बाल्टीवाली दुकान पर खड़े यह सारी घटना देख रहे थे। अरसे बाद उन्हें माँ का चेहरा आँखों के सामने नाचता लगा। तीनों ने एक-दूसरे की तरफ देखा और मजदूरी लेकर आगे बढ़े। चलते हुए छुटके ने आँख बचा दुकान से एक प्लास्टिक की बोतल उठा ली। उसकी हाथ की सफाई आज पहली बार बड़के को अखरी।

मुट्ठीगंज थाना प्रभारी इन्स्पेक्टर हृदयलाल बंसी कई बातों का शौकीन था। इनकाउण्टर करना, जिस्मफरोशी का गिरोह पकड़ना आदि तो सब उसके अपने काम से सम्बन्धित रुचियाँ थीं। काम से हटकर जिन बातों की तरफ उसका दिल खिंचता था, वह थी शायरी। बात-बात पर शेर पढ़ना और आँखें तरेरकर अपने चारों तरफ खड़े सिपाही, दीवान, सबइन्स्पेक्टर को घूरना ताकि वे वाह-वाह करें। यह उसकी बहुत बड़ी कमजोरी थी। उसका दूसरा शौक था फोटो छपवाना। अखबार में फोटो यूँ ही तो छप नहीं सकती थी। इसके लिए उसको तिकड़म लगाना पड़ता था। स्थानीय स्तर पर शौकिया टेबलायट साइज का चार पन्नोंवाला समाचारपत्र निकालनेवालों से उसने अच्छी साँठ-गाँठ कर ली थी। जो किसी-न-किसी बहाने से उसका फोटो लगा कभी साक्षात्कार, कभी कोई खबर छाप देते थे। इससे वह अपने महकमे में चर्चा का विषय बनता जा रहा था। उसका तकिया कलाम था, जिसकी सब नकल करते थे। "उफ! सर दर्द से फटा जा रहा है। रात कवि गोष्ठी में गया था..., अबे खड़ा सुन रहा है। जा दौड़कर सर-दर्द की कोई गोली ला।"

इन्स्पेक्टर बंसी से उसके मातहत परेशान थे। वह उनको कभी डरा-धमकाकर तो कभी किसी मामले में फँसाकर कहता कि बच्चू कोई केस इनकाउण्टर का लाओ। वरना तो तुम्हारा ही इनकाउण्टर करना पड़ेगा। वे दाँत किचकिचाकर रह जाते थे। मानसिक रोगी समझ वे सब उसका या अपना ट्रांसफर दूसरे थाने में कराने को बेचैन हो उठते थे। स्थानीय समाचार का एक सम्पादक-कम-पब्लिशर-कम-पत्रकार कई सप्ताह से बंसी के चारों तरफ चक्कर लगा रहा था कि एक कोई खबर ऐसी बन जाए कि मेरा पत्र नगर में सनसनी फैला दे। उसके दबाव और अपनी आदमकद तस्वीर खिंचवाने की लालच में उसने आस-पास दबिश डाली। कुछ जगहों पर शक की बिना पर छापे मारे। मगर हाथ कुछ नहीं लगा।

"सर जी, अपने क्षेत्र में हरदम अपराध ही तो नहीं होता है न!" एक सब-इन्स्पेक्टर चिढ़कर बोल उठा। इन्स्पेक्टर बंसी ने उसको घूरा और गर्दन हिलाकर रह गये।

उसी दिन शाम को जब क्षेत्र के गश्त के लिए इन्स्पेक्टर बंसी निकला तो चौराहे पर कुछ लड़कों को आपस में तकरार करता देखकर रुक गया। लड़के पुलिस जीप रुकती देख चुप हो गये, फिर आगे बढ़ गये। जीप उनके पीछे चल पड़ी। यह देखकर

लड़के कुछ झुँझलाये। फिर तेज कदमों से चलने लगे। पुलिस जीप उनके पीछे रेंगती-सी आगे बढ़ने लगी। लड़के यह देख पास की चाय की दुकान पर जाकर बैठ गये। जीप दुकान के सामने आकर खड़ी हो गयी। अब लड़कों को तैश आ गया।

"चलो यार घर चलते हैं। बाकी डिस्कशन कल करेंगे।" एक बोला।

"ठीक है।" दूसरा बोला। बाकी तीनों भी उठ गये। पाँचों बाहर निकले और अपने रास्ते चलने लगे।

"एई मिस्टर! किधर चल दिये?" जीप से उतर इन्स्पेक्टर बंसी ने पूछा।

"घर।" एक लड़का बोला।

"सड़क पर दंगा करके अब घर जा रहे हो?" इन्स्पेक्टर बंसी ने भ्वें नचायीं।

"दंगा और हम?" एक लड़का आश्चर्य से हँस पड़ा।

"मैंने खुद तुम लोगों को लड़ते देखा था। तभी पीछा करता यहाँ तक पहुँचा हूँ। सीधे मुट्ठीगंज थाने पहुँचो।" इन्स्पेक्टर बंसी ने डपटकर कहा।

"हमारा जुर्म क्या हैं?" दूसरे लड़के ने अकड़ते हुए पूछा।

"थाने चलो, वहाँ चलकर पता चल जाएगा कि तुम्हारा जुर्म क्या है...। इन्स्पेक्टर साहब से जबान लड़ाता है।" हवलदार ने उस सवाल पूछनेवाले का गिरेहबान पकड़ा।

"बेटवा, तुमका जाय का है जेल अउर छीलै का है अण्डा!" दूसरा सिपाही बोल उठा।

लड़के इनकार करते रहे। तर्क देते रहे। मगर पुलिस ने उनकी एक भी नहीं सुनी और पाँचों को पकड़कर थाने ले गयी। बंसी ने उनको अपने सामने खड़ा किया और घूरने लगा। लड़कों के चेहरे पर अपने लिए घृणा और आँखों में तिरस्कार का भाव देख हृदयलाल बंसी मुस्कुराया और फिर एकाएक डपटकर बोला, "मैं कई दिनों से देख रहा हूँ कि तुम लोग जमघट लगाकर लोगों को भड़काने की कोशिश करते हो। जानते हो इस दंगा भड़काऊ भाषणों की क्या सजा है? कौन-सी धारा लगेगी? सलाखों से बाहर निकलना मुश्किल हो जाएगा।" बंसी ने केस बनाने की शुरूआत कर दी।

"देखिए, आप हमको परेशान करना बन्द करें। बहुत हो चुका। हम डिबेट की तैयारियों में व्यस्त थे। लड़ नहीं रहे थे। कितनी बार अपनी बात दोहराऊँ?" एक लड़के ने सख्ती से कहा।

"विषय क्या था डिबेट का?" इन्स्पेक्टर बंसी ने गर्दन मोड़ कान लड़कों की तरफ करके मजाक उड़ानेवाले स्वर में पूछा।

"क्या युद्ध ही विकल्प बचा है विश्व-शान्ति के लिए?" बीच में खड़े लड़के ने विषय बताया और इन्स्पेक्टर के चेहरे को गौर से देखा। जिस पर एकाएक गहरी

गम्भीरता छा गयी थी।

"बहुत महत्त्वपूर्ण टॉपिक है...इस टॉपिक को लेकर मुझे एक शेर याद आ रहा है। चाहो तो नोट कर सकते हो..." बंसी ने माथे पर उँगलियाँ बजायीं। फिर भवें सिकोड़कर बड़े अन्दाज में शेर पढ़ा।

शेर सुनकर लड़कों का चेहरा शर्म से लाल हो गया। वह ताज्जुब से प्रभारी थाना मुट्ठीगंज का चेहरा देखने लगे। आस-पास खड़े सिपाहियों ने होठ दबाये। सब इन्स्पेक्टर ने बुरा-सा मुँह बनाया। मगर प्रभारी जी वह शेर एक बार नहीं दो-तीन बार दोहरा बैठे। पाँचों खड़े लड़कों में गिट्टे कदवाला लड़का बोला।

"आपने शेर तो बहुत बेजोड़ सुनाया है और सर, हमारे विषय से मेल भी खाता है। इसको हम जरूर नोट करेंगे...क्या आप हमें एक फोन करने देंगे?"

"करो।" बंसी उसी तरह आँखें बन्द किये ध्यानमग्न मुद्रा में बैठे रहे।

"सर! मैं सरफराज बोल रहा हूँ। हम मुट्ठीगंज थाने में हैं...जी सर...यहाँ आकर ही पता चलेगा।" कहकर उस लड़के ने रिसीवर रखा।

"अफसोस, हम तुम्हें छोड़ नहीं सकते हैं। गोकि तुममें कविता की समझ है मगर जानेमन कानून तो कानून है...अनुशासन बनाये रखना पुलिस का कर्तव्य है ...सिपाही इन पाँचों को अन्दर करो।" हृदयलाल बंसी ने कहा और फोन मिलाने लगा। फिर पास खड़े सिपाही से बोला, "उस साले पत्तरकार का नम्बर मिला।"

"जी, सर जी, घण्टी जा रही है।" सिपाही के चौथी बार घुमाने पर फोन मिल गया।

"हलो...कौन बोल रहा है? विजय पताका...हाँ...कैमरामैन लेकर आ जाओ ...केस...केस तो जबरदस्त है, साम्प्रदायिक दंगा फैलाने वाले धर लिये गये हैं।" कहकर हृदयलाल बंसी ने घूरकर सब इन्स्पेक्टर और सिपाहियों को देखा, जिसका मतलब था जबान बन्द वरना लाइन हाजिर!

उधर वे पाँचों लड़के सख्त परेशान थे। इन्स्पेक्टर जो मामला बना रहा था वह खतरनाक था। पाँचों के दिल धुक-धुक करने लगे थे। जहीर सर को फोन तो किया है पता नहीं वह कितनी देर में पहुँचेंगे। घरवाले भी परेशान हो रहे होंगे और कल सुबह दस बजे डिबेट शुरू होना है। इस इन्स्पेक्टर की अक्ल तो घुटने में लगती है। यह जाने हमारा क्या हाल करे?

एक घण्टे बाद पत्रकार विजय पताका और लड़कों के तीन अध्यापक सुरेन्द्र कन्नौजिया, जहीर अहमद और कौशल जोन थाने पहुँच गये। प्रभारी थाना इस समय एक दूसरी तरंग में था। खादी का लटकता कुर्ता और कन्धे पर झोला लटकाये विजय पताका के दढ़ियल चेहरे के साथ तीन क्लीन शेव, लम्बे कद के सूटेड-बूटेड जवान मर्दों को देख बंसी चौंका और सीट से उठ खड़ा हुआ। उनकी तरफ बढ़ पहले हाथ

मिलाया। फिर उन्हें बैठने का इशारा किया। चेहरे से वह प्रभावित-सा दिख रहा था। मन में ख्याल गुजरा कि जरूर किसी साहित्यिक गोष्ठी का निमन्त्रण लेकर आये हैं।

"जी बतावें, कैसे कष्ट किया।" बंसी ने बड़े शिष्ट स्वर में पूछा।

"किसी गलतफहमी के चलते आप जिन पाँच विद्यार्थियों को थाने ले आये हैं, हम उनके अध्यापक है और..." सुरेन्द्र ने कहा।

"आपके विद्यार्थी साले सड़क किनारे दंगा कर रहे थे। यही शिक्षा देते हैं आप लोग?" कनखियों से बंसी ने विजय पताका को देख तेवर व स्वर बदल लिया।

"माइण्ड योर लैंग्वेज इन्स्पेक्टर।" कौशल जोन ने कहा। कुछ पल खामोशी में गुजरे। बंसी ने मन-ही-मन तौला की यह कौन-सी बला आज थाने पहुँच गयी है, जो पुलिस को अंग्रेजी में डपट रही है?

"यह सब अच्छे घरों के लड़के हैं। आप उन्हें बुलाएँ। ताकि असली बात समझी जा सके।" जहीर ने नर्मी से कहा।

"अच्छे घर के लड़के और यह करतूत? आप हमको क्या बताना चाह रहे हैं?" इन्स्पेक्टर बंसी ने विजय पताका की तरफ देख फिर कटाक्ष भरे स्वर में कहा।

"यही कि..." जोन बोला ही था कि उसकी बात काट बंसी दहाड़ा—

"यही क्या? यह थाना आपका क्लासरूम नहीं, टीचर जी! यहाँ इस थाने में सारा हिसाब-किताब कानून से चलता है...आप हम पर बेजा दबाव डाल रहे हैं कि गुण्डों, लोफरों और असामाजिक तत्त्वों को छोड़ दें। अच्छे गुरु हैं आप सब?" बंसी गुर्राता हुआ खड़ा हुआ और अपनी आँखें तरेरीं।

"ठीक है इन्स्पेक्टर! हम चलते हैं, मगर चलने से पहले आपको एक सूचना देना चाहते हैं कि इन पाँच लड़कों में एक लड़का किरण मल्होत्रा डी.आई.जी. मल्होत्रा का मँझला लड़का है। दूसरा लड़का न्यायमूर्ति अफजल बेग का छोटा लड़का है। और तीसरा आपके मुट्ठीगंज के धन्नासेठ पीयूषजी पन्ना का इकलौता पौत्र है।" जहीर ने इतना कहा और तीनों खड़े हुए। उसी के साथ घबराया विजय पताका उठा और बिना कुछ कहे तेजी से थाने के बाहर चला गया। उसका जाना और इस सूचना का मिलना प्रभारी थाना मुट्ठीगंज के लिए काफी था। जल चुके अनार की तरह वह खाली हो गया। उसने चकराया सर झटका और स्वर बदलकर बोला, "आप लोग उठ क्यों गये? बैठिए न...अरे देखो हवलदार, उन लड़कों को बुलाओ।" इतना कह वह हँसने की कोशिश करने लगा। फिर सबइन्स्पेक्टर की तरफ मुड़कर बोला—

"अनाप-शनाप सूचनाएँ देते हो तुम...गुण्डे और स्टूडेण्ट का फर्क नहीं समझते? कान खोलकर सुन लो, अगली बार यह गलती तुमने दोहरायी तो लाइन हाजिर कर दूँगा।"

“सर! आप बेशक आज ही हमको दूसरे थाने में भेज दें।” सबइन्स्पेक्टर आक्रोश दबा बोल उठा।

“जबान बन्द! हाँ सर ले जाइए...बेशक लड़कों को ले जाइए...आप जैसे शिक्षाविदों को कष्ट पहुँचा। इन गधों की तरफ से मैं आपसे क्षमा-याचना करता हूँ...जाओ बच्चो, जाओ...डटकर डिबेट की तैयारी करो...और बिना डरे अपने विचार व्यक्त करना।” कहता हृदयलाल बंसी उनके चले जाने के बाद कुर्सी पर धम से बैठ गया। मगर दूसरे ही लम्हे खूनी नजरों से उसने सिपाहियों, दीवान और सब-इन्स्पेक्टर को घूरा और तेज आवाज में चीखा, “जाने कहाँ से चले आते हैं उल्लू की दुम फाख्ता...मुँह लाल कलेजा काँपता...जाकर कोई गोली ला, सर दर्द से फटा जा रहा है।”

“जी, सर जी!” एक सिपाही बोला और तेजी से बाहर की तरफ भागा। बाकी ने बड़ी मुश्किल से अपनी हँसी रोकी, मगर सब-इन्स्पेक्टर अलबत्ता खूनी आँख से इन्स्पेक्टर हृदयलाल बंसी को घूर रहा था।

51

रात के लगभग आठ बज रहे थे। सिविल लाइन्स के एक रेस्तराँ में तीनों अध्यापक अपने पाँचों विद्यार्थियों के साथ बैठे कॉफी पी रहे थे। जहीर की पूरी कोशिश थी कि कॉलेज के क्रीम कहे जानेवाले लड़कों के दिमाग में शाम का हादसा कोई बुरा असर न छोड़े और वे कल होनेवाले डिबेट में अपनी पूरी लगन और विश्वास के साथ हिस्सा ले सकें। जहीर जानता था कि शरीफ घरों में पुलिस-थाना, कोर्ट-कचहरी को अच्छी नजरों से नहीं देखा जाता है इसलिए लड़कों का नर्वस होना वाजिब है। लड़के जब घर जाने के लिए उठे तो जहीर ने खासतौर से कहा कि इस घटना को वे न केवल भूल जाएँ बल्कि ऐसी गैरजरूरी बात का जिक्र, जिसकी कोई खास अहमियत न हो, कहीं और करने की जरूरत नहीं है। वे पाँचों जोश और उमंग से भरे विदा हुए तो जहीर ने बैरे को तीन कॉफी लाने का ऑर्डर दिया।

“मामला जल्दी ही सुलट गया।” सुरेन्द्र कन्नौजिया ने सिगरेट जलाते हुए कहा।

“केस में जान ही कहाँ थी, अगर मामला लम्बा खिंचता तो इन्स्पेक्टर को

लेने के देने पड़ जाते।'' जहीर ने काफी में शक्कर मिलाते हुए कहा।

''मेरा यह पहला एक्सपीरियंस था किसी थाने जाने का।'' कौशल जोन ने कॉफी की सिप लेते हुए कहा। उसकी बात पर जहीर मुस्कुरा पड़ा। तीनों कुछ देर कॉफी का मजा लेते हुए आसपास बैठे लोगों को निहारते रहे। फिर सुरेन्द्र ने कहा, ''लगता है जैसे इलाहाबाद धीरे-धीरे क्रिमिनल सिटी बनता जा रहा है। आज पुलिस को कॉलेज के लड़के तक अपराधी नजर आने लगे?''

''मे बी!'' कौशल जोन ने कन्धे उचकाये।

''अरे नहीं!'' जहीर हँसा, फिर कॉफी का घूँट भर बोला, ''जितना मैंने इलाहाबाद को देखा है उस तजुर्बे से कह सकता हूँ कि इलाहाबाद क्रिमिनल शहर नहीं है...यहाँ के लोग भले हैं। दो ही तो शहर हैं उत्तर प्रदेश के लखनऊ और इलाहाबाद, जो हर क्षेत्र में अन्य शहरों से न सिर्फ अलग हैं बल्कि इनका बहुत बड़ा योगदान भी है। खोट तो उस पुलिसवाले की आँखों में था जो पारखी नहीं थीं।''

''योगदान था कहो,'' सुरेन्द्र बोला।

''ऐसा नहीं है सुरेन्द्र! इलाहाबाद की समस्या कुछ अलग-सी मुझे लगती है...इस शहर ने कानून, शिक्षा और राजनीति में श्रेष्ठ स्तर के अनुभव किये हैं। उसकी विकास गति को एकाएक काट दिया गया, जिससे एक छटपटाहट यहाँ के लोगों को मानसिक रूप से उद्वेलित किये रहती है। जो शिक्षित थे वे गम्भीरता से पठन-पाठन करते रहे, मगर जो अधर में लटके थे वह नेतागिरी में उस आकुलता को निकालने लगे और उसी में ऊटपटाँग हरकतें भी होने लगीं, लेकिन तुम जरा अलीगढ़, इटावा, एटा, आगरा पर नजर डालो। इलाहाबाद से डेढ़ सौ मील की दूरी पर गये नहीं कि माहौल बदला। हार्डकोर क्रिमिनल वहाँ से आते हैं अपनी बेल कराने, मुकदमे लड़ने। इसका मतलब यह नहीं है कि हमारे शहर में कोर्ट-कचहरी है, वकीलों की बड़ी संख्या है, तो हमारा शहर क्रिमिनल हो गया? मगर हाँ कुछ सिरफिरे इसको जरायमपेशा लोगों का अड्डा जरूर बनाने की साजिश में शरीक नजर आते हैं।'' जहीर ने खाली प्याली आगे सरकायी।

''एक बात और है जहीर! अभी-अभी तुम्हारी बातों को सुनकर एकाएक मेरे जहन में ख्याल आया है कि इस शहर में जो एक खुलापन है, वही इसकी विशेषता है। वह आपके निगेटिव और पॉजिटिव को जमकर फलने-फूलने भी देती है और इसी कारण बहुत-सी आडिटि हमको नजर आती है, मगर जरूरत पड़ने पर उसकी छँटाई भी यही शहर करता है।'' कौशल जोन ने जहीर की बात को मानते हुए कहा।

''बिल्कुल सही कहा तुमने...आज इलाहाबाद इन्हीं कारणों से पूरी तरह से मर नहीं पा रहा है कि उसकी मिट्टी की उर्वरता ने दम नहीं तोड़ा है। ठीक है कि यहाँ पर छोटे-मोटे लड़ाई-झगड़े चलते रहते हैं—बतौर मिसाल रिक्शेवालों से भिड़

जाना, या आपस में मारपीट, किराये के लिए झकझक, मगर इन टकराहटों का तर्क कुछ और कहता है कि उनको दरअसल अपने अन्दर की क्षमताओं को व्यक्त करने का सही अवसर नहीं मिल रहा है। वे भटक रहे हैं और इस भटकन का बहुत बड़ा कारण मैं देश की राजनीति को मानता हूँ, जिसने शिक्षा संस्थानों को तोड़ने-बिखरने का न केवल संकल्प ले रखा है बल्कि उसकी तबाही पर अपना तामीरी प्रोग्राम बना रखा है। यह शहर इसलिए नहीं मर रहा है कि यहाँ की जवान पीढ़ी के लोग अपने इलाके का नेता और मोहल्ले के दादा बन जाने का शौक रखते हैं, बल्कि इसलिए मर रहा है कि उसके पास नयी नस्ल को देने को वह कुछ भी नहीं बचा है जो आज उनकी जरूरतें हैं। यह शहर दो राजधानियों का सितम एक साथ सह रहा है। ऊपर से शिक्षा केन्द्र को नकार कर उसको बिजनेस सिटी में ढाला जा रहा है।" जहीर ने पूरे जोश से अपनी बात रखी।

"इलाहाबाद किसी हाल में भी कानपुर बनने से रहा, क्योंकि स्थान की अपनी मौलिकता भी होती है। उससे एक स्तर के बाद टकराया नहीं जा सकता...अभी मैं आज ही की घटना पर बात करूँगा कि इस मूर्ख इन्स्पेक्टर की सारी कारगुजारी को तुम कहाँ रखोगे?" सुरेन्द्र जहीर से कुछ और सुनने के लिए बोल उठा।

"ऐसे कैरेक्टर तो तुम्हें किसी भी शहर में मिल जाएँगे, मगर मेरी परेशानी किसी एक व्यक्ति को लेकर नहीं है, बल्कि बात पूरे विभाग से ताल्लुक रखती है। हमारे उस सिस्टम से ताल्लुक रखती है, जिसमें आम आदमी का कोई चेहरा ही नहीं रहने दिया है। उसकी पहचान ही गायब कर दी है। मैं इस पूरे परिदृश्य से आतंकित हूँ कि कल आनेवाली पीढ़ी को हम क्या देंगे, एक चेहराविहीन व्यक्तित्व?" जहीर ने बड़े बेचैन स्वर में कहा।

"हाँ, यह है तो परेशानी से भरा प्रश्न कि हम अपनी आनेवाली पीढ़ी को देंगे क्या?" सुरेन्द्र कन्नौजिया ने एक सिगरेट से दूसरा सिगरेट जलाया। उसकी आँखें गहरी सोच में डूबकर थोड़ी-सी मुँद गयी थीं!

"हम टीचिंग लाइन में हैं। नयी नस्ल से हमारा सीधा सम्पर्क एवरी इयर बनता है, करेक्ट! पूरे पैंतालीस मिनट हम उनको एक विषय की नॉलेज देते हैं। इसके बाद, वह बहुत कुछ अपने इनवायरेन्मेण्ट से लेते हैं। जिस पर अध्यापक के नाते हमारा कोई वश नहीं है?" कौशल जोन ने प्रश्न से प्रश्न निकाला।

"यही तो मुद्दे की बात है कि उस टीचर को ऐसा कुछ करना पड़ेगा कि वह विद्यार्थी अपने परिवेश की अच्छाइयाँ और बुराइयाँ छाँट सके। इस विवेक की जिम्मेदारी हम पर है। मैं मानता हूँ कि हम उनको एक सुरक्षित भविष्य का वचन नहीं दे पाते हैं, मगर सुरक्षित भविष्य पाने की उनकी पूरी तैयारी तो करा सकते हैं। उसमें तो कोई कसर न छोड़ें। यहाँ पर मेरी नजर में दो बातें हैं, पहली अहम

बात है कि स्वयं टीचर को अपने चरित्र-निर्माण पर जोर देना पड़ेगा ताकि विद्यार्थी उस पर आँख मूँदकर विश्वास कर सकें और उस सच को स्वीकार करने में न झिझकें जो वह उनको देना चाहता है। दूसरी है नैतिक शिक्षा...हमको एक बार फिर मारेल टीचिंग पर जोर देना ही पड़ेगा वरना बाजार हमारी पीढ़ी को मानवीय रिश्ते से ज्यादा भौतिक सुविधाओं का महत्त्व इस तरह समझाएगा कि हमारे घर घर न होकर शोरूम में बदल जाएँगे!'' जहीर ने यह कहते हुए बैरे के हाथ से बिल लिया जिसको कौशल जोन ने अदा करने की कोशिश की, मगर तब तक जहीर ने पर्स से निकाला नोट बिल पर रख दिया।

''यह हमारी सदी की सबसे बड़ी त्रासदी रही है कि अब कोई भी अपने पेशे की गरिमा का निर्वाह नहीं करता है। पुलिस डकैत की भूमिका निभाती है। डकैत दानी की और दानी प्रोपेगण्डा पर विश्वास रख चुनाव जीतना चाहता है। टीचर बिजनेस करना चाहता है और बिजनेसमैन तस्कर की भूमिका अपना लेता है। फिर तस्कर मन्दिर-मस्जिद में शरण ले पाप धोता है और कभी-कभी फिल्म बनाकर कला और साहित्य से जुड़ संवेदना पर विचार करने लगता है और सहज लोगों को अपराधी की लाइन में खड़ा कर देता है। यह सारी विडम्बना इस मूल प्रश्न से जाकर जुड़ती है कि हमने मानव अधिकार को व्यक्ति के मौलिक अधिकार से जोड़ हर एक को छूट दे दी है कि जो चाहो करो मगर पैसा जरूर कमाओ! और पैसा है तो तुम हर कष्ट से बच सकते हो। इसलिए मैं भी मानता हूँ कि हमको उपदेश पीने-पिलाने की जरूरत नहीं है, मगर नैतिकता को दोहराने की जरूरत है। वही एक चीज हमको बचा सकती है। उसी का ह्रास हुआ है, जिसके कारण हर विभाग अपने कर्तव्य से फिर गया है!'' सुरेन्द्र ने खाली डिब्बी ऐश ट्रे में डालते हुए कहा।

''ईमानदारी की उम्मीद तो हम हर कार्यक्षेत्र में प्रत्येक व्यक्ति से कर सकते हैं मगर कुछ प्रोफेशन नोबल प्रोफेशन हैं। उनसे हमारी उम्मीद ज्यादा बँधती है। जैसे टीचिंग, डाक्टरी, कुछ अर्थों में पुलिस विभाग आदि-आदि। यदि यही अपने कर्तव्य को पूरा नहीं करेंगे तो हम नेता और गुण्डों से क्या उम्मीद पालें?'' कौशल जोन ने उठते हुए कहा।

''यही मेरा ख्याल है कि हमको इस भागती बदहवास दुनिया में कदम जमा कर चलना होगा क्योंकि हमारा सीधा सम्पर्क नयी नस्ल से होता है इसलिए हमारी जिम्मेदारी भी ज्यादा है।'' जहीर ने कहा।

''बात तो तुम्हारी सही है जहीर, मगर सच यह है कि मुझे अपने कॉलेज के दिनों और उसके बाद तक एक भी टीचर ऐसा नहीं मिला जिसका मैं आदर कर पाता और झुककर पैर छूता। पता नहीं मैं किस तरह से टीचिंग प्रोफेशन में आ गया?'' सुरेन्द्र कन्नौजिया ने हँसते हुए कहा।

"तब तो तुम्हारी जिम्मेदारी और बढ़ जाती है क्योंकि तुम उन कारणों को जानते ही नहीं, भुगतभोगी भी हो।" जहीर बोला।

"अपवाद की बात अलग है। मगर कुल मिलाकर अब हमको इस बहस में नहीं पड़ना है कि क्या मिला और क्या नहीं मिला। अहम बात यह है कि हमारे पास जो है वह हम दूसरे को कैसे दें। मेरी तो पूरी फैमिली टीचिंग में है। डैड, माम, भाई, ब्रदर इन ला, अंकल! मेरा सबसे बड़ा सपना था टीचिंग।" कौशल जोन ने टाई की नाट को ठीक करते हुए कहा। उसकी इस बात पर जहीर ने उसको गौर से देखा। गम्भीर चेहरा। गहरी आँखें। सँभली चाल और टेढ़ा होठ कर मुस्कुराने का अन्दाज! बात करने में शालीनता और भाषा हिन्दी-अंग्रेजी का पुट लिये हुए।

तीनों रेस्तराँ से निकले। कार्नर की पेस्ट्री शाप को देख कौशल रुक गया और शोकेस में लगे केक, बिस्कुट, पेस्ट्री को देखने लगा। फिर मुड़कर बोला, "आज कुकी की बर्थ डे है। केक देखकर याद आया। उसके लिए गिफ्ट भी खरीदना है और अब रात के दस बज रहे हैं...बेहतर है कि मैं पाइनएपिल पेस्ट्री ले लूँ, कुकी को बहुत पसन्द है!"

जहीर और सुरेन्द्र उसकी परेशानी देख मुस्कुराये, क्योंकि वे भी थाने जाने की हड़बड़ाहट में अपने-अपने जरूरी काम भूल चुके थे। कौशल जोन ने पेस्ट्री का ऑर्डर दिया, फिर पैकेट हाथ में लेकर बोला—

"रात के सवा दस बज रहे हैं। कहना अच्छा तो नहीं लग रहा है, मगर तुम लोग साथ चलोगे तो कुकी का गुस्सा जल्दी गायब भी होगा और तुम दोनों उसको विश भी कर पाओगे!"

"बड़े धर्मसंकट में डाल दिया तुमने।" सुरेन्द्र ने कहा और जहीर की तरफ देखा।

"खाली हाथ तो क्या विश करना...हम भी कुछ बँधवा लेते हैं।" जहीर ने शोकेस पर नजर डालते हुए कहा।

"नो फारमैल्टी...प्लीज़। यह पेस्ट्रीज़ हम तीनों की तरफ से है...लेट्स गो।" कौशल जोन ने कहा और जहीर के कन्धे को बायें हाथ के घेरे में लिया।

"घर फोन तो कर दूँ।" जहीर ने जेब से मोबाइल निकालते हुए कहा।

"प्लीज सुरेन्द्र तुम भी घर फोन कर दो।" कौशल जोन ने एक बार फिर आग्रह भरे स्वर में कहा।

"ठीक है...तुम्हारे घर से ही करूँगा।" कहते हुए सुरेन्द्र ने आगे बढ़कर पान की दुकान से सिगरेट का पैकेट लिया! जहीर को देखकर पानवाला मुस्कुराया और बोला—

"कैसे हैं साहब! बहुत दिनों बाद चक्कर लगाया? मिश्रा जी तो कभी-कभी

आते हैं। पान लगाऊँ हीरा-मोती डालकर?"

"नहीं, पान नहीं। मैं ठीक हूँ।...तुम सुनाओ घर में सब ठीक-ठाक हैं?"

"जी!" पानवाला जहीर को देखकर बड़ा खुश था। साथ दो अजनबी न होते तो वह जरूर कहता कि सूट मा तो आप गजब लगत हैं!

तीनों दोस्त अपनी-अपनी सवारियों पर बैठे और कौशल जोन के घर चल दिये, जो स्टेनली रोड पर था। सड़कें धीरे-धीरे सुनसान पड़ रही थीं। जहीर का दिमाग शाम की घटना में फिर उलझ गया। वह अकसर बन्द गली में अपने इस प्रश्न पर आकर अटक जाता है कि आखिर जब नया कुछ घटता है तो फिर पुराना क्यों याद आ जाता है? आज के मसखरे प्रभारी को देखकर श्यामलाल त्रिपाठी क्यों याद आ गया? शायद इसलिए कि समय के साथ कुछ बदला ही नहीं या फिर इन्सानी सोच के विकास की ये कड़ियाँ हैं? यादों का एक सिलसिला है जो उमर बढ़ने के साथ अपने पीछे बहुत कुछ गली-गलियारों की तरह छोड़ता जाता है। क्या यह भी एक तरह की विरासत है?

घर आ गया था। कौशल ने सवारी रोकी और आगे बढ़कर घर का गेट खोला। दाहिने हाथ एक छोटा-सा बगीचा था। कुछ दूर अन्दर चलकर कौशल ने दरवाजे की घण्टी बजायी। अन्दर से कुत्ते के भूँकने की आवाज सुनाई पड़ी और उसी के कुछ पल बाद दरवाजा खुला। सामने एक लड़की खड़ी थी जो बला की खूबसूरत थी, मगर कुछ रूठी-रूठी-सी लग रही थी। उसने कौशल की तरफ देखा और बिना कुछ कहे मुड़ गयी।

"मेनी हैपी रिटर्न्स ऑफ द डे कुकी," कौशल ने चहककर कहा। मगर लड़की ने कोई नोटिस नहीं ली।

"बड़ी देर कर दी बेटे?" कौशल के पिता ने चश्मा ठीक करते हुए कहा।

"मेरे कुलीग से मिलिए...यह जहीर अहमद, सुरेन्द्र कन्नौजिया और यह मेरे डैड।" कौशल ने कहा।

"नाइस मीटिंग यू!" कौशल के पिता ने खड़े होकर दोनों से बारी-बारी हाथ मिलाया, फिर सोफे की तरफ इशारा कर उन्हें बैठने को कहा।

"तुम दोनों से मिलकर बहुत खुशी हुई।"

"डैड! आप इनसे तब तक बात करें प्लीज़, मैं अभी कुकी से सॉरी कहकर आता हूँ!"

जहीर को कौशल के घर की सजावट और पूरा परिवार आधुनिक लगा। यह आधुनिकता नौदौलतियों वाली नहीं थी बल्कि सादगी में लिपटी एक ऐसी रौशनफिक्री थी जो उनके दिल व दिमाग के खुले होने की गवाही दे रही थी। पूरा परिवार जहीर और सुरेन्द्र से इस तरह घुल-मिल गया जैसे बरसों से जान-पहचान हो। खाना लग

गया था। ज्यादातर कुकी के मेहमान थे जो जा चुके थे। बाकी घरवाले ही बचे थे, इसलिए माहौल बड़ा अन्तरंग-सा बना रहा। कुकी कौशल की इकलौती बहन थी और आर्किटेक्ट बनने की तमन्ना ले दिल्ली में अपनी पढ़ाई पूरी कर रही थी। जन्मदिन मनाने खासतौर से दिल्ली से इलाहाबाद बुलायी गयी थी, वह भी कौशल के कहने से; इसलिए उसका भाई से खफा होना उचित भी था।

जहीर बदन से जरूर थक गया था मगर जेहन उसका जाग रहा था। करवटें बदलने के बाद भी जब उसको नींद नहीं आयी तो उसने बत्ती जलायी और घड़ी पर नजर डाली। एक बजनेवाला था। मेज पर पड़ी मैगजीन उठायी, पन्ने उलटे, फिर उसको बन्द किया और रैक पर से किताब उठायी; मगर उसको भी पढ़ने में जब मन नहीं लगा तो उसने झुँझलाकर किताब बन्द की और उठकर कमरे में टहलने लगा। उसका बेचैन दिमाग सवालों की जुगाली कर रहा था। इस समय फिर वही पुरानी समस्या सामने प्रश्न बन आ खड़ी हुई कि—ऐसा क्या किया जाए जिससे उसके दिल को सुकून मिले? ऐसा सुकून जो उसकी रूह का दिन-रात अंगारों पर लोटना बन्द करा दे। आखिर वह ऐसा क्या करे जिससे कोई बुनियादी बदलाव की उम्मीद उसे दिलासा दे सके। जो विश्वास दे सके कि आगे चलकर कुछ बदलेगा।

जहीर काफी देर कमरे का चक्कर लगाता रहा। कमरा ही कितना बड़ा था कि उसको पैदल चलने की राहत देता और उसका उबाल शान्त करता। अन्त में वह बिस्तर पर आकर बैठ गया और बेड लाइट का बटन दबाया। अँधेरे में कुछ देर खाली जेहन बैठा रहा फिर लेटकर उसने आँखें बन्द कर लीं। सामने रोशनी जल उठी। धूप से निखरे दिन यादों के पिटारे से पंख फड़फड़ाते हुए एक के बाद एक निकलने लगे। कुछ बचपन के टुकड़े थे, कुछ नौजवानी के थे। एकाएक जेहन में पंख फड़फड़ाता हुआ परिन्दा अपने डैने पसारने लगा। सुडौल सुदृढ़ पुट्ठोंवाला वह पक्षी जिसके सीने पर लहरियादार डिजाइन बनी थी—जैसे रेखाओं का जाल और पंख पर बने वे गहरे रंग के नमूने हाँ...हाँ याद आया। उसको शमशाद ने रेलवे कालोनी में पकड़ा था। जहाँ पेड़ों पर अमरबेल ने छाकर गुफाएँ बना ली थीं। उसी के पास कहीं शेरवानी फैक्टरी भी थी। यही तो बताया था शमशाद ने, जब उसने वह परिन्दा पहली बार देखा था तो दंग रह गया था। उसको पकड़ना आसान नहीं था। चूँकि वह बच्चा था इसलिए पकड़ में आसानी से आ गया था। उसके पैर में हलकी जंजीर डाल शमशाद उसको हाथ पर बिठाये रखता, क्योंकि पक्षी के पैर की जंजीर उसके हाथ में पड़े कड़े से बँधी होती। वह परिन्दा बाज था। उसकी झपटने की आदत से परेशान शमशाद ने एक दिन जाने कैसे उसकी आँखें सिल दी थीं। उस समय यह सारी बातें सुन-देखकर

जहीर दंग रह गया था। उसको शमशाद बड़ा बहादुर लड़का लगा था, मगर इस वक्त जहीर को वह सब याद कर लग रहा था कि वह लड़का कितना सख्त दिल था जिसने परिन्दे को अन्धा बनाने की हिम्मत केवल अपनी पसन्द के कारण कर डाली थी, ताकि लड़कों के बीच उसकी तूती बोले और हर लड़का उससे दबकर बात करे कि वह बाज जैसे परिन्दे का मालिक है!

बचपन में देखा वह अन्धा बाज इस समय एक रूपक में ढल जहीर को पहले से ज्यादा व्याकुल कर गया। बहुत से ऐतिहासिक चरित्र एवं व्यक्तित्व आँखों के सामने आ खड़े हुए। बहुत-सी ऐसी घटनाएँ याद आ गयीं जो बाज-कथा से दूर का वास्ता नहीं रखती थीं तो भी उनका पीड़ा-संसार वही था जो एक शक्तिशाली, स्वाभिमानी, मगर बेबस जीव का होता है! इसके बाद जहीर सो न सका। उसे कमरे में घुटन गहराती महसूस हुई। कमरे से निकल वह दालान में आया। दर पर खड़े हो सुरमई अँधेरे को घूरता रहा...फिर आँगन में उतर उसने छत की सीढ़ियाँ तय कीं और ऊपर पहुँच गया। रात अपना काला कम्बल चेहरे से हटा चुकी थी। अजान और मन्दिर की घण्टियों की आवाज भोर की हवा में घुल कर दूर का रास्ता तय करने निकल पड़ी थी।

जहीर ने पौ फटते देखा। आसमान का रंग बदला और धीरे-धीरे सूरज के ललाट ने बादलों से निकलना शुरू किया। पूरी छत सुनहरी मायल हल्के नारंगी रंग में भीग गयी। चिड़ियों की चहचहाहट तेज हो उठी और तभी बावर्चीखाने का दरवाजा खुलने से जहीर की आँखों के सामने हर रोज सुबह का कार्यक्रम फिर गया कि अब अम्मा ने नमाज पढ़ चाय का पानी गैस पर रखा होगा। उसने नीचे आँगन में झाँककर कहा।

"अम्मा! आज मैं चाय ऊपर ही पिऊँगा और आप भी ऊपर आ जाइए। यहाँ बहुत अच्छा लग रहा है।"

सिपतुन ने चौंककर बावर्चीखाने की जाली से मुँह ऊपर उठाकर बेटे का चेहरा ताका जो उसको धुँधला-सा लगा। दूर की आँख भी अब कमजोर पड़ती जा रही है। सिपतुन ने मन ही मन कहा और पाँच प्यालियों में चाय उँड़ेली।

"लाओ बीबी, मैं लेकर जाती हूँ।" बड़ी बी नहा-धोकर तैयार खड़ी थीं। सिपतुन उनके ताजा खिले चेहरे को देखकर सोचने लगी कि दिल का इत्मीनान भी क्या बड़ी चीज है।

"लाइए अम्मी, ट्रे मैं लेकर चलती हूँ।" कुलसुम ने कहा और आँगन पार करने लगी।

"सब लोग आइए न ऊपर?" जहीर ने फिर पुकारा।

"आ रही हूँ...अब इस उम्र में दौड़ती हुई सीढ़ी थोड़ी चढ़ पाऊँगी।" सिपतुन

ने बेटे की पुकार पर जवाब दिया।

"चाय...बड़ी बी चाय..." तोता पिंजड़े से बोल उठा। उसकी रट सुन कुलसुम रुक गयी।

"ठहर देती हूँ।" कहती हुई बड़ी बी ने अपनी प्याली ट्रे से उठा उसके पिंजड़े में छोटे कटोरे में थोड़ी-सी चाय डाली।

छत पर एक ताजगी भरी ठण्ड फैली हुई थी। बड़ी बी ने झुरझुरी लेकर अपना मलमल का दुपट्टा सिर के चारों तरफ लपेटा और गर्म चाय का घूँट भरा। कुलसुम और उसका मियाँ कुछ झिझकते से मुँडेर पर बैठ गये थे। सिपतुन अरसे बाद छत पर चढ़ी थी। आँगन में रहना और छत पर खड़े होकर अपने घर के चारों तरफ नजर डालना उसको बड़ा अजीब-सा लग रहा था। जहीर छत पर पड़े कूड़े-कबाड़े को देखकर माँ से बोला–

"अम्मा! क्यों न इस कमरे को ठीक करा दिया जाए और छत पर पड़े इन टूटे-फूटे सामानों को फिंकवाकर उनकी जगह फूलों और पौधों के गमले रखे जाएँ?"

"ठीक कहा भाई साहब आपने, मैं यहाँ पर आँगन से बेहतर बगीचा बना दूँगी।" कुलसुम ने चहककर कहा।

सिपतुन ने उसके उमंग भरे चेहरे को देखा और सोचा–सूखे धान में कैसी जान लौटी है। जहीर को अपनी तरफ ताकते देख सिपतुन बोली, "अच्छा है। बहुत अच्छा रहेगा। तुम्हारे अब्बा ने कभी इसी तरह सोचा था कि वह इस कमरे को अपना स्टडी रूम बनाएँगे और मिलने-जुलनेवालों के साथ जाड़े की दोपहर और गर्मी की शाम यहीं बिताएँगे।"

जिन्दगी में पहली बार माँ के मुँह से अब्बा का जिक्र सुन जहीर को बड़ा अजीब-सा लगा। मगर अजीब लगने के बावजूद बहुत अच्छा लगा वरना अब्बा का जिक्र उसने हमेशा दादी के मुँह से 'मेरे बेटे नसीम...' करते सुना था और हमेशा त्रिकोण दादी, वह और अब्बा का बनता था, मगर आज अम्मा उस त्रिकोण में शामिल हो गयी हैं। उनके इस जुमले ने जहीर को नया आसमान दिया। जिस बाप को वह अकेला इलाहाबाद विश्वविद्यालय के प्रभागों, क्लास और कारीडोर्स में कई वर्षों से ढूँढ़ता रहा था आज उनके वजूद को वह बिलकुल अपने आसपास महसूस कर रहा है। उसने दिल ही दिल में कहा और सिपतुन का चेहरा ताका।

"अम्मा! उन्होंने जैसा यह कमरा बनाने की बात कही थी, मैं वैसा ही यह कमरा बनवाऊँगा और पूरी छत को बगीचा!"

चाय पीकर एक-एक करके सब नीचे चले गये। धूप छत पर उतर आयी थी। रतजगे की वजह से जहीर का सिर भारी जरूर था मगर साथ ही साथ उमंग भरी ताजगी उसको महसूस हो रही थी। रात की सोच का अधूरा सिलसिला फिर जुड़

गया और उसके मन ने आज पहली बार खुद उसी से प्रश्न किया कि जहीर तेरी जिन्दगी में कौन-सी कमी तुझे खटकती रही है? उसको पकड़, वही पीड़ा तुझे सीधा रास्ता दिखाएगी। वही तेरी मंजिल होगी। उसी में तुझे सुकून मिलेगा। उसी व्यथा को, उसी कमनसीबी को जनसमूह से जोड़ और अपनी दुनिया अपने लोग का दायरा बढ़ा। अभी यह दायरा सीमित है सिर्फ चन्द लोगों तक, जो तेरी महत्त्वाकांक्षाओं पर पूरा नहीं उतरता है। उसका कैनवास बड़ा कर जहीर!

"आज कॉलेज नहीं जाना है क्या जहीर! सुबह के सात बज रहे हैं?" सिपतुन की आवाज नीचे से लहराती ऊपर जहीर के कानों तक पहुँची।

"जाना है," कहकर जहीर ने भरपूर अँगड़ाई ली। फिर मन ही मन कहा, "बहुत से और काम करने हैं...मुझे मंजिल नजर आ गयी है, अब उस तक पहुँचने का रास्ता मुझे निकालना है।"

जहीर ने नीचे उतरकर कॉलेज जाने की तैयारी शुरू कर दी। शेव बनाते, नहाते, नाश्ता करते और रास्ता पार करते हुए उसका दिमाग पूरी तरह से अपने सुबह लिये फैसले की सम्भावना तलाश कर रहा था। उसने कॉलेज पहुँचकर अपना डेस्क खोला, उसमें कुछ देखा। फिर वहीं कुर्सी पर बैठ कुछ लिखने लगा। बात करने से पहले कुछ जरूरी मुद्दे तो सामने रखने पड़ेंगे।

फंक्शन सारे दिन चलता रहा। शाम को जहीर घर न जाकर सीधा जगन्नाथ मिश्रा के घर अतरसुइया पहुँचा। उसका अनुमान ठीक निकला। जगन्नाथ कॉलेज से लौट खांना खाकर तख्त पर पसरा पड़ा था। दोनों तरफ के सिरहाने किताबों और कागज कापी का ढेर था। जगन्नाथ की माँ जहीर को देखकर बड़ी खुश हुई और प्यार से बोली, "कस भैया, इतने दिनों बाद माँ की याद आयी?"

"तभी तो दौड़ा-दौड़ा आया हूँ।" कहता जहीर मोटर साइकिल लाक कर ओसारे की सीढ़ी चढ़ा।

"उठो जुगनू, देखो तो कऊन आवा है!" माँ ने जुगनू का पैर हिलाया मगर जुगनू पर कोई असर नहीं पड़ा। यह देख माँ बोलीं, "रात को दो बजे सोवत है तो फिर यही समय है आपन नींद पूरी करै का।"

"जरा पानी दीजिए अभी जुगनू उठता है...अबे जुगनू पहलवान उठ न!" जहीर ने पुराने स्वर में उसके कन्धे पर धौल जमायी और जुगनू ने पट से आँखें खोल दीं। जहीर को पल भर देखता रहा, फिर आँख बन्द कर बोल उठा।

"तू कब आया?"

"उठ...मुँह पर छींटा डाल। बहुत जरूरी बात करे का है।" जहीर ने कहा

और उठकर माँ के हाथ से चाय की ट्रे ले ली।

"कहीं कुछ हुआ का?" जुगनू ने उठते हुए कहा और जम्हाई ले अँगड़ाई तोड़ी।

"तू तो ऐसा बन रहा है जैसे पाँचवें दर्जे का विद्यार्थी हो। होमवर्क से परेशान गणित के प्रश्नों से हैरान और संस्कृत...।"

"बस! बस, अब काम की बात पर आओ।" जहीर को बीच में टोक जुगनू ने भीगा मुँह तौलिया से पोंछा और चाय का घूँट भरा।

जहीर ने उसको अपना सोचा प्लान बताया और जेब से पर्चा निकालकर जुगनू को दिखाया। जुगनू गौर से उसको पढ़ता रहा। फिर गहरी सोच में डूब गया। जहीर उसके चेहरे को ताकता हुआ उसके मुख पर आनेवाले उतार-चढ़ाव को पढ़ने की कोशिश करने लगा। कुछ देर बाद जुगनू बोला, "मामला तो जबर्दस्त है। अब व्यावहारिक रूप से आकार ले ले तब बात बनी।"

"मैं सण्डे को मीटिंग रखना चाह रहा हूँ ताकि सब मिलकर एक ब्लू प्रिण्ट तैयार कर लें। फिर जरूरी खानापूरी की सोची जाए?"

"करेक्ट!"

"मैं फोन मिलाता हूँ।" कहकर जहीर ने अशोक मिश्रा, रमेश कुमार, सलमान, बसन्त यादव को फोन मिला अर्जेण्ट मीटिंग की इत्तला दे सबसे कह दिया कि सब लोग शनिवार की रात को इलाहाबाद पहुँच जाएँ। फोन से निबटकर दोनों मित्र उसी तख्त पर बैठ बातों में उलझ गये। जहीर ने मुट्ठीगंज थाने की घटना बतायी जिसको सुनकर जगन्नाथ खिलखिलाकर हँस पड़ा।

"अरे उस हृदयलाल बंसी का कुछ पूछो न...शहर की हर काव्यगोष्ठी में पहुँचता है और अब सुना है कि उसका काव्य-संग्रह आ रहा है!"

"वह कवि भी है?" जहीर इतना कहकर चुप हो गया।

"आजकल के कवियन जैसा उहो तुकबन्दी कर लेत होई यार! एक बार ओसे हमरौ पाला पड़ा रहा। इतने घटिया शेर याद किये है कि पूछो मत। अरे हाँ, कोतवाली प्रभारी नौरंगो अब आपन रंग दिखाये लगा है। त्रिपाठिया तो एकै रास्ते पर चलत रहा। इ आड़ा-तिरछा चलत है। उहे हाल है—गंगा गये तो गंगादास, जमुना गये तो जमुना दास। दुइनों पार्टी से ऐंठेवाला है। बनत है पूजा-पाठ करे वाला, सीधा और बदमास का बेचारा समझैवाला। गुण्डन का जमकर पिटवावत है और कोतवाली में लिखवा के टँगाये है—यहाँ कुत्ते भी बोलते हैं।"

"रेवती का कुछ पता चला?" जहीर ने एकाएक पूछा।

"नहीं यार! उधर हम गये कहाँ? अब बसन्त तो अउतै है। साथै चला जाई।" जुगनू ने कहा।

"छब्बन मिला था। रुखसाना की शादी तय हो गयी है।" जहीर ने कहा।

"यह तो बढ़िया समाचार दियो...और हाँ जुबैर और ताहिर की पढ़ाई कैसी चल रही है?" मिश्रा ने पूछा।

"बड़े जहीन लड़के हैं। कुछ बनकर रहेंगे।" जहीर बोला।

"दुकान तो ठीक-ठाक सँभली है न?" मिश्रा ने पूछा।

"हाँ, सब ठीक है। तेजबहादुर की भी अगले माह शादी होनेवाली है। काफी पैसेवाले घर में रिश्ता हुआ है। अरे वह मुकुन्द तिजोरीवाले...जिनकी दुकान बक्से वाली गली में सीखचे लाल पकौड़ीवाले के पास पड़ती है वही।" जहीर ने कहा।

"चला ठीकै है। अपन तो इ झंझट से दूरै हैं।" जुगनू बोला।

"खनवा खाय के जायो जहीर लल्ला!" माँ की आवाज सुनाई पड़ी।

"आज नहीं, कल भी काफी देर रात घर पहुँचा था।" जहीर ने उठते हुए कहा और फिर आने को क़हकर बाहर निकला।

जहीर गली के घुमाव से जब बाहर निकला तो उसको महसूस हुआ कि वह बहुत कुछ अपने साथ ले जा रहा है। प्यार, सुरक्षा, सहयोग, अपनापन और अपने सपने का यथार्थ। उसके दिमाग के कोने से कोर्स में पढ़ी अंग्रेजी कवि राबर्ट फ्रास्ट की पंक्तियाँ गूँज उठीं—

द वुड्स आर लवली, डार्क ऐण्ड डीप
बट आई हैव प्रामिसेज टू कीप
एण्ड माइल्स टू गो बिफोर आई स्लीप

52

इतवार की सुबह सारे लोग जहीर के घर ठीक साढ़े नौ बजे पहुँच गये। जहीर ने जो खाका जेहन में तैयार कर रखा था, उसको उसने कागज पर उतार लिया था, मगर अपनी बात वह पहले जबानी कहना चाह रहा था। अन्दर से जहाँ वह खुश था, वहीं पर फिक्रमन्द भी कि पता नहीं बाकी दोस्त उसकी इस योजना को कैसे लेते हैं और कितना पसन्द करते हैं। सिपतुन से मिलकर और उनके हाथ की चाय पीकर अब सब कुर्सी, तख्त पर बैठ चुके थे। सबको इन्तजार था कि आखिर जहीर

उनसे कहना क्या चाहता है, जो तीन दिन की नोटिस पर सबको बुला लिया है। एकाएक जहीर ने खड़े हो अपनी बात कहनी शुरू कर दी–

"मैं एक ऐसा शिशुगृह खोलना चाहता हूँ जिसमें लावारिस बच्चों की देखरेख तब तक की जाए जब तक वे अपने पैरों पर न खड़े हो जाएँ। इस शिशुगृह में जातपात, धर्म-मजहब, काला-गोरा, किसी भी प्रकार का भेदभाव नहीं रखा जाएगा। दो माह की आयु से लेकर पाँच वर्ष की आयु तक का बच्चा दाखिला ले सकता है। बच्चा जितना छोटा होगा उतना ही हमारे लिए बेहतर होगा क्योंकि उसके संस्कार बनाने व लालन-पालन में हमको आसानी होगी। अधिक उम्रवाले बच्चों को लेने में अनेक कठिनाइयाँ हैं जिन पर हम विचार कर सकते हैं। शुरू में पाँच बच्चे लिये जाएँगे जिनका खाना-पीना, रहना-सहना, पढ़ना-लिखना संक्षेप में उनकी परवरिश का सारा खर्चा शिशुगृह वहन करेगा। पाँच वर्षों में यदि शिशुगृह अपने उद्देश्य में सफल होता है तो वह अगले वर्ष पाँच बच्चे और लेगा। इस तरह से हर वर्ष पाँच-पाँच बच्चे बढ़ते जाएँगे। आज की स्थिति में पचास बच्चों की जिम्मेदारी शिशुगृह वहन करने की स्थिति में है। यह एक व्यक्तिगत प्रयास है इसलिए किसी भी प्रकार का दान स्वीकार नहीं किया जाएगा। और शिशुगृह यह भी स्पष्ट करना चाहता है कि वह एक सहज सामान्य शिक्षित जीवन बच्चों को देने का वचन देता है मगर ऐसा कोई भुलावा नहीं देना चाहता कि यहाँ भविष्य में रहनेवाले लड़के या इस शिशुगृह से सम्बन्धित लोग उससे बड़ी-बड़ी आशाएँ लगाएँ। यह सिर्फ एक मामूली कोशिश है लावारिस बच्चों को प्यार और सुरक्षित जीवन देने की...आप सबको यहाँ मैंने इसी उद्देश्य के लिए बुलाया है ताकि आपकी भागीदारी और सुझाव से इस सपने को एक आकार दिया जा सके।" इतना कहकर जहीर बैठ गया। कुछ देर खामोशी रही, फिर बसन्त बोला।

"ई बच्चन का पढ़िहैं? इनका पढ़ाई के? इनके देखभाल के करी? नर्सियन या आया?"

"यह बच्चे आएँगे कहाँ से? इनका लावारिस होना तय कौन करेगा? उसमें कानूनी अड़चनें कौन-कौन-सी आ सकती हैं?" सलमान ने पूछा।

"इन लड़कवन का धरम का होई? नाम का आगे का लिखा जाई? और बाद में इनके माँ-बाप के बारे मा का बतावा जाई?" जुगनू ने गम्भीर स्वर में कहा।

"इसका अर्थशास्त्र क्या होगा? पहले से पूँजी की व्यवस्था की जाएगी या फिर स्थिति के अनुसार खर्च किया जाएगा और इसकी जिम्मेदारी कौन ले रहा है?" रमेश ने मूल मुद्दा उठाया।

"इस शिशुगृह के लिए भवन कहाँ है, या जमीन? यदि नहीं है तो इसका बन्दोबस्त कैसे और कहाँ से किया जाएगा?" मधु ने अपनी बात रखी।

"अभी यह सपना केवल मेरा है। अर्थ, जमीन, जिम्मेदारी सब मैं वहन करूँगा, मगर इसका यह मतलब हरगिज नहीं है कि यह आपका सपना नहीं हो सकता है!" जहीर ने संक्षेप में सारे प्रश्नों का इकट्ठा उत्तर दे दिया।

"तुम हमारा सहयोग किस रूप में अपने इस सपने में चाहते हो?" सलमान ने बात साफ करने की गर्ज से पूछा।

"यह तो तुम ज्यादा बेहतर जानते हो। मैं किसी पर जोर नहीं डाल रहा हूँ।" जहीर ने कहा।

"फिर हमका बुलावै का मतलब?" बसन्त बोला।

"सिर्फ इतना कि अगर यह तुम्हारा भी सपना है तो फिर हम साथ काम करें, अगर नहीं है तो फिर कुछ सलाह तो दे ही सकते हो जिससे यह योजना आगे बढ़े।" जहीर ने कहा।

"इ एक बैठक मा तय होय वाला नहीं। कई बैठकन मा, खूब सोचै-विचारै के बाद कोई फैसला लिया जाई।" जुगनू ने कहा।

"इसमें डॉक्टर, लायर, एक-दो सामाजिक कार्यकर्ता और प्रोफेसर्स का शामिल होना बहुत जरूरी है जो एडवायजरी कमेटी के रूप में हमारे साथ हमेशा रहें और काम शुरू होने से पहले सम्भावित कठिनाइयों का संकेत दें, ताकि उन मुद्दों पर भी हम सोच-विचार कर सकें।" मधु ने कुछ सोचते हुए कहा।

"संस्था 'मुस्कान' के नाम से रजिस्टर्ड है। इसी नाम से मैं इस योजना को आगे बढ़ाना चाहूँगा।" जहीर ने कहा।

"नाम तो कुछ भी हो सकता है, वह तो बहुत बाद की बात है। अभी तो हमारे सामने सबसे बड़ी समस्या रोटी कमाने की है। आधे से ज्यादा लोग बाहर नौकरी कर रहे हैं। उनका समर्थन दो रूप से मिल सकता है—नैतिक रूप से या फिर आर्थिक रूप से। रोज की समस्याओं में उनका सहयोग व प्रोत्साहन किसी भी रूप से शिशुगृह को नहीं मिल पाएगा, जब उनकी उपस्थिति ही नगर में दर्ज नहीं होगी।" रमेश ने चिन्तित स्वर में कहा।

"इ तो सोलहों आने सही है।" बसन्त बोला।

"देखो यार, मेरा विचार है कि जहीर के इस ख्याल को जहीर का ही केवल मानकर फिलहाल चलने दो। कुछ महीने देखो कि वह यह योजना कैसे आगे ले जाता है, फिर हम उस पर अपनी राय भी दे सकते हैं और सहायता भी...मेरा कोई अनुभव इस तरह के कामों में नहीं है इसलिए मेरा दिमाग बहुत कोशिश करने के बाद भी चल नहीं पा रहा है।" अशोक मिश्रा इतनी देर में पहली बार बोला। उसकी आँखों से लग रहा था कि वह खासे दबाव में है।

"तब तो थ्री चियर्स फार यू जहीर भाई! आप काम शुरू करें, हम पीछा करते

आपको पकड़ने आते हैं।" मधु एकदम से बोल पड़ी।

"सच तो हम सबैका यही है जहीर! हमका गलत मत समझो। इस तरह का कउनो प्लान न हमरे पास रहा और न एकर समझ है।" बसन्त ने हाथ ऊपर उठाते हुए कहा।

"एकर मतलब इ समझा जाय कि जस-जस काम बढ़ी, दिक्कतें आयीं, कउनो तरह की, हम सब मिल-जुलके हल कर लिया जाई। ठीक कहा न हम?" जुगनू ने कहा।

"बिल्कुल। मेरा भी यही ख्याल है।" अशोक मिश्रा बोला। बाकी ने सिर हिलाया।

"जहीर भाई, आप कब से शुरू करना चाहते हैं अपनी 'मुस्कान'?" मधु ने पूछा।

"कल से...मुझे तो जल्दी है क्योंकि मैं इस मुद्दे पर कई वर्षों से सोच रहा हूँ मगर शक्ल नहीं ले पा रही थी मेरी सोच...लेकिन अब मैं इस मुद्दे को बहुत आब्जेक्टिव होकर देख रहा हूँ। मुझे पता है कि मैं क्या करना चाहता हूँ। मगर बात केवल भावना की नहीं बल्कि व्यावहारिकता की भी है, इसलिए उसका तर्कसंगत होना जरूरी है।" जहीर ने कहा।

"हाँ, जब इतनी बड़ी जिम्मेदारी का बीड़ा उठाया है तो फिर उसको पहले से ठोंक-बजा लेना भी जरूरी है और रहा कठिनाइयों का प्रश्न, तो यह भी समझ लो कि यह है जोखिम भरा काम! यदि...बदकिस्मती से कोई बच्चा हमारी लाख कोशिशों के बावजूद अपनी जींस से ही प्रभावित रहा तो हमको सदमा तो सहना पड़ेगा। इसकी भी तैयारी पहले से ही मानसिक रूप से हमको कर लेनी चाहिए। क्योंकि कोई जरूरी नहीं है कि नेकी का फल सदा मीठा ही मिले...इसलिए बहुत आशा बाँधकर चलना खतरे से खाली नहीं है।" रमेश ने आगा-पीछा सोचते हुए कहा, जिसको सुनकर जहीर के साथ दूसरों के चेहरे का भी रंग बदला।

"कोशिश तो करबै करब, आगे जऊन ऊपर वाले की मरजी।" बसन्त ने जल्दी से कह गिरता मनोबल सँभाला।

"एमे भगवान कहाँ से फाट पड़िन?" जुगनू हँस पड़ा।

"इस तरह का खतरा तो अपनी औलाद से भी होता है, मगर लोग बच्चा पैदा करना बन्द नहीं करते। इसलिए यह काम शुरू करना बहुत जरूरी है।" अशोक मिश्रा ने कहा।

"दरअसल यह काम अगर हर परिवार करने लगे तो लावारिसों का कोई वजूद ही न बचे, मगर खर्च ज्यादा आमदनी कम! इससे हर आदमी परेशान रहता है कि वह नेकी करे या अपनों का पेट पाले?" सलमान ने कहा। उसकी बात की सच्चाई

सबको महसूस हुई।

"अगले माह हम फिर इस विषय पर बात करने मिल बैठेंगे, शायद तब कुछ और बातें साफ हो पाएँगी।" जहीर ने धीरे से कहा।

"हाँ, सोचने को तीस दिन बहुत हैं।" अशोक मिश्रा ने कहा और इसी के साथ मीटिंग खत्म हुई। लेकिन चाय पीते हुए आपस में दो-तीन का जोड़ा बन उन्होंने अपनी-अपनी बातें जारी रखीं, और तब तक सिलसिला जारी रहा जब तक सिपतुन ने खाना तैयार होने की इत्तला नहीं दी।

खाना खाते हुए माहौल बदला। अरसे बाद मिले दोस्तों की बातें हँसी-मजाक, टाँग खिंचाई, कहानी-किस्से और अपने-अपने अनुभव सुनाने में ऐसी शुरू हुईं कि रमेश भूल गया कि उसको लखनऊ शाम तक लौटना जरूरी था। शाम की चाय पीकर मित्रों की यह टोली विदा हुई और जहीर को गहरी सोच में डाल गयी। मित्रों की बात सुन उसका जोश कम नहीं हुआ था। उसकी आँख यथार्थ की ओर से न पहले मुँदी थी न अब, हाँ इन बातों से उसके ख्यालात ज्यादा निखर उठे थे। कठिनाइयों के प्रति वह सजग पहले भी था और अब भी, मगर एक बात जरूर साफ हो गयी कि उसको अकेले ही यह खतरा उठाना पड़ेगा और 'लोग आते रहे और कारवाँ बनता गया' का मूल भाव पकड़ उसको मित्रों से एक सीमा तक ही अपेक्षा करनी होगी, क्योंकि उनकी अपनी चुनौतियाँ, कर्तव्य, सपने और मजबूरियाँ भी हैं।

जुगनू को जाने क्यों यह अहसास जागा कि जहीर को अपने मित्रों से जितनी आशा थी उस स्तर पर समर्थन नहीं प्राप्त हुआ। वह जहीर को समझाना चाहता था कि जब एक लड़का कमाने लगता है तो उसके सारे सपने मर जाते हैं या मार डाले जाते हैं। उसके कन्धों पर जिम्मेदारी का बोझ डाल दिया जाता है और माँ-बाप से लेकर दूर-करीब के सारे रिश्तेदार, जिन्होंने प्यार और पैसा उस पर कभी न्यौछावर किया था, एक दिन वे सब मय सूद-ब्याज के पाई-पाई वसूलने खड़े हो जाते हैं और दोहाई प्यार की होती है। यह एक कड़वी सच्चाई है। इसको कोई नकार नहीं सकता है। इसलिए मित्रों की ओर से जहीर कुछ और न सोचे। वे सब अपनी स्थिति के अनुसार मदद करेंगे। ये सारी बातें सोच जुगनू कई दिनों बाद जहीर के कॉलेज पहुँच गया। जहीर उसको कौशल और सुरेन्द्र से मिलवाने के ब्राद कॉलेज से बाहर यमुना के किनारे ले गया। दोनों मित्र पुराने मूड में आ गये। जुगनू ने सीटी बजा पुरानी फिल्म का गीत गुनगुनाना शुरू कर दिया और जहीर उसकी लय के रस में डूब गया।

"यार जहीर, जिन्दगी इतनी खूबसूरत भी हो सकती है, मैंने कभी सोचा न

था। शहर वही, नदियाँ वही, मोहल्ले और सड़कें वही, मगर मैं पहलेवाला जुगनू नहीं रह गया हूँ। किताबों ने एक ऐसे संसार से मेरा परिचय कराया है कि मैं कभी तन्हा रहता ही नहीं हूँ। सारी दुनिया मुझे रहस्यमय लोक जैसी लगती है कि अभी बहुत कुछ खुलेगा बहुत कुछ मैं जानूँगा, और इस कुछ जानने का सुख तो विचित्र है यार! फकीर होकर भी आप धनवान हैं!'' जुगनू ने एकाएक सीटी रोककर कहा।

''हाँ भाईजान! तभी तो किसी पहुँचे हुए ने बहुत पहले यह बात कह दी है कि एक अच्छा दोस्त और एक बढ़िया किताब, यही तो बेहतरीन साथी हैं इन्सान के।'' जहीर को बहुत अच्छा लगा कि जुगनू में वास्तव में कितनी तब्दीलियाँ आयीं। आज वह कितनी साफ हिन्दी बोल रहा है!

''वह मारा!'' कहकर जुगनू ने जहीर से हाथ मिलाया और दोनों हँस पड़े।

''मनुष्य बड़ा अजीब प्राणी है। यदि वह अपने स्रोतों को पहचान ले और उसका ही दोहन करने लगे तो वास्तव में उसको यह भौतिक संसार की सारी नश्वर चीजें कभी गलत राह न चलाएँ, मगर होता उसका उल्टा है। हम अपने अन्दर यात्रा करने की जगह लगातार बाहर भागते रहते हैं।'' जुगनू की बात सुन जहीर चौंक उठा। उसने जज्बात में आ दोस्त के कन्धे को प्यार से दबाया। जुगनू ने जवाब में जहीर का हाथ प्रेम से थपका।

इन्सानी सम्बन्ध जब शीशे की तरह पारदर्शी हो जाएँ तो कुछ भी समझना बाकी नहीं रह जाता है। इन दोस्तों की सबसे बड़ी खूबी यही है कि वे अन्दर की बनावट में हिमालय की शृंखला हैं। दृढ़, सच्चे, संवेदनशील, मेहनती और अपनों से प्यार करनेवाले, परन्तु बदले में किसी भी चीज की तमन्ना न रखने वाले और यह स्नेह का उसूल भी है कि वह सिर्फ देना जानता है, लेना नहीं।

कुछ देर दोनों प्रकृति का सुख लेते बैठे रहे। फिर जुगनू ने जहीर की तरफ देखा जो माथे पर बल डाले बहते पानी पर कुछ तलाश कर रहा था। उसने जहीर को पिछले वर्षों में जितना जाना उससे हमेशा यही लगता रहा कि इस साथी को और जानना बाकी है।

''फिर 'मुस्कान' को लेकर क्या सोचा है?'' जुगनू बोल पड़ा।

''बस जुगनू, जैसे ही कोई बच्चा मिला, समझो 'मुस्कान' चल पड़ा। अम्मा मेरे साथ हैं और अब घर में कुलसुम, उसका शौहर और बड़ी बी हैं। इधर जुबैर और ताहिर हैं। परेशानी की कहीं कोई बात नहीं। कॉलेज की तनख्वाह से घर चलाऊँगा और दुकान की आमदनी को 'मुस्कान' के लिए मैंने बैंक जमाखाता में डालना शुरू कर दिया है। फिर तुम लोग हो, मेरी सबसे बड़ी दौलत। कोई परेशानी में पड़ा तो मदद को आगे बढ़ोगे; और यह भी हो सकता है जुगनू, इस तरह का कोई गृह किसी रूप में दूसरे भी खोल लें। मुझे तो बड़ा गहरा यकीन है कि मैं अपने

इस प्रोजेक्ट में कामयाब हूँगा। आगे बच्चों का भाग्य और फिर...'' इतना कहकर जहीर हँस पड़ा।

''क्या हुआ?''

''जब हम अपनी माँ की नहीं सुनते और मनमानी करते हैं तो फिर यह अधिकार तो उन्हें भी हमको देना होगा कि वे अपनी मर्जी से जिन्दगी को, धर्म को, विचारधारा को चुनें। मेरा काम तो उन्हें केवल जिन्दगी की बेसिक जरूरतें जुटाना है, और रहा 'सरनेम' का इतना जरूरी होना तो तेरा और मेरा नाम बाप की जगह लिखना चाहेंगे तो लिख लेंगे।'' अन्तिम वाक्य अदा करते-करते जहीर हँस पड़ा। उसकी इस बात पर जुगनू मुस्कुराये बिना नहीं रहा, फिर मन-ही-मन बोला–

''जहीर ने बहुत आगे तक समस्याओं को सुलझा लिया है अब मुझे किसी मुद्दे पर सफाई देने या समझाने की जरूरत नहीं है बल्कि चुपचाप जहीर के इस काम में भरपूर सहयोग देने की है।''

''क्या इरादे हैं?'' जहीर ने आसन जमाये बेफिक्री से बैठे जुगनू को देखकर कहा।

''इरादे नेक हैं...अगर तुम्हारे पास समय हो तो एक चक्कर शहर का लगाते हैं ताकि कुछ समाचार तो मिले कि कहाँ क्या घट रहा है।'' जुगनू ने उठते हुए कहा।

''हाँ, मैं कहने ही वाला था। कुछ माह पहले एक पगली को बजाजा पट्टी से पुलिस पकड़कर ले गयी थी। उसकी कोई औलाद जरूर होगी।'' जहीर ने सोचते हुए कहा।

''चलो फिर!'' जुगनू ने कहा और दोनों टहलते हुए कॉलेज की तरफ लौटे।

''एक मोटरसाइकिल पर चलना ठीक रहेगा।'' जहीर ने कुछ सोचते हुए कहा।

''ठीक है। मैं अपनी वाली को पी. सी. ओ. पर खड़ी कर देता हूँ।'' जुगनू ने कहा और मोटरसाइकिल स्टार्ट की।

दोनों मोटरसाइकिलें कहीं बराबर से तो कहीं आगे-पीछे होती हुई चन्द मिनट में दरियाबाद पहुँच गयीं। रास्ता ही कितनी दूरी का था। कुछ देर बाद वे दोनों बजाजा में थे। जहीर ने मुनासिब यही समझा कि पहले नुक्कड़ की किताबोंवाली दुकान पर उन्हीं बड़े मियाँ से जाकर पूछे वरना हर एक को हर बात क्या याद होगी। उन बुजुर्ग ने जहीर को पहचान लिया। सलाम-दुआ और खैरियत पूछने के बाद जहीर असली बात पर आया। कुछ देर बड़े मियाँ सोचते रहे, फिर बड़े यकीन से बोले–

''उसकी कोई औलाद न थीं।''

''आपको पूरा यकीन है?''

''हाँ बरखुरदार! मगर यह बताओ मामला क्या है? कुछ पता चले तो मैं...''

बड़े मियाँ ने गहरी घूरती आँखों से दोनों जवानों को देखा। जहीर और मिश्रा कुछ सिटपिटा-से गये। समझते देर नहीं लगी कि बुजुर्गवार अपने लम्बे तजुर्बों के चलते कुछ और न समझ रहे हों। इसलिए संक्षेप में जुगनू ने 'मुस्कान' के बारे में बताया।

"सुब्हान अल्लाह। जियो मियाँ जुग-जुग जियो। अरसे बाद मुँह का मजा बदला है। अब करूँगा मैं तुम लोगों की पूरी मदद। चौराहे पर बैठा जो मैं देखता हूँ वह तो बस ऊपरवाला ही जानता है। अरे मियाँ नेहाल, जरा एक किलो बालूशाही भेजना।" इतना कह बुजुर्ग ने दोनों का सिर सहलाया और पीठ ठोंकी, फिर बोले—

"गढ़ी सराय में कल ही एक भिखमंगन की मौत हुई है। उसकी गोद में छः-सात महीने का बच्चा था।"

"जी चचा!" जहीर ने गर्दन हिलायी।

"यह पकड़ो मिठाई और मियाँ पंजतन पाक की करवाओ इस पर नजर और सबका मुँह मीठा करवाओ। इंशाअल्लाह तुम्हारे सारे काम बनते जाएँगे...तुमने मुझमें जीने का हौसला भर दिया...वाह भई वाह! देर आयद दुरुस्त आयद।" बुजुर्ग ने जेब से निकाल हलवाई के नौकर को रुपये थमाये और मिठाई का डिब्बा दोनों की तरफ बढ़ाया। उनका प्यार देख जुगनू ने झुककर उनके पैर छुए और हाथ जोड़ प्रणाम किया! जहीर को महसूस हुआ कि बड़े मुनासिब वक्त में बहुत सही इन्सान के पास वे पहुँचे हैं। अब देर करना किसी भी हालत में ठीक नहीं है।

गढ़ी सराय में जब वे पहुँचे तो शाम का झुटपुटा फैल रहा था। गली में बदहवासी फैली थी। कुत्ते, सूअर और बच्चे रिक्शे, साइकिल, टेम्पों से बचते-बचाते दौड़-भाग कर रहे थे। सड़क के किनारे अपनी-अपनी गुदड़ियों और कटोरे के साथ बैठे भिखमंगे जुएँ, चीलर मारते बैठे थे। कुछ आलस्य के मारे या फिर नशा खा, औंधे सीधे पड़े थे। खाना बँटने का समय होनेवाला था। इसलिए चारों तरफ फैले फकीर अब आ-आकर एक कतार में बैठ रहे थे। उन्हें देखकर जहीर और जुगनू की समझ में नहीं आया कि उनसे क्या पूछे?

"बेहतर होगा जुगनू अगर हम होटलवाले से बात करें?" जहीर ने कहा।

"कोई झंझट न हो जाए। पता नहीं यहाँ का क्या धन्धा है?" जुगनू ने माहौल को समझने की कोशिश में आँखें तरेरीं।

"अच्छा...देखो मेरे दिमाग में एक तरकीब आयी है।" कहता हुआ जहीर अफताब होटल की तरफ बढ़ा।

"मुझे फकीरों को खाना खिलाना है।" जहीर ने कहा।

"कितने?" मुन्ना ने जहीर को ऊपर से नीचे तक टटोलते हुए पूछा।

"यही, कुल दस।" जहीर बोल उठा।

"पचास रुपया जमा कर दीजिए...आप अपने हाथ से रोटी देंगे या मैं बँटवा दूँ?" मुन्ना ने पूछा।

"आप जैसा मुनासिब समझें...अभी हम यहीं हैं।" जहीर ने कहा।

"सुना कल यहाँ एक भिखमंगन मर गयी?" जुगनू ने बात शुरू की।

"हाँ...खाने के अलावा भी तो इनकी अनेक जरूरतें हैं...बीमार थी।" मुन्ना जुगनू के चेहरे-मोहरे को टटोलते हुए सोचने लगा कि यह बाबू लोग कहाँ के हैं। इस मोहल्ले के तो नहीं लगते हैं?

"उसका एक बच्चा था शायद?" जुगनू ने इधर-उधर देखते हुए कहा।

"हाँ, था तो...कल तो उधर ठेले पर पड़ा रोता रहा फिर इन्हीं में से किसी ने उठा लिया होगा। कल परसों तक बिना दूध-पानी के मर-मरा जाएगा या फिर जी गया तो इन्हीं की तरह भिखमंगा बन जाएगा।" इतना कह मुन्ना अपने काम में लग गया। जहीर और जुगनू आगे बढ़ पान की दुकान पर जाकर खड़े हो गये, जहाँ पहले से एक लड़का दोनों को ताक रहा था। उसके सिगरेट माँगने पर पान वाले ने डिब्बी से एक सिगरेट निकालते हुए कहा, "लेव, बाँसुरी बजाओ।"

"रतन नहीं दिख रहा है?" जुगनू ने पान बनवाते हुए पूछा।

"भाई गाँव गया है, गेहूँ कटनेवाला है।" कमसिन लड़के ने जुगनू को जवाब दिया।

"तुम उसके कौन हो?" जुगनू ने पूछा।

"जी, मैं उनका छोटा भाई हूँ...आपने पहचाना नहीं।" वह हँसा।

"वह बच्चा...फ़कीरन का बच्चा ठीक-ठाक है न?" जुगनू ने लापरवाह अन्दाज से पूछा।

"क्या ठीक होगा बाबूजी? उधर पड़ा तो था। अभी भी वहीं पड़ा होगा।" वह लड़का बोला और सिगरेट जला आगे बढ़ गया।

"चलकर देख लेते हैं।" जहीर ने कहा।

"चलो," जुगनू ने जोड़ा मुँह में दबा, पत्ते से उँगली में चूना उठाया।

दोनों अफताब होटल की तरफ लौटे और बायीं ओर खुली जगह की तरफ बढ़े जहाँ खाली ठेले, रिक्शा खड़े थे। कुछ बकरियाँ और उनके बच्चे वहाँ बँधे मिट्टी के हौदे से फूँसी खा रहे थे। इन दोनों को देखकर बिदक गये। एक तरफ टापे में मुर्गियाँ कुटकुटा रही थीं। कुछ दूर पर एक घोड़ा बँधा हुआ खड़ा था और दुम से मक्खी उड़ाता बीच-बीच में हिनहिना उठता था। अँधेरा अभी फैला नहीं था। सुरमई रोशनी में सब कुछ साफ नजर आ रहा था।

"का हेर रहे हो बाबू साहब?" एक लड़का हाथ में चकई लिये खड़ा था।

"किसी ने बताया यहाँ एक बच्चा पड़ा है सो..." जुगनू ने जल्दी से कहा।

"तुम डॉक्टर हो?" उसने अटकल लगायी।

"हाँ...डॉक्टर हैं, मगर वह है कहाँ?"

"यहाँ कल से पड़ा था। भूखा था हम उसको उधर ले गये हैं, अभी सोवत है।" उस लड़के ने नाक सुड़कते हुए बताया।

"चलो।" दोनों लड़के के पीछे चल पड़े।

मिट्टी के ऊँचे ढेर के पीछे दीवार की आड़ में चिथड़े में लिपटा एक बच्चा टाट के फटे टुकड़े पर पड़ा सो रहा था। उसी के पास एक कुत्ता हाँफता-सा बैठा था। इनको देख वह उठकर खड़ा हो गया और भूँकने लगा। लड़के ने पास जाकर उसको चुमकारा—"मोती...मोती"। कुत्ता दुम हिलाने लगा।

"उधर कोई देखै वाला नहीं रहा न...यह नाली में गिर गवा। ...इधर, यह अपना मोती है न इसकी रखवाली पर बिठा दिया है...घर से दूध लाकर पिला भी दिया है।" लड़के ने उत्साह से कहा।

"हम ले जाएँ तो तुम बुरा तो नहीं मानोगे?" जहीर ने बच्चे पर नजर डालते हुए पूछा।

"नहीं साब, इसको ले जाना ही ठीक रहेगा वरना सूअर, कुत्ते इसको परेशान कर डालेंगे..." उस लड़के ने कहा।

"इसकी माँ के मरने के बाद किसी ने सँभाला नहीं?" जहीर ने पूछा।

"कौन सँभालेगा।" लड़के ने मुँह टेढ़ा कर सिर झटका।

"यार जुगनू...!" जहीर झिझका।

"ला, मैं उठाता हूँ।" इतना कह जुगनू ने झुककर बच्चे को उठाया।

"मेरा मतलब है कोई झंझट?" जहीर ने कुछ सोचते हुए कहा।

"झंझट कैसा, कुतिया आठ-दस बच्चे देती है, एक-एक करके सब गायब हो जाते हैं।" जुगनू बोला।

"मगर यह इन्सान का बच्चा है।" जहीर परेशानी से बोला।

"गोद लेने की खानापूरी किससे करोगे? सड़कवालों से? अभी इसके हजारों दावेदार रुपये के लालच में निकल आएँगे!" जुगनू ने कहा।

"बाबूजी, इसको ले जाओ, हम भी इसको दूध रोज नहीं पिला पाएँगे।" उस लड़के ने कहा और चकइया घुमाता आगे बढ़ गया। उसके पीछे उसका कुत्ता दुम हिलाता दौड़ गया।

"जाको राखे साइयाँ मार सके न कोय।" जुगनू ने इतना कहा और आगे बढ़ा। जहीर ने मोटरसाइकिल की तरफ बढ़ते हुए गली का जायजा लिया।

सड़क की बत्तियाँ जल उठी थीं। सामने कपड़ेवाले की दुकान पर ग्राहक

सीढ़ियाँ चढ़ रहे थे। रिक्शेवाले घण्टी बजाते गुजर रहे थे। फकीरों की भीड़ अफताब होटल को छेके खड़ी थी। किसी को किसी की तरफ देखने की फुरसत न थी। जहीर ने मोटरसाइकिल स्टार्ट की और जुगनू बच्चा सँभाल उसके पीछे बैठ गया। रात वही थी जो हर रोज दिन के बाद आती है। मगर जहीर को यह रात अपनी नयी जिन्दगी की शुरुआत लग रही थी, जिसकी सुबह पर उसको यकीन था।

53

जहीर के घर की सुबह, चिड़ियों की चहचहाहट की जगह आज बच्चे के रोने के साथ हुई। पूरा घर रोते बच्चे के चारों तरफ जमा हो गया। उसको सभी अपनी-अपनी तरह चुप कराने की कोशिश में लग गये। एकाएक बड़ी बी बोलीं, "बीबी, इसका पेट तो नहीं दुख रहा है?"

"भूखा न हो अम्मा?" जहीर ने परेशान होकर कहा।

"सिर दर्द कर रहा होगा?" कुलसुम ने परेशान होकर कहा।

"दूध की बोतल तो यह खाली पड़ी है...अभी कुछ देर पहले ही तो पिया है। देखती हूँ क्या बात है?" सिपतुन ने बच्चे को कन्धे से लगा पीठ थपकी, फिर सहलाने लगी। बच्चे ने बड़ी-सी डकार ली और चुप हो गया। सबके चेहरे पर छायी परेशानी मुस्कान में बदल गयी।

"इसके लिए कुछ चीजें तो मैं घर में ही सिल दूँगी, मगर कुछ जरूरी चीजें बाजार से लानी पड़ेंगी।" सिपतुन ने इतना कह बच्चे को चादर से बनाये गये गद्दे पर लिटाया।

"पहले अम्मा, इसका नाम तो रखो!" जहीर ने बच्चे के गाल को उँगली से छुआ तो वह हँस पड़ा और जोर से हाथ-पैर चलाने लगा।

"मखफूर रखो, अच्छा नाम रहेगा!" बड़ी बी ने जल्दी से कहा।

"कोई अलग-सा नाम हो तो बढ़िया रहेगा।" जहीर ने कहा।

"इसका नाम अगर गुलाब रखूँ तो कैसा रहेगा?" सिपतुन ने कहा।

"बुरा तो नहीं है खाला बी।" कुलसुम कह उठी।

"अच्छा है अम्मा, बहुत अच्छा...इस नाम में दुआ भी शामिल है कि यह बच्चा बड़ा होकर गुलाब की तरह अपनी खुशबू बिखेरे।" जहीर ने धीरे से कहा।

"इसके रोने के चक्कर में सुबह की चाय बनाना ही भूल गयी।" कहती हुई सिपतुन खड़ी हुई।

गुलाब को माँ के दूध की आदत थी। मगर भूखा रहने की वजह से जल्दी-जल्दी हवस में दूध पीने से उसका पेट खराब हो गया। डॉक्टर के यहाँ ले जाना भी ज़रूरी था। कई और तरह की जिम्मेदारियाँ भी थीं जो सिपतुन चाहती थी कि जहीर पूरी कर ले। जहीर भी गुलाब को किसी अच्छे बच्चों के डॉक्टर को दिखाना चाहता था ताकि वह सारे जरूरी टीके जैसे हेपटाइटिस, पोलियो ड्राप और खाने-पीने का एक चार्ट बना दे, जिसके अनुसार गुलाब की अच्छी देखभाल शुरू हो सके। गुलाब की खबर मिलते ही दोस्तों के बधाई तार जहीर को मिले। एक बार फिर संवाद का वही पुराना सिलसिला मित्रों के बीच चल पड़ा।

अभी पन्द्रह दिन ही गुलाब को आये हुए थे कि अशोक मिश्रा एक सुबह ऊपर से नीचे तक धूल से अटा तौलिया में लिपटी एक बच्ची को उठाये घर के दरवाजे पर खड़ा था। लड़की होगी कोई दो वर्ष की, उसके बदन पर मटमैले रंग की एक चिक्कट बनियाइन और कमर पर काले रंग का धागा बँधा था।

"एका कल्ला बड़ा जबरजंग है।...रात से उठाये-उठाये कन्धा दुख गवा, अब सँभालो।" इतना कहकर अशोक ने सोती बच्ची को अपने से अलग किया, जिसको आगे बढ़कर कुलसुम ने गोद में ले लिया।

"कहाँ मिली?" जहीर और पूरे घर की आँखों में सवाल नाचता देख अशोक ने लम्बी साँस भरी और कुर्सी पर बैठता हुआ बोला, "इसकी माँ विधवा रही। जेके खेत में बेगार करती थी, वही मालिक ने इससे मुँह काला किया...इसने गँड़ासे से उसकी गर्दन ही काट डाली। उमरकैद तो होनी है। आगे-पीछे कोई था नहीं इसलिए यह लड़की हम यहाँ उठा लाये। यह लेव पर्चा और हाँ कानूनी रूप से कोई झंझट नहीं, पिता, माँ का नाम, पेशा और बाकी बातें सब उस पर्चे में दर्ज हैं, जात की चमाइन है।" इतना कह अशोक मिश्रा उठ खड़ा हुआ।

"क्या हुआ, एकदम से खड़े कैसे हो गये?" जहीर ने पूछा।

"लौटना है। दो दिन से इसी हत्याकाण्ड में फँसे थे। नहाना-धोना भी न हुआ, न ठीक से खाना-पीना। अब नहाये बिना कुछ खाये-पिये का मन नहीं है।" कहता हुआ अशोक दरवाजे की तरफ बढ़ा। कुलसुम की लायी चाय वैसे ही पड़ी थी। उसकी वर्दी गन्दी और बदबू से भरी थी। बाल, जूते और पलकों पर धूल जमी थी। अशोक के साथ जहीर जीप तक गया। उसको छोड़कर जब घर लौटा तो देखा लड़की जाग चुकी थी।

"कुनकुने पानी में डेटॉल डालकर नहलाना।" सिपतुन ने कुलसुम से कहा।

"मैं इसके लिए कपड़े लेकर आता हूँ।" जहीर ने लड़की की फटी बनियाइन देखकर कहा।

"इतनी सुबह दुकान कहाँ खुली होगी?" सिपतुन ने कहा।

"नहीं खुली होगी तो खुलवा लेंगे।" इतना कह जहीर मोटरसाइकिल की कुंजी लेने कमरे की तरफ बढ़ा।

"जब तक वह नहाती है तब तक मैं झबला सिल डालूँगी।" कहती हुई सिपतुन उठी और सिलाई मशीन के पास जा उसने चौकोर कपड़े को दोहरा किया और गला आस्तीन काट कपड़े पर खट-खट बखिया करना शुरू कर दिया। जहीर ने चाय की आधी छोड़ी प्याली दोबारा उठा ली।

लड़की नहाते समय गला फाड़कर रोती रही मगर नहाने के बाद एकाएक चुप हो गयी। सिर में तेल भी बड़े आराम से लगवाया। सूखी तौलिया में लपेट कुलसुम जब उसको दालान में लायी तो उसका साँवला चेहरा साफ-सुथरा होकर चमक रहा था। उसके फूले-फूले गाल और बड़ी-बड़ी गहरी भूरी आँखें बड़ी प्यारी लग रही थीं। बड़ी बी उसके लिए प्याली में दूध लेकर आयीं तो उसने झटपट पी लिया और ऊँघने-सी लगी। उसके लिए भी कुलसुम ने चादरों को तह कर गद्दा बनाया और उस पर सुला दिया।

"थकी हुई लगती है।" जहीर ने उसको सोता देखकर कहा।

"इस मासूम पर कैसी कयामत गुजर गयी।" बड़ी बी ने सब्जी काटते हुए कहा।

"लो, झबला भी सिल गया।" कहकर सिपतुन ने उसको झटका और बच्ची को पहनाने आगे बढ़ी। बच्ची नींद में बेसुध थी, जैसे अरसे बाद चैन की नींद मिली हो। झबला पहनाकर सिपतुन ने गुलाब की जालीदार चादर उस पर डाली ताकि मुँह पर मक्खी न बैठे।

"अब इसका नाम क्या रखोगी अम्मा?" जहीर ने पूछा।

"पता नहीं माँ ने इसका नाम क्या रखा होगा?" सिपतुन ने सोचती आवाज में धीरे से कहा।

"देखता हूँ...इस पर्चे पर माँ का नाम 'गुदनी' लिखा है और पिता का नाम सोबनाथ लिखा है, मगर इसका कहीं कोई नाम दर्ज नहीं है।" जहीर ने पर्चा तह करते हुए कहा।

"इसका नाम भी बीबी फूलों पर रखो, चम्पा, चमेली, जूही..." बड़ी बी ने तोते के पिंजड़े में चाय उँड़ेलते हुए कहा।

"शगुन नाम कैसा रहेगा?" जहीर बोला।

"चम्पा, चमेली से तो अच्छा है।" कुलसुम ने हँसते हुए कहा।

धूप आँगन में उतर आयी थी। जहीर कॉलेज जा चुका था। अनार के पेड़ पर बैठा शैतान तोता पहले बोल-बोलकर पिंजड़े में बन्द तोते को चिढ़ाता रहा और फिर डाल से एक नन्हा-सा कच्चा अनार चोंच में दबा रफूचक्कर हो गया। यह देखकर पिंजड़े का तोता गुस्से में छटपटाकर चीख उठा—टाँय, टाँय, टाँय...

"चुप अन्धे मारे, जो सिखाओ वह तो बोलता नहीं, टाँय टाँय के कंकड़ फेंक कान के पर्दे फाड़ता है!" बड़ी बी ने जोर की घुड़की लगायी और बर्तन धोने में लग गयी।

"दोपहर के बारह बजने को आये और शगुन अभी तक सो रही है?" कुलसुम ने गुलाब को दलिया खिलाते हुए सोचा।

सिपतुन तख्त पर बड़ी-सी पोटली खोले उसमें से कपड़ों के टुकड़े निकाल-निकाल कर देख रही थी। मशीन खुली पड़ी थी। जो कपड़े सिपतुन ने पसन्द किये उसकी फ्राक काट एक तरफ रख बाकी की पोटली बाँधकर बोली, "कुलसुम, मशीन बड़ी सख्त चल रही है, मेरा तो हाथ दुख गया। तेल डाला है। जब हाथ खाली हो तो इन पर मशीन चला देना।"

"जी," कुलसुम ने कहा और गन्दे कपड़े तसले में भिगोने लगी।

"दोपहर को क्या पकेगा?" बड़ी बी आँगन में पड़े अपने पटरे पर बैठ हाथ पोंछते हुए बोली।

"रात की दाल बची होगी।" कुलसुम ने कहा।

"कोई एक सब्जी बन जाएगी।" सिपतुन ने कहा और शगुन के पास जाकर उसके मुँह से जाली उठा देखा। वह बेसुध पड़ी सो रही थी। परेशान-सी सिपतुन बोली।

"इस लड़की ने तो कमाल कर दिया। जाने कब की नींद पूरी कर रही है?"

"हाँ, चार घण्टे तो हो रहे हैं...आठ बजे सोयी थी।" कुलसुम ने घड़ी पर नजर डालकर कहा।

"जब भूख लगेगी न तो खुद ही रोती उठेगी बीबी।" बड़ी बी ने कहा और तोते की तरफ देखकर बोली, "मिट्ठू बेटे नजीबी भेजो।"

शाम को जहीर जुगनू के साथ घर लौटा। जुगनू शगुन को देख बहुत खुश हुआ। कुछ देर उसको गोद में लेकर खिलाता रहा, फिर धीरे से जहीर से बोला—

"कुँवारे बाप, एक महीने में दो बच्चे?" जुगनू की बात सुन जहीर झेंप-सा गया। फिर मुस्कुराकर बोला—

"अभी तीन और आने हैं, कुँवारे बाप नम्बर दो।"

"जिन झंझटों से भाग रहा था, उसी में फँसाय दियो गुरु!" जुगनू ने जहीर के कन्धे पर हाथ मारा।

"अभी भी मौका है। फैसला बदल लो वरना बूढ़े मुँह मुँहासे!" जहीर ने हँसते हुए कहा।

"भूल जाओ, यहाँ दाल गलनेवाली नहीं है।" जुगनू ने हँसकर कहा।

"क्यों, ऐसी नाउम्मीदी क्यों?" जहीर ने मजाक को ज़रा लम्बा खींचा।

"का बतावें, जो भी लौंडिया मिलीं इधर स्कूल कॉलेज मा, सब की सब भाई साहब! भाई साहब! की रट। हमारा समय गुजर गया। कुछ दिन बाद सुनेंगे अंकल जी, अंकल जी!" जुगनू भी मजा लेते हुए बोला।

"तेरे तो बाल भी सफेद हो रहे हैं यार!" जहीर ने चौंकते हुए कहा।

"बस अब ज्यादा नहीं वरना धर दूँगा भरपूर!" जुगनू ने बाल को बड़े सलीके से सँभालते हुए जहीर को घूरा।

"हम दुनिया की किसी चीज से डरें या न डरें, मगर बुढ़ापे से जरूर डरते हैं।" जहीर इतना कहकर हँस पड़ा। जुगनू गर्दन हिलाकर मुस्कुरा पड़ा।

गुलाब दालान में घुटनों चल रहा था। शगुन खिलौने छोड़ बार-बार आँगन की तरफ दौड़ मिट्टी से खेलने लगती थी। कुलसुम उसकी इस हरकत से कुढ़ रही थी। कई बार हाथ-मुँह धुला कपड़े बदलवा चुकी थी। मगर नजर बची नहीं कि शगुन पहुँची कूड़े की बाल्टी से कूड़ा निकाल-निकालकर फेंकने और धूल को अपने नन्हे-नन्हे हाथों से समेटने। उसकी इस हरकत को देख सभी के दिमाग में शगुन की माँ गुदनी उभर आती जो खेतों में काम करती थी। शायद उसी की नकल शगुन करती है। सुबह तेल-मालिश के बाद दोनों बच्चे एक घण्टा मिट्टी में खेलते हैं, मगर सारे दिन तो मिट्टी में लोटना किसी को पसन्द न था। कुलसुम खुद इस चक्कर में दो बार कपड़े बदलती थी।

जहीर के 'मुस्कान' की खबर धीरे-धीरे चन्दा के जरिये पूरे मोहल्ले में फैल गयी। एक-दो जिज्ञासु औरतें इन दो बच्चों को देखने भी पहुँच गयीं। जहीर को भी रास्ते में एक-दो बुजुर्गों ने रोककर उसकी 'खुदा तरसी' जैसे नेक काम की सराहना भी की और कुछ बेवकूफ किस्म के लोगों ने इस बात का मजाक भी उड़ाया। उनकी बातें जहर से बुझी जहीर को लगी थीं, मगर उसने एक कान से सुन दूसरे कान से यह सोचकर निकाल दी थीं कि जिस मुल्क में अपने बच्चों का शोषण होता हो वहाँ पर गैर के बारे में सोचना मूर्खता ही समझी जाएगी। बच्चों

के स्कूल तो मोहल्ले-मोहल्ले खुल गये हैं मगर वहाँ बच्चों के साथ जो सुलूक होता है, उससे भी साख इतनी गिर गयी है कि अब नेक काम पर किसी को भरोसा नहीं होता। हर एक का दिमाग इस बात पर जाकर टिक जाता है कि बिना फायदा देखे थोड़े फलाने ने ऐसा किया होगा। इसलिए वह इन बातों को सुनकर या तो कोई जवाब न देता या फिर हँसकर टाल देता और उल्टे उन्हीं की खैरियत पूछने लगता था।

इतवार को मीटिंग तय थी। ठीक समय पर सब पहुँच गये थे। इस बार बसन्त के साथ शरद भी आया था। उसकी शिकायत बजा थी कि उसको इस योजना में शामिल क्यों नहीं किया गया और गैर समझकर भुला दिया गया। संजय उपाध्याय को भी पता लग गया था, वह भी पहुँच गया था। दोपहर तक मीटिंग चलती रही। खाने के बाद जब शरद चलने लगा तो जहीर से बोला—

"तुम स्वीकारो या नकारो, मुझे इस बात की तनिक भी चिन्ता नहीं मगर कल से ग्वाला निखालिस एक किलो दूध बच्चों के लिए दे जाएगा।"

"इसकी क्या जरूरत है?" जहीर ने कहा।

"हम जरूरत समझकर भेजेंगे, तुम मोरी में बहा देना!" शरद बोल उठा। इस बात पर जहीर लाजवाब-सा हो गया।

मीटिंग में हुई बातें नोट कर ली गयी थीं। मधु इस बार नहीं आ पायी थी। उसको किसी केस के सिलसिले में सहारनपुर जाना पड़ा था। उसका ट्रांसफर भी होने वाला था। रमेश भी मधु से अलग रह-रहकर तंग आया लग रहा था, मगर चारा क्या था। एक जगह दोनों को पोस्टिंग मिलना मुश्किल था। सलमान पर शादी का जोर बढ़ रहा था। उसके अब्बा का कहना था कि वह अपना आखिरी फर्ज पूरा कर लेते तो चैन से मरते। माँ से अब घर का काम पहले की तरह सँभलता न था। ये सारी मजबूरियाँ थीं जो सलमान को खामोश कर देती थीं वरना उसका मन अभी जिम्मेदारी में फँसने का जरा भी न था।

"पहले लड़की की तस्वीर देख लो फिर इनकार करना।" माँ ने इस बार कुछ तय कर रखा था।

"तस्वीर से क्या पता चलता है?" चिढ़कर सलमान बोला।

"हमीदिया कॉलेज में यह लड़की पढ़ रही है। देखना है तो आते-जाते देख लो...मगर पहचानोगे कैसे? इसलिए यह देखो तस्वीर!" माँ ने तस्वीर ठीक सलमान के चेहरे के सामने कर दी।

"जो अभी पढ़ रही है उस बच्ची को आप मेरे सर मढ़ना चाह रही हैं?"

गुस्से से तस्वीर झपट सलमान बोला मगर तस्वीर पर नजर पड़ते ही उसका गुस्सा काफूर की तरह उड़ गया और तस्वीर को जेब में रख बोला, "आप कहती हैं तो कल देख लूँगा।"

"शमीमआरा की छोटी बहन है। घर देखा-भाला है। शमीम की बड़ी तारीफें कर रही थी राबिया और कह रही थी कि जहाँआरा उससे भी अच्छी है।" माँ ने बेटे का बदला तेवर देखा तो लड़की की तारीफें बढ़ा-चढ़ाकर करने लगीं।

तेजबहादुर की शादी में जाना जरूरी था इसलिए सोमवार को सभी रुक गये, सिवा रमेश, संजय और अशोक के। उनको ड्यूटी पर पहुँचना जरूरी था। सलमान रात को लेटा तो उसको महसूस हुआ कि लड़की देखने अब कॉलेज के सामने जाकर खड़े होने की उम्र बीत गयी। वैसे भी यह कोई मुनासिब बात नहीं है। तस्वीर कितना झूठ बोलेगी? लड़की ठीकठाक है। अम्मा को पसन्द है। बहनों के साथ उसकी बहनें पढ़ चुकी हैं तो फिर बाकी क्या बचा है छानबीन करने को? और फिर पहली नजर में चले तीर का सच भी वह भुगत चुका है। उस बेवकूफी के बाद उसको दोबारा उस किस्म की गलती नहीं दोहरानी चाहिए। यही सब सोचते हुए उसको नींद आ गयी।

तेजबहादुर की बारात में हाथी, घोड़ा, बग्घी, कार, बस, पैदल सभी कुछ था। लड़की वालों की माँग पर यह सब हो रहा था कि बारात शानदार आए जिसके चर्चे साल भर तक शहर में होने चाहिए। आतिशबाजी का भी खूब बढ़िया इन्तजाम था। तेजबहादुर से उसकी पसन्द-नापसन्द के बारे में कोई कुछ पूछ नहीं रहा था। वह कुढ़ा-कुढ़ा-सा दूल्हा बना बैठा था। दौलत की जितनी नुमाइश की जा सकती थी वह चारों तरफ बिखरी नजर आ रही थी। गाने और मुजरे का भी इन्तजाम था। बारातियों को लड़कीवालों ने उपहार के साथ नकद माल का लिफाफा भी थमाया था। यह अलग तरह की दुनिया थी जिसको सलमान, बसन्त, जुगनू, जहीर दूर से नहीं बल्कि करीब से देख रहे थे। जब दुल्हन आयी और तेजबहादुर के पास रखी लाल सुनहरे सिंहासन जैसी कुर्सी पर बैठी तो कैमरे की फ्लश लाइट में उसका चेहरा देख दोस्तों की जान में जान आयी कि लड़की देखने में अच्छी थी वरना...

तेजबहादुर मुस्कुरा-मुस्कुराकर तस्वीरें तो खिंचवा रहा था मगर अन्दर से खीझा हुआ था। पगड़ी ने उसके सुन्दर बालों की सारी सेटिंग बिगाड़ दी थी। जहीर और बाकी सबको देखकर वह झेंप भी रहा था। शादी का मुहूर्त आधी रात का था इसलिए कोई भी तब तक नहीं रुका और उपहार देकर चारों बाहर निकले। रात के ग्यारह बज रहे थे। मौका देखकर सलमान ने अपनी शादी के बारे में दोस्तों को बताया।

सुनकर पहले तो जानबूझकर तीनों ठट्ठा मारकर जोर-जोर से हँसे, फिर एकाएक गम्भीर हो उठे जैसे किसी के मृत्यु-शोक में आये हों।

"यार सलमान! मेरी सारी हमदर्दी तेरे साथ है।" जहीर ने भर्रायी आवाज से कहा।

"और मेरी भी सल्लन! तू दिल छोटा न कर मेरे भाई। ऐसी बुरी घड़ी, सुना है, मेरे बाप पर भी आयी थी। हर एक को झेलना पड़ता है। तू हँस-हँसकर झेल लेगा मेरे यार।" जुगनू ने उदास मुँह बनाकर कहा।

"तुम लोगों से कभी कोई संजीदा बात करनी ही नहीं चाहिए।" सलमान को जाने क्यों ताव चढ़ गया। बसन्त को हँसते देख चिढ़कर बोला, "तू चुप क्यों है? तू भी बोल न।"

"मैं तो कब से चुप ही था, किसी से रेशमावाली बात कही आज तक?" बसन्त ने कहा। उसके इतना कहने से दोनों के कान खड़े हो गये।

"रेशमा कौन? बोल कौन थी रेशमा?" जहीर ने बसन्त के धप्प लगायी।

"क्या मखमली नाम है रेशम...रेशमा..." जुगनू ने आँख बन्द कर बड़े अन्दाज से तान उठायी। सलमान इस हमले की उम्मीद नहीं रखता था इसलिए उसने घूर कर बसन्त को देखा जो कान पकड़ अब अपने दोनों गाल बजा रहा था। सलमान को गुस्सा होते देख जहीर ने मजाक का रुख मोड़ा और कुछ देर बाद धीरे से बोला।

"देखो सलमान! हमारे यहाँ ज्यादातर शादियाँ अपने लिए नहीं बल्कि घरवालों की मर्जी और खुशी के लिए की जाती हैं। तुम्हारे अब्बा का कहना सही है और अब तुम्हारे पास इनकार की कोई मुनासिब वजह भी नहीं है।"

"देर करने से फायदा भी क्या है?" जुगनू अभी अपने ऊपर काबू नहीं रख पा रहा था। इसलिए थोड़ा-सा बोल चुप हो गया। उसकी शरारती रग फड़क रही थी कि रेशमा के बारे में कुछ और पूछे, जाने, टाँगखिंचाई करे, मगर सलमान का मूड बिगड़ता देख उसने चुप रहना मुनासिब समझा।

"घर में अम्मा-अब्बा को दुसरात हो जाएगी...बेकार में कानपुर में हरदम उनके लिए चिन्तित रहता है।" बसन्त ने कहा।

"तुम्हार का इरादा है भोले शंकर?" जुगनू ने बसन्त को छेड़ा।

"जय हनुमान!" बसन्त इतना कह चुप हो गया।

"यानी कि तीन तेरह नौ अट्ठारह!" जहीर ने हँसकर कहा।

"दो-दो बच्चन के बाप हो गये हो जहीर, मगर तुमका मसखरेबाजी से फुर्सत नहीं?" जुगनू ने चुटकी ली।

"अपनी कहो? तुम छटुले हो का जो खुद सरम करै की जगह दूसर को सरम

दिलावत हो बन्धु?" बसन्त ने मस्ती में डूबते हुए कहा।

"तू चल, तुझे तो कानपुर चलकर ठीक करूँगा।" सलमान ने होठ भींच बसन्त से कहा।

"इ बात है तो कानपुर जाय हमार ठेंगा...हमका कोई ब्लैकमेल नहीं कर सकत।" बसन्त ने ऊँची आवाज में कहा।

"क्या हुआ हनुमान भाई?" जुगनू ने बसन्त को पुचकारा।

"कुछ नहीं, बस..." बसन्त इतना ही कह पाया था कि बीच में सलमान बोल पड़ा।

"तुम क्या हम ही बताते हैं। एक लड़की थी। लगा मुझे दिल दे बैठी है मगर वह चकमा दे गयी। उसी को रेशमा रेशमा कर रहा है।"

"ओह।" जहीर इतना कह रुक गया। जुगनू ने सलमान के चेहरे को गोर से देखा और शान्त हो गया।

"मैं कौन-सा तजुर्बेकार था कि मोहब्बत के पहले सबक में ही यह समझ बैठता कि दूसरा कितना ईमानदार है? मेरी नादानी थी। भूल गया वह सब।" सलमान ने अन्तिम वाक्य जिस तरह अदा किया उससे साफ जाहिर था कि वह अपने साथ हुए हादसे को अभी तक भूल नहीं पाया है।

अरसे बाद हल्के-फुल्के माहौल में दोस्त मिले थे। हँसी-मजाक करके अपनी तनी मांसपेशियों को राहत पहुँचा रहे थे, मगर किसी की दुखती रग को छेड़ना न उनकी आदत थी और न ही उनको पसन्द था। दिल ही दिल में दोनों सोच रहे थे कि सल्लन के साथ इतना बड़ा हादसा गुजर गया और उनको पता ही न चला? इस कंचे के बच्चे ने इतनी बड़ी बात हमसे छुपा कर रखी? दोनों ने बसन्त को शिकायती नजरों से घूरा। बसन्त ने घबराकर दोनों हाथ ऊपर उठा दिये।

54

क्रिसमस की शाम थी। कौशल जोन का बगीचा, ड्राइंगरूम का दरवाजा खुलने से एक हो गया था। पेड़ों में लगे कुमकुमे और मद्धिम लय पर चलती अंग्रेजी संगीतलहरी पूरे माहौल को रूमानी बनाये हुए थी। आज की शाम इसलिए भी अहम थी कि कोकिला जोन यानी कुकी अपना कोर्स पूरा कर लौटी है। कौशल जोन की

सगाई का ऐलान होना है और प्रोफेसर पी. एल. जोन को अपना रिटायरमेण्ट सेलेबरेट करना है। इतनी सारी ख़ुशियों को इस इकलौती शाम ने अपनी बाँहों में समेट लिया है।

जहीर जब कौशल के बँगले पर पहुँचा तो शाम के साढ़े सात बज रहे थे। हल्के नीले सूट पर उसने नारंगी पीले गुलाव 'किसआफ फायर' की कली लगा रखी थी, जो आज ही घर के आँगन में चिटखी थी। कुकी की नजर उस पर जैसे ही पड़ी वह मेहमानों के बीच से तेजी से आगे बढ़ी, तभी कॉलेज के दोस्तों ने जहीर को इशारा कर अपनी तरफ बुला उसे घेर लिया। चम्पा के पेड़ के पास खड़े सब धीरे-धीरे करके गिलासों से घूँट भर रहे थे।

"हाय! हाऊ आर यू..." कौशल ने उसको देखकर कहा और हाथ मिलाते हुए पूछा, "क्या लेना पसन्द करोगे, रम, ह्विस्की, शेरी, ब्लडीमेरी, वाइन, वोदका विद जिंजर..."

"लूँगा मगर ठहरकर।" जहीर ने कहा और धीरे से मुस्कुराया।

समय जैसे-जैसे गुजर रहा था वैसे-वैसे लोग पीने और बातों में डूब रहे थे। अन्दर कुछ जोड़े डांस कर रहे थे। वरसों बाद दालचीनी के स्वादवाला केक जहीर को सेण्टजोजेफ वाले दिनों की याद दिला गया। जहीर को अकेला फव्वारे के छोटे से थाल के पास खड़ा देख कुकी आगे बढ़ी।

"हाय!"

"कैसी हो कुकी?"

"अच्छी हूँ और आप?"

"मैं भी ठीक-ठाक हूँ...आगे क्या करने का इरादा है?"

"वेल! यह शहर तो मेरे प्रोफेशन के लिए ठीक नहीं है। यहाँ तो टीचिंग नर्सिंग और लेडी डॉक्टर...मेरा मतलब है इस शहर में लेडीज को इसी प्रोफेशन में देखने की सिर्फ आदत है। मैंने कोशिश की मगर...जाना तो मुझे दिल्ली या मुम्बई ही पड़ेगा वरना..." इतना कह कुकी ने कन्धे उचकाये। फिर गौर से जहीर को देखा।

"शायद तुम सही हो?" जहीर ने कुकी की गहरी आँखों से बचते हुए कहा।

"टुनाइट यू आर लुकिंग गार्जेज...कैन आई किस यू?" गुनगुनाती-सी आवाज में कुकी ने कहा। इससे पहले जहीर कुछ कहता, कुकी ने आगे बढ़कर जहीर के बायें गाल का चुम्बन ले लिया। जहीर के पूरे बदन में सिहरन-सी दौड़ गयी और लगा कि गाल पर किसी ने अंगारा रख दिया हो। कुछ पल कुकी जहीर को इस इन्तजार में खड़ी देखती रही कि जहीर पलटकर किस का जवाब देगा मगर जब उसने कुकी पर से आँखें हटायीं तो कुकी ने उसी जज्बाती आवाज में धीरे से कहा, "थैंक्स!"

कुकी के जाने के बाद जहीर असहज हो उठा। उसने नजरें उठाकर सामने देखा। सब अपने में डूबे थे। जहीर पर भी माहौल ने असर डाला था, मगर वह कुकी की तरफ से इस बर्ताव की उम्मीद नहीं कर रहा था। कई बार उसने कुकी की आँखों में अपने लिए लिखी इबारत पढ़ी जरूर थी लेकिन उसको एक सहज आकर्षण समझकर टाल गया था। कुकी उसके कुलीग कौशल की बहन है जिसको वह बहुत प्यार करता है। यह अपने में एक जिम्मेदारीवाली बात है जो कुकी को बाकी लड़कियों से अलग करती है। खासकर उन लड़कियों से जो पिछले कुछ वर्षों में जहीर की तरफ आकर्षित हुई थीं। कॉलेज, युनिवर्सिटी का वह माहौल कब का पीछे छूट चुका था। अब इस उम्र में जब वह इन सारे उतार-चढ़ाव से बहुत दूर निकल आया है तब कुकी के सम्मोहन में बँधना मुनासिब नहीं लगता। कुकी को ही अपने को सँभालना होगा। वह डायनेमिक है, डैशिंग है, इण्टेलिजेण्ट है और ब्यूटीफुल होने के साथ ही एक सेंसेटिव लड़की है। उसके इमोशंस को ओस की बूँद की तरह सँभालना मेरे वस की बात बन भी जाए तो समय कहाँ है, माहौल कहाँ है? मैं तो अब अपने को नयी तरह की जिम्मेदारियों से जकड़ चुका हूँ।

"तुमने कुछ खाया-पिया भी या फिलॉसफर बने खड़े हो?" कौशल ने उसके गुमसुम उदास चेहरे को देखकर कहा।

"टर्की लो न...आओ मेरे साथ, मैं तुम्हें वाइन विथ टर्की का टेस्ट कराता हूँ।" कौशल ने जहीर का हाथ पकड़ा और उसको लॉन से ड्राइंगरूम की तरफ लेकर बढ़ा।

"कम आन यंग प्रोफेसर...हैव चियर्स विद मी।" कौशल के डैडी जहीर को देखकर चहके।

"उधर मत जाना वरना फँस जाओगे।" कौशल ने जहीर को आगाह किया और उसका हाथ खींच कमरे के कोने में लगी खाने की मेज की तरफ ले गया। मद्धिम सुरों में संगीत बज रहा था। कुकी अपनी दोस्तों के बीच घिरी अकेली ही डांस कर रही थी। उसका डांस पूर्व और पश्चिम शैली की मिली-जुली मुद्राएँ थीं, जो इतनी नजाकत के साथ अदा हो रही थीं कि जहीर की आँखें वहीं ठिठककर ठहर गयीं। कुकी की आँखें बन्द थीं। चेहरे पर हल्की-सी मुस्कान थी।

"कुकी जब भी इमोशनली डिस्टर्ब होती है तो इसी तरह डांस करती है।" कौशल ने जहीर के चेहरे पर जिज्ञासा और आँखों में प्रशंसा देखकर धीरे से कहा।

"शीज़ वण्डरफुल!" जहीर ने कौशल की तरफ देख धीरे से कहा। उसके दिल पर कुकी की नर्म भाव-भंगिमा का अजीब असर हो रहा था। उसी के साथ एक उदासी धीरे-धीरे जहीर के अन्दर फैलकर समन्दर का रूप ले रही थी जिसमें वह न चाहने के बावजूद धीरे-धीरे डूबता जा रहा था। उसको अपने दिल की धड़कन कानों के पास सुनाई पड़ रही थी। कौशल उसको प्लेट पकड़ाकर दूसरे अतिथि की

तरफ बढ़ा तो जहीर ने धीरे से प्लेट मेज पर रखी और चुपचाप खड़ा कुकी को देखता रहा।

जहीर सुबह सोकर उठा तो उसके जेहन से रात का खुमार एकाएक उतर गया जब सिपतुन ने बताया कि गुलाब को तेज बुखार है। आज उसको अपने रिसर्च गाइड से भी मिलना था। कॉलेज में भी कई तरह के उलझाव थे। एक मिनट को जहीर का सिर घूम गया कि वह है कहाँ? बेटे के चेहरे पर बिखरी परेशानी देख सिपतुन कह उठी।

"शाम तक देख लेती हूँ शायद बुखार उतर जाए। इतने छोटे बच्चों को बार-बार डॉक्टर-हकीम के पास ले जाना भी ठीक नहीं है। देसी दवा सबसे अच्छी है...घरेलू नुस्खे अभी आजमाती हूँ।"

"नहीं अम्मा। डॉक्टर को एक बार दिखा लेना ही अच्छा रहेगा चाहे अंग्रेजी दवा दो या न दो मगर मुझे गुलाब को दिखाये बिना चैन नहीं आएगा। जल्दी से तैयार हो जाओ। मैं डॉक्टर के यहाँ से कॉलेज निकल जाऊँगा।" इतना कह जहीर गुसलखाने की तरफ बढ़ा। नहाते हुए उसको ख्याल आया कि जुगनू को भी बुलाना ठीक रहेगा। उसके दिल में अजीब-सी परेशानी भरी घबराहट भर गयी थी। गुसलखाने से बाहर निकल उसने जुगनू को फोन मिलाया।

"गुलाब को बुखार है। मैं डॉक्टर गुलाटी के यहाँ पहुँच रहा हूँ। तुम भी वहीं आ जाना!"

"आज मेरा...खैर मैं किसी तरह मैनेज करता हूँ।" जुगनू का चिन्ता भरा स्वर सुनाई पड़ा।

डॉक्टर गुलाटी ने गुलाब का अच्छी तरह चेकअप कर एक-दो टेस्ट लिख दिये और कहा कि घबराने की कोई बात नहीं, वायरस इन्फेक्शन लगता है। जहीर की घबराहट जरूर कम हो गयी थी मगर चिन्ता नहीं। जुगनू अभी तक पहुँचा नहीं था। उसने घड़ी देखी। ग्यारह बज रहे थे। आधे घण्टे बाद उसका पीरियड शुरू होना था। उसने सिपतुन की तरफ देखा जो गुलाब की नैपी वदल रही थीं। क्या अम्मा टेस्ट अकेले करवा लेंगी? अभी वह इसी उलझन में था कि उसको जुगनू आता दिखा। जिसको देख जहीर ने राहत की साँस ली और आगे बढ़कर बोला—

"सुन, मैं क्लास के लिए निकल रहा हूँ, तू फटाफट ये सारे टेस्ट करा लेना। अब मैं चलता हूँ।"

"ठीक है।" जुगनू ने कहा और सिपतुन को प्रणाम कर बेबी बैग उठा कारीडार की दूसरी तरफ चल पड़ा।

“जहीर बिलावजह इतना परेशान हो रहा है। बच्चों के साथ तो यह सब लगा रहता है।” सिपतुन ने कहा।

“वह तो सब ठीक है मगर इन बच्चों का चेकअप होना भी जरूरी है। यह जिन बस्तियों से आये हैं बात उस जगह की नहीं है, मगर ये बेचारे जो झेल के आये हैं उसमें अम्मा डर इस बात का है कि कहीं कोई बीमारी न पाल ली हो जो बाद में इनके लिए मुसीबत बन जाए।” जुगनू ने कहा।

“हाँ, यह बात भी सही है।” सिपतुन ने कहा।

गुलाब हफ्ते भर बाद ठीक हो गया तो शगुन बीमार पड़ गयी। इसी बीच जहीर की ‘मुस्कान’ में एक तीन साल की लड़की बेला और एक ढाई साल के लड़के ‘कमल’ के आने से घर की चहल-पहल और बढ़ गयी थी। कमल की माँ उसके जन्म देते समय मर गयी थीं। बाप ने उसको पाला था। वह भी जहरीली शराब पीने से मर गया। कमल को पड़ोसियों ने सँभाल तो लिया था मगर रखना कोई नहीं चाहता था। संजय उपाध्याय अब इलाहाबाद लौट आया था और कोतवाली थाना में था। उसने यह कठिनाई पड़ोसियों की हल कर दी और कमल को सीधे अकबरपुर पहुँचा दिया। बेला को लेकर मधु सहारनपुर से आयी थी। गवाही देने के चक्कर में उसकी माँ की हत्या कर दी गयी थी और बाप कहीं डर से भाग गया था। कोई उस बच्ची को लेने या रखने के लिए तैयार न था। पुलिसवालों के लिए वह बच्ची एक मुसीबत बन गयी थी। पाँच दिन बाद जब उसके बाप की भी हत्या डाकुओं ने कर दी, तब मधु ने उस लड़की की जिम्मेदारी उठायी और एक हवलदार को चिट्ठी थमा लड़की को जहीर के पास सारी डिटेल के साथ भिजवा दिया था। इन चारों बच्चों को सँभालना अपने में थोड़ा मुश्किल काम जरूर था मगर एक बात उन बच्चों में अच्छी थी कि वे प्यार की भाषा समझते थे। खाना, प्यार, आराम पाकर वह इस तरह हिल-मिलकर रह रहे थे कि जहीर को ताज्जुब लगता था कि विभिन्न परिवेश से आये बच्चे अजनबी लोगों को माँ-बाप भाई-बहन समझने लगे हैं?

जहीर को अपनी थीसिस का पहला चैप्टर दो माह के अन्दर-अन्दर प्रोफेसर पाण्ड्या को देना था। उसका शाम का समय लायब्रेरी में गुजर रहा था। कुछ ऐसी पुस्तकें थीं जो इशू नहीं होती थीं। उनको वहीं बैठकर देखना और नोट्स लेना काफी थकाने वाला काम था। इस व्यस्तता के कारण वह अरसे से कॉफी पीने सिविल लाइन्स की तरफ न जा पाया था और न ही कौशल के घर। क्लास खत्म होने के बाद

आते-जाते जरूर सुरेन्द्र और कौशल से सलाम दुआ हो जाती थी। वे दोनों भी जहीर की मसरूफियत को समझ रहे थे इसलिए खुली मुस्कुराहट के साथ अँगूठा दिखा उसका हौसला बढ़ा रहे थे।

जहीर का लायब्रेरी जाना छूटा तो उसकी जान में जान आयी। जुगनू पिछले हफ्ते से फिल्म देखने की रट लगाये हुआ था। जहीर ने उसको फोन कर खुशखबरी दी कि कल शाम वह फिल्म देखने चल सकता है। जहीर ने जरूरी किताबें इशू करा ली थीं। अब सिर्फ जमकर बैठना था। चैप्टर लिखने से पहले वह दो-तीन दिन दिमाग फ्रेश करने के लिए एकदम रिलैक्स रहना चाहता था ताकि पूरी ताजगी के साथ वह कलम उठाये। इसलिए आज वह सुरेन्द्र और कौशल से जमकर गप्पें लगा रहा था। बीच-बीच में लतीफेबाजी भी चल रही थी। ऊँचे कहकहे, बात से बात निकलने का यह सिलसिला तीनों को अपनी-अपनी तरह से फिलटर कर रहा था। सुरेन्द्र कुछ ज्यादा ही खुश था। गाँव से खबर आयी थी कि सुरेन्द्र की पत्नी को लड़का हुआ है। सुरेन्द्र भी इस शनिवार की शाम को बस से प्रतापगढ़ की तरफ निकलनेवाला था।

जहीर अपना क्लास लेकर जब बाहर निकला तो कुकी को वहाँ खड़ा देख चौंक गया। कुकी ने जहीर को विश किया और बड़े विश्वास से बोली, ''आपको मेरे साथ थोड़ी देर बाहर चलने पर कोई एतराज तो नहीं? वैसे क्लास अभी बाकी है तो मैं वेट करती हूँ वरना चलिए...वापसी में आपको यहाँ ड्राप भी कर दूँगी!''

''जरूरी काम? सब ठीक-ठाक तो है?'' जहीर ने पूछा।

''सब ठीक है।'' कह कुकी बाहर की तरफ बढ़ी।

''चलो!'' जहीर ने कहा।

कुकी ने आगे बढ़कर कार का दरवाजा खोला। जहीर के बैठने के बाद वह दूसरी तरफ स्टेयरिंग के सामने बैठते हुए बोली, ''आज आपको मैं ड्राइव पर ले चलती हूँ। कहीं कॉफी के लिए बैठने का मन नहीं है।''

''कौशल कहाँ है?'' जहीर ने पूछा।

''डैड के साथ कोर्ट गये हैं, कुछ काम था।'' कुकी ने कहा और भीड़ भरे रास्ते से बड़े सलीके से गाड़ी निकालने लगी।

''क्या बात करनी है?'' गाड़ी को चौड़ी सड़क की तरफ मुड़ते देख जहीर ने पूछा।

''मैं कल जा रही हूँ मगर जाने से पहले एक अहम सवाल पूछना चाहती हूँ, और वह सवाल आप जानते हैं।'' कुकी के इतना कहने के बाद कुछ पल खामोशी

छायी रही। बाहर के दृश्य तेजी से पीछे छूटते रहे। कुछ देर जहीर सोच में डूबा रहा, फिर आहिस्ता से बोला–

"कुकी, तुम अपनी और अपने काम की सम्भावना दिल्ली-मुम्बई में तलाश कर रही हो और मैं अपने लोगों की सम्भावना इलाहाबाद में रहकर तलाश कर रहा हूँ। मैं पहली सीढ़ी पर खड़ा हूँ और तुम सबसे ऊपर वाली पर...तुम्हें जल्दी है और मुझे इन्तजार। ऐसी स्थिति में क्या कहूँ मैं तुमसे?"

"आपके काम की सम्भावना भी दिल्ली-बम्बई में है। आप ज्यादा बेहतर तरीके से वहाँ काम कर सकते हैं। आप एक बार चलकर देखिए तो सही।" कुकी ने बड़े उत्साह से कहा।

"वहाँ मैं तो जा सकता हूँ मगर मेरी बाकी चीजें?" जहीर ने कुकी को देखा।

"वे भी जा सकती हैं।" कुकी ने बड़े विश्वास से कहा।

"क्या-क्या वहाँ जा सकता है? उन शहरों में इलाहाबाद तो नहीं बसा पाऊँगा।" जहीर की बात सुन कुकी का चेहरा उतर गया। उसके पास इस सच का कोई जवाब नहीं था। इस सच को अनेक बार घर में डैड और भाई के मुँह से भी सुन चुकी थी।

"कुकी, मैं तुम्हें हर्ट नहीं करना चाहता मगर सच तो यह है कि बचपन से अब तक मेरी जिन्दगी ने ऐसे-ऐसे घुमावदार मोड़ लिये हैं कि मैं खुद कभी-कभी बौखला उठता हूँ। ऐसा नहीं है कि मैं जीना नहीं चाहता हूँ मगर जिन्दगी तो एक है और उसको मैंने 'मुस्कान' को दे रखा है। उसको दी हुई जिन्दगी मैं उससे छीन कर किसी को दूँ भी तो कह नहीं सकता कि मैं उस शख्स से कितना ईमानदार रह पाऊँगा। ऐसा न हो कि बाद की जिन्दगी सिर्फ नाकामी, शिकवे-शिकायत और अफसोस की नजर हो जाए।" इतना कहकर जहीर चुप हो गया। कुकी को जहीर की साफगोई बहुत भली लगी। मगर उसकी आँखें भर आयीं। वह अपनी कमजोरी दिखाना नहीं चाहती थी। इसलिए हल्की आवाज से हँसी और आँसू पीकर बोली।

"जिन्दगी की लाजिक और प्यार का जुनून कभी साथ-साथ नहीं चल पाये हैं। कभी कोई हारता है तो कभी कोई जीतता है।"

"इसका एक सच और भी है कि जिसको कोई जीत समझ रहा हो वह दरअसल उसकी हार हो और जो हार देखनेवाले को नजर आ रहा है वह किसी की जीत हो। इसलिए साँप-सीढ़ी की तरह चुनौतियों से भरा खेल कभी खत्म नहीं होता है।" जहीर ने कहा।

संगम पहुँचकर कुकी ने गाड़ी एक किनारे रोक दी और सामने फैली रेत के उस पार बहती नदी को ताकने लगी। जहीर के जेहन में यादों ने करवट बदली और कई दृश्य नजरों के सामने आन खड़े हुए। उसकी आँखें हँस पड़ीं। सामने मुरली

कमर पर हाथ रखे खड़ा था। एकाएक जहीर ने कार का दरवाजा खोला और नीचे उतरते हुए बोला, "कभी-कभी नदी किनारे टहलने से दिमाग खुल जाता है, क्यों?"

कुकी जहीर का इशारा समझ गयी। नीचे उतरकर उसने कार को लॉक किया और दोनों धीरे-धीरे टहलते हुए संगम की तरफ बढ़े। हवा उनके कपड़ों और बालों से खेल रही थी। कुकी का घुटता दिल इस खुली फिजा में आकर खिल उठा था। जहीर किसी गहरी सोच में डूबा पैण्ट की दोनों जेबों में हाथ डाले दूर जाने क्या देखता आगे बढ़ रहा था। एकाएक वह ठहर गया। उसने गहरी आँखों से कुकी को देखा।

"ऐसा हो सकता है...क्या यह मुमकिन है कि दो इन्सान ईंट गारे के मकान बनाने की जगह अहसास का एक ऐसा घर बनाएँ जिसकी कोई चहारदीवारी न हो, मगर उसमें सारी दुनिया सिमट आए?"

"फैण्टासी में हम कुछ भी सोच सकते हैं।" कुकी ने बड़ी गम्भीरता से जवाब दिया।

"फैण्टासी में कतई नहीं, मैं दरहकीकत इसको जीने की बात कर रहा हूँ। इस नदी को देखो। इसने किसी से कोई वायदा नहीं किया है न अपने को किसी से बाँधा है। बस बहे जा रही है। जहाँ से गुजरती है, आबादी बसा देती है। आज तुम भी जब जिन्दगी की बात करना चाह रही थीं तो मुझे लेकर इसी नदी के किनारे पहुँच गयीं। क्या हम इन्सान इस तरह नहीं जी सकते? अपनी चाहत को एक ऐसा विस्तार दें जिसमें सिर्फ मैं या तुम न हों बल्कि हम सब हों...एक न समाप्त होने वाला सिलसिला..." जहीर नें कहा और हँसकर कुकी को देखा।

"मैं समझ रही हूँ, तुम जो कहना चाह रहे हो।" कुकी ने धीरे से कहा। उसके कन्धों तक कटे बाल हवा के झोंके के साथ उड़े और महीन जाल की तरह उसके चेहरे पर फैल गये। उसमें से झाँकती उसकी आँखें जहीर को किताब के दो पन्ने जैसी लगीं जिसकी इबारत साफ थी। कुछ देर जहीर उन्हें पढ़ता रहा, फिर आगे बढ़ा।

"अहसास को हम कैद न करके उसको स्वतन्त्र छोड़ दें। देखें वह कहाँ तक फलता-फूलता फैलता है। अपनी इस तपिश को अपने काम में ढाल के देखो कुकी! बेहतरीन घर बनाओ और मैं इन बच्चों को बेहतरीन इन्सान बनाने की कोशिश में जुटता हूँ। ताकि वह तुम्हारे बनाये शानदार, हवादार, रोशनी से भरे घर में रह सकें..."

"तुम...तुम आदर्शवादी हो रहे हो जहीर! यह सब कुछ हम साथ रहकर भी कर सकते हैं?" कुकी ने तर्क दिया।

"इश्क सिर्फ एक से किया जाता है। दो नावों में सवार नहीं हुआ जा सकता।

इसलिए अब यह जिन्दगी न तो मेरी है और न ही उस पर तुम्हारा कोई हक है। हाँ, दिल व दिमाग तुम्हारा आशियाना है जहाँ तुम हमेशा महफूज रहोगी।" जहीर ने कहा।

"मैं तुम्हारा इन्तजार करूँगी।" कुकी ने कहा।

"नहीं...हम दोनों एक-दूसरे का इन्तजार बिल्कुल नहीं करेंगे, क्योंकि हम अहसास की दुनिया में हमेशा साथ होंगे मगर...बुरा न मानना कुकी, मेरी बात समझने की कोशिश करना। जिन्दगी का सफर बहुत लम्बा है। इन्सान ग्रो करता है। उसके ख्यालात बदलते हैं, उसकी पसन्द, उसका नजरिया बदलता है। इसलिए तुम्हारी जिन्दगी में कोई तेज घुमावदार मोड़ आये तो मुड़ जाने में झिझकना नहीं। इन्सानी ग्रोथ की यह सारी निशानियाँ हैं। यह दुनिया एक-से-एक बढ़कर अच्छे इन्सानों से भरी पड़ी है।" जहीर ने इतना कहा और चुप हो गया।

कुकी ने बहुत जब्त किया मगर आँखों से आँसू निकल पड़े। दोनों चलते-चलते नदी किनारे पहुँच गये। वहाँ पड़े एक तख्त पर बैठ नदी को बहता देखते रहे। कुकी समझदार थी। वह अपनी और जहीर की पूरी स्थिति समझ रही थी। उसको इस बात से बड़ा सुकून मिल रहा था कि कम-से-कम जहीर के दिल में उसकी चाहत की शमा रौशन तो है। उसने जज्बात में आकर जहीर के हाथ पर हाथ रखा। जहीर ने प्यार से उसको देखा। जो वह कहना चाह रहा था, उसका अक्स कुकी की आँखों में तैर रहा था।

"एक वादा तुमसे करता हूँ गोकि यह हमारा यकीन नहीं है तो भी अगर मुझे दोबारा इस दुनिया में आना पड़ा तो सिर्फ तुम्हारा बनकर रहूँगा। आखिर मुझे भी तो मोहब्वत की लज्जतों का तजुर्बा करना है।"

कुकी उसकी बात सुनकर हँस पडी। इस हँसी ने उसके दिल में फँसी फाँस निकाल दी। अहसास के कई पन्ने एक साथ फड़फड़ा उठे। उसने चेहरा आगे कर जहीर के दाहिने गाल का चुम्बन लिया और मुस्कुरा पड़ी। जहीर भी मुस्कुरा उठा। कुछ देर कुकी के भोले खूबसूरत चेहरे को ताकता रहा, फिर तख्त से उठते हुए बोला, "अब चला जाए।"

कुकी ने जहीर का हाथ पकड़ा और कार की तरफ टहलती हुई आगे बढ़ने लगी। जहीर मन ही मन सोच रहा था कि जिसको मैं अरसे से ढूँढ़ रहा था, वह तो जाने कहाँ खो गयी है और अब वह कभी कहीं मिली भी तो वह पहलेवाली नहीं रह गयी होगी, तो भी मेरे लिए वह एक जहनी अहसास थी।...बचपन का वह गहरा आकर्षण। दिल व दिमाग पर छा चुकी है, लेकिन उसको मैं हासिल करने के बाद भी हासिल नहीं कर पा रहा हूँ। आखिर हालात मुझे इस तरह के इम्तहानों में डाल क्या साबित करना चाहते हैं? मेरे एक तरफ कुकी है जो मेरी

चाहत है और दूसरी तरफ मेरा ख्वाब है जहाँ मैंने दूसरों को जिन्दगी देने का वादा किया है...।

"क्या सोच रहे हैं?" कुकी ने पूछा।

"कुछ नहीं...आज यह लम्बी मुलाकात अच्छी रही पूरी जिन्दगी को समझने के लिए।" जहीर ने कहा और गाड़ी में बैठ गया। कुकी ने स्टेयरिंग पर हाथ रखा मगर कार स्टार्ट नहीं की।

जहीर कुछ पल कुकी को देखता रहा, फिर उसने कुकी के गाल को अपनी उँगली से छुआ। फिर कुकी की गर्दन को सहलाते हुए उसने कुकी का दाहिना हाथ अपनी तरफ खींच उसके माथे, आँखों, गालों और गर्दन का चुम्बन लिया। फिर तेजी से अपने को कुकी से अलग किया और सीधा बैठ गया। शाम ढल रही थी। नदी, रेत, आसमान सुरमई चादर में लिपट चुके थे। जहीर ने धीरे से कहा, "मैं तुम्हारा बन न सकूँ मगर मैं हमेशा तुम्हारा ही रहूँगा कुकी।"

कुकी ने जहीर का चेहरा नजरें उठाकर देखा। उसके बैठने का अन्दाज भी, जो कुकी से बहुत कुछ कह गया। कुकी ने कार स्टार्ट की और दिल ही दिल में सोचा कि उसने आज जहीर से मिलकर अच्छा किया वरना अन्दर की घुटन उसको न जीने देती, न मरने।

कुकी चली गयी। जहीर कई दिन तक बेचैन रहा मगर हर बार दिमाग उसको समझाता रहा कि तुमने बहुत अच्छा फैसला लिया जहीर, जो जिन्दगी एक बार शुरू होती है वह अपने तर्क से ही आगे बढ़ती है। उसकी ड्राफ्टिंग इन्सान एक हद तक तो कर सकता है मगर अस्तित्व तो नहीं बदल सकता। तुम्हारे सामने उन मासूम बच्चों की जिन्दगी है जो तुम्हारे आँगन में खेल रहे हैं। अपने से लड़ता, दिल को समझाता आखिर जहीर स्थिर हो उठा और कुकी का चेहरा उसके थके दिल व दिमाग में अटककर रह गया। जब कभी कुकी याद आती तो वह तन्हाई में पुरानी बातों को याद कर उससे मुलाकात कर लेता और ताजादम हो काम में उलझ जाता।

कुकी के फोन और खत जहीर को बराबर मिलते रहे। वह भी जवाब देता रहा। दोनों एक-दूसरे को प्रोत्साहन दे रहे थे। इस बीच एक साल कैसे गुजर गया, जहीर को पता ही न चला। कुकी ने क्रिसमस पर दिल्ली आने के लिए जहीर से कहा, मगर जहीर जहाँ विराम लगा चुका था उसको लाँघना कुछ मुनासिब नहीं लगा। उसने जो अपने से वादा कर रखा था कि उसके अनुसार उसको पूरे पाँच साल रात-दिन 'मुस्कान' में अपने को खपाना था। दिल्ली से लौटकर कौशल ने बताया कि कुकी को एक बहुत बड़ा ऑफर विदेशी कम्पनी ने दिया है, मगर कुकी बाहर

जाने से इन्कार कर रही है। सुनकर जहीर को अच्छा नहीं लगा। दूसरे दिन उसने कुकी को फोन किया और वादा लिया कि वह अपनी 'प्रोफेशनल लाइफ' को कहीं रोकेंगी नहीं और वह कुकी को सी-आफ करने हर हाल में दिल्ली आएगा।

तीन वर्ष के लिए कुकी विदेश चली गयी। जहीर बहुत खुश था। दिल्ली में सुरेन्द्र से भी मुलाकात हुई। उसने भी कई तरह के सुझाव 'मुस्कान' को दिये थे। दिल्ली से लौटकर जहीर में एक नयी स्फूर्ति आ गयी थी। उसका विश्वास पहले से अधिक अपने ऊपर बढ़ा था। जब तक कुकी लौटती है, उसको कुछ नया करना है, बेहतर करना है। रात को बिस्तर पर लेटकर जहीर ने जब आँख बन्द की तो कुकी का हँसता चेहरा उभरा और उसी के साथ गुलाब, शगुन, कमल, बेला और गुड्डू के चेहरे कौंध गये। उसने मुस्कुराकर करवट बदली।

कल क्या-क्या करना है, उन कामों की लिस्ट उभरी। फिर उसी के साथ कल दिये जानेवाले लेक्चर के मुख्य मुद्दे जिन्हें क्लास रूम में हाईलाइट करना था, उसी के साथ जहीर की आँखें मुँदने लगीं। आज फिर किसी शरारती लड़के ने गधे की दुम में खाली कनस्तर बाँध दिया था, मगर उस शोर ने भी जहीर की नींद में आज खलल नहीं डाला।

55

अभी सूरज ने बादलों के बीच से झाँका ही था कि दरवाजे की घण्टी बज उठी। सिपतुन नमाज की चौकी से उतरते हुए सोचने लगी कि इतनी सुबह कौन आ सकता है? आँगन पार कर जब सिपतुन ने दरवाजा खोला तो सामने अधेड़ से आदमी को चार-पाँच साल के बच्चे का हाथ पकड़े खड़ा पाया। सिपतुन को अपनी तरफ यूँ ताकते देख उस अधेड़ ने दोनों हाथ जोड़ पूछा—

"जहीर जी घर पर हैं?"

"जी! अन्दर आइए।" सिपतुन ने उसके नमस्ते का जवाब देते हुए कहा।

"माता जी, मैं यहीं ठीक हूँ बस आप उन्हें बता दें कि हीरालाल आया है।"

"अच्छा!" कहकर सिपतुन ने दरवाजा वैसा ही खुला छोड़ दिया और जहीर

को जगाने उसके कमरे की तरफ बढ़ी।

"जहीर! देखो तो...तुमसे कोई हीरालाल मिलने आये हैं।" कहते हुए सिपतुन ने कमरे का दरवाजा थपथपाया।

बड़ी बी अपनी कोठरी से निकल आँगन में आ खड़ी हुई थीं और एक हाथ कमर पर रख रोज की तरह पेड़-पौधों का मुआयना कर रही थीं। सिपतुन ने बावर्चीखाने में जाकर चाय का पानी चढ़ाया। बच्चे अभी उठे नहीं थे। कुलसुम नहा-धोकर तैयार हो गयी थी। जहीर कमरे से निकल दालान में आया और दर से उतरते हुए उसकी नजर घर के खुले दरवाजे के पीछे खड़े हीरालाल पर पड़ी तो वह चौंक पड़ा। तेजी से आँगन पार करता हुआ कुछ सवालिया अन्दाज में बोला—

"आइए—अन्दर आइए न, बाहर क्यों खड़े हैं?"

"क्षमा करना! मैं सुबह-सुबह आपको परेशान करने आ गया। असल बात यह है कि कल ही मैंने वह पुराना समाचारपत्र देखा। उसमें 'मुस्कान' की खबर पढ़ी तो रात बड़ी बेचैनी से बीती।" कहते हुए हीरालाल लड़के का हाथ पकड़े-पकड़े अन्दर दाखिल हुआ। जहीर के कहने पर वह कुर्सी पर बैठ गया। लड़का हीरालाल की कुर्सी के पीछे छुपकर खड़ा हो गया।

"आप लावारिस बच्चों का स्कूल खोले हैं तो सोचा कि हम भी चलकर देख आवें।" हीरालाल ने भूमिका बाँधते हुए बात शुरू करनी चाही।.

"हाँ, खोला तो है।" जहीर ने धीरे से कहा।

"बुरा लगे तो क्षमा करना...सब समय का फेर है।" इतना कहकर हीरालाल चुप हो गया, फिर कहने लगा—"यह लरकवा लेकर आये हैं। एकी माँ को सुसराल वाले रखे नहीं। एक साल-डेढ़ साल जैसे-तैसे कटा। एकी माँ को मरे साल से ऊपर होय गवा। जितनी मदद कर सकते थे हमने किया। मगर अब हमार घरवाली एका रखे को तैयार नहीं।" इतना कह हीरालाल ने लड़के को आगे करना चाहा, मगर लड़का उसी तरह हीरालाल की कुर्सी से चिपका खड़ा रहा।

"आओ बेटे...इधर आओ।" जहीर ने पुचकारा।

"देखो साहब मिठाई देइहैं...सामने तो आवा।" इतना कह हीरालाल ने लड़के का हाथ खींचा।

"छोड़ हरामी!" लड़के ने इतना कह हीरालाल की कलाई में काट खाया। यह देख जहीर के चेहरे का रंग बदला। हीरालाल ने खिसियाकर थूक निगला।

"बच्चा है। सारे दिन अपने लिए यही शव्द सुनता है। बिना सोचे-समझे वही सीख लिया है। आप इसका लालन-पालन करेंगे तो यह सुधर जाएगा।" इतना कह हीरालाल सिर झुकाकर बैठ गया।

जहीर आज और कल के हीरालाल के बारे में सोचने लगा। कई दृश्य मानस-

पटल पर उभरे और गुम हो गये। बच्चे जाग उठे थे। उनका मुँह धुलाना, दूध-नाश्ता देना शुरू हो गया था। हीरालाल आँगन में फैले पाँच-छः बच्चों को उछलते-कूदते देखता रहा, फिर कुर्सी से उठ उस लड़के को बड़े प्यार से पुचकारते हुए बोला–

"देखो, अब यही तुम्हार घर है। यहीं रहो। माई तुमका हेरत हेरत हिएँ आयी, समझे बेटवा।"

"अम्मा आयी का?" लड़का एकदम से बोल उठा। उसकी नजर आँगन में बच्चों की देखभाल करती कुलसुम और सिपतुन पर पड़ी। उसकी आँखों में कुछ तैरा।

"और नहीं तो का?" हीरालाल ने कहा।

"आओ, मेरे पास आओ...हम तुमको ले चलेंगे तुम्हारी माँ के पास!" जहीर ने दुलार भरे स्वर में कहा। लड़का हीरालाल की आड़ से थोड़ा-सा चेहरा निकाल जहीर को ताकने लगा। जहीर ने प्यार से दोनों हाथ आगे बढ़ाये और आँखें झपका इशारे से पास बुलाया। लड़का उसी तरह छुपे-छुपे मुस्कुराया तो जहीर हँस पड़ा। जहीर की हँसी ने जैसे लड़के को आश्वस्त किया। वह धीरे से हीरालाल की पैण्ट छोड़ पीछे से बाहर निकला और सामने खड़ा हो जहीर को देखने लगा।

"आप से अब का छुपाना...? यह अपने साहब जी का बेटवा है...बारिन की छोकरी रही न...अब का मुँह खोलें...आप तो सब जनतै हैं।" हीरालाल कुछ भर्रायी-सी आवाज में बोला।

जहीर को गहरा झटका लगा। उसने गहरी नजरों से सामने खड़े लड़के को घूरा। लगा श्यामलाल त्रिपाठी सामने खड़ा अपनी शातिराना मुस्कुराहट के साथ उसे घूर रहा है। वही ऐंठा अकड़ा बदन, वही पतली नाक, तिरछी भवें और...लड़का सरकता हुआ जहीर के करीब पहुँचा तो जहीर ने उसको गोद में उठा लिया। एकबारगी उसका सारा बदन झनझना उठा।

"अब ले चला अम्मा लगे!" लड़के ने जहीर से कहा।

"अच्छा, अब आज्ञा दें।" कह हीरालाल ने नम हुई आँखें पोंछीं और लड़के की पीठ थपथपा दरवाजे की तरफ बढ़ा।

हीरालाल के जाते ही सबका ध्यान नये लड़के की तरफ खिंच गया। जहीर उसको गोद में उठाये आँगन में उतरा, तभी उस लड़के ने पैरों की दोलत्ती चला जहीर से कहा, "ले चला हमका अम्मा के लगे?"

"ले चलेंगे...पहले अपना नाम बताओ?" जहीर ने उसका ध्यान बँटाना चाहा। वह दो पल जहीर को घूरता रहा फिर बोला–

"हरामी।"

"अल्लाह खैर!" सिपतुन ने सहमकर गोद चढ़े लड़के को ताका। बड़ी बी

ने कलमेवाली उँगली होठों के ऊपर रख बड़े अन्दाज से उसे घूरा। कुलसुम ने सिर से सरका दुपट्टा घबराकर सिर पर दोबारा जमाया।

"अम्मा कहाँ हैं हमार? हमका ले काहे नहीं चलत हो ओके पास?" लड़के ने जहीर का मुँह अपने दोनों हाथों से पकड़ हठ भरे स्वर में पूछा।

"ले चलते हैं अभी...," कहकर जहीर ने उसको सीने से लगा उसका माथा चूमा। फिर माँ की तरफ चेहरा घुमाकर बोला—

"परेशान न हो अम्मा, आगे सब खैर-ही-खैर है।"

सूरज पूरा का पूरा निकल आया था। मुलायम पीली धूप आँगन में फैल चुकी थी। गौरैयों ने घर में फुदकना शुरू कर दिया था, जिन्हें देखकर तोता चीख रहा था। फेरीवालों की आवाजें गली-कूचों में गूँजने लगी थीं। एक जिन्दगी से भरपूर दिन की शुरुआत थी, जिसकी तपिश को जहीर दिल की गहराइयों से महसूस कर रहा था।.......

❑❑❑